Seadove

U0085504

Seadove

文學大師最崇拜的推理大師
犯罪小說的桂冠詩人

錢德勒的馬羅探長

懸疑推理迷必看十部經典之一
錢德勒的小說，是推理書迷的至高品味！

「雷蒙．錢德勒是我的崇拜對象，我讀了十幾遍《漫長的告別》。」
——村上春樹

美國推理作家協會（MWA）票選：
150年來，最出色推理小說家第1名！
《時代週刊》100部最佳英文小說
《世界報》20世紀100部最佳圖書

作者/雷蒙．錢德勒 譯者/葉盈如

目錄

前言

雷蒙・錢德勒（Raymond Thornton Chandler，1888～1959），美國推理作家協會（MWA）票選150年偵探小說史上最優秀作家中的第一名。在西方文壇，錢德勒被稱為「犯罪小說的桂冠詩人」，是迄今為止唯一一位被寫入經典文學史的偵探小說家。他被尊為「文學大師崇拜的大師」，湯瑪斯・艾略特、卡繆、尤金・歐尼爾、錢鍾書等作家學者對其推崇備至。

日本作家村上春樹曾說，此生理想，是能寫出托爾斯泰和錢德勒合二為一的小說。村上春樹尤其喜歡錢德勒的長篇《漫長的告別》：「毋庸置疑，《漫長的告別》是一部完美的傑作，極其出類拔萃。如果允許我用誇張的表述，那幾乎達到了夢幻的境界。」

錢德勒一生創作了7部長篇、大約20部短篇。他將「硬漢派」風格發揚光大，提高了偵探小說的文學品質，影響非常深遠。他塑造的偵探菲力普・馬羅被評為最有魅力的男人，「有著黃金般色澤心靈的騎士」，在1940年代，好萊塢男演員以能扮演馬羅為榮。

錢德勒45歲才發表第一篇偵探小說。雖然他從小就有志成為作家，可最終在家庭影響下做了公務員。他曾任職於英國海軍部，並在一戰期間加入加拿大陸軍和英國皇家空軍。此外他還做過多種工作，甚至在石油公司做到副總裁。

1933年，錢德勒的第一篇偵探小說在一份廉價雜誌上發表，從此開始了寫作生涯。1939年，《長眠不醒》的出版給他帶來巨大聲譽。1943年，錢德勒受邀去好萊塢與派拉蒙影業公司合作，不久就在好萊塢打出一番天地。他參與或主持了多部電影的編劇工作，其中「雙重賠償」和「藍色大麗花」獲得奧斯卡獎提名。

1953年，《漫長的告別》出版，榮獲「愛倫坡獎」最佳長篇偵探小說稱號。此後幾年，錢德勒因妻子去世、酗酒等原因，再無優秀作品面世。即便如此，錢德勒仍然於1959年3月當選美國偵探作家協會主席。

錢德勒的文學成就，核心是「硬漢」形象的塑造；而「硬漢」形象的代表人物，是私家偵探菲力普・馬羅。馬羅出現在錢德勒所有的長篇小說以及一些短篇小說中，是錢德勒小說世界中的靈魂人物。馬羅是「骯髒大街的騎士」，在錢德勒看來，「如果有足夠的人像他，那麼這個世界會是個安全的地方，不會變得太無趣而不值得居住」。1995年，美國偵探小說家協會會員票選史上最佳男偵探，馬羅超過福爾摩斯勇奪第一。

錢德勒的小說，精品很多。我們這個譯本，在取捨問題上是非常為難的。最終，我們選取了其中最廣為人知、最有代表性的，以饗讀者。

找麻煩是我的職業

找麻煩是我的職業

1

安娜・海爾賽是個慈眉善目的中年女人，身形胖大，約有兩百四十鎊，穿著一身定製的黑色套裝，神采奕奕的眼睛像黑亮的鞋扣，臉頰細嫩微黃，如同一塊牛油。她坐在桌子後面，嘴裡叼著一根香菸。黑色的玻璃桌子像拿破崙的墳墓，細長的菸嘴，像一把收起來的雨傘。她說：「我需要一個男人。」

她彈彈手指，菸灰撣落在光可鑑人的桌面上。一陣風吹過，散落的菸灰朝著敞開的窗子盤旋飛去。

「這個男人必須非常俊美，因為與他相配的，是一位美貌高雅的女士。另外，他還要有健碩的、足以和挖土機相抗的完美身材。他必須是情場高手，能言善辯，口才起碼也要和佛瑞德・艾倫[1]不相上下。還有就是抗打擊能力強，就算被啤酒卡車撞了，也只當是被某位長腿美人用麵包棍戳了腦袋。」

「這個不難，」我說：「你要的應該是紐約洋基隊[2]、羅伯特・多特納[3]、『遊艇俱樂部男孩[4]』那樣的男人。」

「你說的對，」她說，「和以前一樣，賺一點小錢，二十美元一天。說來，我多少年不做中間人了，這次算破例。我在偵探界一帆風順，穩穩當當地賺錢，從未惹上過什麼麻煩。」接著，安娜又說，「現在，讓我們看看你的魅力能否迷住格拉迪斯。」

她翻轉手腕，用菸嘴輕輕按了一下，桌子上巨大黑色鍍鉻對講機的按鍵，說：「親愛的格拉迪斯，進來把菸灰缸倒一下。」

不一會兒，一個身形高䠷的金髮美女——她身上的衣服比溫莎公爵夫人還要華麗——推開門，慢悠悠地走了進來。

她扭動腰肢穿過房間，將菸灰缸清理乾淨。出去前，她拍了拍自己白皙細嫩的臉頰，悄悄朝我拋了個媚眼。

等她關上門走出去，安娜說：「她一定臉紅了，嗯，只怕現在還紅著。」

「她的臉紅不紅，無關緊要，我晚上約了塔瑞爾・查納克一起吃飯。」我說：「好了，說正題吧！把前因後果說清楚。」

「這件事會損害一個女孩的名譽。一個紅髮美人在一個賭鬼的唆使下，釣上了一個富翁的傻兒子。」

---

1. 佛瑞德・艾倫（Fred Allen，1894～1956），美國廣播演員、幽默表演家、電影演員。——譯注

2. 洋基隊：美國職業棒球大聯盟中，一支隸屬於美聯東區紐約的球隊。——譯注

3. 羅伯特・多納特（Robert Donat，1905～1958），英國影視演員，代表作《萬世師表》。——譯注

4. 美國二十世紀二三〇年代的一個著名歌手組合。——譯注

「我的任務是？」

「唉，自然不是什麼體面的事。」安娜嘆息道：「菲力普，你要做的，是挖出這個女孩的隱私，看看她有沒有前科，如果有，把事情戳穿，讓她無地自容。如果沒有，這個可能性也很大，你就自己看著辦。說到這兒，你想起什麼沒有？」

「上個案子我都忘得差不多了。賭徒，富翁？是在指誰？」

「馬蒂・埃斯特爾」

我聽了名字，倏地從椅子上站起來，可是想想，這一個月幾乎沒什麼生意，手裡的錢快用光了，只好又坐下來。

她說：「這件事確實有些棘手，雖然沒聽說過馬蒂敢明目張膽地殺人，但他確實不太好惹。」

「幹我們這行的，麻煩就是生意。」我說：「一天二十五，二百五十起，少了這個數，我不接。」

安娜抱怨道：「我自己也得賺一點啊！」

「你說的對。城裡有的是小工，找他們吧！看你精神這麼好，我也高興。行了，我先走一步，再見了，安娜。」

我站起來，轉身就走。我的命再不值錢，也值這個價。馬蒂・埃斯特爾，住在西好萊塢的日落大街，是個非常麻煩的人，既有後台，又有保鑣，他不輕易出手，但只要出手，必定見血。

「回來！」安娜譏笑道：「坐下，買賣買賣，有來有往才叫買賣。我一個破了產的老女人，弄了一家高級的偵探公司，也勉強能吃上飯。沒有錢，只有年紀，身體臃腫，一身病痛，現在一毛都不給我留啦？行，都拿走吧，盡情笑話我吧！」

我重新坐下來，問：「那個女孩是誰？」

「哈莉特・亨特麗絲[5]，哈哈，這個名字真是妙極了。她住在阿爾・米

5.「亨特麗絲」原詞為huntress，女獵手的意思。——譯注

拉諾，北希克莫街1900號的一棟高級公寓裡。她母親死了，父親三十一歲時因為破產從辦公室窗戶裡跳出去，自殺身亡。妹妹住在遙遠的康乃狄克州上寄宿學校。這些資訊或許對你有用。」

「這些事是誰查出來的？」

「委託人得到了一些票據的影本。票據金額高達五萬，是他的養子簽給馬蒂的。那個傻小子不承認這件事，這很正常，孩子們都這樣。委託人於是找了一個名叫加斯特的傢伙調查這些影本，加斯特說自己是這方面的高手，足以勝任這項工作，可是他和我一樣，太胖了，根本幹不了跟蹤跑腿的活，查完這些事就不幹了。」

「我想跟他聊聊，可以嗎？」

安娜連連點頭，說：「當然，沒什麼不可以的。」

「委託人叫什麼名字？」

「孩子，你肯定會大吃一驚的，因為你馬上就能見到他了。」

她又輕輕地按了按對講機的按鍵，說：「親愛的，請基特先生進來。」

我說：「格拉迪斯有愛人嗎？」

「別打格拉迪斯的主意，」安娜大聲喊道：「她是我的搖錢樹，每年光打離婚官司就能為我貢獻出一萬八千塊。聽著，菲力普・馬羅，誰敢對她動手，我就把誰送進火葬場。」

我說：「她不會總是離婚吧？我可以追求她。」

開門聲傳來，我們立即終止對話。

這個人之前應該一直待在某人的私人辦公室裡，因為我進來的時候，沒在木板隔出來的接待室裡看到他。他陰沉的臉色證明他不太喜歡那兒。他快步走進來，關上門，從馬甲裡掏出一塊八角形鉑金懷錶看了看。他襯衫的領子上別著一朵粉色的玫瑰花，陰沉的臉上帶著精明狡詐之相。嘴唇微厚，眼睛下能看到輕微的眼袋。他拄著一根烏木拐杖，手柄上嵌的銀色柱頭，腳上套著鞋罩，看起來六十多，但如果我沒猜錯，實際年齡應該有七十多了。是個討厭的傢伙。

他沉聲說：「海爾賽小姐，我已經等了二十六分鐘，你知道我的時間有多寶貴嗎？我能賺那麼多錢，就是因為我珍惜時間。」

安娜慢吞吞地說：「很抱歉，我們也想幫你省些時間，只是基特先生，你不是想要見一下我選的偵探嗎？我總要花些時間把人請過來。」她顯然也不喜歡這位老先生。

基特嫌惡地看了我一眼說：「這位先生看起來並不合適，我覺得，怎麼也得是一位紳士才能……」

「基特先生？你是菸草路的基特先生嗎？」我打斷道。

他慢慢朝我走過來，微微舉起拐杖，凶狠的眼神像冰冷鋒利的爪子，如果可以，我怕是已經被他的眼神撕碎了。「你在侮辱我，我這樣的身分，怎麼……」

安娜開口道：「等一等。」

我說：「等什麼，這傢伙居然說我不是紳士，哦，我或許沒他有地位，可也沒有受到過這樣骯髒的指控。他憑什麼，他配嗎？好吧，除非他只是一時口快，說錯了話。」

基特先生挺直脊背，狠狠地瞪了我一眼。他又掏出懷錶看了看，說：「二十八分鐘，好吧，年輕人，是我的錯，請恕我失禮。」

「這還差不多。」我說：「也請恕我失禮，我早就知道你不是菸草路的基特先生。」

他一聽又要發火，但很快就克制住了。他有些摸不清我的意圖。

「趁著大家都在，我想問一句，」我說：「基特先生，那個叫亨特麗絲的姑娘，你願意給她一些錢作為補償嗎？」

「想都不要想，」他冷聲斥道：「我憑什麼給她錢？」

「算是約定俗成的慣例吧，如果她嫁給你兒子，也能分到不少，不是嗎？你兒子能繼承多少錢？」

「我已故的妻子給他成立了一個信託基金，他現在每個月可以領到一千美元。」他低下頭，沉聲說：「二十八歲之後，可以領到更多。」

「無論那個女孩有什麼目的，」我說：「至少在這段時間內，你不能指責她，馬蒂・埃斯特爾呢？他有什麼條件？」

基特先生手背青筋直冒，幾乎把手裡的灰色手套攥成了一條滿是褶皺的梅乾菜：「一個欠了一大筆錢的賭徒。」

安娜貌似有些疲憊，她長嘆一口氣，將菸灰撣在桌面上。

「是的，」我說：「可是賭徒最不能忍受的就是別人失信於他。畢竟，如果贏的是你兒子，馬蒂也會誠心誠意地報答一二。」

高䠷的瘦子冷聲說道：「誰管他？」

「當然，」我說：「可是，馬蒂拿著價值五萬的票據，現在你跟他說，那些票據只是一堆廢紙，他晚上還能睡得著嗎？」

基特先生瞇著眼睛，想了一會兒，用極為溫和的聲音暗示道：「你是說，會有人『舞刀弄槍』？」

「不好說，馬蒂有一些非常隱晦的生意，還有不少手下。他不能不考慮自己的名聲。只是他若發現自己被騙……他很瞭解別人。到了最後，出事的地方一定離馬蒂的住處非常遠，馬蒂不是浴室裡不能移動的地毯。他會出來到處走的。」

基特再次掏出懷錶看了一眼，他非常生氣，將懷錶「啪」地甩回馬甲裡，冷漠地說：「這是你的事。我有個朋友是地方檢察官，這件事如果你做不了，我可以……」

「當然，」我對他說：「可是，不管地方檢察官是不是像那塊懷錶一樣，就在你的馬甲裡，你都屈尊來了這條街道找我們幫忙，不是嗎？」

他戴上帽子和一隻手套，用拐杖敲了敲鞋幫，轉身走向門口，打開門。

「我不看過程，只看結果。結果好壞決定了你能收到多少錢。」他沉聲說，「我言出必行，從無拖欠。雖然有些人覺得我很吝嗇，但你會發現我是慷慨的，非常慷慨。所以，我們應該可以互相體諒。」離開前，他似乎對我眨了下眼睛。

自動關門的氣墊緩緩將門閉合在一起，我對安娜露出一個大大的笑臉。

她說：「怎麼樣，是個可愛的傢伙吧！嗯，我還指著從他身上賺到一套雞尾酒酒具的錢！」

無論如何，我先從她那裡拿到了一筆二十美元的行動經費。

2

加斯特（基特之前僱用的那位私家偵探），全名約翰・D・加斯特，辦公室在伊瓦爾大街臨近日落大道的一棟建築裡。我需要跟他瞭解一些情況，所以先在電話亭裡給他打了個電話。聽筒那邊的聲音低沉厚重，但呼吸有些急促，像剛剛贏了一場吃大餅的比賽。

「請問，您是約翰・D・加斯特先生嗎？」

「是，你有什麼事？」

「我叫菲力普・馬羅，一個私家偵探，剛剛接手一件案子，委託人是基特先生，聽說這個案子之前由您負責。」

「是的，有什麼問題嗎？」

「我想向您瞭解一些情況，您下午有時間嗎？我得先吃個午飯。」

「好。」他說完就掛了電話，看樣子不是個喜歡長聊的人。

吃完午飯，我開車去拜訪加斯特先生。他的辦公室在伊瓦爾大街東面一棟兩層的老式建築裡。前面的磚牆明顯剛剛粉刷過，看起來非常新。街上有幾家商店和一家餐廳。走進一樓大廳，迎面是通往二層的直行樓梯。我在下面的登記簿上，看到這樣一條記錄：約翰・D・加斯特，212套房。

上到二樓，走廊寬闊平直，和門口街道平行。一個穿著制服的男人站在我右手邊敞開的門裡，他額頭頂著一面圓形的鏡子，將門向後推開，一臉疑惑的神情。之後，他返回辦公室，隨手關上了門。

我沿著另一邊走廊，大概走了一半的距離，在遠離日落大道那側的門上看到這樣幾個字：約翰・D・加斯特。可疑事件調查員，私人事務偵探員。請進。

門沒有鎖，一推就開。接待室裡沒有窗戶，牆邊放著幾把安樂椅，幾本雜誌，一個菸灰缸。房間裡的兩個落地燈和一個吸頂燈，全都亮著。另一側的門上寫著：約翰・D・加斯特。可疑事件調查員，私人事務偵探員。地上鋪著廉價的厚地毯。

我一推開外面那扇門，鈴聲便響了起來。關門之後，鈴聲立即消失。接待室非常安靜，一個人都沒有。加斯特的辦公室關著，我走到門邊，貼著隔板聽了聽——沒有說話聲，我敲了敲門，沒人回答。我試著擰了擰把手，門沒鎖。我推開門，走了進去。

房間北面的牆壁上有兩扇窗戶，窗簾拉得很嚴，隔絕了外界的窺視。窗台上積了厚厚的一層灰。房間裡的東西很少，除了一張桌子、兩個檔案櫃，只有地毯和四面牆壁。左手邊有一扇玻璃門，上面寫著：加斯特，實驗室，私人。

我恐怕再也不會忘記這個名字了。

房間很小，對放在桌邊那隻胖乎乎的手來說，貌似尤其如此。那隻手放在那裡，一動不動。手裡有一根短鉛筆，很粗，像是木工用的那種。手腕細嫩白皙，像一隻乾淨的碟子。露在外面的襯衫袖子繫著袖扣，看起來有些髒。再往上的部分都被遠處的桌子擋住了，從我這裡，只能看到半隻手臂。他的個子不會很高，因為桌子最多也就六英尺長。為免其他人闖進來，我悄悄返回接待室，將門從裡面鎖好，又關了接待室裡的三盞燈，然後回到加斯特的私人辦公室，走到桌子後面。

加斯特確實很胖，非常胖。根本不像安娜・海爾賽說的那樣，和她體重差不多。現在，我看到他的臉了，就像一個圓滾滾的籃球。他面色紅潤，看起來溫和可親。此刻，他跪坐在地上，巨大的腦袋頂著桌子內壁，左手按在地上，五根手指又短又粗。張大著壓在一張黃紙上。透過指縫，能看到紙片黃色的一角。不知道的人，驟然看到他這個姿態，還以為是他全力按壓地板的手掌在支撐身體。事實上，真正撐住他身體的，是那一身的脂肪。他以跪坐的姿勢將厚重的身體蜷曲著壓在粗壯的大腿上，穩如泰山地定在那裡。沒有厲害的阻擊後衛，誰也別想打倒他。雖然有些不合適，但在那個時候，我確實產生了這樣的想法。也許是天氣不夠暖和，我覺得後脖頸有些發涼，不由伸手摸了摸。

他一頭灰白色的頭髮，剪得很短，脖子上滿是手風琴一樣的褶子。大多數胖子的腳都很小，他也這樣。他腳上穿著一雙光亮的黑皮鞋。現在它們斜壓在地板上，整齊的靠在一起，看起來有些噁心。他身上的深色西裝髒得有些厲害。我走到他跟前，躬身摸他脖頸上的動脈，那裡層層疊疊全是脂肪，我什麼都沒摸到。他再也不需要動脈了。地毯上一灘深色的汙漬——就在他跪在地上的兩隻粗壯的膝蓋中間——正在不斷擴大。

我跪在他身邊，抬起他圓滾滾的手掌，將那張黃紙片拿了出來。他的手指柔軟、黏膩，沒有一絲溫度。紙片是從記事本上撕下來的，沒有任何觀賞價值。唯一能增加其可看性的，就是留在上面的資訊。可惜上面只有一些鬼畫符，不是字母，更不是單字。中槍後，他撐著最後一口氣，想要留下一些線索，可是他留下的，只是一些莫名其妙的符號，他自己卻沒意識到。

他嚥氣後，身體驟然下沉，一隻胖手將紙片死死地按在地板上，一隻手攥著那根又短又粗的鉛筆，伸出了桌外，整個身體壓進粗壯的大腿裡。他死了。約翰・D・加斯特，可疑事件調查員，私人偵探。私人，狗娘養的私人。在電話裡，他和我說了三次「是」。

現在，我見到他本人。

我用手帕將接待室的門把擦乾淨，關了接待室的燈，為了方便從外面上鎖，我沒管外面的門。我迅速離開走廊、大樓，離開了這個街區。我走的時候，一個人都沒有遇到。

3

安娜告訴我，哈莉特・亨特麗絲小姐住在阿爾・米拉諾——北希克莫街

1900號。我在前院下車——那裡裝飾得很漂亮——朝地下車庫入口的淡藍色霓虹燈看板走去。斜坡上安裝了護欄，我沿著欄杆慢慢往上走，很快就到了一個明亮、開闊的地方。到處都是燈光閃爍的汽車，涼爽的空氣讓人精神一震。一個膚色不是很黑的黑人從一間透明的辦公室裡走出來，他穿著一身整潔的連體工作服，藍色的袖口露在外面。他黑色的頭髮梳得油光水滑、一絲不亂，就像樂隊指揮般秩序井然。

我問他：「忙嗎？」

他說：「有的時候忙，有的時候不忙，先生。」

「我的車停在外面，五塊錢，能幫我洗洗嗎？」

這個辦法不太好。他不是那樣的人。聽了我的話，那雙栗色的眼睛裡忽然充滿了戒備和疑慮。

「是一筆划算的買賣。請問先生，除了洗車，您是否還有其他要求？」

「一個小問題，我想知道哈莉特・亨特麗絲小姐的車，在不在？」

他的視線從一排閃亮的汽車中掃過，停在了一輛淺黃色的敞篷車上。那輛車十分惹眼，就像門前草坪上的廁所。

「在的，先生。」

「請問她的房間號碼是多少，有沒有哪條路可以繞過大廳，直接過去。我是一個私家偵探。」說完，我將徽章拿出來給他看了看。遺憾的是，我的做法並不討巧。

他朝我咧了咧嘴，我這輩子都沒見過那麼冷的笑：「先生，五美元對一個打工的人來說，不算少。可是我要承擔的，是丟工作的危險！所以，還是差了點，也就是從這兒到芝加哥的距離吧！先生，我的意思是，你不妨把這五美元省下來，看看能不能從正常人的路徑走過去。」

「行，是個硬漢子。」我說，「這位好漢，你長大以後想做什麼，五英尺高的木頭椅子嗎？」

「先生，你以為我是小孩嗎？」他說，「我今年三十四，家庭幸福，有兩個孩子。午安，先生。」說完，便轉過身去。

「好吧，再見。」我說，「很抱歉，我剛從比尤特來，威士忌喝多了，滿嘴胡話。」

我沿著斜坡往回走，走到大街，去了我原本該去的地方。其實我也知道，在阿爾・米拉諾這樣的地方，想靠五美元和一枚徽章就暢通無阻，根本不可能。

現在，那個黑人應該打電話通知了上面的人。

這棟巨大的建築，外牆用白石灰粉刷過，帶有明顯的摩爾式風格。前院掛著四隻破破爛爛的大燈籠，種在院裡的椰棗樹繁茂挺拔。入口位於L形的內側轉角上，沿著大理石台階往上走，前面是一扇拱形木門，門框上刻著加州式或洗碟盆式的馬賽克圖。

門童開門請我進去。大廳的空間和洋基體育場差不多，不是很大。地面鋪著淺藍色的地毯，下面還有一層海綿橡膠，踩上去就像走在雲層裡，我幾乎想躺在地上打幾個滾了。我走到前檯，將一隻胳膊放在桌子上。對面的服務生白皙瘦弱，鬍子很長，幾乎能嵌進人的指甲裡。他一邊撥弄鬍子，一邊直勾勾地盯著我身後的阿里巴巴油壺。那個油壺非常大，簡直可以裝下一隻老虎。

「我想找亨特麗絲小姐，請幫我通報一聲？」

「您的身分是？」

「馬蒂・埃斯特爾。」

這個辦法也很糟糕，幾乎可以和之前在車庫邊上的那場表演一較高下。服務生左腳支地，身子不知靠著什麼東西。前檯邊上有一扇藍色的鍍金木門，一個沙色頭髮的高個子男人推開門，走了進來。我看到他馬甲上還沾著雪茄灰。他隨意靠在桌子邊緣，看向我身後的阿里巴巴油壺，似乎在想：「這到底是一個油壺，還是一個痰盂。」

服務生揚聲問我：「你是馬蒂・埃斯特爾先生？」

「不，是他讓我來的。」

「這可不是一回事！那麼先生，能告訴我你叫什麼名字嗎？」

「不能，」我說，「上面有交代，請原諒我的固執和我說了這麼多廢話。」

我的禮貌並沒有打動他，他對我的一切都感到厭惡。「請恕我不能為您通報。」他冷漠地回答，然後轉頭對剛進來那個人說：「霍金斯先生，你看我該怎麼辦？」

沙色頭髮的男人把視線從油壺上移開，沿著桌子走過來。他打了個哈欠，漫不經心地回答服務生：「什麼事啊！」

二人的輕慢態度，讓我十分生氣：「兩個蠢貨！我來這要辦的事，可關涉到你們的一位女士朋友！」

霍金斯笑著說：「兄弟，去我的辦公室走一趟吧，我倒要看看你想幹什麼。」

他把我帶去了他的狗窩，也就是他所謂的辦公室。不久之前，他就是從這裡鑽出來的。房間很小，只能放下一張桌子、兩把椅子和一個膝蓋高的痰盂。桌子上放著一盒雪茄，盒蓋敞開。他將屁股抵在桌子邊上，露出一個禮貌的微笑。

「你這戲一齣接一齣，演得挺好啊？說吧，兄弟，我是這裡的保安。」

「有時候，我也覺得自己演得挺好，」我說，「不過有時候就很糟糕了，像加了鐵芯的烤華夫餅，重得一掂就知道有問題。」我掏出錢包，將裡面的徽章和複印的證件照拿出來給他看。

「又是一個偵探。哈！」他點了點頭，說，「你應該直接過來找我啊！」

「你說的對，只是我以前不認識你。我有件事要和亨特麗絲小姐說，但我們之前沒見過面。所以想請你們通融一下，放心，不會吵到別人的。」

他用嘴角夾著雪茄，身體往邊上移了一碼半，盯著我右邊的眉毛說：「你說你多好笑，居然去和樓下的黑鬼套交情。怎麼，經費多得花不完？」

「誰說不是。」

「我就沒那麼死板了，」他說，「但是，我有責任保護客人的安全。」

我低頭看了看他的雪茄盒，說：「你的雪茄不多了啊！」然後，拿起兩根雪茄放在鼻子底下聞了聞，又將一張十美元的紙幣捲起來放在雪茄底下，一併放回雪茄盒裡。

他說：「好，你是一個值得交的朋友，我有什麼可以幫你的嗎？」

「告訴亨特麗絲小姐，馬蒂・埃斯特爾派人帶了口信給她。」

霍金斯笑了一下，說：「在這裡面，會不會有人因為吃回扣被炒掉呢？」

「當然不會。我身後還有一位大人物。」

「那位大人物離你有多遠？」

我伸手去抽雪茄盒裡的十美元。他見狀，一把揮開我的手臂，說：「好吧，我答應為你冒險。」

他拿起電話，一邊哼歌一邊撥通814房。說實話，他唱得難聽極了，就像病重的奶牛在呻吟。他忽然傾身向前，扯出一臉甜美的笑，緩緩說道：

「請問是亨特麗絲小姐嗎？我是保安霍金斯，是的，霍金斯……對，是我。當然，亨特麗絲小姐，您肯定見過不少人……是這樣，我辦公室裡有個人，他說帶來了埃斯特爾先生的口信，想要和您見一面。我們當然不能隨便放人上去，必須得到您的允許。他不肯說出自己的姓名……是的，我是這裡的保安霍金斯，亨特麗絲小姐。是，他說你不認識他。這個人看著是個老實人……好的，謝謝，亨特麗絲小姐，那我讓他上樓了。」

他放下聽筒，在電話機輕快地拍了一下。

我說：「完美，就差一點背景音樂。」

「上去吧！」他暈乎乎地說，又魂不守舍地抽出雪茄盒的紙幣，收了起來。

「真是個精明的傢伙。」他溫聲說：「每次想到那個女人，我就得出去溜一圈。走吧，你可以上去了。」

到了大廳之後，霍金斯將我送到電梯門口，示意我進電梯。

電梯門閉合的瞬間，我看到他朝門口走去，看樣子是要去外面走走了。

電梯的地上鋪著地毯，牆上掛著鏡子，棚頂掛著一盞柔和的燈。電梯像溫度計裡的水銀，緩緩上行。不一會兒，電梯門打開，我走下電梯。走廊裡的青苔像是一層軟綿的地毯。我來到814號房門前，輕輕按壓邊上的小按鈕，清脆的鈴聲響了起來。很快，門就被打開了。

亨特麗絲小姐身穿一件淡綠色的羊毛裙，頭上的帽子斜斜扣在耳邊，就像一隻美麗動人的蝴蝶。藍色（天金石藍）的雙眸像要留下思考空間般，保持了較遠的距離。暗紅色的頭髮，如同受到壓制而隱藏著巨大危險的火焰。高挑的身形讓她少了些可愛的氣質。臉上的妝容濃淡適宜。指尖夾著一根燃著的香菸，吸嘴大約有三英寸長。她的面相並不尖銳，但是有種自信從容、勝券在握的感覺，

她用冰冷的眼神看著我。「棕眼睛的傢伙，好吧，說說你帶來的口信。」

「不請我進去嗎？」我說，「我從不站在門外說話。」

她冷漠地扯扯嘴角，我擦著她指尖的菸頭走進屋內。狹長的房間裡窗明几淨，擺著很多奢華精美的傢俱。屏風後的壁爐華美大氣，正燃著熊熊的火焰，瓦斯罐上擺著一大塊原木。壁爐前是一張玫瑰色的沙發，沙發前面鋪著一條精緻的東方地毯。旁邊的茶几上有一瓶威士忌和一隻裝著冰的小桶。房間的風格溫馨怡人，有一種家的感覺。

她說：「來杯酒吧！我猜你不喝上一杯，同樣不會講話。」

我坐到沙發上，伸手去拿威士忌。她坐在另一張椅子上，翹起二郎腿。我現在知道霍金斯為什麼必須去外面走一圈了。

她倒沒有喝一杯的意思，張口就問：「是馬蒂・埃斯特爾派你來的？」

「我不認識他，從沒見過。」

「我猜也是。」她說，「小子，你的目的是什麼，不會是想試試馬蒂・埃斯特爾知道你打著他的旗號行騙，會有什麼反應吧！」

「我怎麼敢，怕得腳直打哆嗦呢？不過，你既然知道，又為什麼要讓我上樓呢？」

「好奇啊！我就想多遇到一些你這樣的人。我是不會遇到麻煩就繞道走的，你是偵探吧？」

我點了一根菸，點點頭，說：「我是偵探。想和你做個交易。」

她打了個哈欠，「什麼交易？」

「一個付錢請你離開傑拉爾德的交易，我想知道，你要多少錢才肯離開

他？」

她又打了一個哈欠，「我對這個交易不感興趣，所以也無法回答你。」

「你要嚇到我了。說實話吧，你要多少錢，你不會覺得我是在侮辱你吧！」

她露出一個甜美的笑容，牙齒整齊漂亮。「我現在的角色，是一個壞女孩。不用開價，就有人用絲帶綁好了錢送給我。」

「那個老頭並不好惹，聽說他的背景很複雜。」

「背景很複雜？」

我點點頭，喝了一口酒，這是高級蘇格蘭威士忌，味道極好。「他的意思是，你除了一身汙名什麼都得不到，你將陷入泥沼，結局悲慘。」

「你是他的人？」

「是啊，雖然聽起來像個笑話。或許有別的更好的辦法能解決這個問題，只是現在我還沒想到。所以開個價吧，你，或者說你們？」

「五萬塊，如何？」

「給你和馬蒂一人五萬嗎？」

她噗哧一聲，笑了出來。「你應該能想到的，馬蒂不許我插手他的生意，所以我只為自己說話。」

她將雙腿調換，仍舊擺出二郎腿的姿勢。我又拿了一塊冰放到酒杯裡。

「五百怎麼樣？」我說。

「五百？」她疑惑地問。

「美元，不是勞斯萊斯[1]。」

她哈哈大笑，「你在耍我？按理我應該弄死你，可是你偏偏長了一雙討人喜歡的棕色眼睛，溫暖的棕色帶著金燦燦的斑點。」

「不要在我身上費心思，我可是個窮光蛋！」

她微微一笑，從菸盒中又抽出一根香菸夾在唇間，我上前幫她點菸。她

1. 英語的美元dollars和勞斯萊斯Rolls-Royces發音很像。——譯注

抬起頭看著我的眼睛，雙眸像焰火般閃亮耀眼。

她溫柔地說：「現在錢對我來說，或許已經不重要了。」

「或許正是因為這樣，他才僱了那個胖子——他不受你控制。」我再次坐到椅子上。

「誰僱了誰，什麼胖子？」

「老基特僱了加斯特那個胖子，這個案子之前就是由他負責的。怎麼，你不認識他嗎？他今天下午被人殺死了。」

我用平淡的口吻說著這些話，希望看到她花容失色的一瞬。可惜她神色如常，嘴角仍舊掛著挑釁的笑，眼神沒有一絲變化，只是唇間微微發出一聲輕嘆。

她平靜地問：「這和我有什麼關係？」

「誰知道呢？我不知道殺他的人是誰。他是中午或中午晚些時候，在自己的辦公室裡被人殺死的。可能和基特的案子有關，也可能無關。只是他被殺的時間點非常微妙——我剛接手這個案子，正想向他瞭解一些情況。」

她點了點頭。「我知道了，你懷疑是馬蒂下的手，那你報警了嗎？」

「沒有。」

「哈，我的朋友，這豈不是錯失良機？」

「是，但我想先和你們談談價，最好能低一些。畢竟，不管警察如何處理我，只要他們知道這件事，你和馬蒂・埃斯特爾就要有大麻煩了。」

「喔，很像敲詐啊！」她冷冷地說，「或許我可以說，請不要太過分。棕眼睛，你叫什麼名字？」

「菲力普・馬羅。」

「菲力普，聽好了，我名字曾經登上過社會名人錄，我身家清白，家世顯赫。可是老基特毀了我的父親，用合法的手段、卑鄙的伎倆，害得我父親自殺而死。我母親也死了。妹妹被送去了東部的寄宿學校。我關心的，也許從來不是怎麼賺錢照顧她。啊，也許未來的某一天，我會好好照料老基特！在我嫁給他的兒子之後。」

「養子，不是親生兒子，」我說，「他們之間沒有血緣關係。」

「我一樣不會手下留情。小子，用不了幾年，這個男孩就會得到一大筆錢，我會狠狠地招待他。他現在已經有酗酒的毛病，但這還不是最嚴重的。」

「女士，在他面前，你肯定不會這麼說吧？」

「不會？哈，看看身後吧，傻瓜，你耳朵被耳屎堵住了嗎？」

我連忙起身，向後望去。在我身後大約四英尺的地方站著一個男人。我之前一直忙著耍小聰明，完全沒注意到他何時從門裡出來，躡手躡腳地踩著地毯走到我身後的。他一頭金色的頭髮，身強體壯，穿著粗糙的便服，開領襯衫上繫著一條圍巾。他臉色紅潤，眼神飄忽不定，這個點就醉成這樣，明顯有些早。

「如果不想躺著出去，就快點滾。」他冷笑著對我說，「你們說的話，我都聽見了。哈莉[2]說什麼，我都不介意，她想怎麼說就怎麼說。我喜歡。滾！不然，我打下你的牙齒，叫你吞進肚子裡。」

女孩在我身後哈哈大笑，這笑聲實在有些討厭。我朝金髮男孩的方向邁了一步，他眨了眨眼睛。他長得很壯，卻未必是打架的好手。

女孩在我身後冷冷地喊道：「寶貝，打他。我就喜歡看英雄好漢跪地求饒。」

我竟然還有心情回頭朝她拋媚眼，簡直是在找死。他雖然神志不清，卻有撞翻一堵牆的力氣。在我回頭的時候，他一拳打在我下頜後端，那一下極狠，我被打到仰面摔倒在絲質地毯上。倒地之前，我還想伸直腿，穩住身子，可惜沒有成功。我頭向下趴了一會兒，剛剛磕在傢俱上，頭有些暈。

我迷迷糊糊看到，那個臉紅脖子粗的傢伙對我露出了一個嘲諷的笑。即使在這個時候，我仍然覺得有些對不起他。

忽然，我眼前一黑，失去了意識。

2. 哈莉特的暱稱。——譯注

4

我睜開眼睛，感覺窗外的燈光有些刺眼，後腦勺很疼。我摸了摸傷口，黏黏糊糊的。我緩緩移動身體，像一隻被帶到陌生房間裡的貓，跪在地上，躬著身子，摸索著往前爬。到了沙發盡頭，我從矮凳上拿起那瓶威士忌。真是個奇蹟，我居然沒把酒瓶打碎。摔倒的時候，我的頭撞到了堅硬的椅腳。椅腳尖的和爪子一樣，比傑拉爾德的拳頭厲害多了。下頜也有些疼，不過很輕微，不值得我寫在日記裡。

我從地上爬起來，往嘴裡倒了一大口威士忌，環顧四周，房間空空如也，沒有人，也沒有任何聲音。只有香水的餘韻在空氣中慢慢飄散，讓人心醉神迷。有一種香水，就像樹上的最後一片葉子，只有快消失的時候，才會讓人感覺到它的存在。我又摸了摸頭，掏出手帕在那塊黏膩的傷口上按了按，好在並不嚴重。又一口威士忌灌到嘴裡。

我坐在凳子上，將威士忌放在膝蓋上，聽著窗外的汽車馬達聲由遠及近，再由近到遠。這個房間布置得溫馨漂亮，哈莉特・亨特麗絲小姐也很漂亮。和大多數人一樣，她交了幾個壞朋友。這不太好。我又喝了一口酒，瓶子裡的酒下去得很快。這種酒很柔，從嘴裡流淌到肚子裡沒有任何感覺，不像我平常喝的那些酒，每嚥一口都像是自己的扁桃腺被割走了一半。我又喝了不少。頭已經不疼了。我覺得很舒服，幾乎想放開嗓子，唱一首《丑角》[1]的序曲。她真漂亮，若能正正經經找份工作，我一定支持她。她很優秀，她的威士忌也很好喝，我喝了很多。

我晃了晃瓶子裡的酒，只有半瓶了。我將瓶子塞進外套的口袋裡，隨手

1. 義大利歌劇，作者是萊翁卡瓦洛。——譯注

戴上帽子，離開房間，沿著走廊——沒有撞到兩邊的牆壁——上了電梯，我像踩著雲朵一樣走到樓下，大搖大擺穿過大廳。

保安霍金斯仍舊靠在桌子邊緣，對著那個油壺發呆。服務生也還是之前那個，他正用秀氣的鼻子蹭著臉上的鬍子。我向他露出一個微笑，他也回了我一個微笑。霍金斯向我笑了笑，我也回了一個微笑給他，大家都很優秀。

我終於走到前門，還給了門童一筆二十五美分的小費。我飄飄悠悠下了台階，沿著人行道走到街上，找到我的車，開車回家。

加州的傍晚就這樣結束了。晚上的景色讓人迷醉，西邊的啟明星（金星）像街邊路燈一樣明亮，它是那樣的璀璨耀眼，就像我們的生活，不，更像亨特麗絲小姐的眼睛。哈，還像這瓶蘇格蘭威士忌。我像是被點醒了，掏出方形酒瓶，愉快地抿了一小口，又蓋上瓶蓋，放回口袋裡。還有很多，可以堅持到家。

我一路闖了五個紅燈，運氣真好，居然沒被抓到。我在公寓門口的街邊停下車，坐電梯上樓，費了好大的力氣才把鑰匙插進鎖孔裡，打開門。進門之後，我將那瓶酒從兜裡掏出來，摸索著走進房間，打開電燈。為了補充體力，我又喝了一些「良藥」提神。我準備喝個痛快，於是朝廚房走去，想要找些冰和薑汁啤酒。

公寓裡有股怪味。具體是什麼，說不清，像是藥味。不是我留下的，我走的時候還沒有。唉，無所謂了。我繼續朝廚房走，但走到一半，就不得不停了下來。

有兩個男人從床壁旁邊的更衣室裡並肩走了出來。他們手裡都拿著槍，高個的那個挑起嘴角，露出一個冷笑。他的帽子壓得很低，下頜尖尖的，就像倒吊的方塊A。他的雙眼漆黑晶亮，鼻子一絲血色都沒有，白得像蠟做的。他拿著一把長筒柯爾特護林者手槍，瞄準器已經被挫掉了——這樣看來，他認為自己是個好人。

矮個流氓長得像一隻小梗犬，紅色的頭髮又粗又硬，沒戴帽子，雙目無光，招風耳，腳很小，穿著白色運動鞋。他應該很喜歡拿槍的感覺，儘管手裡的槍已經讓他有些不堪重負。他大口大口地喘著粗氣。我剛剛聞到的怪味，毫無疑問就是從他嘴裡發出來的，是薄荷腦的味道。

他說：「你，舉起手來。」

我除了恭敬地舉起雙手，還能怎麼樣呢？

矮個子男人繞到我身側，譏諷道：「你逃不掉的。」

我說：「你們也逃不掉。」

高個子男人露出一個凶狠的笑容。鼻子仍舊毫無血色，像是一根白蠟。矮個子男人一口痰吐在地毯上，「呸！」他走到我身邊，斜著眼睛，用手槍戳我的下巴。

我本能地往邊上一躲。按理在這種時候，我應該用隱忍的態度，來面對他的侮辱和挑釁。可是我當時不太清醒，或者自我感覺十分良好，相信自己武藝出眾、力大無窮，三兩下就奪了他們的槍。我一把抓住小個子的脖子，用拳頭在他肚子上狠揍，再一揮手，將他小手裡的槍打落在地。嗯，確實，很容易。唯一的麻煩就是，他的口氣太難聞了。他被我打得嗷嗷直叫、連聲叫罵。

高個男人斜著眼睛站在邊上，看我大展神威，既沒有開槍，也沒有衝過來或移動位置。我覺得他眼神有些焦慮，但也不確定。我從後面抱住那個小流氓，一手抓著他的槍，一手抓著他的人。我不該這麼做的，我應該掏出自己的槍。

我一把將他推出去。他撞翻椅子，摔倒在地。他雙腿對著椅子一頓亂踢。高個男人被逗得哈哈直笑，說：「那把槍沒有撞針。」

「聽著，」我嚴肅地說，「我現在非常著急，有半瓶上好的威士忌正等著我享用，所以，別浪費時間了，你們到底想幹什麼？」

白蠟鼻子說：「那把槍沒有撞針，不信你可以試試。弗力斯科性格太急，我從來不讓他帶著上膛的槍出門。朋友，我必須承認，你的手臂動作相當漂亮。」

弗力斯科搖搖晃晃站起來，「呸」地一聲往地毯上吐了一口痰，嘻嘻哈哈笑得歡暢極了。我將自動步槍的槍口朝下，扣動扳機，一陣「哢噠哢噠」的輕響。槍體的平衡感證明槍裡有彈匣，所以他說的對，這把槍沒有撞針。

白蠟鼻子說：「我們沒想把你怎麼樣，至少這次沒想。當然，以後就不好說了。識相的，就別管傑拉爾德的事。明白我的意思嗎？」

「不。」

「你是要跟我們鬥到底了？」

「不，我是不知道傑拉爾德是誰。」

我的話沒能將白蠟鼻子逗笑。他揮了揮手裡的長筒點二二口徑手槍，動作非常漂亮，「朋友，你的腦袋該修一修了。還有你的門，弗力斯科三兩下就把它弄開了，輕鬆的有些出人意料。」

「我知道。」

「給我帽子。」從地上爬起來的弗力斯科，大喊著撞向（哦，這次不是我）他的同伴白蠟鼻子。

高個男人說：「蠢貨，老實點。我們是來送口信，不是來揍他的，至少今天不是。」

「你告訴我的！」弗力斯科大聲喊道，伸手想要搶下白蠟鼻子的點二二口徑手槍。白蠟鼻子隨手一抓、一推，就將人扔了出去。趁著他們內訌的工夫，我把自動手槍換到左手，用右手拿出自己的魯格手槍。他看到我的動作，卻不在意，只是點了點頭。

白蠟鼻子難過的說：「他父母雙亡，只能跟在我身邊。除非他張嘴咬你，否則不必理會。我們走了，請記住我的警告，別管傑拉爾德的事。」

「小心了，現在我手裡是一把魯格手槍。」我說，「傑拉爾德是誰？也許你們還沒走，警察就到了。」

他露出一個輕蔑的笑容：「先生，我若是槍法差一點，就不會帶著這把小口徑手槍，你真的覺得自己能制伏我嗎？」

「好吧，」我說，「那你告訴我，你認不認識加斯特？」

他疲憊地笑了笑，說：「我見過很多人，你說的這個，我或許認識，或許不認識，誰知道呢？再見吧，老兄，祝你好運。」

他側著身子，向門口移動。在他出門之前，我們一直注意不讓對方超出自己手槍的射程。關鍵是誰先開槍而且能一擊即中，還有就是這一槍值不值得開。我沒開槍，因為在這之前，我喝了不少溫熱的威士忌，能射中對方的機率恐怕不大。我覺得他不像殺手，但也不敢確定。

在我全神戒備白蠟鼻子的時候，小個子男人忽然撞過來，順勢奪回了他的自動手槍，然後幾步竄到門口。他得意洋洋地又往地上吐了一口痰，走掉了。白蠟鼻子為他斷後。我想我一輩子都會記得那張狹長的臉。他的下巴很尖，鼻子白得不見一點血色，一臉疲憊的神色。

他輕輕關上門，我舉著槍，站在原地出神。我聽到電梯上升、下降的聲音，他們已經走了，我還是呆呆地站在那裡一動不動。派兩個小丑來恐嚇我，這不像是馬蒂・埃斯特爾會做的事。我左思右想，忽然想到了那半瓶威士忌。腦袋裡的秘密會議還在繼續。

一個半小時之後，我感覺好了很多。只是頭還有些暈，而且很睏。

忽然一陣刺耳的電話鈴響，我被驚醒了。原來不知何時，我已經躺在椅子上睡著了。這並不一個很好的選擇，事實上，糟透了。醒的時候，我發現自己嘴裡咬著兩條法蘭絨毛毯，腦袋很疼，後腦勺和下巴隱隱作痛。雖然傷口多說也就一個雅基馬[2]蘋果那麼大。這種痛感就像截肢，非常難受。

我掙扎著爬到電話機旁，拿起話筒，一屁股坐在旁邊的椅子上。話筒裡的聲音像冰淇淋般寒氣森森。

「馬羅先生嗎？我是下午和你見過面的基特先生，我想我當時態度不太好。」

「不太好，是的。我現在也不太好，剛被你兒子揍了一拳，我說的是你的養子，或繼子。」

「他是養子，也是繼子，你真的被他打了？」他聽上去興致不錯，「你在哪兒遇到他的？」

「亨特麗絲小姐的公寓。」

「哦，這樣。」寒冰忽然消融，他繼續問道：「很有意思，亨特麗絲小

---

2. 華盛頓州的一個縣城。——譯注

姐是怎麼說的？」

「她非常高興，看到您兒子在我下巴上狠狠揍了一拳，高興的不得了！」

「他為什麼打你。」

「亨特麗絲小姐把他藏在了臥室裡。他聽到了我們的對話，生氣了。」

「嗯，我想了想，若是亨特麗絲小姐願意配合，我可以給她一些補償，當然，數額不會太大。可以確定她的心意嗎？」

「她要五萬。」

「我怕是無法……」

「開玩笑的！」我大聲喊道，「五萬美金，五萬！我跟她開玩笑說只能給她五百。」

「你有嚴肅認真地對待這件事嗎？」他同樣大聲喊道，「我從未遇到過這樣的事，我厭惡這樣的事。」

我打了個哈欠，誰管你喜歡不喜歡。「基特先生，你聽好了，我對生活或許不太認真，但工作態度無可挑剔。這個案子並不尋常。你或許不知道，我剛剛在家，就在這間公寓裡被持槍歹徒襲擊了。他們警告我不許插手基特的事。您能告訴，這個案子為什麼這樣凶險嗎？」

「天啊！」基特驚訝地說：「這樣的話，請你立即來我家，我們仔細商量一下。我派車過去接你，你現在有時間吧？」

「有，但我自己開車過去就行了，我……」

「不不不，我立即派車過去接你，司機叫喬治，你完全可以相信他。他過去大概需要二十分鐘，你等著吧！」

「好吧！」我說，「我還需要一點時間把『晚餐』喝下去。讓他把車停在富蘭克林肯莫爾路的拐角處，正對富蘭克林大街。」

放下電話之後，我用冷水沖了個澡，換了一身乾淨的衣服，看起來精神不少。我拿出小杯子，喝了幾杯之後，套了件薄外套，下樓，走上街道。

車已經到了，就停在半個街區外的一條小路上，那輛車十分豪華，是慶祝新店開張時用的那種。所有的車燈都很大：前燈像流線型火車前面的那種燈，側燈像普通車的前燈，在前擋板上，琥珀色的霧燈像兩隻大眼睛。我剛一靠近那輛車，就看到一個男人從暗處走了出來。他俐落地甩了一下手腕，將猩紅的菸頭扔到身後。男人身形挺拔，體格壯碩，皮膚微微有些發黑，頭上戴著一頂鴨舌帽，身穿俄式束腰風衣。腰間繫著一條武裝帶，護腿閃著亮光，像穿著英國軍官的馬褲，可以看到挺翹的臀型。

他抬起手——手上戴著白手套——用食指在額前碰了碰帽子的邊沿，問：「馬羅先生？」

「是我，」我說，「稍息，這是老基特的車嗎？」

「其中之一。」他的聲音清冷，卻有種振奮人心的力量。

他打開後面的車門，我鑽進去，陷進軟綿的座椅裡。喬治坐上駕駛座，發動這輛豪華轎車。汽車離開街邊，在轉彎處發出一陣劇烈的沙沙聲，很像錢包裡紙幣的摩擦聲。我們一路向西，順著車流前行，不知不覺走過了所有的地方，從好萊塢的中心地區到西面，再到日落大道，從喧囂熱鬧的街市，到涼爽靜謐的比佛利山，再到分開大道的跑馬路。

在比佛利山的山路上，我們提高了車速，透過車窗，可以看到遠處豪宅的燈火。之後車子向北開往貝沙灣的方向。途中有一段狹長的巷道，兩邊既沒有人行道也沒有大門。宅邸的燈光輕柔地穿透剛剛拉下的夜幕。四周安靜極了，只有輪胎摩擦柏油路發出的低低的嗚嗚。汽車向左轉彎，我看到一塊指示牌，上面寫著「卡爾維洛車道」這幾個字。上行到一半，前方出現了兩扇十二尺寬的鐵門，喬治再次左轉，事情就發生在這個時候。

鐵門的遠處忽然亮起兩盞車燈，接著就是一陣刺耳的喇叭聲和引擎的轟鳴聲，一輛汽車朝我們直衝過來。喬治反應極快，他抓著方向盤的手猛地一沉，挺身踩剎車，脫下右手手套，幾個動作瞬間完成。

那輛車擦著我們的車身直開過去，只留下一個車燈亂晃的背影。喬治對著後面狠狠地罵了一句「狗娘養的醉鬼！」

醉鬼，或許吧！開著車的醉鬼出現在哪裡都不稀奇。或許吧，或許就是醉鬼。我滑坐在汽車的地板上，伸手掏出腋下的魯格手槍，打開保險，輕輕推開車門。我舉起槍，謹慎地透過車窗四下張望。忽然一道車燈照在我臉上，我連忙低下頭，等燈光過去才抬起頭來。

那輛車忽然停下，車門打開，一個人從車裡跳了出來。他拿著槍，揮舞著，又喊又叫。我一下就聽出來了，是弗力斯科的聲音。

他大聲朝我們喊道：「舉起手來！你⋯⋯」

喬治左手把著方向盤。我將車門又推大一點。弗力斯科站在街邊不停地蹦跳、吵嚷。他身後那輛深色的小汽車，除了引擎聲，再沒有別的聲響。

弗力斯科大聲喊道：「搶劫！所有人下車，出來站好，你們⋯⋯」

我猛地踢開車門，提著魯格槍，衝出車外。

小個子吼道：「找死！」

我連忙撲倒在地，幾乎是在同一時間，他的槍口爆出一串火星。毫無疑問，已經有人給他的槍裝上了撞針。我頭頂的玻璃「啪」地一聲被打得稀碎。我舉起魯格手槍，正要扣下扳機，忽然用餘光看見（雖然在如此危及的關頭，我本該目不斜視，但事有湊巧，我確實看到了這一幕），喬治動作行雲流水地，掏槍、開槍一氣呵成。

我收起槍，已經輪不到我了。

深色汽車驟然發動，伴隨著引擎的轟鳴向山下疾馳而去。汽車呼嘯著跑了很遠，藉助兩側牆壁的燈光，我可以清楚地看到站在道路中央的小個子在垂死之際，是如何搖晃掙扎的，那畫面恐怖至極。

黑色的黏液順著他的臉頰慢慢流下，他的手槍掉在地上，幾次彈起、落下。他的短腿彎起，身體前撲。他趴在地上掙扎滾動，最後，幾乎是一瞬間，所有的動作都停了下來。

「啊！」喬治這樣喊了一聲，將左輪手槍舉到鼻間聞了聞。

「槍法不錯。」我站在車邊，看向那個小個子男人——他現在已經變成扭曲的一團。在轎車側燈的照耀下，他那雙沾滿汙漬的白運動鞋微微閃著亮光。

喬治走到我身邊，問：「老兄，怎麼了。」

「我看到你拔槍射擊的動作了，相當漂亮。我都沒來得及開槍！」

「沒你說的那麼好。他們肯定是針對傑拉爾德先生來的。每天晚上的這個時候，傑拉爾德先生都會坐車回家。他在俱樂部玩牌，每次都輸，然後喝得大醉，被司機送回去。」

我走到小個子男人身邊，低頭看了看。他身上沒什麼特別的，還是那個小個子男人，只是已經死了。一顆碩大的子彈嵌在他的臉上，他身上全是血。

我大聲喊道：「關燈，把那些該死的燈關了。走，我們趕緊離開這兒。」

「就在街對面，我們走吧！」喬治口氣平和，好像他剛剛不是打死了一個人，而是打到了吃角子老虎機裡的一枚遊戲幣。

「你想保住工作，就別和老基特說這件事。你明白我的意思吧！好了，回我的住處，我們過一會兒再來。」

他冷聲說道：「明白。」

他鑽進駕駛座，關了側燈和霧燈。我坐到副駕駛的位置上。

我們朝山上直行。越過山頂，我回頭看了看車後座的玻璃，被子彈打碎的是最後面的一塊。它不防震，幾乎是整塊掉了下來。修的時候，可以重新裝一塊，然後把碎掉的這些留下作證據，但也許不用，我不能確定它有沒有這樣的價值。

在通過山頂的時候，我們遇到了一輛巨大的豪華轎車，也是朝著山下行駛。車裡的頂燈十分明亮，將整輛車照得像陳列室一般。車裡坐著一對老夫婦，很有些皇室氣派。男人一身晚禮服、頭戴禮帽、脖子上繫著白圍巾，女人穿著貂皮大衣，一身的金銀首飾。

喬治平靜地踩下油門，超過他們，向右急轉，駛入一條漆黑的街道。他慢悠悠地說：「還有不少醉生夢死的晚宴等著開！相信我，他們搞不好會直接把這件事抹掉。」

「好，去我家喝一杯。」我說，「我不喜歡殺人，一直不喜歡。」

5

我拿出哈莉特・亨特麗絲小姐的威士忌，每人倒了一杯。我們透過酒杯的杯沿兒觀察對方的神色。摘下帽子的喬治，看起來相當帥氣，深褐色捲髮蓬鬆濃密，牙齒整齊乾淨。他喝了一口酒，又叼著香菸吸了一口。他黑色的眼睛神采奕奕，閃著寒光。

我問他：「畢業於耶魯大學？」

「達特茅斯學院[1]，問這個做什麼？」

「沒什麼，職業習慣，什麼都想問。大學文憑值錢嗎？」

他拖著長聲說：「一天三頓飯，外加一套制服。」

「你覺得傑拉爾德這個人怎麼樣？」

「一個膀大腰圓的金髮男人，高爾夫打得不錯，自認為是情場高手，嗜酒，就差沒把自己喝吐了。」

「老基特呢？他怎麼樣？」

「能給五分，絕不給一角。」

「哈哈，你這樣評價自己的老闆嗎？」

喬治露出一個大大的微笑：「他是個鐵公雞。每次摘帽子，腦袋都會『咯吱吱』直響。我到現在還只是司機，或許就是因為我太直率了。嗯，威士忌不錯。」

我又倒了一杯威士忌，瓶子空了。

我重新坐到椅子上，問：「那兩個持槍劫匪，你覺得他們針對傑拉爾德先生來的？」

---

1. 1769年成立，是美國歷史最悠久的世界名校。——譯注

「是啊，他平時都是這個時候坐車回家的，我負責接送。今天晚上他醉得厲害，出門晚了。你這個混蛋，肯定知道是怎麼回事。」

「有人跟你說我是混蛋嗎？」

「沒有，但你若不是混蛋，怎麼會問我這麼多問題？」

我搖搖頭，「可是我只問了六個問題啊！老基特很信任你，肯定和你說了不少事。」

黑皮膚的男人點點頭，無奈地撇了撇嘴，拿起杯子抿了一口酒。「對方的計畫非常周詳。我們的車剛轉過彎道，他們的車就衝了過來。如果我沒猜錯，他們的目的不是殺人，而是恐嚇。怪只怪那小個子太瘋了。」

我發現喬治的眉毛非常漂亮，漆黑的顏色，帶著鬃毛的光。

我說：「馬蒂・埃斯特爾恐怕不會找這樣的人幫忙吧？」

「這或許正是他的目的，排除自己的嫌疑。」

「聰明。我們合作吧！一定很有默契。你開槍殺了那個小個子蠢貨，這件事有點麻煩。有什麼想法嗎？」

「隨機應變。」

「行。警察要是來到你這裡，檢查你的槍……我的意思是，你的槍如果還在身邊，當然，你可能已經把槍處理掉了。這個案子多半會被認定為搶劫未遂，這是第一點。」

「還有什麼？」喝完第二杯酒，喬治將杯子放在一邊，又點了一根菸，臉上帶著一抹閒適的笑容。

「從正面辨別一輛車的難度非常大，尤其是在晚上。就算所有的車燈都開了，也難保車上只有一位客人。」

他聳聳肩，又點了點頭。「無論對方的初衷是不是恐嚇，結果都一樣，老頭知道這件事之後，一定會猜測對方是誰，有什麼目的。」

我敬佩地說：「你果然很聰明。」

話音未落，電話鈴就響了。

話筒對面是一個英國男管家的聲音。他說話非常簡潔，確定我的身分後，立即把話筒交給了老基特。老基特的聲音一如既往，冷得直冒冰碴。

他怒吼道：「我就問一句，你聽從命令要花多少時間？還是我的司機……」

「基特先生，喬治已經到我這兒了。我們遇到了一點麻煩，詳細情況他過後會向你彙報。」

「年輕人，我若是想做什麼事……」

「聽著，基特先生，我今天過得糟透了。你兒子一拳打在我下巴上，我摔倒時，腦袋磕傷了。我頭暈目眩地回到公寓，發現有兩個持槍歹徒正等在我的公寓裡。他們警告我不要管基特的案子。我已經非常累了，只是強撐著沒倒而已，所以威嚇的話就停一停吧！」

「年輕人……」

「聽著，」我嚴肅地說，「我不需要你教我該怎麼做。你再這麼指手畫腳，我就不奉陪了。或者你可以找一個只會聽命行事的應聲蟲，這樣還能省下一筆。我只按自己的方式行動。今晚有條子找過你嗎？」

「條子？」他不耐煩地重複了一句，「你是說警察？」

「自然是警察。」

他大聲喊道：「警察找我幹什麼？」

「半個小時前，你家門口多了具『硬貨』，也就是『屍體』。你要覺得麻煩，就用簸箕把他收起來，反正他個子也不大。」

「天啊，你說真的？」

「是，他向我和喬治開槍，明顯認識那輛車，所以應該是針對你兒子去的。基特先生。」

一陣靜默之後，基特先生用冰冷的聲音繼續說道：「剛剛你說屍體，現在又說有人向你開槍。」

「他開槍的時候還沒死。讓喬治和你說吧！喬治……」

他大吼著打斷道：「你立刻過來，立刻，馬上，聽到沒有！」

我溫聲說：「等喬治的彙報吧！」然後不等他回答，立即掛斷了電話。

喬治冷漠地看了我一眼。他站起身，戴上帽子，一邊朝門口走，一邊說：「好吧，也許有一天，我也能在話筒裡這樣溫柔地對你說話。」

「我必須這樣做。關鍵還是看他，他才是那個下決定的人。」

「瘋子，」喬治回頭看著我說，「和我說沒用，私家偵探。再正確的話，也得在正確的地方對著正確的人說，才有效。」

他打開門，走出去，又隨手關上門。我拿著話筒，坐在原處，張大的嘴巴裡，除了一根舌頭，只剩滿嘴臭味。

我走進廚房，搖了搖空掉了的威士忌酒瓶，覺得滿心煩躁。想要擺脫這種感覺，可能只有死掉這一個方法了。

他們和喬治肯定是當面錯過的。我聽到電梯停頓的聲音，之後是開門、關門和上行的聲音。走廊裡的腳步聲越來越近，敲門聲傳來，我連忙過去應門。

兩個高大健碩、滿臉不耐煩的男人，一個穿著藍色的制服，一個穿著棕色的制服。

棕制服抬起一隻手——上面長滿了雀斑——往後推了推帽子，說：「請問你是菲力普・馬羅先生嗎？」

「是。」

兩人威風凜凜地將我押回房內。藍制服關上房門，棕制服攤開手、出示證件——一枚閃著金黃琺瑯色澤的盾形徽章。

「我是中央重案組警長芬利森，這位是我的搭檔西伯德。我們找你是為了一件非常嚴肅的案子，有人舉報你是持槍搶劫的歹徒。」

西伯德摘下帽子，露出灰白色的頭髮。他伸手向後擦了擦頭上的灰，不動聲色走進廚房。

芬利森坐在椅子邊上，漫不經心地用拇指的指甲輕彈著下巴。他的指甲是方形的，微微有些發黃，就像一塊芥子膏顏色的冰塊。他年紀比西伯德大，也沒有對方英俊，散漫疲懶的樣子不像警察，倒像一個粗糙奸猾的無賴老兵。

我坐在椅子上問：「你們說持槍搶劫的歹徒，什麼意思？」

「意思是你朝別人開槍了。」

我點上一支菸。西伯德離開廚房，走進壁床邊上的更衣室。

芬利森嚴肅地說：「據我們所知，你是一個私家偵探。」

「對。」

「給我看看。」我把錢包放在他攤開的手掌上。他翻來覆去檢查了好一會兒，才把錢包還給我，又問，「有槍嗎？」

我點點頭。他態度強硬地伸出手。看樣子，我要是不給，他就要動粗了。西伯德走出更衣室。芬利森聞了聞魯格槍上的味道，「啪」地一聲退出彈匣。他舉起槍，看了看彈匣和槍管後膛的介面，那裡發著微光。他又低下頭，半眯著眼睛看了看槍口。他把槍交給西伯德。西伯德原樣又檢查了一次。

「怎麼會？」西伯德說，「就算清理過，一個小時之內，也不可能清理得這麼乾淨。還有灰。」

「你說得對。」

芬利森將地毯上的子彈撿起來，塞回彈匣，又將彈匣「啪」地插進槍裡，將槍遞回給我。我接過槍，塞回腋下。

他開門見山，「今晚有沒有出去過。」

我說：「我只是個小人物，沾不到陰謀詭計的邊。」

西伯德失望地說：「真是麻煩。」他又在頭髮上拂了拂，拉開一個抽屜，「一件趣事，新聞記者這回有東西寫了。要我說，皮革短棒才是最好的方式。」

「唉！」芬利森嘆了一口氣，說，「私家偵探，今晚出去過？」

「有，出出進進好幾次，怎麼了？」

他沒回我，又問：「去哪兒了？」

「吃飯，還打了幾個電話，聊工作上的事。」

「說什麼了？」

「抱歉，警官，全是私人業務，我有責任為客戶保密。」

西伯德拿起喬治用過的酒杯看了看，問，「之前，一個小時之內，你都和誰在一起？」

我尖刻地說：「你沒有優秀到這個地步。」

芬利森步步緊逼，深吸一口問：「不是坐著豪華的凱迪拉克，在西洛杉磯那邊兜了一圈嗎？」

「是坐著克萊斯勒[2]，在藤蔓大街那邊兜了一圈。」

西伯德盯著自己的指甲，說：「他恐怕要到局裡才能說真話。」

「我的建議是，省掉審訊的過程，直接告訴我你們想要問什麼？只要你們還願意遵紀守法，我也會做個良好市民，積極配合警方的工作。」

芬利森死死地盯著我看，我之前的那番話對他沒有任何觸動。西伯德也是一樣。他心裡一定有什麼想法，是他小心保護、不肯放棄的。

他嘆了一口氣，說：「你認不認識一個叫弗力斯科・拉文的流氓？他經常做一些敲詐勒索的事，從沒被抓到過。他有一把槍，做事乾淨俐落。不過他的所有行動，在今晚七點半左右，都宣告結束了。他頭部中彈，已經變成了一具屍體。」

「不認識，從沒聽說過。」

「我必須看看筆記本。」

西伯德風度翩翩地躬身問道：「你想討打嗎？」

「本，住口，別說了。」芬利森一把拉住他，「聽著，馬羅，也許是我們說錯了。不是謀殺，而是正當防衛。今天晚上，弗力斯科・拉文死在了貝沙灣的卡爾維洛車道，屍體躺在馬路中央。沒有人看到案發經過，我們只是想向你瞭解一些情況。」

「是，你們說得對，可是這和我有什麼關係？」我喊道，「還有，叫那個調音師別弄頭髮了。他的西裝很整齊、很乾淨，指甲也是。唯一的不足，是把所有的注意都放在警徽上了。」

西伯德說：「瘋子。」

「我們接到了一個電話，很有意思，」芬利森說，「不是恃強凌弱，是

---

2. 美國汽車品牌，同時也是美國三大汽車公司之一。2014年，克萊斯勒公司改名為FCA。——譯注

想找一把點四五口徑的手槍。至於具體是哪個型號，還不確定。」

西伯德冷笑著說：「對方非常狡猾，把槍扔在利維斯家的柵欄下。」

「點四五口徑？我沒有那樣的槍。」我說，「這麼需要槍，還不如用鐵鍬。」

芬利森瞪了我一眼。他敲敲手指，深吸一口氣，忽然用非常溫柔的口氣說：「對，我是個蠢貨，誰想把我耳朵揪下來，動動手指就好，我也不在意。行了，閒話就先到這兒，說正題吧！」

「西洛杉磯警局接到匿名報警電話，說在一棟豪宅外發現了死者的屍體。死者是弗力斯科，豪宅的主人是老基特。老基特有好幾家投資公司，根本不會招攬弗力斯科這樣的人做打手，他沒有理由這麼做。僕人們沒有聽到任何聲音，那一街區其他四棟宅邸的僕人也說什麼都沒聽到。弗力斯科躺在馬路中央，雙腳有被汽車壓過的痕跡，但致命傷是臉上的槍傷，子彈是點四五口徑的。西洛杉磯警局還沒開始行動，中央重案組就接到了匿名電話，說私家偵探菲力普・馬羅可以告訴我們是誰殺了弗力斯科，他還把這個偵探的詳細地址和相關資訊也都和我們說了，之後就掛了電話。」

「就是這樣。我們接到報案時，根本不知道弗力斯科是誰，鑑識科的人表示他可以查出來。我剛接手這個案子，西洛杉磯那邊就發來消息，說的情況，和報案人說的幾乎一模一樣。警長讓我們兩個過來向你詢問情況，這就是我們出現在這裡的原因。」

我說：「你們到了之後呢？要喝一杯嗎？」

「如果可以，我們想搜查一下你的房間。」

「可以，如果你們肯花六個月的時間，好好研究一下那通匿名電話，必定大有斬獲。」

「誰說我們沒有收穫？」芬利森喊道：「如果說，想要殺掉那個惡棍的人有一百個，那麼其中三分之二，都想把罪名扣在你頭上。我們正想和那三分之二聯絡一下！」

我搖了搖頭。

「你和他真的素不相識？」

「看你能嘴硬到什麼時候。」西伯德說。

芬利森搖晃著身子，站起來說：「行，我們搜搜看。」

西伯德舔了舔上嘴唇，說：「最好有一張搜查令，這樣才能搜得徹底一些。」

我問芬利森：「我真不想和這傢伙吵。我的意思是，強壓怒火，由著他冷嘲熱諷，並不是一件容易的事。」

芬利森盯著天花板，冷聲道：「他前天剛離的婚，心裡憋著一口氣必須發出來，他自己也這麼說。」

西伯德一臉慘白，雙手攥在一起粗暴地絞動手指。他扯動嘴角，露出一個乾澀的笑，站起身開始搜查。

他們折騰了足有十分鐘，冰箱、抽屜；架子後、坐墊底下、床鋪底下，能掀開打開的，全都檢查了一遍，翻箱倒櫃，可惜一無所獲。

他們重新坐下。芬利森疲倦地說：「瘋了。也許那傢伙只是在黃頁上看到了你的名字，惡意誣蔑。」

「來杯酒吧！」

西伯德喊：「我不喝。」

芬利森用手摸了摸肚子，說：「孩子，只是一小碗。」

我倒了三杯酒，兩杯放在芬利森跟前。他拿起一杯，三兩口喝下去一半。他看著天花板，出了一會兒神，說：「馬羅，其實還有一起謀殺案，死者是你的同行，叫加斯特，是日落大道的一個胖子，你認識他嗎？」

我說：「不認識，筆跡鑑定專家嗎？」

西伯德冷冷地說：「是警方在問你話！」

「是啊！警方已經把問題刊登在上午的報紙上。加斯特身中三槍，凶手用的是點二二口徑的手槍，你知道有哪個流氓混混用這種型號的手槍嗎？」

我拿著玻璃杯的手驀然攥緊，拿起酒杯，緩緩喝了一口。是白蠟鼻子嗎？他應該沒那麼危險吧，但也說不好。

「嗯，我倒是知道一個。」我慢條斯理地說，「殺手阿爾・泰斯羅爾用的就是這個口徑的手槍——柯爾特護林者，可是他一直在佛森那邊活動。」

喝完一杯，芬利森又拿起了第二杯仰頭灌下。他站起身準備走了，沉著臉的西伯德也跟著站了起來。

芬利森打開門，叫上西伯德，兩人一起走了。

走廊上的腳步聲越來越遠，之後是電梯上升、下降的聲音。樓下街邊，一輛汽車轟然發動，伴著嗡鳴聲衝入夜色中。

我大聲喊道：「那種小角色不會殺人！」其實我不說，他們也該知道。

我又等了十五分鐘才再次出門。期間有人打電話過來，我沒有接。

我開車在街上繞了幾圈，確定沒人跟蹤，才往阿爾・米拉諾的方向開去。

6

大廳裡沒什麼變化。我慢慢走向前檯，藍色的地毯照舊輕柔撫摸我的腳踝。前檯服務生還是那個臉色蒼白的男青年。他正將一把鑰匙遞給兩個穿斜紋軟呢的長臉姑娘。看見我之後，他把重心放在左腳上，就像之前那樣。櫃檯邊上的門打開，霍金斯那個好色的胖子叼著雪茄，從門裡鑽了出來。

霍金斯滿臉笑容地走到我跟前，拉住我的胳膊，笑呵呵地說：「你來得正是時候，我正想找你。走，趕緊跟我上樓。」

「怎麼了？」

「怎麼了？」他笑得更加欣喜，嘴咧得像一個敞開的車庫大門，還是可以停兩輛車的車庫。「哈，沒什麼！走這邊。」

他推著我進了電梯，用肥厚的嗓子愉悅地喊了一聲「八樓。」電梯上行，我們在八樓離開電梯，順著走廊往前走。我想知道他的目的，所以由著他擺弄。他在亨特麗絲小姐的房門前按響門鈴，房內鈴聲叮咚作響。門開了，一個頭戴窄邊圓頂禮帽、身穿晚禮服的男人走了出來。他臉上沒有一絲表情，右手插在衣兜裡，禮帽下的眉毛傷痕累累，眼神像汽油箱蓋一樣靈動。

他嘴唇微張，問：「找誰？」

霍金斯喜上眉梢，「老闆派來的，你們一夥的。」

「一夥的？什麼意思。」

「他的意思是，」我插嘴道，「一個公司[1]。」

男人疑惑地挑了挑眉毛，揚起下巴說：「你們最好不要耍我。」

霍金斯說：「先生們，等一下……」

「畢夫，怎麼回事？」一個聲音從禮帽男人身後傳來，打斷霍金斯的話。

我說：「他被困在鍋裡了。」

「聽著，蠢貨……」

「先生們，等一下……」霍金斯再次說道。

「沒事。」畢夫像往後甩了一團繩子般揚聲說，「酒店保安帶了一個客人上來，說和我們是一夥的。」

「畢夫，把他們帶進來。」這聲音聽起來既柔和又平靜，非常討喜，像是用一把三十磅的錘子和一把冰冷的鑿子在石碑上刻名字的動靜。

畢夫讓到一側，說：「進來吧！」

我和霍金斯一前一後走進門內，畢夫在我們身後謹慎地轉過身，好像他也是一扇門。我們三個離的很近，像一塊夾心三明治。

亨特麗絲小姐不在。壁爐裡的原木已經燒成了灰燼。空氣裡瀰漫著檀香和香菸混合的味道。

在長沙發的另一頭，一個男人雙手插兜站在那裡。他頭戴一頂帽簷可以

1. Company，既有同夥的意思，也有公司的意思。——譯注

上下翻動的黑帽子，身穿藍色駝毛外套，豎起的領子幾乎碰到了帽簷，脖子上的圍巾繫得很鬆。他靜靜地站在那裡，一直沒有說話，叼在嘴裡的香菸，偶爾會冒出一縷青煙。他身材高挑，頭髮黝黑，是個優雅的危險人物。

霍金斯慢慢走過去，說：「埃斯特爾先生，就是這個人，我之前和你說過的，」胖子滔滔不絕，「他上午來過，騙我說是你派他來的。」

「畢夫，給他十塊。」

禮帽男人不知怎麼一動，左手就出現了一張十塊的紙幣，他將錢往霍金斯面前一推。霍金斯紅著臉接過，說：「埃斯特爾先生，您這也太客氣了，謝謝，謝謝您了。」

「滾。」

「什麼？」霍金斯一愣。

畢夫氣勢洶洶地說：「你聾了嗎？讓你滾，還不走？」

霍金斯挺胸抬頭，說：「我不能讓客人在這裡出事。先生們，你們也知道，這是我的職責。」

埃斯特爾開口道：「知道，滾。」

霍金斯連忙轉身走了出去，離開前，還恭敬地輕輕帶上了房門。畢夫回頭看了一眼，走到我的身後。

「畢夫，檢查一下他身上有沒有傢伙。」

禮帽男細細在我身上搜了一遍，收走了我的魯格槍，退到一邊。埃斯特爾漫不經心地看了魯格槍一眼，又把視線轉到我身上，眼神中帶著說不出的冷漠和厭惡。

「菲力普・馬羅，私家偵探，對嗎？」

「是，怎麼樣？」

畢夫冷冷地說：「或許可以把某人的臉按在某些人的地板上。」

我說：「這些鬼話，還是留給那些打詐騙電話的吧，我今天晚上已經見識過不少英雄好漢了。剛剛我問『怎麼樣？』現在也還是這句。」

聽到這裡，馬蒂・埃斯特爾竟然被逗笑了。他說：「好了，發什麼火。我要保護自己的朋友，有什麼不對嗎？你應該知道我是誰吧？關於你，我也知道不少事，比如你和亨特麗絲小姐的談話，比如某些你自以為掩藏得很好的小秘密。」

「好吧，」我說：「就是那樣。下午我給霍金斯，就是那個愚蠢的胖子十塊錢，讓他放我上來。他知道我是誰。剛剛他靠著出賣我又從你的保鑣那裡賺了十塊。把我的槍還給我。還有你們管閒事的理由，能和我說說嗎？」

「很好。首先，哈莉特出去了。因為一件已經發生的事，我們正等她回來。其次，因為俱樂部的工作，我不能耽擱太久。你這次過來，想查什麼？」

「我來找傑拉爾德，今天晚上有人對著他的車開槍了。從現在開始，必須有人二十四小時守在他身邊，保護他的安全。」

埃斯特爾冷酷地問：「你覺得是我派人做的？」

我走到櫥櫃邊上，從櫃子裡拿了一瓶威士忌來，擰開瓶蓋，又從茶几上拿起一個玻璃杯，給自己倒了一杯酒。我嘗了一口，真是好酒。我想加點冰塊，可惜找了半天，都沒找到。下午冰桶裡的那些，已經化成水了。

埃斯特爾嚴肅地說：「我有個問題想要問你。」

「問吧！我已經想好了，不管你問什麼，我都說沒想過。不，事情發生的時候，我在現場，就在車上——車上的人原本應該是傑拉爾德，而不是我。傑拉爾德的父親約我談事情。」

「什麼事？」

我懶得裝模作樣假裝吃驚，繼續說道：「傑拉爾德給了你一份價值五萬塊的文件。他死了，對你沒有任何好處。」

「是啊，他死了，我就拿不到錢了。可是，他活著又能如何？假設老基特不願意出錢。他現在一個月只有一千塊，還不能自己拿主意，因為錢在信託基金裡。」

我一邊享用美酒，一邊說：「你也不會殺他，最多只是嚇嚇他。」

埃斯特爾皺著眉，將菸蒂扔進菸灰缸裡。他望著緩緩升騰的煙霧出了一會兒神，又拿起菸頭將菸掐滅了。他搖了搖頭，說：「你若是想給他當保鑣，傭金恐怕只能找我要了，對嗎？幹我這行的，總有照顧不到的地方。他是成年人，想和誰交往就和誰交往。比如女人的事。一個美麗的女人，想從五百萬美元裡為自己贏一塊蛋糕，無可厚非。」

「你說的對，是個好主意。請問你知道的，我自以為掩藏得很好的小秘密是什麼？」

他疲憊的笑了笑。

「你在這裡等亨特麗絲小姐，說要告訴她一件已經發生的事，是什麼事？」

他再次露出一個疲憊的笑容。

「聽著，馬羅，每種遊戲都有自己的遊戲規則。我要贏得一切，賭場的利潤，就是我的規則。你知道，我歹毒狠辣的原因是什麼嗎？」

我拿起一根新的香菸在兩指間轉動，又嘗試著用兩根手指讓它圍著玻璃杯轉圈。「有人說你歹毒狠辣嗎？關於你的評價，我聽到的都是最好的話。」

馬蒂・埃斯特爾漫不經心地點頭一笑，「我有很多耳目。」他平靜地說，「我既然想在一個人身上賺到五萬塊，自然會想盡方法多搜集一些有關他的消息。基特之前僱了私家偵探加斯特調查某些事。今天這位私家偵探被人用一把點二二口徑的手槍殺死在自己的辦公室裡。我無法確定，他的死和基特的案子有沒有關係。但是，今天你去找他的時候，有人在後面跟著。你知道這件事，卻沒和警察說。這些能讓你和我交朋友了嗎？」

我伸出舌頭在酒杯上舔了一口，點點頭說：「應該可以。」

「能請你從現在開始，離哈莉特遠一點嗎？」

「行。」

「我們已經達成了諒解，對嗎？」

「對。」

「好，現在我要走了。畢夫，把魯格槍還給他。」

禮帽男走到我身邊，將手槍「啪」地一下甩到我手上，差點沒把我的骨頭打斷。

埃斯特爾邁步走向門口，回頭問：「你還不走？」

「不著急，我要等霍金斯上來再跟我要十塊錢。」

埃斯特爾笑了笑。走在他前面的畢夫，面無表情地打開門，埃斯特爾走了出去。房門關閉，屋子裡寂靜無聲。我聞著幾乎消散乾淨的檀木香，站在原地靜靜地環顧四周。

有人瘋了。我瘋了，所有人都瘋了，瘋子們湊在一起，把事情攪得一團亂。馬蒂・埃斯特爾說他沒有殺人動機，事實的確如此。殺了傑拉爾德，他一分錢都拿不到。退一萬步，就算他想殺，也不會找白蠟鼻子和弗力斯科去殺。我現在已經上了警察的黑名單，二十塊經費沒了一半，哪裡還有錢去賄賂前檯。

喝完酒，我放下杯子，在房間裡走來走去。抽完第三支菸，我看了手錶一眼，聳聳肩，忽然有種反胃的感覺。套房內側的門全都關著，我邁步走向下午傑拉爾德藏著的那間屋子，打開門，裡面是一間臥室。這間臥室以象牙白和玫瑰灰為主色調，巨大的雙人床上蓋著一條織花錦被，床底沒有豎板，邊上的梳妝檯燈光閃爍，把上面的化妝品照得光華流轉。門邊的桌上有一盞同樣亮著光的小檯燈。從梳妝檯旁邊的門縫裡，可以看到浴室黯淡的綠色瓷磚。

我走到門邊朝裡看了看，這是一間鍍鉻玻璃浴室，掛在架子上的毛巾繡著女主人名字的首字母，玻璃隔板上擺著香水和洗漱用品，浴缸底下放著浴鹽。所有物品都很精緻，擺放得整整齊齊。亨特麗絲小姐布置得很好，我希望她自己付房租。當然這件事和我沒什麼關係，只是我希望她這樣做。

我原路返回客廳，站在門口興致勃勃地重新打量四周。忽然，我發現一件事，事實上，這件事我在踏進屋子的那一瞬間就該發現了。空氣中有尚未完全消散的，刺鼻的火藥味。之後，我又有了新的發現。

床被人移動過。有人把床推到櫃子邊上，用床頭頂著櫃門。要是沒有這張床，櫃門早就崩開了。我慢慢朝櫃門走去，想要一探究竟。走到一半，忽然發現自己手裡正握著槍。

我側身貼著櫃門，四周寂靜無聲。我站在邊上，狠狠一腳將床踢開，然後謹慎後退。

就在這時，一個巨大的黑影忽然朝我撲過來，我連忙後退。他出現得實在有些出人意料，就那麼斜著滾了出來。我下意識抵住櫃門，儘量讓他保持原狀。我探頭一看。

他和之前一樣，還是一頭燦爛的金髮，身材魁梧壯碩，穿著粗糙的便服，開領襯衫上繫著圍巾。唯一的區別是，他的臉上已經失去了血色。

我猛地後退，櫃門崩開，他像在衝浪般「砰」地一聲砸在地上，還滾了幾圈。他面朝上躺在地上，雙眼看著我的方向。床頭明亮的檯燈，將他的腦袋照得纖毫畢現。在他粗糙的便服上，大概心臟位置，有一片焦黑黏膩的痕跡。他徹底和那五百萬斷了關係，沒人能得到這塊蛋糕了。年輕的傑拉爾德先生一死，馬蒂・埃斯特爾的五萬塊也泡湯了。

我回頭望向藏匿這具屍體的櫃子。透過敞開的櫃門，可以看到架子上掛著不少女人的衣服，都很漂亮。屋裡很乾淨，所以剛剛可能是有人用槍頂著他的胸口，將他逼到櫃子裡，他舉著雙手，被人射殺了。殺他的人無論是誰，身手肯定不夠俐落，氣力有限，要不然也不會連櫃門都關不上。還有一種可能，就是凶手非常慌亂，把床推過來頂住櫃門就跑了。

我忽然注意到地板上有個東西閃閃發亮，撿起來一看，是一把小巧的女用自動手槍，點二五口徑，槍柄內側用純銀和象牙鏤刻著花形。我把槍放在口袋裡，覺得這件事很有意思。

我不再管他。他已經死了，就像約翰・D・加斯特那樣。櫃門仍舊敞開著，我凝神聽了聽，四周一片寧靜。我迅速離開房間，走進客廳。我關上臥室的房門，按照慣例用手帕擦掉把手上的指紋。

門外傳來一陣「呀呀」的聲響，有人正用鑰匙打開房門。是霍金斯，我一直沒下去，引起了他的懷疑，他正用備用鑰匙開門。

我在他進門的瞬間，拿起杯子倒了一杯酒。

他進屋以後，像木頭椅子一般定在原地，用冰冷的眼神上下地打量我。

「我看到馬蒂・埃斯特爾和他的手下已經走了，你一直沒下去，我來看看怎麼回事，我……」

「你要保證客人的安全。」我說。

「對，我要保證客人的安全。所以你必須馬上離開。先生，住在這裡的女主人不在，我們不能讓其他人待在這裡。」

「馬蒂・埃斯特爾和那個小子呢？他們怎麼可以？」

他一臉輕蔑的神色，慢慢朝我走近。之前，他或許也是用這種神色看我的，只是沒現在這麼明顯。

他說：「你不是想找事吧？」

「怎麼會？最好大家都別找事，喝一杯嗎？」

「這瓶酒不是你的。」

「是朋友的，我和亨特麗絲小姐做了朋友，所以她送了一瓶給我。我和馬蒂・埃斯特爾也做朋友。大家都是朋友，你不想交朋友嗎？」

「胡言亂語。」

「來，喝一杯，一笑泯恩仇。」

我找到杯子，倒了一杯酒給他。他拿著酒杯，說：「如果有人問我上班時間為什麼喝酒，我就說是被客人逼的。」

「你說的對。」

他慢慢抿了一口，酒液在舌尖炸開。他讚嘆道：「好酒。」

「怎麼，第一次喝這樣的酒？」

他立時有些惱了，剛要發怒，又忽然緩和了神色，「真是邪門，你果然是個騙子。」

他一仰頭，把杯子裡的酒全都灌進肚子裡。他放下酒杯，拿出一個皺巴巴的大手帕擦了擦嘴，嘆息道：「好了，趕緊走吧！」

「走吧！亨特麗絲小姐多半不會回來了。他們出門的時候，你看見了嗎？」

「看見了，她和她男朋友一起走的，已經好一會兒了。」

我點了點頭。我們離開房間，坐電梯下樓。我離開酒店。他沒有看到亨特麗絲小姐臥室裡的東西，他會偷偷回去嗎？那也沒關係。看到客廳裡的威士忌，他多半不會再有心思進臥室了。

我坐進車裡，回家吧！還得打個電話給安娜・海爾賽，告訴她我手裡的案子已經消失了。

7

我把車停在馬路邊上，心裡覺得十分沮喪。我坐電梯上樓，開門，開燈。

忽然，我看到家裡最好的那張椅子上坐著一個人，是白蠟鼻子。他指間夾著一根手捲的棕色香菸，菸沒有點上。他翹著二郎腿，膝蓋瘦得只剩一把骨頭，腿上放著把柯爾特護林者手槍。見我進來，他露出一個甜美的笑容，我曾經見過比這更甜美的笑容。

「你好啊，我的朋友。不是讓你把門加固嗎？都不像是鎖過的。」他拖著長聲，冷冷地說道。

我關上門，站在房間的另一邊和他對望。

他說：「你殺了我的夥伴。」

他緩緩起身，一步一步慢慢朝我逼近，那把點二二口徑的手槍戳在我的喉嚨上。他仍舊笑得十分甜美，只是薄薄的嘴唇和他的白蠟鼻子一樣，沒有任何溫度。他靜靜地拿走了我外套裡的魯格槍。以後，我還是把它放家裡吧！這個城市裡隨便找出個人，都能輕易繳了我的械。

他慢慢地走到房間的另一邊，重新坐到椅子上，用溫和的語氣對我說：「老實點，我的朋友，你最好別亂動。我將以你為起點，別著急，我們很快就開始。」

我坐在一邊，盯著他看。他像一隻怪鳥。我舔了舔乾澀的嘴唇，說：「你不是說他的槍裡沒有撞針嗎？」

「是。我被這個小混蛋騙了。我警告過你，不要管傑拉爾德的事，你為什麼不聽呢？現在弗力斯科死了，我簡直不敢相信。那個傻瓜，只會給人添麻煩，每天黏著我，可是他被人殺了，我無能為力。」他長嘆一聲，說，「他還是個孩子，是我的兄弟！」

「不是我殺的。」

他笑了笑。他一直在笑，現在嘴角咧得更大了。

他將魯格槍的保險打開，小心地把槍放在一邊，然後從口袋裡掏出一件讓我膽顫心驚的東西。

一個表面凹凸不平的黑色金屬管，長度大概有四英寸，上面鑽了很多小洞。他右手拿著金屬管，左手拿著護林者手槍，漫不經心地將金屬管擰到槍管上。

「這是消音器。」他說，「你們都是聰明人，可能覺得這種東西沒什麼效果。但它還是很好用的，至少可以開三槍。我自己做的，所以很瞭解。」

我又舔了舔嘴唇。「一槍就行。這個東西看著像鍛鐵，會阻礙子彈發射吧！你小心點，別炸了手。」

他又冷冷地笑了一下。繼續緩慢細緻地轉動消音器。擰完最後一下，他像卸下了千斤重擔般放鬆地靠在椅背上。「不會的，這是個寶貝。我在裡面加了鋼絲絨，至少可以開三槍，就像我之前說的那樣。三槍之後，要重新填充。它不會產生巨大的後座力，影響槍手的動作。你還好嗎？我希望你還好。」

我說：「你這個變態，我好得很……」

「待會兒我把你放在床上，你什麼都感覺不到。我殺人時會非常慎重。如果我沒猜錯，弗力斯科也沒什麼感覺。你的動作很快。」

我譏諷道：「你是傻的嗎。他是被司機用史密斯・威森點四四口徑的手槍殺掉的，我一槍都沒開。」

「是嗎？」

「我知道你不信。」我說，「好，那你告訴我，你為什麼要殺加斯特？這個案子沒有任何特殊之處。他被人用點二二口徑的手槍，殺死在自己的辦公桌前，身中三槍，屍體倒在地上。他也惹到你那個混帳小兄弟了？」

他忽然笑容滿面拔出槍，「胡說，我連加斯特是誰都不知道。」

我慢條斯理地把所有的事都和他說了一遍。我說了很多，他露出一抹憂慮的神色，眼神飄忽，目光閃爍，焦躁不安的樣子就像一隻蜂鳥。

他慢吞吞地說：「朋友，我不認識加斯特，也沒聽說過這個名字。今天我也沒開槍射殺過任何一個胖子。」

我說：「不是你還會是誰？不只是他，還有傑拉爾德，在阿爾・米拉諾，亨特麗絲小姐的公寓裡。他的屍體現在還躺在那兒。你是馬蒂・埃斯特爾的人，對不對？傑拉爾德死了，埃斯特爾一定非常惱火。來啊，把我也殺了，正好三人成行。」

他僵在那裡，臉上的笑容徹底消失。他一臉慘白地張著嘴巴，急促的呼吸聲讓人莫名有些不安。我看到他額頭滲出的汗珠閃著微光，幾乎能感覺到汗水升騰的熱氣。

白蠟鼻子柔聲說道：「我誰都沒殺。朋友，我一個人都沒殺過。我接的也不是殺人的活兒。說實話，是弗力斯科的死，讓我第一次有了殺人的想法。」

我強忍著不去看他手槍上的消音管。

他眼裡冒出一點微弱的火光，火光逐漸變大，慢慢成了一團烈焰。他盯著腳下地板，一動不動。我不動聲色地看了眼電燈開關，不行，太遠了。他抬起頭，慢慢擰下消音器，隨意晃晃，扔回衣袋。他站起身，兩手各執一把槍。他忽然改變主意，重新坐下，迅速卸了魯格槍裡的所有子彈，扔到地上。

他輕輕地走到我跟前，對我說：「你今天運氣不錯，我走了，我要去見一個人。」

「我一直感覺不錯，今天確實是幸運日。」

他謹慎地從我身側繞到門邊，將門推開一條窄縫，準備順著門縫鑽出去。

他回頭朝我笑了笑，唇舌微動，溫聲說了一句「我要去見一個人。」

「恐怕不行。」我拔地而起。

他拿著槍的手就貼在門邊，靠近門後的位置。他躲不開。我拼盡全力，牢牢把他壓在門上。瘋了。他給我了一個機會，按理我應該待在原地，由著他離開。可是他要去見一個人，而我想先見到那個人。

白蠟鼻子的臉被擠在門上，他大聲咒罵。門後的他拼命掙扎，我閃身躲開的同時，狠狠一拳砸在他的下巴上。他被我打得身形搖晃，我又補了一拳。他腦袋撞在門框上，那一下極狠，我聽到了「砰」的一聲。我又給他一拳。我這輩子第一次打人打得這麼狠。

我往後退了一步，他雙腿發軟，兩眼無神，直直地向我撞過來。我一把抓住他，將他反剪雙手按在地上。我呼呼直喘，眼睛卻一直盯在他的身上。我走到門邊，撿起那把掉在地上的護林者手槍，扔進口袋。在另一個口袋裡，亨特麗絲小姐的手槍一直待在原地。他根本沒發現我身上還有一把槍。

他躺在那裡，身體纖瘦，感覺一點分量都沒有。我還在大口大口的喘氣。

他過了一會兒才恢復神智，眨了眨眼睛，抬頭看我。過了一會兒，他眨眨眼睛，抬起頭看了我一眼。

他無精打采地喃喃自語：「不該這麼貪心的，一直留在聖路易就好了。」

我拿手銬銬住他的手腕，抓著他的肩膀把他拖進更衣室，用繩子捆住他的腳。他微微側身躺在地上，鼻子和之前一樣毫無血色，雙眼無神，嘴唇微微開闔，像在自言自語。這個傢伙挺有意思的，沒那麼壞，但也沒有純潔到讓我心生憐憫。

我把自己的魯格槍收好，現在有三把槍了。我離開公寓，外面一片靜寂，一個人都沒有。

8

基特的豪宅建在一座近十英畝的小山丘上，有很多殖民地時期的白柱子和屋頂天窗。基特家的車庫非常大，有四個停車位，車庫周圍種了很多蘭花。車道盡頭的圓形停車處停著兩輛車：我坐過的那輛豪車，還有我之前見過的淺黃色敞篷車。

我按下門口銀幣大小的門鈴。門開了，一個寬肩膀的男人推開門，站在門內，一臉冷漠地打量我。他身形高䠷，穿著一身深色衣服。

「請問基特先生在家嗎？我是說老基特先生。」

「您是哪位？」他說話時，口音很重，就像混合了各種酒的威士忌。

「菲力普・馬羅，受僱於基特先生。或許，我可以走員工通道。」

他用一根手指挑著衣領，不悅地看我了一眼，說：「是嗎？先進來吧！我會向基特先生通報。他現在很忙，恐怕不會立刻見你，先在門廳等一會兒吧！」

我說：「不要裝過頭了，英國管家現在不這樣裝腔作勢了。」

他大聲喊道：「你還真是聰明！」聲音像是從遠處傳過來的，或許沒大西洋城到霍博肯[1]那麼遠。「等著。」說完，就氣沖沖地走了。

我在一張精雕細琢的椅子上坐著，等那位管家通報。我覺得很渴，嗓子乾得快冒煙了。不一會兒，管家躡手躡腳地走了回來。他鬱悶地朝我揚了揚下巴，撇了撇嘴。

我們沿著長長的走廊一直往前，到了走廊盡頭，前面忽然開闊起來，是一間巨大的陽光房。走到陽光房的另一邊，管家打開門，我從他身側走進了

1. 美國紐澤西州的城市。——譯注

一間橢圓形的房間裡，鋪在地上的橢圓形地毯黑銀相間，地毯中間是一張黑色的大理石台。牆邊立著幾把精雕細刻的高背椅和一面巨大的橢圓形鏡子。抬眼看去，鏡子裡的我就像一隻剛從水裡鑽出來的侏儒。房間裡有三個人。

在門的正對面，是站得筆直的司機喬治。他穿著合身的深色制服，手裡拿著自己的鴨舌帽。哈莉特・亨特麗絲小姐坐在椅上——她明顯坐的有些難受——杯子裡的酒喝了一半。老基特站在橢圓地毯的銀邊上，正努力放鬆四肢，但怎麼動都覺得受到了束縛，氣得臉色漲紅，鼻頭充血。他雙手插在絲絨便服的衣兜裡，裡面是一件帶褶皺的襯衫，胸前別著一枚黑珍珠，脖子上繫著一條黑色的領結。腳下一雙漆皮牛津皮鞋，一隻鞋的鞋帶沒有繫好。

他轉身朝我身後的管家怒吼道：「滾！關上門，不見客了，明白嗎？誰都不見。」

管家關上門。他應該是走了，但我沒聽到腳步聲。

喬治神情冰冷，皮笑肉不笑地看著我。亨特麗絲小姐透過酒杯平靜地看著我，假模假樣地說：「身體沒事了？」

「怎麼能把我單獨留在你的公寓呢？多危險啊，萬一我偷了你香水怎麼辦？」

「好吧，你想幹什麼，優秀的偵探先生？」基特對著我大喊，「我讓你秘密調查，你卻跑到亨特麗絲小姐那裡，把所有的事都和她說了。」

「結果很好，不是嗎？」

他盯著我，其他人也這樣。他大聲喊道：「誰告訴你的？」

「一個美麗的女士，我能輕易分辨出她是什麼人。如果我沒猜錯，她來到這裡都和你說了些什麼，是不是說她有一個自己不太喜歡，卻能幫你消除所有煩惱的想法？傑拉爾德先生呢？他在哪兒？」

老基特閉上嘴巴，凶狠地瞪著我。「但你還是不稱職，我兒子失蹤了。」

「你不是我的老闆，安娜・海爾賽才是。如果有什麼不滿，可以直接向她投訴。給我來杯酒吧！我自己倒，或者讓你這位穿紫西裝的僕人倒。你兒子失蹤了，什麼意思？」

喬治平靜地說：「先生，要我把他扔出去嗎？」

老基特對著黑色大理石台揮了揮手——石台上擺著一隻帶有吸管的玻璃細頸瓶和幾隻酒杯——示意我自己倒。然後厲聲罵了喬治一句，「說什麼傻話？」

喬治抿著雙唇，臉漲得通紅。

我給自己倒了一杯酒，坐在椅上抿了一口，再次問道：「基特先生，你說你兒子失蹤了，什麼意思？」

他瞪著我，怒氣沖沖地吼道：「你收了我那麼多錢……」

「什麼時候？」

他呼吸一窒，目瞪口呆地看著我。亨特麗絲小姐「噗嗤」一聲笑了出來。喬治瞪著我。

老基特嚴肅地說：「我說我兒子失蹤了，你覺得這句話還有別的意思嗎？原本我以為，至少你該知道他在哪兒的，可是現在誰都不知道。無論是我，亨特麗絲小姐，還是其他的什麼人。我們甚至不知道他可能去了哪兒。」

「可是我知道啊！」我說：「由此可見，我比所有人都聰明。」

四周霎時安靜下來，足足一分鐘，沒有一個人說話。基特雙目圓睜，用凶狠的目光瞪著我，喬治也瞪著我，那個女孩也是如此。唯一不同的是，前兩個人只是瞪著我，亨特麗絲小姐的神情中多了一絲困惑。

我問亨特麗絲小姐：「能告訴我，你們出門後都去了哪兒嗎？」

她深藍色的眼睛，像一汪乾淨的泉水。「沒什麼不能說的。離開公寓後，我們坐計程車去了沙灘，傑拉爾德的駕照被吊銷了一個月，有很多罰單沒交。我心情不好，想放鬆一下，你多半也能猜到。我和傑拉爾德在一起，不是為了他的錢，而是想向老基特復仇，因為他毀了我的父親，雖然手段合法，但結果是一樣的。可是和他在一起並不能真的報復到老基特先生，而且我也不想把自己變成一個卑鄙無恥的騙子。所以，我和傑拉爾德提出分手，讓他去找其他女孩。他很難過，我們大吵了一架。我在比佛利山，獨自下車，回了阿爾・米拉諾。之後，我在車庫裡開出自己的車，一路開到這裡。

我已經和老基特先生說清楚了，所有事就當沒發生過，他不用再花心思找可惡的私家偵探調查我了。

「按照你的說法，你們是一起坐計程車出去的。既然傑拉爾德先生被吊銷了執照，怎麼不叫喬治來開車，他不是司機嗎？」

我說這句話時，看的是亨特麗絲小姐，卻不是對她說的。

基特冷漠地說：「因為喬治要為我開車，我去公司、回家，都由他負責接送。更何況，傑拉爾德現在是離家出走，喬治沒有給他開車，有什麼不對的？」

我將視線轉向老基特，「就是有些不對。公寓警衛霍金斯告訴我，傑拉爾德回了阿爾・米拉諾，在那裡等亨特麗絲小姐回去。霍金斯只要拿到了十塊錢的小費，就會很好說話。所以，他現在可能走了，也可能還在那裡等著！」

我仔細觀察他們的神色。想要同時看著三個人，並不是一件容易的事。他們只是呆呆地看著我，一動不動。

老基特說：「哈，這真是一個好消息，我還以為他去哪裡買醉了，擔心得要死。」

「嗯，他沒有去買醉，」我說，「可是你打電話找他的時候，就沒想到他可能在阿爾・米拉諾嗎？」

喬治點了點頭說：「我打過電話到那邊，他們說他不在那兒。可能接線的女孩收了警衛的錢，特意幫他保密的。」

「應該不會，他只要不接公寓裡的電話就行了。是吧？這樣更符合實際。」

老基特神情嚴肅，又帶了一些好奇。他應該不願意提那件事，可是他不得不提。

他果然沒忍住。他舔了舔嘴唇，冷冷地問：「你說這樣更符合實際，為什麼？」

我將酒杯放在大理石台上，背靠牆壁，垂著手，努力觀察那三個人的神色。

「我們不妨將整件事梳理一下。」我說，「冷靜地看待這件事。如果我沒猜錯，喬治的身分應該不是僕人這麼簡單吧！亨特麗絲小姐，我是認識的。還有童叟無欺的基特先生。現在來看看我們手裡有哪些線索。有些線索明顯不合邏輯，不過沒關係，我很聰明的，一定能把它們連起來。首先，馬蒂・埃斯特爾拿出了一疊複印的單據，傑拉爾德說自己沒有簽過這些單據。老基特先生不肯付錢，找了筆跡鑑定專家加斯特鑑定，看上面的簽名是真是假。結果，這些簽名貨真價實。加斯特可能還查到了一些別的事。具體是什麼，我並不知道。因為我去找他的時候，他身中三槍，已經死了。聽說凶器是一把點二二口徑的手槍。不，老基特先生，我並沒有報警。」

白頭髮的男人一臉吃驚的神色，瘦弱的身體不停地發抖，自言自語一般說：「死了，被人殺了？」

我看向喬治。他一動不動。我看向亨特麗絲，她安靜地坐在那裡，雙唇緊閉，神情平靜。

「他的死和基特先生的案子之間只有一個連接點，就是殺死他的那把手槍是點二二口徑的。基特先生的案子裡，有一個人用的就是這樣的槍。」

他們沒有說話，只是專注地看著我。

「我完全找不到凶手殺他的理由。他太胖了，幹不了跟蹤跑腿的活，所以對亨特麗絲小姐或者馬蒂・埃斯特爾先生沒有任何威脅。所以我猜，他是太聰明或者說太不聰明了，竟然從筆跡鑑定這樣的小案子，查到了他許可權之外的事。因為知道了某些他原本不該知道的事，甚至是有了一些敲詐行為，所以今天下午他被人滅口了，凶器就是一把點二二口徑的手槍。好吧，我還可以承受，畢竟之前我和他素不相識。」

「之後，我去拜訪亨特麗絲小姐。透過酒店裡的色鬼保安，我們終於見了一面，還談了幾句話。只是我沒想到，傑拉爾德先生就藏在裡面的臥室裡，他聽到了我們的談話，對著我的下巴狠狠揍了一拳，我倒地後，他又用椅腳將我砸暈了。等我恢復神智，屋子裡一個人都沒有。沒辦法，我只能先回家了。」

「我剛到家，就發現屋子裡有兩個人正等著我。其中一個拿著點二二口徑的手槍，另一個名叫弗力斯科・拉文，是個愚蠢的瘋子。他有嚴重的口臭，拿著一把巨型槍。不過，這一切都不重要了，因為今天晚上，他已經死在了老基特先生家的大門口。老基特先生，你應該已經知道了吧，他想劫你的車。另一個劫匪，就是那個用點二二口徑手槍的傢伙，認為是我開槍殺了他的小兄弟，他想給自己的傻兄弟報仇，所以匿名打了報警電話。警察因此找到我，可惜他們一無所獲。這便是前兩起謀殺案的經過。」

「再來看看第三起，也是最重要的一起謀殺案。我回阿爾・米拉諾找傑拉爾德先生，因為到了這時候，他明顯已經不適合在外面亂晃了。他的仇人好像很多啊！弗力斯科・拉文開槍的時候，貌似以為車裡的人是他。當然了，這只是一種假象。」

老基特灰色的眉毛皺成一團，臉上滿是困惑的神色。喬治的臉上倒是沒有任何困惑之色，他一臉麻木的樣子，就像雪茄店門口的印第安人木雕[2]。女孩臉上的紅暈開始褪去，露出緊張的神色。我步步緊逼，繼續往下說。

「到了阿爾・米拉諾，我在亨特麗絲小姐的公寓裡見到了馬蒂・埃斯特爾和他的保鑣。他們在等她回來，毫無疑問，是霍金斯放他們進去的。馬蒂等在那裡，是為了告訴她加斯特被殺的事。這樣她就能暫時擺脫傑拉爾德了，無論有什麼計畫，都得等警察調查結束之後才能進行。馬蒂是個非常謹慎周密的人，周密得超乎你的想像。比如，他知道加斯特的存在，知道今天下午老基特先生去過安娜・海爾賽的辦公室，還知道這個案子現在由我負責，如果我沒猜錯，這些消息都是安娜告訴他的。他派人跟蹤我到了加斯特的辦公室，但是沒進去。後來，他的某位警察朋友告訴他加斯特遇害的事。他知道我沒報警，所以我到了公寓之後，他留我一起等。我們也算等出了交情。他和我說完這些事，就走了。這是我第二次單獨留在那間公寓裡，上次我見沒人很快就走了，這次卻不一樣。我在房間裡隨意逛了逛，然後在臥室

2. 因為菸草在印第安人的生活中占有極為重要的位置，所以雪茄店為了宣傳，經常在門口擺放印第安人的木頭雕像。——譯注

的櫃子裡，發現了年輕的傑拉爾德先生。」

我快步走到亨特麗絲小姐跟前，從口袋裡掏出一樣東西——那把小巧精緻的點二五口徑自動手槍——放在她的膝蓋上。

「見過嗎？」

她的聲音雖然有些發緊，看著我的那雙深藍眼睛裡卻沒有任何情緒。

「當然，這是我的槍。」

「你把它放在哪兒了？」

「床頭櫃的抽屜裡。」

「你確定？」

她垂眸細想，另外兩個人一聲不吭。

喬治嘴角一動，她忽然搖了搖頭，說：「不，不是。我想起來了，因為我不瞭解槍，所以曾經把它拿出來向人請教，後來就放在客廳的壁爐上了。我可以確定，就是這樣的。教我用槍的，就是傑拉爾德。」

「所以，若是有人想害他，完全可以從那兒拿到手槍，對嗎？」

她點了點頭，一臉疑惑的神情，輕聲急切地問道：「剛剛你說在櫃子裡找到他，什麼意思？」

「你知道我的意思，房間裡的每個人都知道，他們還知道我為什麼要拿出這把槍給你看。」我離開亨特麗絲小姐，轉過身看向喬治和他的僱主。「毫無疑問，傑拉爾德已經死了。有人對著他心臟開了一槍。這把槍我是在他身邊找到的，多半就是凶器。」

老人朝前邁了一步，又忽然停下來。他靠在桌子上，身體左搖右晃。他臉色非常白，我不知道他之前就這樣，還是剛剛才變成這樣。他直勾勾地盯著亨特麗絲，一字一頓、咬牙切齒地說：「狗娘養的，你，你殺了他。」

我冷笑一聲，問：「也可能是自殺啊！」

他轉頭看向我，微微點了點頭，似乎覺得這個想法很有道理。

「不，」我又說，「這不是自殺，絕對不是。」

他被我的玩笑激怒了，臉色漲紅，鼻頭因為充血變得又紅又大。女孩摸了摸膝蓋上的槍，輕輕抓住槍柄，拇指拂過保險栓。她或許對槍不太瞭解，但也夠用了。

「絕對不是。」我再次慢吞吞地強調道。「假設這是一個獨立案件，和之前發生的所有案子，無論是加斯特，還是埋伏在屋外卡爾維洛車道和我公寓裡的歹徒，或者那把點二二口徑的手槍，都不相關。」

我掏出口袋裡白蠟鼻子的護林者手槍，隨意放在左手的手掌上。「可是很奇怪，這把點二二口徑的手槍，雖然確實屬於其中一個歹徒，我卻有種它與這些案子都沒有關係的感覺。是的，我抓到歹徒，繳獲了這把槍，他現在正被我綁著關在公寓裡。他本來想殺了我，但最終放棄了這個念頭，因為我口才太好了。」

女孩微微舉起槍，冷聲說道：「前提是你別演得太過。」

「亨特麗絲小姐，殺人凶手已經昭然若揭。」我說，「關鍵在於動機和運氣。馬蒂・埃斯特爾不會這麼做，因為傑拉爾德若是死了，他的五萬塊也就泡湯了。弗力斯科・拉文的同夥也不會，雖然他有一個僱主，但我覺得這個僱主不會是馬蒂・埃斯特爾。他連阿爾・米拉諾都進不去，更不要說進入亨特麗絲小姐的公寓殺人了。凶手需要滿足兩個條件，一個是能從傑拉爾德的死中獲得好處，一個是能夠進入凶案現場。他死之後，誰能獲益？兩年後，傑拉爾德將從信託基金中繼承五百萬美金。如果他無法繼承，這筆錢會落到誰的手裡，當然是他的法定繼承人。他的法定繼承人是誰，說出來你們都不信。在加州和某些州，當然不是所有的州，一個人只要收養一個沒有子嗣的有錢人，就會自動成為他的法定繼承人。」

喬治終於忍不住出手了。他的動作非常流暢，行雲流水一般，手裡的史密斯・威森手槍寒光閃爍。可惜有人先他一步按下了扳機。女孩手裡那把小巧精緻的自動手槍爆出一串火花，喬治寬厚的棕色手掌立即被射出一個血洞。史密斯・威森「啪」地一聲掉在地上，喬治疼得又叫又罵。嗯，她不瞭解槍，一點都不熟悉。

「你說的對，」她冷冷地說，「喬治可以輕易進入有傑拉爾德的地方，包括我的公寓。他應該是走的車庫那條路，穿著司機的制服，乘電梯上樓。他只要敲敲門，就能讓傑拉爾德把門打開。他會用這把史密斯・威森逼他退回房間。可是他怎麼知道傑拉爾德在我的公寓裡？」

「毫無疑問，他一直跟在那輛計程車後面。」我說，「我們分開之後，沒人知道他今晚都去了哪兒。不過沒關係，他開著的那輛車，警察能查到。喬治，這塊蛋糕你能分多少？」

喬治用左手死死抓著右手的手腕，臉上的神情十分猙獰，他一句話都沒說。

女孩輕聲說：「喬治用那把史密斯・威森將傑拉爾德逼回房內，這時，他看到了我放在壁爐上的手槍，然後靈機一動，覺得這是個好機會。他拿起那把槍，逼著傑拉爾德進入臥室，鑽進櫃子裡。之後不慌不忙地殺了他，把槍扔在地上。」

「大學生怎麼會是壞人呢？喬治，你是哪個大學來著，達特茅斯，還是丹尼莫拉？」我說，「還有加斯特，他也是被喬治殺死的。喬治知道弗力斯科・拉文的大哥用的是點二二口徑的手槍，因為他就是那兩個歹徒的僱主。他讓他們恐嚇傑拉爾德，製造一種假象，讓人以為是馬蒂・埃斯特爾動的手。所以今天晚上，他特地用基特的車接我出來，他和那兩個歹徒說過了，可以放心大膽的動手。我要是激烈反抗，甚至可以直接殺了我。可惜，除了喬治，大家都不喜歡殺人，所以最後是他一槍殺死了弗力斯科。弗力斯科面部中槍，當場斃命。要我說，這種槍法已經很準了，可是他多半覺得還不夠。」

四周一片寂靜。

我看著老基特，等著他拔槍。事實上，我一直在等他拔槍，可是他沒有任何動作。只是呆呆的站在原地，滿臉震驚的樣子，靠著黑色的大理石台不停地發抖。

「上帝！」他輕聲說，「上帝啊！」

「上帝？你心裡只有金錢，哪有上帝？你……」

只聽「吱呀」一聲，我身後的門開了。我連忙轉過身，其實根本沒這個必要。一個粗獷的聲音——他的口音和《阿莫斯和安迪》裡的人物很像——傳了過來：「小子，舉起手來。」

是基特家那個極為英式的管家。他站在門口，閉緊嘴巴，雙手舉槍。女孩輕抬手腕，「啪」地一槍，擊中他的肩膀。他大聲慘叫。

女孩冷冷地說：「滾，不要打擾我們。」

他轉身就跑，細碎的腳步聲在走廊上迅速遠去。

她說：「他肯定要摔一跤。」

我右手拿著魯格槍，它總是最後出現，一步步朝老基特走近。他抓著桌子，臉色灰白，就像鋪在路上的磚石一般。他彎著膝蓋，一副搖搖欲墜的樣子。喬治站在一邊，用手帕捂著自己流血不止的手腕，輕蔑地看著他。

我說：「讓他倒下吧，他就該待在下面。」

他果然摔倒了，腦袋歪在一邊，嘴角下垂，身子側著倒在地毯上，滾了一圈。他的膝蓋微微拱起，嘴角歪斜，涎水直流，皮膚開始發青發紫。

「天使，報警吧！」我說：「我會看著他們的。」

她站起身，說：「好吧！不過，馬羅先生，你的私家偵探業務肯定需要很多幫手吧？」

9

一張坑坑窪窪、布滿傷痕的舊辦公桌，一隻渾身黑亮，長著粉色腦袋的小蟲子正在上面緩緩爬行。牠像一個扛了太多行李的老太太，一步三搖，緩慢地挪動著。到了桌邊，牠繼續向前，然後背向下直直地摔在了髒兮兮的棕色油氈上。牠的小細腿被摔斷了幾根。這應該是重傷了，牠掙扎幾下，僵直不動了。一分鐘之後，牠再次伸出幾條腿，翻過身子，繼續向前。牠慢悠悠地，朝著房間的角落一點點爬過去。

我已經一個人在這間屋子裡等了一個小時了。房間裡擺著兩張桌子，一張在房子中央，一張挨著牆。牆上掛著一隻警用揚聲器和三隻蒼蠅支離破碎的屍體。屋子裡的雪茄味和衣服的氣味已經消散的差不多了。四把堅硬的扶手椅，兩把放著軟綿的坐墊，兩把空空的什麼都沒有。燈具上的灰塵，大概可以追溯到柯立芝[1]總統的任職期。

芬利森和西伯德推開門走了進來。西伯德仍是一副西裝筆挺的樣子，看著就讓人討厭。芬利森看起來非常疲憊，一點精神都沒有，簡直老了好幾歲。他捧著一堆文件，在桌子的對面坐了下來，冷冷地看著我。

牆上的揚聲器正在播報一條消息，說是有個中年黑人攔路搶劫，正從十一街逃往聖佩德羅的方向。此人身穿深灰色西裝，頭戴鴨舌帽。「請注意，嫌疑人手裡有一把點二二口徑的左輪手槍，完畢。」（他們後來抓到的是一個拿著瓦斯槍，身穿藍色破羊毛衫、棕色褲子的十六歲男孩，他沒戴帽子，身上只有三五分錢，還是個墨西哥人。）

芬利森諷刺道：「你這樣的人，身邊似乎總是有數不清的麻煩。」西伯德在牆邊的椅子上坐下來。他拉了拉帽子，遮住眼睛，呵欠連天地看了眼腕上的不銹鋼新錶。

我說：「有麻煩才有生意，不然，我要喝西北風了。」

「偷雞摸狗的傢伙，真應該把你扔牢裡關起來。你從這個案子裡賺了多少？」

「安娜・海爾賽僱我給老基特辦事，現在這樣，我恐怕是債台高築了。」

西伯德威脅般凶狠地笑了一下。芬利森點了一根雪茄。那根菸邊上有點裂縫，他用舌頭舔了舔，可惜沒什麼用，每吸一口都有煙漏出來。他把桌子上的文件推到我跟前，說：「把這三份副本簽了。」

---

1. 柯立芝（John Calvin Coolidge，Jr.，1872～1933），在1923年～1929年，出任美國第30任總統。——譯注

我依言簽好。

他拿回文件，打了個哈欠，向後拂了拂滿頭灰髮，說：「老基特中風了。雖然沒有生命危險，但恐怕一輩子都好不了了。還有那個司機，喬治・海斯特曼，說的全是嘲諷我們的話。他要是沒受傷，我一定讓他知道我的厲害。」

我說：「他身手不錯的。」

「是，不錯。趕緊滾吧！」

我站起來，朝他們點了點頭，一邊朝門口走，一邊向他們道別。「我走了。晚安，夥計們。」

兩個人都沒回話。

出門沿走廊走了幾步，坐電梯下樓。離開市政廳大廳，順著春日街一側空蕩蕩的台階慢慢往下走。冷風拂過臉頰，我點燃一根香菸，準備去對面，到半個街區之外叫一輛計程車，坐車回家。我的車還在基特家門外停著！這時，停在旁邊的一輛車裡忽然傳出一個討厭的人聲。

「這裡，過來。」一個男人用低沉、冷硬的聲音這樣說道，是馬蒂・埃斯特爾。他坐在一輛豪華轎車裡，前面還有兩個人。我走到車邊，他搖下車窗，伸出一隻帶著白手套的手搭在車窗上。

他推開車門，「上來。」我鑽進汽車，疲憊地陷在後座上，我太累了，不想說話。

「斯金，開車。」

汽車向西行駛，穿過黑色的夜幕，兩邊的街道乾淨整齊、寂靜無聲。夜晚的空氣雖然有些汙濁，好在十分涼爽。汽車爬上一座小山，開始加速行駛。

埃斯特爾冷聲問道：「警察有查到什麼嗎？」

「不知道，那個司機什麼都不肯說。」

司機金斯沒有回頭，大笑著說：「在這個男人的地盤上，誰能把一樁涉及幾百萬美元的謀殺案查得清清楚楚！」

「現在我那五萬怕是徹底沒了……她喜歡你。」

「哦！那又如何？」

「離她遠點。」

「有什麼好處嗎？」

「有什麼好處很難說。但你要不肯照辦，就能知道有什麼壞處了。」

「是的，本該如此。」我說，「媽的，我要累死了，你怎麼說我怎麼做吧！」我閉上眼睛，窩在車子一角，一下就睡著了。如果長時間神經繃得很緊，驟然放鬆後，我很容易睡死過去。

我被人抓著肩膀搖醒了。車已經停了，我朝窗外看了一眼，外面就是我的公寓。

「到了。」馬蒂・埃斯特爾說，「記得離她遠點。」

「你送我回家，就是為了和我說這個？」

「她非讓我來找你，現在你被放出來了。她喜歡你，我喜歡她，明白了吧？你最好給我老實一點，別惹麻煩。」

「麻煩……」話說到一半，我忽然頓住。這個玩笑我說了一晚上，已經煩死了。「謝謝你送我回來，還有一句，懶得理你。」我轉身走向公寓，坐電梯上樓。

打開門，這次沒人在屋裡等我了。白蠟鼻子已經被他們帶走很久了。我將門、窗戶全部打開。撿起警察抽剩的菸尾巴點上，抽了幾口。就在這時候，電話忽然響了。我接起電話，聽筒那邊的聲音冰冷僵硬，似乎毫無感情，但多少能聽出一點愉悅的味道。是她，她或許是因為經歷了太多，才有這樣的變化。

「你好，棕眼睛。順利到家了嗎？」

「是的，你的朋友馬蒂・埃斯特爾送我回來的，他還警告我不准接近你。如果我的真心還在，我一定要說真心謝謝你。對了，別再打電話給我了。」

「怎麼，馬羅先生，你被嚇到了？」

「沒有，是我想自己打給你。」我說，「晚安，天使。」

「晚安，棕眼睛。」

放下聽筒，我將電話推到一邊。關上門，把床調低一些，脫掉衣服，在床上躺了一會兒，空氣有點涼。

我從床上爬起來，喝了一杯酒，洗澡睡覺。

喬治終於開口了，只是說得不多。他說，他和傑拉爾德因為亨特麗絲小姐的事大吵了一架，傑拉爾德拿起壁爐裡上的槍，他上去搶。爭鬥中，槍響了。當然，這聽起來也算合情合理。他不承認自己殺了加斯特，警方也沒找到其他嫌疑人。還有那把凶器，也沒找到。總之，不是白蠟鼻子的槍。白蠟鼻子跑掉了，蹤影全無，我再也沒聽說過他的消息。老基特中風了，恢復的可能性微乎其微。他只能躺在床上，和人訴說自己在大蕭條時期保住資產的豐功偉業了。現在，他的吃喝拉撒全靠護士照顧。

馬蒂・埃斯特爾打了四次電話給我，警告我不許接近哈莉特・亨特麗絲。這個可憐的傢伙真是太癡情了，我都有點同情他了。我和亨特麗絲小姐出去兩次，還有兩次是去的她家閒坐，品嘗她的威士忌。一切都很好，可惜我沒有錢，沒有漂亮衣服，也沒有風度和時間，最後她忽然就走了，聽說去了紐約，或許是吧！

聽到她離開的消息，我還是挺高興的，雖然她屬於不辭而別。

長眠不醒

長眠不醒

1

十月中旬，一天上午大約十一點，幾座小山前的空地上烏雲密布，看不到太陽。我身穿深藍色襯衫，外面穿一套淡藍色西裝，繫著領結，衣兜裡露出手帕一角，腳上穿著黑色帶深藍花紋的短毛線襪、鞋底很厚的黑色皮鞋。我的鬍鬚刮得很乾淨，整個人看起來十分整潔，而且毫無醉意。不過，我並不在乎別人是否瞭解這些。總之，我看起來絕對是個衣冠楚楚的私家偵探。我這樣打扮，是為了去見一位非常有錢的客戶，他的身家有400萬。

一走進斯特恩伍德家門口，便進入了一座兩層樓高的大廳。大廳正門很大，可供印度象群出入。門上鑲嵌著一塊型號特殊的玻璃，玻璃上繪有圖案：一位姑娘被綁在樹上，一名身穿黑色盔甲的騎士正在救她。姑娘一絲不掛，好在有長長的頭髮幫她蔽體。騎士抬起頭盔的遮簷，顯示自己的禮貌。他試圖解開姑娘身上的繩子，可無論他怎樣嘗試，都是徒勞。他好像並未竭盡全力。我站在原地，心想我若住在這裡，遲早會爬上玻璃，助他一臂之力。

大廳後牆上裝了好幾面落地玻璃窗，窗外是一片綠油油的草坪。草坪面積很大，伸展到一座白色車庫旁。一名司機正在擦洗一輛紅棕色帕卡德休旅車。司機還很年輕，皮膚黑黑的，又瘦又高，戴著油光發亮的黑色皮護脛。車庫後面有幾棵樹，是用來裝點院子的，修剪得相當整齊，如被修剪了毛髮的捲毛狗。樹後面是一座大溫室，房頂是球形的。溫室後面還有很多樹，樹盡頭就是那幾座小山，起起伏伏，勾勒出美妙的弧度。

一道樓梯聳立在大廳東側，樓梯上鋪著瓷磚，頂端連接著被鐵欄圍起來的走廊，以及另外一塊繪有奇妙圖案的玻璃。大廳四面牆壁下擺放著很多寬大、有硬靠背的紅絲絨椅子，好像從未有人坐過。西側的牆壁正中央是一座很大的壁爐，裡面空空如也。壁爐前面放著擋板，是用四片碩大的銅板做成的。大理石壁爐台的四個角上都有丘比特塑像作為裝飾。壁爐台上掛了一幅大大的油畫。油畫上交叉懸掛著兩面鑲在玻璃框裡的三角形輕騎兵旗幟，旗幟上有子彈或蟲蛀留下的小窟窿。畫上畫的是一名軍官，此人身體僵硬，穿著美墨戰爭[1]時期的軍裝。他眼睛黑如煤炭，充滿熱情，又十分嚴肅。他留著拿破崙三世那種尖尖的鬍鬚，鬍鬚很黑，修剪得很整齊。他給人這樣一種整體印象：若能籠絡住他，就能獲利非凡。雖然我聽說過斯特恩伍德將軍年紀很大了，有兩個女兒還處在二十幾歲的危險年齡階段，但我依舊認為畫中的軍官應該不是將軍，而是他的祖父。

我正注視著畫中人充滿熱情的黑眼睛，就在這時，遠處樓梯後面的房門打開了，有人走進來。那是個年輕姑娘，不是管家。

姑娘約莫二十歲，身材嬌小、纖瘦，卻很健康。她穿一條相當合身的淺

1. 1846年至1848年，美國和墨西哥為爭奪領土爆發的一場大戰。——譯注

藍色褲子，走起路來輕盈得像離開地面飄動。她那一頭黃棕色捲髮剪得短短的，遠比現在那種末端捲起的時髦齊肩髮要短，看起來很漂亮。她有一雙看人時毫無情感的灰眼睛。她來到我的身旁，張開嘴巴朝我笑起來，露出小而尖的牙齒，彷彿食肉動物。她的牙齒雪白，好像一瓣瓣剝開的柚子，光滑閃亮，又像白色的瓷器。白晃晃的牙齒旁，是一對緊繃的薄唇。她臉色有些病態，不夠紅潤。

「哦，是個大高個！」她說。

「長成這種大高個並非我的本意。」我說。

我的話讓她很疑惑，她瞪大雙眼，開始思考。

儘管是初次相見，但我馬上發覺，她很不擅長思考。

「你還這麼英俊。你肯定知道自己是個美男子。」她說。

我「哼」一聲。

「你叫什麼？」

「賴利，道格・豪斯[2]・賴利。」我說。

「可笑的名字。」她咬唇微微側過頭，斜眼瞧著我，然後將睫毛垂到臉上，再抬起來，彷彿在拉開帷幕。她想得到我的欣賞，於是做了這種表演。看完她的表演，我應該在地上打滾，四腳朝天，才能滿足她的期待。

可是她並未看到我在地上打滾，又問：「你是職業拳擊手？」

「不，我是私家偵探。」

「你是……」她很惱火，往後仰了仰頭，頭髮在昏暗的大廳中發出一道光芒，「你在開玩笑。」

「唔……哼。」

「你說什麼？」

「行了，我說什麼，你都聽到了。」我說。

「你根本沒說話。你這麼喜歡開玩笑。」她咬住一根大拇指。她的大拇

---

2. 道格豪斯，即dog house，意思是狗窩，這是男主角在開玩笑。——譯注

指細而扁，還少了一節，形狀怪異，好像一些人多出來的第六根手指。她將大拇指在口中轉來轉去，如嬰孩吃奶般慢慢吸吮著。

她說：「你太高了。」她笑出聲來，看起來那麼開心，真是莫名其妙。接著，她無力地垂下雙臂，轉過身來，動作緩慢但靈巧。她的腳一直沒離開地面，身體僵直，朝我懷裡倒下來，只剩下腳尖還挨著地面。我不希望她的腦袋重重砸到有棋盤圖案的地板上，只能抱住她。她馬上倚靠到我身上，好像一團爛泥。我不想讓她跌倒，只好使勁兒抱著她。她的頭靠在我的胸膛上，然後，她用力扭著身體笑起來，笑得停不下來。

「你太漂亮了，我也很漂亮。」她笑道。

我一言不發。

恰在此時，管家從落地窗那邊進來，剛好看見姑娘正在我懷中，可管家似乎完全不在乎。

管家是個大約六十歲的老頭，白髮蒼蒼，身材高瘦，有一雙無比深邃的藍眼睛，皮膚光滑，一身肌肉在他走路時顯得很結實。他緩緩從大廳中走過來。

女孩一下從我身上跳起來，飛奔到樓梯下，逃上樓去，動作快得像小鹿。未等我長長呼出一口氣，她已經消失了。

「馬羅先生，將軍請你馬上過去。」管家對我說，聲音很呆板。

我從胸口抬起我的下巴，向他點點頭，問：「那是誰？」

「是卡門・斯特恩伍德小姐，先生。」

「她不是小女孩了，你該讓她改掉這個習慣，這可不是什麼好習慣。」

管家看看我，一臉肅穆但又彬彬有禮。他把剛剛說過的話又說了一遍。

2

我們從落地窗那邊出了大廳，走上一條滑溜溜的紅色石板路。這條將草坪、車庫分離開的石板路，一直延伸到草坪盡頭。這會兒，那個年輕的司機正在擦一輛黑色轎車，轎車很龐大，零件上都鍍了鉻。我們沿著紅色石板路走到溫室門口。管家幫我開門，隨即側身站到一旁。進門後，我進入了一個房間，似乎是前廳，熱得像火爐一樣。我一進來，管家就跟著進來了，先關上了通往外面的房門，又打開了通往裡屋的房門，跟我一起進門去。我們終於感受到了真正的熱度，四周霧氣縈繞，悶熱潮濕，熱帶植物的花朵那種甜香氣味十分刺鼻。玻璃製成的牆壁和屋頂上滿是水氣，不斷有大大的水珠滴落，落到葉子上。室內的燈光好像射到玻璃缸裡一樣，呈現出夢幻的綠色。房中宛如森林，隨處可見大型植物，枝葉肥大、醜陋，如同才清洗過的屍體的手臂、手指，散發出嗆人的味道，就像在毛毯下面加熱的燒酒。

我們從這些植物中間穿過去。管家盡可能幫我避開那些濕漉漉、沉甸甸的葉子，不叫它們打到我的臉。我們最終來到一片六角形空地上，此處位於球形房頂下、森林中央。空地上鋪著一塊陳舊的紅色土耳其地毯，一把輪椅停在上面。一個人坐在輪椅上，目不轉睛看著我們。他是個氣若遊絲的老人，眼裡的生命之火已熄滅多時，但他依舊保留著原有的顏色與光彩，跟我在大廳壁爐上看見的那副畫裡的人一樣。他的臉就像一張鉛灰色面具，慘白的嘴唇、尖尖的鼻子、下凹的太陽穴、招風耳全都像要腐爛掉了。屋裡那麼熱，他卻用一張毛毯、一件褪了色的紅色浴袍緊緊包裹住自己瘦長的身體。他隨意交叉著雙手，垂在毛毯上。那雙手那麼乾枯，彷彿鳥的爪子，指甲呈紫色。他的頭骨上搭著幾撮蒼白、乾枯的頭髮，如幾朵即將凋零的野花附在裸露的岩石上。

管家走到老人身旁，說：「將軍，馬羅先生來了。」

老人沒有動，也沒有說話，只是點點頭，沒精打采地看著我。

管家把一張濕乎乎的籐椅從後面推到我腿邊，我坐下來。接著，管家一下摘掉了我的帽子。

老人開了口，聲音像從很深的井裡冒上來的：「諾里斯，白蘭地。先生，你想在白蘭地裡加什麼？」

「什麼都可以。」我答道。

管家穿過那些糟糕的熱帶植物，去了外面。

將軍繼續跟我說話。他像個失去工作的舞女珍惜自己僅餘的一雙完好的襪子那樣，珍惜著自己的力氣，說話異常緩慢。

「以前，我喜歡把香檳摻到白蘭地裡。香檳冷冰冰的，好像鐵匠鋪凹地[1]。白蘭地占了三分之一，在杯子底下。先生，脫掉衣服吧！任何還有血液循環的人來到這兒，都會覺得熱得難受。」

我起身脫掉外套，用手帕擦擦臉、脖子、手背。十月的聖路易斯[2]絕不會是這種天氣。再次坐下時，我不自覺地伸手想拿菸，卻立即停下來。

老人微笑著看著我手上的動作，說：「先生，想抽菸就抽好了。菸草的味道對我來說是很不錯的。」

我點起菸捲，朝他吐出一口煙。

他用力嗅著，好像在老鼠洞前嗅來嗅去的小狗。他露出淡淡的笑容，嘴角因此輕輕抽搐了一下。

他面無表情，說：「瞧，就算是抽菸這種惡習，我都只能讓旁人代我去做，真是太糟糕了。你眼前這個人身有殘疾，兩腿和一半軀幹都失去了知覺，過去享盡榮華，餘生卻是一片灰暗。我食欲不振，睡眠淺得幾乎不能算睡眠，跟清醒沒多大區別。我就像一隻剛剛出生的蜘蛛，只能依靠熱度活下去。若非想掩飾我所需的熱度，我也不會種這些蘭花。你喜歡蘭花嗎？」

---

1. 地名，位於美國賓夕法尼亞州。——譯注

2. 美國密蘇里州城市。——譯注

「不太喜歡。」我答道。

將軍瞇起眼睛：「這種東西真叫人噁心。肥而嬌嫩，跟人肉如出一轍。還有妓女身上那種腐敗的甜香味，讓人倒胃口。」

我張開嘴巴，眼睛注視著他。濕乎乎的熱氣如同裹屍布，圍繞在我們身邊。老人點點頭——他的頭好像太沉了，叫脖子難以承受。

管家回來了，推著放了茶具的推車，從森林中穿過。他調製了一杯蘇打白蘭地交給我，將盛放冰塊的銅桶用濕手巾包好，隨後穿過那許多的蘭花，一聲不響出去了，森林盡頭的門打開又再關上。

我小口喝著白蘭地。

老人看著我，舔舔嘴唇。他慢慢抿唇，將我從頭到腳看了個遍，像殯儀館的人那樣搓著手，搓得心無旁騖。

「馬羅先生，請自我介紹一下。我應該有權對你有所瞭解，對吧？」

「沒錯，可是我能說的並不多。我三十三歲，讀過大學，會些文字功夫——若有這種需要的話。我這份工作很無趣。我做過警探，上司是地方檢察官懷爾德先生。他手下的探長伯尼・奧爾斯打電話給我，說你想見我。我對警察太太沒有興趣，所以至今未婚。」

老人笑起來：「你不是個一本正經的人。在懷爾德手下做事，你很不高興嗎？」

「我不聽他的安排，被他炒掉了。我很擅長做這種事，將軍。」

「先生，我也一樣。你這樣說，我十分欣慰。你對我的家庭瞭解多少？」

「聽說你太太去世了，你有兩個美麗、不羈的女兒。有個女兒結了三次婚，第三任丈夫以前非法販過酒，那段時間他自稱拉斯蒂・里根。將軍，我瞭解的就是這麼多。」

「你認為這些情況有哪些比較特殊？」

「應該是跟拉斯蒂・里根相關的情況。不過，我向來都跟非法販酒的人相當投緣。」

他笑起來，笑容很淺，盡可能不消耗太多精力：「我好像跟你一樣，也對拉斯蒂很有好感。他是愛爾蘭人，在克朗梅爾出生，一頭捲髮，身材高大，眼神哀傷，但一直在笑，笑容寬大如威爾希爾大道。你應該能想像出他給我留下了怎樣的第一印象——一個冒險家在機緣巧合下穿上了天鵝絨外衣，給自己披上了一層偽裝。」

「你連他的行話都會說了，你肯定非常喜歡他。」我說。

他將蒼白的雙手收到毛毯下。

我熄掉菸蒂，把杯子裡的酒全部喝下去。

「他在我身邊時，就是讓我活下去的呼吸。接連幾小時，他一直陪在我身邊，像頭肥豬一樣一身是汗，喝下一升又一升啤酒，對我講述愛爾蘭革命的事情。他加入過愛爾蘭革命軍，做了軍官。他在美國沒有合法身分。他們的夫妻關係可能不到一個月就結束了，真是一段可笑的婚姻。馬羅先生，這是我家的秘密，我都說給你聽了。」

我說：「我會保密。之後他出什麼事了？」

老人呆呆看著我：「他一個月前離開了，沒跟任何人打招呼，忽然就走了。他也沒有跟我打招呼，傷了我的心。不過，他並未接受過文明社會的教育。他終有一日會寫信給我，而我這段日子又開始被人勒索。」

「『又』被人勒索？」我問。

他抽出毛毯下的手，手上已經多了一個棕色信封：「拉斯蒂在這兒時，任何人都別想勒索我。他過來的幾個月前，也就是差不多八九個月前，我為了讓一個叫喬・布洛迪的人遠離我的小女兒卡門，給了他5000塊。」

我說：「哦！」

他挑起疏疏落落的白色眉毛：「你想說什麼？」

我說：「我什麼都不想說。」

他微蹙著眉頭，又瞪了我片刻，然後說：「你看看這封信，再幫自己倒杯白蘭地。」

我起身拿過他膝蓋上那封信，坐回原處擦擦手，看看信封的另一面。收信人的地址和姓名是「加州，西好萊塢，阿爾塔・布雷亞新月街3765號，蓋伊・斯特恩伍德將軍」，是工程師喜歡的印刷斜體，用墨水寫成的。我從這個之前已經打開的信封中取出一張棕色名片、三張硬紙。名片薄薄的，是用亞麻做成的，上面印有金色字體「亞瑟・格溫・蓋格先生」，左下角有一行很小的字「收售珍藏版書」，但沒有地址。翻過名片，只見後面用傾斜的字體寫道：

將軍：

隨信寄去三張借條，都是賭博欠下的債務。這些債務並不受法律保護，不過希望將軍能還清債務，維持信譽。

A.G.蓋格

三張白色硬紙都是期票，用鋼筆填寫，日期是九月的幾天，也就是上個月。

向亞瑟・格溫・蓋格先生借得1000元現金，沒有利息。若蓋格先生有需要，將馬上償還。

卡門・斯特恩伍德

鋼筆字歪歪扭扭、勾勾畫畫，還用小圓圈代替了點。我將名片、借據放到旁邊，調製了一杯白蘭地，慢慢喝起來。

將軍問：「你有何推論？」

「現在還沒有。亞瑟・格溫・蓋格是誰？」

「我一無所知。」

「卡門沒有解釋嗎？」

「我沒問她，也不想問。就算我問了，她也不會回答，只會吮她的拇指。」

「剛剛在門口的大廳，我遇到了她。她的動作就像你說的這樣。她還想讓我抱她。」我說。

將軍神情依舊，繼續握住雙手，將其放在毛毯邊緣，動也不動。待在這裡，我都快熱成新英格蘭大餐了，他卻好像絲毫感覺不到溫暖。

「我是應該客氣一些，還是有話直說？」我問。

「馬羅先生，我看出來了，你是個無所顧忌的人。」

「這對姐妹是不是經常在一起？」

「我覺得不是。我認為，她們都在往地獄裡走，卻選擇了不同的路。薇薇安雖然聰明，卻被慣壞了，吹毛求疵，心腸狠毒。卡門總愛活生生扯掉蒼蠅的翅膀，她還沒長大。她們兩個的道德觀可能還比不上一隻貓。可是我同樣沒有道德觀，這是斯特恩伍德家的通病。你可以繼續提問。」

「我認為，她們應該都受過高等教育，明白自己在做些什麼。」

「薇薇安先後讀過貴族女子中學和大學。卡門讀過的中學有半打，學校的風氣一所比一所開放。可是她去時是什麼水準，離開時依舊是什麼水準。馬羅先生，作為父親，我說這些話有些幸災樂禍，這只因我朝不保夕的生命無法容忍維多利亞式的惺惺作態罷了。」他閉上眼，頭枕著椅背。

片刻過後，他又一下睜開眼：「依我看，我也用不著再加上一句，五十四歲才當上父親的人沒資格對任何人抱怨這種事。」

我喝下一口酒，點點頭。從我這裡，能清楚看到他土灰色的瘦長脖子上一條跳動的血管，跳動的速度緩慢得幾乎稱不上脈搏。老人堅信自己能活下去，哪怕他三分之二的身體都已經死了。

忽然，他問：「你推導出了什麼？」

「如果是我，我會把錢給他。」

「原因呢？」

「這樣只需花一點錢，就能免掉很多麻煩。此事背後還隱藏著一些情況，可要是你的心還沒被傷透的話，沒人願意再用這件事傷你的心。要觸動你的神經，必須要有很多騙子長期勒索你才行。」

他冷漠地說：「我也有自尊。」

「你的自尊會成為別人利用的工具。在自尊、警察這兩種利用工具中選一種騙人，是最簡單的。蓋格本可以藉助借據討回債款，除非你找到證據，證明他在造假。然而，他卻將借據寄給了你，並直言這是賭博欠下的債，他放棄了強行討債的法子。如此一來，就算他依舊保留著借據，也無法阻止你自我防禦。他若是個騙子，他可算是個中翹楚。若他只是個偶爾借點小錢給人的本分人，你理應還清欠他的債。剛剛你提到，你拿出5000塊給了一個名叫喬・布洛迪的人，他是誰？」

「一個賭徒，我都忘了這回事了，可是我的管家諾里斯不會忘。」

「將軍，你那兩個女兒有沒有錢？」

「薇薇安有一些，不多。卡門還小，要想得到她母親的遺產，只能等到成年後。我給了她們很多零用錢。」

「將軍，若你只想讓我趕走蓋格，我沒有問題。他是什麼人，做什麼行當，都無關緊要。除了我應得的報酬，你可能還要多支出一點點。當然我無法確定日後他是否還會回來找麻煩。要想徹底打消他對你的念頭，一點點錢是不夠的。他們已經在帳簿上記下你的名字。」我說。

「我瞭解了。」他聳聳藏在褪色紅浴袍裡寬而瘦的肩，「你在幾分鐘前告訴我應該給他錢，眼下又說給錢也沒用。」

「我是說，要解決這個問題，讓他占點便宜也許是種更簡單方便的法子。除此之外，我沒有別的想法。」

「馬羅先生，我應該是個急性子。我要付給你多少酬勞？」

「幸運的話，每天25塊，再加上必不可少的支出。」

「我瞭解。用這個價格割掉後背的腫瘤，確實不貴。希望你能明白，要把手術做得俐落些，手術過程中要盡可能避免給病人震顫感。馬羅先生，腫瘤可能不只有一個。」

我把第二杯酒喝光了，擦擦臉和嘴。這些白蘭地下肚，絲毫沒能緩解屋裡的悶熱給我的折磨。將軍不停拉扯著毛毯邊緣，朝我眨眼。

「要是我發現此人並非完全不講道理，我能跟他訂立協議嗎？」

「隨便你，我已將此事交由你負責。不管做什麼事，我都不會頻繁改變主意。」

「我肯定會找出這個人，讓他感覺頭上有座橋塌下來了。」我說。

「你會做到的，我對你有信心。抱歉，我累了，不能跟你多說什麼了。」他伸手按下椅子扶手上的電鈴，電鈴跟一條烏黑的電線相連，電線穿過種了霉爛蘭花的深綠木桶，延伸到房門口。老人的眼睛一閉一開，瞪我一眼。接著，他仰面靠在靠墊上，垂下眼皮不理我了。

我起身拿起放在濕乎乎的籐椅靠背上的外套，從蘭花花盆中間穿過，經過裡面、外面的兩道房門到了房外，深深呼吸了兩口十月新鮮的空氣。溫室旁的車庫前原本有個司機，這會兒他已經走了。管家邁著輕盈的步子從紅色石板路上朝我走過來，他的後背筆直如同熨衣板。我穿上外套，駐足原地，一直瞧著他走來。

走到距離我大約2英尺的地方時，他停下來，嚴肅地說：「先生，里根太太想在你走之前跟你見一面。將軍跟我談過你的酬勞，讓我給你開一張支票，不管你需要多少錢，都能用支票去取。」

「他是如何跟你談的？」

他一愣，然後笑起來：「哦，先生，我瞭解。你是偵探，問這個也是理所應當。他用對講機跟我談的。」

「你要幫他開支票？」

「這是他給我的權力。」

「是個很好的權力。你要是死了，不用擔心無處安葬。多謝你了，我這會兒還用不著錢。里根太太為什麼要跟我見面？」

他那雙藍眼睛直勾勾瞧了我一眼：「先生，關於你為什麼要到這兒來，她有些誤會。」

「是什麼人跟她說我到這兒來了？」

「她房子的窗戶跟溫室正好相對，我們進去時被她看到了。除了告訴她你是什麼人，我別無選擇。」

我說：「我可不希望你這麼做。」

他那雙藍眼睛被冰霜覆蓋：「先生，你要跟我說明一下，哪些才是我的職責所在嗎？」

「不，可是我非常願意猜猜你的職責範圍。」

我瞧著他，他也瞧著我。我們這樣彼此注視了片刻，他再次用那雙藍眼睛瞪我一眼，轉身走了。

3

這座房子面積太大，天花板太高，門也太大，簡直到了誇張的程度。房間從這頭到那頭都被白色地毯覆蓋，宛如雪後的箭頭湖。房間擺滿了大鏡子、玻璃飾品。傢俱是象牙色的，鑲嵌著鍍了鉻的金屬作為裝飾。巨大的窗簾也是象牙色的，垂落到白色地毯上，距離玻璃窗整整1碼。象牙色在零碎的白色物品映襯下，看起來髒兮兮的。白色在象牙色傢俱的映襯下，又如同流光了血的蒼白色。窗戶外面就是那幾座小山，那邊陰得越來越厲害了，就要下雨了。待在房間裡，有種快要窒息的感覺。

我坐到一把龐大的軟椅子上，看著很值得仔細看一看的里根太太。這是個喜歡惹事的女人。她連拖鞋都不穿，平躺在一把款式非常時髦的躺椅上。我看著她的雙腿，它們被包裹在透明的絲襪中。她的腿擺成那種樣子，好像就是為了讓別人好好看看的。她膝蓋以下的部位都一目了然，有條腿還能看到膝蓋以上很多部分。她的膝蓋沒有稜角分明的碩大骨架，長了不少肉，更有類似於臉上梨渦的東西。她的小腿非常漂亮，還有細長的腳踝，線條曼妙且充滿韻律，簡直能創作一首詩歌。她身材又高又瘦，卻很結實。仰面躺在躺椅上時，她的腦袋枕在象牙色緞墊上。她有一頭從中央處分開的黑色捲髮，一雙眼睛漆黑、熱烈，跟大廳那幅油畫上的人沒什麼區別。她有十分漂亮的嘴巴和下巴，微微下垂的嘴角顯得很哀傷，下嘴唇則厚厚的。

她拿著酒杯喝了一口酒，從杯沿上看著我，眼神冷漠：「你是私家偵探，我只在書裡看到過這種人，旅店裡那些行動鬼祟、總在打聽八卦、衣服髒兮兮的混混就是這種人。現實中也有這種人，倒是出乎我的意料。」

我根本沒把她這番話放在心上。

她將酒杯放在平坦的躺椅扶手上，一枚綠寶石戒指在她手上閃了一下。她理理頭髮，慢慢問：「你喜不喜歡我父親？」

我答道：「喜歡。」

「他對拉斯蒂很有好感。拉斯蒂是什麼人，你應該瞭解了。」

「唔……哼。」

「有時，拉斯蒂非常現實，非常世俗，卻非常真誠。在爸爸看來，他是個很有魅力的人。他連招呼都不打就走了，很不應該。爸爸嘴上不說什麼，其實他非常難過。爸爸跟你說過這些嗎？」

「說過幾句。」

「馬羅先生，你不是個很多話的人，是嗎？爸爸是想讓你把拉斯蒂找出來吧？」

我彬彬有禮注視著已經講完話的她：「可以說是這麼回事，也可以說不是。」

「這算什麼答案？你覺得你能把他找出來嗎？」

「我可沒說我願意去找他。去失蹤人口調查局打聽打聽不行嗎？我單槍匹馬，可比不上一個機構。」

「哦，爸爸不願意讓警察摻和這件事。」她再次從杯沿上看著我，眼睛動也不動。她很快喝完酒，按下電鈴。

從一道側門進來一名中年女僕，她臉很長，皮膚黃黃的，長著長鼻子、水汪汪的大眼睛和短下巴，神態順從。她整個人看起來就像一匹老而溫順的馬，工作了很多年後，被送回牧場。

里根太太向她指指空了的酒杯。她調好一杯酒，交給里根太太，然後沒說話，也沒看我，就這樣走了。

里根太太等門關好後說：「好，你想怎麼處理這件事，說給我聽聽。」

「他何時走的？如何走的？」

「你沒有聽爸爸提起過？」

我歪著腦袋朝著她笑。

她瞬間臉紅了，明亮的黑眼睛閃爍著怒火。她憤怒地說：「你為何要隱瞞，不向我透露半個字，我真是搞不明白。至於你這種態度，我同樣很是反感。」

我說：「我也不喜歡你的態度。是你要見我，不是我要見你。我不介意你向我炫耀你有多有錢，用蘇格蘭威士忌充當午餐。我也不介意你向我展示你的腿，我非常幸運能看到這麼美的腿。你是否喜歡我的態度，跟我一點關係都沒有。的確，我態度惡劣。我經常在漫長的冬夜為此感到傷心。這些我全都不在乎。你不要再問我問題，浪費我的時間，這才是最重要的。」

她狠狠把酒杯丟到躺椅扶手上，酒全都震出來，灑到了象牙色椅墊上。她將雙腳晃到地面上，滿眼噴火，鼻孔大張，站到我眼前。閃亮的牙齒從她張開的嘴巴裡露出來。她緊緊握住拳頭，指節都發了白。她喘著粗氣說：「從來不會有人這樣跟我講話。」

我坐在原地，笑瞇瞇看著她。

她緩緩闔起嘴巴，垂首瞧瞧椅墊上灑落的酒，然後一手托住下巴，坐到躺椅一側說：「上帝啊，你這麼英俊，卻是個混球！我應該用一輛別克車砸你才對。」

我用大拇指指甲劃火柴，竟然劃出了火，真叫我意外。我朝空中吐出煙圈，等她繼續往下說。

「驕傲自大的人最叫我生厭了，厭惡透頂。」她說。

「里根太太，你究竟在怕些什麼？」

起初，她翻起了白眼，很快變黑，最後差不多全變黑了。她的鼻子似乎也被捏住了。

「他讓你過來，並非為了那件事，我是指拉斯蒂那件事。是拉斯蒂那件事嗎？」她餘怒未消，所以聲調還很彆扭。

「你應該去問他。」

「滾！可惡，快滾！」她又發怒了。

我站起身來。

她毫不客氣地說：「坐回去！」

我拍了手指一下，看她接下來要做什麼。

她說：「請坐，請你坐回去。若真是爸爸的吩咐，你可以去把拉斯蒂找出來。」

我點點頭，但這種招數對我一點用處都沒有。我問她：「他是何時離開的？」

「一個月前的一天下午。他沒說一句話，就開著他的車離開了。之後，他們找到了他的車，停在一座私家車庫裡。」

「他們是誰？」

她全身似乎都鬆懈下來了，看起來很討人喜歡。她朝我露出討好的笑容，說：「看來他沒把這件事告訴你。」她像在跟我的智力戰中打了勝仗——她可能的確打了勝仗——聲音中帶著欣喜的意味。

「他跟我說了里根先生那件事。他的確跟我說了。不過，他並非為了那件事，才把我叫到這裡來的。你是為了那件事，問了我這麼多問題嗎？」

「我根本不在乎他跟你說了什麼，那是他的自由。」

我再次站起身來：「既然這樣，我要告辭了。」

她一言不發。

走到來時經過的白色大門前，我一轉頭，看見她正像小狗啃咬毯子邊那樣，用上下牙啃咬嘴唇。

我從她的房間裡出去，走上樓梯，進入樓下的大廳。

管家拿著我的帽子出現了，也不知他先前躲在了哪裡。他幫我打開大門。

我戴上帽子，說：「里根太太並不想跟我見面，你搞錯了。」

他點點頭髮花白的頭，客客氣氣地說：「先生，抱歉，我經常犯這種錯誤。」

我出門後，他關上了大門。

我站在台階上抽菸，同時打量著一層層漸漸低下去的花壇、修剪整齊的樹，一直望到最底下那排頂端尖銳、閃亮的鐵欄杆——這座宅子就被這些鐵欄杆圍在中間。在兩側的擋土牆之間有一條曲折的車道，通到敞開的大鐵門那邊。在鐵欄杆的另一側，還有綿延數英里越來越低的山坡。木製的油井井架在那片低矮的區域隱約可見。斯特恩伍德家能發家，最大功臣是這些油井。眼下，這附近大半都建成相當整齊劃一的公園。斯特恩伍德將軍把這片土地捐給了市政府，可是在這片小小的區域內，還有一些油井每天仍能噴五六桶油。斯特恩伍德家搬到了山上，避開了嗆人的石油味和臭烘烘的爛泥味。不過，只要他們願意，依舊能從宅子前的窗戶望見遠處這些為他們帶來財富的設備，但我並不覺得這些對他們還有吸引力。

我走過一條磚鋪成的路，從一層層花壇上下來，順著鐵欄杆走到大門口。大門口外面的街道上有一棵碩大的胡椒樹，我的車便停在樹下。這會兒，雷聲已在遙遠的群山中響起，山頂的天空紫得發黑，天色陰暗，一場大雨近在眼前，雨水的腥氣瀰漫在空氣中。我要先撐起帆布車篷，再開車回城。

她的確有一雙美腿，我這樣說絕無半點誇大其詞。無論她還是她的父親，都是很不錯的市民。她的父親給我安排了一份本應由律師負責的差事，也許是為了試試我有什麼本事。那的確是律師的差事，哪怕收售珍藏版書的亞瑟・格溫・蓋格果真在勒索他人，也無法改變這一點。除非在表象以外，還有很多不為人知的情況。眼下，我對此事只能看個大概，但我卻覺得自己能在挖掘上述情況時收穫很多快樂。

我開車來到好萊塢公立圖書館，借了本初版的《名著錄》。我用這本大部頭做了少量研究，完全沒什麼深度。半小時後，我感覺肚子餓了，可以去用午餐了。

4

A.G.蓋格那家書店位於路北，鄰近拉斯帕爾馬斯。大門在店鋪中央的凹陷處，櫥窗裝著銅窗框，後面還掛著中國簾子，從外面完全看不到店裡面。櫥窗中擺放著各色小擺件，都是從東方來的。我不清楚它們是否貴重，因為我平日裡不收藏古玩，只攢下些尚未支付的帳單。書店大門上鑲嵌了一塊厚厚的玻璃，站在門外，只看到裡面一片昏暗，不知有些什麼。書店兩側分別是這幢樓的大門口和一家珠光寶氣的珠寶店。珠寶店老闆看起來很無聊，站在門口搖搖晃晃。他是個猶太人，個頭很高，滿頭華髮，容貌英俊，一身黑衣顯得身材很瘦削。他右手戴一枚戒指，上面的鑽石差不多有9克拉。他看見我進入蓋格那家書店，嘴上露出一絲微笑，一副心領神會的樣子。

我輕輕關好門，走過一條藍色厚地毯。地毯很大，從這面牆壁一直延伸到那面牆壁。房中擺放著藍色軟皮椅，旁邊還有個小台几，是抽菸用的。窄而光滑的桌子上用書立夾著幾部書，封面都是皮質帶花紋的。這種皮質帶花紋封面的書在牆上的玻璃書櫃裡更多。開公司的有錢人一落一落買下這種書，吩咐在每本書上貼上「某某某之藏書」的標籤，然後擺出來，真是種虛張聲勢的擺設。書店後側有一面木製隔板，中間是一扇關閉的門。隔板跟一面牆壁共同構成了小小的空間，裡面擺放著一張小桌子，桌上有一盞木製檯燈，燈上雕刻著花紋。一個女人正坐在桌子旁邊。

女人緩緩起身，朝這邊走過來，一邊走一邊扭動身體。她身穿緊身黑衣，在燈光的照耀下，衣服並無半點光澤。她有一雙長腿，走路姿勢很獨特，在書店中並不常見。她一頭暗金色頭髮，從耳朵上梳到腦後，看起來很順滑。她的眼睛是綠色的，眼睫毛捲成了小圓圈，耳垂上戴著兩枚閃亮的黑寶石，宛如兩枚大扣子。指甲塗成了銀灰色。她裝扮得如此時髦，說話卻有些粗俗。

她來到我身旁，釋放著完全能攪亂商人午宴的撩人魅力。她側頭梳理了一下閃著柔和光澤的頭髮，頭髮有少許凌亂，卻沒有徹底亂掉。她帶著探究的笑容，這笑容還能變得十分嫵媚，只要你肯為此花費一些心思。

她問：「想找書嗎？」

我已戴上了角質框太陽眼鏡，用鳥兒唱歌般的高音問：「這兒會不會剛好有1860年版的《賓漢》？」

她非常想說「那是什麼東西」，但沒有說出來，只是微微一笑：「是初版嗎？」

「是第三版，第116頁的印刷有個錯誤。」我答道。

「抱歉，現在沒有。」

「那有1840年版的《奧迪邦騎士》嗎？我自然是想買下一整套書。」

「哦——現在還沒有。」她用力發出咕咕聲，好像一隻小貓。這會兒，她的笑容已懸到了牙齒、眼睛、眉毛上，要是這笑容砸下來，不知是否會砸到某樣東西。

我用彬彬有禮的假聲問下去：「這裡真是賣書的？」

她收起笑容，認真瞧著我，眼神介乎於尋常與嚴厲中間。她身體變得僵硬，朝玻璃書櫃揮了揮銀灰色的指甲，諷刺我說：「瞧，那裡擺了些什麼，難道是葡萄？」

「哦，你明白的，我對這種玩意兒沒什麼興趣。其中可能還有銅版畫複製品，2便士一張彩色的，1便士一張黑白的。不管到什麼地方，都能買到這種便宜的玩意兒。不，抱歉，這些不是我想要的。」

「我明白了。」她極力想要藉助千斤頂重新將笑容頂回臉上，她如此憤怒，猶如患腮腺炎的市議員，「蓋格先生說不定能——不過眼下他不在。」她的雙眼盯住我，不願錯過任何東西。對於珍藏版書，她一無所知，一如我不瞭解如何指揮跳蚤在馬戲團表演。

「他很快就會回來嗎？」

「應該不會。」

「倒楣。唉，太倒楣了。你們的椅子很舒服，我想在這裡坐著抽菸。

今天下午，我沒什麼事可做。唯一需要我動腦筋的就是我的三角課程。」我說。

「沒問題，沒……問題，自然沒問題。」她說。

我坐到一把椅子上，渾身鬆弛下來，拿起小台几上的鎳製圓形打火機，點起一支菸。她站在原地，咬住下唇，眼神流露出不解。最終，她點點頭，緩緩轉身回到她在牆角的小桌旁，躲到檯燈後，繼續目不轉睛瞧著我。我翹起雙腳，打個哈欠。她想伸出銀灰色的指甲拿起桌上的電話，卻在觸碰到電話前放下手指，開始輕輕敲打桌面。

屋裡安靜了差不多五分鐘，然後有人打開大門走進來。這人身材魁梧，鼻子很大，手拿手杖，滿臉欲望。進門後，他馬上狠狠關上大門，大步走到女人所在的牆角，將一個紙包放到桌上。他從衣兜裡取出錢包，錢包是用海豹皮製成的，角上鑲了金。他打開錢包，向金髮女子展示裡面的東西。女人按動桌上的電鈴。大塊頭到木製隔板的小門邊打開一條門縫，側著身體進去了。

抽完第一支菸後，我點起了第二支菸。時間慢慢流逝，不斷有汽車喇叭聲從街上傳來。有輛深紅色市際公車開過，叫個不停。交通燈變色時，鈴聲響起，過了片刻才停。金髮女子枕著手肘，把手搭在眼睛上，依舊目不轉睛瞧著我。

隔板的門打開，那個身材魁梧、拿著手杖的男人出來了，拿著另外一個好像裝了一本大部頭書的紙包，走到台几旁結帳。離開時，他依舊用腳跟走路，用張開的嘴巴呼吸，跟來時沒有區別。經過我身邊時，他斜眼狠狠瞪了我一眼。

我起身朝金髮女子抬了抬帽子，然後跟上那個男人。他往西邊去了，途中一直揮舞著手杖，在右腳背上劃出小小的弧度。我可以很輕鬆地跟蹤他。他穿著粗呢外套，顏色花花綠綠的，肩膀寬寬的，脖子探出來，猶如芹菜梗，走路時頭晃個不停。我跟蹤了他一個半街區。到了高原道路口，紅燈亮了，我趁機走到他身邊停下來，故意想叫他看見我。起初，他不過是隨意朝我這邊瞧了一眼。忽然，他又斜眼瞪了我一眼，迅速轉過頭去。我們等綠燈亮起，便離開高原道，又走過一個街區。到拐角處時，他那雙長腿已將我甩出了20碼。他轉入右側需要爬坡的街道，走了100英尺左右停下來，將手杖掛在胳膊上，從內側的衣兜取出一隻皮菸盒，抽出一支菸叼在嘴裡。他將火柴盒丟在地上，趁著彎腰撿火柴盒的機會，轉頭看了一眼，看見我在街尾瞧著他。他立即站起身來，好像有人在他屁股上踢了一下。他邁開雙腿繼續爬坡，腳步很不穩當。爬坡時，他不停地拿手杖敲擊人行道。走到拐彎處，他向左拐去。等我趕到拐彎處時，他少說也比我領先了半個街區。為了追上他，我氣喘如牛。這條街道很窄，兩邊都種了樹，這邊建了擋土牆，那邊正對著三棟花園平房的院子。

他消失了。我在街上四處尋覓。經過第二棟平房的院子時，我有了新發現。這棟平房被命名為「拉巴巴」，院子裡相當寧靜，一片昏暗，兩側建了兩排平房，平房完全被樹蔭遮擋住了。兩排平房之間的小徑兩側栽種了義大利柏樹，修剪得短而粗，宛如《阿里巴巴與四十大盜》裡的油甕。一隻花花綠綠的袖子在第三個「油甕」背後一閃而過。

等待期間，我倚靠在街道旁邊的胡椒樹上。轟隆隆的雷聲再度從那遙遠的山谷中傳來。層層烏雲正朝南飛奔，其中閃爍著閃電的光芒。幾滴雨水墜落，帶著試探的意味，在人行道上印下了鎳幣般大的水漬。空氣沉悶、渾濁，彷彿斯特恩伍德將軍培育蘭花的溫室。

袖子再次出現在樹後，隨後是一隻大鼻子、一隻眼、一堆頭髮——沒有帽子遮擋這堆黃中透紅的頭髮。那隻眼瞪住我，很快消失了。柏樹另一側露出了另外一隻眼，好像啄木鳥一樣。這樣過了五分鐘，他就在我的掌控之中了。這種人神經極度敏感。有劃火柴和吹口哨的聲音先後從樹後傳來。片刻過後，有個身影掠過草坪，到旁邊一棵樹後，接著直接從小徑朝我這邊走來。他邊走邊揮舞著手杖，吹著口哨，怪異的口哨聲暴露了他內心的恐懼，表面的鎮定只是裝出來的。我仰首望天，只見到處都是烏雲。他沒有看我一眼，從離我10英尺的地方走了。他藏起了那樣東西，不必再忍受它帶來的威脅。

他的身影徹底消失後，我走到拉巴巴中央處的小徑第三棵柏樹旁，從樹枝裡取出那本用厚厚的紙張包裹的書，夾在腋下走了。途中沒人大叫著讓我交出這本書。

5

我返回大路，在一家雜貨店的電話亭裡查到了亞瑟・格溫・蓋格先生的住址。他住在月桂山谷大道通往半山的橫向街道萊弗內街上。在好奇心的驅使下，我用一枚鎳幣撥打了他的電話，無人接聽。我重新翻了翻電話簿，將分類查詢專案中我所在地附近的幾家書店記下來。

路北便有一家書店，我先來到這裡。書店一樓很大，專門售賣文具、辦公用具。一樓、二樓中間夾著一個房間，裡面有很多書。我想找的應該不是這裡。我到了路對面，往東走。走過兩個街區後，找到了第二家書店。書店很小，裡面又窄又長，書從地板一直堆到天花板上，這跟我要找的書店有點接近了。店裡有四五個人正在看書消遣，髒兮兮的手指按在新書的包裝紙上，留下了手指印，卻無人過來阻止。我徑直走到書店最深處，在一扇隔板後面發現了一個皮膚很黑的女人，她正在伏案讀一本法律書。

我將打開的皮夾子放到桌上，給她瞧了瞧裡面的工作證件。她看過後摘下眼鏡，靠在椅背上。我收好了皮夾子。她有一張猶太女人的聰明臉孔，皮膚繃得很緊。她默默看著我。

「可以幫我個小忙，很小的忙嗎？」我問。

「我也不確定，怎麼回事？」她用平和帶點沙啞的嗓音說。

「路對面有家店，老闆名叫蓋格，你聽說過嗎？在西邊距離這裡兩個街區的地方。」

「我也許曾從那裡經過。」

「那是家書店，但跟你們的書店不一樣。究竟是什麼情況，你很清楚。」我說。

她沒說話，揚起唇角，顯得很傲慢。

我說：「你有沒有見過蓋格？」

「抱歉。我不認識什麼蓋格先生。」

「你的意思是你無法告訴我他長什麼樣？」

她再次揚起唇角：「我幹嘛要跟你說這個？」

「你的確沒必要跟我說這個。我無法逼迫你說，除非你願意。」

她瞧瞧隔板外面，重新倚靠到椅背上，問：「你給我瞧的是警察局長的證件吧？」

「是警察局長的榮譽代言人。這玩意兒不會比一根一毛錢的雪茄更值錢，完全是個擺設。」

「我明白了。」她拿出一包菸，從中晃出一支，叼在嘴裡。我送上一根劃著的火柴。她道過謝後，再次靠到椅背上，隔著一片煙幕看著我。

她謹慎地問：「你想打聽他長什麼樣，你沒打算親自去見他？」

我說：「我在書店沒看到他。」

「我猜他總會到那兒去的。那是他的店，他不會不去看看。」

「我現在還不打算直接見他。」我說。

她再次從敞開的門向外張望了一下。

「你對珍藏版書有瞭解嗎？」

「你不妨問我一些問題。」

「你們這裡有《賓漢》1860年第三版嗎？第116頁有一行印了兩遍。」

她推開黃色封面的法律書，將另一本很大的書放到桌子上，翻到她想找的地方，看過後連頭都不抬就說：「找不到，這個版本壓根兒不存在。」

「是的。」

「你到底有什麼目的？」

「蓋格那家書店有個女人，她就不知道這件事。」

她抬頭說：「我瞭解了。你引起了我的興趣，一點模糊不清的興趣。」

「我是私家偵探，在查一樁案子。我請你幫的忙可能很複雜，可是在我看來，這算不了什麼。」

她吐出個晃悠悠的灰色煙圈，伸手把煙圈戳散了，繼續抽菸，表情沒有絲毫變化：「我估計他剛過四十歲，不高不矮，略胖，體重160磅左右。一張肥胖的臉，蓄著陳查理[1]那種鬍鬚，粗脖子，肌肉鬆弛——渾身上下的肌肉都是如此。他穿著非常考究，平日不戴帽子。他完全不懂古董，卻假裝很專業。哦，還有，他左眼裝了義眼。」

我說：「你若做警探，會做得很出色。」

她將參考目錄收到桌子旁的書架上，重新翻開那本法律書：「我可不想做警探。」她又戴上了眼鏡。

我向她道謝，然後離開。外面下起了雨。我將那本包在紙包裡的書夾到腋下，在雨中奔跑。我的車停在大路對面的橫向街道上，跟蓋格的書店差不多正好相對。我還未跑到車那邊，已被淋濕了。跌跌撞撞上車後，我趕緊關上兩側的車窗，取出手帕擦乾淨紙包上的水，將其打開。

紙包裡裝了什麼東西，我自然心知肚明。是一本裝訂非常精緻的厚書，印刷、紙張品質都是上乘。書中很多整頁都是藝術照。照片也好，文字也好，全都汙穢不堪。書是舊書，扉頁上列出了出借、歸還的日期。這本書是專門用來出租的。那家書店出租淫穢書籍。

我包好書，放到座位後面的車廂裡，上了鎖。那家書店肯定有大靠山，否則無法公然在大路邊做這種生意。我呼吸著有毒的菸味，坐在車裡，一邊聽外面的雨聲一邊思考。

1. 美國作家鄂爾・德爾・比格斯在系列偵探小說中塑造的華人探長。——譯注

6

排水溝都滿了，雨水溢了出來，路上的積水沒過了膝蓋。身材魁梧的警察身穿油布雨披，雨披光澤閃爍如大炮筒。警察們抱著姑娘走過難以越過的深水處，姑娘們笑個不停。警察們覺得，這是個非常有趣的遊戲。雨水敲擊著汽車的帆布篷，好像在敲鼓，有雨水滲進車裡。我腳下出現了一汪積水，正好可以放我的腳。現在還沒到下這種大雨的時節。我艱難地套上一件膠質內裡的軍用雨衣，飛奔到最近的雜貨店買下1品脫[1]威士忌。我想暖和一下，振作一下，回來後就喝下了大半威士忌。我停車的時間已經超出了規定，可是那些警察沒空跟我過不去，抱姑娘們走過深水處、吹哨子就夠他們忙了。

儘管正在下雨，蓋格那家書店卻相當熱鬧——也許恰恰是因為下雨才會這樣。一輛又一輛很漂亮的汽車停到書店門前，衣著考究的客人腋下全都夾著紙包，在店裡出出入入，他們之中也有女人。

他出現時大約四點。一輛奶油色轎車在書店門前停下，他彎腰下車，進入書店。我借此機會，一下看到了那張肥胖的臉、陳查理式小鬍子。他身穿繫腰帶的皮質綠雨衣，沒戴帽子。從我這個角度，無法看見他那隻玻璃義眼。有個年輕人走出書店，他高大英俊，穿一件皮夾克。他將那輛轎車開到書店後面，然後走回來，被打濕的黑頭髮趴在頭皮上。

又一個小時過去了。天色漸暗，下著大雨，店裡的燈光好像被街上的黑暗吞沒殆盡了，看起來十分昏暗。有軌電車駛過，發出「喀啦」的響聲，像在宣洩憤怒。

五點十五分左右，身材高大、穿皮夾克的年輕人從店裡出來，手拿雨

1. 容量單位，1品脫大約相當於473毫升。——譯注

傘，到店後把奶油色轎車開回店門口。車停下時，蓋格走出了書店。年輕人過去幫他撐傘，等他上了車，便收起傘，甩掉上面的雨水，放到車上，然後大步奔回店裡。

我開車跟上那輛轎車。轎車駛向西邊，我只能沿左側行駛，路上得罪了幾輛車的司機。有個電車司機直接伸出頭來，朝我大聲叫罵了幾句。蓋格的轎車在我的車進入快車道之前，已經開到兩個街區以外了。我暗想，他要是能回家就好了。有好幾次，我又找到了那輛轎車。最終我追上時，他已經駛進了月桂山谷大道。他駛到這條上坡路的中間處，朝左拐進一條積水的水泥街道——萊弗內街。這條十分狹窄的街道一側是高聳的山坡，另外一側是零散分布於山坡上的小屋，山坡向低處蔓延，因此小屋屋頂比街道高不了多少。每座小屋前都有矮樹叢，與外界隔離開。附近所有的樹都被打濕了，不斷有雨水往下滴。

蓋格開了開燈，我卻沒開。我加速行駛，到一個拐彎處，駛到了他前頭。我留意到街邊一座房屋的門牌號，過了這個街區，我馬上開車拐進一條橫向街道。蓋格的車停到一座車庫中，車燈斜斜照到外面。他家的小屋前門被方形的樹叢遮擋得嚴嚴實實。我看到他撐著傘從車庫出來，經過樹籬，走進前門。他並未發覺有人在跟蹤自己，否則不會是這種表現。屋裡亮起了燈。我小心翼翼開著車，停到他家上面一座小屋門前。小屋門外並未掛出牌子說明要租售，但看起來應該無人居住。我熄了火，打開車窗透氣。我坐在車上喝了幾口酒瓶裡的酒。我感覺我應該等在這裡，可具體要等什麼，我並不清楚。時間緩慢流逝。

兩輛汽車朝山頂開過去。好像很少有車會駛到這條街上來。過了六點，大雨中出現了更多明晃晃的車燈，然後迅速消失了。天徹底黑了。一輛汽車停到蓋格家門口，車燈的鎢絲變暗，然後熄滅。一個女人打開車門下來，她身材小巧玲瓏，頭戴流浪兒童那種款式的便帽，身穿透明雨衣，走入了彷彿迷宮的樹籬。模糊的門鈴聲傳來。一道光從門內射出，落到地面的雨水上。接著，門又關起來，周圍聽不到半點聲音。

我取出汽車儲物箱裡的手電筒，下車觀察剛剛開來的汽車。這是輛帕卡德硬頂敞篷車，是紅棕色或深棕色的。左側的車窗開著，我把手伸進去，摸到放著行車執照的塑膠夾套，借著手電筒的光看到上面寫著車主——卡門・斯特恩伍德，地址——西好萊塢，阿爾塔・布雷亞新月街3765號。我坐回我的車裡。不停有雨水從帆布車篷滴落到我膝蓋上。我腹中好像火燒，因為裡面滿滿都是威士忌。沒有車上山了，對面的屋子始終沒有開燈，這可真是個作惡的好地方。

七點二十分，一道光從蓋格屋裡射出來，亮得彷彿夏季雷雨天的閃電。周圍重新陷入黑暗後，屋裡響起了一聲尖叫，聲音很清亮，但不算高亢，傳到外面被雨水打濕的樹叢中消散了。我從車上跳下來。尖叫的回音在我走到蓋格家門口前，便徹底消失了。

那聲尖叫是感到有趣的驚訝、發酒瘋或傻瓜平白無故的大喊大叫，並無害怕的味道。它給人一種噁心的感覺。我由此聯想到精神病院中穿著白色制服的男護士、鑲著鐵柵欄的窗戶，以及硬邦邦的小床，上面還有皮帶，用來捆縛病人的手和腳。我鑽進樹籬的縫隙，從遮住大門的方形樹叢繞過去。這時，蓋格屋裡完全靜下來了。大門上有個獅嘴銜住的鐵製門環，我伸手抓住。就像收到了信號一樣，屋裡突然接連響起三聲槍響，然後似乎有人發出了一聲尖厲、悠長的嘆息。不知什麼沉重的東西撲倒在地，只聽「噗通」響了一聲。接著，倉促的腳步聲響起，一個人逃走了。

門前狹窄的道路宛如山谷上的小橋，將路兩邊的高坡、房屋連在一起。屋前並無門廊、空地或與後門相通的小徑。後門外有跟底端的狹窄小巷相連的木製台階。後門那邊是什麼情況，我一清二楚：我聽到腳步聲在木製台階上響起，那人跑下台階，發動了汽車引擎。不一會兒，汽車就在遠處消失了。隱約還有一輛車的聲音傳來，可是我無法確定自己有沒有聽錯。我面前的屋子再度安靜下來，彷彿一座墳墓。屋裡發生的一切已經無法改變，不必再心急。

我跨在小徑旁邊的樹籬上，極力靠近落地窗。窗前沒掛窗簾，只遮著薄紗。我希望透過薄紗的縫隙看清屋裡發生了什麼。可是除了照在牆壁上的燈光、書櫃的一個角外，我什麼都看不到。我返回小徑，走到小徑最末端，還朝樹籬走了幾步，然後奔向房門，肩膀用力撞上去。我真是太蠢了，否則不會做出這種事來。全加州的房屋除了大門，從哪裡都能進入。我這麼做除了讓肩膀又酸又疼，險些氣瘋以外，一點用都沒有。我再次爬上樹籬，在落地窗上踢了一下，接著拿帽子包住手，拔下小窗底下的玻璃碎片，伸進手去打開了窗栓。這樣一來，事情就變得十分簡單了。窗戶上端沒裝窗栓，窗鉤一下就推開了。我從窗戶爬進去，拉開薄紗，以免它們擋住我的臉。

儘管屋裡那兩個人只有一個死了，但我破窗進去時，他們兩個都沒有任何反應。

7

這個房間跟整座房子一樣寬。低矮的天花板，棕色的灰泥牆——上面掛著很多中國刺繡作為裝飾，未塗色的木柱子——上面掛著一些中國畫和日本畫，矮矮的書櫃，相當厚的桃紅地毯——花栗鼠在這地毯裡可以一週不露一下鼻子。地板上隨處可見軟墊子、絲織物，好像所有住在這兒的人都必須信手拿起一件，好好把玩一番。另有一張又寬又長、鋪了玫瑰色織錦的矮沙發，上面放了幾件衣服和一條淺紫色綢內褲。房間裡還擺著一盞帶底座的大雕花燈、兩盞帶翡翠色流蘇燈罩的落地檯燈。一張四個角都有奇怪雕塑作為裝飾的黑色書桌，後面擺著一張烏木椅子，椅子扶手、靠背都有雕花，椅面上還鋪了黃色緞墊。種種味道瀰漫在房間各處，未消散的嗆人火藥味、令人作嘔的乙醚香好像是其中最濃烈的味道。

房間盡頭是一張低矮的檯子，上面擺著一張高背柚木椅。椅子上鋪了張帶流蘇的橘紅披肩，卡門・斯特恩伍德小姐就坐在上面。她身體挺直，雙臂平放在扶手上，雙膝並在一起，跟一尊端坐的埃及女神像一樣。她的下巴擺放得很端正，嘴巴微張，小而潔白的牙齒閃爍著光芒。她眼睛裡差不多全是灰色的眼白，好像石板的顏色。這雙眼睛屬於一個瘋子。她似乎失去了意識，可看她的坐姿，又好像不是這麼回事。她像是認定自己正在做一件事，這件事相當重要，必須做好。低低的笑聲從她口中傳出來，可是她的表情和嘴唇並未因此有絲毫改變。

她耳朵上戴了一對長長的玉石耳環，這對精美的耳環可能價值數百美元。她身上除了這對耳環外，沒有穿戴任何東西。她身體小巧，皮膚細膩，身材圓潤，肌肉結實，看起來很漂亮。在燈光的照耀下，她的肌膚散發著光芒，彷彿珍珠。她的雙腿同樣很美，即使沒有里根太太那樣迷人。我打量著她，卻沒有感覺到尷尬，也沒有產生半點欲望。在這個房間裡，她僅僅是個被藥物麻痹的白癡，不是什麼裸女。她在我心目中將一直是一個白癡。

我又去看蓋格。他仰臥在地板上，旁邊是中國地毯邊沿的流蘇。一根柱子立在他跟前，彷彿一根圖騰柱。柱子頂端裝了個東西，好似鷹頭，上面有隻圓圓的大眼，那是相機鏡頭，正好對準了椅子上坐著的裸女。柱子旁邊挑著一盞閃光燈，燈身已經變黑。蓋格穿著中國款式的拖鞋，有著厚厚的氈底。他下身穿黑緞睡褲，上身穿唐裝繡花短衫，衣襟上到處都是血。他那隻玻璃眼珠正對著我閃爍著光芒，我看遍他全身，再找不到比這更生機勃勃的東西了。我聽見的那三聲槍響，顯然都擊中了目標，他早就死了。

我剛剛看見的那道亮光，便是閃光燈發出的。閃光燈亮起時，被藥物麻痹的裸女發出了那聲瘋狂的尖叫。還有第三個人，他想讓這場戲的結局出人意表，便開了那三槍。他已從後門上車逃跑了。他竟能想出這種主意，真叫我佩服不已。

一個紅色漆盤擺在黑書桌一側，盤裡放了幾個嵌金絲的細腳杯、一個裝著棕色液體的大腹酒瓶。我打開酒瓶蓋子，嗅嗅裡面的液體，那是乙醚摻雜著鴉片酊[1]之類的東西。這種混合藥劑我本人從未用過，可是我絲毫不驚訝這種玩意兒會出現在蓋格家。

雨水敲擊著房頂和北邊的玻璃窗，聲音傳到我耳朵裡，這是此刻我唯一能聽到的聲音。只有不斷響起的雨水滴答聲，沒有任何車聲或警笛聲。我到長沙發旁脫掉雨衣，把姑娘脫下來的衣服——淺綠半袖衫拿起來抖了抖。我覺得，我幫她穿上這件衣服並無不妥。我打定主意，把內衣褲都交給她，讓她自己穿。這只是因為我無法說服自己幫她穿內衣褲，與禮儀無關。我拿著她的衣服，走到她的椅子邊。在距離斯特恩伍德小姐幾英尺的地方，就能聞到她身上的乙醚味。她還在發出低低的笑聲，一直沒有間斷，一點涎水流到了她下巴上。我打了她一耳光。她眨眨眼，笑聲停止。我又打了她一耳光。

「來，聽話，穿衣服。」我語氣輕快地說。

她瞪了我一下，石板色的雙眼空洞無神，彷彿面具上的兩個洞。她低聲說：「滾……滾……」

我打了她好幾耳光，她並未恢復神智，因此滿不在意。我幫她穿衣服，她同樣滿不在意，任由我抬起她的手臂。她手指交叉，似乎覺得這姿勢十分調皮。我把袖子套到她手臂上，又把衣服從她後背上拽下來，然後扶她站起身。她身體癱軟，倚靠著我，笑個不停。我讓她坐回椅子上，幫她穿好襪子、鞋子。

「來，走一走，聽話，走一走。」我說。

我扶她走了一下。其中有一半的時間，她的耳環敲擊著我的胸口，另外一半的時間，我們一起踉踉蹌蹌，像在跳慢舞。我們從蓋格身旁走過，然後折返。我讓她看蓋格。她認為蓋格同樣擺出了一種調皮的姿勢。她想跟我說說這件事，卻只能口吐白沫，繼續笑個不停。我扶她走到沙發旁，讓她躺下。她打了兩個嗝，笑了片刻，昏睡過去了。我將她的內衣塞到衣兜裡，來到那根圖騰柱後，發現相機中放著底片的暗盒不知去了哪裡。我想到了一種可能：蓋格被槍殺前，拿走了暗盒。我在地板上到處尋覓，一無所獲。我抓著蓋格又涼又軟的手，幫他翻過身，還是沒找到暗盒。事情發展到這一步，讓我高興不起來。

1. 一種麻醉藥，外觀是棕色的液體。——譯注我想看看整座房子，便到了後面的房間，發現右側是浴室，還有一個房間上了鎖，最後面是廚房，裡面的窗戶被撬開了，窗鉤也被拽下來，暴露在失去窗簾遮掩的窗台上。後門沒上鎖，我卻沒有理會那裡。我轉過身，查看左側的一間臥室，這裡像被人認真整理過，十分乾淨，主人似乎是個女人。床上的床單帶有褶皺花邊。梳妝檯上有三面鏡子，檯面上擺放著香水、手帕、少量零錢、男用梳子和一串鑰匙。衣櫃裡掛著男式服裝，床單花邊下擺著一雙男式拖鞋。原來是蓋格先生的房間。我拿起鑰匙，打開客廳書桌上的抽屜。抽屜最深處有個鐵盒，上了鎖。我找到鑰匙，打開鐵盒。其中除了一個藍色封皮的本子外，什麼都沒有。根據字母的排序，本子上列出了幾頁索引和密碼，對比字跡，跟寄給斯特恩伍德將軍的勒索信上的印刷斜體字出自同一人之手。我將本子放進衣兜，擦去我留在鐵盒上的指紋，鎖好抽屜，關上壁爐中用來取暖的煤氣，穿上雨衣。

我試圖喚醒斯特恩伍德小姐，卻是徒勞。於是，我只能幫她穿戴好便帽和外套，抱她出去，放到她的車裡。接著，我返回屋裡，關掉全部的燈，再關上前門。我打開她的皮包，找出她的車鑰匙，開動了那輛帕卡德車。我把車開下山，一路上並未打開車燈。不到十分鐘，我們就到了阿爾塔・布雷亞新月街。在此期間，卡門不停地打鼾，噴出乙醚的氣味，飄到我臉上。我不想讓她把我的肩膀當枕頭，卻無法阻止她。除了不叫她滾進我懷裡，我什麼都做不到。

8

昏暗的燈光從斯特恩伍德家側門狹窄的玻璃中照出來。我在樓房前的車道上停好車，將衣兜裡的東西丟到車座上。卡門依舊癱軟在車廂一角，鼾聲響個不停。她的帽子歪歪斜斜，壓到鼻子上，雙手放在雨衣褶皺中，像屍體的手。

我下車去按門鈴，緩慢的腳步聲從門內傳來，似乎那人是從非常遙遠的地方來的。後背筆直、頭髮花白的管家打開門，從門內看著我。他的頭髮在大廳燈光的照耀下，彷彿戴了個光環。

「晚安，先生。」他彬彬有禮地說，目光落在我背後的帕卡德車上。

「里根太太在不在？」我問他。

「先生，她不在。」

「將軍應該睡了吧？」

「沒錯。晚餐過後休息對他來說再好不過。」

「里根先生的女僕在嗎？」

「瑪蒂爾德？她在，先生。」

「她能過來幫忙就好了。現在的情況必須找個女人幫忙。你要想瞭解發生了什麼事，只要去車那邊瞧瞧就行了。」

他去車那邊看了看，回來說：「我明白了，現在就去找瑪蒂爾德。」

我說：「瑪蒂爾德應該懂得如何照料她。」

他說：「在這件事情上，我們所有人都會不遺餘力。」

我說：「這對你應該不是第一次了。」

他沒有反應。

我說：「行了，我要告辭了，你來處理接下來的事吧！」

「好，先生。需要我幫你找輛車嗎？」

我說：「絕對不需要。實際上，你今晚見到的都是夢，我並未來過這裡。」

他笑起來，朝我點頭。

我轉身從車道離開，沿著雨水沖刷過的曲折街道走過十個街區。樹上的雨水不停墜落，落到我身上。途中經過一座座大宅子燈火通明的窗戶，這些宅子的院子全都大到了誇張的地步，一片陰森。遠處山坡上的樓房如同森林中魔鬼的宮殿，遠得無法觸及，屋簷、山牆、明晃晃的窗戶都只是隱約可見。

我經過一處燈光極為明亮（真是浪費）的汽車服務站。有個頭戴白色帽子、身穿深藍風衣的員工在這個充滿霧氣的玻璃房子裡，俯身坐在凳子上看報紙，顯得十分無聊。我本想進去，最終還是走了。我渾身上下都淋濕了。在這種晚上等計程車，就算等到鬍子長了，也不一定能等到，而且這種時間坐計程車，會給司機留下極為深刻的印象。

大約半個多小時後，我走回了蓋格的住所，速度可不算慢。周圍沒有人，也沒有車，只有我的車停在旁邊那座房子門口，像條野狗一樣獨自淋著雨。我取出車裡裝著黑麥威士忌的酒瓶子，裡面還有半瓶酒，我全都倒進了喉嚨。我點了支菸，吸了半支，丟了半支，然後下車，來到蓋格家門前。我拿出鑰匙開門進去，裡面一片黑暗，既安靜又暖和。我停下腳步，聆聽雨聲，雨水不停從我身上滴落。

我摸索著打開一盞燈，發現牆上的刺繡少了好幾幅。剛剛我並未數有幾幅刺繡，可是這時有好幾塊棕色的牆皮暴露出來，一眼就能看出異樣。我朝前走出幾步，開了第二盞燈，看看圖騰柱和旁邊那塊中國地毯的邊緣。一塊小地毯出現在地板上，這裡原先是蓋格的屍體，並沒有這塊小地毯。眼下，屍體已不知去向。

我全身發冷，抿著嘴，斜眼瞧著圖騰柱上的玻璃眼，隨即走遍了整座房子。我初次來時，所有東西擺在什麼地方，現在依舊擺在什麼地方。在蓋格鋪著褶皺花邊床單的床上或床下，都找不到他的屍體。他也沒在壁櫥中。在廚房、浴室中，同樣找不到他。除了大廳後面右側上鎖的房間，其餘地方我都找遍了。蓋格的鑰匙串上剛好有這個房間的鑰匙，可是我進去以後並未找到蓋格。這個房間完全是蓋格臥室的反面，因此深深吸引著我。這是個男士臥室，裡面布置得相當簡潔：幾塊帶有印第安圖案的小地毯鋪在乾淨的地板上，兩把直背椅，一張深色帶有木頭紋理的書桌，上面擺放著整套男士梳洗用具，另有一對高1英尺的銅燭台，上面豎著黑蠟燭，還有一張鋪了棕色花床單、窄而硬的床。整個房間讓人覺得陰沉恐怖。

我鎖好房門，用手帕擦乾淨門把，返回客廳，走到圖騰柱底下，跪在地板上，側頭打量地毯到正門之間的區域。我發現那裡有類似於腳後跟被拖行留下的兩道平行印跡。無論此事出自何人之手，其中必然有很多隱情。跟碎掉的心相比，一具死屍要沉重許多。

這並非警察所為。警察會用繩尺量，會拍照，會用粉末掃出指紋，每個人還會銜一根雪茄。這會兒，他們肯定還待在這兒忙個不停。

這也並非殺死蓋格的兇手所為。兇手離開時過於匆忙。他必然看見了卡門・斯特恩伍德，不確定她是否迷糊到認不出他的地步。眼下，兇手必然正忙著逃往遠方。

我想不出這是怎麼回事。不過，我很樂意看到有人不僅想殺掉蓋格，還想搬走他的屍體，毀掉各種線索。不管怎樣，我都能從中得到機會，重新調查一下，看能否在報警時幫卡門・斯特恩伍德撇清關係。我鎖好正門，開車回家。

我沖了個澡，換下濕漉漉的衣服，又吃了晚餐，這頓晚餐姍姍來遲。飯後，我在自己房裡坐下，喝著摻熱水的威士忌，思考蓋格本子裡記錄的密碼。這些密碼是一些人的姓名和住址，這是我唯一能夠確定的。這些人多半是他的客戶，總共超過400人。這種生意能讓他發大財，即使其中並不涉及勒索——我能確定其中肯定涉及勒索。名單中所有人都涉嫌殺害蓋格。警方拿到這份名單後要做的工作，讓我完全羨慕不起來。

上床休息時，我肚裡全是威士忌，感覺沮喪至極，畢竟現在諸事不順。我做了個夢：有個穿一件滿是鮮血的唐裝短衫的男人在追逐一個戴長耳環、一絲不掛的姑娘，我拿著一台沒有底片的相機追逐他們，想拍下他們的照片。

9

翌日，烏雲消散，天氣晴朗，陽光燦爛。從夢中醒來時，我覺得像有隻開車時戴的手套塞在我嘴裡。我喝下兩杯咖啡，讀了好幾份晨報，卻沒看到任何關於亞瑟・格溫・蓋格先生之死的新聞。

電話響起時，我正想盡方法把我淋雨後皺巴巴的外套弄平整。電話那頭是地方檢察官的探長伯尼・奧爾斯，若不是他牽線搭橋，我也不會接下斯特恩伍德將軍的案子。

他問：「你怎麼樣了？身體好不好？」他的聲調顯示他睡眠品質不錯，欠債也不多。

「昨天我喝醉了。」我答道。

「嘻嘻。」他笑了笑，滿不在乎，然後以更隨意、故作不經意的口吻——這是警察常用的口吻——問，「有沒有見到斯特恩伍德將軍？」

「唔——哼。」

「有沒有幫上他一點小忙？」

「雨太大了。」我給出一個可能不算答案的答案。

「那家人總是出事。在他們之中，有一個人的大別克車在里多碼頭掉到海裡。」

我幾乎把話筒都捏碎了，大氣都不敢出。

「真的，那輛大別克還是新的，那麼漂亮，被沙子、海水全毀了……哦，還有個人坐在車上，我險些忘了。」奧爾斯幸災樂禍道。

我緩緩吐出一口氣，那口氣像浮在我嘴上一樣。我問道：「那是里根？」

「你說什麼？哪一個？哦，你是說那個非法販酒的傢伙，跟他家的大女兒戀愛、結婚的那個。我可沒見過他。他在那兒能做些什麼？」

「沒用的話就別說了。依你看，什麼人會在那種地方惹是生非？」

「朋友，你可問倒我了。我要趕去現場，瞧瞧那邊是什麼情況。你要跟我一起去嗎？」

「好。」

「動作快些，到辦公室找我。」他說。

我刮了鬍子、穿衣、吃飯，最後趕到法院，總共花費了不到一個小時。我進入電梯，登上七樓，找到一整排辦公室，在這裡辦公的都是地方檢察官的下屬。奧爾斯獨自占據了一間辦公室，這裡不會比其餘的辦公室更大。他的辦公桌上只放了一本筆記本、一套便宜的墨水瓶和蘸筆、他的帽子，還有他的一隻腳。奧爾斯相貌平平，不高不矮，淺黃色頭髮，筆直、堅硬的白眉毛，眼神溫和，牙齒整齊。不過，我剛好知道他殺過九個人，有三個在用槍口對著他或讓人感覺他們在用槍口對著他時，被他殺了。

他起身往衣兜裡塞了一個扁扁的雪茄盒，裡面裝的小雪茄牌子叫「中場休息」。他嘴裡還叼著一種雪茄，正晃動不停。他仰頭看了我半天，看得十分認真。

「我確認過，那人不是里根。里根是個跟你差不多高、比你更重的大塊頭。那人是個青年。」他說。

我一聲不吭。

「里根為什麼要走？你有興趣查查這件事嗎？」奧爾斯說。

我答道：「我興趣不大。」

「一個私酒販子娶了個有錢小姐，卻連招呼都不打，就拋下漂亮老婆和數百萬財產跑了。就算是我，要想清楚這是怎麼回事，也要好好開始動動腦筋。我猜你不想隨便跟人說這件事，是因為你覺得這是他家的秘密。」

「唔——哼。」

「那好，孩子，你不用說了，我不會生氣的。」他到桌子一側拍拍衣兜，拿起桌上的帽子。

我說：「我的工作不是找里根。」

他鎖上門，跟我一起下樓，上了公共停車場一輛藍色的轎車。我們從日落大道離開，路上偶爾會拉響警笛，方便闖紅燈。早上很涼快，有一點點冷。要是沒有沉重的負擔壓在心頭，這種天氣正好會讓人感覺生活簡單而美妙。不過，我心頭正壓著沉重的負擔。

奧爾斯僅僅用了四十五分鐘就趕到了目的地。汽車經過一段滑行，最終停在一座褪色的拱門前。我和奧爾斯從車上下來。拱門旁邊有座棧橋，與大海相連。棧橋兩側裝了白色護欄，規格為2×4英寸。在棧橋盡頭，一些人正朝海中張望。拱門下有些人想要登上棧橋，有個騎摩托車的警察正在阻攔他們。路邊停了很多車，是那些看熱鬧的男女停在那裡的。

奧爾斯向警察出示了警徽，帶我上了棧橋。雖然暴雨整夜未停，但並沒有淡化海中的魚腥味，味道很嗆人。

奧爾斯拿著小雪茄朝遠處一指，說：「那裡有艘電氣駁船，車就在船上。」

一艘帶著輪機室、矮矮的黑色駁船停在棧橋盡頭，如同一艘拖船。早晨的陽光照在甲板上，照得一樣東西光芒閃爍。那東西上面綁了鐵鏈，一直垂到海水裡。那是一輛龐大的黑色轎車。起重機已收回了長長的起重臂，在甲板上平放著。幾個人正站在汽車周圍。

我們登上濕滑的台階，走上駁船的甲板。奧爾斯跟一名穿綠色卡其服的警察、一名便衣問好。駁船上的三個水手咀嚼著菸草，站在輪機室前。有個水手頭髮濕了，正拿髒乎乎的浴巾擦拭——應該就是他下水把鐵鏈繫到了車上。

我跟奧爾斯看了看那輛車。車前面的保險桿彎了，一盞車燈被撞碎，另外一盞車燈玻璃沒碎，卻向上凸起。散熱器罩子上多了個大洞。車上的油漆、鍍鎳全都磨損了。裡面的車座被海水泡成了黑色。輪胎則全都完好無損。

司機在方向盤後面卡住了，頭部以十分彆扭的姿勢靠在肩上。他是個年輕人，又高又瘦，頭髮是黑色的。不久前，他還非常英俊，這會兒卻面色青白，眼珠子在低垂的眼皮下毫無神采，張開的嘴巴裡塞滿沙子。因為皮膚很白，他左側額頭上那片淤青看起來格外醒目。

奧爾斯倒退兩步，含混不清地咕噥著什麼。他劃亮一根火柴，點上了嘴裡那支小雪茄。

制服警察朝棧橋那邊看熱鬧的人群指了指，有個人正在撫摸被撞出巨大缺口的2×4英寸木製護欄。撞斷的護欄就像剛剛砍斷的黃松，露出了新鮮的黃色木茬。

「車就是從那邊掉到海裡的，撞擊的力度非常大。昨晚大約九點，這邊早早停了雨，所以車掉進海裡，應該是雨停之後的事。水那麼深，車的損壞不算嚴重。不過，車沒被沖到遠處，當時應該不是漲潮最厲害的時候。車也沒被沖到橋樁上，因此很有可能是在退潮時。今早有人過來釣魚，看到了這輛車。我們找到一艘駁船，把車撈起來，看到車上還有個人。」

便衣警察伸出鞋尖，在甲板上摩擦了一下。

奧爾斯斜眼看看我，口中的雪茄晃來晃去，好像一支香菸。「喝醉了？」他的提問並無具體對象。

那個拿浴巾擦頭髮的人來到駁船的欄杆旁邊，高聲咳嗽了一聲，把大家的注意力全都吸引過去。然後，他吐出一口唾沫：「喉嚨裡都進了沙子，還進了挺多，但比不上那個青年進得多。」

制服警察說：「說不定是喝醉了。喝醉的人經常冒雨獨自開車出去。」

便衣警察說：「他不可能喝醉了！我認為他是被人殺害的，證據是手控閥半開，頭外側還有一處打擊傷。」

奧爾斯瞧著拿浴巾的人問：「老兄，你覺得呢？」

被人問及自己的看法，拿浴巾的人十分欣喜，滿面笑容，說：「邁克，我認為是自殺。你問到了我，儘管跟我無關，我還是要說一句，他是自殺。首先，衝下海之前，他的車在路上留下了筆直、清晰的輪胎印，輪胎上的商標都能看得一清二楚。可見就像警察局長剛剛所言，這件事是在雨停後發生的。第二，車是猛衝到棧橋護欄上的，動作非常乾脆，否則車不會掉進海裡，只會橫過來，多半還會翻滾幾下。這說明車撞到護欄上時馬力十足，所以手控閥不應該只是半開著，可能是車掉進海裡時，他不小心碰到了手控閥。至於他頭上的傷，應該也是墜海時撞的。」

「老兄，你觀察力很強。你們有沒有檢查過他隨身帶了什麼東西？」奧爾斯問警方代表。

警察瞧瞧我，然後看向那幾個站在輪機室前的水手。

奧爾斯說：「行了，這件事以後再說。」

有個人從碼頭上過來，是個一臉倦容的小個子，戴一副眼鏡，拎著黑色皮包。他把包放在甲板上一片乾淨的地方，摘下帽子，揉搓著脖子後面，看著海面發起呆來，似乎對這是哪裡、自己為何要來這裡困惑不解。

「醫生，你又有生意做了。昨晚九點到十點前後，從碼頭上墜海。除此之外，我們一無所知。」奧爾斯說。

矮個醫生瞧瞧那具屍體，滿臉陰沉。他摸摸死者的腦袋，又伸出一隻手轉轉腦袋。然後，他認真查看了死者額頭上的傷，又撫摸了一下死者的肋骨。他抬起死者一隻手，看看那隻軟弱無力的手上的指甲，隨即放開那隻手，讓它墜落，仔細看它是如何墜落的。他退後兩步，從皮包中拿出一份印刷的驗屍表，把一張複印紙夾在中間，開始填寫。

填表的同時，他說道：「很明顯，死因是頸部折斷，這意味著死者並未喝下很多海水。這樣一來，屍體被打撈上來以後，用不了多久就會變得僵硬。若不想添麻煩，在此之前最好趕緊把屍體弄出來。」

奧爾斯點點頭，問：「醫生，他死了多長時間？」

「不確定。」

奧爾斯瞪住醫生，接著又瞪住自己從嘴裡拿下的雪茄：「醫生，見到你很榮幸。真奇怪，法醫檢驗了五分鐘，竟不能確定死亡時間。」

矮個醫生笑起來，笑容很苦澀。他將驗屍表收回皮包裡，將鉛筆插在背心上，說：「要是這人昨晚用過晚餐，而且我知道他是何時用的晚餐，就能確定他的死亡時間。可是現在只有五分鐘，我可做不到。」

「他的頭為什麼會受傷？是墜海時撞的嗎？」

矮個醫生重新檢查了那道傷痕：「應該不是，是被人打的，凶器用什麼東西包裹著。他的皮下出血在他死前已經很嚴重了。」

「凶器是不是用皮革包裹的鉛頭棒？」

「多半是的。」法醫點點頭，拿起甲板上的包，從台階登上碼頭，上了拱門外一輛正在倒車的救護車。

奧爾斯瞧瞧我，說：「走吧！來這一趟是不是沒什麼價值？」

我們走過棧橋，到岸邊上了奧爾斯的車。奧爾斯開車從一條有三條快慢車道的馬路回城。路面上很乾淨，多虧昨晚雨水的沖刷。連綿的小山從車窗外飛過，山上滿是黃沙、白沙，還長著一層又一層粉色苔蘚。海上飛舞著幾隻海鷗，牠們俯身衝向海浪，那裡飄浮著一樣東西。一艘白色遊艇在遠處的海面上，彷彿凌空懸掛在那兒。

「你知道那是誰嗎？」奧爾斯抬抬下巴問我。

「怎麼會不知道？是斯特恩伍德家的司機。我昨天剛見過他，當時他正在擦那輛車。」

「馬羅，我不會多問。我只想知道他家要求你做的工作是否與這人有關？」

「完全無關。這人叫什麼名字，我都不清楚。」

「他叫歐文・泰勒。我為什麼會知道他的名字呢？這件事很有意思。這位老兄差不多一年前被我們抓住了，罪名是拐騙女人。聽說他跟斯特恩伍德家的二小姐去了尤馬[1]，大小姐去把他們追回來了。歐文遭到逮捕。第二天，大小姐又去求地方檢察官釋放他，幫他說了些好話。她說這個年輕人想娶她妹妹，但她妹妹對此一無所知，只想到酒吧痛飲一番，還要請很多人一起喝酒。既然這樣，我們就釋放了那孩子。我們沒空理會之後他是否還在那家做司機。根據慣例，華盛頓方面很快給我們寄來了歐文的檔案、指紋。以前，他在印第安那州犯過事。那是六年前，他搶劫未遂，被判處半年監禁，服刑地點在縣裡的監獄，迪林傑[2]便是從那裡越獄的。我們給斯特恩伍德一家送去了這份資料，他們卻繼續僱用他。對此你怎麼看？」

「一家怪人，他們知道昨晚發生了什麼事嗎？」我說。

---

1. 地名，位於美國亞利桑那州。——譯注

「不知道。現在我就去告訴他們。」

「如果可以，不要拿這件事煩那家的老人。」

「為什麼？」

「他身體很差，還有很多事要擔心。」

「擔心里根的事？」

我皺著眉頭，說：「跟你說吧，我對里根的事一無所知。找里根並不是我的工作，我也沒聽說誰在擔心里根。」

「哦。」奧爾斯目不轉睛看著窗外的大海，陷入了沉思，險些把車開出路面。

此後一直到進城，他基本沒再說過話。到了好萊塢中國劇院，他讓我下車，然後掉頭駛向阿爾塔・布雷亞新月街。

我進入一家快餐店，用過午餐，讀了下午新鮮出爐的報紙，卻找不到跟蓋格相關的新聞。飯後，我想再去蓋格的書店看看有沒有發生什麼事，便向路東走去。

10

跟昨天下午一樣，身材乾瘦、一雙黑眼睛的珠寶商正站在珠寶店門前，站姿也沒有改變。我進入書店時，他也像昨天那樣露出了似乎能看穿我的眼神。

---

2. 約翰・赫伯特・迪林傑（1903～1934），20世紀30年代活躍於美國中西部地區的著名劫匪，曾經兩次越獄，後來被警方擊斃。——譯注

書店一切照舊。角落的小書桌上仍點著燈，有人從桌子後面站起身來，正是我昨天見過的女人。她身穿像小山羊皮做的黑衣，一頭暗金色頭髮，朝我走來。表情也跟昨天一樣，像笑又不像笑。

「你想要……」她停下不說了，銀灰色指甲在身旁抓著什麼，一會兒伸開一會兒蜷起。她笑得勉強至極，更像在做鬼臉而非笑臉。除了她本人，任何人都不會覺得她是在笑。

「我又過來了。」我朝她揮揮手裡的香菸，用輕鬆的語氣叫道，「今天蓋格先生沒出去吧？」

「抱……抱歉，他應該出去了。他出去了，很抱歉。依我看，你是準備……」

我摘下太陽眼鏡，在左手腕側輕拍著，極力想要展現出一個190磅重的男人最瀟脫的姿態。我低聲說：「上次我只是為了裝腔作勢，才談到了那幾本珍藏版書。我手上有些他一早就想得到的玩意兒，需要謹慎行事。」

她把銀灰色指甲放在一個戴著黑色耳環的小耳朵上，梳理著暗金色頭髮，說：「哦，你是推銷員。好吧，明天他應該會在，到時候你再來吧！」

「別騙我啦，我是你的同行。」我說。

她把眼睛瞇得只剩一絲淺綠色光芒，如同森林盡頭樹蔭下水池的波光。她用指甲掐住手心，凝神屏息看著我。

「難道蓋格先生病了？那我去他家拜訪。老是這樣白跑，我可不想浪費這麼多時間。」我表現得很厭煩。

「你……你……」她說不下去了。我覺得下一秒鐘她就要暈倒在地了。她渾身哆嗦，臉像酥脆的餡餅皮一樣四分五裂，可是她卻費勁地將分裂的各部分拼湊起來，費勁的程度堪比完全靠信念舉起某個相當沉重的東西。她再次笑起來，嘴角、眼角都扭曲了，看起來很不正常。

她呼出一口氣，說：「不，他並未生病。他出城了，就算你到他家去……也找不到他。明天你……可以……再到這邊來嗎？」

我張嘴想要說話，卻見隔板上的門突然打開一條縫，有1英尺寬。有人從門縫裡伸出腦袋，是昨天那個英俊的青年，他面色慘白，嘴唇緊抿，高挑身材，烏黑皮膚，上身穿一件緊身皮衣。看見我之後，他立即關上門。可是我已經透過門縫看到裡面的地上有幾個木箱子，箱子裡墊了報紙，裝著書，還沒有放滿。有一個穿一身工作裝的人在裝書，以便轉走蓋格先生的一些財產。

我等門關上以後，重新戴上太陽眼鏡，摸摸帽簷說：「既然這樣，就等明天吧！我非常想拿張名片給你，可是我這一行……你是瞭解的。」

「我瞭解這一行……」她再次顫抖起來，抹了口紅的嘴巴發出聲響，像在咂嘴。

離開書店，我沿著大路向西，走到轉彎處再向北，沿著道路一直走下去，最終轉到一條小巷子裡，書店的後門正對著這裡。有輛小型黑色卡車車尾朝著書店後門，停在小巷中。卡車上什麼標誌都沒有，只是車廂外面被鐵絲網圍了一圈。那個穿著全新工作裝的人正往車廂上搬一個木箱子。

我返回大路，走到鄰近蓋格書店的街區，在消防栓旁發現了一輛停下來的計程車。計程車方向盤後坐著一個呆呆的年輕人，正在看一本冒險雜誌。

我從車窗伸進頭去，拿著一塊錢給他看：「願意跟我去追一輛車嗎？」

他仔細看了看我：「你是警察？」

「是私家偵探。」

他一臉堆笑，說：「我最喜歡做這種事了。我叫傑克。」他把雜誌塞到反光鏡後，叫我上車。

我們轉到街區後面正對著蓋格書店的小巷，在另一個消防栓旁停下。

蓋格書店後門那輛卡車總共裝了約一打木箱子。穿著工作裝的人關上車廂的鐵絲門，掛上擋板，上車坐到駕駛位上。

我吩咐司機：「跟上。」

穿工作裝的人發動引擎，觀察了一下整條巷子，然後迅速拐向左邊，從巷子裡出去了。我們也照他的樣子去做。卡車朝東拐到富蘭克林街上，我讓我的司機追上去。他可能沒辦法追得太緊，就沒有照做。我們的車進入富蘭克林街時，落後了卡車整整兩個街區。卡車進入葡萄樹街，接著駛進西大道。我們在卡車進入西大道之前隨時都能看到它。之後，由於西大道上車流雲集，我的司機又這麼呆，跟卡車拉開的距離太遠，因此我們只看到了卡車兩次。我毫不留情地向司機點明了此事，這時遠在我們之前的卡車再次拐彎，駛向北邊的布列塔尼廣場路。我們追到那條路時，卡車已經不知所蹤。

隔著車廂的玻璃擋板，我的司機勸我別急。我們的汽車爬上了山坡，車速只有4英里每小時。我們繞到所有矮樹叢背後，尋覓已不知所蹤的卡車。布列塔尼廣場路在兩個街區後拐向了東邊，跟蘭德爾廣場路在一片空地上連接起來。一棟白色公寓座落在這片空地上，正門和地下車庫分別對著蘭德爾廣場路和布列塔尼廣場路。那個呆呆的司機開車經過這棟公寓時安慰我說，卡車應該就在附近。我剛好瞥過公寓地下車庫的拱門，看見後門開了，那輛卡車正倒退著駛進去。

我們在公寓正門停車，我下車到公寓大廳，沒有發現任何人或是電話。牆角擺著一張木製書桌，旁邊是個信箱，信箱表層鍍了金。我看到信箱上405號房的住戶名叫約瑟夫・布洛迪。斯特恩伍德將軍為了叫那個喬・布洛迪[1]遠離卡門，去找別的姑娘，給了他5000塊錢。這個喬・布洛迪也許就住在這兒，肯定是這樣的，我可以打賭。

我從一面矮牆繞到鋪花磚的樓梯口，旁邊就是電梯口，電梯頂跟地板持平。電梯旁邊一道門上標記著「車庫」。我開門走上狹窄的樓梯，進入地下室。電梯門開了，那個身穿全新工作裝的人正忙著把木箱子搬進電梯，累得直喘粗氣。我點了支菸，站在旁邊瞧著他。他對我這樣的舉動很不滿意。

片刻過後，我說：「老兄，不要超重。電梯的最大載重量不過半噸。你要把這些箱子送到什麼地方去？」

他咕噥道：「405號的布洛迪。你是管理員？」

「嗯。這些東西應該能賺不少錢。」

他朝我翻翻白眼，不高興地說：「全都是書，很沉，一箱100磅。75磅對我來說已經很沉了。」

---

1. 約瑟夫的暱稱即喬。——譯注

我說：「小心不要超重。」

他把六個木箱搬進電梯，進去關好門。

我從樓梯返回大廳，來到外面的路上，坐著來時的計程車回到在市區的辦公室。我額外給了年輕的司機很多錢，得到了他的一張名片，名片角都折壞了。以往我總把名片隨手丟在電梯口一個裝沙子的陶瓷罐裡，卻把這張名片帶回了辦公室。

七樓靠近後街的那一面有一個半房間是屬於我的。前面半個房間被分成了辦公室、接待室兩部分。我只在接待室的門上寫了自己的名字，一個字都沒多寫。我擔心我外出的時間會有客戶登門，且對方願意留下來等我回來，便一直開著這個小房間的門。

果然有個客戶在等我。

11

她身穿淡棕色帶斑點的毛外套和男士襯衫，戴著領結，腳穿手工皮鞋，行走很方便。跟上次見面一樣，她又穿了薄如紙的襪子，卻並未露出雙腿。她用一頂羅賓漢樣式的女帽壓住了一頭黑油油的頭髮。這帽子好像用一張吸墨紙、一隻手就能做出來，但其實際價值至少50美元。

她說：「哦，你終於起床了。」說著朝我房間裡的陳設皺皺鼻子。

房間裡擺著一張褪色的紅色沙發，兩張並非一對的安樂椅，很久以前就該送去洗衣店的網狀窗簾，以及一張兒童書桌——桌子上放了幾本裝腔作勢的雜誌，以便為房間增加少許辦公氛圍。

「我以為你可能像馬塞爾·普魯斯特[①]那樣，在床上辦公。」

我叼著一支菸，目不轉睛地看著她問：「普魯斯特是誰？」

她面色發白，表情緊張，但她是這樣一種人：身處緊張的氛圍中，仍能保持鎮定，發揮自己的聰明才智。

「是個法國作家，頹廢主義藝術家。你肯定沒聽說過。」

「好了，別說他了，去我的『王宮』看看。」我說。

她起身說：「昨天我可能太失禮了，所以我們聊天時有點分歧。」

我說：「我們都很失禮。」

我拿出鑰匙，打開隔壁的房門，讓她進去。我們進入了我房間內一個全新的部分，其中有一條紅褐色地毯，是多年前的舊物了；有五個綠色的檔案櫃，其中三個堆滿了加州的天氣記錄；有一本某公司送的月曆，圖案是加拿大的五胞胎小姑娘在蔚藍色地板上打滾，她們全都穿著粉紅色衣服，一頭棕黃色的頭髮，以及烏黑閃亮的眼睛，跟特級乾梅那樣大；還有三張仿胡桃木椅子，以及所有辦公室都不可或缺的辦公桌和吱呀亂叫的辦公椅、吸墨紙、筆筒、菸灰缸、一部電話。

她坐到辦公桌另一側，說：「你對裝潢不夠重視。」

我從門口的信箱拿出六封信、兩張明信片、四份廣告。我摘下帽子，放到電話上，在椅子上坐下。

我說：「平克頓[2]同樣對裝潢不夠重視。我們這個行當要是老實做事，賺的錢是很有限的。重視裝潢就說明你已經或是想要發財。」

「哦——你老實不老實？」說話間，她打開包，取出一個法國製造的琺瑯菸盒，拿出一支菸，用小打火機點上，再將菸盒、打火機都收進包裡，卻並未將其封好。

「我很努力地想要做到老實。」

「既然這樣，你為什麼要做這種不乾不淨的工作？」

---

1. 馬塞爾・普魯斯特（1871～1922），法國作家，代表作《追憶逝水年華》。——譯注
2. 美國第一家私家偵探機構平克頓偵探公司的創始人。——譯注

「你為什麼要嫁給一個非法販酒的男人？」

「上帝啊，我們可不可以不要吵架了？今天早上我一直打電話給你，這裡、你家都打過了。」

「因為歐文那件事？」

她面部肌肉緊繃，聲音卻變得十分柔和，說：「歐文真可憐。你都聽說了。」

「地方檢察官的一名手下覺得我也許瞭解一些情況，帶我去了一趟里多，結果他瞭解得比我更多。他知道歐文想要——之前想要娶你妹妹為妻。」

她吐著煙圈，一個字也不說。她用她的黑眼睛盯住我，然後心平氣和地說：「那說不定是件好事。他愛著她，這種事情在我們身邊並不多見。」

「他在警察那裡有案底。」

她滿不在乎地聳聳肩：「以前他交了些損友。在這個混帳的國家，罪案接連不斷，在警察局留下案底只有這一種可能。」

「我無意深究此事。」

她摘下右手手套，一邊咬食指最上面的關節，一邊盯著我說：「我並非為了歐文那件事才過來找你。我父親到底為了什麼事讓你過去，你現在還不肯說嗎？」

「我不會跟你說的，除非他准許我說出來。」

「跟卡門有關？」

「我不會說。」我把菸絲裝進菸斗，拿火柴點上。

有那麼一會兒，她一直在看我吐出的煙圈。接著，她從打開的包裡拿出一個用厚紙糊成的白色信封，從桌子上丟到我面前：「看這個。」

我拿起信封。收信人的姓名、地址一欄寫著西好萊塢，阿爾塔・布雷亞新月街3765號，薇薇安・里根太太。這些全都是用打字機打出來的。一個專業送信的服務公司派出工作人員送來這封信。我打開信封，發現裡面只有一張照片，尺寸是4.25×3.25英寸。

照片是卡門坐在蓋格家檯子上那張高背柚木椅上拍的，她全身赤裸，跟出生時一樣，只戴著一對耳環。她眼神瘋癲，更甚於我記憶中的她。照片後面一個字都沒有。

我將照片收回信封，問：「他們開價多少？」

「底片和洗出來的照片，總共5000塊。交易的最後期限是今晚。過了今晚，他們就會把這玩意送去一家小報，那家小報總是揭人隱私。」

「他們是怎麼向你提出這個要求的？」

「我收到這玩意後差不多半個小時，有個女人打電話給我。」

「那家所謂揭露隱私的小報完全是用來嚇唬你的。陪審團遇到這種案子會直接宣判，連退席討論都不需要。還有呢？」

「還會有什麼嗎？」

「沒錯。」

她打量了我片刻，顯得很疑惑：「確實有。那女人說，照片還牽涉到一樁刑事案件，讓我馬上滿足他們的要求，否則就只能隔著鐵柵欄跟我妹妹說話了。」

我說：「答應他們的要求是最好的選擇。那樁刑事案件是怎麼回事？」

「我也不清楚。」

「卡門在哪裡？」

「家裡。昨晚她生病了，這會兒應該還在床上。」

「昨晚她出門了？」

「沒有。我聽僕人說她沒出門。昨晚我去了拉索奧林達斯，沒待在家裡。我在艾迪・瑪爾斯那家柏樹俱樂部賭輪盤，連襯衫都輸掉了。」

「你應該非常喜歡賭輪盤，輸掉襯衫也不稀奇。」

她翹起腿，重新點了支菸：「對，我很喜歡賭輪盤。愛賭又總是輸是斯特恩伍德全家的通病，比如賭輪盤，比如找個不打聲招呼就溜掉的丈夫，比如五十八歲還要參加障礙賽馬，被馬壓成殘廢……斯特恩伍德全家有大把錢，買到的東西卻全都不能變現。」

「歐文昨晚開著你的車出去幹什麼？」

「沒人知道，他是私自開車出去的。我們准許他放假時選一輛車開出去，可是他昨晚並沒放假。」她撇撇嘴，「你認為……」

「他是否知道這張裸照的存在？我不確定，但我認為他可能知道。立即弄到5000元現金，對你來說可能嗎？」

「如果沒有爸爸或其餘人幫忙，不可能。艾迪・瑪爾斯可能會慷慨地借給我，但是誰都不能確定。」

「這筆錢可能馬上就能用得著，你要是能去試試就再好不過了。」

她向後靠去，一條手臂放到椅背上：「可以報警嗎？」

「這個法子不錯，可是你不會這麼做。」

「我不會這麼做？」

「不會。你父親、你妹妹都需要你保護。警察會不會發現別的什麼事，你也不確定。儘管警察在處理勒索案時，通常都會極力向外界隱瞞，但是新發現的那件事可能會讓他們衝動。」

「在這件事情上，你會不會做些什麼？」

「應該會，可是我做事的原因和方法都不會跟你說。」

忽然，她說：「你相信會有奇蹟，我很喜歡你。你辦公室有沒有酒？」

我從抽屜深處拿出一瓶酒、兩個小酒杯，倒滿酒，跟她喝起來。

她一下關好手提包，往後挪一挪椅子，說：「湊5000塊可難不倒我。一直以來，我都是艾迪・瑪爾斯的好客戶。況且他為了另外一件事，也該幫我的忙才是。這件事你應該還沒聽說過。」

她朝我露出邪笑，說：「拉斯蒂走時拐帶了一個女人，就是艾迪的太太，她有一頭金髮。」

我沉默不語。

她盯住我問：「你沒興趣？」

「若我正在找他，這條線索會對我很有幫助。你不會覺得他跟眼下這件事有關吧？」

她將喝光的酒杯推到我面前：「再來一杯。你真是守口如瓶，也不肯聽別人講話。」

我幫她倒了滿滿一杯酒：「你想從我這裡打聽的是我有沒有在找你丈

夫。你已經得償所願了，我的答案是沒有。」

她放下酒杯，她被嗆了一下或假裝被嗆了一下，慢慢吐出一口氣，說：「拉斯蒂並不壞，至少不會為了這麼點錢做壞事。他總是隨身帶著1萬5千塊現鈔，像他說的那樣，『一旦有需要，就可以拿來用』。他帶著這些錢跟我結了婚，又帶著這些錢離開了我。不，這種勒索的伎倆斷然不是拉斯蒂能做出來的。」她拿著信封站起來。

我說：「好，隨時跟我保持聯絡。你可以打電話到我住的大廈，把你想說的任何話說給我聽，大廈的女話務員會幫你傳話。」

我們一起走向門口。

她拿信封敲打著自己的手指關節，說：「你還是認為這件事不能跟我父親說……」

「我需要先見見他。」

她在快走到門口時停下來，重新取出照片看一看，說：「她的身材很漂亮吧？」

「唔——哼。」

她靠向我，鄭重其事道：「你應該瞧瞧我的身材。」

「你能安排個時間嗎？」

她發出突兀、刺耳的笑聲，一腳跨到門外，接著轉身用冷漠的口吻說：「我從未見過像你這麼冷酷的人，馬羅。或許我該叫你菲爾[3]？」

「隨便你。」

「你不妨叫我薇薇安。」

「多謝，里根太太。」

「哦，馬羅，真沒勁。」她頭也不回地走了。

我站在原地，手始終放在關著的房門上。我看著這隻手發呆，臉微微發燙。然後，我回到辦公桌旁，把威士忌放回去，把兩個酒杯洗淨收好。

---

3. 馬羅名叫菲力普，菲爾是菲力普的暱稱。——譯注

我把帽子從電話上拿下來，打電話到地方檢察官辦公室，說要找伯尼・奧爾斯。

他回到了他那小如鴿籠的地盤，說：「你聽著，我沒去找那老頭子。管家說他或是哪位小姐會跟老頭子說的。歐文・泰勒平時在車庫頂上生活，我去看過了。他的父母住在愛荷華州④的迪比克，他們會拿到斯特恩伍德家的賠償。」

我說：「他是自殺？」

「不確定。他沒留下遺書，開車出門也沒事先徵得主人的許可。昨晚大家都在家，只有里根太太出去了。她到了拉索奧林達斯，跟她同去的是一個風流闊少拉里・柯布。他們那張賭桌上的服務生是我的舊相識，我已經核實過這件事了。」

我說：「那種銷金窟不能放任不管。」

「我們這兒的黑手黨是什麼樣的，難道你不清楚嗎？馬羅，這麼單純可不行。我很懷疑那小子頭上的傷有蹊蹺。我覺得你肯定能幫我搞清楚這件事，對嗎？」

他用這種方式問我，我很高興。因為這樣一來，就算我拒絕他，也不會覺得自己撒了謊。我們彼此說了聲再見。

我從辦公室出去，買了三份下午的報紙，坐著計程車到法院，再從停車場開走我的車。我並未在報紙上看到對蓋格的報導。我再次拿出他那本藍色封皮的本子，可是其中的密碼依然在嚴守秘密，執拗一如昨晚。

---

4. 美國中西部一個州。——譯注

12

拉維恩路上有一半的樹在大雨過後長出了碧綠、鮮嫩的葉子。我藉著下午明亮的陽光，把後面陡峭的街道，以及藏身暗處、連開三槍殺人的凶犯逃跑時經過的室外樓梯看得一清二楚。後門對面的街上有兩棟房屋，槍聲響起時，住在其中的人也許聽到了，也許沒有。

蓋格家門前靜悄悄的，整個街區都靜悄悄的。屋子前面的方形樹叢一片翠綠，悄無聲息。屋頂上的木瓦還未晾乾，濕乎乎的。我開車從蓋格家門口經過，我開得很慢，腦子裡翻來覆去思考同一件事。我昨晚並未到車庫搜查過。我無意去尋找蓋格的屍體，反正已經不見了，尋找他除了會攪亂我的行動計畫外，沒有任何意義。我正在思考的事情是這樣的：洛杉磯周圍有不下100個荒無人煙的山谷，只要把蓋格的屍體拖進車庫，放到他自己的車上，運到任何一座山谷，就能輕而易舉處理掉屍體。等屍體被人發現時，也許是很多天乃至很多個禮拜之後了。可一定要先拿到蓋格的車鑰匙、大門和車庫的鑰匙，才能這樣處理屍體。這條偵查線索能大大縮小凶手的範圍，尤其是凶手處理屍體時，我已將蓋格的鑰匙放到了自己的衣兜裡。

我未能到車庫裡搜查。這一方面是因為車庫門上了鎖，另一方面也是因為我開車到車庫門前時聽到了腳步聲。聲音來自籬笆後，有個女人從那裡走出來。她穿著白綠方格子的衣服，滿頭金髮，戴一頂鈕扣那麼大的女士小帽。她似乎沒聽見我剛剛把車開過來的聲音，一直瞪著我的車。隨後，她忽然轉身回到籬笆後，她就是卡門・斯特恩伍德。

我將車停到大路邊上，再走回來。我在大白天完全不加掩飾地暴露出自己，好像太膽大妄為了。我來到樹叢後面，她一聲不吭，靠著上鎖的大門站在那裡出神。她緩緩抬起一隻手，放到嘴邊，用牙咬住畸形的大拇指。她眼睛下有兩片紫瘢，一張臉因緊張變得毫無血色。

她朝著我露出微笑，向我問聲好，用尖銳的聲音說：「你是……你就是……」她咬住手指，沒往下說。

我說：「你還記得我是誰嗎？道格・豪斯・賴利，那個大高個，想起來了嗎？」

她點頭笑一笑，面部肌肉隨著笑容抽搐。

「我有鑰匙，我們一起進屋。這簡直太棒了，對嗎？」

「你說……什麼？」

我推開她，用鑰匙開門，推她進去。我進門後把門關好，在原地止步，四處嗅嗅。屋子在陽光的照耀下顯得異常恐怖，就像男同性戀的聚會場所。牆上懸掛的中國小飾品、地毯、帶著複雜裝飾的檯燈、柚木傢俱、過分鮮豔的顏色、圖騰柱、裝了乙醚和鴉片酊液體的大腹酒瓶，在陽光下看起來全都那麼噁心。

卡門站在原地，跟我四目相對。她極力想露出嫵媚的笑容，卻完全無法控制疲憊不堪的面部肌肉。她勉強露出的笑容徹底消失了，彷彿從沙子上流過去的水。很多細小的顆粒出現在她木木呆呆的雙眼下那慘白的面孔上。她伸出蒼白的舌頭，在唇角上舔了舔。這個姑娘美麗但不聰明，又被慣壞了，嚴重偏離正途，而且始終無人出手相助。我實在討厭這種富家少爺小姐，讓他們儘管受罪好了。我捏住一支香菸，推開黑色書桌一側的幾本書，坐在桌上。我點上菸，吐出一口煙圈，看著這個姑娘繼續玩咬大拇指的遊戲，一句話也不說。

卡門就像個犯錯後來到校長辦公室的女生，站在我面前。

最終，我問：「你怎麼到這裡來了？」

她沒說話，埋頭扯衣服上的線頭。

「你記得昨晚發生了什麼事嗎？」

她雙眼閃過一抹狡詐的亮光，說：「發生了什麼？昨晚我一直待在家裡，我生病了。」她的聲音在喉嚨裡吐不出來，聽起來很模糊。

我只能勉強聽清她在說什麼，我說：「你別胡說八道。」

她迅速眨了眨眼。

「你回家前，我送你回家前，你在這個房間，坐在那把椅子上——」我指著那把椅子，「椅子上還墊著橘紅色披肩，你肯定不會忘記。」

她脖子最下面變紅了，紅暈逐漸向上蔓延。她竟然還知道害羞，實在稀奇。她木木呆呆的灰眼睛下面變得又白又亮。她用力咬住大拇指，喘息道：「你——那是你？」

「正是我。你還記得哪些事？」

「你是警察嗎？」她含混不清地說。

「不，我是你爸爸的朋友。」

「你不是警察？」

「對。」

她發出輕微的嘆息：「你……你想做什麼？」

「凶手是誰？」

她肩膀抽搐，卻毫不吃驚：「這件事還有什麼人——知道嗎？」

「你是說蓋格的事？我也不清楚。既然警方還沒到這裡安營紮案，說明他們至少還沒聽說過這件事，但喬・布洛迪可能已經知道了。」

她就像被刺了一刀一樣叫起來：「喬・布洛迪！是他！」

我們都陷入了沉默，我埋頭抽菸，她咬著她的大拇指。

我催她說：「上帝保佑，在這件事情上，要有些舊時的直率才行，不要再玩弄你那點伎倆了。殺他的凶手是不是布洛迪？」

「殺誰？」

「啊，可惡！」我大聲說。

她的下巴垂下了1英寸，應該是被我罵得害怕了。「沒錯，喬是凶手。」她嚴肅地說。

「他為什麼要殺人？」

「我也不明白。」她搖頭道，極力想說服自己相信這個答案。

「你最近經常見到他？」

她垂下雙手，緊繃的手關節形成了一個又一個白色的小凸起：「我只見過他一兩次。他讓我覺得噁心。」

「既然這樣，你應該清楚他的住址了？」

「是的。」

「你不再喜歡他了？」

「他讓我噁心。」

「他闖下這種禍，你應該很開心吧？」

她一臉木然，沒有領會我做出的快速推導。

可是我仍要以這樣的方式向她提問。我試著問她：「你是否願意向警方指證布洛迪是凶手？」

她大吃一驚。

我想安慰她一下，補充道：「我當然不會讓裸照那件事洩露出去。」

她笑起來。我聽到這種笑聲，覺得噁心想吐。我寧願她尖叫、大哭或暈倒在地，那樣都要簡單得多。結果她卻嘿嘿直笑，一下覺得這件事簡直太有意思了。她之所以笑，是因為在她看來，她打扮成埃及女神讓人拍照，照片不知落入了什麼人手中，蓋格在她面前被槍殺，她自己也被灌下麻醉劑，變得神志不清，這些全都在瞬間變成了值得高興的事。她太厲害了，笑得越來越響，像很多小老鼠在牆後面亂竄，聲音在屋子各個角落迴響。她完全失去了控制。

我跳下書桌，打了她一耳光：「我們今天湊到一起，還像昨天那麼好笑。賴利和斯特恩伍德這兩個滑稽藝人的助手一起找一個喜劇藝人。」

她的笑聲停下來。不過，她依舊不在乎被我打耳光，跟昨天沒什麼兩樣。她那些男朋友可能每天都打她耳光，我絕對理解他們為什麼要這麼做。我坐回書桌上。

她嚴肅地說：「你叫菲力普・馬羅，不叫賴利。薇薇安跟我說過，你是個私家偵探，她還給我看過你的名片。」她在被我打過的臉上揉搓了一下，朝我笑起來，似乎有我相伴，她覺得很開心。

我說：「行了，你什麼都沒忘。你為了找回自己的照片，又回到這裡，卻無法進門，是這樣嗎？」

她下巴貼著胸脯顫動了一下，對著我嫵媚一笑，與我眉目傳情。

我受到引誘，心生愉悅，眼看就要叫起來，叫她隨我去尤馬。我說：「有人把照片拿走了，也許是布洛迪幹的。我昨晚送你回家前，曾找過照片。你跟我說了那些關於布洛迪的話，全都是真的嗎？」

她點點頭，一臉莊重。

我說：「那你不用再考慮這件事了，讓它過去吧！你昨晚、今天來過這裡，也都不要跟任何人提起，就算對著薇薇安也不要提。你直接忘掉你曾到過這裡的事，一切交給賴利，他會幫你處理好的。」

「你的名字不是……」她很快住了口，用力點頭，對我這個法子表示贊同，但也可能是她剛剛產生了某個念頭，在以這種方式稱讚自己。她瞇起眼睛，只留下近乎全黑的細縫，縫隙淺淺的，宛如自助餐廳的盤子。她決定了什麼，說：「我想回家。」聽她這樣說，別人會以為我們在喝茶。

「好。」說這話時，我並沒有動。

她再次向我眉目傳情，然後走向門口。她的手按住門把時，車聲在外面響起。她眼裡帶著疑問，朝我看過來。我聳聳肩，聽到車剛好停到了這座房子門口。她很害怕，一張臉都變形了。腳步聲從門外傳來，門鈴響了。卡門轉頭從肩膀上方看著我，眼睛動也不動。她用力抓住門把。她太恐懼了，那副模樣簡直有點可笑。

門鈴響個不停。片刻過後，門鈴停止，有鑰匙插進鎖孔轉動起來。卡門立即從門口跳到旁邊，站在那兒，身體都僵住了。有個人打開房門，迅速走進來，旋即又停住了腳步。他注視著我和卡門，十分冷靜，一言不發。

13

來人全身的衣服都是灰色的，只有腳上穿了一雙烏黑油亮的皮鞋，並在灰色綢緞領帶上戴了兩顆宛如賭輪盤紅格子的紅色鑽石。他的襯衫和柔軟、合身的法蘭絨雙排扣西裝都是灰色的。他一看到卡門，就摘下了帽子，帽子同樣是灰色的，下面的頭髮也已變成了灰色，且細得像用篩子篩過。他有一對灰色的濃眉，莫名其妙有種豪俠的味道，還有長長的下巴、帶鉤的鼻子、深邃的灰眼睛。他老是像在斜著眼睛看人，這是因為他的上眼皮垂下來，把眼角擋住了。

他站在那裡，顯得彬彬有禮，一手撫摸著身後的門，一手拿著灰色帽子輕拍大腿。他表情冷酷，是飽經滄桑的騎士那種冷酷，而非惡人那種粗暴。不過，他並非騎士，他是艾迪・瑪爾斯。

他關好背後的門，手插入帶罩子的上衣衣兜，放在衣兜外的大拇指在昏暗的屋裡發出亮光。他對卡門露出友善隨和的笑容。

卡門一邊注視他一邊舔著嘴唇，也朝他微微一笑，害怕的表情已蕩然無存。

他說：「我如此隨意地闖入這裡，還請原諒。我按了門鈴，但你們好像沒留意到。蓋格先生在不在？」

我說：「他不在。要問他去了哪裡，我們也不清楚。看到這裡的門開著，我們就進來了。」

他點點頭，把帽簷在長長的下巴上摩擦了一下：「你們是蓋格的朋友吧？」

「買書時成了朋友。我們想找一本書，所以過來拜訪他。」

「找一本書，哦？」他用快速而高亢的聲音說。在我聽來，還帶著諷刺的味道，似乎他對蓋格那些書瞭若指掌。他再次看看卡門，聳聳肩。

我朝門口走去，說：「我們告辭了。」我拉住卡門的手臂。她十分喜歡艾迪・瑪爾斯，一直目不轉睛看著他。

艾迪・瑪爾斯很有禮貌地問：「要是蓋格回來，你們需要我幫忙傳什麼話嗎？」

「不必了。」

「真差勁兒。」他話中有話。

我經過他身邊，去把門打開。這時，他的灰眼睛裡閃出亮光，整個人都變得非常嚴肅。

「這位小姐想走就能走，但是老兵，我要跟你聊聊。」他說得頗為隨意。

我鬆開卡門的手臂，看著他，露出一臉困惑。

他說：「別浪費力氣玩這種花樣了。有兩個年輕人在外面的車上等我，我想讓他們幹什麼他們就幹什麼。」

卡門弄出一種聲響，然後徑直飛奔出去，跑下山坡，連腳步聲都聽不到了。她的車肯定停在坡底，我沒看到。

我問：「你究竟想……」

「唉，廢話少說。」艾迪發出一聲嘆息，「這兒有些奇怪，我得查清楚才行。你儘管跟我對著幹，我會讓你的肚子嘗嘗子彈的滋味。」

我說：「好，那好，我服了你。」

「老兵，我並不想為難別人，除非非這樣做不可。」他不再看我，也不再理會我，蹙著眉頭在房子裡轉了一圈。

透過房子正面窗戶上破碎的玻璃，我看到一輛車從籬笆外面露出頭來，還沒有熄火。

艾迪・瑪爾斯看到了書桌上的棕色大腹酒瓶，兩個嵌金絲的玻璃杯。他先後嗅了嗅玻璃杯和大腹酒瓶，撇撇嘴，露出厭惡之色，用沒什麼起伏的聲音咒罵道：「老色狼。」

他翻了好幾本書，嘟囔了一句什麼，然後走到書桌那邊，在裝了相機鏡頭的圖騰柱旁駐足觀察起來。他的視線最終停在圖騰柱前面的地上，伸腳踢開那塊小小的地毯，一下蹲下去，霎時間全身緊繃。他單膝跪地，身體被書桌遮擋住了。他在做些什麼，我並不清楚。他吃驚地大叫起來，站起身，一手迅速摸向衣襟底下，摸出一把黑色德國魯格手槍。他棕色的修長手指握住手槍，卻沒對準我或其餘任何目標。

「有血，地毯下面的地板上，那麼多血。」他說。

「真的？」我假裝很好奇。

他倒在書桌後那張辦公椅上，一把撈過紫紅色的電話，將魯格手槍換到左手。他看著電話，一對灰色的濃眉擰緊，鷹鉤鼻上的肌肉凸起，旁邊出現深深的凹陷。他說：「我覺得應該報警。」

我過去踢開那塊地毯，蓋格就死在地毯下面的地板上。我說：「血早就乾了，是以前留下的。」

「就算是這樣，也應該報警。」

我說：「這是自然的。」

他瞇起雙眼，臉上文雅的面具脫落了，出現了一個硬漢形象，一身華服，手拿魯格手槍。我這樣迎合他，並未贏得他的好感。

「老兵，你究竟是誰？」

「我是個私家偵探，叫馬羅。」

「我從未聽說過。那位小姐又是什麼人？」

「僱我的人。蓋格想勒索她，我和她準備跟蓋格聊聊，就到了這裡。蓋格不在，我們見門沒上鎖，便進門等他回來。這件事我已經跟你說過了，不是嗎？」

「你們沒鑰匙，門剛好就沒鎖，實在太方便了。」他說。

「的確如此。你為什麼會有鑰匙呢？」

「老兵，這跟你有什麼關係？」

「我覺得這跟我有關係。」

他緊閉著嘴巴，露出可怕的笑容，又一把將帽子朝腦後掀起，說：「那我也覺得你的事都跟我有關係。」

「做私家偵探可發不了財，你這話不是真心的。」

「好吧，你真是個滑頭。蓋格是從我手裡租下了這房子，我是這房子的主人。對於現在這件事，你有什麼想法？」

「這種規矩的朋友你有很多。」

「他們不過是我的租客，各種各樣的租客都有。」他瞧瞧手上的槍，聳聳肩，將槍夾在胳膊下面，「老兵，動動你的腦筋，想像一下這裡發生了什麼。」

「各種事情都有可能發生。可能蓋格槍殺了別人或被別人槍殺了，凶手殺人後逃走了。可能蓋格並非凶手或死者，另外有人殺了某個人。可能蓋格舉行了某種古怪的宗教典禮，為了獻祭，在圖騰柱下宰殺了某樣東西。也可能蓋格愛吃雞，還喜歡在客廳殺雞。」

灰衣人盯住我，滿臉怒容。

我說：「你打電話讓你在城裡的朋友過來吧，我的想像到此為止。」

「你真叫我一頭霧水，」他朝我齜牙咧嘴，「你為什麼要到這兒來？我實在搞不清楚。」

「趕緊，趕緊叫條子過來，那樣事情就有趣了。」

他靜靜思考了片刻，隨即將牙齒藏到嘴唇下，一臉嚴肅地說：「你為什麼要說這話，我同樣搞不清楚。」

「可能你今天比較倒楣。我知道你是瑪爾斯先生。有錢人每晚都到你在拉索奧林達斯開的柏樹俱樂部大把大把賭錢。你把那兒的警察都裝在衣兜裡。你跟上面的地方檢察官有內部聯絡，暢通無阻，也就是說你有靠山。蓋格同樣有靠山，所以才能做那種生意。可能你偶爾也會關照一下他，畢竟他租了你的房子。」

他緊閉嘴巴的模樣十分醜陋，他說：「蓋格是做什麼生意的，你清楚嗎？」

「租售淫穢書籍。」

他注視了我很久，低聲說：「他被人害了。這件事你一定知道些什麼。他今天沒去書店，書店店員也對他的行蹤一無所知。打電話到這兒來，無人接聽。我想知道出了什麼事，就過來了。在地毯下面的地板上，我發現了血。我還看到你和一個姑娘到了這兒。」

我說：「這故事的情節有些不合理，但你說不定能把它賣給一個願意買的人。這故事缺少了一部分，就是今天有個人把他那些書——那些供他出租的好書都從書店運走了。」

他打了個清脆的響指，說：「老兵，我本不該忽略這件事的。你好像知道很多情況。依你看，到底出了什麼事？」

「我覺得蓋格被人殺了，那些血是他留下的。有人想運走他的書，所以先把屍體藏起來了。他們需要一些時間籌備，才能接手他的生意。」

艾迪・瑪爾斯發狠說道：「他們別想逃之夭夭。」

「你確定？難道只靠你和外面車上那兩個打手，就能抓住他們嗎？艾迪，我們的城市正在不斷擴張，很多有權勢的人都到這兒來建起了他們的巢穴。城市要發展，不可避免會出現這種惡果。」

艾迪・瑪爾斯說：「去你的，你的話真多。」他齜著牙吹了兩聲口哨。

開車門的聲音在外面響起，接著是倉促的腳步聲，聲音一直鑽進了樹叢中。瑪爾斯用他的魯格手槍對準我的胸口說：「開門。」

有人在門外扭動門把，還有個人在大叫。我站在原地，紋絲不動，根本不理會魯格手槍那宛如地下通道入口的槍口。我早該習慣一件事，那就是我並非刀槍不壞之身。

「艾迪，要開門你自己開，憑什麼命令我？如果你對我禮貌些，我說不定會幫你。」

他從書桌後走到房門口，雙腿都不會彎曲。開門時，他一直注視著我。有兩個人跌跌撞撞滾進來，手忙腳亂摸索著腋下，想把槍拔出來。其中一個顯然是拳擊手，還很年輕，白皙英俊，鼻樑在打拳時被打歪了，一個耳朵也被打得好似一塊小小的牛排。另外那個又高又瘦，滿頭金髮，面無表情，雙眼發白，毫無神采，眼距很窄。

艾迪・瑪爾斯吩咐道：「瞧瞧這隻鳥兒有沒有帶東西來。」

金髮男用一支短槍對著我。拳擊手側身過來翻查我的衣兜，動作十分謹慎。我像展示晚禮服的模特一樣轉過身，滿臉沮喪。

拳擊手用含在喉嚨裡吐不出來的聲音說：「找不到槍。」

「確定一下他的身分。」

拳擊手伸手把我胸前衣兜裡的皮夾摸出來，打開翻查了一下：「他叫菲力普・馬羅，住在富蘭克林街霍巴特。這裡有私家偵探的執照和證件，還有些玩意兒。他是個私家偵探。」把皮夾放回我的衣兜後，他在我臉上輕拍一下，走了。

艾迪・瑪爾斯吩咐道：「你們都出去。」

兩人出去並關上了房門。聽腳步聲，他們又上了車，重新發動引擎，在那裡等候。

艾迪・瑪爾斯厲聲說：「行了，快交代。」他的一對眉毛挑到了額頭上。

「我不願現在就說出我瞭解的一切。假設蓋格的確被殺了，但要說殺了他只是為搶走他的生意，未免太蠢了，我並不覺得事情是這樣的。書店那個金髮女人被嚇得驚慌失措，但具體原因我並不清楚。不過，我能猜到運走那些書的是什麼人。」

「什麼人？」

「我不想現在就說。你也明白，我得顧及我委託人的利益。」

艾迪翹起鼻子：「那……」他欲言又止。

我說：「那位小姐是什麼人，我覺得你應該很清楚。」

「老兵，運走那些書的是什麼人？」

「艾迪，我現在不想說。我幹嘛要跟你說？」

他將魯格手槍放到桌上，伸手拍了一下，說：「因為它。另外，你要是說了，我說不定能給你些好處。」

「這法子不錯。不要手槍，要金幣，我總能聽清金幣碰撞的聲音？你打算拿出幾塊金幣？」

「拿金幣幹什麼？」

「你想讓我幹什麼？」

他拍一下桌子：「老兵，聽著，我向你提問，你也向我提問，繼續這樣談下去，永遠別想談出結果。蓋格現在在哪裡，這就是我的問題。我可不會無緣無故問你這個問題。他做那種生意，我並不欣賞，也不曾給他庇護。我們不過在機緣巧合下成了房東和租客的關係。眼下，我對這種關係也沒什麼好感了。我認為，另外有人正在調查你掌握的所有事情，還有大批警察很快將趕到這裡，他們的大皮鞋會咯吱咯吱響個不停。你手上並無有價值的東西，我想你同樣需要別人的幫助。既然這樣，你就應該盡快說出你掌握的一切。」

他做出了相當巧妙的猜測，可是我不打算承認這一點。我用火柴點上一支香菸，然後吹熄火柴，朝著圖騰柱上的玻璃眼揮舞了一下，說：「沒錯，蓋格若真有什麼不測，我除了向警方交代我所掌握的一切，別無選擇。因此，我沒什麼東西能跟人做交易，此事要由警方處理。我要走了，希望你不會反對。」

他面色蒼白，臉上露出卑劣、凶殘的表情，手朝槍所在的位置挪動了一下。

「順便問候一下，瑪爾斯太太近來身體可好？」我用十分隨意的口吻補充道。

我開這樣的玩笑，可能有些過分了。他的手顫抖起來，立即握住了槍。他面部肌肉緊繃，低聲說：「滾，我根本不在乎你要去哪裡、要做什麼，你大可隨心所欲。但是，老兵，你要記住我的忠告，不要連累我，否則你會後悔被你媽生到這個世界上來。」

我說：「不生到這個世界，就生到那個世界。我聽人提過，有個朋友正在那個世界找你。」

他彎腰對著桌子，雙眼圓睜，身體動也不動。我到門口打開房門，轉頭看看他。他一直在注視我，卻並未挪動那具乾瘦的灰色軀體。仇恨之光在他眼中閃爍。

我出門經過樹叢，走到我的車所在的上坡路上。我上車，掉頭上了坡頂，途中沒有人朝我開槍。我開車經過好幾個街區，進入一條岔道，關上引擎坐在那兒。過了幾分鐘，發現無人在後面追蹤我，便重新發動引擎，返回了好萊塢區。

14

四點五十分，我在蘭德爾廣場的公寓大廈門口停車。黃昏中，大廈的幾個窗戶透出燈光，收音機十分吵鬧。我搭乘電梯來到四樓，經過一座門廳，裡面鋪了綠色地毯，裝了象牙色護牆板。有一道門通往消防梯，門沒關，只掛著門簾子，陣陣冷風吹進門廳。

我按下405號房門口的象牙小按鈕。好像過了很久，門上才開了道僅有1英尺寬的門縫，但沒有發出半點聲音。用這種方式開門，給人一種偷偷摸摸的感覺。開門的是個男人，腿長腰長肩寬，眼睛是深褐色的，面孔烏黑，一點表情都沒有。如此面無表情是他很久以前就掌握的一種本領。他的頭髮彷彿硬鬃毛，嚴重後退的髮際線前面是黑漆漆的額頭，乍眼看去裡面好像也藏著點腦子。他雙眼陰森森的，冷漠地看了我片刻。在這片刻之中，他一直用細長烏黑的手指捏著房門邊沿，一句話也不說。

「是蓋格嗎？」我問。

他聽到我的問題，依舊面無表情，從門後拿出一支香菸，含在嘴裡輕輕吸了口，朝我的臉吐出煙圈，看起來懶散又驕傲。鎮定、呆板的聲音在煙圈後面響起，彷彿賭桌的發牌人在講話：「什麼？」

「蓋格。亞瑟・格溫・蓋格，那些書就屬於他。」

長腿男人思考了片刻，沒有露出絲毫慌亂之色。他垂眼瞧瞧手裡的菸，始終捏著門的另外一隻手藏在門後，脫離了我的視線範圍。那隻手似乎正在門後做著什麼，從他肩部的動作可以看出來。

他說：「我不認識什麼蓋格，他住在這附近？」

我笑起來。他凶惡地瞪著我，對我這種笑容並無好感。

「你是喬・布洛迪？」我問。

那張黑臉緊繃起來：「是又如何？老兄，你是想搞點小錢還是想搗亂？」

我說：「原來你真是喬・布洛迪，你卻不知道蓋格是誰，真好笑。」

「好笑？你覺得這件事好笑，可能你有與眾不同的幽默感。照我說，你應該去別的什麼地方，找別的什麼人，好好表演你這種幽默感。」

我倚在門上對他露出了模糊的笑容，說：「喬，你得到了很多書。我手上有份名單，上面都是那些倒楣蛋的名字。我們應該認真聊聊這件事。」

他始終注視著我的臉。有好似簾子上的金屬環輕碰金屬杆的細微聲響從他背後的房間裡傳出來。他斜眼瞧了瞧，將門縫開得稍大些，冷漠地說：「好，既然你真的覺得你掌握了一點有價值的玩意兒。」他讓開，好叫我從他身邊進去。

房間裡的傢俱全都很貴重，收拾得十分舒服，並沒有擁擠的感覺。後牆的落地窗外是陽台，用石塊砌成的，從那裡能望見遠處黃昏中矮矮的山頭。西牆開了兩道門，門彼此之間挨得很近，靠近窗戶的那道門關著，另外一道門的門楣下橫著根金屬杆，上面掛著條長毛絨簾子。我又看向東牆，那裡一道門也沒開，中間靠牆擺了一張長沙發，可以坐著，也可以躺下。我過去坐下了。

布洛迪關上門，側身來到橡木書桌後。書桌又高又大，嵌了很多方頭釘子。一個裝了鍍金合葉的雪松木盒擺在書桌底層。他拿起木盒，走到西牆兩道門之間，坐到安樂椅上。

我摘下帽子，丟在沙發上，等他說話。

布洛迪說：「行啦，請說吧！」他將盒子打開，裡面是雪茄。他將香菸扔進旁邊的菸灰缸，銜住一根長雪茄，又丟給我一根，說：「要不要？」

我接住雪茄。

剎那間，布洛迪從雪茄盒中拿出一把手槍，對準了我的鼻子。我看著這把點三八口徑的手槍，警察用的就是這種槍。我暫時不準備跟它對著幹。

布洛迪說：「動作很快吧？起來朝前走兩步，能幫助你呼吸。」他說得非常隨意，這是特意裝出來的，是電影裡那些被塑造得千篇一律的硬漢習慣的口吻。

「噓……」我坐在原地沒有動，「那麼多人都拿著手槍，但他們個個都是白癡。短短幾個小時，我就遇見了兩個這樣的人。在你們看來，手裡拿把槍就能控制全世界。喬，別傻了，放下你的槍。」

他擰緊眉頭，抬起下巴，目光凶殘。

我說：「我遇見的第一個人名叫艾迪・瑪爾斯，你聽說過他嗎？」

「沒聽說過。」布洛迪繼續拿槍對著我。

「他要是知道昨晚下雨時你在哪裡，會一把把你拽過去，好像賭場裡的人對待那些籌碼。」

「我做過什麼得罪了艾迪・瑪爾斯？」布洛迪冷冷地說，但他終究放下槍，擱在了膝蓋上。

我說：「你得罪他並不算嚴重。」

我倆僵持了片刻，彼此四目相對。黑色拖鞋的鞋尖從左側的長毛絨簾子下露出來，我的視線特意避開了那裡。

布洛迪心平氣和道：「我並非不講道理的野蠻人，不要誤會。我只是想謹慎一些，畢竟我對你的身分一無所知，你跑到這裡來，也許是想殺人。」

我說：「你的謹慎還不夠。你把蓋格的書運到這裡，所用的手法就相當拙劣。」

他做了個緩慢、無聲的深呼吸，向後靠去，交叉雙腿，將握槍的手放到膝蓋上，說：「只要有需要，我還會用到這玩意兒，你要記住。來說說你的事吧！」

「把你那個穿尖頭拖鞋的朋友也叫過來。她應該很累了，躲在裡面都不敢用力呼吸。」

布洛迪看著我的腹部，叫道：「阿格尼絲，過來！」

門簾子打開，裡面走出一個女人，綠色眼睛，暗金色頭髮，走路時屁股不停地晃動，正是蓋格書店裡那個女人。她對我恨之入骨，凶狠地盯住我。她的眼圈是青的，鼻翼像被捏住了，整個人看起來極度不快。

她諷刺道：「你是個禍害，我早就知道了。我跟喬說過，他走路務必慎之又慎。」

我說：「我覺得他要當心的是後腰，不是前面的路。」

暗金髮女人尖著嗓子說：「依我看，你應該覺得自己講話很幽默吧？」

我說：「以前很幽默，現在也許打折扣了。」

布洛迪說：「別賣弄你的幽默了，老喬我向來謹慎。開燈，要是需要開槍，我也能打得準一些。」

暗金髮女人按下開關，打開了一盞很大的方形落地燈，然後坐到落地燈旁的椅子上。她的皮帶似乎緊得過了頭，身體筆直僵硬。

我銜住雪茄，咬開一頭，取出火柴，將雪茄點燃。這段時間，布洛迪的柯爾特手槍對我更是關懷備至。

我抽著雪茄說：「剛剛我提到的那些倒楣蛋的名單，全都是用密碼寫成的，總共有超過500個名字，我還未破譯出這些密碼。我知道你得到了十二箱書，少說也有500本，又借出去了一些。不過，就定為500本這個保守的數字吧！要是現在名單上還有一半客戶跟書店有聯絡，你的書就能出租12.5萬次。在這種事情上，我沒有你女朋友那麼專業，只是估計了幾個數字。至於租金，盡可能估計得少些，至少也應該有1元，畢竟這些書都非常貴。我們就假設租一本1元，你就能在沒有任何成本損失——我是指蓋格沒有任何成本損失——的情況下，賺到12.5萬。正因為這樣，我一路跟蹤你，是很有價值的。」

暗金髮女人尖叫起來：「你這個瘋子、混蛋、傻瓜……」

「閉嘴，你給我閉嘴。」布洛迪朝她齜牙咧嘴叫道。

她吞回了要說的話。憤怒之餘，她又覺得很難過，用銀色的指甲狠狠撓著膝蓋。

我用簡直稱得上親暱的口吻告訴布洛迪：「必須要有你這種靈活的頭腦才能做這種生意，傻瓜是做不來的。喬，一旦開始做了，就要自信且一直保持自信。那些買這種二手性欲刺激的人若買不到貨，會變得緊張、焦躁，好像那些富有的老婦找不到旅館。依我看，規規矩矩做租書、賣書的生意就再好不過了，勒索別人可大錯特錯。」

布洛迪用深褐色的雙眼盯著我，同時繼續用柯爾特手槍對準我的要害，以呆板的語氣說：「你太幽默了，什麼人做過這種生意？」

我說：「你，你幾乎都開始做了。」

暗金髮女人倒抽一口氣，她急壞了，開始扯自己的耳朵。

布洛迪呆呆看著我，一句話也不說。

暗金髮女人大叫道：「你說什麼？你不要胡說。蓋格先生在人來人往的街道上開那樣的書店，這怎麼可能？你瘋了。」

我對她露出客氣的笑容，說：「這是事實。這家店人盡皆知。既然好萊塢對這種店有需要，那麼一切實事求是的警察都會希望這種店開在繁華地帶。這跟警察對紅燈區持肯定態度是相同的道理，不是嗎？這樣他們就能隨心所欲驅逐他們的獵物了。」

暗金髮女人大喊大叫道：「上帝啊，喬，這個乾乳酪腦袋的傢伙坐在這裡羞辱我，你打算一直坐視不理嗎？他只有一根雪茄，你卻拿著槍，你竟允許他這樣大放厥詞？」

布洛迪說：「我喜歡聽他講話。他是個聰明人。你要是不想讓我用這玩意兒打你，堵住你的嘴，就不要開口了。」他揮舞著手槍，對我的戒備逐漸降低。

暗金髮女人倒抽一口氣，轉頭對著牆壁。

布洛迪一臉陰險，瞧著我說：「你猜我做了些什麼才得到這些寶貝的？」

「你殺了蓋格。昨晚下雨，如果要殺人，再沒有比這更好的天氣了。可是你遇到了一個問題，有人在一旁目睹了你殺人的過程。你要嘛沒發現這件事——我覺得這種可能性不大，要嘛就是覺得情況不妙跑了。不過，你竟拿走了相機底片，之後還為了趕在警方發現屍體、開始調查前轉移蓋格那些書，又跑回去藏屍。你的膽子真大，真的太大了。」

布洛迪一臉輕蔑：「呸。」他在膝蓋上晃動著那把柯爾特手槍，烏黑的臉皮緊繃著，好像乾燥的木頭。他說：「先生，別說笑話了，你會沒命的。還好不是我殺了蓋格，要不是這樣，你的命還能保住嗎？」

「哪怕你沒殺蓋格，你也不可能洗脫嫌疑了，你再怎麼辯解都沒用。」我幸災樂禍道。

「你想給我設陷阱？」布洛迪顫聲問。

「正是。」

「設什麼陷阱？」

「會有證人證明你就是凶手。有人目睹了全過程，剛剛我已經跟你說過了。不要以為是我故意為難你，要不然你也太單純了。」

布洛迪勃然大怒，大叫起來：「哦，是那個小蕩婦！該死，就是她跟我過不去！就是她，肯定是她沒錯！」

我倚在沙發上看著他，滿臉笑容：「太棒了。我猜她的裸照落到了你手裡。」

布洛迪和暗金髮女人都一聲不吭。我故意想叫他們好好想想我這番話是什麼意思。片刻過後，布洛迪雖然還灰溜溜的，但似乎已經想明白了這件事，面色看起來好了一些。他將手槍放到椅子旁的小桌子上，右手一直放在手槍旁邊。他眯著眼睛用力看著我，同時彈了彈雪茄，菸灰掉到地毯上。

他說：「依我看，你應該會覺得我是個頭腦不太靈活的人。」

「你要是真想勒索別人，你的天賦的確很平庸。拿出照片吧！」

「照片？」

我搖頭道：「喬，裝出無辜的樣子也於事無補，你這條路走錯了。你若不是昨晚親自到過那裡，就是從某個到過那裡的人手上得到了照片。你叫你女朋友跟里根太太說，此事牽涉一樁刑事案件，以此恐嚇里根太太，這說明你很清楚那位小姐曾出現在現場。你至少目睹了現場發生的一切，要不是這樣，你就是得到了照片，並瞭解了照片拍攝的地點和時間。說出真相吧，這才是明智的選擇。」

布洛迪說：「我要搞點錢。」他微微轉頭，看向那個女人。她的綠眼睛失去了原有的光彩，金色頭髮也失去了光澤，整個人像剛剛被宰殺的兔子一樣癱倒在那兒。

我說：「沒錢。」

他面色陰沉，蹙眉道：「你怎會發現是我？」

我向他出示了皮夾裡的證件，說：「我在幫一位委託人處理蓋格的事。昨晚的事情發生時，我正在房子外面淋雨。聽到槍聲以後，我爬進窗戶。我目睹了整件事，除了誰是殺他的凶手。」

布洛迪譏笑道：「你沒告訴其他人。」

我收起皮夾，坦承道：「沒，現在還沒有。你願意把照片交給我嗎？」

「那你怎會知道那些書在我這裡？我不明白。」布洛迪說。

「我從蓋格的書店開始跟蹤，一直跟到你這裡。有個人能幫我作證。」

「是那個小混混嗎？」

「小混混？」

他蹙眉說：「那個在書店工作的小混混。他在運書的卡車出發後就跑掉了，至於跑去了哪裡，連阿格尼絲都說不清楚。」

我對他笑一下，說：「你給出了非常有價值的線索，我原本還沒想清楚這是怎麼回事。昨晚之前，你們倆有誰去過蓋格家嗎？」

布洛迪很憤怒，說：「我倆昨晚都沒去過那兒。難道她說蓋格是我殺的？」

「你若能把照片交給我，我也許能讓她明白她誤會了。她昨天喝得有點多。」

布洛迪發出一聲嘆息：「我拋棄了她，她對我深惡痛絕。我的確拿到了一些錢，可是我最終一定會拋棄她的，不管有沒有錢拿。我是個規矩人，不知道怎麼侍奉她那種瘋子。」他清清嗓子，又說：「我已經身無分文了，給我些錢吧，我要跟阿格尼絲一起走。」

「我的委託人不會出錢的。」

「我說……」

「交出照片，布洛迪。」

「可惡，你贏了。」他罵道，起身將柯爾特手槍插入身側的衣兜，伸出左手從上衣中取出那玩意兒，露出一臉嫌惡。

門鈴就在這時響起，一直沒有要停下來的意思。

15

這種聲音讓他很不悅。他咬著下唇，垂著眉毛，滿臉警惕、狡詐、陰毒。

門鈴一直在響，我也很反感。若來人剛好是艾迪・瑪爾斯跟他的手下，他們發現我在這兒，說不定會殺了我。若來人是警察，我也幫不上多少忙，只能露出一臉笑容，說我會交代自己掌握的一切。若來人是布洛迪的幾位朋友——要是他有朋友，我要應付這幾個人，多半會比應付布洛迪更困難。

門鈴響個不停，暗金髮女人對此同樣很反感。她猛地跳起身來，用力揮舞著一隻手，一張臉因神經緊繃而顯出老態和醜陋。

布洛迪盯住我，從書桌一個小抽屜裡拿出一把自動手槍，槍把是用骨頭做的。他把槍遞給暗金髮女人，女人上前接住，身體顫抖起來。

布洛迪厲聲說：「坐到他身邊，用槍指著他，槍口放低，遠離門口。你明白他若是有什麼小動作，該怎麼處理。寶貝，我們還沒到走投無路的時候。」

女人的聲音帶著哭腔：「哦，喬。」她坐到我身邊，用槍口對準我的大腿動脈。她的眼神寫滿了驚慌失措，讓我心生厭惡。

門鈴聲停止，幾下短促的敲門聲隨即響起。布洛迪把右手藏在衣兜裡握住槍，到門口用左手開門。卡門・斯特恩伍德用一支小手槍頂住他薄薄的棕色嘴唇，推著他進屋。

布洛迪一邊後退，一邊嚇得唇角抽搐，面部扭曲。卡門隨手關門，繼續對布洛迪步步緊逼，完全沒有分神看我或是阿格尼絲。她的少許舌尖從兩排牙中間露出來。布洛迪抽出衣兜裡的手，向她打手勢，示意要跟她和平解決此事。與此同時，他的雙眉彎成了多種形狀、角度。

阿格尼絲把槍對準了卡門。我猛地伸手用力握住她拿槍的手，伸出大拇指關上保險，但我並沒有就此鬆開她的手。我跟她的搏鬥短暫且悄無聲息，無論布洛迪還是卡門，都對此一無所知。最終，我搶過了阿格尼絲的手槍，她喘著粗氣，全身顫抖。

卡門的皮肉緊緊包裹著骨骼，面部皮膚緊繃，呼吸時嘶嘶作響。她用毫無起伏的聲音說：「喬，把我的照片還給我。」

布洛迪嚥了一下口水，努力笑道：「孩子，我會還給你，一定會還給你。」如果說他剛剛和我說話的聲音就像載重10噸的大卡車，那他現在這種柔和的聲音就像自行車。

「你殺了亞瑟・蓋格，我看到了。把我的照片還給我。」卡門說。

布洛迪臉色發青。

我叫起來：「喂，卡門，等一下！」

阿格尼絲頓時恢復了生機，低頭狠狠咬住我的右手。我慘叫著甩開她。

布洛迪嘟囔道：「孩子，聽我說，我要說……」

暗金髮女人朝我吐口唾沫，撲倒在我腿上想咬我。我用不算太重的力道，揮槍打了她的腦袋一下。我想站起身來，她卻撲到我腳下用雙臂抱著我的雙腿，猛地把我拽回沙發上。這女人力大如牛，這可能是愛情或恐慌帶來的力量，可能是愛情和恐慌共同帶來的力量，也可能是天生的。

卡門的小手槍距離布洛迪的臉僅1英尺，布洛迪想把槍搶過來，卻失了手。一聲清脆但不算很響的槍聲響起，折疊的落地窗玻璃被一枚子彈穿透了。只聽一聲淒厲的叫聲，布洛迪倒在了地上。卡門被他雙腿絆了一下，摔倒在地，槍飛出去，掉到牆角。布洛迪起身，跪著摸索衣兜。

我又打了阿格尼絲的腦袋一下，跟上次相比，這次的力道重了很多。我踹開她，雙腿恢復自由，站起身來。布洛迪瞧瞧我，我向他展示了阿格尼絲的自動手槍，他摸索衣兜的動作便停止了。

「老天！不要讓我死在她手上。」他用哭腔說道。

我笑起來，笑得幾乎無法自己，像個傻瓜。

阿格尼絲雙手扶住地毯，坐起身來。她的嘴巴張開，右眼上垂著一撮金髮，好像金屬絲。

卡門在地上爬行，口中嘶嘶作響。角落的護牆板下，她的小手槍正閃爍著光芒。她極力想要爬到那邊去。

我對著布洛迪晃動著槍說：「別動，就不會有人傷害你。」

我繞過在地上爬行的姑娘，拾起角落裡的手槍。她仰頭看著我笑起來。我把她那把槍放進自己衣兜裡，在她背上拍一下，說：「小天使，起來吧，你在地上爬來爬去，就跟一條哈巴狗沒什麼兩樣。」

我拿著自動手槍來到布洛迪身邊，頂住他的肋骨，取出他衣兜裡的柯爾特手槍。我已經拿到了所有的槍，將它們全部裝進衣兜，朝布洛迪伸出手說：「拿出來。」

他舔著嘴唇點點頭，眼睛裡仍寫滿了驚恐。他將一個厚厚的信封從胸前的衣兜裡取出來，交到我手上，信封裡有一張底片、五張照片。

「只有這麼多，你確定？」

他再次點頭。

我將信封收進胸前的衣兜，轉身看見阿格尼絲又坐到了沙發上，在梳頭髮。她目露凶光，像要吃了卡門。

卡門起身伸手朝我走過來，邊走邊笑，口中仍嘶嘶作響。她嘴角沾了點白色唾液，小而白的牙齒在嘴唇裡閃閃發光。

她問我：「能給我嗎？」說著露出討好的笑容。

「我暫時幫你收著，你先回家。」

「回家？」

我到門口向外張望。涼涼的晚風輕輕吹動，進入門廳。周圍悄無聲息，並無鄰居在門口觀望，滿足自己的好奇心。人們早已習慣了小手槍走火打爛玻璃窗的聲音。我開門拉住門把，朝卡門點頭示意。她露出一臉遲疑的笑，朝我走過來。

我安撫她說：「回家等我。」

她含住大拇指，然後點頭，從我身邊進入門廳。經過我身旁時，她伸手撫摸我的臉，溫柔地問：「你會照顧我嗎？」

「會！」

「你太帥了！」

「你還沒看到真正好看的。我右腿上有個刺青，是個峇里島女人在跳舞。」我說。

她睜圓了眼睛：「真淘氣。」她朝我晃動著一根手指，又輕聲說：「手槍還給我！」

「眼下還不行，等時候到了，我親自幫你送過去。」

突然，她抱著我的脖子親了親我的嘴，說：「我喜歡你。卡門很喜歡很喜歡你。」她一蹦一跳從門廳走出去，好像一隻畫眉。走到樓梯口時，她轉身向我揮手，然後跑下去了。

我返回布洛迪屋裡。

16

我檢查了折疊落地窗上半部分的玻璃，不只是破了個洞那麼簡單，整塊玻璃都被卡門的手槍打碎了。不過，玻璃上的子彈孔小心看還是能看出來。我用窗簾遮擋住被打破的落地窗，拿出衣兜裡卡門那把手槍。手槍很小，點二二口徑，裝達姆彈，是專門給銀行保安人員設計的。槍把的材質是珍珠母，還鑲嵌著一塊刻有「歐文贈卡門」字樣的圓形小銀牌。這個瘋瘋癲癲的小姐什麼人都捉弄。

我把槍裝回衣兜，坐到布洛迪身邊盯住他那棕色的雙眼，只見其中滿是迷茫之色。暗金髮女人正對著小鏡子化妝。布洛迪好不容易摸出一支香菸，忽然問我：「你滿意了？」

「迄今為止是這樣的。你怎麼不問那家的老頭子要錢，卻要勒索里根太太呢？」

「大約六七個月前，我已經問老頭子要過一次錢了。我擔心再問他要錢，他會氣得報警。」

「你憑什麼覺得他不會從里根太太那裡得知此事？」

布洛迪抽著菸，瞧著我的臉，陷入了沉思。片刻過後，他說：「你知道里根太太是什麼樣的人嗎？」

「我見過她兩次。你會想到用照片勒索她，肯定對她瞭解很深。」

「她是個交遊廣闊的女人。我猜她有些見不得光的事瞞著老頭子。我覺得她應該能比較容易地籌到5000塊。」

「我不多問了，雖然你給出的藉口經不起什麼推敲。你現在很需要錢吧？」我說。

「我這一個月一直在晃動兩塊鎳幣，想讓它倆配成一對。」

「你的生活來源是什麼？」

「做保險。聖塔莫尼卡區的福爾維德大廈有家普斯・沃爾格林公司，我在那裡有個辦公室。」

「已經說到這兒了，其餘事你也別隱瞞了。那些書為什麼會運到你的公寓裡來？」

他一咬牙，發出咯咯的響聲。他揮揮手，漸漸找回了信心，說：「書送到倉庫存起來了，不在這裡。」

「你讓人把那些書送到這裡，再把書運到倉庫保管？」

「我當然要這麼做，否則直接把書從蓋格的書店送到倉庫嗎？」

我很欽佩他，說：「太聰明了。你這兒還有什麼違法的東西？」

他用力搖頭，卻顯得很憂慮。

我說：「好。」我瞧瞧阿格尼絲，她坐在對面，已經化好了妝，似乎完全沒聽到我們在說什麼，只是呆呆望著牆壁。辛勞與驚嚇讓她一臉倦容，開始想要睡覺。

布洛迪眨眨眼，顯得很警惕，問：「還能有什麼東西？」

「你是如何得到照片的？」

他蹙眉說道：「我跟你說，你一分錢都沒花，就拿到了你想要的東西，真是乾脆俐落。你應該馬上找你的主人邀功。事到如今，我是完全清白的，我對照片一無所知。阿格尼絲，我說的對嗎？」

暗金髮女人睜眼看看他。從她撲閃的眼睛裡能明顯看出她不喜歡他。她從鼻孔裡懶懶地噴出一口氣，說：「我的結論是，你不過算半個聰明人。完整的聰明人我還沒見過，一個都沒見過。」

我朝她笑道：「我沒打疼你吧？」

「我都習慣了。我遇到的所有人都要打我，你只是其中之一。」

我轉頭看著布洛迪，他正拿著香菸，用力地捏弄、揉搓。他的手好像在顫抖，一張黑臉卻一點表情都沒有。

我說：「我們必須就一件事達成統一，比如卡門根本沒到過這裡。這是一件非常重要的事。剛剛的一切只是你的想像，她並不曾到過這裡。」

布洛迪冷笑道：「哼！照你的說法，要是可以再……」他掌心朝上伸出手，大拇指在食指、中指上輕晃兩下。

我點頭道：「很簡單。也許會給一點點報酬，不過只是不到1000塊的小數目。行了，你來說說你是如何得到照片的。」

「有個人交給我的。」

「唔——哼。你在大街上遇到了這個人，之前從未見過，以後再見到他，你也認不出來。」

布洛迪打個哈欠，張嘴笑道：「照片從他衣兜裡掉出來了。」

「唔——哼。你有證據證明昨天案發時你不在現場嗎？」

「我自然有。當時我正待在這裡，阿格尼絲也在。阿格尼絲，是這樣嗎？」

我說：「真悲哀。」

他瞪大眼睛，垂下嘴角，菸在下唇上搖搖欲墜。

我說：「你覺得自己聰明絕頂，其實愚蠢至極。你的餘生就算不是在聖昆丁監獄[1]度過，也會孤獨冷清，受盡煎熬。」

菸在他嘴上抖了一下，菸灰灑落，掉在他的背心上。

我說：「瞧你多精明。」

他忽然大喊大叫：「出去，呼吸新鮮空氣，活動一下手腳。我沒話跟你說了。馬上滾出去！」

「好。」說著，我站起來，到大橡木書桌前，從衣兜裡取出他那兩把手槍，放到吸墨紙旁。我將兩把手槍並排擺好，讓槍把平行，然後拾起沙發旁邊地板上的帽子，走向房門。

「哎！」布洛迪叫起來。

我轉身等他往下說。

他的菸好像底部裝了彈簧的小娃娃，在嘴巴裡跳上跳下。他大聲問：「所有問題都解決了吧？」

「沒錯。在這個自由的國家，你若是國家公民，不想在監獄外頭，就能到監獄裡頭去，這是你的自由。你是這個國家的公民嗎？」

他讓菸在嘴巴裡跳動，眼睛注視著我。一頭暗金髮的阿格尼絲也緩緩轉頭看著我。他們兩人的視線高度相等，眼神中有近乎相同的狡詐、猜疑、沒能發洩出來的憤怒。忽然，阿格尼絲抬起指甲拽下一根頭髮，狠狠扯成兩段。

布洛迪低聲說：「朋友，既然你已經受僱於斯特恩伍德家，就不會報警。我非常瞭解這家人的情況。行了，你得到了你想要的照片，也得到了我不對外宣揚此事的承諾。你可以走了，馬上趕去賣你的晚報吧！」

---

1. 美國加州一座戒備森嚴的監獄，始建於1852年。——譯注

我說：「你最好能確定一下。剛剛你叫我滾，我立刻出發。你叫我回來，我又立刻停下腳步。眼下我又要走了，你確定不會再改主意？」

布洛迪說：「你別想抓住我的把柄。」

「沒有任何把柄，有的只是兩樁命案，可是你們這種人是不會看在眼裡的。」

他一下跳起來，有1英尺而非1英寸那麼高。他的眼白把菸草色眼球包裹在中央。在燈光的照耀下，他一張黑臉都綠了。

阿格尼絲發出一聲嚎叫，好像動物發出來的。接著，她猛地栽倒在沙發一頭的墊子下。我看著她長而纖細的雙腿，站在原地沒動。

布洛迪緩緩舔著嘴唇說：「老兄，坐下吧！我說不定還能告訴你一些情況。你提到兩樁命案，是怎麼一回事？」

我倚到門上問：「喬，昨晚七點半你在哪裡？」

他很不悅，垂著嘴角，看著地板：「我在跟蹤一個人。我見他生意做得很大，覺得他可能想要一個合夥人，他就是蓋格。我想知道他的靠山是什麼人，經常跟蹤他。我猜他能無所顧忌做這種生意，應該認識幾個朋友。可去他家的全都是女人，一個朋友都沒有。」

我說：「你的跟蹤不到位。繼續往下說。」

「我昨晚又去跟蹤蓋格，在他家下面的那條路上躲在汽車裡。外面下著大雨，根本看不到什麼。蓋格家前面、附近的上坡路上分別停了輛車。我便把車開到他家後門，停下來。旁邊有輛大別克車。我等了一陣子，過去看了看那輛車，發現行車執照上寫著薇薇安・里根的名字。之後，我沒再發現任何情況，就偷偷走掉了。我說完了。」他晃晃手上的菸，把我從頭到腳看了一遍。

「也許情況就是這樣。那輛別克車去了哪裡，你知道嗎？」

「我有什麼必要知道？」

「那輛車眼下正在法院的車庫。今早在距離里多碼頭12英尺的海裡，人們打撈起了這輛車。一個人死在了車裡，他死之前，有人用一個沉甸甸的東西在他頭上打了一下。車上的手控閥打開了，車頭朝著碼頭外。」

布洛迪呼吸加速，一隻腳打起了拍子，顯得很局促。他粗聲大氣地說：「耶穌啊，啊呀，這不是我做的，你不能這樣栽贓我。」

「我怎麼不能這樣做？你剛剛說過，那輛大別克車曾經停在蓋格家後面。把車開出去的是里根太太年輕的司機歐文・泰勒，不是里根太太本人。歐文・泰勒跟卡門很親密，蓋格跟卡門玩那種遊戲叫他很不痛快，他想和蓋格聊聊，就去了蓋格家。他帶著一根撬棍、一把手槍，從後門進了蓋格家，剛好看到蓋格在幫卡門拍裸照，接著他的槍就響了——手槍都喜歡這樣亂響。歐文看見蓋格一下倒在地上，立刻逃跑。逃跑之前，他還拿走了蓋格剛剛拍照的底片。而你追上他，搶走了底片，否則你怎麼可能拿到底片呢？」

布洛迪舔舔嘴唇說：「你說的沒錯，可是我沒有殺他。我的確聽到了槍聲，隨後看到凶手跑下後面的樓梯，上車逃走了。我開車跟在後面，看到他駛到山谷下面後掉了頭，又駛向西邊的日落大道。他開車越過比佛利山時衝出了大路，只能停車。我假裝警察，走上前去。他太緊張了，儘管手上拿著槍，卻被我揍暈了。翻查過他的衣服，我瞭解了他的身分。在好奇心的驅使下，我拿走了照片底片。他在我研究底片時醒來，打了我一下。我摔下車，再起身時，他已經跑得無影無蹤了。接下來他去了哪裡，我就不清楚了。」

我說：「你怎會知道死在他手上的人是蓋格呢？」

布洛迪聳聳肩：「我也不確定，只是猜測。等我看明白用底片沖洗出來的照片後，就比較確定了。我發現蓋格今早沒去書店，也不接聽電話，就更加確定了。我覺得應該抓住這個大好時機，把他那些書據為己有。我希望去別的地方躲一躲，等這件事過去了再回來，所以急著想從斯特恩伍德那家人手裡搞些錢。」

我點點頭，說：「你這樣說好像還算合理。你可能沒殺他們兩個，但是蓋格的屍體，你藏到了哪裡？」

他挑一挑眉毛，張嘴笑道：「你不要瞎說，我才沒做過這種事。難道你覺得我會去而復返，幫他處理殘留的問題？好幾輛坐滿警察的警車隨時可能開到那裡。我才不會做這種事。」

我說：「不管怎樣，的確有人藏起了屍體。」

布洛迪邊笑邊聳肩，並不相信我的說法。門鈴再度響起。布洛迪一下站起身來，瞪圓雙眼看著書桌上那兩把槍，吼道：「這下好啦，她又來了。」

我寬慰他：「她已經沒有槍了，來了也沒關係。你還有什麼朋友？」

他憤怒地說：「沒幾個朋友。我真是忍無可忍了，我不要再被人踩在腳底下。」他到書桌前拿起那把柯爾特手槍，左手扭一下門把，開了一道寬1英尺的門縫。他從門縫伸出上半身，右手緊貼在大腿上，拿著那把槍。

「是布洛迪嗎？」有人在門外問。

我沒聽清布洛迪回了一句什麼話。兩聲槍聲響起，像被某樣東西捂住了，聽起來很沉悶。對方必定是先用槍口緊緊頂住布洛迪的身體，然後才開了槍。布洛迪朝前撲向房門，一下關上了門。隨後，他的身體滑下房門，雙腳蹬著地毯，地毯都鼓起來了。他左手脫離了門把，手臂落在地上，發出「噗通」一聲響。他的頭夾在門和地板中間，右手握著柯爾特手槍，倒在那兒一動不動。

我大步跑過去將屍體推開一點點，打開一條門縫，勉強鑽出去。有個女人正在斜對面向外張望，滿臉驚懼，伸出蓄著長指甲的手指指著走廊。

我急忙從走廊上跑過去，聽到一陣腳步聲，有人正往樓下跑。我循聲去追，跑到樓下的門廳，發現大門正慢慢自動關閉。那人的腳步聲衝出大門，到了外面的人行道上。我趕在大門關上前跑出去。

我看見了一個人影，身穿短款皮外套，沒戴帽子，從大門口停著的幾輛車中間穿過，沿著斜線跑向路對面。他轉過身，兩道光芒從他手上射出，我旁邊的灰泥牆上立即多了兩個深深的子彈孔。他接著跑，身影在兩輛車之間消失了。

有個人來到我身邊問：「怎麼回事？」

我說：「有人開槍了。」

「老天！」那人慌忙躲進公寓大廈。

我走上人行道，匆匆走到我的車旁，上車發動引擎。我慢慢開車下山，沒發現一輛車從路對面開動。隱約有腳步聲傳來，不過，我無法確定。沿著下坡路走過一個半街區後，到了一個十字路口，我又掉頭往回走。不甚清晰的警笛聲和急促的腳步聲先後在人行道上響起，聽得不太清楚。路邊停了一排車，我將車停在那排車外面，下車藏到兩輛車之間，從衣兜裡摸出卡門那把左輪小手槍。

腳步聲逐漸清晰，警笛聲也響個不停。穿短款皮外套的人很快在人行道上現身。我過去對他說：「老兄，麻煩借個火。」

他還很年輕，猛然轉身，右手迅速伸進外套。他的雙眼在路燈下閃爍著水光，這是一雙黑色杏仁眼。他皮膚很白，臉龐英俊，一頭黑色捲髮，在額頭上壓下來，捲出兩個小小的弧度。這個英俊的年輕人便是我在蓋格書店裡見過的那個。

他站在原地看著我，一言不發，右手按在短款皮外套的衣襟外側。

我握著左輪手槍，貼在大腿上，說：「你那位王后都把你迷暈了。」

年輕人壓低聲音說：「操！」他站在路旁那排汽車和人行道裡面一道高5英尺的擋土牆中間，身體紋絲不動。

警笛聲在遠處響起，有輛警車朝坡上駛來。聽到警笛聲，年輕人歪了歪頭。

我朝他邁進一步，拿槍頂住他的皮外套，說：「你願意跟我走還是被警察抓走？」

他像被我打了一巴掌一樣側過臉去，氣呼呼地問：「你是誰？」

「蓋格的朋友。」

「滾，雜種！」

「老兄，我這把小手槍往你肚臍上打一顆子彈，就能讓你三個月沒法走路。不過，你最終還是會重新走路，走進聖昆丁監獄剛剛建好的毒氣室裡，那地方既舒適又漂亮。」

「操！」他又想把手伸到皮外套裡，我更加用力地拿手槍頂住他的肚子。他發出一聲長長的嘆息，手無力地從皮外套上垂落到身旁。他低聲問：「你想怎麼樣？」

我摸出他藏在皮外套裡的自動手槍，說：「老兄，到我車上去。」

他從我身旁上了車，我在背後推了他一下，說：「你來開車，坐到駕駛位上。」

他側過身，在方向盤後面坐好。我也上車，緊挨在他身旁，說：「先讓巡邏警車過去，不急開車。否則警察見到我們的車，會覺得我們是被警笛聲引到這兒來的。警車走了以後，我們再調轉方向下坡回去。」

我用年輕人的自動手槍抵住他的肋骨，將卡門那把左輪手槍藏起來。我轉頭看向車窗外，聽到十分響亮的警笛聲。兩盞不斷變大的紅燈出現在路中央，凝聚成一道紅色的光。警車從我們身邊呼嘯而過。

我說：「開車！」

年輕人調轉車頭下坡。

我說：「我們回拉維恩路，回家去。」

他光溜溜的嘴唇一哆嗦，然後開車前往西區的富蘭克林街，開得很快。

我說：「孩子，你真是頭腦簡單。你叫什麼？」

他沮喪地答道：「卡羅爾・隆德格林。」

「卡羅爾，喬・布洛迪並不是殺你王后的凶手，你不該殺他。」

他罵了一句髒話，繼續開車。

17

朦朧的白色霧氣飄浮在拉維恩路旁的尤加利樹樹梢上。透過薄薄的霧氣，半遮半掩的圓月發出銀光。嘈雜的收音機聲從山腳一座屋子裡傳出來。汽車駛到蓋格家前面的方形樹叢旁，年輕人熄掉引擎，雙手扶著方向盤，看著前方發呆，蓋格家一片漆黑。

我問：「孩子，屋裡有沒有人？」

「你應該很清楚。」

「我為什麼會很清楚？」

「操。」

「有些人就因為喜歡說這種話，門牙才換成了假牙。」

他繃緊著臉皮，齜了齜牙，一下踹開車門下了車。我也馬上下車。他從樹叢上面看著那座屋子，握起的拳頭垂在胯骨上，嘴裡一句話也不說。

我說：「行啦，我們進屋，反正你有鑰匙。」

「我怎麼會有鑰匙？」

「孩子，別裝腔作勢了。鑰匙是那個老少爺給你的。這座屋子裡有個小房間屬於你，收拾得很好很乾淨，是男人的臥室。只要有女客人過來，他就趕你出門，鎖上你的房間。面對女人，他能扮演丈夫，面對男人，他又能扮演妻子，他就跟凱撒差不多。難道你覺得我看不出你們之間有這種關係嗎？」

他不顧我還拿著自動手槍對著他，一拳打到我下巴上。我結結實實挨了一拳，急忙後退兩步才沒摔倒。他的拳頭十分凶狠，卻並不算硬，因為他的身體已被掏空，只是表面看不出來而已。

我把槍丟到他腳下說：「你可能需要這個。」

他立即俯身去撿，動作迅如閃電，脖子上卻挨了我一拳，身體橫在地上。他還想去摸槍，但差了一段距離。我撿起槍丟進車裡。年輕人手腳並用爬過來，用過分瞪大的眼睛瞪著我，咳嗽了兩下，又晃了晃頭。

我說：「最近你體重輕了這麼多，應該不想跟我打架。」

我說錯了。他俯身撲向我的雙腿，好像用彈射器發射的飛機。我一側身，狠狠掐住他的脖子。他雙腳蹬地，極力掙扎著站起來，雙手狠擊我身體的脆弱部位。我轉過他的身體，讓他的雙腳稍稍離地。我左手握著右手腕，用右胯骨抵住他。我們僵持了片刻。兩個人如同雕塑座落在霧濛濛的月光下，又像兩頭樣子古怪的動物，喘著粗氣，兩雙腳都緊扣住地面。

我將雙臂的力量都集中在右手臂上，頂住他的氣管。他雙腳在地上亂蹬，過了一會兒，他被我頂得暫停了呼吸，左腳歪向一側，膝蓋也鬆了。接下來的一分鐘，我繼續頂著他。他倒在我的手臂上，身體都軟了。他真沉，我簡直抱不動他，就鬆了手，讓他暈倒在我腳下。我從車上放手套的儲物箱裡拿出手銬，把他的雙手銬在背後。我不想讓路人看見他，就扶住他腋下將他拖到籬笆後，過程十分艱難。隨後，我把車開上坡，開出100碼，將車鎖在那裡。

回來看到他還沒醒，我把他拖進屋裡，關好門。這時，我已是氣喘吁吁。我開了一盞燈，看到他眨了兩下眼，然後用力瞪大眼看著我。

我小心躲避著他的膝蓋，俯身對他說：「你要是不想吃苦頭，就乖乖聽話。乖乖躺在這裡不要喘氣，憋住，憋住，等到再也憋不住了，就告訴自己一定要喘一口氣，現在就要喘一口氣，你憋得臉都紫了，眼珠子都鼓出來了。但你正被綁在聖昆丁監獄小而乾淨的毒氣房的一張椅子上，一旦吸入這一口氣，你便會後悔自己不該這麼做。因為你吸入的是霧化氰化鉀，而不是什麼空氣。我們這個國家吹捧的人道主義死刑就是這樣。」

他發出輕輕的嘆息，說：「操。」

「小老弟，你不要以為你能熬過去，你最終還是要說實話。我們讓你交代的，你必須交代。不讓你交代的，你絕不能交代。」

「操。」

「你再說一次，我就找個枕頭墊著你的頭。」

他動一動嘴巴。他的手銬在背後，我讓他在地板上躺著。他半張臉都被地毯擋住了，露出來的一隻眼閃閃發光，宛如野獸。我又打開一盞燈，走進客廳後面那條走廊，發現似乎沒人去過蓋格的臥室。這一次，蓋格的臥室對面的門沒上鎖，我將其打開。房間裡閃爍著昏暗的燈光，檀香的味道瀰漫在空氣中。櫃子上擺著一個小小的銅盤，香燒盡後留下了兩堆灰燼，並排擺在那裡。房間裡有兩個高1英尺的燭台，上面豎著一對很大的黑蠟燭，這便是光線的源頭。兩個燭台分別擺放在床兩側的兩張高背椅上。

蓋格躺在床上，唐裝短衫胸口的血剛好被他身上斜蓋著的兩條條狀掛毯擋住，掛毯原先是掛在客廳的，這時在蓋格身上構成了一個傾斜的十字架。十字架下面露出他那兩條伸得筆直的腿，腿上穿著黑色的睡褲，腳下穿著厚氈底的白色拖鞋。蓋格雙臂曲起交叉，擺在十字架上，掌心貼住雙肩，手指整齊併攏。他緊閉雙唇，那副陳查理式小鬍鬚就像假的，被黏到了嘴巴上。他的鼻子又大又扁，上面青青紫紫。他雙眼微微閉合，那隻義眼像在對我眨動，閃爍著黯淡的光芒。

我沒靠近他，更別說觸碰他了。他必然已變得又冷又硬，堪比冰塊和木板。

寒風從打開的房門吹進來，吹得燭淚不停地從蠟燭上流淌下來。房間裡的空氣髒到簡直不真實的地步。我慌忙走出房間，關好門。回到客廳，我看到年輕人還躺在地板上。有那麼一陣子，我一聲不吭站在那兒，等待警笛響起。這完全取決於阿格尼絲何時報警，以及報警時是怎麼說的。若她提到蓋格，警察隨時可能過來。不過，也許過上幾個小時，她都不會報警。更有甚者，她說不定已經逃走了。

我低頭瞧瞧年輕人，說：「孩子，你想不想坐著？」

他閉著眼佯裝睡著了。

我拿起書桌上紫紅色的電話，打到伯尼・奧爾斯的辦公室。六點鐘，他就從辦公室回家了。我打到他家找到了他。

我說：「是馬羅。今早你的手下有沒有在歐文・泰勒身上找到一把左輪手槍？」

他在電話那頭清清嗓子。我明白，他不願讓我發現他聲音中的驚訝，於是用這種方式佯裝鎮定。

他說：「這些事會記錄在警察局的檔案裡。」

「要是真有這把手槍，他們還會在槍裡發現三個空彈殼。」

奧爾斯心平氣和地問：「這些你是怎麼知道的？」

「你可以到月桂山谷大道的岔道拉維恩路7244號找我，我會幫你找到子彈。」

「只是這樣而已？」

「只是這樣而已。」

「你看著窗外，我就要繞過拐角，到你那邊去了，你會看到我的。由始至終，我都覺得你在這件事上偷偷摸摸的。」

我說：「這個詞用得可不恰當。」

18

年輕人坐在長沙發上，身體歪斜著，倚靠著牆壁。

奧爾斯站在那兒，低頭看他，一句話也不說。奧爾斯那對彎彎的淺白色眉毛好像福勒刷子公司送的一對刷水果的小刷子，根根豎起。他問年輕人：「你是否承認是你殺了布洛迪？」

年輕人用沙啞的聲音說出他喜歡說的那句話。

奧爾斯發出一聲嘆息，看著我。

我說：「我已經拿到了他的槍，他承不承認都無所謂。」

奧爾斯說：「若每次聽到那句話，我就能賺1塊錢，我早賺翻了。那句話真那麼有趣嗎？」

我說：「人並非因為有趣才罵人。」

「我要記住你這句話。」奧爾斯轉過身說，「我給懷爾德打了電話。我們帶上這個小混混，過去看懷爾德。你開車跟在後面，我開車帶著這個小混混走在前面。要是他在我的車上做什麼，我們也不至於毫無準備。」

「你喜歡臥室裡那玩意兒嗎？」

「簡直不能更喜歡了。照我說，那個年輕人泰勒從碼頭墜海挺好的，否則他殺了那個老無賴，會被處決的。要我去抓他，我可於心不忍。」奧爾斯說。

我去小臥室吹熄了那對黑色蠟燭，任由其繼續冒煙。返回客廳時，我看到奧爾斯把年輕人拽起來了。年輕人瞧著他，一雙黑眼睛十分有神，慘白的臉像冰凍肥羊肉一樣繃得緊緊的。

奧爾斯拽住他的手臂說：「我們走。」看奧爾斯的動作，似乎對觸碰他的身體十分反感。

我關上所有燈，隨他們出去，上車離開。我開車走在漫長曲折的坡路上，雙眼盯住奧爾斯車後那對閃爍的尾燈。如果我以後再也不必到拉維恩路來，那該多好。

在拉斐耶公園和第四大道拐角處，有座規模堪比電車車庫的白房子，就是地方檢察官達格特・懷爾德的住所。房子一側是車庫，是用紅磚建造的。房子前面是碧綠的草坪，面積相當大。因為這座城市一直向西擴張，這種堅固的老式房屋時常會整棟搬遷到新建的市區。懷爾德家很久以前就在洛杉磯生活了。這棟房子也許就是他的出生地，但當時房子必定還在西亞當斯或菲格羅亞或聖詹姆士公園附近。

一輛大型私家車和一輛警車停在車道上。一名身穿制服的司機正靠在警車後擋板上抽菸，欣賞月色。奧爾斯去跟他講了幾句話，他看看奧爾斯車上的年輕人。

我們過去按門鈴，有個男人過來開門，他一頭金髮，梳得油光水滑。他帶我們從大廳進入一個半地下客廳，裡面到處都是深色、笨重的傢俱。我們走到客廳盡頭的房間，男人敲門然後進去，幫我們開門。我們進入一個書房，裡面裝著護牆板，最深處裝著落地窗，窗戶是打開的，月色下的花園、樹下神秘的陰影都隱約可見。濕潤的泥土氣息和花香從窗外傳進來。幾幅大大的油畫掛在牆上，已經開始褪色。房間裡擺著幾張安樂椅和一些書。另有高級雪茄的味道摻雜在泥土味和花香中。

達格特・懷爾德坐在辦公桌旁。這個開始發福的中年人有雙清亮的藍眼睛，但眼神十分空洞，只有些故意裝出來的友善。他身邊放了一杯咖啡，修得整整齊齊的左手上夾著一根細細的雪茄，雪茄上印著花紋。辦公桌旁擺放著藍色皮椅，有個人正坐在那裡。此人一臉凶相，眼神冷冰冰的，身材精瘦，活像個耙子，又殘酷無情，活像個當舖掌櫃。他似乎在不到一小時前剛剛刮過鬍子，臉上非常乾淨。他穿一整套棕色西裝，熨燙得平整挺直，領帶上還戴了顆黑珠子。他有著纖長的手指，看起來頭腦相當靈活，但有些神經兮兮。他坐在那兒，似乎帶著滿肚子怒氣，想跟人狠狠吵上一架。

奧爾斯拖過一張椅子坐下，笑著說：「克倫賈格爾，晚安。這位是私家偵探菲力普・馬羅，他有點小麻煩。」

克倫賈格爾瞧瞧我，都懶得點點頭。他從頭到腳把我看了一遍，像在看一張照片。看完以後，他的下巴終於稍微動了一下。

懷爾德說：「馬羅，請坐。我剛好要跟克倫賈格爾警長說一件事。至於是什麼事，你肯定已經明白了。我們這個鎮子可不是個小鎮。」

我坐下，點了一根菸。

奧爾斯瞧著克倫賈格爾問：「你們調查蘭德爾廣場那樁謀殺案的進展如何？」

那個一臉凶相的人拽一下他的手指關節，只聽「啪啪」聲響。他垂著眼皮，說：「一具屍體，身中兩彈，另有兩把槍，沒有射出子彈。我們在街上抓住了一個金髮女孩，她的車就停在一旁，但她想開走另外一輛型號相同的車。我的手下見她那麼驚慌，扣押了她，之後審訊她，果然挖出了一點線索。布洛迪被槍殺時，她剛好在案發現場，但她說自己沒看到凶手，還說得異常肯定。」

奧爾斯說：「僅此而已？」

克倫賈格爾挑起眉梢：「你還不滿足？這件事剛剛發生了一個小時而已。你想讓我們拍一部電影，記錄下殺人的過程嗎？」

奧爾斯說：「你說不定能描繪出凶手的模樣。」

「穿著皮外套的大個子。你不妨把這當成一種描繪。」

奧爾斯說：「他正戴著手銬，坐在我停在外面的破車裡。手銬是馬羅幫你們給他戴上的。他的槍在這兒。」

奧爾斯從衣兜裡取出年輕人的自動手槍，放到懷爾德身旁的桌角上。克倫賈格爾並未伸手拿槍，只是瞧了瞧。

懷爾德笑起來，向後靠去。他還未取下嘴上的雪茄，便吐出一口煙，又探身喝了口咖啡。他取出晚禮服衣兜裡的絲手帕擦擦嘴，接著把手帕放回原處。

奧爾斯掐住下巴底下的肥肉說：「這起案件還牽涉到幾樁命案。」

克倫賈格爾明顯吃了一驚，兩道寒光從他陰暗的雙眼中射出來。

奧爾斯說：「今早里多碼頭棧橋外打撈上來一輛車，有個人死在了車裡，這件事你知道嗎？」

克倫賈格爾依舊一臉冷漠，說：「不知道。」

奧爾斯說：「死在車裡的是個富豪家的司機。不久前，他家一位小姐出了事，有人想勒索他們。由我做中間人，懷爾德先生向那人家推薦了馬羅。這段時間，馬羅正忙於調查這樁案子，從來沒有對外聲張過。」

克倫賈格爾惱火地說：「看到凶殺案都不聲張的私家偵探，真讓我喜愛有加。在這件事情上你也這樣掩飾來掩飾去，該死的根本沒必要。」

奧爾斯說：「沒錯，在這件事情上，我的確沒必要這樣做，我也沒多少機會對著同僚該死的裝模作樣。為了叫他們彆扭到腳，我還要跟他們說腳該往哪裡擱，這浪費了我多少力氣。」

克倫賈格爾氣得鼻尖都發了白，呼吸聲在靜謐的房間裡格外清晰。他裝出一副鎮定自若的樣子說：「聰明的老傢伙，你跟我的手下說腳要往哪裡擱，是多此一舉。」

奧爾斯說：「等著吧！昨天晚上，我剛才提到的那個溺死在里多碼頭的司機在你的轄區槍殺了一個叫蓋格的人。這個蓋格在好萊塢大街開了家書店，出租淫穢書籍。他跟我關在外面車上的小混混一起生活，就是同居，你能聽懂吧？」

克倫賈格爾目不轉睛看著他，說：「聽你說話的語氣，接下來肯定要說些不乾不淨的事。」

奧爾斯叫道：「據我瞭解，跟這個故事比起來，大部分警察的故事都乾淨不到哪兒去。」他轉身對著我，眉毛根根倒豎：「馬羅，輪到你說了，把所有事都告訴他。」

我照做了，但故意沒提卡門去布洛迪家，以及艾迪・瑪爾斯下午去蓋格家這兩件事，我也不知道自己為什麼要這樣做。至於其餘事情，我都沒有隱瞞。

克倫賈格爾全程用毫無感情的眼神盯住我不放。我說完後有好一陣子，他一直一言不發。懷爾德不停地喝著咖啡，輕鬆地抽著雪茄，同樣一言不發。至於奧爾斯，他始終在注視著自己的大拇指。

克倫賈格爾緩緩仰靠到椅背上，將這條腿的腳踝搭在那條腿的膝蓋上，並伸手揉著腳踝，那乾瘦的手正在發抖。他臉龐瘦削，眉頭緊蹙，極為客氣地說：「也就是說，那樁謀殺案昨晚就發生了，你沒有及時報案。今天整整一天，你都在四處追蹤，結果蓋格的情婦今天下午得到一個機會，製造了另外一樁謀殺案。」

我說：「沒錯。我得保護我的委託人，何況我怎麼會料到那個年輕人會去殺了布洛迪？其實我也很為難，可能我做錯了決定。」

「馬羅，這些警察都能想到。昨晚你發現蓋格死後，若能及時報警，布洛迪便不會把書店裡的書搬到自己家，那個小混混便不會據此找到並殺掉布洛迪。也許這就是布洛迪的命運吧，像他這種人總是無法逃脫這種命運，但終究是死了一個人。」

我說：「是啊，可是我覺得你還是留著這些話吧！哪天你的手下在街上開槍打死了一個小賊，僅僅因為那個小賊偷了個備用輪胎，你就可以這樣罵你的手下了。」

懷爾德一下將雙手放到桌上，吼道：「行啦，行啦，馬羅，你這樣確定殺死蓋格的凶手是泰勒，有什麼證據？即使殺死蓋格的手槍是從泰勒身上或他車裡搜出來的，也可能是別人故意嫁禍給他，嫁禍者也許就是真凶布洛迪。你據此斷言泰勒是凶手是不行的。」

我說：「你的推理從物質方面說可能成立，從精神方面說卻不可能，除非出現很多巧合。考慮到布洛迪跟他那位小姐的性格，還有布洛迪的動機，你的推理是無法成立的。我跟布洛迪聊過，他不是好人，卻不會殺人。他從不帶槍，哪怕他有兩把槍。從那位小姐那裡，他得知蓋格在做那種下流的買賣，他想盡辦法插足其中。他說過，他想知道蓋格背後有什麼實力雄厚的支持者，於是對蓋格的一舉一動都很關注。我認為他沒有說謊。若說他殺掉蓋格，搶走蓋格的書，逃走時還帶走了蓋格剛剛幫卡門・斯特恩伍德拍的裸照，又嫁禍給歐文・泰勒，將其從里多碼頭推入大海，若說這一連串假設都是成立的，實在太不可信了。反觀泰勒，他卻有殺掉蓋格的動機和時機。妒忌心令他非常痛恨蓋格。在未徵得主人許可的情況下，他開走了一輛車。在那位小姐面前，他殺了蓋格。換成布洛迪，哪怕他之前曾做過殺人的勾當，也斷然不會做出這種事來。一個一心只想發財的人怎麼可能做出這種事？可是那些裸照已足以激怒泰勒，讓他殺了蓋格，這就是泰勒的殺人動機。」

懷爾德睨視克倫賈格爾，笑出聲來。克倫賈格爾哼一聲，清清嗓子。懷爾德問：「但我弄不明白，為何要隱藏屍體？」

我說：「這件事一定是泰勒做的，只是外面那個年輕人不肯對我們說。蓋格在那座房子裡被殺了，布洛迪便不會再去那裡。那個年輕人必然是趁著我送卡門回家時，偷偷回到了蓋格家。做著那種見不得光的勾當，他自然不敢招惹警察。先藏起屍體，再轉移財產，這種做法在他看來也許再巧妙不過。從地毯上的痕跡推測，當時他拖著屍體從前門出去了，接下來他很可能進了車庫。隨後，他帶走了他留在蓋格家的所有東西。到了半夜三更，他忽然又覺得這樣對待一個死去的朋友未免太不厚道。於是，他又回到蓋格家，將尚未僵硬的屍體搬到床上。這些當然都只是我的猜測。」

懷爾德頷首道：「今早他返回書店，裝作對一切都一無所知，實際上卻在暗暗留意周圍發生的事。他發現那些書被運到了布洛迪那裡，推測是書的現任主人殺了蓋格。他非常瞭解布洛迪和那位小姐，布洛迪和那位小姐自己可能都想不到。奧爾斯，你怎麼看？」

奧爾斯說：「我們會查清楚這件事。不過，對克倫賈格爾來說，這並沒有什麼用。現在才聽說這件昨晚就已發生的事，才是讓他不快的真正原因。」

克倫賈格爾很惱火，說：「我自己可以應付。」他瞪我一眼，眼神十分凶惡，但他立即又轉移了視線。

懷爾德揮動著手裡的雪茄說：「馬羅，把證物拿出來吧！」

我將口袋裡所有證物都拿出來，擺在他那張桌子上，包括三張字條、蓋格寄給斯特恩伍德將軍的名片、卡門的裸照、寫有密碼通訊錄的藍色封皮本子。至於蓋格的鑰匙，我早就交給奧爾斯了。

看到這些證物，蓋格輕輕吐出了煙圈。奧爾斯取出一支小雪茄吸起來，朝天花板上吐煙圈，看起來心平氣和。克倫賈格爾則埋首看著證物。

懷爾德拍拍那三張字條，上面有卡門的簽名：「照我看，這只是試探而已。斯特恩伍德將軍若不是擔心會有更可怕的事情發生，才不會拿出錢來。蓋格若嘗到了甜頭，會更加貪心。老頭子在擔心什麼，你清楚嗎？」他看向我。

我搖搖頭。

「你把所有細節都交代出來了？」

「懷爾德先生，我省略了幾處細節，因為其中涉及個人隱私，將來我也不會說的。」

克倫賈格爾發出耐人尋味的感嘆：「哦！」

懷爾德平心靜氣地問我：「為什麼？」

「我應該保護我的委託人，這是他們的權利。除非見到陪審團，否則我不會說出來的。我是個私家偵探，有正式執照。在我看來，『私家』一詞不是毫無意義的。好萊塢警察局轄區內的兩樁謀殺案已經宣告偵破，凶手被緝拿歸案，凶器也已找到，殺人動機一清二楚。其中涉及的敲詐勒索案就不用公開了，最低限度不必公開受害者的身分。」

懷爾德再次問：「為什麼？」

克倫賈格爾冷冷道：「行啦，給一位私家偵探做陪襯，我們心甘情願。」

我說：「還有一個證物，我去幫你們拿過來。」我起身出去，上了我的車，取出那本原本屬於蓋格書店的書。那個一身制服的警車司機正在奧爾斯的車邊站著。年輕人斜倚在車裡一個角上。

我問：「他說過什麼話？」

警察吐了一口唾沫：「他提出一個要求，我沒聽清，也沒理他。」

我回去將書放到懷爾德桌上，將包裹著書的紙打開。

我進門時，克倫賈格爾正在打桌子上那個電話，看到我就掛斷電話坐下了。

懷爾德翻翻書，再闔起來，臉上一點表情都沒有。他把書推到克倫賈格爾面前。克倫賈格爾翻開書看了一兩頁，馬上又闔起來，顴骨上浮現出兩片紅暈，每片都有0.5元面值的銀幣那麼大。

「封底蓋著印章，上面有借書的時間。」我說。

「啊？」克倫賈格爾重新翻開書看了一下。

我說：「只要你們有需要，我就能發誓作證，這本書是蓋格書店的。書店裡究竟有什麼古怪，你們可以去盤問那個金髮女人阿格尼絲。書店店面只是用來掩人耳目的，只有瞎子才看不出來。可是這家非法書店卻經營至今，好萊塢警察從未干預過。警察們既然這樣做了，自然有他們的原因。照我說，陪審團肯定會對這個原因很好奇。」

懷爾德張開嘴笑起來：「的確，陪審團總是問這種問題，為何城市管理會變成如今這種狀態？問這種問題真讓人窘迫，而且在我看來，問了也等於白問。」

克倫賈格爾馬上起身戴上帽子，憤怒地咆哮道：「我一個人要應付你們三個人！就算蓋格在做淫穢書刊的買賣，跟我這個刑偵警察又有什麼關係？當然，此事若登在報紙上，對我們分局有害無利，我不否認。可是你們幾個究竟想幹什麼？」

懷爾德瞧瞧奧爾斯，後者平靜地說：「我只是想讓你接收一名罪犯。我們走。」奧爾斯站起身來。

克倫賈格爾狠狠瞪他一眼，大步走出去。奧爾斯馬上跟上他，出去了。

門關好後，懷爾德敲了敲桌子，一雙明亮的藍眼睛盯住我：「你對警方有所隱瞞，警方會怎麼看你，你應該很清楚。就算為了建立檔案，你也應該把事情毫無保留地交代出來。我認為，這兩樁謀殺案或許能分開處理，同時避免提到斯特恩伍德將軍的名字。為何我沒把你的一隻耳朵扯下來，你知道嗎？」

「不知道。照我看，你是想以後一次扯掉我兩隻耳朵。」

「這樣做究竟能給你帶來什麼好處？」

「每天25塊和必不可少的開支。」

「就是50塊加一點點汽油費。」

「差不多。」

他側著頭，左手小拇指的指背在下巴上蹭來蹭去：「為了這麼一點錢，你就想得罪好萊塢分局的一半警察？」

我說：「我也不想，可有什麼選擇呢？我同樣是在查案。為了填飽肚子、保護那位委託人，我把我那點本領、我從上帝那裡得到的一點勇氣和頭腦、我兩面受氣的本事都拿出來了。今晚我已經違反了自己的原則，未徵得將軍的同意，就把這麼多事告訴了你們。要說我對你們有所隱瞞，你也知道我過去也做過警察。所有大城市的警察都便宜得很，一毛錢能買一打。警察發現外人想隱瞞什麼，會不依不饒，但他們為了關照熟人、討好權貴，一樣會諸多隱瞞。更何況我的案子還要查下去，還未到結束的時候，只要有需要，我會繼續隱瞞。」

「前提條件是你的執照沒有被克倫賈格爾吊銷。」懷爾德再次張開嘴笑起來，「那幾處跟個人隱私有關的細節重要嗎？」

我注視著他的眼睛說：「我的案子還要查下去。」

懷爾德微微一笑，這是一種愛爾蘭式的坦誠、直爽的笑容，經常出現在他臉上。他說：「孩子，我有些事情要告訴你。我父親跟老斯特恩伍德是至交。我已在自己的許可權範圍內竭盡所能，甚至做得比這更多，我盡可能讓老頭子不要太難過，但結果都是徒勞。終有一日，他家的兩位小姐會捲進某件事情中，無論怎樣掩飾都掩飾不住，那個年紀小的小姐格外危險。她們倆放縱成這樣，真是不應該。可老頭子也有錯，我猜現在世界變成了什麼樣，他肯定還渾然不知。既然我們這場對話發生在真正的男人之間，我還有一件事可以跟你談談，不必再裝模作樣。將軍很擔心他那位私酒販子女婿跟此事有關。若你最後能證實里根並未牽涉其中，將軍才會真的放鬆下來。我打賭事情一定是這樣的，拿1美元對1毛加元我都樂意。你怎麼看？」

「以我對里根的瞭解，他好像幹不出敲詐勒索的事來。他可是主動離開了那個舒舒服服的家。」

懷爾德哼一聲，說：「無論你還是我都不知道那個家到底有多舒服。那個家對一個驕傲的男人來說，可算不上舒服。將軍有沒有跟你說過，這段日子他都在找里根？」

「他跟我說過，他想知道他在哪裡，想確定他安然無恙。里根一聲不吭溜走了，讓老頭子很難過，他很喜歡里根。」

懷爾德蹙眉往後靠去，用一種截然不同的語氣說：「我知道了。」他伸手將蓋格那本藍色封皮的本子推到桌子旁，將餘下的證物全都推到我面前，說：「對我來說，這些都用不著了，你都可以拿走。」

19

我停好車，來到霍巴特前門。已經快十一點了，十點大玻璃門就鎖上了，我只能拿自己的鑰匙開門。

一個男人在空蕩蕩的四方形大廳中，將一張晚報擱到一盆棕櫚樹旁，在花盆中按熄了菸蒂。看到我，他起身揮動著帽子說：「老闆想找你，老兄，我等你很久了。」

我停下腳步，看著他那隻塌鼻子和那雙肉餡餅一樣的耳朵，問：「找我幹什麼？」

「這你就不用管了。不會有事的，除非你主動惹事。」他摸向沒繫在扣子上的外套扣眼。

我說：「我身上還有警察的味道。我太累了，講不出話，吃不下飯，想不了事。若你不相信我已累得不能照艾迪・瑪爾斯的話去做，你就趕緊拿出你的傢伙來，免得遲了一步，你另外一隻耳朵也被我打掉。」

他緊緊盯住我：「胡說，你身上沒槍。」他鐵絲一樣的黑色眉毛緊緊蹙起，嘴角低垂。

我說：「我不會總是手無寸鐵的，上次沒槍，這次可能有了。」

他擺擺左手說：「好，你贏啦。他沒叫我對你用槍。用不了多久，他就會送消息給你。」

我說：「眼下還不行。」

他經過我身邊，朝大門走去。我緩緩轉身，看到他開門就走，甚至沒有回頭看一眼。我覺得自己很愚蠢，十分可笑。

我乘電梯上樓，進入自己的房間。卡門的小手槍還在我的衣兜裡，我取出來對著它笑起來。我把手槍好好擦了一遍，塗上油，用一塊法蘭絨包裹起來，上了鎖。

然後，我開始喝酒，過了一會兒，電話響了。我坐到擺放電話的桌子旁。

艾迪・瑪爾斯的聲音傳出來：「我聽說你今晚好好炫耀了一次。」

「大膽、傲慢、執拗、孤僻。你想讓我幫你做什麼？」

「警察去了那裡，你明白我是指哪裡，你沒說這件事跟我有關吧？」

「我為什麼要幫你隱瞞？」

「老兵，我這個人一向有恩報恩，有仇報仇。」

「嚇得我的牙都咯咯響，你好好聽聽。」

他勉強笑了笑：「你沒提到我？真的？」

「沒提到你。但我為什麼要幫你隱瞞，我他媽的自己都不知道。哪怕不提到你，這件事也已經變成一團亂麻了。」

「老兵，謝謝你啦。他死在什麼人手上了？」

「報紙可能會報導，等明天看報紙吧！」

「現在就告訴我。」

「你想做的事都做好了？」

「沒。老兵，你的答案就是這個嗎？」

「凶手是個你聽都沒聽過的人。好了，不說了。」

「要是你沒撒謊，我就欠了你的人情，遲早會回報你的。」

「好了，我要休息了。」

他笑起來：「你是不是在找拉斯蒂・里根的下落？」

「不是，但很多人都覺得我在找他。」

「你若想找到他，我能幫你想想辦法。你可以到海邊找我，只要你方便，隨時都可以過來。我挺想再見你一面的。」

「到時再說吧！」

「再見。」他掛了電話。

我握著話筒坐在那兒，努力自我克制。

我給斯特恩伍德家打了電話。鈴聲響過四五次後，管家熱情的聲音傳來：「斯特恩伍德將軍家。」

「我是馬羅，你還有印象嗎？上次我們見面是一個世紀前還是昨天？」

「馬羅先生，我自然還有印象。」

「里根太太在不在？」

「應該在，你是否要……」

「不用，」我打斷他，剎那間，我改變主意，「你幫我跟她說一聲，我拿到照片了，是所有的照片，現在什麼事都沒有了。」

「好……好……」他的聲音像在顫抖，「你拿到了照片，是所有的照片……現在什麼事都沒有了……先生，好的。我是說……先生，太謝謝你了。」

電話在五分鐘後再度響起。我已喝完了酒，有了胃口，想去吃晚飯了。在此之前，我已經完全忘記吃飯這回事了。電話響個不停，我置若罔聞，走出門去。

回來時，電話仍在響。直到十二點半，時斷時續的電話鈴聲才停止。這時，我熄燈開窗，把電話用一張紙包起來隔音，上床休息。除了斯特恩伍德家的事，我什麼都不再想了。

第二天清晨，我一邊吃火腿煎蛋，一邊看完了三份早報。報紙上對這些案件的報導跟真相的距離就如同火星跟土星，也不算很遠，這是新聞報導的通病。三份早報都未將里多碼頭打撈上來的汽車司機歐文・泰勒跟所謂「月桂山谷怪屋殺人案」連結在一起，也未提及斯特恩伍德、伯尼・奧爾斯或是我。「一戶有錢人家的司機」，這便是對歐文・泰勒的介紹。好萊塢警察局警長克倫賈格爾破獲了轄區內兩樁謀殺案，因此聲名鵲起。謀殺起因於一家通訊社的財產爭端。通訊社位於好萊塢大街上的蓋格書店深處，老闆正是蓋格。布洛迪開槍殺掉了蓋格。為了報仇，卡羅爾・隆德格林又開槍殺了布洛迪。卡羅爾・隆德格林現已被逮捕，對自己的罪行供認不諱。他有過前科，也許是他中學時期的事了。蓋格的女秘書阿格尼絲・羅澤爾也遭到逮捕，她是證人。這些巧妙至極的新聞報導給人這樣一種觀感：前一天晚上，蓋格被殺，過了一個小時左右，布洛迪也被殺掉了。在抽根菸的時間內，克倫賈格爾警長便偵破了兩樁案件。

泰勒自殺的新聞刊登在二類新聞頭版，附著一張照片：那輛汽車停在駁船甲板上，車牌被故意塗抹過，車踏板旁的甲板上是那個死去的人，身上蓋著白布。最近，歐文・泰勒的心情和身體都欠佳。他的屍體會被船運回他在迪比克的老家，這件事就到此為止。

20

失蹤人口調查局的格里高利上尉拿到我的名片，放到面前寬闊的辦公桌上。他想讓名片跟桌子邊沿平行，擺弄了好一陣子。他側頭看著我的名片，嘟囔了一句話，我沒聽清。他轉動轉椅，背過身去，望著窗外法院大樓頂層鑲嵌著鐵柵欄的窗戶，那裡距離此處有半個街區。他身材高大，卻像個守夜者那樣滿眼疲倦，行動緩慢、慎重。他的聲音聽不出半點起伏或感情，好像對一切都興致索然。

他說：「私家偵探？」說這句話時，他一直看著窗外，連看都沒看我。他用犬齒銜住一支被薰黑的菸斗，一縷煙緩緩從菸斗中冒出來。「你有何貴幹？」他問。

「我的委託人是住在西好萊塢阿爾塔・布雷亞新月街3765號的斯特恩伍德將軍。」

格里高利從嘴角吐出煙圈，銜著菸斗問：「那你有何貴幹？」

「我對一件事有些興趣，認為你能幫上忙，儘管這件事跟你平時的工作有些區別。」

「什麼事？」

「斯特恩伍德將軍很有錢，跟這一區的首席檢察官的父親是至交。他若請什麼人幫他辦事，只是因為這筆傭金對他來說不值一提，跟警方的看法沒有關係。」我說。

「你為什麼覺得我會幫他？」

我沒說話。

他轉動轉椅轉過身來，將雙腳放到地板的油氈上，動作緩慢而笨重。一股多年來公事公辦的霉味瀰漫在他的辦公室各處。他注視著我，目光陰沉。

「上尉，我並不想浪費你的時間。」我將椅子往後挪動了4英寸左右。

他繼續用無神的雙眼注視著我，身體一動不動：「你認識這一區的首席檢察官嗎？」

「我跟他見過面，他做過我的上司。我跟他手下的探長伯尼・奧爾斯還是老熟人。」

格里高利拿起話筒嘟囔了一句：「幫我接檢察官辦公室的奧爾斯。」

他把話筒放回去，握住電話機坐在那裡。良久，他的菸斗飄出絲絲煙霧，他渾濁的雙眼動也不動，一如他的雙手。

電話鈴響起，他右手拿起話筒，左手拿起我的名片：「是奧爾斯嗎？……我是阿爾・格里高利，我在辦公室裡。有個名叫菲力普・馬羅的過來找我，他的名片上寫著私家偵探。他要問我一些事……真的嗎？說說他的長相……好，多謝你。」

他放下電話，拔出口中的菸斗，拿起一根粗大的鉛筆，用上面鑲的銅蓋按壓菸斗裡的菸絲。他就像在辦一件非辦不可的公務一樣，態度慎重而嚴肅。然後，他往後靠去，繼續注視著我，問：「你要打聽什麼？」

「如果你們有任何進展，都請告訴我。」

他想了很久才問：「你是說里根？」

「沒錯。」

「你認識他嗎？」

「我跟他素未謀面。不過，我聽說他是愛爾蘭人，快四十歲了，十分英俊，過去販過酒。他娶了斯特恩伍德將軍的大小姐，但夫妻不和。我聽說一個月前他失蹤了。」

「這對斯特恩伍德是好事。僱一個私家偵探四處調查，有這種必要嗎？」

「將軍對他喜愛有加。這不是什麼稀罕事。老頭子癱瘓了，十分孤獨。里根失蹤前，經常陪伴在他身邊。」

「我們尚且找不到里根，何況是你？」

「我在尋找里根這件事上也許無能為力。不過，其中涉及一個離奇的勒索案，我想知道里根是否有份參加，所以我需要瞭解他在什麼地方，不在什麼地方。」

「兄弟，我很想幫你，可是他現在在哪裡，我一無所知。總之一句話，他的表演已經結束了。」

「上尉，旁人很難向你們隱瞞什麼事吧？」

「沒錯，但在短時間內向我們隱瞞某事也不是不可能。」他按下桌上的鈴。

有人從側門探出頭來，是個中年婦女。

他說：「艾芭，我需要拉斯蒂・里根的檔案。」

女人關門走了。辦公室裡的氣氛更加沉重，我跟格里高利上尉你看看我，我看看你。過了片刻，女人又開門進來，將一落編號的綠色案卷放到桌上。格里高利上尉點點頭，示意她可以走了。他將一副笨重的角質眼鏡架到青筋凸起的鼻樑上，緩慢地翻看案卷。我取出一支菸，在手指上轉來轉去。

他說：「九月十六日，他離家出走。我們都知道，他應該是在傍晚時分開車離開的，但司機那天放了假，他走時沒有目擊者。四天後，我們找到了那輛車，停在鄰近日落大道的卡薩德奧羅一座漂亮別墅的車庫裡。車庫管理員報警說車不是他們的。此外還有一個情況，稍後我會跟你說。我們調查是什麼人把車停到那裡的，卻一無所獲。從車上找到的指紋不屬於警方記錄中任何一個有前科的人。儘管我們有理由懷疑曾經發生過罪案，但沒能從車上發現任何線索。可是這輛車卻牽涉到了另一件事。」

「是艾迪·瑪爾斯的妻子失蹤的事吧？」我問。

他明顯有些憤怒，說：「沒錯。我們調查了那一帶的住戶，其中之一就是她。她跟里根失蹤的時間只差了兩天。有人看到她和一個男人在一起，那個男人有些像里根，可並無確鑿證據證實那就是里根。警察幹的一些事真是可笑，比如一個老太太看到有人從窗外跑過去，半年後她竟還能從一群人中認出這個人，但旅店服務生看到一張清晰的照片，卻無論如何不能確定照片上的人有沒有在他們那裡住過。」

我說：「稱職的旅店服務生一定要能認人才行。」

「沒錯。艾迪·瑪爾斯並不跟他妻子一起住，可艾迪說他們的夫妻關係很好。這件事有幾種可能性。首先要說明一點，里根一直隨身帶著1萬5千塊。我聽說那可不是只有頂上是真鈔，底下全是紙，而是如假包換的現金，這可不是小數目。有人很喜歡在這方面賣弄，一定要當著別人的面展覽他的錢。里根也許就是這種人，但他也有可能完全不看重錢。他妻子說，他只有吃住靠斯特恩伍德老頭，此外沒花過老頭的錢。哦，他妻子還送了一輛帕卡德120給他。他本身應該很有錢，畢竟他以前販過酒，那可是很賺錢的生意。」

我說：「我實在搞不清楚。」

「行了，我們已經弄明白了，所有人都知道，這個離家出走的人身上有1萬5千塊現金，因此此事多半牽涉到錢財。我有兩個孩子在讀中學，但我若有這麼多錢，可能也會離家出走。所以我們想到的第一種可能性是，有人想得到那些錢，把他殺了，埋到沙漠的仙人掌下。不過，我本人並不認同這種推測。里根隨身帶了槍，又是使槍的老手。除了那幫狡猾的酒販子，他也跟別的人打過交道。我聽說在1922年或是隨便哪一年的愛爾蘭叛亂中，他曾做過一個旅的指揮官。對劫匪來說，對付他這種人可不簡單。況且他的車停在那個車庫裡，無論對付他的是什麼人，都會明白他跟艾迪・瑪爾斯的妻子是好朋友。據我估測，這可能是真的。可要說任何一家賭場的賭棍都能瞭解這些，卻是不可能的。」

我說：「你有沒有他的照片？」

「有，但她的照片就沒有了，真是怪事。這樁案子很多地方都很古怪。這就是他的照片。」他從桌子對面推過來一張照片。

我看見了一張愛爾蘭人的臉，其表情準確說來是憂鬱而非歡快，是拘束而非沉穩。他看起來不是什麼硬漢，也不是任人擺布的懦夫。他有一對挺直的黑色眉毛，寬闊但不算太高的額頭，凸起的顴骨，濃密的烏髮，小巧的鼻子，寬大的嘴巴，稜角分明但太小的下巴，跟嘴巴很不協調。他臉皮緊繃，看他的臉型，便知道他是那種果決、魯莽的人。我已經能憑這張臉辨認出里根了，便把照片還給了上尉。

格里高利上尉磕磕菸斗，裝上新菸絲，用大拇指按一按。他一邊吞雲吐霧，一邊往下說：「而且他愛艾迪妻子的事情也許會傳出去，不只是傳到艾迪那裡。艾迪是怎麼知道這件事的，倒顯得很不尋常。可艾迪似乎並不怎麼在意。我們調查時，把他在此事前後做過的事徹查了一遍。要說他因妒忌殺了里根，未免太惹人注意，他絕對不會這麼做的。」

我說：「這取決於他的聰明程度，說不定他是故意利用大家的這種心理，把里根幹掉了。」

格里高利上尉搖頭道：「他開了一家大賭場都沒人敢干預，頭腦精明至此，絕不可能做這種事。我理解你在說什麼。你的意思是，他認為大家都不相信他會做出這麼愚蠢的舉動，才會無所顧忌。你這種推測從警方的角度看並不成立，因為他若真這麼做了，警方就會密切關注他。他若想繼續經營賭場，這可不是什麼好事。可能你覺得鬼鬼祟祟做這種事很聰明，說不定我也會這麼覺得。不過，普通人都不會這麼認為。一旦他做了這種事，就沒好日子過了，我不相信他會這麼做。你若能證明我說錯了，我可以把我的椅墊吃下去。可是在這之前，我才不相信艾迪會殺里根。因為妒忌而殺人，對他這種人來說是不可能的。黑幫老大都懂得怎樣做大事，都很講究謀略。因為個人感情耽誤了大事，可不是他們的作風。因此，你的推測是錯誤的。」

「你覺得什麼是正確的？」

「這完全是里根跟那個女人自編自導的一場戲，沒有第三人參與。以前她有一頭金髮，如今已變了顏色。他們也許是開那個女人的車走的，因為我們沒能找到她的車在哪裡。我們的行動遲了兩個禮拜，錯過了最佳時機。我們唯一的線索是里根的車。我自然已對這類案子，尤其是上層社會家庭中的這類案子習以為常。此外，我自然也會對所有我處理過的案子嚴格保密。」

他向後靠去，用粗大的手掌拍椅子扶手一下，接著說：「可是我也不會就此結束調查。我們已向各地發出通告，雖然尚未收到什麼回覆，但是再等等會有的。我們已經瞭解到，里根隨身帶了1萬5千塊，那女人也隨身帶了錢，可能是很多零鈔。可是終有一日，他們會花光所有錢。里根只能去兌換支票，到時必然會留下線索。他可能還會寫一封信。眼下，他們很有可能正隱姓埋名待在一個陌生的地方，可是他們總有些無法改變的舊習慣。遲早有一天，他們會在金錢方面暴露他們的舊習慣。」

「在跟艾迪・瑪爾斯結婚前，那個女人是做什麼職業的？」

「她是個流行歌手。」

「你沒法弄一張她過去的照片嗎？」

「這我可做不到。艾迪肯定有她的照片，可是他不願被人打擾，肯定不會拿出來。他是什麼意思，我也搞不清楚。他能把生意做這麼大，在城裡是有些朋友的。」他張嘴笑起來，「這些情況能幫到你嗎？」

「我們就住在太平洋岸邊，你已經不可能再找到這兩個人了。」我說。

「我跟你打的賭依然算數，輸了我就把椅墊吃下去。我們一定能找到他，也許要花些時間，說不定是一兩年。」

我說：「到時斯特恩伍德將軍可能已不在人世了。」

「兄弟，我們已竭盡所能了。他要是願意多拿些錢資助我們，我們說不定能查出什麼。本市政府收入豐厚，卻不肯承擔這筆開支。」他睜著大眼睛注視著我，散亂的眉毛顫動起來，「你真的覺得他們已經死在了艾迪手上？」

我笑著說：「不是的，我只是在說笑話。上尉，我跟你有相同的看法。里根跟一個他喜歡的女人私奔了。他跟他那個有錢的妻子關係並不好，而且他的妻子尚未得到家產。」

「你是不是跟她見過面？」

「是。你能跟她共度週末，一起狂歡，但不能每天都跟她待在一起，否則會覺得很膩。」

他再次張嘴笑起來。

他為我付出這些時間，向我介紹這些情況，我向他道謝，然後離開。

我從市政廳回家時，有輛灰色普利茅斯小轎車一路跟在我身後。走到一條偏僻的街道上，我故意想讓這輛車跑到我前頭，它卻一直跟在後面。我還有很多正事要處理，只能甩掉了它。

21

我沒去斯特恩伍德家，而是回了辦公室。我坐在轉椅上，將雙腿晃來晃去。上次我這麼悠閒，是很久以前的事了。窗戶吹進一陣陣風，將隔壁那家旅店的油煙吹進來。煙像從空地上滾過的野莧菜一樣，在我的辦公桌上翻滾。

我心想是否要出去吃飯，又想生活真是枯燥無味，不會因為喝上少許酒有任何改觀，況且這時候獨自出去喝酒實在無趣。在我腦海中翻騰著這些念頭時，有人打來了電話，是諾里斯。他彬彬有禮地跟我說，斯特恩伍德將軍身體欠佳，他覺得我作為私家偵探的工作已經完成，報紙上的幾則新聞他都知道了。

我說：「的確，蓋格的事情已結束，可是我明白他並非死在我手上。」

「馬羅先生，將軍也明白他不是死在你手上。」

「那些照片讓里根太太憂心不已，此事將軍是否知道？」

「先生，他不知道，絕對不知道。」

「將軍把什麼東西交給了我，你知道嗎？」

「先生，我知道，應該是三張欠條、一張名片。」

「沒錯。我會把這些全都還給將軍。而照片還是立即毀掉為好。」

「先生，就這麼幹吧！昨晚里根太太打了好幾個電話給你……」

「我不在，去喝酒了。」

「那就對了。先生，我明白你很需要喝一杯。將軍讓我給你寄一張支票，面值是500美元，夠嗎？」

「將軍真是慷慨大方。」

「這件事已經結束了，對嗎？」

「哦，沒錯，這件事已被密封起來，好像封進了保險櫃，定時鎖都被牢牢鏽住了。」

「先生，謝謝你。我可以保證，所有人都覺得你把事情處理得非常漂亮。將軍的身體好一些以後，會當面向你道謝，可能就是明天。」

「好，我會去喝一些白蘭地，可能還要摻上香檳。」我說。

「我肯定會把酒冰鎮好。」老傭人的聲音裡幾乎都含著笑。

我們說了再見，掛斷電話。伴隨著油煙，隔壁那家咖啡館的食物香味也飄進了窗戶，可是我依舊沒有胃口。我開始喝辦公室存放的酒，完全沒心情理會自己的自尊。

我掰著手指數著，拉斯蒂・里根跟一個不知什麼來歷的金髮女郎私奔了，為此捨棄了大筆財富，還有一個美麗的妻子。這個金髮女郎正是黑幫老大艾迪・瑪爾斯的老婆。里根走時一聲不吭，他為什麼要這樣做，也許有多種可能。將軍太過傲慢，或者說太過小心——這是我初次見到他時的觀感，因此他並未向我提到，失蹤人口調查局已經開始調查此事。這麼長時間了，失蹤人口調查局一直沒有什麼成果，很明顯是覺得沒必要為此花費太多心思，里根不需要旁人為他擔心，他想要做的事情都已經做了。我很贊同格里高利上尉的觀點，艾迪・瑪爾斯幾乎不可能因為這個男人跟自己的妻子一起進城，就把他們兩個殺掉，他跟他的金髮妻子甚至不在一起生活。他得知這件事，也許會非常憤怒，但生意才是他最重視的。混在好萊塢，隨時都有金髮女郎往你嘴巴裡跑，你得咬緊牙關，否則就要天天咀嚼這種事。可若是涉及一筆巨額財富，就是另外一回事了。只是在艾迪・瑪爾斯看來，1萬5千塊根本不值一提，他跟為了1萬多塊錢就費盡心機的布洛迪不是一類人。

蓋格死後，卡門再想喝外國酒，只能去找別的混混了。我知道，她才不會為這件事苦惱。她應該表現出少許不好意思，找個安靜的地方罰站五分鐘。我很希望下個跟她鬼混的人不要過於心急，可以講點禮貌，慢慢來。

里根太太竟然跟艾迪・瑪爾斯這麼熟絡，能向他借錢。不過，若她經常賭輪盤，且經常輸，這也沒什麼奇怪的。只要有需要，所有賭場老闆都願意借錢給那些好客人。在里根的事情上，他們兩個又多了一層關係：她的丈夫跟艾迪・瑪爾斯的妻子私奔了。

此後很長時間，那個滿口髒話的年輕凶手卡羅爾・隆德格林都不會再上場了，哪怕他並未被那些人綁到電椅上。他們不會這樣對他，他認罪的可能性很大，一旦他這樣做了，他們就用不著反覆審問他，這筆開銷也可以省下來了。通常情況下，沒錢請好律師的人都會認罪。阿格尼絲・羅澤爾被扣押了，他們需要她做證人。若卡羅爾認罪了，她對他們就沒用了。傳訊期間，他要是認罪了，他們同樣會放了她。對於蓋格的事情，他們無意深入調查，也就查不到她有什麼錯。

現在只剩我了。在瞞下一樁謀殺案、將證據扣下二十四小時後，我卻沒有被追究任何法律責任，且很快就能得到一張支票，面值500美元。眼下再出去喝一杯，將整件混亂的事全都拋諸腦後，對我來說堪稱最明智的做法。

既然如此，我便打電話給艾迪・瑪爾斯，說我今晚要去拉索奧林達斯，有話要跟他說。我的明智由此可見一斑。

晚上大約九點，我抵達了拉索奧林達斯。十月的月亮散發著寒光，高掛蒼穹。我抵達海邊時，霧氣已將月亮遮擋起來了。

柏樹俱樂部是一座很不規則的巨大樓房，座落在拉索奧林達斯邊緣。其原本屬於一個叫德・卡森的富翁，用作避暑，之後一度成為旅店。表面看來，這座樓房又老又舊，龐大陰森，四周遍布蒙泰瑞斯柏樹，樹已被大風吹得東倒西歪。俱樂部的名字就源自這些柏樹。樓房前面是寬敞的門廊，帶有漩渦形裝飾。樓房周圍建有角樓，大窗四周裝飾著彩色玻璃。樓後是馬廄，十分寬敞。整座樓房看起來陰沉恐怖，而且十分破舊。買下它後，艾迪・瑪爾斯並未將它的外觀改造得豪華宛如米高梅電影公司的外景，而是讓它保持原樣。

我在一條街上停了車，街上的霓虹燈很舊了，劈哩啪啦響個不停。我走上一條通往大門口的石子路，路面濕漉漉的。在一個穿著雙排扣警衛大衣的看門人的帶領下，我進入了一座門廳，其中光線昏暗，悄無聲息。門廳有座十分氣派的白色弧狀橡木樓梯，與漆黑的樓上相連。我將帽子、外套寄存在更衣室，在從那對沉重的大門裡傳來的樂聲和鬧哄哄的人聲陪伴下等候著。這些聲音跟這座樓房完全不相配，似乎是從極為遙遠的地方傳過來的。片刻過後，從樓梯後面的一道門裡走出一個男人，他一頭金髮，面色凝重。他曾經跟艾迪・瑪爾斯以及那個拳擊手一起去過蓋格家。他朝我微微一笑，轉過身去，帶我經過一座鋪了地毯的客廳，進入老闆辦公室。

辦公室是方形的，天花板很高。牆上裝著一個月桂木窗，樣式老舊，深深嵌入牆壁。室內還有一座石頭壁爐，一塊很大的松木塊正在其中燃燒。房間四面牆上鑲嵌著壁板，都是胡桃木質地的，上面掛著壁毯，已經開始褪色。冰涼海水的味道瀰漫在房間各處。

艾迪・瑪爾斯有一張顏色很深、沒有光澤的辦公桌，這並非房間內原有的傢俱，可是房間裡連一樣1900年後的傢俱都沒有。地毯呈佛羅里達紅褐色。牆角擺放著一台收音機，是酒吧專用的那種。還有一個銅盤，裡面擺著一套塞弗爾瓷茶杯、一隻俄羅斯茶壺。這是為何人準備的，我很好奇。房間另一角是一道裝了定時鎖的門。

艾迪・瑪爾斯對我笑笑，又跟我握手，顯得很有禮貌。他抬起下巴，指著那個裝了定時鎖的保險庫房說：「跟一幫劫匪混在一起，要是沒有這個東西，可就麻煩了。我跟這邊的警察約好，每天早上他們都會過來看我打開這個東西。」他的語氣得意洋洋。

我說：「你打電話給我時，似乎提到你想跟我說些事情，是什麼事？」

「不急，先坐，我們喝杯酒再說。」

「我根本不著急，可是我們要說的事很重要。」

「還是先喝杯酒吧，你肯定會喜歡的。」他調了兩杯酒，將其中一杯放到一張紅皮椅邊請我喝。他自己則站在辦公桌旁，雙腿交叉。他將一手插入深藍晚禮服的衣兜，露出指甲晶瑩閃亮的大拇指。跟穿灰色法蘭絨服裝時相比，他穿晚禮服的樣子看起來更莊重，但整體上依舊像個騎手。我們喝著酒，朝對方點點頭。

他問：「你以前來過這裡？」

「禁賭時來過，可是我向來不喜歡賭錢。」

他笑起來：「你不喜歡賭錢，你今晚應該順道去瞧瞧，你那位朋友薇薇安・里根在賭輪盤，聽說手氣很旺。」

我啜飲著酒，伸手拿起他的一根香菸。香菸是特製的，上面有他名字的縮寫。

他說：「昨天你用那樣的方式處理事情，我非常讚賞。剛遇到你時，你讓我很不爽。之後，我終於明白你是對的，我們會相處得很好。我欠你多少錢？」

「你怎麼會欠我錢？」

「還是這麼小心翼翼嗎？任何內部消息都別想瞞過我，我在警察局是有眼線的，要不是這樣，這兒早就維持不下去了。我得到的不是報紙上那些玩意兒，而是真相。」他對我露出又大又白的牙齒。

我問：「你得到了多少？」

「你不是在說錢，對嗎？」

「我是指內部消息。」

「什麼消息？」

「關於里根的消息，你記性真差。」

「啊，是那個，」他揮揮手，指甲在投向天花板的銅燈照耀下閃爍著光澤，「聽說這些消息傳到了你那裡。我這個人不願欠人家的人情，是時候給你些回報了。」

「已經有人為我的工作支付酬勞了，我並非為了要錢才過來找你。我得到的酬勞在你看來不算多，但已經很不錯了。我一向堅持一次只為一位委託人盡忠。你不會把里根殺了吧？」

「不，難道你認為我會這麼做嗎？」

「我認為一切皆有可能。」

「你在說笑話。」他笑著說。

我也笑著說：「我自然是在說笑話。我只見過里根的照片，並未見過他本人。你的手下實在不怎麼能幹。反正都說到這裡了，我再想跟你說一聲，往後別派人帶著槍去命令我了。我要是被惹火了，可能會打倒一個。」

他透過玻璃酒杯，看著壁爐中的火焰，然後將酒杯放到桌上，取出一條薄薄的麻手帕，在嘴上擦拭一下，說：「你的話說得真漂亮，可是我知道，你的確不容易對付。你應該對里根興趣不大吧？」

「沒錯，我的工作決定了我對他興趣不大，委託人並未讓我調查他。可據我瞭解，有個人迫切想要知道他去了哪裡。」

他說：「她根本不在乎他去了哪裡。」

「我是說她父親。」

他再次擦拭了一下嘴巴，像在想尋找血跡般看著那條手帕。他蹙起灰色的濃眉，用一手摸著飽經滄桑的鼻子。

我說：「蓋格想要勒索將軍。我能猜到，將軍非常擔心里根也參與了這件事，儘管將軍並未對我明言。」

艾迪・瑪爾斯笑著說：「哦——呵。這是蓋格自己想出來的，他會用這種方法對付任何人。他可以從別人那兒弄到幾張欠條，表面看來絕對合法，我可以保證這種合法性一點問題都沒有。不過，要他拿著這種欠條告到法院，他可沒這種膽量。他不會留下任何單據，他會將欠條全部寄出，用花體英文簽上自己的大名。他若認為自己手上的一張大牌可能嚇住別人，就會行動起來。可若是沒拿到大牌，他就會罷手。」

我說：「他很有頭腦。這一次，他的確罷手了，還把自己搭了進去。可是你怎會知道這些呢？」

他聳聳肩，一臉煩躁：「都是別人告訴我的，可就算只知道其中一半，對我來說都太多了。打探別人的秘密是我的圈子裡最不划算的生意。若你要查的只是蓋格敲詐勒索的事，你已經查完了。」

「是的，我得到酬勞後就被辭退了。」

「很可惜。要是老斯特恩伍德能出錢僱像你這樣的軍人叫他的兩個女兒一直待在家裡，甚至一週只有幾天晚上待在家裡，也是極好的選擇。」

「為什麼呢？」

他似乎垂下了嘴角：「她倆總是闖禍。比如那個黑頭髮的姑娘，真叫我應付不來。她在我這裡要是輸了，就會胡亂下注，不計後果。最後給我一堆欠條，打再多的折扣都無法兌現，跟廢紙沒什麼區別。她除了每個月的零用錢，一分錢都沒有。老頭子的遺囑上究竟有多少錢，直到現在也無人知曉。但她要是贏了，就會把我的錢帶走。」

我說：「到了第二天晚上，你又可以把錢要回來了。」

「要回其中一部分而已。久而久之，輸的還是我。」

他看著我，眼神非常誠懇，似乎他說的這番話對我意義非凡。他為何要把這些告訴我呢？我滿心疑惑。

我打個哈欠，喝光了杯裡的酒：「我很想參觀一下這裡。」

「可以，你去吧！」他指了指保險庫房旁邊的一道門，「從這裡出去，就能到賭桌後面了。」

「那幫賭徒是從哪裡進去的？我想走他們那條路。」

「可以，你想怎樣就怎樣。老兵，我們已經算是朋友了吧？」

「沒錯。」我起身跟他握手。

「也許將來我真的能幫上你什麼忙。從格里高利那裡，你應該打聽到了你想打聽的一切。」

「如此說來，你也認識他？」

「我跟他只是朋友，並非你認為的那種關係。」

我注視著他，片刻過後，我轉身走向來時那道門，開門後又轉頭看看他，問：「你有沒有讓人開一輛灰色普利茅斯轎車跟在我後面？」

他大吃一驚，瞪大眼睛說：「老天，沒這回事。我讓人跟著你？我為什麼要這麼做？」

「我也不明白。」說完這話，我便出去了。

我並不認為他的驚訝表情是裝出來的，可是我不清楚為何他的表情中似乎還帶著一些焦慮。

22

差不多十點半了，一支佩戴著黃色綬帶的墨西哥小型樂隊演奏了一首華而不實的低音倫巴舞曲，演奏得一點活力都沒有。場內根本沒人和著舞曲跳舞。演奏葫蘆樂器的樂師揉著指尖，好像指尖都累酸了。差不多同一時間，他銜起了一支菸。樂隊中其餘四人一起俯身拿出椅子下面的酒杯喝起來，喝了幾口就咂咂嘴，彷彿在暗示杯中裝的是龍舌蘭，但實際裝的多半是礦泉水。他們如此裝腔作勢，卻沒能引來任何人的關注，跟他們的舞曲一樣。

這是一個十分寬敞的房間，曾用作舞廳。為了做生意，艾迪・瑪爾斯只對其做了必不可少的改造。閃閃發亮的電鍍鉻、屋頂上的無影燈、牆壁上的石英玻璃裝飾、用拋光金屬管和紫羅蘭色硬皮做成的皮椅，在這裡統統不見蹤影。好萊塢夜總會最具代表性的現代裝飾設施，在這裡根本找不到。屋頂上吊著巨大的枝形水晶吊燈，便是此處的光源。為了跟鑲木地板的顏色對應，木板牆上還包著玫瑰紅色緞子，時間久了，緞子已經開始褪色，處處蒙塵，因而顯得黯淡無光。鑲木地板上大多鋪著一看就很名貴的猩紅地毯，只有樂隊前面的小片區域暴露出來，光滑宛如玻璃。鑲木地板是用多種硬雜木拼接而成的，共有十餘種之多。顏色從深入淺，變化把握精準，先是緬甸柚木，接著是幾種顏色各不相同的橡木、如同桃花心木的紅木，最後是來自加州山裡的青綠色野丁香木，它們共同拼接出了異常精美的圖案。

這個房間的確十分漂亮，只可惜無法欣賞那種優雅的舊式舞蹈。這裡只有輪盤賭桌，有三張就擺在對面的牆根處，中間連著幾道矮矮的銅欄。荷官都被銅欄圍在中央。三張桌子全都已經開賭，中間那張賭桌人最多，集中了大半賭徒。

我站在房間這邊，靠在酒吧吧檯上，看見薇薇安・里根一頭黑髮的腦袋正埋在賭桌上。桃花心木吧檯上擺了小小的一杯百加得酒，我伸手把酒杯轉來轉去。

我身旁的酒保瞧著圍在中間那張賭桌旁的一群體面人，說：「今晚那個高個子黑頭髮的女人贏了很多錢，莊家輸慘了。」

「她是誰？」

「她是這裡的常客，可是我不知道她的名字。」

「你怎麼可能不知道她的名字？」

他滿不在乎地說：「先生，我只是個雜工。陪她過來的人喝醉了酒，被抬到了外面的車上，現在她只剩了一個人。」

「稍後我會送她回去。」

「你肯定要送她回去，祝你好運。這杯百加得你想直接喝，還是我幫你加點水？」

我說：「直接喝吧，這是好酒。」

「我不感興趣，還不如喝點咳嗽藥水。」

兩個身穿晚禮服的男人分開人群，擠到外面。透過中間的縫隙，我看見了薇薇安頸後和露出的肩。她穿一套墨綠色低領天鵝絨衣裙，這副打扮在這裡顯得太過精緻。人群重新聚集起來，除了一小片黑髮，她的其餘部位我都看不到了。

那兩個男人走到吧檯邊，靠在那裡點了加蘇打的蘇格蘭威士忌。

一個男人顯得非常緊張，用鑲著黑邊的手帕擦拭漲得通紅的臉。他的褲子上縫著兩根緞子長條，幾乎跟輪胎印子一樣寬。他用十分亢奮的聲音說：「兄弟，我從未見過有誰的手氣比她更好，接連十局都押紅色，贏了八局，和了兩局。兄弟，這就是賭輪盤，這就是賭輪盤！」

另外那個男人說：「讓人看得心癢難耐。她不會輸的，一局的賭注才1000塊。」

兩個男人把嘴伸進酒杯，咕嚕咕嚕喝酒，匆匆喝完後就回去了。

酒保慢慢說：「真是沒見過大世面的小角色，一局才1000塊。有一回，我在哈瓦那見到一個臉很長的人……」

中間那張賭桌突然沸騰起來，吵鬧聲中，只聽一個帶外國腔的聲音清楚說道：「夫人，請稍等片刻，你下的賭注太大，本檯暫不敢收。很快，瑪爾斯先生會過來處理。」

我放下那杯百加得，輕輕從地毯上走過去。墨西哥小樂隊重新開始奏樂，是一支探戈舞曲，樂聲響亮，卻無人跳舞或是想要跳舞。我從左側的賭桌旁經過，穿過稀疏的人群，發現其中穿常禮服、晚禮服、運動服、工作服的皆有。這張賭桌上的牌局已經結束，兩名荷官在桌子後面頭挨著頭，斜眼看向旁邊。其中一名荷官手拿收錢的耙子，在空無一物的下注格中隨意扒拉。兩人都在留意著薇薇安・里根的一舉一動。

薇薇安・里根面色慘白，長睫微顫。她站在中央那張賭桌的輪盤旁，對著一堆亂七八糟的錢幣、籌碼，一看便知道不是小數目。她拉長聲調跟荷官說起話來，語調冷漠、驕傲又焦躁：「我真想知道你們到底有多小氣。有錢的莊家，快點轉輪子吧，我要押上桌上所有的錢再賭一局。我看出來了，收錢的時候你手腳俐落，等到拿出錢來的時候，你就諸多藉口了。」

在見過無數暴躁任性的賭徒後，荷官對此已習以為常。他笑了一下，笑容冷漠卻禮貌。他整個人看起來如此驕傲、神秘、平靜，讓人無從挑剔。接下來，他面無表情地說：「夫人，你在檯面上的錢已經超過1萬6千塊，本檯暫時不能再收你的賭注了。」

小姐諷刺道：「這些錢原本都是你的，難道你不想把它們收回去？」

她身旁有個男人想跟她說話，她卻迅速轉身，朝他吐了一口唾沫。他臉色漲得通紅，混進人群中躲了起來。

這時候，銅欄內部最深處的木板牆上打開了一道門，艾迪・瑪爾斯從中走出來。他滿臉含笑，不急不忙，兩手插入晚禮服上衣的衣兜，露出兩根大拇指，指甲閃爍不停——他似乎對這種姿勢情有獨鍾。他從荷官背後緩步走來，走到中央那張賭桌的桌角處停下來，開了口，聲音緩慢而平靜，卻沒有荷官那樣的客套：「里根太太，怎麼回事？」

她一下轉過臉來，正對著他。我發現她的神經似乎已極度緊繃，臉上的肌肉瞬間繃緊了。她並未跟他講話。

艾迪・瑪爾斯慢慢說：「你若不想繼續賭，我會找人送你回家。」

薇薇安一下臉紅了，卻反襯得顴骨更加慘白。她發出一陣怪笑，然後惡狠狠地說：「艾迪，我要再賭一局，用所有錢押紅色。紅色是血的顏色，我喜歡。」

艾迪・瑪爾斯微笑著點頭。他從上衣內側的口袋裡拿出一隻包著金角的大海豹皮錢包，沿著桌子丟給荷官，漫不經心道：「拿同樣多的錢跟她對賭。這一局只為這位夫人開，應該沒人有異議吧！」

無人提出異議。薇薇安・里根俯身用雙手把贏的錢全部推到輪盤碩大的紅色方格中，看起來十分兇悍。

荷官立即彎腰清點她的錢和籌碼，將它們整理成整齊的小垛，接著用耙子將餘下的零頭推出輪盤。隨後，他從艾迪・瑪爾斯的錢包中取出兩落鈔票，每張面值都是1000元。他打開其中一落鈔票，取出6張跟另一落放在一起。至於餘下的4張，他又放回了錢包，並像丟一盒火柴般將錢包丟到一旁，似乎一點都不放在心上。艾迪・瑪爾斯同樣對錢包視若無睹。所有看客都一言不發站在那兒。荷官伸出左手，隨便抖了抖手腕，輪盤轉動起來，象牙球沿輪子上的凹槽滾動。他收回手，抱在胸前。

薇薇安緩緩張嘴，直至牙齒被燈火照耀得閃閃發光，宛如刀刃。順著輪盤傾斜的表面，象牙球慢慢向下滑，在標記著數字的鍍鉻凸起上跳來跳去。片刻過後，象牙球在一聲「啪嗒」的脆響後停止跳動。輪盤的轉速也變慢了，帶動象牙球一起轉動。在輪盤徹底靜止之前，荷官始終抱著雙臂，一動不動站在原地。

「紅色贏。」他說，聲音嚴肅而冷淡。

在距離「00」3個號碼的紅色25號中，小小的象牙球停了下來。薇薇安仰頭露出驕傲的笑容。

荷官用耙子緩緩將那落面值全是1000塊的錢推到輪盤另一端薇薇安的賭注旁，然後將所有錢都推出輪盤。

艾迪・瑪爾斯面帶笑容，將錢包收回衣兜，轉身從木板牆上那道門離開。

到了這時，十幾名看客終於鬆了一口氣，全都湧向酒吧那邊。我也跟隨他們來到大廳另一端。這會兒，薇薇安尚未收好贏到的錢，離開賭桌。我走出大廳，進了門廳，發現這裡沒什麼人。我從管理衣帽的女孩處拿了我的帽子、外套，並取出一枚2角半面額的硬幣，丟進她的盤子。

我走到外面的門廊上，門房過來問我：「先生，是否需要我幫你把車開到這裡？」

「我只是出來走走。」我說。

霧打濕了門廊上帶漩渦形裝飾的欄杆。絲柏上也有大量霧氣凝結成的水珠，不斷往下滴。這片絲柏向海邊的懸崖延伸，逐漸消失在朦朧的霧氣中。可視範圍僅有幾步，我走下門廊的台階，在一條模糊的小道中緩慢摸索穿過樹林，最終聽見從懸崖下傳來的海浪拍岸聲。周圍不見一點光。霧有時很濃，有時又會變淡。我時而能清楚看見十多棵樹，時而只能看到朦朧的影子，時而什麼都看不到，眼前只有霧。我拐向左側的小道，從這裡能抵達那些賭徒的停車場，我想返回賭場。

剛能看清楚賭場的輪廓，我便停下來了。有個人在前方不遠處咳嗽，聲音傳入我耳中。我走在濕乎乎的草地上，並沒有發出腳步聲。那人又咳嗽一聲，接著聲音被手帕或衣袖捂住了。我趁機朝他走近幾步，看到路邊有個人影若隱若現，那就是他。我一下蹲到一棵樹後。他轉過頭，我本應能看見他的臉。霧氣中，他的臉應是朦朧的白色，卻因戴了面具，變成了一團黑色。

我等在樹後，一聲不吭。

23

從那條模糊的小徑傳來輕快的腳步聲，有個女人過來了。我看到那個男人朝前躬下身，彷彿靠在了濃重的霧氣上。我起初根本看不到那個女人，之後終於看到了一個模糊的人影，仰著頭，看起來很驕傲，讓我覺得似曾相識。男人快步朝前走去，他們的身影彷彿完全融入了霧氣中。

周圍靜悄悄的，片刻過後，男人先說話了：「夫人，我手上有槍，你還是乖乖聽話，把皮包給我吧！」聲音透過霧氣傳過來。

女人一言不發。

我朝前走出一步，忽然看到了霧氣在男人帽簷上凝結成的白霜。女人一動不動站在原地，發出了如同小銼刀摩擦軟木般的粗重喘息。

男人說：「儘管叫，你一叫我就把你撕爛。」

於是，她沒叫也沒動。

男人動了動，冷笑道：「現在把事情解決了，就再好不過了。」打開皮包的聲音和翻找東西的聲音先後傳來。男人轉身走向我這棵樹，走了幾步後又笑起來。這種笑聲我差不多都要忘了。

我取出衣服口袋裡的菸斗舉起來，假裝是一把手槍，低聲叫道：「喂，蘭尼！」

男人一下停下腳步，想抬起手來。

我說：「真糟糕，蘭尼，我提醒過你，這樣的事不能再做了。我已經用槍對準了你。」

我們三個都駐足原地。我跟路旁的女人都紋絲不動，蘭尼更是如此。

我命令他：「小子，放下皮包，放到你雙腿中間。不用緊張，慢慢來。」

他彎下了腰，我趁機猛地跳過去。他起身時險些撞到我。他雙手空無一物，口中不停喘著粗氣。

我說：「你想說不能這樣便宜了我嗎？」我倚靠著他，取出他外套口袋裡的手槍，繼續說：「總有人把槍交給我，這些槍壓得我走路都直不起腰來。你可以滾了。」

我們兩人呼出的熱氣混雜在一起，就像兩隻公貓在一面牆上狹路相逢，憤怒的眼神像要把對方的身體穿透。

我退後一步，說：「蘭尼，走吧，別生氣。這件事我們都不要對外聲張，你覺得怎麼樣？」

他用沙啞的聲音說：「好。」

他消失在霧中。起初，他的腳步聲還隱約可以聽到，之後便徹底消失了。我拿起皮包摸索了幾下，走向那條小徑。女人還站在原地紋絲不動。她一隻手的手上沒戴手套，死死揪住灰色皮衣衣領，一枚戒指在手上閃爍著一點光芒。她沒有戴帽子，黑色的頭髮從中間向兩側分開，彷彿完全融入了黑夜，她的雙眼同樣如此。

她用一種尖銳的語調說：「馬羅，做得不錯，你都變成我的保鑣了。」

「是有些保鑣的意思。你的包。」

她接過了包。

「你開車過來的？」我問。

她笑起來：「跟一個男人過來的。你怎麼到這裡來了？」

「艾迪・瑪爾斯想跟我見面。」

「你們認識？我倒不知道有這回事。他為什麼要跟你見面？」

「跟你說也沒什麼。他覺得我正在找一個男人，而他相信他的妻子就是跟那個男人一起私奔的。」

「你真在找那個男人？」

「沒有。」

「你為什麼還要過來？」

「我想搞清楚他為什麼會覺得我在找那個男人。」

「你搞清楚了？」

「還沒有。」

「你透露這種秘密時，簡直跟收音機播音員差不多。就算這個男人是我丈夫，我也不覺得這件事跟我有任何關係。依我看，你對這件事也沒什麼興趣。」

「可是大家非要逼我對這件事感興趣。」

她咬了咬牙，有些不悅。她似乎完全沒受到剛剛那個拿槍戴面具的人影響，說：「行了，我要去找我的保鑣，帶我去停車場吧！」

我們沿著小徑往停車場走。從這座房子的一角拐過去後，就見前面亮起了燈。繼續拐過一個角，就到了停車場，這裡原先是一座破舊的馬廄。停車場裡十分明亮，這要歸因於兩盞亮起的車燈。地上鋪了磚，向一排柵欄伸展，形成了傾斜的坡度。其中停放著一輛又一輛閃亮的汽車。有個身穿棕色工作裝的男人從凳子上起身，朝我們走來。

薇薇安漫不經心地問：「我男朋友還沒醒酒嗎？」

「小姐，恐怕是的。我幫他蓋了條毯子，搖上了車窗。他應該休息一下就好了。」

我們走向一輛大凱迪拉克。穿工作裝的男人把後面的車門打開，只見一個男人正躺在寬大的後座上，身體扭曲，嘴巴大張，打著鼾。他身上蓋了條方格呢毯，毯子很長，把他的下巴都蓋住了。他是個英俊的金髮男子，身材高大，酒量肯定不錯。

薇薇安說：「這就是拉里・柯布先生。柯布先生，這是馬羅先生。」

我咕噥了幾聲，作為回應。

她說：「柯布先生陪我過來的。這位柯布先生做保鑣很稱職，把我照顧得無微不至。你我都該瞧瞧他沒喝醉酒時是什麼樣，不管怎樣，總該有人瞧瞧。我是說他沒喝醉酒的時候少之又少，因此足以記錄在史書中。那段時間那麼短暫，卻讓人永遠無法忘懷。」

我說：「是的。」

「我還想過要嫁給他，」剛剛那樁搶劫案的影響似乎終於在她身上表現出來了，她的聲音顯得不太自然，「我沒有開心的事可想時就會這麼想，這種時候並不多。任何人都會有這種時候，很快就會過去。他非常有錢，你知道嗎？他有一艘遊艇，在長島、紐波特、百慕達各有一棟別墅，他可能在世界各地都有別墅，就跟一瓶瓶蘇格蘭威士忌差不多。上等威士忌對柯布先生來說是稀鬆平常的。」

我說：「是的。有沒有司機送他回家？」

「『是的』這個詞太庸俗了，你不要總掛在嘴邊上。」她揚眉看向我。

穿工作裝的男人用力咬著下嘴唇。

她又說：「哦，當然有，他的司機有一個排那麼多。他們可能每天早上都在停車場前排隊操練，優雅得像西點軍校的學生，穿著閃亮的制服，繫著發光的鈕扣，戴著白晃晃的手套。」

我說：「行啦，他的司機在哪裡？」

穿工作裝的男人簡直像在道歉：「今晚他是自己開車過來的，我去打電話讓他家找人來接他。」

薇薇安轉身對他笑起來，彷彿她剛剛收到他送的一套鑽石頭飾。她說：「這樣再好不過。你現在就去打電話嗎？柯布先生要是這麼死了，就太可惜了。瞧，他如果這樣張大著嘴死了，旁人會覺得他是酒癮上來得不到滿足死的。」

穿工作裝的男人說：「小姐，一聞就知道他的死因不是酒癮上來得不到滿足。」

她從包裡取出一疊錢交給他，說：「你一定會照顧好他的。」

男人睜大眼睛：「啊呀，小姐，你儘管放心。」

她用甜美的聲音說：「我是里根太太，我們往後可能還會見面。你是新來的吧？」

「沒錯，夫人。」他不知道應該把那疊錢放在哪裡，便死死捏在手中。

「你會喜歡這裡的。」她一邊說一邊挽住我的手臂，「馬羅，我們坐你的車回去。」

「我的車停在外面的街上。」

「那就走路過去，馬羅，這樣挺好的。在霧裡散步會遇到很多有趣的人，我喜歡。」

我說：「哎，不要胡說八道了。」

她挽住我的手臂，身體開始哆嗦。路上，她一直這樣死死拽著我。走到我的車旁邊時，她平靜下來。我開車經過大樓背面曲折的林間小道，從這裡能走到拉索奧林達斯的主街德・卡森斯街。那些陳舊的弧光燈照耀著我的車，不時發出劈啪聲響。

不久，我們到了一個小鎮，看到了一棟又一棟房屋，毫無生機的商店，以及一座夜班電鈴上點了盞燈的加油站，最後是一家雜貨店，還在營業。

我說：「我們繼續啟程之前，你最好能喝杯酒。」

她的下巴動了一下，車座角落中閃過一點白光。

我將車斜開到馬路對面，停在路邊，對她說：「一小杯加入少許黑麥威士忌的黑咖啡對你肯定有好處。」

「我的酒量比得上兩個水手，像水手那樣喝得爛醉如泥，我求之不得。」

我幫她開了車門。她下車時，身體緊貼在我身上，頭髮擦過我的臉。我們一起進入雜貨店。在賣酒的櫃檯前，我買了1品脫黑麥威士忌，放到方凳旁的大理石櫃檯上，檯面上已經出現了裂痕。

我說：「兩杯咖啡，濃一些，別加奶，要剛剛泡好的。」

店員說：「不要在這裡喝酒。」他穿著洗得褪色的工作裝，頭髮稀疏，眼神誠懇，後縮的下巴斷然不會撞到牆壁上。

薇薇安將手伸進包裡，取出一盒菸，從中搖晃出兩支菸，動作像個男人。她給了我一支菸。

店員繼續說：「法律不允許在這裡喝酒。」

我沒理他，點上了菸。他從一個黯淡無光的鎳壺中倒了兩杯咖啡，端到我們眼前。他瞧著那瓶黑麥酒嘟囔了一句什麼，最終無計可施，說：「行了，你們喝酒吧，我去外面把風。」

他走到櫥窗後面，背對我們站在那兒，凝神細聽外面的動靜。

「做這種事太緊張了。」我一邊說一邊把威士忌的瓶塞拔下來，把酒倒進咖啡，「這裡的警察太厲害了。每逢禁酒，艾迪・瑪爾斯那兒就變成了夜總會，所有人都不能帶酒過去，必須買瑪爾斯的酒喝，瑪爾斯每晚都安排兩個穿著警察制服的人在門廳裡守著。」

店員忽然轉身返回櫃檯，走進玻璃窗後的內室。

我們慢慢喝著摻酒的咖啡。透過咖啡壺背後的鏡子，我觀察著薇薇安的臉。那是一張乾淨、慘白、美麗、野性的臉，嘴唇紅通通的，簡直刺眼。

我說：「你的眼神凶巴巴的。你到底有什麼落到了艾迪・瑪爾斯手裡？」

她看著鏡中的我，說：「今晚我賭輪盤時賺了他很多錢，本錢是我昨天從他那裡借的，總共5000塊，今天我一點都沒動。」

「他可能覺得心疼，就派了那個凶徒過來，你覺得呢？」

「凶徒？」

「那個拿著槍的人。」

「那你是凶徒嗎？」

我笑起來：「自然是，可凶徒準確說來是那種基本錯誤的人。」

「我經常覺得很困惑，哪種立場才是正確的。」

「離題太遠了。你究竟有什麼落到了艾迪・瑪爾斯手裡？」

「你的意思是我有什麼把柄落到了他手裡？」

「沒錯。」

她撇撇嘴：「馬羅，你該機靈些，比現在要機靈很多才行。」

「裝成一個聰明人非我所願。將軍現在怎麼樣？」

「不怎麼樣，今天都沒下床。你對我的審訊可以結束了嗎？」

「有一回我也想這樣問你。將軍對此事究竟瞭解多少？」

「他可能全都瞭解。」

「諾里斯會跟他說嗎？」

「不會的。那個叫懷爾德的檢察官來過我們家，跟他見過面。那些照片你都燒掉了嗎？」

「自然燒掉了。你非常關心你妹妹吧？你經常會這樣關心她？」

「除了她，沒有人需要我關心了。不過，我也需要關心一下我父親，盡可能向他隱瞞那些事。」

我說：「他並沒有多少不切實際的想像，但是他應該還有自尊。」

「問題就在於，我們都是他的親生骨肉。」她注視著鏡中的我，目光深邃，「我不想讓他去世時，滿懷著對親生骨肉的輕蔑。的確，我們身上流著不羈的血，但有時候並不墮落。」

「眼下是不是墮落的？」

「你可能會覺得是。」

「你並不是這樣的，這只是你的表演。」

她垂下眼。

我啜飲了幾口咖啡，為她和我自己分別點了支菸。

她心平氣和地說：「如此說來，你也會開槍殺人，是個殺人凶手。」

「我？殺人凶手？」

「報紙、警察都很會編故事，可要我讀到什麼就信什麼，我可做不到。」

「哦，你覺得蓋格或布洛迪中有一個或兩個都是我殺的。」

她沒說話。

我說：「我不必做這種事。依我看，我很容易就能做到這種事，他們倆一定都想對我開槍。」

「這剛好表明，你跟其餘警察沒有區別，都是殺人凶手。」

「啊，不要胡說八道。」

「你這個人陰沉又沉默。你對別人的感情未必多過屠夫對他宰殺的牲口的感情。第一次跟你見面，我就明白你是這樣的人。」

「你對壞人以外的人根本毫無瞭解，因為你交了太多壞朋友。」

「跟你比起來，他們全都很軟弱。」

「夫人，謝謝你這麼說我。你本人同樣不是什麼軟乎乎的英國蛋糕。」

「我們走吧，別在這個鬼地方待下去了。」

我結了帳，跟她一起走出去。喝剩的黑麥酒被我裝進了衣兜。這會兒，店員依舊不怎麼喜歡我。

我們開車離開拉索奧林達斯，接連穿過好幾個沿海小鎮。鎮上到處濕漉漉的，波浪洶湧的海灘上建有矮小的房屋，後面的山坡上則建有高大的樓房。大部分住戶都關了燈，但還是能經常見到黃色的燈光從窗戶裡射出來。霧氣中有從海上傳來的海草的腥味。在濕乎乎的混凝土馬路上，汽車輪胎咯吱作響。到處都潮濕而空洞。

離開雜貨店後，她重新開始跟我講話是在我們即將抵達德爾雷時。她喉嚨深處似乎有什麼東西跳來跳去，聲音很低沉：「我想看大海，從德爾雷海濱俱樂部旁邊往下開，左邊第二條路。」

一盞昏黃的路燈懸掛在十字路口，正在來回晃動。我掉頭下了一道山坡，路邊是陡峭的懸崖，右側是城際公路。公路盡頭能看到燈火，分布得十分散亂，再遠處是碼頭上的燈火，燈火上空匯聚了霧氣。我們這邊的霧氣已消散殆盡。我們正在走的這條路跟城際公路拐彎後在懸崖下的延伸交叉，跟海岸邊一條大路連在一起。大路由磚石鋪就，旁邊是大片空蕩蕩的沙灘。很多汽車對著大海，停靠在小徑上，車身一片漆黑。數百碼外亮著燈的，便是海濱俱樂部。

我把車停到路邊，關掉前面的車燈，扶著方向盤坐在車裡。霧氣中，海水猶如正在意識邊緣極力想要成型的思想，波濤洶湧，泛起白沫，一片寂靜。

她一邊喘息一邊含混地說：「靠我近一些。」

我從方向盤後挪到座位中間。她像要從窗戶向外偷窺般，挪到離我稍遠的地方，一句話也沒說，就向後仰靠在我懷裡，頭險些撞上方向盤。她閉著眼，臉上一片朦朧，接著又睜開眼，輕輕眨動起來，眼中的亮光在一片漆黑中清晰可見。

她說：「混蛋，抱緊我。」

我起初並未用力抱她，她的頭髮扎在我臉上，滋味並不好受。然後，我緊緊抱住她，緩緩湊近她的臉。她的眼睫毛像飛蛾的翅膀一樣抖個不停。

我迅速親了她一下，親得很用力。接著，我們緊靠在一起，吻了很久。在我的嘴唇下，她張開了嘴。在我的懷抱中，她的身體開始顫動。

她柔聲說：「殺人凶手。」她呼出的氣闖進我嘴裡。

我緊緊貼住她的身體，她的身體在發抖，帶動我的身體也像在發抖。我繼續吻她，就這樣過了很久。

她仰起頭問：「你住在哪裡？」

「霍巴特，在富蘭克林區，靠近肯莫爾。」

「我從未到過那裡。」

「你想不想過去？」

「想。」她呼吸急促。

「你究竟有什麼落到了艾迪・瑪爾斯手裡？」

她在我懷中挺直身體，喘著粗氣。她再次仰起頭，雙眼注視著我。她睜大的雙眼眼白彷彿一圈白色的環狀物，鑲嵌在黑眼球四周。她用虛弱而刻板的聲音說：「原來是這樣。」

「就是這樣。接吻很美妙，不過，你父親請我過來，並非為了讓我陪你尋歡作樂。」

她沒有動彈，冷漠地說：「畜生。」

我對著她笑一下，說：「我不是冰結成的柱子，沒有雙目失明，也沒有變成傻子。跟別人一樣，我身上也留著熱乎乎的鮮血。要得到你簡直太簡單了，簡單得過了頭。你究竟有什麼落到了艾迪・瑪爾斯手裡？」

「你再問這個問題，我就要叫人了。」

「儘管叫，隨便你。」

她一下脫離我的懷抱，挺直身體坐到汽車深處的角落中，說：「馬羅，為了這種雞毛蒜皮的事，很多男人都吃了子彈。」

「事實上，男人吃子彈一般都沒什麼理由。第一次見面，我就告訴你我是偵探。你該用你可愛的小腦袋搞清楚這件事。這不是遊戲，而是我的工作。」

她從包裡拿出一塊手帕，咬在嘴裡。她轉過頭，用牙齒慢慢將手帕撕成一條條碎片，聲音傳入我的耳朵。

她低聲說：「你說我有什麼落入了他手裡，你有依據嗎？」堵在嘴裡的手帕讓她的聲音聽起來很沉悶。

「他叫你贏了那麼多錢，然後讓人帶著槍把錢搶回去。你好像並不驚訝，也不謝謝我幫你保住了這筆錢。在我看來，整件事就像在演戲。若我有資格的話，我認為這場戲是故意演給我看的。」

「你覺得他能掌控賭桌上的輸贏？」

「是的，可能性很大。」

「偵探先生，我還要跟你說一遍『你讓我厭惡至極』嗎？」

「我已經得到了報酬，你對我並無虧欠。」

她將撕爛的手帕丟出車窗，說：「你對女士還真是彬彬有禮。」

「我很喜歡跟你接吻。」

「你真是鎮定自若，討我歡心。我是否應該向你或是我父親道賀？」

「我很喜歡跟你接吻。」

她用拉長的冷漠聲調說：「你要是真這麼善良，就帶我走。我確定我現在想要回家。」

「如果我要你做我的姐妹，難道你不情願嗎？」

「我真想知道你血管裡流了些什麼東西，我要是有把刀，就把你的喉嚨切斷瞧瞧。」

我說：「只是毛毛蟲的血。」

我掉頭原路返回，經過城際公路，再經過大路開到城裡，進入西好萊塢。途中，她一言不發，甚至幾乎沒動過。經過大門，我開車進入了那條凹陷的車道，從車道可以直接進入豪宅的門廳。我還未停好車，她就一下打開車門，跳了下去。她依舊一言不發。按下門鈴後，她站在大門口背對著我。諾里斯過來開門，朝外看了看。她迅速從他身旁衝進大門，消失得無影無蹤。大門再度關上，發出很大的響聲。我獨自坐在車上，看著門那邊。

我從原路返回了我家。

24

這一回，公寓門廳空蕩蕩的，那盆棕櫚樹下看不到任何持槍之人想對我發布命令。我進入電梯，到了我家所在的樓層，沿著走廊向前走，步伐剛好跟一道門後傳來的柔和的收音機樂聲有著相同的節拍。我迫不及待想要喝杯酒。進門後，我直奔廚房而去，甚至沒來得及把燈打開。我走到只差幾步就到廚房的地方，猛地停下腳步。屋裡有股芬芳的氣味，有些反常。窗簾拉攏，昏黃的街燈燈光從縫隙中照進來。我靜靜站在原地，聞到那股氣味屬於一種甜得讓人反胃的香水。

屋裡聽不到聲音，簡直一片寂靜。昏暗中，我的雙眼逐漸適應，看到面前的地板上多了樣東西。我往後退了兩步，大拇指按動牆上的開關打開燈。

有人放下了那張活動床，笑聲從床上傳來。我的枕頭上出現了一個人的頭，頂著一頭黃頭髮。赤裸的雙臂向上曲起，雙手交疊，在腦後做枕頭。卡門・斯特恩伍德仰臥在我床上，正對著我癡癡地笑。那頭黃棕色捲髮似乎是小心鋪在枕頭上的，那雙藍灰色眼睛像在從槍後向我瞄準般盯著我，一如平時。她笑起來，小而尖的牙齒閃爍著光澤。

她說：「我這樣帥不帥？」

我不快地說：「像週六晚上聚會的菲律賓人那麼帥。」

我去開了盞落地燈，又回來熄滅了屋頂上的燈，返回燈下，這裡有一張小小的牌桌。桌上的棋盤擺了一局六步決勝負的殘棋。跟其餘大量我無法解決的問題一樣，這個問題同樣叫我束手無策。我移動了一個馬，脫下帽子、外套，隨便丟到一旁。床上的癡笑聲仍在繼續，好像老鼠在老舊房屋的牆壁後面搗鬼。

「我是怎麼進門的，你肯定想不出來。」

我拿了支菸，冷漠地瞧著她說：「我已經想出來了。你就像彼得・潘[1]那樣，從鑰匙孔鑽進了屋裡。」

「誰是彼得・潘？」

「啊，我以前在撞球間認識的人。」

她再次癡笑道：「你也很帥吧？」

我正想說：「大拇指——」結果不必我提醒，她馬上抽出枕在頭下面的右手，吮吸起大拇指來，同時用那雙放肆的圓眼睛瞧著我。

我吸完一支菸，又看了她片刻。

她說：「我把衣服全都脫掉了。」

我說：「天哪，這個念頭正在我腦子裡有了個大致的輪廓。我剛剛在想這究竟是什麼，在你說出來之前，我眼看就要想到了。如果你不說，我也會立即說：『你肯定已經把衣服全都脫掉了，我可以打賭。』我擔心半夜醒來

---

1. 蘇格蘭作家詹姆士・巴里（1860～1937）創作的同名長篇小說主角，是一個淘氣的小男孩。——譯注

會良心不安，必須馬上下床，所以睡覺時都穿著膠鞋。」

「你太厲害了。」她轉動著頭，像隻小貓。隨後，她抽出左手，抓著被子停頓一下，好像在表演，接著一下甩開被子。她躺在床上，赤裸的身體在燈光照耀下如同閃爍的珍珠。斯特恩伍德家的兩位小姐今晚朝我射了兩次火藥。

我撚起下唇旁邊的一點菸絲，說：「很漂亮，但我已經不是第一次看了。我總能碰上你赤身裸體時，你還有印象嗎？」

她又笑起來，蓋好被子。

我問：「哎，你是怎麼進來的？」

「公寓管理員幫我開的門。我從薇薇安那裡偷了你的名片，把名片拿給管理員看，說你讓我過來等你。我實在——實在算得上行蹤詭秘了。」她很驕傲，滿臉發光。

我說：「真厲害，公寓管理員總是幹這種事。你是怎麼進來的，我瞭解了。你打算怎麼出去，我也想聽聽。」

她笑得停不下來：「我不打算出去……我喜歡這兒，怎麼也要在這裡待一陣子。你太厲害了。」

我用菸指著她說：「你聽好了，我已經厭煩了幫你穿衣服，不要再麻煩我做這種事了。謝謝你要送給我的禮物，但這份禮物太大了，我無福消受。道格・豪斯・賴利從不這樣害人。就算你甘心情願，我也不會這樣害你。我們只可以做朋友，你做這種事只會讓我們連朋友都做不成。你是否願意穿好衣服，做一個乖女孩？」

她搖搖頭。

我又說：「聽我說，你只是想表現你有多麼肆無忌憚，你對我其實並不在意。我非常瞭解，你不必再當著我的面做這種事。我總是遇到你正在……」

「關燈。」她笑道。

我將菸丟在地上，踩了一腳，菸滅了。我取出手帕擦擦手，繼續勸她：「我的鄰居們都不在意這種事，我並不是害怕他們。所有公寓大樓都會有下賤的女人出沒，這座大樓不會因為多了幾個這樣的女人就開始晃動。可是這牽涉到我的職業尊嚴，你不會不懂得。你父親是我的客戶，他是個十分虛弱、沒什麼指望的病人。他對我很信任，覺得我會對他誠實。卡門，穿上衣服好嗎？」

「你別想騙我，你叫菲力普・馬羅，不叫什麼道格・豪斯・賴利。」

我低頭去看棋局，剛剛我不該走那步馬，我會輸掉這盤棋。厚道對贏得這盤棋毫無幫助。於是，我將馬挪回原位。

我抬頭看她，她仍躺在那裡，一張臉被白色枕頭襯得慘白。她有一雙漆黑的大眼睛，眼神卻空無一物，彷彿乾旱時節空空的水桶。她用一隻沒留指甲的小手拿著被子，動作中透露出恐慌。她似乎面有憂色，卻不明白自己為何憂慮。你很難讓女人明白，她們的身體帶來的誘惑並不能擊倒所有人，連那些十分優雅的女人也是如此。

「我要去廚房調杯酒，你要嗎？」我問。

「嗯——哦。」她用那雙黑眼睛注視著我，眼神寧靜、茫然而陰森，比之前更加憂慮。這種憂慮就如一隻貓從茂密的草叢走向一隻畫眉鳥，悄無聲息地走進她的雙眼。

「要是我回來時，你已穿戴整齊，我就給你一杯酒，好嗎？」

輕微的嘶嘶聲從她張開的兩排牙中發出來。對於我剛剛說的話，她連理都沒理。

我到廚房用蘇格蘭威士忌和汽水調了兩杯蘇打威士忌。我這裡沒有真正的烈酒，硝酸甘油也好，蒸餾烈酒也好，在我這兒都找不到。

我端著酒杯回來時，她已不再發出嘶嘶聲，但也並未穿衣起床。她的眼神變得很溫和，嘴巴彷彿要綻放笑容。突然，她坐起身來，一把掀掉身上的被子，朝我伸出手說：「給我酒。」

「先穿衣服，否則別想要酒。」

我將兩杯酒放在桌上，坐下重新點了支菸，說：「我不會看你，快穿吧！」

我別過臉去，忽然聽到一陣尖銳的聲音，心想不妙，轉過臉來。她雙手按著床坐在那兒，仍是赤身裸體，嘴巴微張，臉色蒼白如白骨，像是已經無法自控般，不停地從嘴裡發出刺耳的嘶嘶聲。她眼神空洞，藏著一種我從未在其他女人眼中看到過的神色。接著，她的嘴唇像被彈簧控制的假嘴唇一樣動了一下，動得異常緩慢而且小心翼翼。

她罵了我一句非常惡劣的髒話，可是我並不在意。無論她還是其餘任何人用任何話罵我，我都不會在意。不過，這是在我的公寓裡，在我家裡。我所擁有的一切都在這裡，讓我由此聯想到從前那個被稱為家的地方。家裡只有一些書和畫，一部收音機，一盤棋，一些過去的信，只有這些而已，可它們是我所有的記憶。我不能讓她繼續留在這裡，我已忍無可忍。聽到她罵我的話，我聯想到了這些，只是這些而已。

我壓抑著自己，說：「三分鐘之內，請你穿上衣服，離開這裡，否則我會動手把你丟出去，才不管你是否還像現在這樣一絲不掛。然後，我會把你的衣服丟到走廊裡。開始——計時。」

她的牙齒咯咯作響，口中更加肆無忌憚地發出那種尖銳的響聲。她垂下腳，一直垂到地上，又朝床邊放衣服的椅子伸出一隻手。她穿起衣服來，我在旁邊看著她。跟一般女人相比，她穿衣服時顯得笨手笨腳，但速度很快。兩分鐘剛過，她就穿好了衣服。我一直在幫她計時。

她在床邊站著，穿一件鑲皮邊的大衣，背一個綠色的皮包，頭上歪戴著一頂綠色的帽子，看起來十分放浪。她仍在對我尖叫，臉色依舊蒼白如白骨。她繼續逗留了片刻，眼神空洞但瘋狂。後來，她一言不發，疾步走到門口，頭也不回地開門出去了。電梯運作、下降的聲音傳入我耳中。

我到窗前拉開窗簾，打開窗戶。夜風吹進來，隨之而來的還有種摻雜著汽車排氣、城市氣味的甜膩味道，聞起來不太新鮮。我拿著酒杯慢慢喝酒。在這扇窗下，公寓大門打開又關上。人行道上原本一片寂靜，這時響起了腳步聲。一輛汽車在不遠處開動，離合器響個不停，一頭栽進了黑夜。我走到床邊，低頭看到枕頭上還殘留著她留下的痕跡，床單上還殘留著那具嬌小、放浪的身體壓出的印跡。

酒杯空了，我放下酒杯，滿心憤怒，伸手將床褥撕扯得一片凌亂。

25

翌日清早又下雨了，斜斜墜落的雨幕彷彿飄動的珠簾。起床時，我覺得非常疲倦，打不起精神來。我站在窗前向外張望，嘴裡隱隱還有種苦味，那是斯特恩伍德姊妹留給我的味道。我的生活空無一物，一如稻草人破舊的衣兜。我進入窄小的廚房，喝下兩杯黑咖啡。宿醉會讓人頭痛、沮喪，另有一些東西也會給人這種感覺，比如女人。因為女人，我覺得反胃。

我刮了鬍子、淋浴，穿上衣服，帶著雨衣下了樓，在公寓門口望著外面的街道。一輛灰色普利茅斯轎車停在街對面，距離我至少100碼。我曾向艾迪・瑪爾斯打聽過這輛車，昨天有人開著這輛車試圖跟蹤我。車上可能是個警察，若真有警察願意跟在我後面到處跑，不怕浪費時間的話。也可能是個混跡於我這一行的私家偵探，想插足別人的案子賺點好處。還有種可能是哪個百慕達主教，對我晚上那些消遣很不滿意。

我到公寓後面的車庫找到我的敞篷車，開到前面，從這輛灰色普利茅斯轎車前經過。有個身材矮小的男人獨自坐在車裡。他發動汽車，跟在後面。在這樣的下雨天，他的開車技術算是非常好的。他一直緊跟在我的車後，我開車駛進比較短的街道後，他總能在我拐彎之前跟過來。我們的車總間隔著其餘車輛，他一直跟我保持著距離。我開車來到大道上，駛進我的辦公大廈旁邊那座停車場，停車下來。我壓低帽簷，豎起雨衣領子，可透過帽簷和領子的縫隙，雨水還是落到了我臉上，一片冰涼。對面有個消防栓，普利茅斯就停在那裡。我朝十字路口走去，看到綠燈亮了，便走到馬路對面。然後，我在人行道邊緣停放的一列汽車掩護下，轉身往回走。普利茅斯仍然停在原處，無人下車。我沿著人行道走到普利茅斯旁邊，一下拉開車門。

一個男人緊貼在方向盤後的角落中，身材矮小，雙眼閃閃發光。我任由雨水淋濕我的後背，站在那兒盯住他不放。他瞇著雙眼，藏在香菸的煙霧後面，雙手拍著窄窄的方向盤，顯得有些惶恐。

「你能做個決定嗎？」我問。

他吞下一口唾沫，嘴上叼的香菸晃動起來。他低聲說：「我們好像並不認識。」

「我是馬羅。最近兩天你一直在跟蹤我。」

「我沒有跟蹤別人。」

「你沒跟蹤，是你的車在跟蹤。你的車也許不受你操縱，隨便你怎麼說。現在我要去路對面的咖啡館，在那兒吃早餐，有柳橙汁、火腿蛋、乳酪、蜂蜜、三杯或四杯咖啡，再要根牙籤。接著，我會去對面那座七層大樓裡工作，我的辦公室就在其中。你要是有任何解決不了的問題，不妨到樓上跟我聊聊。今天除了給機關槍抹潤滑油，我無事可做。」

他不停地眨眼，我拋下他走了。過了二十分鐘，我在辦公室發現了女清潔工留下的一本《愛之夜》，我將它扔出去。然後，我打開一個紙質粗糙的厚信封，上面的字都是用那種舊式筆法寫成的，既整齊又娟秀。信封裡有封短信，還有一張紫紅色的大支票，面額是500元，上面寫著給菲力普・馬羅，簽名是文森特・諾里斯代蓋伊・布利塞・斯特恩伍德。這個上午原本陰沉沉的，卻因為這張支票變得明媚許多。我剛要填寫銀行存單，電鈴聲就提醒我，有人進入我狹小的會客室。來人便是普利茅斯轎車上那個身材矮小的男人。

「很好，請進，脫掉大衣吧！」我說。

我幫他開門，他從我身邊擠進來，動作那麼小心，像是擔心我會一腳踢向他那瘦小的臀部。我們分別坐在辦公桌兩側，你看看我，我看看你。他身高只有5英尺3英寸，體重只怕還比不上屠夫的大拇指，真是個小個子。他有一雙閃亮的眼睛，眼神十分警惕。他極力想讓自己看起來很嚴肅，像掛在半片硬殼子上的牡蠣肉那樣嚴肅。他全身上下的衣服都是深灰色的，一件雙排扣的上衣肩部和衣領都很大。衣領外面垂著一條絲綢花領帶，被雨水打濕了。最外面套著件愛爾蘭花呢外套，沒繫鈕扣。外套上斑斑點點，都是歲月留下的痕跡。

「我叫哈利・瓊斯，你說不定認識我。」他說。

我說我並不認識他，說著推給他一個扁扁的香菸盒子。他伸出乾淨、纖細的手指，像鱒魚吃蒼蠅般俐落地捏住一支菸，用台式打火機點上，朝我揮揮手。

他說：「我認識這附近的很多人，我以前在這裡討過生活。我還從懷尼米港販過酒。兄弟，這種生意並不好做。開一輛小車在前面開路，大腿上放把槍，褲子後面的口袋裡裝上足夠堵住運煤通道的鈔票，一般還沒抵達比佛利山，就要賄賂四批警察。這種生意真不好做。」

我說：「真恐怖。」

他身體向後仰，一張小嘴抿得緊緊的，朝天花板上吐煙。他說：「你大概不相信。」

我說：「不相信也好，相信也好，都是有可能的。還有一種可能，我根本沒空去想自己相不相信。你到底想幹什麼？」

他不動聲色，說：「不想幹什麼。」

我說：「這兩天你一直跟在我後面，像個追著姑娘不放又不敢表白的年輕人。這件事有很多種可能，比如你是賣保險的，或是你認識喬・布洛迪。可是我自己要做的事情也不少。」

他雙眼凸出，下巴險些掉到大腿上。他尖叫起來：「上帝啊！這些事情你是怎麼知道的？」

「我精通讀心術。趕緊把你要說的話全都說出來，我沒時間天天陪著你。」

他的眼皮一下垂了下來，雙眼像在瞬間失去了光芒，他一句話也不說了。這個房間的窗下是一座公寓的大廳塗了柏油的平頂，不斷有雨水落到上面，發出聲響。過了一會兒，他稍微睜開雙眼，眼中重新開始閃爍光芒。他感嘆道：「這兩天，我的確想弄清楚你的底細。我搞到了一些東西，急著想賣出去——只要幾百塊，非常便宜。你為什麼會覺得我跟喬有關係？」

我拆了封信，發現是一份指紋研究培訓機構的招生啟示，半年內有效，報名者可享受學費折扣。我將信丟進垃圾桶，看著眼前的小個子說：「我只是猜的，你不必放在心上。你對我這麼感興趣，卻不是警察，也不是艾迪・瑪爾斯的人——昨晚我問過他這件事，那麼我就只能猜你是喬・布洛迪的人了。」

他舔舔嘴唇，說：「老天！」聽我提起艾迪・瑪爾斯，他面色蒼白如紙。他垂下嘴角，卻仍叼著那支菸，彷彿魔法作怪，那支菸長在了他嘴上。最終，他說：「啊，你騙我！」他一臉絕望的笑，這種笑在手術室是很常見的。

「好，我是騙了你。」我又拆了封信，信中說只要我願意，每天都能收到從華盛頓機密部門發出的內部新聞。我補充道：「我猜阿格尼絲已經被放出來了。」

「沒錯。我來找你，就是她的意思。你對她有興趣？」

「這還用說，她可是個金髮美女。」

「別說笑話了。那天夜裡——布洛迪死的那天夜裡，你在那裡做得真不錯。布洛迪什麼都不理會了，把那張照片送到了斯特恩伍德家，他肯定是知道一些事跟那家人密切相關。」

「唔——哼，如此說來，他知道一些事，什麼事？」

「你要想知道，拿200塊錢出來。」

我又拆了幾封信，全是我的仰慕者寫來的。我將它們全都丟進垃圾桶，又點了支菸。

「我們必須到城外去。你別為了那件事怪阿格尼絲，她是個不錯的姑娘。姑娘們要想在這世道養活自己，確實很不容易。」他說。

「她對你來說太壯了，會把你壓死。」我說。

「兄弟，這樣開玩笑可不體面。」說著，他做出一種幾乎稱得上一本正經的表情。

我忍不住瞪他一眼，說：「沒錯，我最近遇到的都是些怪人。我們說正經的，別開玩笑了。你想賣給我什麼消息？」

「你願不願意花錢買？」

「這取決於你的消息有什麼用處。」

「它會幫你找到拉斯蒂・里根。」

「我並未在找這個人。」

「你說是這麼說。你願意聽聽這個消息嗎？」

「繼續說。只要對我有幫助，別擔心我不會付給你錢。200塊在我所在的圈子裡，能買到大把消息。」

他心平氣和地說：「艾迪・瑪爾斯殺了里根。」說完，他往後一靠，得意洋洋，像剛當選為副總統。

我朝門口擺擺手說：「為了不浪費氧氣，我都沒興趣跟你爭論了。小矮個，走吧！」

他朝我探過身來，嘴角緊繃，都發了白。他謹慎地一遍遍掐滅菸蒂，視線卻完全沒落在菸蒂上。打字機周而復始的噼噠聲從一扇門後傳來，每打完一行字，小小的鈴鐺就發出「叮」一聲響。

他說：「我說的是實話。」

「快走！我很忙，別在這裡煩我。」

他厲聲說：「不行，你別想這麼輕而易舉把我趕走。我想把我知道的事都說給你聽，所以才到這裡來。我現在正在說給你聽。我跟里根認識但不熟，頂多是見面問聲好：『老兄，最近還好嗎？』他若是心情好，可能會回應我，否則也許理都不理我。可是我一直很喜歡他，他是個好漢。他喜歡上一個歌女，名叫蒙娜・格蘭特。這個歌女卻嫁給了瑪爾斯。里根非常難過，便跟一個富婆結了婚。這個富婆好像沒辦法在家裡好好睡覺，天天混在賭場、舞廳裡。她身材高挑，一頭黑髮，十分漂亮，簡直像在德比賽馬會上拔得頭籌的賽馬。你對她瞭若指掌。對男人來說，這種女人是沉重的負擔。她還神經兮兮的，里根完全無法與她相處。但是老天，他和他那萬貫家財的老岳父好像相處得很好。你也是這麼認為的，對嗎？你會覺得里根是個目光長遠的斜眼大禿鷲，完全不在意眼下停留在哪裡，只想著接下來要飛去哪裡。你就是這麼想的。不過，在我眼裡，他是個毫不貪財的人。我這種評價算是對他的巨大恭維了。」

不管怎樣，這個小個子還不算蠢。要真是沒有見識的土包子，不僅無法說出這番話，連想都想不到這些。

「照你這麼說，他已經逃走了。」我說。

「他可能準備要逃走，把那個叫蒙娜的女人也一起帶走。蒙娜跟艾迪·瑪爾斯並不在一起生活。他做的那種行當，尤其是勒索、偷車、幫東部的逃犯藏身之類的副業，都讓她十分反感。聽說里根有天夜裡曾當著一群人的面警告艾迪，說艾迪自己可以違法犯罪，但不能拉上蒙娜，否則里根絕不會放過他。」

我說：「哈利，你說的這些消息大多都很容易查到。你想讓我出錢買下它們，純粹是妄想。」

「接下來的消息你就查不到了。里根從那以後就下落不明。過去他每天下午都會到瓦爾蒂斯酒館，一邊注視著牆壁，一邊喝愛爾蘭威士忌。現在他不去那裡了，也不再大發議論了。從前他還經常下賭注。我就是為了幫普斯·沃爾格林拉些賽馬賭注，才經常往那邊跑的。」

「我以為他是賣保險的。」

「他用賣保險來掩人耳目。你若去查他，我猜他可能真會賣一份保險給你。繼續往下說，我從九月中旬開始再未見過里根，但當時我並未意識到這一點。你也明白，你經常能看到某個人，他一下消失了，你就不再記得他了。你再想起他，一定是發生了某件事跟他有關。這件事就是有人在我面前開玩笑說，艾迪·瑪爾斯的老婆跟拉斯蒂·里根私奔了，瑪爾斯卻毫不生氣，好像他自己只是個伴郎，結婚的是他老婆和里根。我跟喬·布洛迪提起此事，他立刻做出了聰明的反應。」

「他的確很聰明。」我說。

「是很聰明，但還沒聰明到可以去做警察。他立刻想到，此事能幫他賺些錢。若他能搞到一些關於那對姦夫淫婦的消息，就有可能從艾迪·瑪爾斯和里根太太那裡分別勒索兩筆錢。喬跟那家人並非毫無關係。」

我說：「這關係值5000塊。前不久，他剛剛勒索過那家人這樣一筆鉅款。」

哈利·瓊斯很吃驚：「真的？阿格尼絲不該把這件事瞞著我。總是想保留少許秘密是女人的通病。說回正題，我跟喬對報紙上的新聞處處留心，卻一無所獲。肯定是斯特恩伍德老將軍封鎖了消息，我和喬醒悟過來。之後在瓦爾蒂斯酒館，我看到了魯殊・卡尼諾。你認識他嗎？」

我搖搖頭。

「他心狠手辣到了無以復加的地步，這種人是有的。他會在瑪爾斯有需要時，幫他開槍把人幹掉。他能開槍幹掉正跟自己喝酒的人。若瑪爾斯不需要他，他不會待在瑪爾斯身邊，他還經常離開洛杉磯。他是否待在洛杉磯，可能很重要，也可能不重要。他們也許打聽到了里根的下落，瑪爾斯正默默待在家裡等候時機，帶著一臉陰沉的笑容，但也許事情根本不是這樣。總之，我跟喬說過那件事後，他便盯住卡尼諾不放。我完全不會跟蹤人，喬卻剛好相反，是個中好手。我一個子兒都沒要，就把那件事告訴了喬。喬一路跟著卡尼諾，跟到了斯特恩伍德家。在那座宅子外面，卡尼諾停下車。有輛小車停到他的車旁，車上的女人跟他聊了聊。喬似乎看到那女人給了卡尼諾一樣東西，然後匆匆忙忙走了。那樣東西多半是錢，那女人則是里根的太太。太奇妙了！她跟卡尼諾認識，卡尼諾又跟瑪爾斯認識。喬猜測，卡尼諾肯定對里根的事情有所瞭解，並從中獲利。之後，喬在跟蹤卡尼諾時把他跟丟了。第一場戲就這樣落幕了。」

「卡尼諾長什麼樣？」

「身材又矮又壯，長著棕色的頭髮和眼睛，衣服和帽子也經常是棕色的，他還有件小山羊皮做的棕色雨衣和一輛棕色小車。卡尼諾先生從內到外全都是棕色的。」

「繼續說第二場戲。」我說。

「我不會往下說，除非你付給我錢。」

「我並不覺得你說的這些事情值200塊。里根太太在夜總會結識了她丈夫，他以前做過販酒的生意。既然如此，她也能認識他的同類。她跟艾迪・瑪爾斯是熟人，她認為里根出了事，就去找艾迪商量，這是很自然的。卡尼諾多半是奉艾迪的命令去處理這件事。除了這些，你還知道什麼？」

小個子心平氣和地問：「你是否願意用200塊買艾迪老婆的下落？」

我馬上豎起耳朵，緊靠著椅子扶手。扶手幾乎要被我壓斷了。

哈利・瓊斯的語氣溫柔得近乎險惡：「如果她只有一個人，如果她並未跟里根私奔，有人為了讓警察誤會她跟里根私奔了，將她送到一個秘密的地方安頓下來，那裡距離洛杉磯40英里——如果我把這些都告訴你，偵探，你是否願意出200塊？」

我舔舔乾澀發鹹的嘴唇，說：「願意，她在什麼地方？」

他冷漠地說：「阿格尼絲碰巧發現了她。她開車外出時，阿格尼絲看到了她，一路跟蹤到她藏身的地方。等你把錢交到阿格尼絲手上，她就會把那個地方告訴你。」

我冷著臉說：「哈利，你若把這件事告訴警察，他們一個子兒都不會給你。警察總局有很多人都擅長刑訊逼供，審問期間，他們若是要了你的小命，還可以去找阿格尼絲問話。」

他說：「我沒那麼脆弱，他們儘管衝著我來。」

「有些事情我並未留意，但阿格尼絲可能知道。」

「偵探先生，她就是個無賴，跟我一樣。我們之所以會為了一點點錢互相出賣，就是因為我們都是無賴。行啦！你快想個法子讓我坦白吧！」他又伸手拿了我一支菸，叼在嘴裡，動作十分俐落。他在大拇指的指甲上劃了兩次火，一次都沒劃亮，最終在鞋子上劃亮了。這種劃火柴的方式跟我如出一轍。他目不轉睛瞧著我，吐出一個個同樣大小的煙圈。若到了棒球場上，我能把這滑稽的小個子從本壘直接丟到二壘。他在成人的世界裡簡直像個侏儒。不過，我很喜歡他的一些特點。

他坦言道：「我今天來這裡，並不想對你玩任何花樣。我只想跟你做筆買賣，換200塊錢。我沒有漲價。你要明確告訴我，你是否願意跟我做這筆買賣，我來這裡就是為了這個。結果你卻搬出警察來恐嚇我，難道你不覺得羞恥嗎？」

「我會給你200塊，但我要先籌到這筆錢。」我說。

他起身點點頭，裹緊那件又破又舊的愛爾蘭呢大衣，說：「好，天黑以後再做這件事吧，這樣方便些。我們千萬要小心，畢竟對頭人是艾迪・瑪爾斯這種人。可是大家都要吃飯，最近賽馬賭錢的生意很不好做，依我看，普斯・沃爾格林也許已經收到了大老闆們的通知，只能換個地方了。我的辦公室在西聖塔莫尼卡的福爾維德大廈428號，你要是願意，不妨去那裡找我，帶上那筆錢。等你去了，我會帶你去找阿格尼絲。」

「我跟阿格尼絲見過面。你何不直接把消息告訴我，我們兩個做這筆生意？」

他簡單地說：「這是我對她的承諾。」他繫好大衣上的扣子，歪戴上帽子，點點頭，緩步從門口走出去。他的腳步聲從大廳傳來，漸漸遠去。

我帶著那張500美元的支票到銀行辦理了存入，又取出200塊現金。回到樓上，我坐在椅子上思考哈利・瓊斯和他說的事。這件事沒有真實事件的複雜，顯得非常直接，好像那種嚴肅小說，實在太過巧合了。若蒙娜・瑪爾斯真在距離格里高利上尉管轄範圍那麼近的地方，他早就該找到她了——如果他真的找過她的話。

幾乎整整一天，我都在思索這件事，沒有任何訪客或電話。外面始終在下雨，沒有停歇。

26

七點，雨稍微停了片刻。水溝滿了，水漫出來。西聖塔莫尼卡路上的積水跟路邊石一樣高，人行道上也有淺淺的積水。一名交警出了被雨淋濕的崗亭，踩著水走過來。他身上穿著一件橡膠雨衣，閃閃發光。我穿著橡膠雨靴，在路面上經常打滑。我走了一段路，拐過一道彎，進入福爾維德大廈的大廳。大廳面積很小，只有最裡面點著一盞燈，照耀著大門打開的電梯間，電梯間以前曾被鍍上一層金黃色。一個髒兮兮的痰盂擺在一個十分破舊的橡皮墊上。牆是深黃色的，上面掛了個盛滿假牙的大玻璃箱子，好像走廊上掛了個很大的閘盒。我甩甩帽子上的雨水，看到玻璃箱旁邊有塊寫著大廈租客姓名、房號的牌子。不少房號後面寫著姓名，另有不少沒寫姓名，要嘛是這些房間沒租出去，要嘛是這些租客不想讓人知道自己的住處。這裡有用無痛療法治療病人的牙醫診所、私家偵探社、門庭冷落的小店，以及培訓機構，培訓內容包括如何成為鐵路公司員工、無線電技師、電影編劇。他們若想維持下去，就要指望郵差別因為他們忘了付郵費，先把他們逼垮了。整座大廈又髒又破，瀰漫著各種各樣汙穢的氣味，發霉的雪茄菸蒂的味道混在其中，都像是最清新的味道了。

電梯間有個就快散架的凳子，上面鋪著破舊的墊子，有個老頭子坐在上面昏昏欲睡。在昏暗的燈光下，他張著嘴巴，頭上的青筋閃閃發光。他身上穿一件肥大的藍色制服外衣，簡直像一匹馬拴在馬廄裡一樣空空蕩蕩。他下面穿一條灰色的褲子，褲腳已經磨壞了。他腳上穿一雙白色線襪、一雙黑色皮鞋，其中一隻鞋裂開了口，裂口正好在大拇趾旁。他用一種非常不舒服的姿勢昏昏沉沉坐在凳子上，等候搭乘電梯的人。大廈裡的氛圍如此詭異，於是我偷偷從他旁邊溜過，跑去拉開了消防門。逃生梯是乞丐的臥室和餐廳，到處都有殘留的食物、油乎乎的破報紙、七零八落的火柴頭，還有個空空如也、已被撕爛的錢包。在一面滿是塗鴉的牆下，還有個乳白色橡膠保險套丟在昏暗的牆角，根本無人理會，真是應有盡有！這裡上次做清潔應該是一個月前的事了。

登上四樓，我急忙吸進兩口空氣。這裡的大廳牆壁同樣刷成了深黃色，同樣擺放著破舊的橡皮墊、髒兮兮的痰盂，一切都顯得又髒又破，跟樓下沒有區別。我沿著走廊向前走過一個拐角，看到一扇黑乎乎的磨砂玻璃門上寫著幾個字「L.D.沃爾格林保險公司」。旁邊的第二、第三扇門上寫著相同的字樣，還有一扇黑乎乎的門上寫著「入口」。

第三扇門背後透出燈光，門上開著一道玻璃氣窗，裡面傳出哈利・瓊斯的聲音：「是卡尼諾嗎？……對，我跟你見過面，肯定見過。」他的聲音清脆、尖銳，彷彿鳥鳴。

我頓時呆在原地。還有一個人的聲音傳出來，是種類似於小馬達在牆後轉動的嗡嗡聲，聲音很低沉，讓人覺得十分奸詐：「我認為你不會忘記。」

椅子磨蹭漆布地毯的聲音和腳步聲先後傳來，最後是「砰」一聲響，我頭頂那扇氣窗被關上了。磨砂玻璃門後的那個人影變得模糊不清。

回到寫著「沃爾格林」的第一扇門邊，我輕輕推門，發現門上了鎖。很明顯，這扇門已經很多年了，門在門框裡十分鬆動。當初做這扇門時，也許用了有些潮濕的木頭，所以之後門收縮了。我取出皮夾裡的駕照，拽下上面厚而硬的透明塑膠膜。這種盜竊工具被法律忽視了，並未被禁用。我戴上手套，用身體壓住門，動作輕柔得像在撫摸。我用力扭動門把，方向正好跟門框相反。接著，我把塑膠膜插入門縫中撞鎖的傾斜面上。只聽「喀」一聲脆響，好像冰塊碎裂。我像條懶懶飄在水中的魚一樣，靜靜伏在門上。聽到門內靜悄悄的，我便扭動門把開了門，走進黑漆漆的房間，然後關上門，跟開門時一樣小心翼翼。

房間裡有一扇窗，沒掛窗簾。路燈照進來，投下一個長方形，其中一部分被辦公桌一角擋住了。辦公桌上有個模糊的黑影，應該是台被蓋起來的打字機。隨即，我又看見了一扇門上的金屬門把，跟隔壁的房間相通。我打開這扇沒上鎖的門，進入第二個辦公室。突然，雨水開始敲擊緊緊關閉的窗戶。藉著雨聲的掩護，我走到這個辦公室的盡頭。這裡有扇門，門後就是那個開了燈的辦公室，一片狹窄的扇形光線從門縫透進來。這種環境正好能滿足我的需要。我走到門後合頁的一側，腳步輕得像行走在壁爐架上的貓。我從門縫向外張望，卻只看到了照在門棱上的光。

那個嗡嗡聲正輕快地說：「一個人若清楚知道另外一個人在做什麼，自然能輕而易舉毀掉他在做的事。如此說來，你已經跟那個私家偵探見過面了？哼，你不該這麼做，你會惹惱艾迪的。那個私家偵探跟艾迪說過，有輛灰色普利茅斯一直跟在他後面。這個跟蹤者是什麼人、跟蹤的原因是什麼，這些艾迪當然都想搞清楚。你懂了嗎？」

哈利・瓊斯微微一笑：「這跟他有什麼關係？」

「你做這種事能得到什麼？」

「我為何要去找那個私家偵探，我已經跟你說過了，你很清楚。我是為了布洛迪的女人，她就快被嚇瘋了，不能再待在這裡。她覺得她能從那個私家偵探手裡弄些錢。而我可是身無分文。」

嗡嗡聲溫柔地說：「怎麼弄錢？妓女要錢，私家偵探可不會隨隨便便就給她們。」

「他認識很多有錢人，能弄到錢。」哈利・瓊斯笑道。這並不響亮的笑聲表明，他是無所畏懼的。

「小矮個，別說這些沒用的。」嗡嗡聲像軸承灌進沙子的馬達一樣，變得尖銳起來。

「好，那好。布洛迪死了，這你是知道的。那個年輕人是個瘋子，這件事卻做得挺乾脆俐落，可惜馬羅當晚恰好就在那個房間。」

「小矮個，所有人都知道這件事。他跟警方說過。」

「哦，沒有全說出來。布洛迪手上有斯特恩伍德家二小姐的裸照，想賣個好價錢。馬羅聽說了這件事，跟他吵起來。斯特恩伍德家二小姐帶著手槍，親自去解決此事。她朝布洛迪開了一槍，子彈打碎了一塊窗玻璃。無論私家偵探還是阿格尼絲，都未對警方提及此事。阿格尼絲覺得自己還能買張車票到外地過日子，可是一旦說出這件事，她就不用再妄想了。」

「這些事跟艾迪無關？」

「你覺得跟他有何關係？」

「阿格尼絲人呢？」

「我不清楚。」

「小矮個，別瞞我。她是在這裡，還是後面那個供小伙子們賭錢的房間裡？」

「卡尼諾，眼下她已經成了我的女人，我無論如何都不能拿她當擋箭牌。」

兩人都默然不語，雨水敲窗的聲音傳到我耳朵裡。一股菸味從門縫裡傳出來，我用力咬著手帕，以免被嗆得咳嗽起來。

嗡嗡聲又變得很和善了：「我聽說這個金髮妞跟蓋格是一夥的，我得去跟艾迪說說這些事。你從私家偵探手裡弄了多少錢？」

「200塊。」

「已經拿到手了？」

哈利・瓊斯再次笑起來：「明天我再去跟他見面。我很有把握拿到這筆錢。」

「阿格尼絲人呢？」

「你聽我說……」

「阿格尼絲人呢？」

兩人又都默然不語。

「小矮個，瞧，這是什麼？」

我沒有動彈。不必透過門縫看，我也明白嗡嗡聲肯定是叫哈利・瓊斯看一把槍，而我身上並未帶槍。不過，照我看，卡尼諾先生只是拿出槍來，不會開槍。我靜等事情的發展。

「我正在瞧，」哈利・瓊斯的聲音像沒辦法擠出牙縫一樣，悶在嘴裡，「並沒瞧見什麼新東西。你要想知道開槍能給你帶來什麼好處，儘管開槍好了。」

「小矮個，你會得到好處的，一件芝加哥外衣。」

又是一陣默然不語。

「阿格尼絲人呢？」

哈利・瓊斯發出一聲嘆息，虛弱地說：「好，她在邦克山庭院街28號公寓301號房。我用不著再裝腔作勢了，反正我就是個膽小怕事的傢伙。」

「你的確不用再裝腔作勢了。你非常明事理，不妨跟我一起去找她說個清楚。老兄，我要確定她是否會洩露你的底細。若真如你所言，那就沒事了。你儘管去敲詐那個私家偵探，之後你就可以完全自由了。你不會覺得不高興吧？」

「不，不會，卡尼諾。」哈利・瓊斯說。

「那太好了，就這樣說定了。你這裡有沒有酒？」嗡嗡聲的語氣變得十分虛偽，就像個女侍者，同時變得十分圓滑，就像顆瓜子。

房間裡陸續傳來打開抽屜的聲音、某種東西跟木頭相撞的聲音、椅子嘎吱作響的聲音、一個人穿著鞋在地板上走動的聲音。

嗡嗡聲說：「祝我們的合作圓滿成功！」倒酒的咕嘟聲傳過來。

「但願你的貂皮大衣不要生蟲，女士們經常說這話。」

「祝願你馬到成功。」哈利・瓊斯說。

急促、尖銳的咳嗽聲傳來，隨即是強烈的乾嘔聲，接著是像杯子掉到地板上的撞擊聲。我伸手死死抓住雨衣。

「老兄，你才喝了一杯，這麼容易就醉了？」嗡嗡聲用親切的語氣說。

哈利・瓊斯沒出聲，只有急劇的喘息聲傳到我耳中。房間裡靜下來，宛如墳墓。片刻過後，有人挪動了一下椅子。

卡尼諾說：「小矮個，再見。」腳步聲和關燈聲傳來，我腳下那道光消失了。有人小心翼翼開門，然後關門。腳步聲逐漸遠去，聽起來十分鎮定。

我移到門的另一側，打開門，望著黑漆漆的房間。房中的情況在從窗戶照進來的路燈光下隱約可見：一張寫字桌，桌角有微弱的反光，一個扭曲的人影坐在桌子後面的椅子上。一股有點像香水味的刺鼻氣味充斥於渾濁的空氣中。房間有道門通向外面的走廊，我過去認真聆聽了片刻，聽見電梯運行的聲音從遠處傳來。

我開了燈，燈光從天花板上傾瀉下來。那裡用三根銅鏈掛著一盞帶玻璃罩的燈，罩子上布滿灰塵。在辦公桌對面，哈利・瓊斯正瞪大眼睛盯著我，一張發青的臉痙攣扭曲。他挺直身體坐在那兒，一頭黑髮的腦袋歪向一邊。

電車鈴聲響起，好像是從非常遙遠的地方傳過來的，迴盪於數不清的牆壁之間。一瓶半品脫的威士忌已經打開，放在寫字桌上。在辦公桌底下，哈利・瓊斯用過的杯子正在地板上閃爍著亮光。至於另外那個杯子，已不見蹤影。

我吸氣時盡可能只用肺尖，且絲毫不敢用力。我彎下腰，嗅嗅酒瓶。其中不僅有威士忌烈酒的焦味，還隱約有種苦杏仁味。瀕死之際，哈利・瓊斯吐出了很多嘔吐物，都在他的大衣上。所有證據都指向一件事，他是氰化物中毒。

窗框的鉤子上掛著一本電話簿，我小心走過他身旁，拿下電話簿。我在儘量遠離小個子屍體的地方拿起電話聽筒，撥通了查號台的電話。

「能不能告訴我庭院街28號公寓301號房的電話號碼？」

在苦杏仁的味道中，對方說：「請稍等。」一陣沉默過後，聲音再次響起：「是溫特伍茲2528。若你在格林多沃公寓查詢，就能查到這個號碼。」

我道過謝，撥通了這個號碼。電話在三聲鈴響後接通了。收音機嘈雜的聲音從對面傳來，有人調小了收音機的音量，一個男人用嘶啞的聲音說：「喂。」

「阿格尼絲在不在？」

「老兄，這兒沒有阿格尼絲。你撥的是哪個號碼？」

「溫特伍茲2528。」

「我們這兒是這個號碼，但沒有你要找的人。真掃興，是不是？」他笑起來。

我掛了電話，又從電話簿上查到格林多沃公寓管理員的電話號碼。我好像能看到卡尼諾先生在大雨中把車開得飛快，將死亡帶給接下來要拜訪的對象。

「這裡是格林多沃公寓，我是希弗。」

「這裡是保安局的沃里斯。是否有位名叫阿格尼絲・羅澤爾的小姐住在你那邊？」

「你剛剛說你是什麼人？」

我複述了剛才的話。

「你若能說出你的電話號碼，我就能……」

「情況緊急，不要說笑。你那邊有沒有這個人？」我惱怒地說。

「沒，沒有。」他的聲音硬邦邦的，好像乾麵包。

「那你那家小旅館的房客中是否有位小姐身材很高，一頭金髮，眼睛是灰色的？」

「我這裡不是什麼小旅館……」

「別說廢話了。難道你想讓我派一隊刑警過去踹掉你那個見不得人的老巢？先生，邦克山的公寓，特別是所有房間都裝著電話的公寓是什麼情況，我心知肚明。」我完全是警察的語氣。

「哎，警官先生，不要心急，我願意配合你。金髮女人，我這兒自然有很多，到處都有，不是嗎？說到她們的眼睛，我倒是沒留意過。你要找的那個是獨身女人？」

「是。也可能跟一個高5英尺3英寸、重110磅的小個子男人在一起，這個男人有雙閃閃發亮的黑眼睛，身上穿一件深灰色雙排扣上衣，套著愛爾蘭呢大衣，戴著灰色帽子。聽說她住在301號房，我就往那裡打了個電話，卻被對方一頓挖苦。」

「啊，301號房住的不是她，是幾個推銷汽車的。」

「謝謝你。我會親自到你那邊走一趟。」

「能不能不要驚動住在這裡的人？你直接來我辦公室怎麼樣？」

「希弗先生，那就麻煩你了。」我掛斷電話。

我擦掉臉上的汗，到辦公室深處對著牆站著，伸出一隻手輕拍牆壁。然後，我緩緩轉身瞧瞧正在另一頭的哈利・瓊斯。這個小個子男人坐在椅子上，對我露出一臉扭曲的表情。

我高聲說：「好了，哈利，你騙過了他。你對他說了謊，又喝下氰化物，表現得像個紳士。哈利，你毒發身亡，活像隻被毒死的老鼠，可是你在我眼中絕非老鼠。」我聽到自己的聲音，感覺很怪異。

我必須搜他的身。顯然，這並非什麼有趣的事情。我並不指望他衣兜裡有跟阿格尼絲相關的東西，結果的確沒有，連絲毫對我有價值的東西都找不到。不過，卡尼諾先生說不定會去而復返，我必須確定一下此事。卡尼諾先生很有可能是位極為自信的紳士，完全不害怕重返自己的犯罪現場。

我關燈欲走，忽然聽到尖銳的電話鈴聲響起。聽著這鈴聲，我咬緊牙關，下巴的肌肉都繃得隱隱作痛。我又開了燈，去接電話。

「喂。」

「哈利在不在？」是一個女人，就是她。

「他剛走，阿格尼絲。」

她聽見自己的名字，停了停，慢慢問：「你是什麼人？」

「馬羅，以前找過你的麻煩。」

她氣勢洶洶地問：「他在什麼地方？」

「我來這裡也是為了找他。我已經跟他說好了，用200塊錢換他一個消息。錢我都帶過來了。你在哪裡？」

「他沒跟你說嗎？」

「沒。」

「你可以問他，這樣也許比較好。他在什麼地方？」

「我沒有辦法問他。你認識卡尼諾嗎？」

她倒抽一口涼氣，聲音如此清晰，彷彿就在我身旁。

我問：「你想要我的200塊錢嗎？」

「我……我非常想要，先生。」

「好，跟我說你在哪裡，我帶錢過去。」

「這……我……」她的聲音漸低，旋即再度響起，滿是急切與恐慌，「哈利究竟在什麼地方？」

「他嚇跑了。你可以找個地方等我帶錢過去跟你見面，隨便什麼地方都可以。」

「你說哈利的那些話，我全都不信。你在給我設陷阱。」

「別胡說八道了。我完全用不著設陷阱。我要想抓哈利，早就動手了。哈利嚇跑了，是因為他的一些事莫名其妙傳到了卡尼諾那裡。這件事無論是我、你還是哈利，都不願對外張揚。」任何人都別想從哈利口中問出什麼話，他已經永遠閉上他的嘴巴。「小天使，難道你覺得我是艾迪・瑪爾斯派來的人嗎？」

「不……我覺得你應該不是。為艾迪效勞，對你來說是不可能的。半小時後，我們在布洛克・威爾希爾大樓旁的停車場東側入口碰面。」

「沒問題。」我應道。

我放下電話聽筒，再次嗅到了苦杏仁的味道和嘔吐物散發出的酸腐味。

小個子已經死了，安安靜靜坐在椅子上，從此與恐慌、變故永別。

我走出辦公室，走廊裡昏暗、骯髒且寂靜。我經過一扇又一扇磨砂玻璃門，裡面都是黑漆漆的。從逃生梯走到二樓時，我看見了電梯間亮著燈的頂端。我按動開關，電梯啟動，搖晃個不停。我跑回樓梯，從那裡跑到一樓。從樓裡出來時，電梯就在我上面。

外面又下起了大雨，大大的雨點迎面而來，拍打我的臉。連我的舌頭都被一顆雨點打中了，原來我一直張著嘴，之前竟沒發現。我大張著嘴，並且用力向後撕扯，要不是這樣，我的下巴一側也不會疼。這是瀕死之際的痙攣留給哈利・瓊斯的表情，我在模仿他。

27

「給我錢。」

灰色普利茅斯的引擎響個不停，雨水打在車篷上，發出啪啪的響聲。在我們的頭頂上，布洛克大樓頂端的綠色塔樓正散發著紫色的光芒，在這黑暗、潮濕的城市中，看起來異常安靜且孤獨。我將錢放到她戴著黑色皮手套的手中。她在儀表板黯淡的燈光下彎腰數了數錢，然後把皮包打開又合攏，發出兩聲「啰噠」的響聲。她吐出一口氣，向我靠攏。

「警察，我要走了，馬上就走。我非常需要這些錢，一路上就指著它們了。哈利他怎麼了？」

「他跑了，我不是說過了？他的事情被卡尼諾發現了，誰知道這是怎麼回事？別想哈利了。把那個消息說給我聽，你都收下我的錢了。」

「我現在就說給你聽。上上週日，我跟喬在維吉爾街上開車兜風。街上開始亮起路燈，天色已經不早了。平時到了那時候，街上會有很多車，那天也一樣。我們的車從一輛棕色轎車旁邊經過，我看到司機是個金髮女人，旁邊坐著個皮膚很黑、身材矮小的男人。那女人正是艾迪・瑪爾斯的太太，我跟她見過面。至於那個男人，就是卡尼諾。你只要見過這兩個人一面，就永遠忘不掉。喬很會跟蹤人，就開車在前面反向跟蹤他們的車。卡尼諾是她的獄卒，帶她出來放風。列里特以東大約1英里處有條岔道，通向一片山地。道路以南是橘子園，以北是宛如地獄後院的荒原。山腳下有座化工廠，專門生產殺蟲劑。路邊還有一個名叫艾特・霍克的人開的汽修店，能修汽車，也能噴漆，多半是走私汽車的中轉站。汽修店後面是一座緊挨著山腳的木屋，那一帶除了占地數英里的化工廠，便是滿是石頭的荒原。她正藏身在那一帶。在前面的喬見他們開車到了那裡，也調轉了方向。他們的車拐上了岔道，朝那座木屋駛去。我們在那裡等候，卻沒發現任何人從那條岔道出來。我們等了半小時，後來天色徹底暗下來，喬悄悄去那邊看了看。回來以後，他說木屋裡亮著燈，還有收音機的聲音傳出來。那輛車便停在木屋門口。之後，我們就開車回家了。」

她停下來不說了。汽車駛過發出的輪胎摩擦聲從威爾希爾街上傳來。

「他們後來可能搬了好幾次，但你只知道這一個地方，只能拿這個消息來換錢。你能確定那就是她嗎？」我問。

「你若見過她一面，就肯定不會認錯。警察，再見了。最近我實在倒楣，你應該祝我好運。」

「當然。」說完這話，我就到路對面開我的車了。

灰色普利茅斯發動起來，加速、轉彎，開往日落廣場。金髮阿格尼絲伴隨著汽車引擎聲的遠去徹底消失，最低限度是跟我毫無關係了。蓋格、布洛迪、哈利・瓊斯三人先後遇害。這個女人卻把我的200塊錢裝在皮包裡，冒雨開車逃走了，沒人知道她的行蹤。我踩下油門，開車到城裡吃晚飯。冒雨開車走40英里已經很辛苦了，還要再開車回去，所以這一頓我吃了很多。

我開著車往北走，到了河對面的帕薩迪納。過了帕薩迪納後，幾乎是馬上進入了一座橘子園。車燈將密密麻麻的雨絲照得彷彿白色瀑布。雨刷很難及時刮掉車窗上的雨水，可路邊整齊的樹木在雨幕和夜色中依舊很清晰。車窗外，一棵棵樹不斷退向黑夜，好像永無休止。

路上的車駛過，在泥水中捲起巨大的水花，發出刺耳的聲音。前面一個急轉彎，進入了一座遍布矮小房舍的小鎮，房舍緊鄰一條鐵路支線。樹林向南延伸，漸漸稀疏起來。路面越來越高，周圍有些寒意。北邊高低起伏的黑色山脈越來越近，寒風在山前山後吹過。片刻過後，兩盞黃色的汽燈凌空若隱若現，中間夾著一個「歡迎來到列里特」的霓虹招牌。

路面很寬，兩旁的木屋都離路面甚遠。隨後是很多家店，其中一家雜貨店裡亮著燈，燈光透過霧氣氤氳的玻璃窗照出來。電影院門前停著很多車。一棟黑漆漆的銀行大廈立在拐彎處，大廈頂上有座大鐘在俯視下面的人行道。一群人像在看某種表演一樣，冒雨看著銀行大廈的窗戶。我繼續開車，再次進入曠野。

任何事都逃不出命運的掌控。我離開列里特約1英里時，遇到一處急轉彎，車距離路肩太近，右側前輪忽然爆胎。未等我停車，右側後輪也迅速爆胎。都怪這場暴雨。我一下剎住車，車身在路面和路肩上各占一半。我拿著手電筒下車，看到兩個車胎的氣都漏完了，而我只有一個備用輪胎。爆胎的前輪上扎了一顆很大的鍍鋅平頭釘。這種平頭釘在此處的路面上隨處可見，只有路中央那些被人掃到了旁邊。

我站在原地關掉手電筒，嗅著雨水的腥氣，看著一條岔道上黃色的燈光。那好像是從一扇天窗裡射出的燈光，天窗也許就開在艾特・霍克那家汽修店屋頂上，旁邊就是那座木屋。我縮著下巴，用領子遮住，朝那邊走去。很快，我又折回來取下方向盤上的駕照，塞進衣兜。我俯身把手伸到方向盤下一個沉甸甸的蓋子下，我坐在駕駛位上時，蓋子就在我右腿底下。我摸到一個隱藏的小盒子，裡面裝著兩把槍，除了我那把，還有一把原本屬於艾迪・瑪爾斯的手下蘭尼，後者的使用頻率遠高於前者。我拿起的正是後者。我將這把槍裝在內側的衣兜裡，讓槍口向下，然後又朝岔道走去。

汽修店與道路之間的距離有100碼左右，正對著路的那一側是一堵高高的牆，上面沒有窗戶。我拿著手電筒，迅速照過上面的字樣：「艾特・霍克——汽修、噴漆。」我忍不住笑起來，馬上又鎮定下來，因為我想起了哈利・瓊斯的臉。汽修店關門了，可是門底和門縫之間依然有燈光透出來。經過汽修店，我看到了旁邊的木屋。木屋前面兩扇窗拉著窗簾，裡面開著燈。屋前有一片稀疏的樹林，距離道路有相當一段距離。屋前鋪著石子的小道上停著一輛車，儘管在昏暗的光線下看不清，我還是能夠確定，這就是卡尼諾那輛棕色轎車。它靜靜趴在那裡，後面就是木屋門前那條狹窄的木製門廊。

她可能偶爾能得到他的准許，開車出去兜風。他會坐在她身邊，也許還會帶著槍。這個女人本應嫁給拉斯蒂・里根，她從艾迪・瑪爾斯身邊逃走，卻並未跟里根私奔。卡尼諾先生實在厲害。

我冒雨返回汽修店，用手電筒的把手敲響了汽修店的木門。短暫的寧靜沉重猶如轟隆隆的雷聲。汽修店熄了燈。我站在原地，露出淡淡的笑容，舔掉嘴上的雨水。我笑著瞧著手電筒在門上射出的圓圈，又在兩扇門之間的位置敲起門來。我想找的就是這裡。

門內有人粗魯地問：「你想做什麼？」

「開門。我有兩個車胎都爆了，車上只有一個備用輪胎，現在車停在路上走不了。麻煩幫幫我。」

「先生，抱歉，我們收工了。你到西邊的列里特瞧瞧吧，那邊離這兒不過1英里。」

這個答案並不能讓我滿意。我用力在門上踢了很多下。門內傳來另一個人的聲音，是種類似於安裝在牆後的小馬達運轉的嗡嗡聲，是我很喜歡的聲音。他說：「他應該是個聰明的傢伙吧？艾特，幫他開門。」

只聽門栓響了一聲，一扇房門向內打開。我的手電筒照到一張瘦瘦的臉龐，然後迅速轉移。一個閃光的東西砸掉了我手上的手電筒，那是一把手槍，已經對準了我。手電筒掉在濕漉漉的地面上，並未熄滅。我俯身拾起。

粗魯的聲音說：「朋友，趕緊關掉你那個見鬼的手電筒。這樣開著手電筒因而惹上大禍的人大有人在。」

我起身關了手電筒。汽修店的燈亮起來，照在一個男人身上。他又瘦又高，穿一套工作裝。他依舊將手中的槍對著我，同時從打開的門向屋裡退。

「陌生來客，馬上進來，把門關上。我們一起想想辦法。」

我進去隨手關上門。我看著又高又瘦的男人，另外那個人被擋在工作台後面，我並未看他。我進門後，他便沉默了。焦木素那種芬芳又噁心的氣味充斥著整個汽修店。

瘦高個對我訓斥道：「你難道是個傻子？列里特一家銀行今天中午剛被搶了。」

我回想起來，路上曾看見一些人站在銀行門口看熱鬧。我說：「抱歉，我並不是搶匪，我是外地來的。」

「啊，原來如此。聽說搶匪是幾個小混混，進了附近的小山，被團團包圍起來了。」他冷冷地說。

「今晚這種天氣，倒是很適合躲貓貓。我猜路上有那麼多平頭釘，也是他們的傑作。就是那些平頭釘扎破了我的輪胎。依我看，這倒正合你意。」我說。

「你是不是從來沒被人打過耳光？」瘦高個惱火地問。

「沒被你這麼瘦的人打過耳光。」

「艾特，不要恐嚇人家了，他已經非常不走運了。修車不正是你的本職工作嗎？」昏暗角落裡的嗡嗡聲說。

我說：「多謝。」說話時，我還是沒看他。

穿工作裝的人嘟囔道：「好，好。」他把槍放進衣兜，咬著手指關節看著我，眼神十分陰冷。焦木素的味道令人作嘔，跟乙醚差不多。一輛很新的小汽車停在牆角一盞吊燈下，汽車擋泥板上放著把噴漆槍。

到了這時，我終於轉頭去看工作台後面的人。他又矮又壯，肩膀寬大，面部表情和一雙黑色的眼睛都非常冷漠。他穿一件雨水斑駁的棕色羊皮雨衣，外面綁著條皮帶，頭上歪戴著一頂帽子，也是棕色的。他背靠工作台站在那兒，仔細觀察著我，眼神鎮定自若，又顯得興味索然，跟看一塊冷凍肉沒什麼分別。可能在他眼中，所有人都只是一堆肉罷了。

他緩緩轉動棕色的眼珠，向上再向下。然後，他把自己的指甲全都檢查了一遍，然後對著燈認真觀察自己的手指。這些舉動全都是從好萊塢學來的。

「兩個車輪爆胎？實在倒楣。我以為釘子都被打掃乾淨了。」

「拐彎時，我的車滑了一下。」

「你的意思是，你從未到過這鎮上？」

「我要去洛杉磯，只是路過這裡。這裡距離洛杉磯還有多少路程？」

「還有40英里。不過，天氣這麼糟糕，這段路會更長一些。陌生來客，你是從哪裡來的？」

「聖羅莎。」

「很遠吧？是不是在達赫、隆派恩附近？」

「不是，是在雷諾、卡森城附近。」

「那也很遠。」淡淡的笑容在他嘴上一閃而過。

「我這樣做違法了？」我問。

「哦？不，當然不。你好像覺得我們都是多事的人。其實要不是附近有人搶劫，我們才不會問這些。艾特，帶上千斤頂，去幫他卸掉輪胎。」

瘦高個咆哮道：「我還要做別的事，忙得很，我還沒噴完漆。而且你應該也發現了，外面正在下雨。」

「在這麼潮濕的天氣裡噴漆，效果不會很好。你出去活動一下吧！」棕衣人和和氣氣地說。

「是右邊的前後兩個輪胎爆了。」我說，「你要是忙，我可以自己換上那個備用輪胎，你只需幫我換另一個。」

棕衣人說：「艾特，帶上兩個千斤頂。」

艾特大叫道：「喂！聽我說……」

棕衣人轉動眼珠瞅了艾特一眼，眼神溫柔而平靜，接著又垂下眼，似乎很害羞。他的沉默卻像一陣狂風吹到了艾特身上。艾特到牆角拿了件橡膠雨衣，穿在工作裝外面，又戴上一頂遮雨帽。他默默朝門口走去，手裡拿著一把管子鉗、一個手提式千斤頂，還推著一部帶輪千斤頂。

出門後，艾特並未完全關上門，門縫裡有雨絲飛進來。棕衣人緩緩走過去，關上門，再緩緩走回原先的位置，靠在工作台上。房間裡只有我們兩個，他並不清楚我的身分。我原本能趁機制伏他，只要我有這份心思。他隨意朝我看了一眼，將菸蒂丟在水泥地上踩滅了。

「你肯定想喝杯酒，好叫身體裡外都變得很潮濕。」說著，他從背後的工作台裡拿出一個酒瓶、兩個酒杯，擺在工作台邊緣處。他在杯裡倒滿酒，並端起其中一杯。

我過去接過那杯酒，動作活像個木偶。雨水冷冰冰的感覺還停留在我臉上，油漆味充斥著這個沉悶的房間。

他說：「艾特總喜歡拼死拼活趕完上週留下的工作，這是汽修工人的通病。你是為了做生意才到這裡來的？」

我嗅嗅酒的味道，注意不要讓他發現我這個動作。味道並無任何異常。他先喝了一口酒，我看到這一幕，才跟著喝了一口。我含著這口酒，發現其中沒有氰化物，這才嚥下去。

我乾了這一小杯酒，將杯子送回他身旁，轉身走到擋泥板上放著把金屬噴漆槍的小汽車旁，說：「既為了公事，也為了私事。」

汽修店的房頂被暴雨砸得直響。這會兒，艾特正在冒雨工作，嘴裡罵個不停。

棕衣人瞧瞧這輛轎車，隨口說道：「這種工作只是為了裝點門面。」他的嗡嗡聲因為剛剛喝過酒的緣故，變得非常溫柔：「不過，車的主人是個富翁，剛好他那個司機也想額外賺些錢。都是騙人的買賣，你懂的。」

「另有一種比這更古老的職業。」說話間，我覺得自己的嘴唇有些乾澀。我點起一支菸，因為我不願再多說什麼了。我盼著車胎能快點修好。時間一分一秒流逝。我跟棕衣人原本素不相識，這時你看看我，我看看你，中間間隔著那個死去的小個子哈利・瓊斯。不過，棕衣人對此尚不清楚。

腳步聲在門外響起，有人從外面開了門。門外的雨絲被燈光映照成一根根銀絲。艾特將兩個沾了泥巴的車胎滾進屋裡，一個車胎在門口歪倒了。他面色緊繃，抬腳踢上房門，憤怒地看著我，咆哮道：「你真會選地方，好讓千斤頂派上用場。」

棕衣人露出笑容，從衣兜裡掏出一個金屬管子放在手心裡，上上下下拋著。管子裡裝著硬幣。他毫無感情地說：「快去補好車胎，別抱怨了。」

「我正在補！」

「好了，別那麼多話了。」

「哼！」艾特脫掉橡膠雨衣和雨帽，信手丟在旁邊。他抬起一個輪胎放在支架上，用力扒掉外胎，挖出內胎，迅速補好了漏氣的地方，又到我旁邊的角落拿起打氣筒，將內胎打得鼓鼓的。他面色陰沉，一下將打氣筒丟到了粉刷一新的牆壁上。

我站在原地，欣賞卡尼諾將手裡那裝著硬幣的金屬管子顛來顛去。剛剛我一度十分緊張，全身的肌肉都繃緊著。眼下，這種緊張消失了。我回頭看著旁邊瘦削的修車工。他將鼓鼓的內胎朝空中丟去，用雙手接住，一手握住一側，然後將其檢查了一遍。他滿臉厭憎之色，又瞧著牆角那個放了髒水的鍍鋅鐵盆嘟囔起來。

我完全沒看到他們用暗號、眼神或手勢向彼此示意，他倆也真是配合默契。瘦高個高高舉起鼓鼓的內胎，注視著它，側身迅速邁出一步，一下用車胎套住我的腦袋和肩膀，把我困住。他在我背後跳起身來，用力把輪胎往下壓。我的胸口承受著他整個人的重量，雙臂只能緊貼在身體兩側，無法動彈。至於我的雙手，儘管還能動彈，卻摸不到衣兜裡的槍。

棕衣人從房間另一頭撲向我，那動作簡直像在蹦跳。他依舊緊緊攥著那個裝硬幣的金屬管子，來到我身旁時沒有發出半點聲響，也沒有做出半點表情，而我當時正想俯身把艾特舉到半空。

我張開的雙手被那個拿著金屬管子的拳頭狠狠砸了一下，像被砸了個窟窿，這情形就如同石塊穿過塵埃。我覺得頭暈目眩，燈火閃爍，視線變得模糊。不過，我依然保持著幾分清醒。他的進攻再度來襲，我失去了所有意識。燈光變得更加耀眼，一切都像是消失了，只剩下白晃晃的燈，刺得眼睛疼得厲害。黑暗落下來，有紅色的小東西在其中爬行，宛如顯微鏡下的細菌。接著，燈光消失了，爬行的小東西也消失了，除了黑暗、虛無、猶如大樹在狂風中倒下的感覺外，什麼都沒有了。

28

似乎有個女人坐在我身旁，對著一盞十分明亮的燈，她就像這燈光的附庸。還有一道光照著我的臉，刺痛了我的眼睛。我想從睫毛的縫隙裡打量她，重新閉上了眼。她全身上下都閃閃發光，頭髮也不例外，就像個擺放水果的銀碗。她穿一件帶白色大翻領的綠線衣，腳上穿一雙拖鞋，鞋子光溜溜的，還有尖頭。她在吸菸，手肘旁邊放著個玻璃杯，裡面裝著琥珀色的飲料。

我輕輕動一下頭部，一陣痛楚襲來。不過，跟我的預期相比，這種痛楚還可以忍受。我像隻即將被送到烤箱裡的火雞，被緊緊捆綁起來。我的雙手被一副手銬銬在背後，繫在一根綁住我雙腳腳腕的繩子上，繩子又被繫到我所躺著的棕色長沙發上。至於沙發底下的繩子是如何捆綁的，我就不清楚了。繩子綁得非常緊，我一掙扎就發現了。

我沒有繼續這種私底下的小動作，重新睜開眼睛叫道：「哎！」

女人原本正在注視著遠方的山，這時緩緩轉過小而結實的下巴。她的雙眼是蔚藍色的，藍得像山裡的湖泊。雨水仍在房頂上劈啪作響，卻像下給別的什麼人似的，聽起來遙不可及。

「你還好嗎？」她的聲音幾乎堪比她那頭秀髮，美妙如銀鈴，還略帶類似於洋娃娃小屋鐘聲的樂聲。

我說：「實在不能更好了。有人打了我的下巴，不知是誰的傑作。」

「馬羅先生，你還能有什麼期待？——你期待有人會送一束蘭花給你？」

「我只要一口松木薄棺，銅把手、銀把手都不需要。至於把我的骨灰撒向蔚藍的太平洋，同樣是多此一舉。跟火化相比，我對吞噬屍體的蛆更有好感。蛆同樣分為雌雄兩性，所有蛆都能跟異性蛆戀愛，你聽說過沒有？」

她瞪我一眼：「你是不是昏了頭了？」

「你能不能把燈從我頭頂上挪開？」

她起身走到沙發背後，我的頭頂一下暗下來。原來黑暗能讓人如此快樂，我還是第一次體會到。

她說：「我並不覺得你是個很危險的人。」她長得比較高，卻還算不上高䠷，身材瘦削但不乾癟。她重新坐到原先的椅子上。

「你好像已經知道我叫什麼了。」

「你睡了很久，睡得那麼沉，足夠讓他們搜查你的衣兜。他們做了所有能做的事，只差用香料給你做防腐處理了。聽說你是個私家偵探？」

「他們這樣對付我，就是因為這個嗎？」

她沒說話，拿著一支菸在半空中揮動了一下，薄薄的煙霧飄起來。她有一雙漂亮的小手，迥異於普通女人骨瘦如柴、類似於園丁耙子的手。

我問她：「現在是什麼時間？」

她瞥了瞥自己被煙霧環繞的手腕，旁邊就是安靜無聲的燈光。「10點17分，你跟人有約？」

「我不會覺得驚訝。這旁邊就是艾特・霍克汽修店，對嗎？」

「沒錯。」

「那兩個年輕人在做什麼？挖掘墳墓好把我埋進去？」

「他們不在這裡，他們有別的事要忙。」

「你的意思是，他們讓你獨自留在這裡？」

她緩緩轉過頭，笑著說：「你看起來不是個很危險的人。」

「我以為你是他們的犯人。」

她聽到我這樣說，好像並沒有激動，反而有點高興，說：「你怎麼會有這種想法？」

「我知道你是什麼人。」

一道寒光從她的藍眼睛裡射出來，我簡直能看到那道寒光閃爍如同舞動的劍光。她緊緊抿住嘴唇，用剛才的語氣繼續說：「如果是這樣，你可能會身陷險境。取人性命這種事，我可不喜歡。」

「你已經跟艾迪・瑪爾斯結婚了，這樣做難道你不羞恥嗎？」

她狠狠瞪我一眼，顯然很討厭我這樣說。

我笑起來，說：「除非你願意幫我打開手銬，可是我不建議你這樣做。你那杯東西放在那裡連動都沒動，不如給我喝吧！」

她拿過杯子，裡面泡沫翻湧，宛如最終必將破滅的希望。她朝我彎下腰，呼吸輕快，像小鹿的眼睛。她等我喝下好幾大口酒後，收回了杯子，眼看著幾滴酒沿著我的脖子往下流。

她再次彎腰靠近我。我像個租客看一座很可能要搬來居住的新房般，渾身熱血沸騰。

她說：「你的臉都跟船身上的防撞墊差不多了。」

「很快還會變樣，請抓緊時間看吧！」

她忽然扭過頭，聆聽著什麼。忽然，她變得面色慘白，可除了雨水滴落牆壁的聲音，她什麼都沒聽到。她走到房間另一端，輕輕俯身看向地板，以側面對著我。

「你到這裡來把自己送到刀口上，究竟是為了什麼？艾迪從未得罪過你。我若不藏在這裡，警察肯定會把艾迪當成殺害里根的凶手，這一點你很清楚。」她心平氣和地說。

我說：「他的確是殺害里根的凶手。」

她依舊保持著那種站姿，對我的話一點反應都沒有，只是呼吸加快加重了。

我打量著這個房間，看到一面牆壁上開了兩扇門，其中一扇半開半閉。地上鋪著紅色、棕色線條交叉而成的格子地毯。窗前掛著藍色的窗簾。壁紙上有鬱鬱蔥蔥的松樹圖案。傢俱既美觀又結實，好像是從生產汽車座椅的專業工廠買來的。

「我跟里根已經幾個月沒見過面了。艾迪並未對他做什麼，艾迪不是這樣的人。」她平靜地說。

「你獨自生活，並不跟他住同一座房子，睡同一張床。有人看過里根的照片，說他去過你的住處。」

「這人在撒謊。」她的語氣很冷漠。

格里高利上尉有沒有說過這些話？我極力回想著，卻覺得頭腦發昏。我的記憶正確與否，我自己也無法確定。

她再次開口：「況且這跟你一點關係都沒有。」

「有人聘請我來調查此事，所以整件事都跟我有關係。」

「艾迪不是這樣的人。」

「哦，你喜歡賭場老闆？」

「除非世上的賭徒全都消失了，否則一定會有賭場。」

「別幫他推卸責任了。他的所有顧慮都在犯過一次法後不復存在了。在你看來，他只是開了家賭場。可是在我看來，他還租售淫穢書籍，搞詐欺活動，倒賣汽車，指使他人殺人，向警察行賄。任何事只要有好處、能賺到錢，他都會去做。不要對我說黑手黨是有崇高道德的，任何人只要有崇高道德，就做不成黑手黨。」

她蹙眉道：「他並沒有殺人。」

「他只是不親自動手而已，他僱了卡尼諾做他的劊子手。今晚卡尼諾剛剛殺了個從未害過人的普通人，受害者的罪名是極力想要幫助另一個人，僅此而已。他遇害時，我差不多親眼目睹了整個過程。」

她笑起來，顯得精疲力竭。

我咆哮道：「行了，我不指望你會相信我。若艾迪果真像你說的這麼好，我很願意跟他聊聊，前提是卡尼諾不要在旁邊守著。如若不然，卡尼諾會先把我的牙打掉，然後藉口我講話口齒不清，把我的肚皮踹爛，這你是瞭解的。」

她仰頭站在原地，似乎在思考什麼。

我又說：「依我看，現在已經不流行這種白金髮了。」我這樣說只是因為不想聽別人說話，又不想讓房間裡悄無聲息。

「你真傻，這頭髮是假的，我的頭髮還沒長好。」她抬手扯掉假髮，露出像男孩一樣剪短的頭髮，然後重新戴好假髮。

「這是誰幹的？」

「是我找人剪成了這樣，有問題嗎？」她很驚訝。

「有問題。你幹嘛要剪這麼短？」

「幹嘛要剪這麼短，因為我要讓艾迪明白，我會照他的吩咐藏起來，我愛他，不會跟他對著幹，他找人監視我是多此一舉。」

「老天，但你竟讓我跟你一起待在這個房間裡。」我呻吟道。

她注視著自己的一隻手，過了片刻，忽然走出去，拿了把菜刀回來。她朝我彎下腰，割斷我身上的繩索。

「我打不開手銬，鑰匙在卡尼諾那裡。」說著，她已割斷了所有繩結，喘著粗氣退後兩步。

「你真是個有趣的人，到了這時候還這麼喜歡說笑。」她說，「我才不相信艾迪會殺人。」她匆匆轉身坐回原先的椅子上，用雙手捂住臉。

我挪動雙腳，踩著地板站起來。雙腿僵硬，我走了幾步路，身體左搖右擺，左側面頰上的神經全都跳個不停。我朝前邁出一步，發現自己還能走路。如有必要，我還能跑。

我說：「依我看，你準備放我離開這裡。」

她點點頭，並未仰起臉來看我。

「你若不想死，就跟我一起離開吧！」

「他隨時會回來，不要浪費時間了。」

「麻煩幫我點一支菸。」

我貼著她的膝頭，站在那兒。她突然起身，眼睛距離我的眼睛不過幾英寸。

我柔聲說：「你好，銀髮女郎。」

她後退到椅子後面，拿起桌子上的一包菸，取出一支塞進我嘴裡，動作很粗暴。她用一個綠色小打火機點了火，顫抖著點燃我的菸。我吸一口菸，注視著她那雙藍眼睛，在她走開之前說：「我來到你這裡，是受一隻小鳥的指引，那隻小鳥名叫哈利・瓊斯。小鳥經常在酒吧出沒，哄著客人下幾注賽馬賭注，從中拿點好處，順便打探一下消息。小鳥打探到了卡尼諾的一些事情。小鳥跟他的朋友還打探到你在這裡，也不知他們是怎麼打探到的。他聽說我正受僱於斯特恩伍德將軍——至於他是如何聽說的，不是三言兩語能說清楚的——就把這個消息賣給了我。我收到消息後，小鳥被卡尼諾捉住了，被他變成了一隻羽毛亂糟糟、腦袋低垂、嘴角含血的死鳥。這樣的事情艾迪・瑪爾斯自然不會去做，銀髮女郎，我說的沒錯吧？他只會僱別人幫他殺人，絕不親自動手。」

「滾！馬上滾！」她拼命叫道，緊緊抓住那個綠色打火機的手懸在半空，手指關節慘白。

我說：「卡尼諾還不清楚我從小鳥那裡打聽到了這些事。他只知道我正伸著鼻子，四處打探消息。」

她笑起來，笑容痛苦至極，顫抖不已，猶如暴風中一棵乾枯的樹。我猜她的笑不僅包含著驚訝，還有些困惑，似乎對已知的東西有了有別於先前的新瞭解。不過，我轉念一想，我又如何能單從她的笑容中推導出這麼多想法？

她好像呼吸不順了，說：「有趣，真有趣。因為我依舊愛他，你是瞭解的。女人啊……」她再次放聲大笑。

我頭上的神經跳個不停。我側耳聆聽，聽到的依舊是雨聲。我說：「我們離開這裡，馬上離開這裡。」

她面色陰沉，後退兩步：「滾，你這傢伙！滾！去列里特吧，你完全能走到那裡。別把這兒的事說出去，最低限度先保密一到兩個小時。你欠我人情，幫我這個忙不為過吧？」

「我們一起離開這裡。銀髮女郎，你有沒有槍？」我說。

「我不會離開這裡，這你是瞭解的，你是瞭解的。你快走吧，求你了！」

我差不多是緊貼在她身上，對她說：「你放了我，還想留下來？你想等那個殺人魔頭回來，跟他說對不起嗎？那人殺人就跟拍死蒼蠅一樣簡單。銀髮女郎，你還是跟我一起離開這裡吧！」

「不行。」

我壓低聲音說：「要是你那個帥氣的老公真的把里根殺了，或是卡尼諾瞞著他把里根殺了，你想想會怎樣？你要做的就是認真想想這件事。你放我離開後，你自己還有多長時間好活？」

「我是卡尼諾的太太，我可不害怕卡尼諾。」

我嚴肅地說：「艾迪只是一點點玉米粥，卡尼諾找個小勺子，就能把他慢慢吃到肚裡。卡尼諾可以銜住艾迪，就像貓銜住一隻金絲雀。一點點玉米粥，那個男人已經變成了玉米粥。像你這種女人不能愛上這樣的男人，除了他，你可以愛任何人。」

「滾！」她好像朝我吐了一口唾沫。

「那好。」我轉身走出那扇半開半閉的門，進入外面漆黑的門廳。她追出來，從我身邊跑到門口，打開門，瞧瞧外面正下雨的黑暗世界，靜靜聆聽了片刻，然後讓我出去。

她壓低聲音說：「再見，希望你諸事順利。不過，艾迪並未殺死拉斯蒂・里根，這件事我要跟你說清楚。里根正在某處活得好好的，等他願意現身時，你就會瞭解這一點。」

我用自己的身體將她壓到牆壁上，嘴巴對著她的臉說：「我不必心急離開這裡。所有這些，包括所有細節在內，全都事先安排好了，好像電台節目，不會有半點時間誤差，心急是沒有必要的。銀髮女郎，給我一個吻。」

她的面頰在我的嘴唇下涼得像塊冰。她用雙手捧起我的頭，使勁兒親吻我的嘴唇。她的嘴唇同樣涼得像塊冰。

我出了門，門在我背後合攏，沒有發出任何聲音。斜飛到屋簷下的雨絲也比不上她的嘴唇涼。

29

旁邊那家汽修廠並未亮燈，一片漆黑。我走上鋪著石頭的車道，從一片滿是水窪的草地上經過。車道上的雨水汩汩流淌，匯合成一條又一條小溪，流進遠處的水溝。我的帽子肯定丟在汽修廠，頭上無遮無擋。卡尼諾並未費心帶上我的帽子，他壓根兒沒想過我還需要帽子。我猜眼下他正獨自冒雨開車回去，心裡十分得意。那個又高又瘦、面色陰沉的艾特，還有那輛很可能是偷來的汽車，都已被他安頓到了安全的地方。那個銀髮女郎心甘情願為艾迪・瑪爾斯藏起來，因為她非常愛他。卡尼諾很確定，等他回來後，她肯定還待在原先那個地方，靜靜坐在燈下對著一杯完全沒動過的酒，我則依舊被綁在長沙發上，完全動彈不得。到了那時候，他會將她的東西搬到外面的車上。為了確保不留下任何犯罪證據，他還會把屋裡認真檢查一遍。他會讓她出去等自己。在鉛棒上包上橡膠朝頭上砸，也能解決此事，他不會讓她聽見開槍的聲音。他會跟她說，他把我丟在那裡，我雖然被捆縛著，但很快就能掙脫。在他看來，她這麼蠢，不管他怎麼解釋，她都不會懷疑。卡尼諾先生實在有趣。

我的雙手被銬在身後，沒辦法繫上雨衣前面的扣子。雨衣下擺在我雙腿上拍打，好像一隻大鳥在無力地拍打翅膀。我回到路上，身邊不斷有汽車駛過，車燈投射出去，將大片積水照亮了。汽車輪胎咯吱作響，在遠處消失。我那輛能拉上車篷的車仍然停在原地，我找過去，發現兩個輪胎都已補好並裝上了。只要我願意，馬上就能開車離開。他們很懂得為人著想。我上車朝方向盤底下彎下腰，憑感覺拉開儲藏櫃的皮蓋子，取出另外那支槍，藏在外套裡往回走。這個世界在我看來忽然變得小而封閉，還一片漆黑，讓我覺得呼吸困難，好像除了我和卡尼諾，世界已經無法容納其他人。

走到中途，我險些被一輛車的車燈照到。汽車迅速拐向一側，我慌忙鑽到低處的水溝裡躲起來，大氣都不敢喘。那輛車嗚嗚叫囂著，迅速跑遠了。我抬頭聽到汽車從公路駛向鋪著石子的岔道，輪胎發出尖銳的聲響。隨後，引擎和車燈都關上了，車門響了一聲。我並未聽見關門聲，但好像有人拉開了窗簾或打開了客廳的燈，有一道光透過樹叢照過來。

我踩著水窪，返回被雨淋濕的草地。那輛車停在我和那座房子之間。我把槍放在右邊，右臂用力向前扭動，險些脫臼。車裡沒人，關著燈，散發著熱氣。散熱器中的流水聲很好聽。透過車門，我看見汽車鑰匙在儀表板上沒拔下來。卡尼諾斷然不會想到，這時候會出現意外。我繞到汽車後側，從鋪著石子的岔道小心走到窗前，聆聽了片刻。除了雨水敲擊排水道金屬接頭的聲音，什麼都沒聽到。

我接著往下聽，可是周圍那麼安靜，任何的動靜都聽不到。這會兒，他可能正在跟她竊竊私語。說不定她馬上就會對他說，她放走了我，我向她承諾不會把他們的下落告訴別人。可一如我不信任他，他也不會信任我，所以他很快就會帶她到別處，絕不會在此處逗留太久。我只需在外面等他出來。

不過，我並無太多耐心。我改用左手握槍，俯身抓起一些小石頭，拋到窗戶上，但只有幾顆打到了窗紗上面的玻璃。好在這幾顆石頭就製造出了宛如水壩決堤的嘩啦聲。

我跑回汽車旁邊，踩著腳踏板。屋裡悄無聲息，只是關上了所有的燈。我彎腰踩在腳踏板上等候，身體連動都不敢動。卡尼諾實在狡詐，並未中我的計。

我起身退回車裡，摸索著打開車鑰匙，伸著腳尋覓底下的啟動器，後來發現啟動器裝在儀表板上。我伸手撥開啟動器，尚未冷透的馬達馬上發動起來，突突作響，聲音柔和而動聽。我爬出車廂，到後車輪旁蹲守。

天氣很冷，我瑟瑟發抖。我明白，我最後製造出的聲響會讓卡尼諾很不高興。這輛車對他來說不可或缺。一扇窗正慢慢向下移動，窗玻璃一片漆黑，若非上面閃爍的亮光，我根本看不到。屋裡忽然火光閃耀，隨即是三聲急迫得近乎連在一起的槍聲。車玻璃上旋即出現了裂縫，形狀好像星星發出的光芒。我大叫起來，痛楚的叫聲逐漸變為淒慘的呻吟，再變為從嗓子眼裡發出的咯吱聲響，聽起來像血流得太多，喘不上氣來。這讓人反感的咯吱聲越來越低，到了最後，除了張大嘴巴喘息的聲音，什麼都沒有了。我演出了一場精彩的好戲。我很驕傲，卡尼諾也快活極了，發出粗重、沉悶的笑聲，迥異於他像貓打鼾的說話聲。

隨即是沉默，除了劈啪作響的雨聲、柔和的汽車引擎聲，什麼聲音都沒有。過了一會兒，屋門緩緩開啟，一個更黑的黑洞出現在夜色中。黑洞裡有個動作十分小心的人影，其脖子上隱約有片白色的東西，正是那女人的衣服領子。她走到門前的走廊上，動作僵硬猶如木偶。她銀白色的頭髮閃閃發光，照進我眼裡。卡尼諾畏畏縮縮躲在她背後。兩人演戲演得過於嚴肅，幾乎稱得上可笑了。

她從台階上走下來，那張慘白而僵硬的臉進入我的視線。她走向這輛車。若我還有力氣朝卡尼諾臉上吐口水，她在前面就能幫他遮擋一下。伴隨著雨聲，她緩慢、呆板的聲音傳到我耳朵裡：「魯殊，窗玻璃上都是霧氣，我看不到。」

他嘟囔了一句，好像拿槍戳了一下姑娘的後背，姑娘劇烈顫抖了一下。她繼續朝前走到這輛沒亮燈的車旁。這時，我看到了她身後的卡尼諾、他戴的帽子、半邊臉、一側的肩膀。剎那間，姑娘呆住了，發出一聲刺耳的尖叫。我全身哆嗦一下，好像冷不防被打了一拳。

「我看到他了，魯殊，他就在車那邊的輪胎旁。」她叫起來。

他掉進了我的圈套。他一下推開她跳過來，朝上一揮手，夜色中閃過三道光芒。玻璃碎裂的聲音再度響起，一枚子彈打破玻璃，鑽進我身旁的一棵樹中。還有一枚子彈打到了別處，遠遠彈開，發出高亢的聲音。汽車引擎仍在轉動，卻未發出任何聲音。

他躬身躲在夜色中。他的面龐好像在槍火閃爍過後，又重新慢慢顯露出來了，灰濛濛的一片，看不出輪廓。他拿的若是左輪手槍，開過六槍後，可能就沒有子彈了。不過，他也可能在屋裡裝上了子彈，現在還有子彈沒打出來。我不希望他拿著一把空槍，我希望槍裡還有子彈剩下，可是他拿的說不定是自動手槍。

「已經結束了？」我問。

他撲向我。我或許應該讓他再多開一槍或兩槍，表現出些許俠義精神，就像傳統的紳士。可是我無法裝作傳統的紳士繼續等候，畢竟他手裡還拿著槍。我向他開了四槍，每開一槍，手上那把柯爾特槍就在我肋骨上敲一下。他手裡的槍被人一腳踢飛了一樣，朝旁邊飛出去。他雙手一下按住腹部，發出「啪」的聲響，傳到我耳中。他始終用雙手摟著自己，身體筆直摔倒在地，臉部向下，壓在濕漉漉的石子小道上。摔倒以後，他再未發出半點聲音。

銀髮女郎也一聲不吭，站在原地任由雨水落在自己身上，一點反應都沒有。我從卡尼諾身邊走過去，一腳踢飛了他那把槍，這個動作並不包含任何意圖。然後，我又過去俯身撿起那把槍，站到她身旁。

「我……我剛剛就在想，你會去而復返。」她悶悶不樂地說，像在喃喃自語。

「我們不是約好了？所有事情都已安排妥當，我已經跟你說過了。」我大笑起來，像個白癡。

她俯身在他身上摸索了片刻，拿起一把綁了條細鏈子的鑰匙站起來，有點惱火地問：「你一定要殺了他嗎？」

我的笑聲馬上停止了，突兀得一如它的開始。

她到我背後幫我打開手銬，柔聲說：「沒錯，我知道你一定要殺了他。」

30

陽光再次普照大地，新的一天開始了。

失蹤人口調查局的格里高利上尉呆呆注視著窗外法院大樓裝了鐵柵欄的窗戶。大樓經過雨水的沖刷，看起來雪白乾淨。他看了片刻，轉過轉椅上那沉重的軀體，伸出拇指在菸斗上按一下——拇指上燙得結了厚厚一層疤——一臉陰沉看著我。

「你又惹上麻煩了？」

「啊，你已經知道了。」

「老兄，我天天坐在這裡，就像沒長腦袋一樣。不過，你若聽說了我知道的那些事會嚇壞的。我覺得你打死了卡尼諾是件挺不錯的事，但你若想讓處理刑事案件的警察發一枚獎章給你，就純屬妄想了。」

我說：「這段時間，我身邊發生了一樁又一樁謀殺案，可是我一樁都沒參與。」

他寬容地笑笑，說：「誰跟你說藏在那裡的女人是艾迪・瑪爾斯的老婆？」

我把前因後果說給他聽。

認真聽完後，他打個哈欠，伸出一隻大如盤子的手在鑲了金牙的嘴上拍一下，說：「依我看，你覺得我早就應該找到她了。」

「這個推測十分合乎情理。」

他說：「我可能一早就知道了這件事，覺得要是艾迪夫婦願意玩這種伎倆，我完全可以表現得很聰明，將計就計，讓他們覺得所有人都上了他們的當。除此之外，你可能還會覺得，我之所以不抓艾迪，是為了一己私利。」他用那隻大手的拇指搓著食指和中指。

我說：「不，我並不這麼覺得。就算艾迪似乎已經瞭解了我們當日在這裡說的話，我也不這麼覺得。」

他挑起眉毛，由於長時間疏於練習，這個動作似乎不太熟練了，做起來很費勁兒。他額頭上出現了密密麻麻的深刻皺紋，皺紋消失後，留下了一條條白線，再逐漸由白變紅。我目睹了這一變色的過程。

他說：「我是個普通的警察，平時還算誠實。如今這個世道，誠實已經不流行了，要找到像我這麼誠實的人可不容易。今早我叫你過來，主要就是因為這個原因。希望你能相信我的話。我身為警察，很希望看到法律懲處罪惡，看到艾迪・瑪爾斯這種衣冠楚楚的人到弗爾薩姆採石場去，跟從小在貧民窟生活的窮鬼一起做苦力，把他們小心修剪的指甲都磨爛。要知道，那些窮鬼只犯一次罪，就會在牢裡待一輩子。我想看到的就是這些。你我都不指望這些能夠實現，豐富的社會經驗告訴我們，這在本城是不可能的，在其餘任何哪怕只有本城二分之一大的城市都是不可能的，在美麗富強的美國的任何地方都不可能。這個國家完全是另外一種治理方式。」

我一言不發。

他仰頭噴出一口菸，瞧著菸嘴接著說：「可是這不表示我相信艾迪・瑪爾斯已經殺了里根或有理由去殺里根，或有理由且很可能已經殺了里根。我僅僅是推導出一個結論，他或許瞭解些許內情，或許有些內情終有一日會公告天下。讓老婆藏在列里特，真是愚蠢又滑稽的安排，可是那些耍小聰明的人還覺得這樣做十分明智。地方檢察官昨晚找他談過了，之後我又找到他。他承認了一切，告訴我他之所以僱卡尼諾，是因為覺得讓卡尼諾做保鏢十分穩妥。卡尼諾有何喜好，他並不清楚，也沒有興趣。哈利・瓊斯、喬・布洛迪這兩個人他都不認識。至於蓋格，他自然是認識的，卻堅決表示，自己對蓋格所做的汙穢生意一無所知。這些應該都瞞不過你。」

「沒錯。」

「老兄，你在列里特的表現非常好，不想隱瞞任何事。我們會把未鑑定出來的子彈記錄在案。你若不想以後遭殃，就不能再用這把槍了。」

我說：「昨天我的槍法表演實在精彩。」我斜眼看看他。

他磕打了幾下菸斗，凝視著它，思索著什麼，然後也不抬頭，問：「那個姑娘呢？」

「我也不清楚。他們並未扣押她。我們說明了整件事，做了三份記錄，分別留給了懷爾德、警察局長辦公室、凶殺組。他們釋放了她，之後我再未跟她見過面。這是我沒有想到的。」

「大家都說她是個好姑娘，不會作惡。」

我說：「的確。」

格里高利發出一聲嘆息，揉搓著短短的灰髮，用近乎親切的語氣說：「另外要提醒你，你是個好人，就是有時候做事沒有分寸。你不要再理會斯特恩伍德家的事了，除非你根本不想幫他們。」

「上尉，你說的應該沒錯。」

「你的身體還好嗎？」

「非常好。昨晚各個部門的先生輪流教訓我，鬧了大半宿。而我此前全身都被澆透了，還被打得半死不活。這會兒，我覺得再好不過。」我說。

「老兄，你想讓他們怎麼對待你？」

「就是這麼對待我。」我起身朝他笑笑，走向門口。

我快到門口時，他忽然清清喉嚨，嚴厲地說：「難道我說了這麼多，你一句都沒聽進去？你還是相信你可以把里根找出來？」

我轉身注視著他的雙眼，說：「不，我並不相信我能把他找出來，我甚至已經失去了找他的興趣。你滿意了嗎？」

他慢慢點頭，然後聳聳肩說：「我幹嘛要這麼說，真是莫名其妙。馬羅，希望你一切順利，有空再來。」

「上尉，多謝你。」

我從市政廳走到停車場，找到我那輛車，開車返回我在霍巴特的家。我脫掉大衣，躺在床上盯著天花板，聆聽外面街道上的車聲。陽光從天花板的角落緩慢轉移，落入我的視線。我想睡一會兒，卻毫無睡意。我爬起來，儘管眼下並非喝酒的好時候，我還是喝了一杯酒，接著躺回床上。依舊無法入睡，頭腦中滴答作響，好像有鐘擺在動。我在床沿上坐起來，把菸斗裝滿，高聲說道：「那個老混球一定收到了什麼消息。」

菸斗吸起來很苦澀，跟餿水差不多。我丟開菸斗，重新躺到床上。在回憶的海浪中，我的思想不斷起伏。我好像在回憶中反覆做相同的事，去相同的地方，遇到相同的人，說相同的話，但這些全都像是真實發生的，且是第一次發生。在暴雨中，我開車在路上飛奔。銀髮女郎一聲不吭，坐在汽車角落。正因為這樣，我們抵達洛杉磯時，好像又變成了陌生人。在一家24小時不打烊的雜貨店門口，我下了車，給伯尼・奧爾斯打電話說我去了列里特，在那裡殺了一個人，艾迪・瑪爾斯的老婆親眼看到了這一幕，我正帶著她去懷爾德家。

順著被大雨沖洗得很乾淨而且安靜無聲的大街，我驅車抵達了拉斐耶公園，在懷爾德家那座龐大的木屋前的車庫中停好車。門口的燈亮著，奧爾斯預先打來電話，通知懷爾德我會過來。進入懷爾德的辦公室時，我看見他正坐在寫字桌後，身穿帶有碩大花朵圖案的睡衣。他繃著臉，嘴角帶著苦澀的笑容，手裡拿著一支雪茄，不時放到嘴邊吸一口。奧爾斯先行趕到，帶來了警察局長辦公室的一個人。此人身材瘦削，滿頭花白的頭髮，文質彬彬。他的言行更像個經濟學教授，而非警察。

我把那件事一五一十說給他們聽。他們聽著我的講述，一句話也不說。銀髮女郎不看任何人，將雙手疊放在膝蓋上，坐在一處光線昏暗的地方。每隔一段很短的時間，電話鈴就會響起。那兩個刑事偵緝處的人都注視著我，一臉好奇，好像我是一頭奇怪的野獸，從巡迴演出的馬戲團裡逃了出來。

我重新開始開車，旁邊坐著他們之中的一個。我們抵達福爾維德大廈那間辦公室，哈利・瓊斯還坐在辦公桌後面，面部猙獰而僵硬。那種酸酸甜甜的味道依舊瀰漫在房間裡。一個相當年輕且健壯、脖子上有硬硬的紅色汗毛的法醫也趕到了。有位指紋專家正在房間各處搜索，我提醒他注意氣窗插銷。卡尼諾真的在上面留下了拇指的指紋，被指紋專家發現了。這是證明我沒有說謊的唯一證據。除此之外，棕衣人再未留下任何指紋。

我返回懷爾德家，他的秘書到另外一個房間，把我的供詞用打字機打出來，我在上面簽了名。

就在這時，艾迪・瑪爾斯開門進來。看到銀髮女郎，他忽然笑起來，說：「嗨，親愛的。」

她並未理會他，連看都沒看他一眼。

精神抖擻的艾迪・瑪爾斯穿一套深色辦公裝，白色圍巾的邊緣從蘇格蘭呢大衣中露出來。

之後，他們都離開了。除了我跟懷爾德，房間裡再無其他人。懷爾德冷漠而憤怒地對我說：「馬羅，最後一次。下次你再玩花樣，我才不管有誰會難過，我一定要拿你去餵獅子。」

這些事情反覆在我腦海中出現。躺在床上，我眼看著一片陽光緩緩往下移動，到了牆壁下面的角落。

斯特恩伍德家的老管家諾里斯打來電話，用一貫拘束、遙遠的聲音說：「你是馬羅先生嗎？打電話到你家，打擾了，可是我打電話到你的辦公室總是無人接聽。」

我說：「我沒有去辦公室，幾乎整整一夜都待在外面。」

「那就對了，先生。若你沒有什麼不便，將軍今天上午想跟你見一面，馬羅先生。」

我說：「我再過大約半個小時就能趕到那邊。他身體還好嗎？」

「還好，只是還躺在床上，先生。」

「讓他稍等，我很快過去。」我掛斷電話。

刮完鬍子、換過衣服後，我朝門口走去，忽又轉身拿起卡門那把小手槍，放進衣兜。

外面的陽光熾烈得像在跳躍。過了20分鐘，也就是11點15分，我開車抵達斯特恩伍德家，在側門的門廊下停了車。雨停了，天氣晴朗，樹上的鳥兒瘋狂鳴叫。梯形草坪碧綠，猶如愛爾蘭的國旗。整座房子乾淨至極，好像才建好了10分鐘。

我按下門鈴。距離我初次按下此處的門鈴才過了五天，給我的感覺卻像一年。

一名女傭人過來開門，帶我從側廳穿過，進入主廳等候，說諾里斯先生很快會下樓見我。主廳壁爐架上的肖像畫依舊雙眼大睜，眼珠漆黑，眼神熱烈，花玻璃上的騎士依舊在佯裝去救被綁在樹上的裸女，一切都跟我第一次來到這裡時一樣。

過了幾分鐘，諾里斯來了。他那雙犀利的藍眼睛依舊深邃，泛紅的灰色皮膚給人一種健康而平和的感覺，跟先前沒有任何區別。跟他的真實年紀相比，他的動作要年輕二十歲。我跟他比起來，反而更能感受到年紀帶來的沉重壓力。

沿著鋪了瓷磚的樓梯，我們朝著與薇薇安的房間正好相反的方向走去。這座房子好像隨著我們的前進變得越來越龐大且安靜了。最終，我們走到一扇舊式的大門前。大門像從教堂搬來的，十分結實。諾里斯輕輕推開門，朝裡面張望一下，接著退到一邊。我從他身邊進去，走上一條地毯鋪成的路。走了0.25英里左右，我走到一張大床邊，床上支撐著華麗的帷帳。亨利八世駕崩時，多半就躺在這張床上吧！

斯特恩伍德將軍倚在枕頭上，半躺半坐，握著雙手，放在白色的被單上，原本就呈灰白色的雙手在被單的反襯下更白了。他那雙黑色的眼睛依舊非常有神，臉上的其餘部分卻猶如死屍。

他有氣無力，艱難地說：「馬羅先生，請坐。」

我把一張椅子拉到他身邊坐下。屋裡的窗戶全都關得很嚴實。室外的光線全都被窗前的遮陽板隔絕在外面，完全看不到陽光。屋裡有種淡淡的味道，是老人身上的那種味道。

有很長一段時間，他一直在注視我，一言不發。他似乎想證明自己的手還能動，便動了動一隻手，將其放到另一隻手上，虛弱地說：「馬羅先生，我並未安排你尋找我女兒的丈夫。」

「但你的確有這樣的意圖。」

「你太自以為是了，我並未明確提出此事。通常說來，我都會明確提出自己想做什麼。」

我沉默了。

他冷漠地說下去：「酬勞我已經付給你了。不過，錢並不重要，重要的是我那麼信任你，你卻讓我失望了。當然，你並非有意為之。」他說完以後閉上了雙眼。

「你只是想跟我說這些，才叫我過來的？」我問。

他緩緩睜開眼，眼皮像鉛一樣沉重。他說：「聽到我這麼說，你好像生氣了。」

我搖搖頭：「將軍，你能支配我的行動，你有這樣的權力。不管怎樣，我都不敢對你有絲毫的違背。你應該擁有這樣的權力，畢竟你必須忍受那麼多。我不會因為你說的任何話生你的氣。我情願退還你付給我的酬勞。對你而言，此事無關緊要，但對我卻是很重要的。」

「為什麼很重要？」

「這表示我拒絕了酬勞，因為我的工作沒有做好。」

「你經常做不好你的工作？」

「偶爾，任何人都不會一切順利。」

「你為何要去找格里高利上尉？」

我向後靠去，將一條手臂搭到椅子後背上。我打量著他的臉，卻沒有任何發現。他提出這樣的問題，我該如何作答？我的答案無法令他滿意。

「當時，我覺得你主要是想考驗我，才把蓋格的借條給了我。你擔心里根可能會牽涉到這樁勒索案中來。那時，我根本不清楚里根那些事。我意識到里根斷然不會做出那種事來，是在我跟格里高利上尉談完之後。」

「你並未回答我的提問。」

我點點頭，說：「的確，我是沒有回答。要我承認我的工作是靠直覺進行的，我會有些不情不願。上次我來到府上，里根太太等我從你的蘭花溫室出來後，把我叫過去了。她好像覺得你是為尋找她的丈夫，才僱了我。可是我插手此事，似乎讓她很不高興。她告訴我，『他們』也就是警方，在一座車庫裡發現了里根的車。這說明警方肯定瞭解了某些情況，那麼手握這些案件資料的就應該是失蹤人口調查局。你或是其餘人有沒有去報過警，我自然不清楚。是誰向警方舉報，有人把這輛車丟在車庫裡，我同樣搞不清楚。可是我瞭解警方，明白他們知道的肯定不止這些，尤其是你的司機剛好在警局備了案。他們接下來還會有什麼發現，我也猜不到。我由此想到失蹤人口調查局。懷爾德先生表現出的態度證明了我的想法。我們當晚在懷爾德家交談，話題涉及蓋格和其餘某些事。我曾經跟他獨處過一段時間，期間他詢問我，有沒有聽你說過你正在尋找里根。我告訴他，你跟我說過，你迫切想要知道里根身在何處，是否平安。懷爾德癟著嘴，沒有說什麼，看起來神秘莫測。可是我明白，他所謂『尋找里根』即求助於司法機關尋找里根。儘管如此，我也沒有告訴格里高利上尉任何情況，他原本瞭解的情況除外。」

「但你卻讓格里高利上尉相信，我想讓你尋找里根，才僱了你。」

「沒錯。在我確定他已經開始處理本案時，我是給了他這種感覺。」

他閉起眼，眼皮跳動：「難道你覺得這種行為不會違反道德嗎？」

「自然不會，我並不覺得哪裡違反了道德。」我說。

老人再次睜開雙眼，灰白的臉上一下射出兩道銳利的光芒，讓人大吃一驚。他說：「我可能無法理解。」

「可能是這樣的。作為失蹤人口調查局的老大，他一定會守口如瓶，否則他絕不會待在那裡。他經驗豐富，頭腦靈活。起初，他極力想讓我誤會他一早就厭倦了這份工作，只是在應付公事。他險些成功了。我並未跟他一起鬧，還說了很多話嚇唬他。不過，我明白無論我跟警察說什麼，警察都會給這些話打折扣。我跟他說任何話都沒什麼關係。你請我們這種人幫你工作，跟請個幫工擦玻璃窗可不一樣。後者你只需指出八扇玻璃窗，告訴他：『只要擦完這八扇窗就行。』我處理一項工作時，需要翻來覆去做多少事，你並不瞭解。我有自己做事的方法，不能違背。為保護你家族的聲譽，我已竭盡所能。我可能違反了幾項規定，但我純粹是為你的利益著想，迫不得已才這麼做。只要我的委託人不是壞人，我就會把他放在第一位。就算是壞人向我提出委託，我所做的也僅限於堅決拒絕。況且你從未禁止我去見格里高利上尉。」

他微笑道：「我很難提出這樣的要求。」

「好，除此之外，我還做錯了什麼？你的下人諾里斯好像覺得，只要蓋格不再來找麻煩，此事就算解決了。我並不這樣認為。打從一開始，我就覺得蓋格勒索的方法中包含了很多內情，直到現在我還沒能解開這個謎。

我並非夏洛克・福爾摩斯或菲洛・凡斯[1]，到警方搜查過的地方重新搜查一下，就能找到線索，比如筆尖斷掉的鉛筆頭之類，讓案件真相大白。只有對警察一無所知的人，才會覺得所有偵探養家糊口都是靠這種方法。警察偶爾也會忽視一些東西，但不是這種東西。我的意思不是警察工作時若沒有任何顧慮，就會頻頻忽視一些線索。通常說來，他們忽視的都是那些很難確定和解決的事情，比如蓋格這種人讓你拿出紳士作風，清償借據上的欠款。做著那種不清白的買賣，蓋格隨時都可能被法律懲處，但他有個靠山，是個很有權勢的黑道中人。警察對他的無視也能算作一種消極的保護。他為何要勒索你呢？因為他想知道你是不是還在承受一種壓力。若答案是否定的，你會等候他接下來的行動，至於眼下則對他不理不睬，否則你就只能拿錢給他。不過，你的確在承受著來自里根的壓力。你憂心忡忡，覺得里根可能會表裡不一，覺得他可能只是想弄清楚如何奪走你存在銀行裡的錢，才陪伴你那麼長時間，才對你那麼好。」

我看到他想說話，卻沒給他機會說出來：「就算是這樣，你在乎的也並非自己的錢甚或是女兒。對於兩個女兒，你一早就失去了所有期待。最重要的是你的確很喜歡里根，強烈的自尊讓你生怕自己上了里根的當，看錯了他。」

有一會兒，將軍一直沒說話，最終他心平氣和地說：「馬羅，你的話未免太多了。連這個謎團你也不打算放過嗎？」

「不，我不會再追究此事。警方覺得我的行動不知輕重，出言警告我。照我的標準來說，我並未做好這項工作，因此我決定退回你給我的酬勞。」

他笑著說：「不用了，這不重要。我還想讓你幫我找找拉斯蒂，我會再付給你1000塊酬勞。可是你不必讓他回到這裡，你甚至不用跟我說他現在身在何處。任何人都能選擇自己的生活。雖然他拋棄我女兒，可是我不會責備他。我甚至不會怪他連個招呼都不打，就那樣走了。他可能是在衝動之下做

---

1. 美國著名作家范・達因（1888～1939）塑造的名偵探。——譯注

出那個選擇。無論他在哪裡，我只想知道眼下他是否安然無恙。我想從他本人那裡確定此事，還想給他一筆錢——若他剛好缺錢的話。你明白我的心意嗎？」

「我明白，將軍。」我說。

他放鬆身體，休息了片刻。他垂下發青的眼皮，閉上眼睛，緊緊抿住慘白的嘴唇。他基本算是失敗了，眼下已精疲力竭。

片刻過後，他重新睜開眼，極力想要露出笑容，說：「我覺得自己連一點軍人風範都沒有了，就像一頭過分看重感情的老山羊。我對那個年輕人很有好感，他對我的感情好像也沒有摻假。可是我對自己看人的本事可能自信過了頭。馬羅，幫我去找他。我想知道他在什麼地方，僅此而已。」

我說：「我會盡力而為。我說得太多了，你應該休息一下。」

我迅速起身，走向遠處的大門。我開門前，他再次閉上雙眼，兩手垂到被單上，一點力氣都沒有，看起來跟死屍沒有任何區別。我輕手輕腳關上門，從走廊走向樓梯。

31

管家走過來，手裡拿著我的帽子。

我戴上帽子，問他：「依你看，他的身體還好嗎？」

「他看起來很虛弱，實際上並沒那麼糟糕。」

「該為他的後事做準備了。里根這麼討老爺子的歡心，他到底做了什麼？」

老管家注視著我，一張臉上卻面無表情，真是匪夷所思。他說：「先生，因為年輕和他那種軍人的眼光。」

我說：「跟你一樣。」

「先生，冒昧說一句，跟你也很像。」

「你過獎了。今早兩位小姐好不好？」

他禮貌地聳聳肩。

我說：「我猜就是這樣。」

他幫我開門。

我從門口的台階上張望那一層又一層向遠處鋪展的草坪、修剪整齊的樹和花、花園最那頭的金屬柵欄。花園中央有個石凳，我看見卡門正雙手抱頭坐在那兒，看起來很孤獨，很悲涼。

一層又一層草坪被紅磚建造的台階連在一起。我走下台階，走到她面前。這時，她才聽見我的腳步聲，一下跳起來，猛地轉身，好像一隻小貓。她穿一身淡藍色便裝，我們初次見面時她穿的衣服。她的金髮還是那麼蓬鬆，水光閃爍。她臉色慘白，卻在看我時泛了紅。還有她那雙眼睛，是灰藍色的。

我問：「很悶嗎？」

她逐漸露出帶著少許羞澀的笑容，迅速點點頭。片刻過後，她低聲問：「你沒有生我的氣？」

「我覺得你在生我的氣才對。」

她含著拇指笑道：「我沒有生你的氣。」

我看到她的笑容，對她的好感一下消失了。我四下張望，看到30英尺外有棵樹，上面掛著個插了好幾支飛鏢的靶子，另外有三四支飛鏢還放在她的石凳上。

我說：「你跟你姐姐過的日子在有錢人之中算是無趣的。」

她從長睫毛底下看著我，眼神一如從前，讓我很想躺到地上打滾。

「你很喜歡丟飛鏢？」我問她。

「唔——哼。」

「我想起了一件事。」我轉回頭去，看看那座房子，朝前邁出幾步，走到一棵樹旁，這樣房子裡的人就看不到我了。我把她的手槍從衣兜裡拿出來，說：「我帶來你的槍。我把它擦得很乾淨，還填上子彈。在你練好槍法之前，不要隨隨便便朝人開槍，能不能記住我的話？」

她臉色更加慘白，不再含著那根細細的拇指。她先後瞧瞧我和我手中的槍，眼神有些迷糊，突然說：「你教我槍法。」

「啊？」

「你教我怎麼開槍，我想讓你教我。」

「就在這裡嗎？法律可不允許。」

她到我身旁拿走那把槍，握著槍柄匆匆塞到衣服下，轉回頭瞧了瞧，似乎非常擔心被人看到。

她神神秘秘地說：「到下面那些老油井旁，你就能教我開槍了。」她朝山坡下一指，說：「你肯不肯教我？」

我凝視著她灰藍色的眼睛，卻覺得還不如去看兩個瓶口，因為那雙眼睛裡空無一物。「那好，我先去那裡瞧瞧再說，槍我幫你拿著。」

她笑著做個鬼臉，把槍交給我，表情神秘而淘氣，就像在把她房間的鑰匙交給我。我們從台階往上走到我的車旁邊，上了車。花園似乎變得有些荒涼，陽光顯得很不真實，一如飯店領班露出的微笑。我發動汽車，從車道往下走，途中穿越了一扇又一扇門。

我問：「薇薇安呢？」

她笑起來，說：「她還在睡覺。」

我開車走下山坡，走過寧靜的大街，這裡被大雨沖洗得十分乾淨。我開車駛向東邊拉・布雷亞那邊，繼而向南。我們抵達她所說的地方時，是10分鐘後的事了。

她從車窗伸出頭去，指揮我說：「就在那裡頭。」

這條窄小的土路不會比一條小徑寬敞許多，似乎是通往山間一座農場。一扇由五根木條釘成的大門被固定在一根柱子上，朝後大開，好像多年沒關上了。路中央印著深深的車輪印，路兩側長滿尤加利樹，十分高大。在陽光的照耀下，這條原本供卡車行走的道路看起來空空落落。因為大雨才停下不久，路面上看不到多少灰塵。我開車沿著那些車輪印往前走。忽然，城市嘈雜的車聲變小了，我們好像離開市區，進入了遙遠的夢境，這種感覺真是神奇。繼續前行，我們看到了一座低矮的木製井架，滿是油汙的活動木梁豎立在一根粗大的樹枝上，紋絲不動。另外還有五六根木梁都跟這根木梁綁在一起，連接它們的是一條老舊生銹的鋼纜。油井一早就停工了，這些木梁待在那兒可能有一年了。一堆生了鏽的鋼管堆放在路邊，旁邊斜靠著一座裝卸台。地上還放著五六個空蕩蕩的油桶，擺得亂七八糟。有個汙水池表面飄浮著一層油汙，在陽光下閃爍著絢爛的光芒。

我問：「這裡要建一座公園嗎？」

她縮起下巴，對我眨眨眼。

「趕緊行動。這個汙水池太臭了，簡直能薰死一群山羊。你提到的地方就是這裡？」

「唔——哼。你喜不喜歡？」

「這可真美。」我在裝卸台邊停車，跟她一起下車。從這兒聽街道上的噪音，就像蜜蜂的嗡嗡聲一樣遙不可及。這兒冷冷清清，跟墳地差不多。雨水也未能沖刷掉高大的尤加利樹上的灰塵。無論何時，這種樹身上總是布滿灰塵。汙水池邊躺著一根很大的樹枝，是先前被風吹斷的。樹葉很大，形狀好像羽毛，一些樹葉浸泡在水中微微飄動。

從汙水池邊繞過去，我朝泵房那邊看了看。裡面陳舊的機器最近應該沒被人碰過，外面的牆上斜倚著一個大木輪。這地方的確很適合練習槍法。

我回到汽車那邊。那姑娘站在車邊梳理頭髮，又捧起頭髮任由太陽照耀。「給我槍。」她朝我伸著手。

我把槍交到她手上，俯身拾起一個罐頭盒子，盒子空了，還生了鏽。

我說：「裡面填了五顆子彈，你要小心。那邊的大木輪子中間有個方形的洞，看到沒有？我去把罐頭盒放在那兒。」我指指大木輪子。

她側著頭，滿臉興奮。

我說：「從這兒走過去差不多要走三十步。等我回來再開槍，明白嗎？」

她笑起來：「明白。」

我把罐頭盒子放到汙水池另一側的木輪子中央。要是她沒打中罐頭盒子——她肯定不會打中，那樣她的子彈也不會彈出去，很有可能會嵌入木輪子裡，可是這並非她的射擊目標。

我從汙水池邊朝她走過去，走到汙水池邊離她十步以外的地方，她猛地露出兩排尖利的小牙，口中嘶嘶作響，把手上的槍對準了我。一瞬間，我呆住了。在我身後，汙水池裡臭氣薰天，讓人噁心。

她說：「混蛋，別動。」

槍口正對著我的胸口。她穩穩拿著那支槍，口中的嘶嘶聲不斷加劇，臉緊繃得像被刮過的骨頭。剎那間，她蒼老了許多，像一頭野獸，一頭凶惡而墮落的野獸。

我笑著朝她走過去，看到她緊緊扣動扳機的細手指指尖都泛了白。她在我離她還有六步時開了槍。

突兀而空洞的槍聲在這個大晴天聽起來格外清脆。我並未看見槍口冒煙，停下來又對她露出了笑容。

她繼續開了兩槍。我並不相信她真能打中我。她總共開了四槍，槍裡只剩一顆子彈了。

我朝她飛奔過去，同時側身躲開她的槍，我可不希望最後一顆子彈擊中我的臉。她毫不驚慌，從容地向我射出最後一顆子彈。我一陣迷糊，感覺火藥灼熱的氣息朝臉上撲過來。

我直起腰，說：「哎，你真厲害。」

槍裡的子彈都打光了，她握槍的手開始瑟瑟發抖，一下把槍丟到地上。她的嘴唇也開始哆嗦。她口吐白沫，朝左側別過頭去。她身體晃動著，呼吸時伴隨著哼哼聲。

我在她即將倒下時扶住了她。她失去了意識。我兩手並用，把她的牙齒撬開，塞進一條捲成一卷的手帕。這並不容易，我好不容易才完成這個動作。我把她抱進車裡，轉身拾起那把槍放進衣兜。接著，我上車掉頭駛向來時的路，穿過大門，從山坡返回斯特恩伍德家。

卡門紋絲不動縮在車廂角落中。她醒過來時，車已駛到她家院子的車道上。忽然，她滿懷驚懼，雙目大睜，坐起身來，喘息道：「怎麼回事？」

「沒事。能有什麼事？」

「啊，的確有事，我的褲子都濕了。」她又笑起來。

我說：「換成任何人都會這樣。」

她猛然意識到接下來可能發生的事，開始呻吟，好像得了什麼病。

32

我在那個眼神和善的長臉女傭帶領下，來到樓上的起居室。室內窄而長，刷成了灰、白兩種顏色。窗簾是象牙色的，有很長的一段垂在地板上捲起來，一點用處也沒有。整個房間都鋪著白色的地毯。房間非常吸引人，像是電影女星的房間，可房內一切都虛假得像用木頭做的義肢。裡面空無一人，我走進去，門在背後關起來，沒有發出半點聲響，好像關上了一扇病房的門，透著一種古怪。早餐檯擺在長沙發旁，檯下裝著輪子，檯身上鍍了銀，閃爍著光澤。咖啡杯裡有菸灰撒落。我坐下等候。

似乎過了很久，門再次打開，薇薇安進來了。她穿著白色的睡袍，顏色好像牡蠣。睡袍上裝飾著蓬鬆的白色皮製花邊，就像夏季大海在一座小小的孤島海岸邊翻起的白沫。

她從我身旁走過，步伐邁得很大，十分輕快。走到長沙發旁，她坐下來，嘴邊含著一支菸，指甲上塗滿了紅銅色指甲油，連指甲上的月輪都沒放過。

她注視著我，心平氣和地說：「你的確是頭野獸，殘暴的野獸。你昨晚殺了人，我已經知道了。至於我是怎麼知道的，就不用你費心了。眼下，你又來到我家，把我妹妹嚇得昏過去了。」

我一聲不吭。她有點坐立難安，又坐到一把椅子上，頭往後靠著椅子後背上緊挨著牆壁擺放的白色椅墊。她嘴裡噴出灰白的煙圈，雙眼瞧著空中的煙圈向上飄蕩，飄向天花板。起初，煙圈在空氣中清晰可見，隨即慢慢消散，融入空氣中消失了。片刻過後，她緩緩垂眼瞧著我，眼神冷酷。

她說：「你是什麼樣的人，我並不清楚。前天夜裡，我們兩個有一個還保持著理智，真是件幸事。我已經很不走運了，否則之前不會嫁給一個私酒販子。上帝保佑，你別一句話也不說啊！」

「她還好嗎？」

「哦，我覺得她沒事。她很喜歡睡覺，現在又睡著了。你做了什麼事招惹上她？」

「我根本沒招惹她。我跟你父親見完面，走到院子裡。她剛好在前面的花園裡，朝樹上掛的靶子上扔飛鏢。因為先前她從歐文・泰勒那裡得到的左輪手槍還在我手裡，我便過去跟她聊了幾句。那一晚，也就是布洛迪被殺的那一晚，她帶著槍去找布洛迪。我沒有別的選擇，只能搶過她的槍。你可能還沒聽說過這件事，我並未對外透露過。」

她睜大斯特恩伍德家那雙獨有的黑色眼睛注視著我，眼神一片迷茫。這時，變成她一聲不吭了。

「拿回那把槍，她很快樂，讓我教她槍法，還要帶我去參觀山下的老油井。那些老油井曾是你家的搖錢樹，這我是知道的。我和她去了那裡，發現那裡全都是廢鐵、廢木頭、乾枯的油井、漂著油汙的汙水池，陰森恐怖。她可能是看到那些東西受了刺激。那裡實在可怕，你應該也去過那裡。」

她有氣無力地說：「嗯……的確。」

「到了那裡，我在一個大木輪子上放了一個罐頭盒子做靶子。她似乎有輕度的羊癲瘋，一下就發作了。」

她繼續那種虛弱的語氣說：「沒錯，她這個病會定期發作。你就是為了跟我說這些，才過來見我的？」

「艾迪．瑪爾斯究竟抓住了你什麼把柄，你還是不肯向我坦白嗎？」

「他根本沒抓住我任何把柄。我都被你這個問題問煩了。」她的語氣很冷漠。

「你是否認識卡尼諾？」

她蹙起蛾眉，沉吟道：「我好像聽說過他的名字，還沒有完全忘記。」

「艾迪．瑪爾斯這個手下據說是個狠角色，我也這麼認為。現在他已去了停屍間，要不是有位女士對我略施援手，去那兒的本應是我才對。」

「女士好像都……」她面色慘白，一下停住不說了。然後，她簡單地說：「我不覺得這是能拿來說笑的事。」

「我沒有說笑。我的話可能在繞圈子，但這件事的發生本身就在繞圈子。一圈圈都連結在了一起，包括蓋格跟他那種獨特的騙人伎倆，布洛迪跟那些裸照，艾迪．瑪爾斯跟賭輪盤，卡尼諾跟那個並未與拉斯蒂．里根私奔的女人。」

「你在說什麼，我聽不懂。」

「你若能聽懂，就能明白大致情況如下，蓋格抓了你妹妹，這不是什麼難事，然後從她手上搞到一些借據，打算利用這些借據，通過一種還算文明的方式勒索你父親。艾迪．瑪爾斯在背後支持並庇護蓋格，讓蓋格幫自己在前面衝鋒陷陣。你父親並未受他恐嚇，否則你父親不會不給錢，還要把我找過來。艾迪．瑪爾斯想瞭解的就是這個，因為他想確定能否用你的把柄要脅將軍。若答案是肯定的，他就能大發橫財，否則他只能等待，直到你得到屬於你的那份財產。等待的這段時間，他不能對你獅子大開口，只好利用賭輪盤從你身上賺點小錢。歐文．泰勒殺了蓋格。蓋格對你那個傻乎乎的妹妹玩了很多花樣，這讓歐文那個年輕人很不高興，他愛著你妹妹。對艾迪．瑪爾斯來說，蓋格的死活並不重要。瑪爾斯同時在玩另外一場十分秘密的賭博遊戲，無論蓋格還是布洛迪都對此一無所知。你、艾迪、那個名叫卡尼諾的單身漢是僅有的知情者。你丈夫下落不明。因為外面有傳言說艾迪和里根不和，艾迪便把自己的老婆藏到了列里特，還安排卡尼諾做看守。如此一來，大家就會猜測，她跟里根私奔了。更有甚者，艾迪還將里根的車送到了蒙娜・瑪爾斯家附近的車庫。艾迪此舉若僅僅是為了讓大家不再懷疑是他親自動手或慫恿他人殺了你丈夫，那他就太蠢了。可是他並不蠢，他這樣做還有一個目的。他在玩一個大型賭博遊戲，涉及金額高達100萬。里根去了什麼地方，為何要去那兒，他一清二楚。他不希望警察承受巨大的壓力，以至於必須查出里根身在何處。他不想讓警察深入調查此事，想給出一個能讓他們安心的解釋。你是不是已經厭倦了我這樣說個沒完？」

她已經耗光了所有精力，虛弱地說：「的確，你真叫我厭倦透頂，上帝啊！」

「對不起。我並不是那種自以為是的人，不會不管什麼事都插上一腳。今天早上，你父親讓我去查里根的下落，承諾給我1000塊酬勞。這筆酬勞對我而言很豐厚，但我無法做到。」

她馬上張開嘴，粗重地喘息起來，用沙啞的聲音說：「給我菸。為什麼你無法做到？」她脖子上有一條青筋明顯地跳動起來。

我給她一支菸，還將一根點燃的火柴湊到她跟前。她深深吸一口菸，緩緩吐出煙圈。接下來，她再未吸上一口，只將菸拿在手裡，似乎全然忘了這支菸。

我說：「我要如何跟你解釋呢？你父親要我做的事很難做到，失蹤人口調查局都無能為力，我又能做些什麼？」

「啊……」她發出一聲嘆息，似乎放鬆下來。

「原因之一就是這樣。在失蹤人口調查局看來，他的『失蹤』是故意為之，他們說帷幕已經拉上了。要說艾迪・瑪爾斯殺了他，他們可不相信。」

「有人說他已經被殺了？」

我說：「這一點我接下來就要說到。」

她的臉在剎那似乎扭曲了，變得不受控制，面目全非。她張著嘴，好像要開始尖叫。可是轉眼間，她又平靜了下來。斯特恩伍德家族的血統確實有些長處，不僅限於給他們一雙黑眼睛和滿腔的衝動。

我起身拿過她指縫中夾著的那支菸，將還在冒煙的菸熄滅在菸灰缸裡。接著，我從衣兜裡取出卡門那把小小的手槍，放在她用白色綢緞包裹的膝蓋上，動作故意做得小心過了頭。放好槍後，我像裝扮櫥窗的人看自己用新手法在模特兒脖子上繫的圍巾一樣，側著頭後退一步。

我再次坐下時，她還是紋絲不動，視線慢慢向下挪到那把槍上。

我說：「槍膛是空的，不會傷人。她把五顆子彈都打出來了，全都是對著我來的。」

她脖子上那條青筋又開始跳動，想說話卻說不出來，最終沉默了。

我說：「當時我跟她相距只有五六步遠。她這件事做得很棒吧？可惜我裝的子彈全是空包彈。」我笑起來，笑得很邪惡：「我預感到只要有機會，她就會做出這樣的事來。」

「你真叫人害怕，非常害怕。」她似乎正從遙遠的地方拉回自己的聲音。

「沒錯。作為她的姐姐，你打算如何處理此事？」

「你根本無法提供任何證據。」

「證據？」

「證明她開槍打你的證據。剛剛你提到，只有你和她兩個人去了油井，沒人能證明你說的是真的。」

我說：「哦，我無意拿出能證明此事的證據。若我在那把小手槍裡裝了實彈會怎樣，這才是我要思考的問題。」

她的雙眼比黑夜還要深，宛如兩個黑漆漆的深淵。

我說：「我在想，里根失蹤當日傍晚，他把她帶到山下的老油井旁，教她槍法。他在某處放了個罐頭盒給她做靶子。他站在她身邊，讓她開槍射擊。一如她今天朝我開槍一樣，當日她的射擊目標也從罐頭盒變成了里根。至於她為什麼要這麼做，原因也跟今天一樣。」

她哆嗦了一下，槍從她的膝蓋滑到地板上，發出一聲巨響，我一生從未聽到過比這更響的聲音。她緊盯著我，發出長長的、痛楚的呻吟：「卡門！……卡門，仁慈的上帝！……為何會這樣？」

「你一定要讓我向你坦白，她開槍打我的原因嗎？」

「一定，我覺得……我覺得你必須跟我說。」她依然用十分恐怖的眼神看著我。

「我前天夜裡回到家，發現她騙過公寓管理員，進入我的房間，正在等我回去。她赤身裸體在我床上躺著。我扯住她的耳朵，將她丟出房間。卡門不喜歡被人這樣對待，但我猜她曾被里根這樣對待過。」

她嘴唇收縮，伸出舌頭舔了舔，此舉像是故意為之，也像是無意之舉。這個瞬間，她就像個飽受驚嚇的孩子。她的面部輪廓變得十分清晰，她慢慢抬起一隻手，手指僵硬得像被線拉扯的義肢，用衣領上鑲的白色皮製花邊一點一點鎖住自己的咽喉。然後，她便呆坐在原地，眼神茫然。

「錢，你應該是想要錢。」她用沙啞的聲音說。

我儘量控制自己，不要露出譏諷之色，問：「要多少錢呢？」

「1萬5千塊怎麼樣？」

我點點頭說：「差不多。他們推測出的錢數就是這麼多。被她槍殺時，他身上帶著的錢就是這麼多。你去求艾迪・瑪爾斯幫忙，卡尼諾負責處理掉了屍體，拿到了這麼多酬勞。不過，跟艾迪未來想要得到的相比，這筆錢實在少得可憐。整件事就是這樣，對嗎？」

「混蛋！」她咒罵起來。

「哦……哈哈。我是聰明人，活著不帶任何感情，也沒有任何良心不安。我只看重錢，一門心思只想賺錢，因此只要我還有點腦子，就會為了每天25塊錢的酬勞加汽油費、威士忌酒錢之類的報銷，努力動動我的腦子。我不顧自己的性命和未來，做了很多不正常的事，惹得警察、艾迪・瑪爾斯和他的手下都對我深惡痛絕。我天天在子彈、棍棒底下討生活，不管遇到什麼人，都要跟人說：『多謝，希望你以後不管遇到任何問題，都能再來找我幫忙。為了方便你以後聯絡我，這是我的名片。』只是為了賺每天25塊錢的酬勞，我做了這麼多事，可能還不止於此，我還要維護那個身體和精神都衰弱至極的老人血液中殘留的少許自尊，畢竟他的血沒有毒，他那兩個年輕的女兒雖然跟現在很多富家千金一樣不羈，但總歸沒有淪為殺人凶手。我變成混蛋，就是因為這些。不過，我根本不在意，這沒什麼。很多人包括你妹妹在內都曾用這句話罵過我。你妹妹罵得更不堪入耳，只因我不肯和她上床。

你父親給了我500塊，他付得起且是主動付給了我這筆錢。他還向我許下承諾，只要我能找到拉斯蒂・里根，他會再付給我1000塊。加上你要付給我的1萬5千塊，我真是發財了。我能用這1萬5千塊買房子、新車、各個時節的衣服。也許我還能出去度假，就算有顧客登門找不到我，我也不用在意。簡直太棒了！但你為什麼要給我這些錢？你是想讓我接著做混蛋，還是跟那個當晚在自己車上酩酊大醉的有錢少爺一樣做紳士？」

她一聲不吭，好像一尊石像。

我沉著地說下去：「行啦，你能帶她離開這裡嗎？去遠方找個地方治好她。不要讓她再碰刀槍和烈酒，也許她真能好起來。這種事不是沒有先例。」

她起身緩步走到窗前。白色窗簾底下那部分垂在她腳上，像翻起的白色海浪。她眺望著窗外遙遠的山脈，那裡寧靜而黑暗。她站在那兒，身體紋絲不動，簡直要跟窗簾合二為一。她像雕塑般無力地垂下雙臂。片刻過後，她轉身走向房間另一頭。經過我身邊時，她就像沒看到我一樣。

走到我身後，她忽然喘一口氣，說：「他在那個汙水池裡，現在只剩下骨頭了，樣子很恐怖。這是我做的，我去找艾迪・瑪爾斯幫忙，你說的沒錯。我妹妹就像個孩子，當天回家以後，她跟我說起了這件事。她不正常，不會對警方有任何隱瞞，我很清楚。她很快就會驕傲地說出這件事，甚至不用旁人問她。我父親若聽說了，會馬上報警，把此事一五一十說出來。這樣一來，他絕不會活過當晚。我並不害怕他死，可一想到他死前會想些什麼，我就覺得無法忍受。儘管我並不愛拉斯蒂，但是他並不壞，對我也很好。可是我已經無法考慮這些了，一門心思想要向父親隱瞞。對我來說，不管要做什麼，不管是生是死，都不重要了。」

「所以你就任由你妹妹繼續惹事。」我說。

「我是為了拖延時間。若不是這樣，我也不會做這種事。我做事的方法的確有失妥當。我覺得她說不定已經忘記了。聽說這種病人事後根本想不起病發時做過什麼。她可能真的忘了。艾迪・瑪爾斯會喝乾我的血，我一早就知道，但我並不在意。那時候，我非常想找人幫我，除了像他這樣的人，我無人可以求助……我經常覺得無法置信，自己竟會遇到這樣的事。沒有這種念頭時，無論應不應該喝酒，我都會把自己徹底灌醉，越快越好。」

「你應該帶她離開，『越快越好』。」我說。

「你打算做些什麼？」她的語調溫柔起來，但她並未轉身對著我。

「我不會做任何事。現在我要走了，希望你們能在三天之內離開這裡。你們若是照做就會沒事，否則我會告發你們，我說到做到。」

她一下轉過身來，說：「我不知道應該對你說些什麼，從哪裡說起。」

「好啦，帶她離開這裡。你要確保她一直處在別人的監督下。你能答應嗎？」

「能。艾迪他……」

「你不要理會他了。我會處理好他那邊的事。我先休息片刻，然後過去找他。」

「他會不會殺了你？」

「他想殺就殺。他派出最能幹的手下殺我，還是沒能如願。換成其餘殺手，我也甘願承擔這樣的風險。這件事諾里斯知不知道？」

「他一定會守口如瓶。」

「我猜這件事也瞞不過他。」

我迅速離開她的房間，從鋪著瓷磚的樓梯到了樓下的大廳。離開時，我看到我的帽子被人放在那裡，但沒人出來招呼我。外面的花園陽光燦爛，可是這陽光卻顯得神秘莫測，似乎有雙惡毒的小眼睛正躲在樹叢深處偷窺我，讓我莫名其妙感到很恐怖。我開車下山。

死後的棲身之所很重要嗎？髒兮兮的水窪跟山上高聳的大理石塔有什麼區別？死去的人永遠不會甦醒，也就不必在乎這些。滿是油汙的髒水和不時有微風吹過的空氣，對死人來說一點區別都沒有。死人不會考慮那些不乾不淨的事，包括自己是怎麼死的、死在什麼地方。除了埋頭睡覺，死人什麼都不理會。不過，眼下我已成了這些不乾不淨的事情之一。跟拉斯蒂・里根比起來，我在其中占據的比例大得多。用不著再把那個老人拉進這件事情中來，就讓他繼續躺在那張有華麗帷帳的大床上，把那雙蒼白的手放在被單上，一直等下去，不要受到任何打擾。他的內心在喃喃自語，簡短又含混不清。他的思維起伏不定，晦暗不明，好像塵土。他很快也將長眠不醒，步拉斯蒂・里根的後塵。

我回城途中把車停到一家酒吧門口，叫了兩杯威士忌喝下去。可是這兩杯酒只讓我想起了那個銀髮女郎，沒能給我帶來絲毫愉悅。從那以後，我再未見過那個女郎。

漫長的告別

（1955年 愛倫・坡長篇小說獎）

漫長的告別

1

我第一次遇見泰瑞・蘭諾斯時，他在一輛銀色勞斯萊斯幽靈裡坐著，已經喝得爛醉如泥。泊車小弟將車從車庫裡開了出來，停在舞者俱樂部露台外。泰瑞・蘭諾斯好像遺忘了自己的左腿，任由它垂在車外。泊車小弟沒辦法把門關上，只能用一隻手扶著車門。泰瑞・蘭諾斯的頭髮雪白，卻有一張特別年輕的臉。他已經醉得很厲害了，從他的眼睛裡能輕易看出這一點。除了這個，他跟那些穿著華美禮服，在歡樂場上揮金如土的闊少沒有什麼區別。這些歡樂場存在的意義就是讓他們揮霍金錢。

他身邊坐了一個女人，女人有一頭特別討人喜歡的紅色頭髮，但嘴角卻掛著一絲冷漠的笑。她肩上的一領藍貂皮，差點要蓋過勞斯萊斯的風頭，不過到底遜色了一些。

泊車小弟穿了一件胸前繡著紅色酒店名字的白制服，他是那種很常見的、不好使喚的人。

他已經失去了耐心，刻薄道：「我說先生，我需要關上車門，你能不能把您尊貴的腿放回車裡？或者說還是我把門打開，讓您可以滾到外面去？」

女人掃了他一眼，目光銳利得彷彿能穿透人的身體，但是他根本沒搭理她。舞者俱樂部裡的客人總是花高價去玩高爾夫，以此讓自己看起來更加高尚。但俱樂部收羅的這些服務生，總能一眼將這些人看穿。

停車場裡開進來一輛外國敞篷跑車。一個穿著格子上衣、黃色褲子和馬靴的男人從車上走了下來，他用汽車點菸器將一支細長的香菸點燃，然後吐著煙霧悠閒走過，看都沒看一旁的勞斯萊斯。這輛車在他眼中，大概已經跟不上潮流了。他走到露台樓梯下停住，拿出單片眼鏡戴在鼻樑上。

突然，女人柔媚地說道：「親愛的，我有一個很棒的提議。我們可以叫一輛計程車去你住的地方，然後把你的敞篷跑車開出來，沿著海岸兜風，開到蒙特斯托去。我知道那裡有人正在開泳池派對。這真是一個美妙的夜晚。」

「真的很對不起，」白髮年輕人彬彬有禮道，「那輛車已經被我賣了，它現在不是我的了。我也是迫不得已。」他的語氣用詞都很平淡，好像剛才喝的不是酒而是橘子水。

女人從他身邊挪遠了一點，聲音聽起來離得更遠了，「親愛的，賣了是什麼意思？」

他回答：「意思就是，為了吃飯我不得不賣了車。」

「哦，懂了。」這時候，要是將一塊霜淇淋放在她身上，都不會融化掉。

泊車小弟用看下等人的眼神看著白髮年輕人，然後湊過去說：「兄弟，我要去看管車子了，要是有緣的話，下次再見吧！」

他把車門鬆開，喝醉的白髮年輕人馬上從車座上滑了下來，跌坐在柏油馬路上。我見狀走了過去，彎腰扶他。我知道，不要去招惹喝醉酒的人。即使他跟你認識，還對你有好感，他也可能隨時往後退幾步，然後朝著你的嘴狠狠來上一拳。我架住他的雙臂，幫他站了起來。

他很有禮貌地說：「非常感謝。」

女人已經挪到了駕駛座上，用不銹鋼似的聲音說：「謝謝你扶他。他每次喝醉酒，就是這種英國紳士腔調。」

「我把他扶到後座去。」

女人已經踩了離合器，發動勞斯萊斯，「真是不好意思，我沒時間等了，我還有約會。他現在就是條流浪狗，不過還不是那麼沒有規矩，你大概可以幫他找個窩。」她說著，冷笑了起來。

我看著勞斯萊斯從入口車道開出去，上了日落大道，向右一轉彎，開遠了。那個喝醉的傢伙還掛在我的胳膊上，他似乎進入了夢鄉。這時，泊車小弟回來了。

我對他說：「哈，這樣的辦法也不錯。」

他諷刺道：「這是肯定的。醉鬼只會惹麻煩，誰願意費那個精力跟他們糾纏。」

「你認識這個人嗎？」

「我在這裡上班才兩個星期，根本不知道他是哪路貨色。不過我聽剛才那個小姐叫他泰瑞。」

我把停車票遞給他，說道：「麻煩你把我的車開來。」

我架著醉鬼，覺得好像拎了一個裝滿鉛塊的袋子，好在泊車小弟很快把我的奧斯摩比開了過來。泊車小弟幫著我，把醉鬼塞進了副駕。醉鬼將一隻眼睛睜開，對我們說謝謝，接著閉上眼又睡了。

我對泊車小弟說：「我還是第一次見這麼有禮貌的醉鬼。」

他說：「林子大了什麼鳥都有，全都是些下流貨。這個醉鬼，臉上好像還動過刀。」

「你說的沒錯。」我拿了一塊錢遞給他，他向我表示感謝。

泊車小弟沒有瞎說，我這位新朋友臉上確實動刀了。他整過容，還是不小的手術。有幾道細微的疤在蒼白僵硬的右臉上，而疤痕周圍的皮膚顯得很光滑。

「你準備怎麼安排他？」

「把他帶回去，讓他醒酒，然後問問住址。」

泊車小弟朝我做個鬼臉。

「行，算你倒楣。這些醉鬼沒有一點意思，只會惹麻煩。如果我是你，我就把他扔進臭水溝裡去。我有自己的原則，現在的競爭就是這樣，要多省著點力氣，免得在關鍵時刻沒辦法保護自己。」

我說：「看得出來，你的原則給你帶來了不少好處。」

他剛開始沒有聽懂，等他反應過來發脾氣的時候，我已經坐進車裡發動汽車了。

其實他說的話也不是全無道理。泰瑞・蘭諾斯的確惹了一堆麻煩給我。不過話說回來，我本來就是幹這個的。

我那時在月桂谷區斯蘭街靠著山坡的一棟房子裡住。房子建在一條死巷子裡，門前是長長的紅杉木台階，對面是一片尤加利樹林。屋子裡傢俱齊全。這棟房子是個老婦人的，她女兒守寡了，所以去愛達荷州陪女兒一段時間。老婦人希望她想搬回來時，只要說一聲就可以，另外她年紀大了，回家時爬門口的那個長台階很費勁，所以她以極低的價格出租了這棟房子。

我費了很大勁，才把醉鬼弄上這道長台階。他也想幫我省點力氣，但是他的兩條腿現在像是橡皮做的，完全不聽指揮，抱歉的話說了半截，又睡著了。我把門打開，拖著他進了房子，讓他在沙發上躺著睡。我找了一塊毛毯給他蓋上。他的打呼聲特別響亮。他睡了一個小時左右，突然醒了過來，要去上廁所。從廁所回來，他斜眼打量我，想搞清楚自己在哪裡。我跟他說了。他開始聲音洪亮、吐字清晰地進行自我介紹，說自己叫泰瑞・蘭諾斯，在韋斯特伍德街的一棟房子裡獨居。

他說想要一杯黑咖啡，我倒了一杯給他。他拿著咖啡杯和咖啡碟，小心翼翼地喝著。

他左右打量一番，然後問：「我為什麼會來這裡？」

「在舞者俱樂部時你倒在勞斯萊斯裡，醉得不省人事了，你女朋友把你趕了下來。」

他說：「不用懷疑，她當然會這麼做。」

「你是英國人？」

「不是土生土長的英國人，只是在那裡住過。我或許應該叫一輛計程車，不能繼續打擾你了。」

「這裡有一輛現成的。」

下台階的時候他是自己走的，沒有再讓我扶。在前往韋斯特伍德街的路上，他只說了些感謝我的話，還有對自己的失態表示歉意，其餘什麼話也沒說。這樣的話，他大概經常跟人說，不用思考就能直接說出來。

他住的公寓冷冷清清，並且特別又小又悶。看這個樣子，我都以為他是今天下午才搬來的。屋裡有一張硬邦邦的綠色沙發，沙發前面是一張桌子，桌上放著只剩一半的蘇格蘭威士忌、三個空汽水瓶、一碗化成水的冰塊、兩個玻璃杯和一個菸灰缸。菸灰缸裡很多菸頭，其中一些菸頭上還有口紅印。都是些亂七八糟的東西。屋裡沒有什麼個人用品，就連照片也看不見一張。這個房間看起來不像是個人居住的地方，而像一個租來的，用於上床、喝幾杯酒、聊聊天、舉行告別派對的酒店房間。

他問要不要拿點喝的，我說不用。期間我一直站著。在臨別時，他再次向我表示感謝。在他的感謝裡，並沒有表現出感恩戴德的樣子，但是也不是對我完全不在乎。他有點虛弱，還有些不好意思，不過該有的禮貌一點也不少。在我等電梯時，他在門口站著，等電梯上來就目送我進去。不管怎麼說，他還是一個很有禮貌的人，不至於一無是處。

關於那個女人和他的工作，他都沒有提起。在舞者俱樂部裡，他為了那個女人幾乎花光了身上的每一分錢。那個女人竟然毫不留戀地離開，根本不管他會不會被計程車司機扔在野外，也不管他會不會被巡邏的警察抓起來關進監獄。

坐電梯下去時，我恨不得衝回去，帶走剩下的那半瓶蘇格蘭威士忌。但這件事跟我有什麼關係呢？再說了，他們想要喝酒的話，總是能想辦法找到。我那樣做，不過是白費工夫。

我開著車趕回家，一路上都咬著自己的嘴唇。其實我不是個心軟的人，但這個男人卻有什麼我尚未察覺的地方打動了我。可能是他滿頭的白髮，也可能是臉上的疤痕，還可能是彬彬有禮的態度和清亮的聲音。這些也算是足夠的理由了。除了這次意外，我跟他應該不會有別的交集了。就像那個女人說的，他不過就是一條流浪狗。

2

再次見到泰瑞・蘭諾斯是感恩節過完後的一個星期。那時好萊塢大道兩邊的店鋪裡堆滿了耶誕節禮物，這些禮物價格高得離譜。就連報紙上也開始宣傳，為了避免不必要的麻煩，最好盡早置辦節日需要的東西。其實一直以來，麻煩是怎麼都避免不了的。

我在離辦公室大概三條街的地方，看見一輛警車停在那裡。警車上面有兩個警察，正在緊盯著街邊一家店鋪的櫥窗，那邊似乎有什麼東西。「那東西」竟然是泰瑞・蘭諾斯，或者說是他留下的軀殼。這具軀殼的形象看起來十分糟糕。

他緊緊地靠在商店門口，似乎必須要倚靠著什麼才不會摔倒。他大概有四五天沒刮過鬍子了，襯衫也特別髒，一邊的領子還窩在了衣服裡。他臉色慘白，幾乎掩蓋了臉上的細小疤痕，而一雙眼睛就像在雪地上戳的兩個黑窟窿。他揉著自己的鼻子。警車裡的兩個警察蠢蠢欲動。

我立刻衝了過去，抓住他的胳膊，扮出一副凶狠的樣子，說：「站直了，還能走嗎？喝多了？」然後偷偷對他眨眼睛。

他看著我，有些不明所以，不過還是露出了他那半張臉的笑容，接著，深吸一口氣說：「是喝了不少，不過現在我覺得還沒醉，只是有點飄。」

「行啦，把腳抬起來。醉漢監獄的大門已經為你敞開了。」

他努力抬腳配合我，在我的攙扶下，從滿是流浪漢的人行道穿過，走到街邊。有一輛計程車停在那裡，我將車門打開。

司機對著前面那輛計程車豎起了拇指，說道：「先去那輛車。」他說著，回頭看了泰瑞一眼，接著補充道，「要是他願意載你們的話。」

「我的朋友有些難受，情況比較急。」

司機說：「這樣嗎？他去別的地方難受也可以。」

我說：「五塊，行了嗎？」

「行了。」他說著，把手裡的雜誌放到了鏡子後面，我看見那封面上印著火星人。我把手從車窗伸了進去，將車門打開，然後扶泰瑞・蘭諾斯上車。這時，計程車另一邊的車窗被巡邏的警車擋住了。警車上下來了一個灰頭髮的警察。我從計程車邊上繞過去，走到他跟前。

「老兄，等一下。這是怎麼回事？你確定認識這位邋遢的先生？」

「確定，我還確定他需要朋友。他沒醉。」

「肯定的，因為窮。」

警察向我伸出手，我把自己的證件遞了過去。他查看了一下，還給我，說道：「呵，原來是私家偵探撿客戶來了。」他的語氣變得很不友好，而且不容拒絕，「馬羅先生，那個東西只能表明你的身分，他的身分呢？」

「他在影視公司工作，叫泰瑞・蘭諾斯。」

他俯下身，把頭伸進車裡，盯著角落裡的泰瑞看，然後說：「真不賴。不過我敢肯定他最近無所事事，並且夜不歸宿。我甚至敢斷定他就是我們要抓進去的流浪漢。」

我說：「我不相信在好萊塢這種地方，你抓的人還不夠多。」

他目不轉睛地盯著泰瑞看，然後問：「老兄，知道你朋友的名字嗎？」

泰瑞有些遲鈍地回答：「菲力普・馬羅，住在月桂谷區斯蘭街。」

警察的腦袋從車窗處縮了回來，他轉身做了一個手勢，說：「可能你剛才跟他說過了。」

「雖然有這樣的可能，但我沒這麼做過。」

他盯著我，過了大概一兩秒才說：「這一次我就相信你了，以後可別讓他在街上瞎混了。」

我上了計程車。車子開過三條街，在我停車的地方停了下來。我遞給司機五塊錢。他看了我一眼，然後搖頭。

「老兄，照錶計費就行。如果你願意，也可以湊個整數，給我一塊。在法蘭西斯科[1]的時候，我也遇到過這種事。那裡可真是一個冷漠的地方，沒有人肯伸出援手，也沒有計程車願意載我。」

我下意識糾正他：「那叫聖法蘭西斯科。」

他說：「我願意叫它法蘭西斯科，那些少數種族見鬼去吧！」

他把一塊錢收下，道了謝，然後開車走了。

附近有一家速食店，有免下車外賣窗口，他們做的漢堡味道還沒有差到連狗都不肯吃的地步。我給泰瑞買了兩個漢堡一瓶啤酒，之後帶著他回去。在爬那條長台階的時候，泰瑞還是顯得很吃力，但是他沒說什麼，只是咧著嘴努力往上爬。他花一個小時洗澡刮鬍子，收拾完，又有了人樣。我們坐下來，喝一杯淡酒。

我說：「幸好你還記得我叫什麼。」

他說：「我特地記了你的名字，也查過你的底細。這點事情還難不倒我。」

「你可以打電話給我，我就住在這裡。還有一個專門辦公的地方。」

「我不想麻煩你。」

「你現在的情況看起來必須麻煩別人，而你好像沒什麼朋友。」

他說：「我認識一些人，勉強稱得上朋友吧！」他伸手去轉茶几上的酒杯，「去求別人，本來就不是一件容易的事，況且弄到今天這個地步全怪我

1. 法蘭西斯科：司機錯把聖法蘭西斯科叫成法蘭西斯科。聖法蘭西斯科是舊金山的別稱。——譯注

自己，就更沒法辦法開口求人了。」他抬起頭，疲憊地笑了一下，「說不定哪天我就不喝酒了。大家都這樣說，對吧？」

「要三年才能戒斷。」

他驚訝地喊：「三年？」

「對，戒酒通常都需要花這麼長時間。那個世界跟我們這裡完全不一樣，你要習慣單調和安靜的生活，而且有可能再染上酒癮。你會覺得自己的朋友變得不再熟悉，跟一些朋友開始相互排斥。」

「這只是很小的轉變而已。」他轉過頭，看一眼時鐘，繼續說，「我在好萊塢公車站存了一個箱子，價值兩百塊。如果可以把這個箱子拿回來，我就當了它，然後買個便宜的，用剩下的錢坐車去拉斯維加斯。我在那裡能得到工作。」

我坐著慢慢喝酒，並沒有說話，只是點一下頭。

他很冷靜地說：「你肯定在想我早該這麼做了。」

「我是在想要不要管你的閒事。那份工作是說說而已，還是已經確定了？」

「確定了。我們是在軍隊裡認識的，關係很好。他在拉斯維加斯有一家名叫泥龜的俱樂部，規模很大。從某些方面來看，他和他們都是騙子，但是換一個角度看，他們又算好人。」

「車票還有其他的一些費用，我都可以提供。不過你最好先打電話跟你朋友聯絡一下，我不希望我的錢換來的是虛假短暫的東西。」

「非常感謝，但是不用了。蘭迪・斯泰爾從沒讓我失望過，這一次也不會。我有足夠的經驗來判斷，那個箱子能賣五十塊。」

我說：「好吧，我可以給你那些錢。我善良，但並不代表我傻。拿了錢，就老實的別惹事。我有一種不太好的預感，希望你不要再給我惹麻煩。」

他低下頭看自己的酒杯，小口小口地喝著，說道：「是嗎？我們見過兩次，這兩次你都幫了我。你的預感會是什麼？」

「下次再見，你會惹更大的麻煩，而我無能為力，這就是我的預感。沒有依據，但就是有這種感覺。」

他用兩個指尖在右臉上輕輕撫摸了一下，「可能是這個疤痕，它讓我看起來有些凶狠。但是這疤痕是光榮負傷的證明。」

「不，我從沒在意過那個疤痕。我是個私人偵探，你的麻煩就在那兒，但是與我無關，這就是我的預感。如果你不願意聽這麼直接，可以說成從你的性格看出來的。那個女人把你丟在舞者俱樂部門口，大概也是有了某種預感，而不僅僅是因為你喝醉了。」

他很輕地笑了一下，說：「她叫席薇雅‧蘭諾斯。我曾為了錢，跟她結過婚。」

我站起來，蹙眉看他，「你該吃點東西了，我給你做點煎蛋。」

「馬羅，等一下。你是不是想不明白，席薇雅那麼有錢，窮困潦倒的我為什麼不去跟她要錢？自尊心這個東西，你知道吧？」

「蘭諾斯，你可真幽默。」

「是嗎？我現在唯一擁有的就是這點男人的自尊了，所以它有點與眾不同。如果惹怒了你，非常抱歉。」

我到廚房去了，準備一些吃的，有大燻肉、煎蛋、咖啡、烤麵包片。那個時期建的房子都有專門的早餐區，我們在那裡吃完東西。

我說我要去辦公室一趟，回來的時候可以順便帶回他的箱子。他把寄存單交給我。他的臉色紅潤了起來，眼睛也不像之前那樣凹陷得讓人要進去尋找。

出門之前，我在長沙發的茶几上放了一瓶威士忌，然後說：「請把你的自尊心用在它身上。另外，就當作是為了我，打個電話去拉斯維加斯。」

他只是聳肩笑了笑。在走下台階時，我心裡還是很不高興。我不知道原因，同樣也不知道一個男人已經到了流浪挨餓的地步了，為什麼還不願意把衣箱當了。他在按照自己的一套規則做事，不管那是什麼樣的規則。

那個手提箱讓人讚嘆，它是用漂白後的豬皮製作而成，新的箱子應該是乳白色的，上面有黃金做的配飾。這箱子是這裡買不到的道地英國貨，即使能買到，也不可能只花二百，至少要花八百。我在他面前將箱子放下。我在茶几上放的那瓶威士忌他沒動，他現在很清醒，跟我一樣。他正在抽菸，但看樣子不是很高興。

他說：「我打電話給蘭迪了，因為我沒有早點打電話給他，他有點不高興。」

「沒打電話給他，而向陌生人求助。」我說著話，指著手提箱問，「席薇雅送給你的？」

他看著窗戶外面，說：「不是。認識她之前，在英國時別人送的。真的很久很久了。我可以把這個箱子放在這裡，只要你能借一個舊箱子給我用。」

「不需要用什麼東西當抵押。」我將五張二十塊的鈔票從錢包裡拿出來，放到他面前。

「不是你想的那樣，而且你也不是幹典當買賣的。我僅僅是不願意帶它到拉斯維加斯去。另外，我用不了這麼多錢。」

「好吧，箱子和錢我們各自收下。但是這個房子的防盜功能不怎麼好。」

他冷漠道：「無所謂，我一點也不在意。」

他換了一身衣服，五點三十，我們到米索飯店吃了晚餐，沒有要酒水。之後我帶著滿腦子的胡思亂想開車回家了，而他去卡文克車站坐車。剛才他把自己的箱子放在我床上，打開箱子把東西放進我給他的輕便旅行箱。現在空箱子還在床上，鎖孔裡插著金鑰匙。我把箱子鎖好，將鑰匙綁在把手上，然後把它放在衣櫃的架子上面。我總覺得它裡面還有東西，並不是空空如也，但這個跟我沒什麼關係了。

在寂靜的黑夜裡，原本空蕩的房子顯得更加空蕩。我將棋盤打開，自己跟自己下棋。一方是我充當的一個法國人，一方是斯坦尼茲。期間，我有兩次差點能贏他，但最終在走四十四步的時候，他贏了我。

電話在九點半時響了起來，那邊傳來的聲音很耳熟。

「請問是菲力普・馬羅先生嗎？」

「對。」

「馬羅先生，我是席薇雅・蘭諾斯。不知道你還記不記得，上個月的某個晚上，我們在舞者俱樂部有過一面之緣。後來我聽說，是你把泰瑞送回家了？」

「是的。」

「他不在韋斯特伍德街的公寓，也沒人知道他去了哪兒。我跟他已經離婚的事你應該知道，不過我還是很擔心他。」

「上次見面，我已經看出來你對他的擔心。」

「馬羅先生，聽好了，我們現在已經離婚。可能是我鐵石心腸，也可能那時候我真的有很重要的事情要做，總之對酒鬼我不會抱太大的同情心。你是私家偵探，如果你願意，可以按照你們的規矩收費。」

「蘭諾斯夫人，沒必要這麼做。他在拉斯維加斯有一個朋友，給他安排了一個工作，所以他坐車去那兒了。」

她突然提起了興致，喊道：「啊！是拉斯維加斯嗎？我們是在那裡結婚的，他真是個多情的男人。」

我說：「如果他記得這件事，應該不會去那兒了。」

「對待客戶的時候，你都是這麼無禮嗎？」她沒掛斷電話，而是輕笑了起來。

「蘭諾斯夫人，你不是我的客戶。」

「誰知道，說不定以後會是！換個說法，你對待女性朋友總是這樣無禮？」

「我的回答還是一樣。他窮困潦倒，渾身髒兮兮，一分錢都沒有，連飯都吃不飽。你覺得這樣的一個人值得你花時間找的話，那你肯定能找到。但是他估計還會像以前一樣，拒絕你的幫助。」

她冰冷地說著：「這個你就不用知道了。晚安。」她把電話掛斷。

當然，她說得全對，而我錯得離譜。我心裡很不痛快，但我不覺得自己錯了。如果她的電話能早半個小時打過來，那麼我帶著滿腔的怒火大概能贏了斯坦尼茲。不過遺憾的是，這個棋局是從書上看到的，斯坦尼茲五十年前就去世了。

3

還有三天，耶誕節就到了，我在這時收到了來自拉斯維加斯一家銀行的支票，面額是一百美金。另外還有一張便條，是用旅館的信紙寫的。在信裡，他再次對我表示感謝，然後祝我耶誕快樂，一帆風順，並說希望能很快重逢。信裡的附言特別有意思，他說：「席薇雅說想再試一次，我跟她正在度第二次的蜜月。希望你別介意她以前的言行。」

我在報紙社交版一個專門拍馬屁的專欄裡看到了剩下的情況。我只有想找一點東西來討厭的時候，才看這種專欄，一般是不會理會的。

記者得到一個讓人欣喜的消息：泰瑞和席薇雅・蘭諾斯這對年輕的夫婦在拉斯維加斯再婚了。席薇雅的父親哈倫・波特是舊金山市和圓石海灘的千萬富翁。席薇雅聘請了馬塞爾和讓娜・杜克斯，重新裝修她位於恩西諾的豪宅。從屋頂到地下室，都力求裝修成最新潮最引人注目的樣式。讀者朋友應該還沒忘記，這座有十八個房間的豪宅，是席薇雅的前夫科特・威斯海姆送給她的結婚禮物。有讀者大概會問，現在科特去哪兒了？告訴大家，他已經在法國的聖特魯佩斯定居，跟一位血統非常高貴的公爵夫人以及兩位可愛的孩子在一起。讀者們可能還有疑問：對於次女和女婿的再婚，哈倫・波特是什麼態度？可惜的是波特先生從不接受採訪，所以大家只能自己想像了。這些社交界的明星，對公眾特別排斥。

我隨手把報紙扔到牆角，把電視機打開。看過了狗屁不通的社交版，現在看摔跤都覺得格外有意思。不過事實總是這樣，既然登上了社交版，那就不會是空穴來風。

十八個房間的豪宅、波特數百萬的資金、杜克斯最前衛的陽具崇拜風格，這些東西加在一起，我能想像是什麼樣的。但是泰瑞穿著百慕達花短褲，在一個泳池邊閒適地散步，用電話指揮著管家烤松雞、冰香檳的畫面，我完全無法想像。當然，這跟我沒有一點關係，他願意當別人的熊寶寶是他的事，我只是不想再看見他。但我知道，我們還會見面，如果僅僅是因為那個該死的豬皮鑲金手提箱而見面，那就太好了。

三月的一個傍晚，天空正飄著雨，五點左右，他走進了我那間有些破爛的「智慧商店」。他跟以前不太一樣了，看起來有些滄桑，表情嚴肅而沉穩，看模樣似乎學圓滑了。他戴著手套，穿了一件牡蠣白的雨衣，帽子沒有戴上，白色的頭髮像鳥的羽毛一般，光滑服貼。

他說：「要是你有時間，我們能找一個清靜的地方喝幾杯嗎？」那種口氣，好像他已經來了十多分鐘一樣。

我們沒有握手，其實我們從來沒有握過手。他雖然不是土生土長的英國人，但做事很有英國派頭。英國人不像美國人這樣熱衷於握手。

我說：「去我住的地方，你那個高級箱子讓我有些忐忑，你還是把它拿走吧！」

他搖頭拒絕：「幫我保管吧，就當我求你。」

「為什麼？」

「只是覺得這樣比較好。你不會在意的，對不對？那個箱子總是勾起我的回憶，那時候我還不是個酒鬼。」

我說：「簡直是胡說八道，不過這跟我沒關係。」

「如果你是擔心它被偷……」

「這也跟我沒關係。我們走吧！」

我們前往一家叫維克多的酒吧。他開了一輛丘比特・喬伊特，車身是鐵銹色，車內裝飾用淺色皮革包裹，配件是銀製的。車內空間較小，只能容下我們兩人，頭頂是薄薄的帆布車篷，用來遮風擋雨。我對車沒有特別的喜好，但看見這輛車，還是有些眼饞。泰瑞說，這輛車一秒可加速六十五英里。車裡有一個矮胖的排檔，還不到他的膝蓋高。

他說：「這輛車四個檔位，自動排檔還沒發明出來。不過你也用不上自動排檔，這輛車上坡都可以用三檔，在車流之中，車速也不能更快了。」

「你的結婚禮物？」

「只是隨手送的，就像『恰好在櫥窗裡看見一個精緻的小玩意兒』，買下來送給我。我特別得寵。」

我說：「挺好的，只要沒掛著標價。」

他快速看了我一眼，隨即目光又落回濕漉漉的馬路上，說：「賣身的標價？老兄，什麼東西沒有標價呢？或許你覺得我過得不幸福？」

兩排雨刷在小小擋風玻璃上緩緩刷動。

「不好意思，是我說錯了。」

他用一種我從沒聽過的苦澀語氣說：「誰他媽在意幸福？我有錢就夠了。」

「還酗酒嗎？」

「兄弟，不知道為什麼，我能控制這件事，很優雅地喝一點。不過誰又能說得清呢？」

「或許你根本不是真正的酒鬼。」

我們到了維克多酒吧，在吧檯的一個角落坐著喝「螺絲起子」。

他說：「這種酒調得不道地。正宗的『螺絲起子』應該是琴酒和玫瑰牌萊姆汁各一半兌成的，別的什麼也不能加，味道比馬丁尼好太多。他們調的『螺絲起子』，多加了糖和苦艾酒。」

「我對酒一點也不挑剔。我們這裡的人都知道，蘭迪・斯泰爾不是個善類，你跟他相處得怎麼樣？」

「他的確不是個善類，他們那些人都是這樣的，但是在他身上表現得不算明顯。」他往後靠了一下，似乎在想什麼，「在好萊塢這裡，像他那種路數的人，到處都是，我隨口就可以說幾個。蘭迪不愛找麻煩，在拉斯維加斯本本分分地做生意。下次你要是去那裡，可以跟他接觸一下，你們或許會成為朋友。」

「應該不可能。我向來不願意跟流氓接觸。」

「馬羅，這只是一些傳言。經過兩次世界大戰，世界才變成了現在這幅樣子，我們要將它維持下去。我、蘭迪還有另外一個兄弟曾經共患難，所以結下了深厚的友誼。」

「你遇到麻煩的時候，怎麼不向他求助？」

他把杯裡的酒喝光，然後向服務生示意。

「因為他肯定不會拒絕我。」

服務生將一杯新的酒端了上來。

我說：「這話也就是跟我說說而已。你站在他的角度想想，如果他欠了你人情，那麼有機會報答你，他肯定會非常開心。」

他緩慢地搖了搖頭，說：「你說得很對，我都知道。當然，我也跟他要了一份工作。那份工作是很實在的，並不是閒職。我絕不會伸手去討別人的憐憫。」

「但是你向一個陌生的路人求助了。」

他凝視著我的眼睛，說：「這個陌生的路人可以當作什麼都沒聽見，繼續走他自己的路。」

我們喝了三杯「螺絲起子」，不是雙份的，對他沒有造成任何影響。我覺得他應該是戒酒成功了，因為這點酒精足夠勾起酒鬼肚裡的酒蟲了。

之後，他送我回辦公室。

他說：「我們通常八點十五分才開始吃晚餐。這樣的晚餐總是賓客盈門，只有百萬富翁才能負擔得起，也只有百萬富翁的傭人才能遊刃有餘地應付這些工作。」

從那次開始，他經常五點左右出現在我的辦公室，幾乎成為一種習慣。我們一起去各種各樣的酒吧，但最常去的還是維克多。大概是這家酒吧可以勾起他一些不為人知的回憶。他從來沒有把自己灌醉過，他對此感到不可思議。

他說：「這就像一種間歇性發作的病，發作的時候特別慘，但是發作完了，就恢復如常，好像沒得過這種病一樣。」

「我不太明白，你這種生活條件優渥的人，為什麼肯跟一個私人偵探泡酒吧？」

「在跟我客套嗎？」

「不是，僅僅是不能理解。我是比較好相處的人，但感覺我們的生活並沒有什麼交集。除了一個恩西諾，我不知道你在什麼地方消磨時間。我覺得你的家庭生活應該也是非常滋潤的。」

「我沒有什麼家庭生活。」

我們又要了「螺絲起子」。店裡沒有什麼人，幾個酗酒成癮的酒鬼在吧檯旁邊的高凳子上坐著。他們慢慢地伸手拿第一杯酒，動作輕柔又小心，以免打翻了。

「我不明白，可以告訴我為什麼嗎？」

「就像攝影棚裡的人說的那樣，大製作，但是沒有什麼情節。我覺得席薇雅應該很高興，但這並不是因為跟我在一起。在我們這個圈子裡，這都不叫事。要是不用工作，也不用擔心錢的問題，你總能找到些打發時間的事情做。但有錢人不明白，這不是真正意義上的快樂。他們根本不知道什麼是真正的快樂。可能除了別人的老婆，他們從沒有對任何東西有過強烈的欲望。水管工人的老婆想在客廳裝一幅窗簾的欲望，都比他們的這種欲望更深刻更強烈。」

我沒吭聲，隨他去說。

他繼續道：「很多時候我都是在想辦法消磨時光，這樣的日子很難熬。游泳、騎馬、打網球、打高爾夫……看席薇雅的那些朋友們，已經日上三竿還是一副醉醺醺的模樣，也是一種有意思的消磨時間的方法。」

「你去拉斯維加斯的那個晚上，她說她討厭酗酒的人。」

他彎起嘴角笑了一下。

對他臉上的疤痕我已經習以為常，不過當他表情發生變化，另外半張臉卻保持不動的時候，那幾道疤痕又會引起我的注意。

「她說的酗酒，是針對窮光蛋。對於有錢人，那不叫酗酒，叫開懷暢飲。就算他們一進門，就吐了滿地，也自有管家去處理。」

「你何苦要這樣呢？」

他把杯裡的酒喝乾，然後站起來說：「馬羅，我要走了。我不僅僅讓你覺得煩，上帝才知道，我自己都覺得自己煩。」

「我並不覺得你煩。我是一個非常專業的傾聽者，我總會弄明白你為什麼願意當一隻被人關起來養的獅子狗。」

他輕輕摸著臉上的疤痕，淺淺地笑了一下，說：「你該弄明白的不是我為什麼願意在那裡，靠在絲綢墊上等著她來拍拍我的頭，而是她為什麼想讓我留在那裡。」

我一邊站起來，跟他一起離開，一邊說：「你喜歡綢緞墊子、喜歡綢緞床單、喜歡有鈴可以按、喜歡下人恭敬的態度和討好的微笑。」

「可能是吧！我成長的地方是鹽湖城的一家孤兒院。」

這一次我動作很快，搶先付帳。我們出了門，融入帶著倦意的黃昏中。他說他想散散步。我們是坐我的車過來的，現在我看著他漸行漸遠。他走過一家店鋪，櫥窗裡射出的燈光照在他的白髮上，熠熠生輝。很快，他消失在霧靄裡。

其實我更喜歡那個喝得醉醺醺的他，即使窮困潦倒食不果腹，仍然維持著自己的尊嚴。事情真的是這樣？大概只是我喜歡施與的感覺吧！他的事情真是讓人想不明白。任何一個合格的警察都懂，幹我們這一行的，必須分得清場合。什麼時候該發問，什麼時候該讓他自己醞釀直至爆發，心裡都該有分寸。這就像下象棋或者拳擊，面對一些對手，你該強勢進攻，逼得他們站不穩；面對另一些對手，你只需要揮一下拳頭，他們就會潰不成軍。

要是我問他，他應該不會隱瞞。可是，就連他的臉是怎麼受傷的，我都沒問過。如果我問了，而他又告訴我了，可能有些人就不會死，但也只是可能。

4

五月，我們還是像以前一樣一起去酒吧喝酒。有一天，我們四點就去了，比平常早了不少，那是我們最後一次在那裡喝酒。

他瘦了不少，看起來有些累的樣子，但是將酒吧掃視了一圈之後，他又愉快地笑了起來。

「我最喜歡酒吧晚上剛開始營業的時候。店裡的空氣還是清爽的，所有東西都被擦得乾淨發亮，調酒師抓住最後這點時間在鏡子前照一照，看看領帶是否歪了、頭髮是否亂了。吧檯後面漂亮的酒瓶、光亮的玻璃杯、滿懷期待的心情，這些都是我喜歡的。我還喜歡看著調酒師調配第一杯酒，然後看著他把酒放在乾淨的杯墊上，再將疊得整整齊齊的餐巾放在旁邊。夜幕降臨時，在清靜的酒吧裡慢慢品嘗當晚的第一杯酒，這種感覺真是妙不可言。」

我跟他的看法一樣。

他繼續說：「喝酒就跟戀愛一樣。第一次接吻美妙絕倫，第二次接吻親密無間，第三次接吻只是意思一下了，然後你就該脫女孩的衣服了。」

「不至於這麼糟吧？」

「我一點也不鄙視性愛，它是一種高層次的刺激，但是從美學的角度上來看，不是一種純粹的感情。性愛是不可或缺的，談不上美醜，但必須不斷去經營。是那十億美元的產業讓性愛更有魅力，少一分錢都不行。」他左顧右盼，打了個哈欠，「我長期失眠，待在這裡讓我感覺很不錯。不過，很快就會有一群吵鬧的酒鬼把這裡塞滿。還有那些讓人厭惡的女人們，四處拋媚眼，搔首弄姿晃得手環叮噹響，將裝飾出來的魅力散向四處。到了深夜，這些魅力就會裹上若有似無的汗臭，味道不重，但絕對有。」

我說：「別那麼刻薄，她們也是人，會出汗會弄髒，也需要去廁所。難道你還指望粉色迷霧裡能飛出金色的蝴蝶？」

他將酒喝光，倒舉著杯子，看著杯子邊緣慢慢聚起一滴酒。那滴酒掛在杯子邊緣抖了抖，然後滴落下去。

他慢慢地說：「她讓我覺得特別失望，她是一個真正的婊子。距離產生美感，不相守在一起，我可能不會這麼失望。她身邊有很多人，我是唯一一個對她沒有威脅的，有一天她可能會需要我，可是那時候我大概已經被她踢走了。」

我看著他，過了很久才說：「你把自己高價出售了。」

「是的，這一點我很清楚。我不是一個意志堅定的人，而且膽小沒志向。我抓住了一隻戒指，然後吃驚地發現它不是金的而是黃銅的。就像邋鞦韆，我這樣的人一輩子也就是鞦韆飛到頂端時輝煌一次，然後就時時刻刻擔心著別再滾進陰溝裡。」

我拿出菸斗，一邊填菸絲一邊問：「為什麼這麼說？」

「她非常害怕，快要被嚇死了。」

「怕什麼？」

「不清楚，我們現在很少聊天。可能是怕她父親。哈倫・波特表面上看起來像是英國風度翩翩的高貴王族，其實背地裡跟蓋世太保一樣凶狠，是個冷酷的畜生。他知道席薇雅是個婊子，而且痛恨這一點，但他無可奈何。不過他一直在注意著，只要席薇雅敢弄出大醜聞來，他就會把她剁成兩段，頭和腳分別埋在相距數萬里的東西兩邊。」

「你是她的丈夫。」

「啪」一聲脆響，他將手裡的空杯子用力砸在吧檯邊上，杯子應聲而碎。調酒師看向我們，但沒有說什麼。

「兄弟，是這樣，當然是這樣。我就是她的丈夫，結婚證書上寫得清清楚楚。我是那種百元檔次的妓院，擁有三級白台階、綠色大門、黃銅門環。你只需要兩短一長地敲一下門，女傭就會把你帶進來。」

我猛然起身，把錢扔在吧檯上，說：「你自己這點狗屁倒灶的事，你他媽說得太多了，再見！」

我將他留在那裡，自己走了。藉著酒吧燈光，我看見他蒼白的臉上滿是驚訝。我聽到他在身後喊了幾句，但是我沒有理他，徑直走了。

十分鐘之後，我到了另外一個地方，這時我開始後悔。我大概說到了他的痛處，從那以後，他再也沒來過我的辦公室。

我再見他，是在一個月之後的某個早晨，那時剛五點，天色微亮。我被突如其來的門鈴聲嚇醒，步伐不穩地穿過走廊和客廳，然後把門打開。他站在門後，看起來好像一個星期沒睡過覺了。他在微微發抖，身上穿一件豎著領子的薄大衣，戴了一頂深色毛帽。帽子壓得很低，遮住了他的眼睛。

他手裡拿著一把槍。

5

那是一把中口徑自動手槍，進口貨，肯定不是柯爾特或薩維奇。他只是握著槍，並沒有把槍口對向我。自動手槍、蒼白帶疤的疲憊臉龐、低壓的帽簷、豎起的衣領，這一切讓他看起來像是從老警匪片裡跑出來的人物。

他說：「送我去提華納，飛機十點十五分起飛。護照簽證都辦好了，只要送我過去就行。有一些特殊的原因，導致我不能從洛杉磯坐火車、公車、飛機。車費五百，行嗎？」

我在門口擋住，沒讓他進去，問：「五百塊加一把槍？」

他低下頭，有些迷茫地看了那把槍一眼，之後把它放進口袋裡，說：「它可能會成保護你的武器。」

我側過身，跟他說：「進來吧！」

他疲憊不堪，進來時腳步不穩，幾乎是撲過來跌進沙發裡。

屋外是濃密的灌木叢，房東對它們不管不顧，任由它們遮住窗戶，導致屋內一片昏暗。我把檯燈打開，點了一支菸。我看著他，把原本就亂糟糟的頭髮抓得更亂，臉上顯出不耐煩的笑。

「多麼美好的早晨，我居然還在床上躺著。十點十五分對嗎？哈，時間還很充裕。我去煮杯咖啡，我們在廚房坐坐。」

「偵探先生，我碰到麻煩事了。」

他第一次叫我偵探，不過這叫法倒是跟他進門時的模樣十分相稱。

「今天天氣真不錯，微風拂面。街對面的老尤加利樹在竊竊私語，你聽見了嗎？它們回憶在澳洲的時光，小袋鼠們在樹下跳躍玩耍，無尾熊們背在一起。對的，我猜你肯定遇到難事了。但是我剛醒的時候，總是有些頭腦不清楚，等我們先喝幾杯咖啡，跟哈金斯先生和楊先生[1]商量一下再說。」

「馬羅聽著，現在不是……」

「老兄，別擔心，哈金斯和楊兩位先生都很厲害，他們傾注畢生精力一起創造了哈金斯・楊咖啡，並為此感到光榮和開心。當然，他們現在只是為了賺錢，但是你別覺得這就是他們全部的目標。總有那麼一天，我會看著世人對他們給出合理的評價。」

我一邊瞎說，一邊走到後面的廚房裡。我從架子上把咖啡壺拿下來，打開熱水龍頭，用熱水沖洗吸管，然後在咖啡壺上面的容器裡放上適量的咖啡。水開了，我將下半截容器裝滿，然後放在火上煮，接著套好上半截，將它們擰在一起。

他在這時跟到了廚房，在門口看了看，然後側著身子走進早餐區，在椅子上窩著。我見他一直在發抖，所以從架子上拿了一瓶「老爹」，給他來了一點。我特地給他拿了一個大杯子。他還是需要用兩隻手才能捧住杯子送到嘴邊。他喝了酒，把杯子用力地放在桌上，之後重重靠在椅背上。

他低聲說著：「我昨天一夜沒睡，睏得厲害，就像一星期沒睡似的，差點要暈過去。」

---

1. 這裡是指哈金斯-楊牌咖啡。——譯注

咖啡壺裡的水沸騰了，我把火調小，盯著往上走的水。水到玻璃管底部停住了，我把火調大，等水剛將小圓丘漫過，就立刻調小。我將咖啡攪拌了一下，然後把蓋子蓋上，計時器設置了三分鐘。馬羅這個傢伙，做事可真是有條不紊，就算天崩地裂也不能打亂他煮咖啡的步驟，就算有亡命之徒在他背後拿槍指著他，也不能打亂他。

我又倒了點威士忌遞給他，說：「坐好，別動也別說話。」

他用一隻手將第二杯威士忌端起來。趁著時間還沒到，我去浴室快速地洗漱一番，出來時剛好到時間。我把火關了，在桌上的一塊草編的墊子上放下咖啡壺。這些瑣碎的事我為什麼要如此詳細地描述？因為高度的緊張讓每一個細節都變得不可忽視，好像細節都能成為極其重要並且獨特的表演。不管那些動作你多麼地習以為常，當處於高度緊張和敏感的時候，你這些下意識的動作都會被拆為一個個有意識的行為。所有的動作都不是自然而然發生的了，就像患了小兒麻痹症的人學走路一樣。

咖啡和水融合在一起，空氣灌了進來，發出嘶嘶聲，咖啡冒出一股股氣泡，然後逐漸停息下來。我將咖啡壺上層的容器拿了下來，放在帶底座的滴水盤上。

我倒了兩杯咖啡，在他那杯裡加了點威士忌，自己的這杯裡放了兩塊糖和一些奶油。現在我的頭腦開始清楚起來，我發現對自己剛才打開冰箱取出奶油盒的事完全沒了印象。

「泰瑞，你的黑咖啡。」

我在他對面坐好。他在角落裡僵硬地坐著，沒有任何動作。突然，他趴在桌上低聲哭了起來。

我的手繞過去，把他的槍從口袋裡拿走，他一點也沒有發覺。這是一把很好看的毛瑟槍，七點六五毫米口徑。我聞了一下，然後把彈夾打開，裡面的子彈一發沒少。

他把頭抬起來，看了看眼前的咖啡，淺淺地喝了幾口。

「我沒有開槍殺人。」他說著話，眼睛卻不看向我。

「是的，我覺得你應該沒拿它殺人。這把槍該擦擦了，看起來很久沒用過了。」

他說：「我告訴你怎麼回事。」

「別著急，」咖啡還有些燙嘴，我盡快喝完，然後又給自己倒了一杯，「你對我說這些，一定要當心點。你真的想讓我送你去提華納，那麼有兩件事絕對不要告訴我。第一……你有沒有在聽我說？」

他輕輕點了一下頭，目光越過我的頭頂，迷茫地盯著那片空白的牆壁。這個清晨，他臉色慘白，臉上那道疤痕色澤烏青，觸目驚心。

我慢慢地說：「想讓我送你去提華納，有兩個前提：第一，別告訴我你犯罪了，或者說幹了違法的事情，我是指比較嚴重的罪行；第二，別告訴我你知道有人犯下大罪了。懂了嗎？」

他直勾勾地看著我的眼，目光專注，但是死氣沉沉。他喝了咖啡，臉色還是那麼蒼白，但是情緒不再起伏不定。

他說：「我跟你說過了，我碰到麻煩事了。」

「我聽見了，但是我不想知道實際內容。我不能讓自己的執照被吊銷，不然就要沒錢吃飯了。」

他說：「我可以用槍威脅你。」

我對著他笑了笑，然後把槍放在桌上，推到了他那邊。他低頭看那把槍，卻沒伸手拿。

「泰瑞，拿槍逼著我送你去提華納是不現實的。我有時候也會玩槍，我很清楚拿著槍不能過境也不能上飛機，我們不能拿這個當藉口。難道要我跟警察說我必須按照你說的做，因為我害怕得要命？你覺得警察不會起疑？當然，有一個前提，那就是我真的不知道該向警察說些什麼。」

他說：「聽好了，下人們都知道，她睡懶覺的時候不准人打擾，所以不過了中午，沒人會去敲那扇門。但是過了中午，女傭們就會敲門進去，然後發現裡面空無一人。」

我喝著咖啡，安靜地聽著。

他繼續往下說：「女傭會看出來她沒在自己的房間裡過夜，然後就會去別的地方找她。在主屋後面很遠的地方，有一棟帶車庫的大客宅。女傭們最後會發現，席薇雅是在客宅車庫的專用車道裡過夜的。」

我的眉頭皺了起來，問：「泰瑞，我會很慎重地向你提問。她會不會是在外面過夜？」

「她的衣服向來都是隨手亂扔，房間裡扔的到處都是。女傭說她出去的時候只穿了一件睡衣，外面披了一件袍子，所以除了客宅不可能去別的地方。」

我說：「也不一定。」

「肯定是去客宅了。該死的，客宅裡的那些齷齪事，你以為消息靈通的下人們會不知道？」

我說：「別說這些了。」

他的手指在沒疤的那邊臉上狠狠摸了一把，一道紅印浮現出來。

他一字一頓道：「在客宅裡，下人們會看見……」

「席薇雅醉成一灘爛泥，渾身冰涼，沒有知覺，形象不堪。」我諷刺他。

「對，就是這樣。」他思考了一會兒，接著說，「席薇雅不是個愛喝酒的人，但是喝多了，情況就不太好了。」

我說：「好了，故事到這裡算完了，或者說很快就要完了。現在由我來繼續說下去。你應該還記得，上次我們一起喝酒時，我對你有些無禮，把你丟下，然後自己走了。不過你真的讓我難以忍受。之後我認真回想，覺得你那樣做是因為心中有某種不好的預感，所以用自嘲來擺脫這種感覺。你說簽證和護照都搞定了，但是墨西哥那邊不是隨意就讓人入境的，要弄到簽證需要一段時間。所以在很久之前，你就已經策劃這次出逃了。我還在好奇你能忍耐到什麼時候。」

「對她來說，我的作用就是掩人耳目，避免老頭子東查西查。但我隱隱覺得她可能在其他方面也會需要我，所以我有義務陪在她身邊。另外提一句，我在半夜打過電話給你。」

「我沒聽見，我睡覺很沉。」

「後來，我在一家土耳其浴場待了兩個小時，在那裡做蒸汽浴、浸浴、淋浴、按摩，期間我還打了兩通電話。之後我在拉布里亞街和噴泉街中間把車停下，然後走路拐進你家這條街，沒有人看見我。」

「打的那些電話有沒有提到我？」

他斜眼看著水槽上面的窗戶以及窗外摩挲著紗窗的金鐘花，說：「有一通電話是打給哈倫・波特的。他為了生意上的事，昨天飛到帕薩迪納去了，沒有回來。我為了找他，費了很大工夫，最後才聯絡到他。我對他說我要走了，向他道歉。」

「他有什麼反應？」

「他表示難過，然後祝我一帆風順，並問我要不要錢。他的常用詞裡，錢永遠排第一位。」泰瑞嗤笑一聲，「我跟他說我不缺錢。之後我又給席薇雅的姐姐打了一個電話，說了相同的話。就這些了。」

我說：「我想問一件事，你以前在客宅抓到過她跟別的男人鬼混嗎？」

他搖頭道：「我沒這麼做，但是要捉姦真的太容易了。」

「你的咖啡涼了。」

「我已經喝夠了。」

「她有很多男人？你還跟她再婚？她確實很漂亮，但是……」

「我跟你說過，我是個沒什麼志氣的人。該死的，我第一次就不該離開她。除了跟我這兩次，她還結過五次婚。只要她動動手指頭，那些前夫都會回來，不單單是為了她的百萬錢財。為什麼我每次遇見她，就會喝得爛醉如泥？為什麼我寧願餓死街頭，也不肯要她的錢？」

「她確實非常漂亮。」我看了一下時間，「必須坐十點十五分的飛機去提華納，有什麼特殊原因嗎？」

「這個航班長年有空位。人們從洛杉磯去墨西哥，搭乘康尼[2]只需要七個小時就能到。沒人會搭乘DC-3跋山涉水。此外，我要去的地方，康尼不停。」

2. 康尼以及後文的DC-3都是飛機型號。——譯注我站了起來，在水槽邊靠著，說：「行了，現在你別插話，讓我總結一下。今天一大早，你神情慌張地跑來找我，要我送你去提華納坐早班飛機。雖然我不一定能發現的，但你確實在衣服裡藏了一把槍。你跟我說，你昨晚發現你老婆喝得醉醺醺的跟一個男人在一起，你長時間的忍耐終於到了極限。你從家裡離開，在一家土耳其浴場耗到天亮。這期間，你給你老婆的兩位親人打了電話，把你想做的事告訴了他們。你要去哪裡，怎麼去都跟我無關，反正進入墨西哥的所有證件你都弄到手了。我出於朋友之情幫助你，按照你說的去做，其它的一概沒有多想。為什麼我不多想一下？因為你沒給我一個子兒。你自己有車，但你不想開，因為你的情緒非常不好。你在戰爭中負傷，是個情緒不太穩定的人。我認為你應該把車開過來，找個停車場安置好。」

他把手伸進衣服裡，將一個皮質鑰匙包拿出來放在桌上，然後推到我面前。

他問：「這些話聽起來怎麼樣？」

「這取決於聽的人是誰。我還要補充幾句。你只穿了這一身衣服，帶了一點岳父給你的錢。為了今後的生活，你想要走得毫無牽掛，所以她的東西一樣都沒帶，包括那輛停在拉布里亞街和噴泉街之間的漂亮汽車。很好，我相信這樣的說法。現在我要去換一身衣服，刮一下鬍子。」

「馬羅，你為什麼肯這麼做？」

「在我刮鬍子的時候，你可以喝一杯。」我說完就走了出去。

他自己在早餐區蜷縮著，帽子和大衣都沒有脫下來，不過看起來不像剛開始那麼死氣沉沉。

我去浴室把鬍子刮了，之後回到臥室打領帶。這時，他走過來站在門口，說：「為了避免意外，我把杯子洗了。其實我一直在想，報警才是你最好的選擇。」

「我沒什麼要跟警察說的，想報警你自己去吧！」

「讓我自己報警？」

我猛然轉過身，瞪著他吼道：「看在上帝的份上，你他媽能不能別再惹事了？」

「對不起。」

「你確實應該說對不起。你這樣的人一直都在說對不起，並且那些對不起總是遲到。」

他轉身，從走廊穿過，走到客廳裡。

我穿戴好，把房門鎖上，然後去客廳。我到的時候，他坐在一把椅子上，腦袋靠在一邊，已經睡著了。他臉色蒼白，身體極度疲憊，看起來有幾分可憐。我推推他的肩膀，他緩緩睜開眼，醒了過來。他看我的眼神，好像我們之間隔了很長一段距離。

我等他把注意力放在我身上，才說：「那個豬皮做的白色箱子還放在我壁櫥最上層，要怎麼處理？」

他興致缺缺地說：「那箱子太招搖，而且裡面什麼也沒有。」

「要是你空著手不帶行李，會更惹人注意。」

我回到臥室，踩在衣櫃內置的梯子上，從最高層把那個箱子拽了出來。我頭頂上方正好是天花板的方形活門，我推開門，將手盡可能伸到最裡面，然後把他的皮質鑰匙包丟到了什麼東西後面。大概是一根積滿灰塵的樑柱，也可能是別的東西。

我拿著手提箱從梯子上下來，將箱子上的灰塵拍乾淨，然後將牙膏、備用牙刷、一套全新的睡衣、幾條便宜的浴巾毛巾、一包棉手帕、十五美分買來的刮鬍膏、買一整包刀片贈送的刮鬍刀放進了那個箱子裡。這些東西沒有他自己的那麼高級，但都是全新的、沒有特殊記號、不引人注意的東西。我又將一瓶沒開封的、容量為一品脫的波本威士忌裝了進去。我把箱子鎖好，將鑰匙插在其中一個鎖孔上。我提著箱子出去時，發現他又睡著了。這次我沒叫醒他，自己拿著箱子去車庫。我把箱子放在敞篷車前座的靠背後面，然後把車開出來，關上車庫門，再回到客廳，叫他起來。我們把門窗關好，然後離開。

我們一路上沒怎麼說話，也沒有停下來吃東西。因為時間緊迫，我把車開得特別快，但速度控制在被警察追的範圍內。

提華納機場建在一處多風的台地上，到了邊境，沒有人盤問我們，我們順利進去了。我在機場辦公大樓旁邊把車停好，坐在車裡等去買票的泰瑞。DC-3正在預熱引擎，螺旋槳慢慢轉動著。有五個人在那邊聊天，一個是高大帥氣身穿灰色制服的飛行員；還有一人別著槍套，身高大概六英尺四英寸；這人旁邊站著一個女孩，穿一條寬鬆的褲子；另外還有一個矮小的中年男人；最後是一個高大的灰白頭髮女人。矮個子中年男人在她的襯托下顯得更加矮小。他們旁邊還站著三四個人，一看就知道是墨西哥人。很明顯，這些人應該就是這趟航班的乘客了。機艙口的扶梯已經放了下來，但是沒有人急著上去。扶梯上走下一位墨西哥空服員，他似乎沒有帶擴音器，站在一邊等著。幾個墨西哥人登機了，但飛行員還在那裡跟幾個美國人閒聊。

一輛帕卡德在我旁邊停了下來，我伸出頭去看它的車牌。正在這時，那個高個子女人看了過來。真不知道我什麼時候能學會別管閒事。

泰瑞從滿是塵土的石子路上走了過來，說：「都辦完了，我們要說再見了。」

他看起來顯得很疲倦，但還不算糟糕。他伸出手，我握了一下，然後從奧斯摩比裡拎出那個豬皮手提箱，放在石子路上。

他有些生氣地盯著那個箱子，粗魯道：「我跟你說過，我不要。」

「泰瑞，如果你不想要，寄存或者扔掉都可以。裡面就是一品脫酒，還有一些睡衣之類的日用品，沒有值錢的東西。」

他語氣生硬道：「我有自己的理由。」

「我也有自己的理由。」

他突然笑了，把手提箱接過去，用另一隻手在我手臂上握了一下，說：「好了，老兄，按照你說的辦。別忘了，你對我沒有任何虧欠，要是情況不妙，就按照你的想法做吧！我們一起喝過幾次酒，有一些來往，我總是過多地嘮叨自己的那點事。我放了五百塊錢在你的咖啡罐裡，希望你不要因此生氣。」

「真希望你沒放。」

「我擁有的那些錢，連一半都花不完。」

「泰瑞，祝你順利。」

兩個美國人從扶梯走上去，登上飛機。辦公大樓裡走出一個臉龐又黑又大的矮胖子，他揮揮手，然後又指了一下。

我說：「上去吧！我之所以會到這裡來，是因為我相信你沒有殺她。」

他的腳步頓住，然後身體僵硬地轉了過來，看著我冷靜地說：「對不起，你信錯了。現在我會慢慢地走過去登機，你想阻攔我的話，還有機會。」

我看著他一步步往前走去。那個矮胖子站在辦公大樓門口等著，顯出墨西哥人少有的耐心。胖子伸出手，在泰瑞的箱子上拍了一下，然後對他笑了笑，側身讓他通過。很快，泰瑞的身影就在海關另一側的門裡出現。他還是慢慢地走著，從石子路走過，走到扶梯前停下。他向我這邊望過來，沒有揮手也沒有別的動作。我跟他一樣，沒有任何表示。之後，他從扶梯上去，進入飛機，扶梯被收了回去。

我回到奧斯摩比上，發動汽車，倒車，掉頭開出停車場。高個子女人和矮個子男人這時還在停機坪上，那人拿出她的手帕揮了一下。塵土飛揚中飛機啟動，滑向機場邊緣，接著轉了一個彎。馬達旋轉著，發出轟鳴聲，飛機逐漸加速。機身騰空而起，捲起滾滾煙塵。

我目送它飛入風雲湧動的高空，在東南方碧藍的天邊消失不見，然後才離開。

邊境的人看都沒看我一眼，我的臉在他們看來就像鐘錶上的指針，根本不值得注意。

6

從提華納回來的那條路，是加州境內最無聊的路之一，又長又乏味。這個地方的人除了要錢，什麼都不知道。小男孩會走到你的車邊，用一雙可憐的大眼滿含期待地看著你，說：「先生，賞點錢吧！」然後會向你介紹他們的姐妹。提華納不能代表墨西哥，它只是一個邊境城市，別的什麼也算不上；這就像海濱城市就是個海濱城市，別的什麼也算不上。世界上最美的港口之一聖地牙哥，除了幾條漁船和軍艇，城裡什麼都沒有。夜幕降臨，那個地方就像天堂一樣，海浪聲輕柔像是老婦人在低聲吟唱聖歌。可是馬羅要馬上回去，看看有沒有丟東西。

汽車往北開去，旅途單調的像是水手的歌謠。你從一個城鎮穿過，下了坡，沿海岸飛馳，再穿過城鎮，再下坡，再沿著海岸線飛馳。

我到家時已經兩點。有人在等我，他們坐在一輛深色轎車裡。車上沒有警察標誌也沒有警燈，只有兩根任何車都可以裝的天線。我上了幾級台階，他們才從車上下來，朝著我叫嚷。兩人穿著便服，動作一如既往的懶散，就好像整個世界在這一刻都要安安靜靜等待他們的安排似的。

「你是馬羅？我們要跟你談談。」

他拿出證件在我面前晃了一下，我壓根看不見寫了什麼，就算說他是害蟲防治中心的也有可能。他的頭髮是暗金色的，看樣貌是個難纏的傢伙。跟他一起的傢伙個子很高，乾淨帥氣，不過臉上顯出奸詐和狡猾，是個有文化的混蛋。他們的眼裡能看出等待、耐心、謹慎、冷漠、輕蔑、監視等，這樣的眼睛只有警察才有。他們站在隊伍裡進行警校畢業遊行時，就擁有了這樣的眼睛。

「我是重案組的格林警官。這位是道頓探員。」

沒有人會上前去跟大城市的警察握手，那樣的親密太過火了。我走上樓梯，把門打開。

我請他們在客廳坐下，然後把窗戶打開，讓微風吹進來。

格林說：「你認識一個叫泰瑞・蘭諾斯的人，對嗎？」

「我們有時會一起喝酒。他跟一個富婆結婚了，住在恩西諾，我沒去過那裡。」

格林問：「有時？是什麼時候？」

「那不過是一個籠統的說法。我的意思是我們可能一星期喝一次酒，也可能兩個月喝一次。」

「你見過他老婆嗎？」

「在他們結婚之前，有過一面之緣。」

「你跟他最後一次見面時在哪裡，什麼時候？」

我把放在茶几上的菸斗拿了起來，往裡面裝菸絲。格林身體前傾，向我靠近。大個子的年輕人坐得稍遠，手裡握著的圓珠筆在一本紅邊記事本上停著。

「是不是該輪到我問：『發生了什麼事？』可是你們卻不斷說：『是我們在問話。』」

「所以你只要回答就行了，懂嗎？」

菸絲返潮了，我用了三根火柴，花了一點時間才點燃。

格林說：「我們有充足的時間，但是我們在外面等你已經等得夠久了，所以先生，不要再耽誤時間。你的底細我們清清楚楚，你也應該知道我們不是過來玩的。」

我說：「我得想想。我們最喜歡去的是維克多酒吧，綠燈籠和牛和熊去得很少。對了，牛和熊就是那家開在日落大道盡頭的酒吧，它極力想裝修出英國酒店的味道……」

「別耽誤時間。」

我問：「誰死了？」

道頓警探用那種「別跟我繞圈子」的嚴肅低沉聲音說：「我們只是例行調查，馬羅你只需要回答問題，其他的別多問。」

可能是因為我心虛，也可能是太疲憊太敏感，總之這個陌生人讓我心生厭惡。就算是在餐廳裡，隔著人海看見他一眼，我都能生出要把他牙齒打掉的衝動。

我說：「夠了，小伙子。這些屁話講給少年犯罪部的人聽吧，他們聽見都忍不住想笑。」

格林笑了。道頓的鼻翼處發出輕微的呼吸聲，他臉上的表情沒有絲毫變化，但猛然看過去，似乎滄桑了十歲，變得比以前壞了二十倍。

格林說：「你別跟他繞圈子，他過了律師資格的考試。」

我不慌不忙地站起來，走到書櫃前，將一本加州刑事法典拿下來遞給道頓，說：「能不能麻煩你幫我找一下，哪個段落指出我必須回答你們的問題？」

我們倆心知肚明，他肯定想痛揍我一頓。但是他要等待時機，所以並沒有任何舉動。從這一點可以看出來，他不敢肯定，要是他違反了紀律，格林會不會幫他遮掩。

「任何一個公民，都有跟警方合作的義務。這包括行動上的配合以及回答警察認為有必要知道的、跟犯罪相關的問題。」他用那種顯而易見、不容置疑的口氣說。

「這種義務在法律上是不存在的，不管是任何時間任何地點，人們都沒有回答警察問題的義務。你說的那種效果，多半是直接或者間接恐嚇達到的。」

格林不耐煩地說：「你閉嘴。你應該很清楚，這是在逃避。你給我坐下。蘭諾斯的老婆被殺了，就在他們位於恩西諾的客宅裡。我們正在追捕嫌疑人，而蘭諾斯潛逃了，到處都找不到他。現在行了嗎？」

我把刑事法典丟到椅子上，然後隔著一張茶几跟格林面對面坐在沙發上，問：「為什麼來找我？我跟你說過了，我從來沒去過他家。」

格林的手在大腿上起起落落地拍打著，他對著我咧了一下嘴，沒有說話。道頓在椅子裡坐著，沒有任何動作，只是那眼神似乎要將我吞下去。

格林解釋：「他房間裡有一個筆記本，上面記著你的電話號碼。寫這個號碼的時間應該不超過二十四小時，筆記本上印有日期，昨天的那一頁已經被撕掉，可是在今天這一頁上留下了痕跡。我們想查清楚他什麼時候打電話給你的、什麼時候走的、為什麼走、去了哪裡。」

我問：「為什麼會在客宅呢？」

這個問題我沒指望能得到答案，但他們卻回答了。

他紅著臉說：「她好像經常會在夜裡去那裡見客人。下人們透過樹木間的縫隙可以看見那裡亮著燈。有時候到半夜，有時候到深夜，汽車一直來去。別再自欺欺人，我說得已經夠多了。我們要找的人就是蘭諾斯，管家看見他凌晨一點的時候去了客宅，過了大概二十分鐘，他又自己出來了。接下來燈一直亮著，沒有什麼特別的事發生。今天一早，蘭諾斯失蹤了。管家在客宅裡找到了女主人，她像條美人魚一樣一絲不掛地躺在床上。管家已經認不出她的臉了。我跟你說，其實她的臉沒了，被人用一尊青銅的猴子雕像砸得稀爛。」

我說：「肯定不是泰瑞・蘭諾斯幹的。他們離過婚，然後又再婚，她經常給他戴綠帽子，這根本不是什麼新鮮事了。我覺得他肯定會因為這些事感到不開心，但他為什麼拖到現在才發作？」

格林耐著性子說：「這就不得而知了。不過這是很常見的事，不論男女，默默忍受的一方，總有一天會達到忍耐的極限。為什麼偏偏在那個時刻爆發了，他自己可能都不清楚。但不管怎麼說，他就是爆發了，而且要了別人的命，給我們找了一點工作。現在，我們要問你一個非常容易的問題，你最好老實回答，不然我們就要讓你去蹲監獄了。」

道頓刻薄地喊道：「警官，他才不會老實回答你的問題。那本法律書他讀過了，就跟所有讀過一些法律書的人一樣，他們以為書裡包括了法律的全部。」

格林說：「你省省吧，做好自己的記錄就行。如果你真的有這個本事，我們可以讓你去警察局的吸菸室唱一首《慈母頌》。」

「警官，如果沒有冒犯你的官銜，我真想說去你的。」

我跟格林說：「你們倆打一架吧，他如果摔了，我會去扶他。」

道頓小心地把筆記本和筆放在一邊。他雙眼閃著寒光，起身走到我面前，說：「站起來，你這個自作聰明的傢伙。就算我是個上過大學有修養的人，也不能忍受你這種蠢貨的胡說八道。」

我站了起來。他趁著我還沒站穩，就給我一拳，接著又揮出一記漂亮的左勾拳，不過沒有打中。鈴聲響了起來，當然不是開餐的鈴聲。我狠狠地坐了回去，搖了搖頭。

道頓面帶笑意地站著，說：「剛才不算，你還沒有準備好。我們重來一次。」

我看向格林。他在看自己的大拇指，好像正對上面的肉刺進行某種深入的研究。我一言不發地坐著，等著格林抬頭。這時候我要是站起來，肯定會吃道頓的拳頭。當然，不管我怎麼做，他都會讓我吃拳頭。經過剛才那幾拳，可以看出來他是練過的，出手快狠準。但是他別指望幾拳就把我打倒，我現在站起來，他要是揍我，那麼我會給他點顏色看看。

格林漫不經心地說：「老兄，幹得真漂亮。他正等著你送上門去挨打。」他抬起頭看一眼，和顏悅色地說，「馬羅，現在要做筆錄，再問你一次，你最後見到泰瑞・蘭諾斯是在什麼地方？怎麼見的？說了什麼？另外，你剛才是從什麼地方回來的？這些問題答還是不答，你自己衡量。」

道頓眼裡閃著閒適的光芒，他渾身放鬆，但卻穩穩當當地站在了我跟前。

我沒有回答他的問題，反問道：「另外一個人現在是什麼情況？」

「什麼另外一個人？」

「在客宅裡一絲不掛尋歡作樂的人。你難道要告訴我，她去客宅只是為了自己跟自己玩紙牌？」

「我們首先要把她的丈夫抓回來，其他以後再說。」

「是的，先抓一個替罪羔羊，其他的事情就好說了。」

「馬羅，如果你什麼都不說，就別怪我們把你抓走。」

「以重要證人的身分把我帶走嗎？」

「狗屁的重要證人，是嫌疑人！是這起凶殺案的幫凶，幫助嫌犯潛逃。

我懷疑你把他藏到什麼地方去了。現在只要有我的懷疑就能展開行動。我們上司懂法律和規章制度，但是他最近情緒不佳，很難搞定。算你運氣不好，我們必須從你嘴裡問出一點東西。你越是不肯說，我們就覺得越有必要讓你說。」

道頓說：「他精通法律，你跟他說這些沒用。」

格林冷靜地說：「所有人都知道這是廢話，但還是有作用的。好了，馬羅，我可能要為難你了。」

我說：「可以，你就為難我吧！我跟泰瑞・蘭諾斯是朋友，我們的友誼不是虛情假意，不是警察的兩句話就能打破的。你有事情要找他調查，可能調查的東西不僅僅是我從你嘴裡聽到的那麼一點點。動機和時機他都有，而且事實擺在眼前——他潛逃了。關於動機已經說得太多了，幾乎成為交易的一部分。我很看不起這種交易，但他就是那種軟弱無能又特別溫順的人。當他得知她的死訊，立刻就明白自己已經成為你們的甕中鱉，其他的說什麼都沒用了。到時候如果真的要庭審，依法傳訊我，我肯定會回答所有的問題。但你們現在問我話，我沒有回答的義務。格林你是個好人，這一點我能看出來。我也能看出來你的搭檔很喜歡漂亮警徽，是個迷戀權力的混蛋。如果你想找麻煩，讓他揍我，我會打斷他那玩意兒。」

道頓站著沒動，他是那種外強中乾的人，現在得捶捶後背休息一下了。格林站了起來，惋惜地看著我說：「借電話一用，我總會找到答案的。馬羅，你就是個懦夫。」他說完，又對著道頓說，「讓開，別礙事。」

道頓讓開，轉身走到剛開始坐的地方，把筆記本拿了起來。

格林走到電話邊，慢慢把聽筒拿起來。他臉上滿布皺紋，可能是因為長時間從事這種吃力不討好的工作。跟警察打交道，最麻煩的地方就是你原本厭惡他們，可是卻突然碰上一個通情達理的。

警監給他下達的指示是不要跟我客套，直接把我抓起來。

他們用手銬把我銬了起來。他們可能覺得我精於此道，不會留下一絲一毫的證據，也可能只是粗心忘了，總之他們沒有搜查我的房子。他們犯了一個錯誤。要是他們搜查一下，泰瑞・蘭諾斯的車鑰匙肯定會被找出來。而他的那輛車遲早也會被發現，到時候只要用鑰匙跟車一核對，就能證明我們曾在一起。

不過後來事實證明，這些假設都是沒有意義的。因為警察永遠不可能找到那輛車了。有人在半夜把那輛車偷走了，大概已經把它開到了艾爾帕索。給它弄一套假文件，換一套新鎖，就可以去墨西哥的市場上賣了，用賣汽車的錢再買毒品帶回來，惡棍混蛋們經常這樣做。在他們看來，這種做法符合城市雙贏政策。

7

當年重案組的組長是個警監，叫做格雷葛瑞斯。他在對犯人進行審訊的時候，會用一些手段，類似疲勞審訊、強光照眼、腳踢腰眼、拳打太陽穴、膝擊鼠蹊部、警棍打尾椎……用這些手段來辦案的警察已經越來越少，但還沒有滅絕。六個月後，他被起訴，起訴原因是在大陪審團面前作偽證，他沒有接受審訊就被開除了。之後，他回到自家位於懷俄明州的農莊，死在一匹大公馬的蹄子下。

不過目前，我被他捏在手裡。他把外套脫下來，坐在辦公桌後面，袖子被他捲到接近肩膀的位置。他跟大多數身體結實的中年男人一樣，禿頂大肚子。他有一雙灰色的死魚眼，大鼻子上破裂的微血管像蜘蛛網一樣交錯著。他正在呼嚕作響地喝咖啡，手寬厚粗糙，手背上汗毛密集，就連耳朵處也冒出一撮灰白的毛。他眼睛盯著格林，手裡拿著桌上的東西把玩。

格林說：「老大，我們順著電話號碼跑去查他的，可是他什麼都不肯說，問不出任何東西。我們去的時候，他開車出門了，但不肯透露去了什麼地方。他說跟蘭諾斯是朋友，但不肯說最後一次見面是在什麼時間。」

格雷葛瑞斯冰冷地說：「自以為是條漢子，我們會讓他看清現實的。」他的語氣滿不在乎，可能他真的不在乎，因為在他面前，沒人能當一個真正的硬漢，「現在的重點是，地方檢察官從這個案子裡看出了古怪。這也不能怪他，誰都知道死者的父親是個什麼角色。我覺得我們現在最好給這傢伙的鼻子通通氣。」

他毫不在意地看著我，彷彿我在他眼中只是一個菸蒂或者一張空椅子，總之就是跟他視野內的東西沒有什麼不同。

道頓語氣恭順地說：「他的態度很明顯，就是為了製造機會，逃避回答問題。他還拿出法律來拖延我們，故意將我激怒，讓我去打他。老大，在這件事上我做得不是很好。」

格雷葛瑞斯目光陰冷地看著他，說：「如果這種沒用的東西也能把你激怒，你的自制力未免太差了。手銬是誰打開的？」

格林說是他打開了手銬。

格雷葛瑞斯說：「銬上他，銬緊一點，讓他精神一下。」

格林拿著手銬，準備將我重新銬住。他還沒來得及銬上，格雷葛瑞斯就吼了起來：「把他的手銬在後背！」

格林按照他說的做了，然後要我在一張硬邦邦的椅子上坐下。

格雷葛瑞斯說：「還不夠緊，要讓他覺得痛才行。」

格林把手銬銬緊了一些，我的雙手麻了起來。

「好了，現在你可以交代了，快點。」格雷葛瑞斯終於正眼瞧我了。

我沒吭聲。他咧著嘴，悠然地往後靠去，緩緩將咖啡杯握在手裡，接著傾身向前。咖啡杯倏然向我飛來，我立刻側身躲避。我躲開了咖啡杯，卻摔在地上，肩膀狠狠撞了一下。我翻身，慢慢站起。手銬上面的整條手臂疼了起來，雙手也麻得失去了知覺。

格林扶著我，讓我在椅子上重新坐好。咖啡大部分灑在了地上，有部分濺到了椅背和凳子。

格雷葛瑞斯說：「反應很快，身手敏捷，就是不愛喝咖啡。」

沒有人說話。

格雷葛瑞斯的一雙死魚眼在我身上掃來掃去，說：「先生，在我們這個地方，你的偵探執照跟電話卡一樣沒用。現在我們開始錄口供，等一下會給你做筆錄。跟我們說說，你從昨晚十點到現在，都去過什麼地方？完完整整地說，不要有任何保留。我們現在正調查一起凶殺案，而最大嫌疑人潛逃了。他撞見自己的老婆跟人通姦，所以把她殺了，用一尊我們都見過的青銅像，把她的腦袋打得稀爛。血水浸透了她的頭髮。那個青銅像是個贗品，不過威力不小。這個嫌疑犯跟你聯絡過。在這個國家，任何一個警察局辦案時都不能光靠法律條文。所以針對這件凶殺案，你他媽千萬不要以為一個隨隨便便的偵探就能拿法律來打發我。先生，如果你是這麼想的，那麼就得吃苦頭了。你知道的線索，正是我想要的。當然，你可以說你不知道，我也可以選擇不相信。可是你現在連『不知道』三個字都不肯說。朋友，我勸你不要對我保持沉默，這沒什麼價值。現在開始。」

我問：「警監，要是我能提供一點資訊，能不能把手銬打開？」

「應該可以，簡單講重點。」

「警監，如果我告訴你，我在過去的二十四小時裡沒有跟蘭諾斯見過面說過話，而且也不知道他在什麼地方。這個答案你會滿意嗎？」

「要是我信了你的鬼話，有可能會滿意。」

「要是我告訴你，我在何時何地見過他，但對他殺人或犯罪的事一無所知，所以也不知道他躲到那裡去了。這個你也不會滿意，對嗎？」

「我不介意聽一下具體細節，例如時間地點、他神色如何、你們說過什麼、他去什麼地方了。從這些資訊裡，我們也能找到蛛絲馬跡。」

我說：「如果按照你說的做，你大概會把我當成從犯看待。」

「你想怎麼樣？」他的眼睛像汙濁的冰塊一樣，下巴的肉鼓了起來。

我說：「我也不清楚，我想跟你們合作，但需要一個法律顧問。請地方檢察官辦公室派個人來，行嗎？」

他快速而沙啞地笑了一聲，然後緩緩站起，從辦公桌繞過，走到我旁邊。他一隻手在木質桌面上撐著，身體微傾靠近我，朝我微微笑了起來。他就這麼微笑著，對著我的脖子側面狠狠打了一拳，那拳頭鋼鐵般堅硬。

那個拳頭離我只有八到十英寸，近距離發力，差點沒把我的腦袋打掉。膽汁滲進嘴裡，混合著一股血腥味。我的腦袋裡嗡嗡鳴響，耳朵聽不見別的聲音了。他左手在桌面上支撐，微笑著靠近我。

「現在上了年紀了，以前更厲害。」他的聲音彷彿從遙遠的天邊傳來，「先生，你結結實實挨了一下。我能做的也就這樣了。倒是我們市立監獄裡的幾個小伙子，他們的拳頭可不像道頓的那麼斯文秀氣。或許我們不應該僱這幾個小伙子，他們完全可以去屠宰場工作。而且他們跟格林也不一樣，格林有四個孩子和一座玫瑰莊園，他們對這些沒興趣，更熱衷另一些事。各種人才我們都接納，況且現在不容易找到肯出力氣幹活的人了。你還有什麼小把戲，麻煩說出來聽聽。」

我忍著要命的疼痛，說：「警監，鬆開手銬我才說。」

他又靠近我一點。我甚至能聞到他的口臭和身上的汗臭。然後，他挺起腰，從辦公桌邊繞過去，大屁股一下子坐進了椅子裡。他拿起一把三角尺，像拿著一把刀一樣，用拇指在邊緣處摸來摸去。

他轉過頭，看向格林問：「警官，你還在等什麼？」

格林好像很討厭自己的聲音似的，從喉頭裡憋出幾個字，「等您的命令。」

「我下了命令你才知道做事？你的檔案上可是寫著你是一個經驗豐富的警官。我要他的口供，越詳細越好，詳細到他過去二十四小時內每一分鐘在幹什麼。時間可能還要在二十四小時之前，不過先弄這些吧！兩個小時以後，把簽了名的供詞交給我，還要有可靠的人證。還有，帶他回來時，我希望他身上看不到一點傷痕。對了警官，還有一點。」

他停了下來，看向格林。他的目光可以將一顆剛烤好的馬鈴薯凍成冰塊。

「以後我用一些文明的問題審訊犯人時，希望你不要愣在那裡觀看，就好像我把他的耳朵扯下來了一樣。」

「好的，長官。」格林轉身看著我，粗魯道：「走吧！」

「老兄，我們退場前是不是該說點什麼？」他對著我咧了一下牙。他的牙急需刷一下了。

我彬彬有禮地回答：「好的，長官。你跟道頓警探幫了我一個忙，或許你們不是存心幫我的，但你們確實幫我把一個難題解決了。誰都不願意出賣朋友，而在你面前，我連敵人都不願出賣。你又凶殘又沒用，就連最容易的調查都不知道怎麼進行。剛才我站在鋒利的刀刃上，我會往哪邊倒，全看你的舉動。可是在我只能被動挨打的時候，你對我使用暴力，用咖啡潑我，用拳頭揍我。從這一刻起，我不會告訴你任何事情，哪怕你問的只是這屋裡的掛鐘幾點了。」

不知道是出於什麼原因，他沒有任何舉動，讓我一直說下去。等我說完，他才咧嘴道：「老兄，你就是一個痛恨警察的小人物。你就是這樣的一個小人物，痛恨警察的私人偵探。」

他接受了這句話。我覺得他能接受，他應該聽過很多比這更難聽的話。這時，辦公桌上的電話響了起來。他看著電話，做了個手勢。善於察言觀色的道頓立刻從桌子那邊繞過來，接聽電話。

「這裡是格雷葛瑞斯警監辦公室，我是警探道頓。」

他聽著電話那邊的聲音，兩道好看的眉毛慢慢皺了起來。

「長官，請稍等。」他低低說了一句，然後把話筒遞給格雷葛瑞斯，「長官，歐布萊特局長的電話。」

「是嗎？那個雜碎找我有什麼事？」格雷葛瑞斯的眉頭也皺了起來。他接過電話，頓了一下，等神色緩下來了，才說：「局長，我是格雷葛瑞斯。」

他一邊聽著，一邊回答：「對，局長。是的，在我辦公室。我只是問他一點問題，但他根本不合作，完全不合作。為什麼變成這樣了？」他的兩道眉毛緊緊地皺了起來，臉色陰沉，面容猙獰。他的血液都湧到了腦門，但是聲音沒有一點變化，「這樣的直接命令，難道不是應該由探長下達？當然局長，我會照做的，一直到找到確切的證據。見鬼，當然沒有動他！局長，我馬上行動。」

他掛了電話。我發現他的手有些顫抖。他抬起眼，目光從我的臉上掃過，然後看向格林，硬邦邦道：「把手銬打開。」

手銬被格林打開了，我搓揉著手讓血液流通，針扎似的疼痛傳來。

格雷葛瑞斯慢慢地說：「我們的制度真是無懈可擊！這個案子被地方檢察官搶走了。把這個凶案嫌疑人押到縣監獄去。」

格林就在我旁邊，但他沒有動，粗重的呼吸聲落入我耳中。格雷葛瑞斯抬頭看了道頓一眼，說道：「奶油小生，你還在等什麼？等著吃奶油甜筒？」

道頓被嚇了一跳，說：「頭兒，你還沒有下達命令啊！」

「混蛋，叫我長官！小伙子，我可不是你的老大，我是警官的老大，不是你的，趕緊滾蛋！」

「是的，長官。」道頓如臨大赦一般，飛快地走了出去。

格雷葛瑞斯站了起來，走到窗邊，看向窗外。

格林低聲跟我說：「我們走吧！」

格雷葛瑞斯對著窗戶說：「趕快帶他滾蛋，趁著我還沒有把他的臉打爛。」

格林走到門邊，把門打開了。我剛準備走出去，格雷葛瑞斯突然喊了起來：「等一下，把門關上！」

格林把門關上，在門後倚靠著。

格雷葛瑞斯對我吼叫：「你，滾過來！」

我沒有動，站在原地看他。格林也一動不動。可怕的僵持之後，格雷葛瑞斯慢慢地走了過來，在我面前停下。他把那雙堅硬的大手插進口袋裡，腳跟著地，腳尖晃來晃去，自言自語般低聲道：「連他一根手指都沒碰。」

他面無表情，嘴角抽動，目光冰冷地看著我。緊接著，他朝我臉上吐了一口口水，然後退一步說：「好了，謝謝。」

他轉過身，慢慢走回窗邊。格林再次將門打開。

我跨出門，掏出自己的手帕。

8

我被關進了重犯區三號囚房。這個區裡犯人不多，三號囚房裡只有我一人，房間裡有兩張類似火車臥鋪那樣的床。在重犯區裡，他們不算太刻薄，床上墊著兩英寸厚的床墊，還會給你兩條不算乾淨但也不太髒的毛毯。房間裡有抽水馬桶、一個洗臉盆、一些衛生紙、一塊灰色的劣質肥皂。在這種地方，最不缺的就是模範犯人，他們把囚房打掃得特別乾淨，聞不到一點消毒水的味道。

獄警們目光特別毒辣，將你上下打量一番，就能確定你是不是酒鬼、精神病，或者舉止上像不像酒鬼、精神病。如果你不是，那麼他們就不會沒收你的火柴和香菸。開庭之後，你就不能再穿自己的衣服了，必須換上囚服，領帶、皮帶、鞋帶這些東西一概沒有。你在這裡每天能幹的事，只有坐在床上熬時間。

醉鬼們的牢房，待遇差了很多。床、椅子、毛毯這些東西都沒有，你只能在地板上躺著，只能坐在馬桶上把穢物吐在自己腿上，我親眼看見過這種淒慘的境況。

牢房的鐵門上有一個孔，用來從外面看牢房內的情況，小孔內側焊了鐵欄杆。天花板上的燈在大白天也亮著，開關裝在鐵門外，九點一到就熄燈。到點熄燈，沒有任何預警，也沒人會提前打一聲招呼。熄燈的時候，你可能正在看報紙或雜誌，一句話讀了一半，突然就黑了下來。在太陽重新出來之前，你沒什麼事可以做了，能抽菸就抽點菸，能睡著就睡覺。如果你覺得琢磨點東西，會比腦子空空什麼都不想要好過，你就琢磨點事情吧！

對於在監獄裡的人來說，人格是不存在的。他們不過就是報告上的幾句話，一個需要處理的小麻煩。他們的模樣、愛恨、所作所為都沒有人在乎。只要他不惹麻煩，就沒有人會注意他，也不會有人去找他的麻煩。對他們唯一的要求，就是保持安靜，乖乖走回自己的牢房，乖乖待著。爭吵、生氣這些都不要出現。監獄裡的獄警大多不怎麼愛說話，他們不是虐待狂，也不會刻意針對誰。你從書上看到的那些情景，都是描寫的監獄，類似大呼小叫、拿著棍子衝進牢房、用東西擊打欄杆……而好的監獄，是世界上難得的清靜場所。夜裡，你可以去監獄看看，從一個牢房外走過，透過鐵柵欄看牢房內，會看見裹成一堆的褐色毯子，也可能看見頭髮，也可能還有一雙迷茫的眼。你能聽見的聲音只有鼾聲，當然，如果你待的時間夠長，可能還會聽見夢囈。從另一個牢房走過，你可能會看見一個難以入睡，或者說不想入睡的人，他呆呆地在床邊坐著。你看著他。他可能也會看你，也可能不看，但他不會說話。你也不會跟他說什麼。你們之間無話可說。監獄裡的人生就是這樣，無目的無意義，懸在半空沒有著落。

在牢房裡，或許還有第二道通向展示間的門。展示間裡亮著燈光，一面牆由黑色鐵絲網組成，對面的牆上畫著身高線。一大早，趁著夜班隊長沒下班，你就要按規定趕到那裡，背對身高線，頭頂燈光站好。鐵絲網後面一片黑暗，你聽不見也看不見後面的動靜，但那裡站了很多人：警察、偵探、被搶的人、被襲擊的人、被詐騙的人、被槍威脅趕出汽車的人……你只能聽見夜班隊長的話，必須清楚洪亮地回答他的問題。他像考察玩雜技的狗一樣，考察你的能力。他是這整齣戲的掌控者，疲倦萬分、精幹稱職、嫉惡如仇。他的這齣戲從未斷過，但他早已對之失去興趣。

「行了，你站直了。肚子別挺出來，下巴也收收。肩膀後靠，頭放正，直視前方。向左。向右。手伸出來，掌心向上。向下。袖子挽起來。無明顯疤痕。褐色眼睛，褐色頭髮，有點泛白。身高六英尺半英寸，體重一百九十磅。姓名菲力普・馬羅。職業是私人偵探。行了馬羅，見到你很開心。下一個。」

隊長，感謝你抽出了寶貴的時間。你還沒有讓我張開嘴。我鑲了幾顆很好看的假牙，其中一個還是八十七塊一顆的高級瓷牙。還有隊長，你忘了看看我的鼻孔，那裡面布滿了疤痕。那是做鼻中膈手術留下的，做手術的那個傢伙，是個該死的劊子手。我聽說現在做這種手術只需要二十分鐘了，我當時花了兩個小時！隊長，這是玩橄欖球時的一個小失誤造成的。我本來想去頂球，球被一隻腳踢了出去，結果我頂在了那隻腳上。然後我們換得了一個十五碼罰球。手術第二天，他們把沾了血變硬的繃帶從我鼻子裡一點點拽出來，繃帶的長度差不多也是十五碼。隊長，我絕對不是在胡說八道。我說這些，只是想告訴你，細節是很重要的。

第三天清早，一個獄官把我的牢房門打開了。

「把菸熄了，別弄到地板上，你的律師來了。」

我把菸扔進馬桶沖走，跟著獄官去了會議室。會議室裡，一個高個子男人站著望向窗外，他有一頭深色頭髮，一張蒼白的臉，一個裝得滿滿的公事包放在桌上。他回過身，等門關好，才坐在橡木桌靠近公事包的那頭。那張桌子傷痕累累，就像是從諾亞方舟上弄來的，估計諾亞方舟上的也是二手貨。

「馬羅，請坐。來支菸？」律師把銀質的菸盒打開，放在自己面前，上下打量我一番，「我叫希鄂爾‧安迪科特，受託當你的律師。當然，你不用掏一分錢。我猜你很想出去，對嗎？」

我坐了下來，將一支菸拿在手上。他遞來打火機，替我點火。

「安迪科特先生，能再次見到你，真是太高興了。在你還是地方檢察官的時候，我們見過。」

「也許吧，不過我已經忘了。」他微笑著點了一下頭，「我覺得自己沒那麼大的野心，不是很適合那個職位。」

「你來這裡，是受了誰的委託？」

「這個不能說。如果你接受我當你的律師，你一分錢也不用出。」

「這是不是說明，他們已經抓住他了？」

他沒說話，只是看著我。我吐出一口煙。這種菸是帶濾嘴的，被棉毛製品過濾過的香菸，抽進嘴裡只剩霧的味道。

他說：「你是指泰瑞‧蘭諾斯，對嗎？我猜你就是說他，他並沒有被抓住。」

「安迪科特先生到底是誰讓你來的？為什麼搞得這麼神秘？」

「我的委託人有權利選擇不透露自己的姓名。你只需要說，願不願意接受我。」

我說：「我沒辦法確定。如果泰瑞沒被抓住，那他們拘留我的理由是什麼？沒人審問過我，甚至沒人跟我接觸過。」

「這件案子是地方檢察官斯普林格親自審理，」他皺起了眉，低頭打量自己修長白淨的手指，「他公務繁忙，可能沒有時間來問話。不過你有權利接受傳訊和預審。我也可以根據人身保護程序把你保釋出去，這個程序你應該知道。」

「我現在被定調為凶殺案嫌疑人。」

他露出不耐煩的神情，聳了一下肩，說：「這是以防萬一的做法。原本你該被送到匹茲堡，或者從眾多罪名裡挑一個指控你。似乎是凶殺案從犯？是你協助蘭諾斯離開的，對嗎？」

我沒說話，將那支抽不出一絲菸味的香菸丟在地上，踩熄了。安迪科特又開始皺眉聳肩。

「為了討論起來比較方便，我們假設是你協助他離開了。他們想要指控你是從犯，就必須指出你有明確的動機。也就是說，他們必須指出你在當時就已經知道蘭諾斯犯下了罪行，知道他是個逃犯。無論如何，我們都可以將你保釋出去。當然，其實你是一個重要的證人。但在我們州，法官認定的重要證人才能算數，只有法庭下達命令才能把重要證人關進監獄。可是底下真正執法的人，他們總是能鑽漏洞隨心所欲。」

我說：「當然，安迪科特先生你說得太對了，那些執法的傢伙總是能隨心所欲。一個叫道頓的警探讓我吃了一頓拳頭。還有那個重案組警監叫格雷葛瑞斯的，他朝著我的臉潑咖啡，用拳頭打我的脖子，我的動脈幾乎要被他打斷。你看看，現在還沒消腫。他原本想整死我，可是警察局長歐布萊特打電話把我弄走了，他就朝我臉上吐口水。」

安迪科特很刻意地看了手錶一眼，問：「你想出去嗎？」

「謝謝，我並不想。在大眾的眼裡，從監獄被保釋出去的人，基本已經落實了一半的罪名。被保釋出來後，他能洗清罪名，也不是因為他無辜，而是因為他請了一個厲害的律師。」

他不耐煩地說：「蠢透了！」

「確實蠢透了，不然我也不會落到這步田地。要是你能聯絡到蘭諾斯，麻煩你轉告他，不用為我擔心。我留在這裡是為了我自己，不是為了他。我的工作就是幫人們解決各種麻煩，無論大小，只要是不願意找警察解決的麻煩，都可以找我。這是工作的一部分，我不會有任何抱怨。要是隨便一個戴著警徽的打手，就能叫我嚇尿褲子亂了陣腳，那我以後怎麼繼續工作？」

他慢吞吞道：「好的，我明白你的意思了。但有一件事我必須糾正，那就是我跟蘭諾斯沒有任何聯絡，我甚至不認識這個人。我跟所有的律師一樣，站在法庭上，是不會說謊的。要是我知道蘭諾斯在那裡，我會如實告訴地方檢察官。我會做的，最多就是跟他見面，然後在合適的時間地點把他供出去。」

「除了他，我想不出還有誰會讓你來幫我。」

他把手伸進桌下，把菸蒂在桌子下面按熄，問：「你是說我在撒謊？」

「安迪科特先生，我記得你說過自己是維吉尼亞人。我們國家的人，對維吉尼亞人有一種悠久的、根深蒂固的看法——覺得他們象徵著南方的騎士精神。」

他微笑道：「謝謝抬愛，希望是這樣。但我們現在是在浪費時間。即使是撒謊，你應該跟警察說，你有一個星期沒見過蘭諾斯了，稍微有點常識的人都會這麼說。跟警察說謊並沒有觸犯法律，這一點他們都知道。當然，發過誓以後，你就該說出實情了。比起不合作，他們更希望聽一點假話。你的不合作，對他們來說是直接挑戰他們的權威。你想要幹什麼呢？」

我確實不知道該怎麼回答，所以沒有說話。他站了起來，拿起自己的帽子，「啪」一聲關上菸盒，然後放進口袋裡。

他語氣冷硬地說：「馬羅，你真是太天真了，非要逞強，滿嘴的法律，想要靠這個維護自己的權利。這樣的場合，你應該很明白怎麼應對。法律跟正義不一樣，它是一種含有漏洞的制度。想要從法律裡體現出正義，你必須夠好運，而且正好可以碰到關鍵點，法律的作用就是建造一個制度出來而已。看來，你不需要我的幫助，我就先告辭了。要是你改變主意，隨時可以找我。」

「我還想熬一兩天。如果泰瑞被他們抓住了，他們的重點就會放在如何把審判弄得滿城風雨，而不是去追究他是如何逃跑的。全國各地的頭條都會是哈倫・波特先生的千金被謀殺的案子。斯普林格這種藉機炒作的人，又可以憑藉這個案子步步高升，先當上首席檢察官，再當上州長，接著……」我沒有把話說完，故意留下餘音在空中飄蕩。

安迪科特笑了一下，帶著嘲諷的味道，說：「我覺得你不清楚哈倫・波特先生是個什麼樣的人。」

「安迪科特先生，即使他們抓不到蘭諾斯，他們也不會深究他是怎麼逃跑的，因為他們只想讓這件事淡化直至遺忘。」

「馬羅，你是不是看透了所有事情？」

「我的時間特別充裕。對哈倫・波特先生我瞭解的不算多，只知道他身家過億，有九至十家報紙。宣傳工作做得如何了？」

「宣傳？」他的聲音冷得像冰塊一樣。

「對呀，為什麼沒有報社的人來採訪我呢？私人偵探寧可入獄，也不背叛朋友。我真希望能在報紙上弄點熱度出來，這樣大概會替我招來很多生意。」

他走到門口，轉動門把時，回頭對我說：「馬羅，有時候你幼稚得讓我發笑。一億美金，可以賣到很多關注，這一點沒錯。但是老兄，你要知道只要會運用，一億美金也可以讓很多人閉嘴。」他打開門，走出去了。

很快，獄官就進來了，他要帶我回重犯區三號牢房。他把我關進牢房的時候，高興道：「如果你的律師是安迪科特先生，你很快就能出去。」

我說：「希望如此。」

9

值夜班的是個身材高大、肩膀肉乎乎、滿頭金髮的獄官。他咧嘴笑起來時，給人很和善的感覺。他已經步入中年，無論是同情還是憤怒都沒辦法再帶起他的情緒波動。他總是一副無憂無慮的樣子，八個小時對他來說，很容易就能打發掉。

他打開我的牢房門，對我說：「睡不著嗎？地方檢察官那裡來人了，指名找你。」

「幾點了？現在睡覺太早了。」

「十點十四分。」

他在走廊上站著，往牢房裡看。看見下鋪鋪了一條毯子，另外一條毯子捲起來成了枕頭。一小捲衛生紙放在洗臉盆邊上，幾張用過的衛生紙丟在垃圾桶。他點頭表示讚許，「這裡有你的私人物品嗎？」

「我自己。」

他沒有把門鎖上，我們穿過寂靜的走廊，坐電梯下樓去登記台。那裡站著一個穿灰色西裝的胖子，正在抽著玉米芯菸斗。他的指甲很髒，身上散發出一股異味。

他硬邦邦道：「我是地方檢察官辦公室的斯普蘭克林。葛蘭茲先生在樓上，想要見你。」他說著話，從屁股後面拿出一副手銬，「看看大小合不合適。」

獄官和登記員對著他笑瞇了眼，說：「斯普蘭克林，什麼情況？難道還怕他在電梯裡對你搶劫？」

他低聲吼著：「我可不想出一點亂子。有個傢伙從我手裡跑掉了，弄得我焦頭爛額。老兄，走吧！」

登記員把一份表格遞到他面前。他用草體簽名，說道：「在這些地方，誰知道會碰上什麼見鬼的事，我可不想承擔不必要的風險。」

這時，一個巡警把一個醉鬼帶了進來，醉鬼的一隻耳朵上全是血。

我們走向電梯。在電梯裡，斯普蘭克林幸災樂禍地說：「老兄，你遇上麻煩了，是很多麻煩。在這種地方，人們總是會碰上很多麻煩。」

電梯工轉過頭來，看我一眼。我對他微笑一下。

斯普蘭克林厲聲喝道：「小子，別搞小動作，我可是殺過人的。想要逃跑，被我斃了。他們真是把我弄得焦頭爛額。」

「可是你都解決了，對吧？」

他思考了一下，說：「對啊！在這座粗暴的城市裡，人們根本得不到尊重。不管你怎麼做，他們都會把你搞慘。」

我們從電梯裡走出來，進了一個雙扇門裡，這裡就是地方檢察官辦公室。來客招待位置上空蕩蕩的，電話的線路是斷開的，長年無人接聽。有幾間辦公室亮著燈。斯普蘭克林走到一間亮燈的小辦公室前，把門推開。辦公室裡有一張辦公桌、一個文件櫃、一兩把硬椅子，除此之外，還有一個大塊頭方下巴、目光無神的傢伙。他正在往辦公桌的抽屜裡塞東西，一張臉漲得通紅。

他向斯普蘭克林吼道：「怎麼不敲門就進來了？！」

斯普蘭克林結結巴巴解釋：「對不起，葛蘭茲先生，我滿腦子都在想犯人的事。」他說著話，把我推進辦公室，問，「葛蘭茲先生，要把手銬先打開嗎？」

他惡狠狠道：「我真搞不懂，你他媽為什麼銬住他？」

斯普蘭克林想打開我的手銬，但是一大堆的鑰匙被他串在一起，足足有柚子那麼大，他找得頭都暈了。

葛蘭茲看著他打開手銬，說道：「行了，快滾出去。在外面等著，等一下還要把他帶回去。」

「葛蘭茲先生，我到下班時間了。」

「我說什麼時候下班，什麼時候才下班。」

斯普蘭克林一張臉漲得通紅，扭動著肥大的屁股走了出去。在他出去的這個過程，葛蘭茲一直凶神惡煞地看著他，等他走出去關上了門，才把凶神惡煞的目光放在我身上，我自己拉了一把椅子坐下。

葛蘭茲吼道：「誰讓你坐下的？」

我將一支菸從口袋裡拿出來，放在嘴上。他繼續咆哮：「誰說你可以抽菸了？」

「為什麼在這裡不能抽菸？我在牢房是可以的。」

「這裡是我的辦公室，我說不可以就不可以。」桌子對面傳來了一股濃烈嗆鼻的威士忌氣味。

我說：「我們進來打擾到你了，你再喝一杯酒冷靜一下吧！」

他的臉漲得像豬肝一樣紅，重重地往椅背上靠過去。我用一根火柴把香菸點燃了。

漫長的一分鐘之後，他柔聲道：「可以，小子你夠跩。逞英雄對不對？你知不知道，進這個房間的那些人，剛開始進來時都是飛揚跋扈，但出去的時候都變成了洩氣的傢伙。」

「葛蘭茲先生，你找我來到底是為了什麼？你不用管我，如果想喝酒就喝吧！我感到累了、緊張、工作壓力大的時候，也會喝一杯。」

「你好像還不知道自己遇見了多大的麻煩。」

「我不覺得自己遇上了什麼麻煩。」

「我們就走著瞧吧！現在我需要你的詳細供詞。如果你的供詞合首席檢察官的心意，只要你承諾不去外地，他應該會把你放出去。現在我們先用錄音機錄音，明天再整理。開始。」他盡力用那種冷硬而且讓人反感的語氣說話，但右手卻不自覺地一直往辦公桌抽屜上湊。他還年輕，但眼白已經不再清亮，血管也爬滿了鼻子。

辦公桌邊的櫃子上放了一台錄音機，葛蘭茲用手彈了它一下，然後按下錄音鍵。

我說：「真是太煩了。」

他大聲質問：「煩什麼？」

「我在重犯區被關了五十六個小時，這期間沒人來找我麻煩，也沒有來我面前耍威風。因為他們沒必要這麼做，他們必須留著力氣，以備不時之需。可是現在，一個難纏的小角色坐在一間小辦公室裡，對著我耍威風。另外，我被指控有殺人嫌疑，才被關了起來。就因為兩三個警察得不到他們想要的口供，就把人送到重犯區關起來？這法律制度真是見鬼了！他們指控我有殺人嫌疑的證據在哪兒？就是一個寫在記事本上的電話號碼？把我關起來，除了可以證明他有權力以外，什麼都無法證明。你現在想讓我瞧瞧，你在這個盒子大的辦公室裡能怎麼作威作福，這種做法跟他如出一轍。半夜三更，你派一個騙小孩的膽小鬼把我帶過來，是不是覺得過去五十六個小時內，我都坐在牢裡發呆，腦子大概已經生鏽了？你是不是覺得，我在牢裡孤苦無依地待了那麼久，這會兒為了求得你摸摸我的腦袋，會抱住你的腿痛哭流涕？拉倒吧葛蘭茲，像個人那樣，去喝你的酒吧！真希望你這樣做，只是忠於職責。麻煩你先脫掉那個銅指套，強者根本不需要這種東西。如果你確實需要這種東西，那你就沒資格在我面前耍威風。」

他坐在那裡看著我，靜靜聽我說，然後凶相畢露地笑了起來，說：「精彩絕倫的演講。好了，你心裡的怨氣都撒完了吧？現在我們錄口供。我問你，還是自己陳述，你選一個。」

我說：「我不會提供什麼口供，你身為律師，應該知道我有這個權利。我現在只想跟鳥兒說話，聽微風拂過的聲音。」

他冷靜地回答：「我確實懂法律，也知道警察的手段。現在我給了你機會，讓你替自己洗清罪名，如果你不珍惜，我也不想多管。明天早上十點，我可以依法傳訊你，讓你去預審聽證會。我會替你辯護，不過你可能交保。這也算一種解決方法。但如果你交保了，事情就會變得很複雜，你將為之付出極大代價。」

他低下頭，看了看桌上的一張紙，接著把它翻過去朝下放著。

我問：「罪名是什麼？」

「事後從犯，在第三十二條。這項罪行不輕，在聖昆丁監獄大概要蹲上五年。」

我能從葛蘭茲的態度中察覺到，他應該知道些什麼。雖然不能斷定他知道多少，但肯定是知道。我小心說道：「先抓住蘭諾斯才是最重要的。」

他靠在椅背上，抓起一支筆，放在兩手掌心裡搓來搓去。接著，他得意地微笑了起來，說：「馬羅，蘭諾斯的特徵太明顯了，很難隱藏。一般都需要清晰的照片，才能指認罪犯。但是像蘭諾斯這樣的不需要，他半邊臉上全是疤痕，而且不到三十五歲，頭髮已經花白。現在我們已經找到四個目擊證人了，說不定還可以找到更多。」

我問：「這些目擊證人能證明什麼？」

我的嘴裡開始發苦，就像那次被格雷葛瑞斯打一拳之後，膽汁湧到嘴裡那樣苦澀。這樣的回憶讓我覺得脖子開始隱隱作痛。我輕輕地揉了一下脖子。

「馬羅，別自欺欺人了。聖地牙哥高等法院的一個法官和他的老婆，剛好送兒子和媳婦坐那架飛機。他們都看到蘭諾斯了，不僅如此，法官的老婆還看見是誰開著什麼車來送蘭諾斯的。你這次贏不了的。」

我說：「幹得真好，你用什麼方法找到他們的？」

「只需要在電視台和電台播送特別公告，詳細描述一下外貌特徵就可以了。法官自己把電話打過來了。」

我公正地說道：「主意很好。但是葛蘭茲，這些還不夠。你首先要抓住他，拿出足夠的證據指證他真的殺了人。而且你還需要有足夠的證據來證明，我當時知道他殺了人。」

他的手指在電報紙的背面彈了一下，說道：「連著幾晚都在工作，我覺得我需要來一杯。」他把抽屜打開，將一瓶酒和一個酒杯拿出來放在桌上。他將酒杯倒滿，一口喝完，才說，「行了，現在感覺好多了。不好意思，我不能讓你喝，因為你還在拘留期間。」他把木塞塞上，將酒瓶推出去一點，但這距離並不遠，很輕易就能拿到，「對啊，你說得很對，我們需要證據。但是你有沒有想過，我們或許已經拿到了他的供詞。真是太糟糕了，對不對？」

我的背脊發涼，像是有一根細小而冰冷的手指從上面滑下，又像是有一條冷冰冰的蟲子從上面爬過。

「你就沒必要再拿我的口供了。」

他咧了一下嘴，說：「我們希望文件裡的記錄都清楚有依據。我們會將蘭諾斯弄回來，讓他接受審判。所有能弄到的資訊，我們都要搜集起來。我們其實是想弄你出去，而不是從你嘴裡套出什麼資訊。當然，前提是你肯合作。」

我一直盯著他。他在那份文件上摸了摸，椅子裡的身體不安地動了動，看看酒瓶，卻又極力克制自己不去拿。突然，他頗有深意地看了我一眼，說：「你可能想知道整件事的來龍去脈吧？聰明的傢伙，沒問題，我可以說給你聽，讓你瞧瞧我有沒有騙你。你聽好了。」

我傾身向前，靠近了辦公桌。他一把將桌上的酒瓶拿起來，藏進了抽屜裡。大概是我的舉動讓他誤以為我想拿酒，其實我只是想把菸蒂扔進他面前的菸灰缸裡。我坐了回來，將另一支菸點燃。

他語速極快地說著：「蘭諾斯在一個叫馬薩特蘭的轉機點下飛機，那是一個小鎮，只有三萬五千人。他下飛機以後，有兩三個小時行蹤不明。之後有一個叫希爾瓦諾・羅德里格茲的男人訂了一張去托里昂的機票。這個男人個子很高，膚色偏深，一頭黑髮。他的臉上有很多疤痕，看起來應該是刀疤。他的西班牙語說得很流利，但是對叫這個名字的人來說，那樣的流利程度還不夠。相較於深膚色的墨西哥人來說，他的個子有些太高了。飛行員將與他相關的事報告了上來，但是托里昂的警察動作不夠快。墨西哥的警察，最會幹的就是拿槍打人，其他的都很差勁。他們趕到那裡的時候，撲了個空，那個傢伙已經包了飛機去歐塔托克蘭。那裡是個適合避暑的小山城，有一片湖，遊客不多。他包的那架飛機上的飛行員以前在德州接受過訓練，學習戰鬥機駕駛，英語說得很好。當飛行員說英文的時候，蘭諾斯假裝聽不懂。」

我插嘴：「前提是那個人是蘭諾斯。」

「小子，得了，那個人就是蘭諾斯，不會錯了。飛機到達歐塔托克蘭之後，他下了飛機，去一家旅館登記入住。他這次用的名字是馬里奧・德塞瓦。他隨身還帶了一把七點六五毫米口徑的毛瑟槍。可惜的是墨西哥人不識貨，不覺得這是個好寶貝。不過他包機的那個飛行員覺得這人行蹤詭異，所以向當地警局舉報了。警察們一邊跟蹤他，一邊跟墨西哥城核對蘭諾斯的資訊，然後也住進那家旅館，暗中監視他。」

為了避免跟我對視，葛蘭茲將一把尺拿起來，目光無意義地從尺這頭掃到那頭。

我說：「呵，包機上的飛行員真是太機靈了，對客人體貼入微。但這個故事很爛。」

他突然看向我，冷冰冰道：「那個家族的勢力太大，很多東西我們不想把它們牽扯進來。我們寧願接受二級謀殺的答辯，也要盡快完結這個案子。」

「你說的是哈倫・波特？」

他輕輕點了一下頭，說：「就我看來，他們的想法完全錯了。斯普林格可以用一天的時間去案發現場好好看看，看看這案子到底都涉及了些什麼：金錢、醜聞、性、放蕩的美麗老婆、戰場上受過傷的英雄丈夫。我猜他是因為打仗，臉上才留下了疤痕。這個東西能他媽占據幾個星期的頭版頭條。國內的垃圾報紙，能把這些消息挖個底朝天。如果上頭想要的是快刀斬亂麻，那我們就只能這樣做。」他聳了一下肩，「可以錄口供了嗎？」他回頭看一眼發出輕微電流聲的錄音機。錄音機前面的指示燈亮著。

我說：「把錄音機關掉。」

他動了動身子，狠狠地看著我問：「你喜歡在牢房裡待著？」

「除了碰不上什麼傑出人物，其他都挺好，不過也沒人在意能不能碰到傑出人物。葛蘭茲，你想讓我背叛朋友，請你認真想想吧！我可能是個固執又重感情的人，但我也是個現實的人。如果說你想要請一個私家偵探——是的是的，我知道你不喜歡這個比喻——我們只是假設一下，你碰到了這樣的麻煩事，找不到別的方法了，那麼你會請一個背叛過朋友的人幫忙嗎？」

他惡狠狠地看著我。

「另外補充幾點。蘭諾斯的逃走計畫是不是太明顯了？你不會覺得不合常理？如果他想被抓，他大可不必費那麼多事逃跑；如果他不想被抓，為什麼要在墨西哥把自己扮成墨西哥人？」

葛蘭茲咆哮起來：「你想說什麼？」

「我想說的是你在瞎編騙我。染了黑髮的羅德里格茲、住在歐塔托克蘭旅館的馬里奧・德塞瓦都是你瞎編出來的。蘭諾斯去了哪裡，你根本不知道，就像你不知道黑鬍子海盜把寶藏藏在哪裡。」

他再次將酒瓶拿出來，倒了一杯，像剛才那樣一飲而盡。他漸漸地放鬆下來，坐在椅子上轉了個身，伸手關掉錄音機。

他不耐煩地說：「你就是那種需要管教一下的聰明孩子，我真想審問你。聰明的孩子，這個黑鍋你一時半會兒恐怕是甩不掉了。不管你吃飯走路還是睡覺，它都會跟著你，甚至出現在你的夢裡。你最好別再出錯，不然肯定會死在我們手裡。現在我必須要幹一件讓我自己也很反感的事情。」

他的手在桌上摸了摸，將那份反著放的文件拿了過來，翻過來簽名。當一個人在簽自己的名字時，你總是很容易就能察覺。葛蘭茲簽字的動作很有特點。他簽完名，站起來從辦公桌邊大步繞開，將這個盒子辦公室的門猛然打開，高聲喊斯普蘭克林

胖子走進辦公室，隨之而來的是一陣體臭。葛蘭茲將那份文件交給他，然後對我說：「我是公僕，即使不甘願，也必須履行這些職責，這是我的工作。剛才我簽的文件是你的釋放令。你想知道我為什麼要簽嗎？」

我站了起來，說：「你願意告訴我，我就聽。」

「先生，蘭諾斯的案子已經完結了。今天下午，蘭諾斯在一家旅館的房間裡，寫了一份詳細的自白書，然後飲彈自盡了。地點在歐塔托克蘭，我剛才跟你說過。從現在開始，就沒有蘭諾斯這件案子了。」

我呆站在那裡，有些不知所措。我的餘光看見葛蘭茲在慢慢地後退，他大概覺得我想要揍他。在那一刻，我的臉色肯定很糟糕。之後，他回到自己的辦公桌後面。

斯普蘭克林扭住我的胳膊，嘟囔道：「過來，走吧！男人並非總是夜不歸宿的。」

我跟著他一起出了辦公室。我動作輕緩地將門關上，就好像剛才有人死

在屋裡似的。

10

我在自己的財物清單原件上簽了名，然後將影本交了上去，把自己的東西全裝進袋子裡。我轉過身，看見靠在登記台一端的男人向我走過來。他身高在六呎四吋左右，瘦得像電線桿一樣。

他走過來跟我搭話：「需要坐順風車回家嗎？」

慘白的燈光照在他身上，讓他看起來疲憊又滄桑，同時帶了點吊兒郎當。但是我覺得他不像個騙子，我問：「多少錢？」

「免費。我叫朗尼・摩根，在《新聞報》工作，剛好下班。」

我說：「哦，專門在警局打探消息的。」

「不，我是專門去市政廳打探消息的，只是這個星期暫時來警局。」

我們一起從大樓走出來，去停車場拿他的車。我抬頭看天空，燈光太亮，只能隱約看見星星。這是一個讓人神清氣爽的夜晚。我深呼吸幾下，然後上了他的車。汽車啟動，我們從這裡離開。

我說：「我住的比較遠，在月桂谷區。只要你覺得方便，在哪兒把我放下都行。」

他說：「他們只管帶你來，不管送你回去。這個案子有些令人反感的地方，讓我覺得很有意思。」

「泰瑞・蘭諾斯今天下午飲彈自盡了，現在已經沒有什麼案子。大家都這樣說。」

汽車無聲地從僻靜的街道穿過。

朗尼・摩根的目光透過擋風玻璃看向前方，說道：「這倒是幫他們建了一道高牆，擋了不少麻煩。」

「高牆？」

「馬羅，你是個聰明人，應該能看出來，有人建起了高牆，將蘭諾斯的案子蓋住了。新聞媒體不會對這件事進行大肆報導。今晚地方檢察官說是要參加什麼會議，出城去了華盛頓。他能從這個案子裡得到不少好處，你說他為什麼要藉故躲開？」

「問我沒用，我在冷宮裡被關了好幾天。」

「這中間的古怪顯而易見，他收了某人的好處。我指的不是那種顯眼的、金錢方面的好處。他得到的好處應該比金錢更重要，有人承諾給他這個好處。跟案件相關，又有能力對他做出承諾的人只有一個——女方的父親哈倫・波特。」

我在汽車座椅的一角斜靠著，說：「可能性不大。哈倫・波特怎麼控制報紙輿論？他確實有幾家報社，但是競爭對手他怎麼控制？」

他好像覺得很有意思，快速地看了我一眼，然後繼續認真開車。

「你肯定沒在報社幹過。」

「是的。」

「報紙的擁有權和發行權，都屬於有錢人，有錢人都是攪和在一起的。當然，為了發行量、獨家新聞、獲取新聞，他們也會進行激烈的競爭。但這些競爭有個前提，那就是保證所有人的聲譽、權利以及地位都不會受到影響，否則就會出現一個蓋子，將所有東西蓋上。我的朋友，正是這個蓋子將蘭諾斯的案子蓋住了。這個案子裡包括了各種因素，要是能好好報導，報紙的銷售量絕對會飆升，全國的特約稿寫手都會被偵訊吸引過來。但是偵訊不會有了，因為沒等到偵訊，蘭諾斯就去上帝那裡報到了。就像我剛才說的，對哈倫・波特和他們家來說，這個結果真是省去了不少麻煩。」

我挺直了身體，狠狠看他一眼，問：「你的意思是，這件事有幕後黑手？」

他撇撇嘴，帶出一絲嘲諷的笑。

「蘭諾斯的自殺，說不定是有人協助的。要是警察找上門，而蘭諾斯不配合的話。墨西哥那些警察，一見到槍，就心癢難耐。如果你願意的話，我敢跟你打賭，他身上中了多少槍，沒有人去數。」

我說：「我覺得你的猜測不太對。我知道蘭諾斯是個什麼樣的人，他已經心灰意冷了。如果他們抓住他，他一定不會反抗，隨他們想怎麼樣。故意謀殺的罪名，他也會承擔下來。」

朗尼・摩根搖了搖頭。我覺得我已經能猜到他要說什麼了。

果然，他說：「不可能是故意謀殺。他如果只是用槍把她打死，或者用東西把她的腦袋打開花，那麼可能是故意謀殺。但凶手把她的臉砸得稀巴爛，手段極度殘忍。最輕也會判他二級謀殺，而且這個量刑肯定會引起輿論不滿。」

我說：「你說的應該沒錯。」

他看了看我，問：「你說你知道他是個什麼樣的人，那現在的情況你能接受嗎？」

「我今晚累極了，什麼都不想思考。」

我們很長一段時間都沒有說話。之後，朗尼・摩根冷靜地說：「如果我是個聰明並且不為報社賣命的人，那我會覺得，她根本不是他殺的。」

「這也是一種值得參考的觀點。」

他拿出一支菸，咬在嘴裡，然後拿一根火柴在儀表板上劃燃。他緊皺雙眉，一口口抽菸，一路也沒有再說話。

到了月桂谷區，我為他指路，該從那裡拐下大街，從哪裡進入我家所在的那條巷子。他的汽車吃力地從上坡路爬過，最後停在我家門口的紅杉木台階前。

我下了車，問他：「摩根，謝謝你送我。想進來喝一杯嗎？」

「我覺得你現在更希望自己靜靜，還是下次再喝吧！」

「我自己靜靜的時間已經足夠長了。」

他說：「你為了一個朋友而坐牢，你跟他的關係一定非常好，你需要跟他道別對嗎？」

「誰跟你說，我是為了他坐牢？」

他笑了笑，說：「老兄，這件事我不能登報，但不表示我不知情。好了，下次再見吧！」

我把車門關上了。他開車掉頭，駛向山下。我目送汽車消失，才上了台階。門口堆著幾份報紙，我將它們撿起來，開門進了空蕩蕩的房間。屋子裡顯得很沉悶，我把所有的燈和窗戶都打開。

我煮了一點咖啡，一邊喝一邊從咖啡罐子裡拿出五張百元大鈔。這幾張鈔票是被豎著從咖啡罐邊上塞進去的，捲得特別緊。我拿著咖啡，坐立難安，不斷走來走去，把電視打開又關上。我把堆在門口的那些報紙拿起來看。剛開始，蘭諾斯的案子被放在最顯眼的頭版位置，但是第二天早晨的報紙裡，這個案子已經去了第二版。報紙上沒登蘭諾斯的照片，登了席薇雅的，還有我的一張被捕照。我自己都不知道，我居然有這樣的一張照片。「洛杉磯私家偵探被拘留審訊。」蘭諾斯在恩西諾的房子的大照片也登在報紙上。這是一棟有很多尖頂、大片玻璃窗戶的仿英式建築，光擦這些窗戶大概就得花一百美元。房子座落在一座圓形的山丘上，地基一共有兩英畝，這樣的面積在洛杉磯地區算是很大了。客宅的照片也登在報紙上，像是縮小版的主宅，周圍都是鬱鬱蔥蔥的樹木。這兩張照片看起來都是從遠處照的，後期再放大修飾。報紙上並沒有登出「案發現場」的照片。

前幾天我在牢房時，已經看過這些東西了，現在我是換一個角度重新看一遍。但我除了看見一個有錢的漂亮女人被殺了的報導以外，什麼也看不到了，這件案子幾乎把媒體排除在外。從這裡可以看出，在很早以前，那個家族的勢力就已經發揮出來了。專門寫犯罪新聞的記者一定恨得牙癢癢，但也無能為力。這一點很容易理解，如果女人被殺的那晚，蘭諾斯給身在帕薩迪納的岳父打了電話，在警察到達那棟房子之前，就已經有十幾個保鑣先進去了。

不過，這件事還是有不合常理的地方，誰也不能讓我相信泰瑞會把她的臉砸得稀爛。

我把燈關了，在打開的窗戶前坐著。夜幕尚未降臨，屋外樹林裡一隻仿聲鳥正抓住這點時間自顧練習鳴叫。我覺得脖子有些癢，所以把鬍子刮了，洗了個澡。我躺在床上安靜聆聽，似乎想從夜色深處聽到一道聲音，耐心而平靜地敘述真相。但我不可能聽見這樣的聲音，以後也不可能聽見。蘭諾斯已經認罪，並且畏罪自殺，這件案子也隨之塵封，所以不會再有人來向我解釋什麼了，也不會再有什麼偵訊了。

如果蘭諾斯是凶手，固然很好，免了偵訊，也免了挖出更多令人反胃的細節；如果蘭諾斯不是凶手，也很好，死人是不會替自己辯護的，是這個世界上最好的替罪羔羊。這一切就像《新聞報》的朗尼・摩根所說的那樣，免去了很多麻煩。

11

第二天清晨，我又刮了刮鬍子，然後穿戴好，像什麼也沒發生過一樣，開著車進城。我把車停在老地方，停車場管理員並沒有表現出什麼異常。如果他知道我是個重要的新聞人物，但還是表現得這麼淡然，只能說他的演技非常好。我爬到樓上，穿過走廊，停在辦公室門前，掏出鑰匙準備開門。這時，我發現一個文質彬彬、皮膚黝黑的男人正在看我。

「你是馬羅先生嗎？」

「有什麼事？」

「有人想見你，別走遠了。」他倚在牆壁上說完話，然後挺起身子，懶懶散散地離開。

我走進辦公室，把地上的信撿起來，更多的信件被晚班清潔女工堆在桌上。我先去打開窗戶，然後再慢慢拆信，把自己不想收到的信扔掉。其實，這些信我一封都不想收到。我將另一道門的門鈴通上電源，然後在菸斗裡裝滿菸絲點燃，安靜地坐著等生意上門。

偶爾想到泰瑞・蘭諾斯時，我的情緒並沒有太大波動。他灰白的頭髮、帶著疤痕的臉龐、陰柔的吸引力、莫名其妙的自尊心都已經遠去。就像我從來沒問過他臉上的疤是怎麼來的，從沒問過為什麼要跟席薇雅那樣的女人結婚一樣，我也不會去分析、評價他。就像你在客輪上遇到了一個很談得來的人，經常一起聊天，然而你對他根本不瞭解。在碼頭分別的時候，他會像模像樣的跟你說「老朋友，以後經常聯絡」，但是你們都心知肚明，彼此不會再聯絡，很有可能你們永遠也不會再見面。即使有緣再見，他也不會再是現在這幅模樣，變成高等列車裡又一個扶輪社社員。生意怎麼樣？噢，還可以吧！你看起來氣色很好。你也一樣。我最近發福了。我也是。那次去「弗蘭科尼亞」（或者其它名字）的郵輪之旅你還記得嗎？當然，那是一段很愉快的旅程！

見鬼的愉快旅程。你無趣得讓人抓狂。你之所以肯跟他聊一會兒，是因為附近那些人讓你覺得更無聊。我跟泰瑞大概也是這樣的模式。不，這樣說不太準確，畢竟我跟他的人生還有一些交集。我將自己的時間、金錢、三天牢獄之災都浪費在他身上。除此之外，還有下巴和脖子各挨了一拳，到現在吃東西還會疼。我還拿了他五張百元大鈔，可惜他死了，沒辦法還給他。這讓我覺得心裡悶得慌。人們總是會因為這些雞毛蒜皮的小事覺得不爽。

電話響了起來，門鈴也在同一時間響起。我選擇先接電話，因為門鈴響了，只表示我那個小小的會客室裡有了訪客。

「請問是馬羅先生嗎？安迪科特先生想跟您談談。請稍等片刻。」

電話那端的人換成了安迪科特，好像他那個見鬼的秘書沒有告訴我他的名字一般，他又重複說了一次自己的名字。

「安迪科特先生，早安。」

「聽說你被放出來了，祝賀你。我覺得你做得很對，沒必要跟他們對抗。」

「我就是這樣的倔脾氣，跟做法無關。」

「跟這個案子有關的消息，你應該不會再聽見了。當然，萬一你又聽見了什麼，並且需要幫忙的時候，可以來找我。」

「應該不會了。他已經死了。他們何必再花大把精力來證明他真的殺了人並且畏罪潛逃？另外，想證明我在知情的情況下幫助他潛逃，也要花不少精力。」

他清清嗓子，小心道：「應該是這樣。但是真的沒人跟你說過，他留下了一份相當詳細的自白書？」

「安迪科特先生，他們跟我說過這件事了。我現在是在跟一名律師對話，對嗎？要是我建議應該查證一下自白書的真偽，並且證明它符合邏輯，會不會越界了？」

他粗暴道：「我現在要飛去墨西哥，去處理一件讓人難過的事務，所以沒有時間跟你討論法律問題。不過，你大概能猜到我將要處理的是什麼事情。」

「呵。這要看你代表的是那一方了。你要記好了，你什麼都沒跟我說過。」

「我會牢牢記住的。馬羅，該說再見了。我曾說過會給你提供幫助，現在也是一樣。不過我要提醒你一句，別覺得自己真的已經安全了，你的處境很糟糕。」他說完，掛斷了電話。

我將話筒輕輕放回去，手一直握著聽筒，鎖眉坐了片刻。之後，我收起滿臉的愁容，站起來將會客室的門打開。

窗口處坐著一個穿藍灰色西裝、正在翻看雜誌的男人。西裝上有非常淺的藍格子花紋，不仔細看很難看見，白色襯衫上繫了一個形似尖蝴蝶的深栗色領結。他雙腳交叉，穿了一雙黑色軟皮繫帶鞋，這種鞋穿著特別舒服，幾乎跟穿休閒鞋一樣。鞋上有兩個透氣孔，穿著走過一整個街區，也不會把襪子磨破。白色手帕疊得很工整，後面露出太陽眼鏡的一部分。他皮膚黝黑，有一頭深色濃密的捲髮。他抬起頭看過來時，我看見了一雙小鳥般明亮的眼。他嘴邊的鬍子動了動，露出一點笑意。

他把雜誌扔到一邊，說道：「剛才我正在看一篇關於科斯特洛的文章，這種垃圾刊物就愛登這種沒用的文章。哈，他們瞭解科斯特洛的程度，就跟我瞭解特洛伊的海倫的程度一樣。」

「我能為你做點什麼？」

他緩緩地將我打量一番，道：「開紅色摩托車的泰山。」

「什麼意思？」

「馬羅，你覺得呢？開著紅摩托的泰山，你吃了他們不少拳頭吧？」

「是有點。不過這跟你有什麼關係？」

「在格雷葛瑞斯接到歐布萊特的電話之後，他還打你嗎？」

「沒有，在接電話之前打的。」

他點頭道：「你面子不小，能讓歐布萊特治那個混蛋。」

「我還是那個問題，這跟你有什麼關係？另外，再問一下，歐布萊特局長為什麼要幫我？我根本不認識他，更沒有求過他。」

他生氣地看著我，然後站了起來，動作像美洲黑豹那般輕緩優雅。他從屋子走過，看了我的辦公室一眼，又看了我一眼，然後就自顧走了進去。他這樣的人，不管走到哪裡都覺得是自己的地盤。我跟在他後面進了辦公室，然後把門關上。他站在我的辦公桌前，很有興趣地打量著，然後說：「你就是一個非常不起眼的小角色。」

我繞到了辦公桌的後面，等著看他想幹什麼。

「馬羅，你一個月能賺多少錢？」

我沒理他，自己點上了菸斗。

他說：「我猜不超過七百五。」

我把燒過的火柴梗扔進菸灰缸，然後吐出一口煙霧。

「馬羅，你就是個騙子、孬種，渺小得需要藉助放大鏡才能看見。」

我沉默不語。

「你的感情甚至於你整個人，都一文不值。你不過是跟那個傢伙喝幾杯酒，吹幾句牛，在他窮困潦倒的時候給他幾個子兒，最後卻把自己賠進去了。你就像小學生在讀《法蘭克・梅瑞韋爾》，又蠢又沒種，沒遠見沒後台，唯一能做的就是擺出一副一文不值的態度，然後期望能將別人感動得痛哭流涕。其實你就是個開紅摩托的泰山，在我眼裡不值一提。」他臉上浮現出一種嫌棄的笑容。

他的身子從桌面上探過來，靠近我，不過並有沒傷害我的意思。他只是帶著笑，用手背輕蔑地拍拍我的臉。他看我始終沒有什麼舉動，便又坐了回去，一隻手肘在桌上撐著，棕色的下巴撐在棕色的手上，一雙小鳥般的眼一直盯著我。從他空洞的眼裡，我只能看到明亮的光彩。

「混蛋，你知道我是什麼人嗎？」

「在日落大道那片廝混的曼寧德茲，手下的人都稱你為曼迪。」

「這樣嗎？你知道我的發跡史嗎？」

「可能是在墨西哥拉皮條起家的吧？我對這個一點也沒有興趣。」

他將一個金色的菸盒拿了出來，從裡面抽出一支棕色的菸，用金色打火機點著。他噴出一口嗆人的煙霧，把金色的菸盒放在桌面上，用手指把玩著，點點頭說：「馬羅，我確實不是什麼好人。我賺了不少錢。我想要賺大錢，就必須從一些人身上榨取，我從他們身上榨取的前提是有一定的資本。我花了九萬在貝愛爾買了個宅子，又花了更多錢修葺。在東部，我有一個漂亮的金髮老婆，還有兩個孩子，正在上私立學校。我老婆的裘皮和服飾就能花去七萬五，鑽石首飾能花去十五萬。不算那些跟在後面的猴崽子，我還僱了一個管家、兩個女僕、一個廚師、一個司機。不管走到哪裡，我都不會被輕視。頂級的食物、頂級的酒水、頂級的房間，一切都是頂級的。在佛羅里達我還有一棟房子及一艘遊艇，為這艘遊艇，我又僱了五名水手。我還養著不少車：一輛賓利、兩輛凱迪拉克、一輛克萊斯勒旅行車。另外還送給我兒子一輛MG。過些年，我還要送一輛車給我女兒。馬羅，你有什麼？」

我說：「不多，就一個獨居的房子。」

「連女人也沒有？」

「就我自己。除了你眼前能看到的這些，我還有一千兩百塊存款，幾千塊錢的債券。我的回答你滿意嗎？」

「你接的最賺錢的案子，賺了多少？」

「八百五。」

「我的天，這簡直太廉價了！」

「你找我到底有什麼事？直說吧，別再喋喋不休了。」

他將抽了一半的菸掐滅，接著拿出一支新的點燃。他在椅背上靠著，對我撇了一下嘴，說道：「那個時候冰天雪地，冷得要命，我們三個一起在戰壕裡吃冷冰冰的罐頭食品充饑。耳邊充斥的是迫擊炮爆炸的聲音，夾雜著零星的槍聲。蘭迪・斯泰爾、我、泰瑞・蘭諾斯三人凍得都發青了，一點不誇張，是真的發青了。突然，一枚迫擊炮掉到了我們中間，但卻沒有炸開，不知道出了什麼問題。那些德國人鬼點子特別多，最喜歡弄這些歹毒的惡作劇。有時候，你覺得那大概是個啞炮，誰知道三秒後它會轟然炸開。泰瑞突然把它抱了起來，一下跳出了戰壕。老兄，他就像個頂級的控球員一樣，動作真是太迅速了，我跟蘭迪都還沒來得及行動。他撲倒在地，把迫擊炮扔了出去。迫擊炮飛到半空，突然炸開了。大部分的碎片都在他頭頂炸開，但是有一塊大的彈片擊中了他的臉。德國人在這時發起了猛烈的攻擊，等我們回過神，已經身在別處了。」

曼寧德茲停了下來，一雙亮晶晶的黑眼睛盯著我。

我說：「謝謝你跟我說這些。」

「馬羅，不錯啊，倒是能禁得住玩笑。我跟蘭迪說起過這些事情，我們覺得泰瑞・蘭諾斯的事蹟能把所有人都繞暈。曾經很長一段時間，我們都以為他已經不在人世了，實際上他還活著。他被德國人抓走了，被他們折磨了一年半。在折磨人這件事上，德國人總是幹得很出色，不過泰瑞受了很大的罪。我們的命是泰瑞救回來的，而他自己卻因此有了半張新臉、滿頭白髮、極差的精神狀態。戰後，我們在黑市上賺了很多錢，所以能花高價找到他救他出來。後來他在東部染上了酒癮，經常進警察局，算是完蛋了。我們從來不知道他心裡在想什麼。後來我們聽說他娶了那個富家千金，立刻翻身了。可是他又跟她離婚了，再次掉回泥潭，接著又跟她再婚，這一次，這位富家千金死了。除了拉斯維加斯的那份臨時工之外，他從不向我們求助，我們一點也幫不上他。當他陷入困境之中，寧願跑去向你這個任由警察搓圓捏扁的混蛋求助，也不肯向我們開口。現在他死了，我們沒機會再報答他了，連再見都沒來得及跟他說。我完全有能力以最快的速度送他出國，可是他卻跑去向你這個拿警察毫無辦法的孬種求助，這讓我非常不爽。」

「警察想整誰就整誰，你想我怎麼做？」

曼寧德茲立刻接話：「放手。」

「什麼意思？」

「別盤算著利用蘭諾斯的案子撈錢撈名氣。泰瑞生前的遭遇已經夠慘了，他現在死了，案子也完結了，我們不希望你再去打擾他。」

我說：「流氓裝慈悲嗎？真是讓人笑掉大牙。」

「混蛋，管好你的嘴，別嘴裡不乾不淨的。我只會命令別人，不會跟人做口舌之爭。你最好找一個別的門路賺錢，我的話你聽懂了嗎？」

他站起身，拿自己的白色豬皮手套，談話就此結束。那副手套看起來還是全新的。曼寧德茲先生衣著打扮要求很高，但骨子裡卻流著蠻橫粗俗的血液。

我說：「我不想出名，也不想從誰手裡拿錢。他們憑什麼要給我錢？」

「馬羅，你就別裝蒜了。你以為我會相信，你蹲了三天大牢僅僅是出於講義氣？我心裡有數，你絕對是拿了某個人的好處。我覺得給你好處的人應該特別富有。蘭諾斯的案子已經結束了，已經蓋棺論定了，就算……」他突然不再說下去，拿著手套在桌邊輕輕拍打著。

我說：「就算泰瑞不是凶手？」

他露出一點驚訝，但是這點驚訝少得就像一夜夫妻婚戒上的那點鍍金。

「孬種，我也希望事情是這樣的，但這一切都沒有意義了。就算像泰瑞希望的那樣，它還有意義，但也沒辦法改變什麼了。」

我一言不發。他等了片刻，然後慢慢咧了一下嘴，拖長音調說：「開紅摩托的泰山，一個逞英雄的傢伙，我真想教訓教訓他。幾個錢就能收買你，誰都可以騎在你頭上。金錢、家庭、未來你一樣都沒有。孬種，下次再見吧！」

我覺得非常疲倦，緊繃著下巴，坐著沒有動。他放在桌上的那個菸盒泛著金光，我慢慢站起，伸手拿起菸盒，從桌子邊繞過，說：「你的東西忘了。」

他嘲諷道：「這種東西，我有半打。」

我走到他跟前，遞出菸盒。他漫不經心地接了過去。

我照著他肚子狠狠來了一拳，問道：「這樣的拳頭再來半打怎麼樣？」

他彎下腰，發出一陣哀叫。菸盒也隨之掉了下來。他退到牆角處，兩隻手不斷顫抖，用力地喘息著。他吃力而緩慢地直起身，額上冒出汗珠。我們的目光再次相接。我伸出手指，緩緩劃過他的下巴。

他站著沒動，隨後他褐色的臉上擠出一個難看的笑容，道：「看來你不像我以為的那麼慫。」

「想叫我孬種，最好把你的槍帶來再說。」

「我的保鑣帶著槍。」

「你最好把保鑣隨身帶著，你太需要他們了。」

「馬羅，你真是軟硬不吃。」

我一腳踢開那個菸盒，然後彎腰撿起來還給他。他接過菸盒，放進了口袋裡。

我說：「我真搞不懂，你花這麼多時間跑來這裡跟我鬧一通，到底是為了什麼？真是太無聊了。混蛋流氓們都愛幹這種無聊的事。這就像玩牌時，抽一張是A，再抽還是A，全都是A。看著好像有一副牌，其實什麼都算不上。我終於明白泰瑞為什麼不向你求助了，因為向你求助就像跟妓女借錢一樣，毫無用處。你只會坐在那裡自我陶醉。」

他伸出兩根手指輕輕揉了一下肚子，說道：「孬種，你的話讓我覺得很遺憾，你最好少說點這些逗樂的話。」

他走到門口，將門打開。走廊對面站著的保鑣轉過身來。曼寧德茲對他擺一下頭。保鑣立刻走了進來，杵在辦公室裡板著臉看我。

曼寧德茲說：「奇克，說不定哪天你要跟這個人打交道，為了以防萬一，你必須記住他的臉。」

「記住了，老大。他對我還造不成威脅。」皮膚光滑黝黑的保鑣說話時嘴唇緊抿著動也沒動。他們這樣的人，就喜歡從唇縫間擠出聲音。

曼寧德茲苦笑道：「他的右勾拳不好惹，提防著別讓他打你肚子。」

保鑣看著我，冷笑道：「他沒能力靠近我。」

「行了，孬種，下次再見吧，」曼寧德茲說完轉身離開。

保鑣冷冷道：「下次再見。記住，我叫奇克・阿戈斯蒂諾，總有一天你會知道我是個什麼樣的人。」

我說：「你最好提醒我一下，讓我別像踩髒報紙那樣踩你的臉。」

他下巴肌肉鼓了起來，然後轉身，跟著他的老闆一起出去了。

裝著氣動鉸鏈的門緩緩闔上，我靜靜地聽著外面的動靜，並沒有聽見他們的腳步聲從走廊上傳來。他們像貓一樣，悄無聲息的離開了。過了片刻，我不放心地拉開門，向走廊看去，那裡什麼也沒有了。

我回到辦公桌後面，坐下來靜靜思考。我真是搞不懂，像曼寧德茲這種有些勢力的地痞，為什麼肯花這麼多時間親自跑到我的辦公室來，警告我不要管閒事？並且在幾分鐘之前，希鄂爾・安迪科特也打了電話過來，警告我不要多管閒事。他們的意圖是一樣的，只是用的方式不一樣。

我怎麼也理不出一個頭緒，所以想碰運氣。我拿起電話，打去了拉斯維加斯泥龜俱樂部。我告訴接電話的人，我叫菲力普・馬羅，想找蘭迪・斯泰爾。對方告訴我斯泰爾先生出城了，並且問我需不需要找其他人說話。我說不用了。

其實我並沒有什麼話要對斯泰爾說，只是一時興起打了這個電話。反正我們離得這麼遠，他也不可能來揍我。

接下來三天，風平浪靜。沒有人開槍殺我，也沒有人來打我，就連打電話警告我別插手的都沒有。連生意也沒有了，沒人請我去找失蹤的女兒、跟蹤出軌的妻子、尋找丟失的珠寶或消失的遺囑。我每天乾坐著，看著牆壁發呆。蘭諾斯的案子，結束和發生一樣突如其來。關於這件案子，只有一個應付了事的庭審，而且沒有傳訊我。庭審的時間也特別奇怪，沒有陪審團，事先也沒有任何通知。因為死者的丈夫已經死亡，並且死亡區域不在法醫的管轄區域內，所以法醫提出結論：席薇雅・波特・威斯海姆・德喬其奧・蘭諾斯被其丈夫泰瑞・威廉・蘭諾斯謀殺身亡。

從庭審的文件裡，大概能找到他們宣讀過自白書的記錄。他們可能也核實過那份自白書，因為這樣做才能讓法醫感到滿意。

她的遺體被空運回北方，埋在她們的家族墓園裡。他們沒有邀請任何新聞媒體，也沒有任何人會接受採訪。從不接受採訪的哈倫・波特先生就更不用說了，他就跟達賴喇嘛一樣，極少會見他人。傭人、保鑣、秘書、律師以及聽話的手下，在這些富有的傢伙們身邊築起了堡壘，讓他們過著普通人難以企及的生活。他們可能也要吃喝拉撒，穿衣理髮，但你永遠沒辦法知道具體情形是什麼樣的。跟這些相關的消息，你在看到或聽到時，都已經是被專業人士修飾過的。這些專業人士拿著高薪，專門替主人塑造一個合適的形象，然後維持這個形象，讓它像消過毒的針頭那樣乾淨簡潔、精確好用。主人的形象不必塑造得多麼真實，只要跟大眾所知道的那些事實沒有太大出入就行。反正大眾能知道的事實少之又少。

第三天下午較晚的時候，有人叫霍華德・史賓塞的人打了電話過來。他說他代表紐約一家出版社來加州短期出差，有點事要跟我面談，請我明天上午十一點在里茲・比佛利酒店的酒吧。

我問他是什麼事情。

他說：「特別敏感，但絕對不違反道德。即使我們談不攏，我也會付相應的報酬給你。」

「謝謝你史賓塞先生，不過沒有這個必要。是哪個熟人向你引薦了我？」

「馬羅先生，這個人認識你，而且知道你最近遇上的那個案子。希望你別介意，那個案子確實讓我很感興趣。但是我的工作跟這個悲劇沒有什麼關係，不過……算了，不在電話裡說了，我們還是等見面了邊喝邊聊。」

「我可是一個坐過牢的人，你確定要跟我見面？」

他笑了，嗓音和笑聲都很好聽。在很久以前，紐約人的口音還沒有將外來的南腔北調糅合進來，就是他這種說話方式。

「馬羅先生，在我眼裡你坐過牢這件事本身就是對你的一種推薦。我說的推薦，請允許我再補充一句，並不是指你坐過牢這件事，而是，我再補充一句，你在高壓之下的出色表現。」

他說的話像是大部頭小說，一停一頓，加滿了逗號。總之在電話裡聽起來是這樣的。

「好的，史賓塞先生，明天早上見。」

他向我道謝，然後掛了電話。我想不出來是誰把我推薦給他了，也許是希鄂爾・安迪科特。我這麼想著，就打了電話過去想問清楚，可是他一週前出城，到現在還沒回來。不過無所謂了。雖然我這個工作行當不怎麼樣，但有時候也會遇見幾個滿意的客人。另外，我需要工作，因為我缺錢。我覺得自己缺錢的這個想法，持續到我晚上回家看見了一封信為止。這封信裡有一張印著麥迪遜總統頭像的鈔票。

12

我的信箱裝在台階口，是紅白兩色的鳥屋造型。這封信就躺在了這個信箱裡。信箱頂部裝著的懸臂上有一隻啄木鳥。這隻鳥跳了起來，表示有信。不過我以前從來沒收到過信件，所以即使這隻鳥跳了起來，我也未必會去信箱看一眼。可是這幾天啄木鳥的嘴尖不知道被哪個調皮孩子用原子槍打斷了，露出嶄新的斷痕，這才引起了我的注意。

信封上印著「航空郵件」幾個西班牙文，還手寫了一些西班牙文，並貼了好幾枚墨西哥的郵票。我能很快認出這些文字來，全靠這些天滿腦子都在想墨西哥。郵戳是手蓋的，印泥已經完全乾掉，我沒法看清字跡了。我拿著這封厚厚的信，爬上台階，進了客廳，坐下來才打開信看。黃昏原本就十分寂靜，而這份死者發來的信似乎又帶來了專屬於它的寂靜。

信上沒有日期，也沒有無用的開場白，內容直奔主題：

我在一個叫歐塔托克蘭的小山城，這裡有片湖泊。我住在一家有點髒的旅館裡，此時正坐在二樓房間的窗戶前寫這封信。剛才服務生來送咖啡的時候，我就跟他打過招呼了，讓他晚點幫我寄這封信，我會給他一張一百披索的鈔票當報酬。對他來說，這筆錢是個不小的數目。信箱就在窗戶下，我讓他投遞的時候把信舉起來，這樣我就能看著他把信放進去。

我為什麼要這麼做？因為房門被一個皮膚黝黑、穿著尖頭皮鞋和髒襯衫的人堵住了，他不讓我出門。他應該在等什麼，不過我不知道是什麼。但這一切都沒關係了，只要能將這封信寄出去就行了。這裡有筆錢，我已經用不上了，而且被本地警察發現的話，肯定會私吞了。其實我從沒打算要花這筆錢。我希望你能把它收下，算是我給你添了那麼多麻煩的補償，也算是我對你的正直表示的敬意。就像以前一樣，我做錯了所有事情，但是我這裡還有一把槍。在有些事情上，我覺得你已經有了自己的結論。殺她的人可能真的是我，但其它的事絕對不會是我幹的，我不可能有那麼殘忍的手段。真是讓人悲憤。但是已經無所謂了，不值得再計較。她的父親和姐姐從來沒有為難過我，他們的生活還要繼續，而我已經走到這步田地，並且對自己的生活厭惡至極。所以眼下最重要的是將那對誰都沒有好處的醜聞遮住。事實上在很早之前，我就是個流浪漢了，並不是席薇雅把我害成這樣的。她到底為什麼嫁給我，我也找不到答案，大概只是一時興起吧！她死的時候依舊年輕漂亮，也算是一種安慰吧！俗話說「色欲讓男人蒼老，讓女人年輕」，還說「富人永遠能自保」、「富人的世界永無寒冬」，但我跟他們一起生活過，深知他們的空虛和無聊。可見俗話說的都是一些廢話。

我寫了自白。現在的處境並沒有讓我感到害怕，只是有些難受。你在看書的時候，應該看到過這樣的場景，但書裡都是虛構的。兄弟，相信我，當你真的被逼到絕路，躲在異國骯髒的旅館裡，唯一陪著你的只有口袋裡的槍時，你能感受到的只有骯髒、羞恥、悲涼和壓抑，根本不會有所謂的激動人心和熱血沸騰。

請你忘了這件事，也忘了我。在此之前，還是想麻煩你去維克多酒吧代替我喝一杯螺絲起子酒。還有，你下次煮咖啡的時候，麻煩也給我一杯加了波旁酒的咖啡，再幫我點一支菸放在咖啡杯邊。等做完這一切，就把這件事忘了。我們就此訣別，世界上再也沒有泰瑞・蘭諾斯這個人了。

門響了，應該是服務生來送咖啡了。如果不是服務生，那就是槍戰。總的來說，我對墨西哥人還是挺有好感的，不過對他們的大牢就沒什麼好感了。永別！

泰瑞

信裡面只有這些內容。我把信疊好，放回信封裡。既然我收到了這封信，收到了夾在信裡印著麥迪遜總統頭像的五千塊大鈔，那麼證明那時候是服務生去送咖啡了。

那張面額為五千的碧綠色新鈔被我放在桌上，我從沒見過這種鈔票，很多在銀行工作的人也沒見過。這種巨額的鈔票，在美國大概也只有一千多張在流通。如果你想去銀行兌換一張這樣的鈔票，可能會白跑一趟，因為他們也不一定有。為了弄到這麼一張鈔票，他們要專門跑去聯邦儲備銀行，等上好幾天。大概蘭迪・斯泰爾、曼寧德茲這類的人會把這樣的大鈔帶在身上，當現金使用。我看著桌上的鈔票，它就像一顆特殊的小太陽，散發出柔和光芒。

我看著那張鈔票，默默地坐了很久，然後才把它放進了信盒子裡，起身去廚房煮咖啡。不知道是不是因為難過，總之我按照他信上說的那樣做了。我給自己倒了一杯咖啡，給他倒了一杯放在那天早上他去機場前坐的位置前，然後往裡面加了一點波旁酒。咖啡杯旁邊有一個菸灰缸，我替他點了一支菸放在裡面。咖啡升起嫋嫋熱氣，點燃的菸升起淡淡的霧氣，我看著它們發呆。有兩隻小鳥在屋外的金鐘花叢裡，扇動著翅膀跳來跳去，低聲啾鳴。

咖啡冷卻了，香菸也燒盡了。菸灰缸邊留下了一枚熄滅的菸蒂。我把咖啡倒了，將杯子洗乾淨放回櫥櫃裡，然後把菸蒂扔進了水槽下的垃圾桶裡。

我做的這些事情似乎不值五千塊，但也只能這樣了。

之後我去看了一場晚間電影，但除了喧鬧和放大的臉，我什麼都沒看進去，甚至不知道電影講了什麼。我回家後，自己擺了一個棋局，是那種很傻的西班牙式象棋開局。但我還是覺得提不起精神，只好上床睡覺。

我輾轉反側，難以入眠。凌晨三點，我聽著哈恰圖良的音樂在房間裡走來走去。哈恰圖良居然把這個東西稱為小提琴協奏曲。見鬼去吧，我覺得充其量只是他在拖拉機工廠裡幹活時發出的聲音，聽起來像是風扇的皮帶鬆掉了。

對我來說，失眠的夜晚簡直跟肥胖的郵差一樣難遇上。其實我可以喝一瓶酒，然後昏睡過去，但我不能這麼幹，因為我跟霍華德・史賓塞約好了要在里茲・比佛利酒店見面。這個世界上，最致命的陷阱就是自投羅網。以後我如果再碰上一個彬彬有禮的醉鬼倒在銀色勞斯萊斯幽靈裡，我絕對會拔腿就跑。

13

從餐廳加蓋的建築進去，右手邊第三個沙發座就是我跟霍華德・史賓塞約定的見面地點。十一點，我背靠牆壁坐在包廂裡。從我這個位置，可以將來往人群盡收眼底。今天早上天氣特別好，陽光普照，天空中沒有一絲煙霧。酒吧的玻璃牆外是一個延伸到餐廳的泳池，陽光灑在水面上，波光粼粼。通往高台的扶梯上，一個穿著白色斜紋泳衣的性感女人正在往上爬。在她曬黑的大腿和泳衣之間，露出一道白色的肌膚，我看著那道白色，不由有些心猿意馬。很快，低垂著的屋簷將她擋住，我再也看不見她。片刻後，她再次出現在我的視野裡。她在空中轉體一圈半，然後落入水中，濺起高高的水花。陽光照在飛濺的水珠上，折射出一道彩虹，就像女人一樣曼妙多姿。之後她爬上扶梯，將白色的泳帽脫下來，用手抖開帶著漂白粉味道的頭髮。她款款地擺動腰肢，走到一張白色的小桌子邊坐下。桌邊還坐著一個身材結實的男人，他穿了一件白色的斜紋布長褲，戴著一副墨鏡，皮膚曬得黝黑均勻，應該是這裡的泳池管理員。他伸手在女人的大腿上拍了一下，女人隨即笑了起來，嘴張得像消防水桶一樣大。我聽不見她的笑聲，但是只要看見她那笑起來咧到耳根的大嘴，就完全失去了興致。

酒吧裡沒什麼人。往裡面數去，第三個沙發座上坐著兩個打扮入時皮膚黝黑的小伙子。他們正高談闊論，搬出一個準備賣給二十世紀-福克斯電影公司的故事，相互吹噓。他們中間有一張桌子，上面放了一部電話。他們每三分鐘就玩一個遊戲，然後用遊戲決定誰打電話給查納克，去推銷他們的故事。他們年輕熱情，充滿活力，就算是打電話這樣的小事，也能充分動用多塊肌肉。把我這個胖子抬上四樓，也用不了他們這麼多的運動量。一個滿臉陰鬱的人正坐在吧檯邊，跟酒保聊天。酒保一邊擦杯子一邊傾聽，他的臉上帶著一種緊繃的假笑。當一個人極力忍住尖叫時，就會出現這種假笑。那位中年客人穿戴得體，看起來彬彬有禮，不過已經有些醉了。他一直在喋喋不休，就算他不想說話了，但也控制不住自己的嘴了。我聽見他說話時，還不算含混不清，但能感覺到他已經有了醉意，不折騰到深夜是停不下來了。他以後的日子都會這樣過下去。他為什麼會落到這步田地，你永遠別想知道答案。他不可能告訴你，即使他告訴你了，那也只是被他記憶篡改過的、自以為真實的答案。世界上任何一個清冷的酒吧裡，都能找到這種鬱鬱不得志的人。

我看了一下手錶，約定的時間已經過了二十分鐘，可是那位有權力的出版人還沒有出現。我打算最多再等他十分鐘。任由僱主牽著你的鼻子走可不是什麼好事，如果你對他的話百依百順，那麼他就覺得其他人也可以隨意擺布你，他可不會僱用一個誰都可以指使的偵探。現在我不再為錢發愁，這些東部來的蠢貨別想把我當馬伕來使喚。這些上層人物，他們在八十五樓用木板隔出的辦公室裡工作，裡面有一部內線電話、一排按鈕、一個穿哈蒂・

卡內基職業女裝的漂亮女秘書。他們會要求你九點上班，不能遲到。但他們自己會喝完兩杯吉布森雞尾酒，兩個小時後再慢悠悠去辦公室。他到達的時候，如果你沒有帶著平靜的笑容等待他，他就會覺得自己的權威受到了冒犯，並為此大發雷霆，只有去阿卡普爾科度假五周，才能平息怒火。

吧檯的服務生走了過來，目光落在我那杯摻了水的淡蘇格蘭威士忌上。我對他搖了搖頭，他那顆滿是白髮的腦袋也搖了搖。一個女神般的人物在這時走了進來。整個酒吧瞬間變得安靜起來。兩個打扮入時的小伙子不再高談闊論，醉鬼也停止了喋喋不休。這一瞬間的氣氛，就像樂隊指揮用指揮棒敲了一下樂台，示意眾人安靜，然後將指揮棒舉到了半空時的氣氛。

她身材高䠷而纖細，穿著一套白色亞麻衣服，特別合身，脖子上戴了一條黑底白色圓點花紋的圍巾。她戴了一頂小帽子，像巢穴兜住小鳥一樣將頭髮都兜在了裡面。她的頭髮是淺金色，就像童話裡的公主那樣。過淺的長睫毛下面，是一雙藍色的眼睛，是那種罕見的矢車菊藍。她從走廊穿過，走向了對面的桌子，把白色長手套脫了下來。老服務生為了她，專門把桌子挪開，我一輩子也享受不到這種待遇。她坐了下來，將手套裝進了包裡，然後對著替她挪桌子的服務生感激地笑了一下。那是一個溫柔、乾淨的笑容，服務生被迷得忘了怎麼走路。她低低地對他說了一句話，他立刻低著頭，匆匆離去。這個服務生的生命裡，看來還是有些值得期待的事。

我一直看著她。她察覺之後，稍稍抬高了視線，將我挪到了她的視野範圍外。但是不管在不在她的視線裡，我都小心翼翼的，連呼吸都不敢大聲。

在這個世界上，有成千上萬的金髮女人，如今金髮這個字眼幾乎帶上了嘲笑的意味。其實，除了那種皮膚像漂白過的祖魯族、性格軟弱的像是任人踐踏的人行道、頭髮像真金一樣耀眼的女人以外，其他的金髮女人還是各有韻味的。有那種雕像般豐滿性感的金髮美人，她們冰藍色的眼眸總是讓你挪不動步子；還有那種嬌俏玲瓏的金髮美人，總是嘰嘰喳喳說個不停；還有那種閃閃發光渾身散發著香氣的，她們挽著你的手臂，抬頭注視你，讓你恨不得帶她們回家。可是一旦你將她帶回去，她就會說自己特別累了，擺出一副無辜的模樣說自己頭痛欲裂。你很想揍她一頓，但同時你也會感到慶幸，慶幸自己及早看透了頭疼背後的真相，因此不必將過多金錢、時間以及期望浪費在她身上。她的頭疼特別頑固，一直存在，就像刺客的輕劍或盧奎西亞的毒藥一樣能要人命，而且永不損壞。

還有那種溫順聽話但愛酒如命的金髮女人，她愛所有的貂皮，無論款式如何，愛星光露台和香檳，無論派對在什麼地方舉行；還有那種假小子式的可愛金髮女人，她充滿活力、有見識、精通柔道，可以邊慢慢閱讀《星期六評論》邊給卡車司機來一個過肩摔；還有一種是髮色很淡，得了某種無法根治但也不致命的貧血病，她們病懨懨的，像幽魂一般，說起話來有氣無力，你不能也不敢去碰她一根手指頭。她總是在讀義大利語原版的但丁作品或者是《荒原》，又或者在看卡夫卡或齊克果的作品，要不然就是在研究普羅旺斯文。在音樂上她也有很高的造詣，在聆聽紐約愛樂樂團演奏亨德密特的作品時，能準確地告訴你，六把合奏的低音提琴裡，哪一把慢了四分之一拍。據說托斯卡尼尼也這樣的本事，這世界上也只有他們才有這種本事了。

最後還有一種金髮女人，美得像是一件展覽品。她前後嫁過三個騙子，三個騙子無一例外的都去見上帝了，之後她又搭上了幾位百萬富翁，從每人手上得到一百萬。然後她還能得到一棟位於安提布岬的淺玫瑰色別墅，還有一輛愛快・羅密歐，並為這輛車配上司機和助手。她還會擁有一群老邁的貴族朋友。她對待這些朋友，就像老公爵跟管家說晚安一樣，親切但不走心。

可是對面這位女神，不屬於上面的任何一種，人間難得一見的極品。她像泉水一樣清亮曠遠，像水色那樣無法仔細刻畫，你完全不能將她分門別類。我看著她，有些失神，身旁突然響起了一道聲音：「非常抱歉，我遲到了。都是這個惹的禍。你是菲力普・馬羅，對嗎？我是霍華德・史賓塞。」

我聽見聲音，回過頭看來人。這是一個有些胖的中年男人，穿戴比較隨意，可是鬍子刮得很乾淨。他把頭上那點稀疏的頭髮，仔細地梳成大背頭，將兩耳間的大腦袋遮住。他戴一副無邊框眼鏡，穿了一件雙排扣背心，這種背心只有外來的波士頓人會穿，加州本地人幾乎沒人會穿，所以顯得有些刺眼。他拍了一下破舊的公事包，很顯然他所說的惹禍的「這個」就是指公事包了。

「這裡面是三部小說的完整手稿，在找到藉口退稿前，千萬不能把它們弄丟，不然就有些不妙了。」

老服務生正將一杯綠色的飲料放在那位女神面前，霍華德・史賓塞對著他打了一個手勢，他退過來幾步。

霍華德・史賓塞說：「琴酒加柳丁汁算不上什麼高級飲料，但很好喝，我很喜歡。你要試試嗎？」

我點頭表示同意，老服務生這才慢慢離開。

我指著公事包，問：「你怎麼確定這些稿子會被退回去？」

「如果這些稿子真的很不錯，那麼它們多半會落在紐約的那些經紀人手上，怎麼會由作者自己送到酒店來？」

「那為什麼將稿子收下？」

「一來不想傷了作者的情面，二來是出版人的僥倖心理，即使只有千分之一的可能，也希望碰上沙堆裡的那一粒金子。很多時候，你去參加酒會，就會有人向你引薦一些人，這些人裡有的寫過小說。當時你喝了幾杯，出於善意就會說想看看那些小說。你看，這些小說不就被送到酒店了嗎？不過我覺得，出版商以及他們這些讓人煩心的事，不可能提起你的興趣。」

服務生將飲料端了上來，史賓塞將自己的那杯拿了起來，灌了一大口。他是一個很稱職的中間人，所有的注意力都在我身上，根本沒注意到走道那邊的金髮女人。

我說：「出於工作需要，我有時也會看點書。」

他漫不經心道：「我們有一個挺有名氣的作者就住在這一帶，他叫羅傑・韋德。你看過他的書嗎？」

「啊？」

他無奈地笑了一下，說：「我懂你的意思。對你來說，這種歷史浪漫小說可能很無聊。但是這些書特別有市場。」

「史賓塞先生，希望你別介意。以前我看過他的一本小說，但是我覺得狗屁不通。我這樣說是不是有些過分？」

他咧嘴笑了起來：「沒關係，很多人都是這麼評價的。關鍵他是個暢銷書作家，寫什麼都能賣錢。現在出版成本越來越高，出版商手上必須有幾個暢銷書作家才行。」

我看了那個金髮女人一眼，她已經將那杯檸檬汁之類的東西喝完了，低頭看著手腕上精緻的錶。酒吧裡的客人越來越多，但還不至於喧鬧。那兩個打扮入時的年輕人還在誇誇其談，那個在吧檯獨飲的男人搭上了幾個酒友。

我看了霍華德・史賓塞一眼，問：「你要說的事情是不是跟韋德那傢伙有關？」

他點點頭，之後又將我仔細地端詳一番，才說：「馬羅先生，如果你不介意的話，能不能先說說你自己？」

「說什麼？我臨近中年，還是個窮鬼，孤身一人沒有家業，擁有私家偵探執照，幹這個行業已經很多年了。另外我進過很多次警局，從不接離婚的案子。女人、象棋、酒以及別的一些東西我都很感興趣。我跟一兩個警察關係很不多，但更多的警察討厭我。我就出生在本地的聖羅莎，沒有兄弟姐妹並且父母雙亡。所以哪天我要是在暗巷裡被人殺了，也不會有人為此感到活不下去。不過這樣的事情對我們這個行業的任何一個人，或者其他任何行業的任何一個人，真是遊手好閒的人來說，都是一樣的。」

他說：「很好，我知道。但是我不想知道這些東西。」

我將那杯琴酒加柳丁汁一飲而盡，味道並不好。我對著他咧嘴，道：「史賓塞先生，有件事我忘了說，我的口袋裡躺著一張麥迪遜總統頭像。」

「麥迪遜總統頭像？我可能不知道——」

我打斷他：「一張五千塊的大鈔。這是我的幸運物，我一直將它放在身上。」

他低呼一聲：「我的天，這太危險了！」

「我忘了是誰說過，當到達了一定的界限之後，所有的危險都是一樣的了。」

他咧嘴笑了一下，說：「應該是沃爾特・巴加特，這句話說的是高空作業人員。不過馬羅，我只是個出版商而已。馬羅你沒有任何問題，我為剛才的話道歉。看來我必須在你這裡冒險了，如果我沒有做好冒險的打算，你大概不會理我，對嗎？」

我也對著他微笑了一下。

他把服務生叫了過來，又要了兩杯喝的，然後斟酌道：「事情是這樣的，羅傑・韋德給我們惹了不少的事。他手上還有一本正在寫的書，但根本沒辦法完成了。他背後似乎隱藏著什麼事情，讓他整個人垮了一樣，完全沒有了自我控制的能力，不要命的喝酒，經常大發雷霆，過一段時間又會莫名失蹤幾天。前一段時間，他把自己的老婆從樓梯上推了下去，造成她五根肋骨斷裂，送去了醫院。他們夫妻之間，並沒有我們通常所說的那些矛盾，一點也沒有。只有在喝醉的時候，他才會這麼瘋狂。」史賓塞說到這裡往後靠了一下，苦惱地望著我，「我們特別需要他手裡正在寫的那本書，從某種意義上來說，我能不能保住飯碗就看那本書了，所以我們必須想辦法讓他把那本書寫完。當然，我們想要的更多，我們覺得他應該可以創造出更好的作品，所以想拯救這位充滿才華的作家。我這次來，他拒絕跟我見面。肯定發生了很糟糕的事情，他才會變成這樣。我提議找個精神科醫生替他瞧瞧，但是韋德夫人不願意。她堅稱自己的丈夫沒有任何精神問題，只是被一些東西困擾了，像是匿名信之類的。他們結婚五年了，可能是很久之前發生的事情所遺留下來的問題困擾他。我們也只是猜測，可能是撞人逃逸了，之後被人抓住了把柄。我們完全不知道是怎麼回事，特別想搞清楚事情的真相，並且解決這件事，即使花再多錢也在所不惜。如果事情真相是他生病了，那我們也無能為力。如果他沒有生病，那就一定要搞清楚其中的原因。另外，我們也要保證韋德夫人的安全。說不定他下次會把她殺了。」

第二次點的飲料被端了上來。他端起自己的那杯，一口氣喝了一半。我只是看著他，並沒有喝我自己的。

我將一支菸點燃，繼續看著他，道：「你需要的是魔法師，不是偵探。我什麼也做不了，除非我在他動手的時候恰好在現場，而且我必須能控制他，才能將他打暈弄到床上去。但所有這一切的前提是，我必須出現在現場。而我出現在那裡的可能大概只有百分之一。這一點你能懂嗎？」

史賓塞說：「他的身材跟你差不多，不過體能肯定沒有你好。另外，你想什麼時候去那裡都可以。」

「這可不一定，那些酒鬼都特別狡猾。他肯定會趁我不在的時候再動手。我可不是成天守著他的男護士。」

「羅傑・韋德不肯要男護士，所以就算你是男護士也沒用。他現在是有些控制不住自己，但不表示他傻。相反，他很聰明，知道傻子們喜歡看什麼垃圾，然後寫出來給他們，賺了不少錢。不過，能讓一個作家得到救贖的，只有寫作。但凡他腦子裡有好東西，他就會用筆表達出來。」

我不耐煩地說：「行了行了，他真的很厲害，而且背後隱藏著罪惡，身上帶著危險，因此借酒消愁。我對他真的特別有興趣。但是史賓塞先生，我不是很會解決這類案子。」

「我懂了。」他看一眼手錶，眉頭皺了起來。他的臉皺起來，顯得更小更蒼老，「我也只是想撞撞運氣，請你別介意。」

他伸手去拿他那個塞得滿滿的公事包。這時，我看見對面那個金髮美女也準備走了。白頭髮的服務生拿著帳單站在她身邊，她微笑著給了他一些錢。服務生那受寵若驚的模樣，就好像他剛才跟上帝握了手似的。她抿了一下嘴唇，將白色手套戴上。為了方便她通行，服務生立刻將桌子挪到遠處。

我收回目光，看向史賓塞。他將公事包放在自己的膝蓋上，苦著一張臉，望著桌邊的空酒杯出神。

我說：「嗨，如果你真的想試試，我可以去見他，先看看情況。如果他沒有把我扔出來的話，我應該會找他老婆聊聊。」

史賓塞還沒有說話，另一個聲音插了進來：「馬羅，我覺得他不會那麼做。反之，我覺得他會對你有好感的。」

我抬起頭來，目光撞上一雙漂亮的藍色眼睛，她在桌子邊站著。我站了起來，但是沒辦法從沙發座裡走出去，只能側著身卡在了凳子和廂壁之間，十分不自在地站著。

「不用站起來，我應該先對你說抱歉的。我覺得應該先觀察你一番，然後再介紹自己。你好，我是愛琳・韋德。」她的聲音非常柔和，就像夏日裡漂浮在空中的雲朵。

史賓塞悶悶不樂道：「愛琳，他並不感興趣。」

她溫柔地笑了一下，說：「我跟你的看法不一樣。」

我還保持著剛才的站姿，像個高中甜心一樣張著嘴呼吸，以此來保持冷靜。她真是太漂亮了，近看簡直讓人邁不動步伐。

「韋德夫人，我並沒有說過對這件事沒興趣。我想表達的意思是，我可能無法勝任這項工作，而且我的介入，說不定會讓這件事適得其反。」

她認真地聽著我說，隨後臉上的笑容不見了，「你不應該這麼早就下結論。你不能通過他們的行為就判斷一個人，而應該通過他們的本性來判斷這個人，對嗎？」

我點點頭，突然覺得有些迷茫，我發現自己就是那樣判斷泰瑞・蘭諾斯的。如果曼寧德茲沒有撒謊，那麼除了在戰壕裡的那一次光輝舉動之外，泰瑞的其他行為讓他看起來並不像個好人。但他的這些行為絕對不能代表他的全部。他是個不會讓人厭惡的人。你一輩子可能也只會遇到幾個這樣的人。

她溫和地說：「所以你應該先瞭解他再下定論。馬羅先生，再見。如果你改變主意的話，」她快速打開手提包，將一張名片拿出來遞給我，「可以隨時聯絡我。」

她對著史賓塞點了一下頭，然後轉身出去了。我的目光一直追隨著她的背影，看著她從酒吧走出去，從玻璃加蓋的建築裡穿過，走入了餐廳。她曼妙的身姿從通往前廳的拱門處走過，白色亞麻裙擺在拐角處邊一閃，從我的視線裡徹底消失了。我長長地鬆了一口氣，坐回凳子上，將琴酒橙汁混合的飲料端了起來。

史賓塞正滿含怒意地看著我。

我說：「你演得真不錯，不過你應該偶爾看她一下才對。這樣一位女神般的人物坐在對面二十分鐘，你居然連看都沒看一眼，這有些不合常理。」

史賓塞並不喜歡我看她時的眼神，他擠出一絲違心的笑，說：「我是不是顯得特別傻？大家對私家偵探都有些偏見，但是如果想要僱用一個……」

我打斷他：「別想把眼前這個僱回去。無論如何，我都覺得你應該編一個更好的故事再說，你有這個能力，對吧？難道你以為我會相信有人會把這麼漂亮的女人推下樓，讓她摔斷五根肋骨？即使這個人喝了酒，我也覺得他不會這麼幹。」

他一張臉漲得通紅，雙手死死地抓住公事包，「你覺得我在編故事？」

「無所謂，反正你已經演完了。你可能被那個美人迷住了吧！」

他突然站了起來，說：「你說話的口氣讓我反感，我已經不能肯定自己是不是喜歡你。這件事就這麼算了，當我求你。浪費了你那麼多時間，我覺得這點補償應該夠了。」

他說著話，將一張二十元的鈔票放在桌上，然後又拿出幾張一塊的放在桌上，當服務生的消費。他站著看了我一會兒，臉上的紅色還沒褪去，一雙眼閃爍著光芒。突然，他莫名其妙地說道：「我已經結婚了，而且有四個孩子。」

「恭喜你。」

他從喉嚨裡擠出一個短短的音節，之後轉身，快速離開。我看著他的背影，過了一會兒，才將目光收回。我喝光了剩下的飲料，之後將菸盒拿出來，掏出一支菸咬在嘴上，點燃。老服務生走了過來，目光停留在那幾張鈔票上。

「先生，您還需要什麼？」

「什麼都不用了。這些錢你拿走吧！」

他將錢慢慢拿起來，說：「先生，這裡有一張二十的。那位先生是不是弄錯了？」

「他知道這是多大的面額。我說了，這些錢你都拿走。」

「先生，非常謝謝你，要是你能確定⋯⋯」

「我確定。」

他連忙點頭，帶著滿臉擔憂走了。酒吧裡越來越熱鬧了，兩個身材很好的姑娘哼著歌，揮動著手臂從我旁邊經過，她們跟後面沙發座裡的兩個年輕人是認識的。隨著紅指甲的飛舞，空氣中開始飄蕩起「親愛的」這樣的聲音。

我心裡憋著氣無處發洩，將半支菸抽完之後，起身準備離開。我轉身去拿菸盒，這時我的後背被什麼東西狠狠撞了一下。我現在需要的就是這種發洩的機會。我轉過身，看見了一個穿著皺巴巴的牛津法蘭絨褲子的大塊頭。他像明星一樣將自己的雙臂張開，嘴巴大咧著，咧出一個二英寸高六英寸寬的笑容。他一看就是那種愛熱鬧，而且絕不吃虧的人。

我將他伸出來的那隻胳膊一把抓住，扭到他的身後，說：「臭小子，你想怎麼樣？這麼寬的走道都容不下你這尊大佛了？」

他掙扎著把胳膊抽了回來，凶狠道：「老兄，別太得意，免得我把你的下巴打掉。」

我哈哈笑了起來，說：「你這樣的人，最多也就是替洋基隊守中外野，舉著根棍子麵包打出全壘打。」

他捏起了胖乎乎的拳頭。

我說：「寶貝，別弄壞了你漂亮的指甲。」

他盡可能將怒火壓住，冷笑道：「你這個自以為是的瘋子，等我下次有時間了再收拾你。」

「你現在已經夠閒的了。」

他怒吼了起來：「趕緊滾蛋！我警告你，再開這種玩笑，我就會打得你滿地找牙！」

我對著他笑了起來，說：「來吧混蛋，不過可別光說大話。」

他的面色忽然變了一下，然後突然笑了起來，說：「老兄，我在海報上見過你的照片。」

「我的照片只登上過掛在郵局裡的那種海報。」

他說：「我在罪犯相片簿裡看到過你的照片。」他一邊笑著，一邊走了。

這種行為蠢透了，但是心裡的那股惡氣發洩了出去。我從餐廳的附屬建築走出去，從酒店大廳穿過，走到大門口。我停下來先將墨鏡戴上，然後才從大門走了出去。我坐進了車裡，才想起來看一下愛琳·韋德的名片。她的名片是刻紋樣式，不算特別正式，上面寫著電話號碼和住址：

羅傑・斯特恩・韋德夫人。悠閒谷路1247號。電話：悠閒谷區5-6324。

我對悠閒谷那一帶很熟，知道那邊變化很大。那個地方以前在入口處有門房還有私家警察，湖上開了一個賭場，還有要價五十的妓女。現在那裡完全不一樣了，賭場倒閉之後，那個地方成為那些有點品味的富人的地盤。他們將那裡的地價炒了起來，使之成為開發商夢寐以求的地方。一家俱樂部將湖泊和湖邊收歸名下，如果不能加入那家俱樂部，你別想碰那湖裡的一滴水。那是一個非常排外的地方，這個排外不僅僅指金錢上的含意，而是全方位排外。

如果我去了悠閒谷，就像是一個洋蔥放在香蕉船霜淇淋上那樣，完全不搭調。

霍華德・史賓塞在當天傍晚時，打了一個電話給我。他已經消氣了，想向我賠罪，他說把事情弄成這樣，都是他的過錯，問我能不能再考慮一下。

「如果是他邀請我，我可以去。如果不是，那我絕不會去。」

「我懂了。我們會給你很豐厚的報酬。」

我不耐煩道：「史賓塞先生，你聽好了，命運不是用錢就能改變的。那是韋德夫人自己的事，如果她怕自己的丈夫，她完全可以搬出去。這個世界上沒有哪一種保護的方法可以讓人二十四小時貼身跟著她，不讓她的丈夫接觸她。況且你想要的遠不止這些。你想搞清楚他是什麼時候，因為什麼失去控制。搞清楚這些，你能不讓他犯這個毛病，至少在書寫完之前，不能再犯病。但這本書能不能寫完，全看他個人。他要是真的想把那本該死的書寫完，那麼他在寫完之前會控制自己不去喝酒。你的要求真的有些過分了。」

他說：「這些事說來說去都是因為同一件事，所以不能單獨提出來解決。不過我覺得我可以理解，對於你這種職業的人來說，這些事確實有些敏感。就這樣吧，我今晚坐飛機回紐約，再見。」

「祝你旅途順利。」

他向我道謝，之後掛了電話。我想起自己忘了跟他說，我把他的二十塊給了服務生。我原本想打電話給他，跟他說這件事，但轉念一想，覺得他已經夠可憐了，所以就沒打了。

我將辦公室的門關了，之後走去維克多酒吧。我原本打算按照泰瑞信裡寫的那樣，去那裡喝一杯螺絲起子酒。但是我今天心情不算傷感，所以改變了主意，去了勞利酒吧，在那裡喝了一杯馬丁尼，吃了一份牛排和一份約克郡布丁。

我回家之後，打開電視看了一場很沒意思的拳擊賽。選手們很差勁，只是上躥下跳，出拳試探，假裝攻擊干擾對方。他們揮出的拳頭，基本沒有力道，正在打盹的老祖母都不會被他們打醒。我覺得他們的樣子，像是亞瑟・默里門下的舞蹈大師。觀眾不斷喝倒彩，裁判一個勁讓他們進攻，但他們就是扭扭捏捏的，不時搖晃著出幾個左長拳。我又換了一個台，看一個偵探故事。事情發生在一個衣櫃裡，演員們毫無激情，並且每張臉都是熟悉的、不漂亮的面孔。對話讓人覺得雲裡霧裡，即使是填字遊戲也不會這麼讓人摸不著頭腦。可能是為了增加喜劇效果，找了一個黑人男孩來當偵探的僕人。這真是多此一舉，偵探自己就已經夠可笑的了。廣告也特別噁心，在垃圾堆裡長大的山羊看了，都會忍不住想吐。

我把電視機關了，點一支捲得緊緊的長支涼菸抽。我忘了看這菸絲是什麼牌子的，但是品質特別好，讓我的喉嚨非常舒服。我打算上床睡覺時，接到了一個電話，是重案組的格林警官打來的。

「幾天前，他們將你的朋友蘭諾斯安葬在他死去的那個墨西哥小城鎮。我覺得你可能對這個消息有興趣，所以給你打了電話。有一個律師代表他們家族，去參加了葬禮。馬羅，這一次算你運氣好，以後可別再幹這種幫人潛逃的事了。」

「他中了幾槍？」

他咆哮起來：「什麼意思？」沉默了一會兒之後，他小心翼翼說，「我應該說中了一槍。一般來說，打腦袋一槍足夠了。他口袋裡的東西以及一些照片，都交給了那個律師。你還想要問什麼？」

「我還想問是誰殺了蘭諾斯的老婆，可惜你不會告訴我。」

「呵，蘭諾斯留下了一份完整的自白書，葛蘭茲沒跟你說過這件事？你也可以去看看報紙，上面已經登出來了。」

「警官，非常感謝你好心好意給我打這個電話，」

他用尖銳的聲音道：「馬羅，你聽好了，如果不想惹麻煩，就別對這個案子糾纏不休了。這件案子已經存入檔案裡了，沒辦法再翻案。在我們州，事後從犯也要蹲五年監獄，這次算你運氣好。另外，我再告訴你一件事，有時候被關進監獄裡是因為在法庭上這件事就該這麼判，而不是因為你真的做了什麼。我當了很多年警察，深諳這個道理。好了，晚安吧！」

他將電話掛斷了。我將聽筒放回去，心裡琢磨著：當一個正直的警察心懷愧疚的時候，他就會刻意做出凶惡的樣子來掩飾。實際上，那些不正直的警察，甚至包括我在內的所有人，都會這樣做。

14

第二天一大早門鈴就響了起來，那時我正準備將耳垂上的爽身粉擦乾淨。我過去將門打開，一雙藍色眼睛出現在我視野裡。她這次沒戴帽子，也沒戴耳環，穿的是一件褐色亞麻連衣裙。她的臉色看起來有些蒼白，但也看不出經常被人推下樓梯的跡象。她對著我，有些遲疑地笑了一下。

「馬羅先生，我知道這樣來找你很唐突，你還沒吃早餐吧？但是我不太想去辦公室，而且這些私事，我也不願意透過電話來說。」

「沒關係的，韋德夫人，請進。來一杯咖啡嗎？」

她走到客廳，目光迷茫的在長沙發上坐下。她的模樣顯得特別規矩，雙腿併攏端坐著，手提包放在膝蓋上。我把窗戶打開，把百葉窗拉開，將她面前那個茶几上放的髒菸灰缸拿走。

「請給我一杯不加糖的黑咖啡，謝謝。」

我進了廚房，拿出一張餐巾紙鋪在綠色金屬托盤上。但這看起來就像賽璐璐硬領一樣低級，所以我將餐巾紙揉成一團，用一條帶著流蘇的餐巾鋪在了托盤上。這個餐巾還有一條配套的小三角餐巾。這些東西跟屋子裡的大部分傢俱一樣，是我住進來就有的。我拿出兩隻印有沙漠玫瑰的咖啡杯，倒滿咖啡後放進托盤裡，端到了客廳。

她淺淺抿了一口，說：「你煮的咖啡很不錯，很好喝。」

我說：「我上一次跟別人一起喝咖啡，喝完之後就進大牢了。韋德夫人，我想你應該知道我進過監獄。」

她點頭道：「是的。警察懷疑你幫助他潛逃，對嗎？」

「他們並沒有這麼說過。他們在他的房間裡發現一本筆記本，上面剛好有我的電話。然後他們就找我問話，但是他們的問話方式讓我反感，所以我沒有合作……我覺得你對這些應該沒什麼興趣。」

她將咖啡杯小心翼翼地放下，身子往後靠了一點，微笑地看著我。我問她需不需要來一支菸。

她說：「我不抽菸，謝謝了。其實我願意聽這些事。我們有個鄰居認識蘭諾斯夫婦，他們說他看起來不像那樣的人，他大概是瘋了，才做出那樣的事。」

我將一支鬥牛犬式菸斗拿出來，填上菸絲，點著之後，邊抽邊說：「我也這樣覺得，他肯定是發瘋了。他在戰爭中受過重傷。現在他死了，所有的事都成為過去。你到這裡來，難道是為了討論他？」

她輕輕搖頭道：「馬羅先生，你把他當成朋友，那麼你肯定會堅持自己對他的看法。我覺得你是一個很執著的人。」

我將菸斗裡的菸絲壓緊，再次點燃菸斗。同時，我隔著煙霧將她慢慢打量了一番，最後才說：「哈，韋德夫人，其實我是怎麼想的一點也不重要。這個世界每天都有令人不可思議的事在發生。那些看起來最不可能的人，反而是凶手。慈愛的奶奶將一家人都毒死；二十多年沒有不良記錄的銀行經理，一直挪用公款；清秀的孩子數次持槍搶劫；名利雙收並且看起來應該會很幸福的小說家成為酒鬼，把老婆打得住院。即使面對自己最好的朋友，我們也沒辦法知道他們為什麼要幹那些事。」

我以為我的話會讓她生氣，可是她沒有太大的反應，她只是抿了抿嘴，瞇起眼睛。

她說：「霍華德・史賓塞不應該把這件事告訴你。我不知道怎麼躲開他，這是我的問題。不過從那以後我知道了一個道理，那就是當男人喝得醉醺醺時，絕對不要去勸他。我想你應該比我更明白這一點。」

我說：「你肯定不能用嘴去勸他。如果你力氣不小，而且運氣很好的話，大概可以阻止他傷害你或其他人。但是像這樣做，還是得靠點運氣。」

她將咖啡杯和杯子托盤拿了起來。她的手跟身體的其它地方一樣，都特別迷人。指甲修剪成圓潤的形狀，上面塗了淺淺的指甲油。

「霍華德是不是跟你說，他這次過來並沒有見到我的丈夫？」

「是的。」

她將咖啡喝完，小心翼翼地把杯子放進托盤，手指在勺子上撥弄了一會兒，然後說：「他是不是沒告訴你我的丈夫為什麼不見他？因為他自己也不知道。我很尊敬霍華德，但他覺得自己特別擅長管理，喜歡控制別人，想把什麼都掌握在手中。」她說著話，但眼睛始終沒有看向我。

我沒有說話，靜靜的等待著。一陣沉默之後，她抬頭看了我一眼，隨後又看向別處，接著她柔聲道：「其實我來找你，是想求你幫我找到我丈夫，然後帶他回家。他已經失蹤三天了，我不知道他在什麼地方。當然，他以前也消失過。他有一次千里迢迢地開車去了波特蘭，在那裡的一家旅館裡病倒了，不得不找醫生幫他解酒。他跑到那麼遠的地方去，三天沒有吃東西，最後竟然也沒惹出什麼事端，這真是個奇蹟。還有一次他去了長灘，那裡有一家瑞典人經營的土耳其浴場，這家店可以提供腸道清洗服務。最後一次，是兩個多星期前，他去了一家私人療養院，他不肯告訴我這個療養院在什麼地方叫什麼名字，只說他在那裡治療不會出問題的。我覺得那應該是一家名聲不怎麼樣的療養院。他被送回來的時候，臉色蒼白，顯得特別虛弱。送他的人在車道上就將羅傑放下車了，然後立刻倒車開走。我在匆忙間看到送他回來的人，是一個個子很高的年輕人，穿了一件過分講究的牛仔裝。那樣的衣服，只有在舞台上或者MV裡才能看見。」

我說：「可能是個度假牧場之類的地方。那裡有一些牛仔，為了買漂亮的衣服，甘願花光身上每一分錢。牧場很需要這樣的牛仔，因為他們能吸引很多女人。」

她把提包打開，將一張折疊的紙拿了出來，說：「馬羅先生，我這裡有一張五百美金的支票，我想用它當預付款，你願意收下嗎？」

她把支票放在茶几上面。我看了一眼，沒有去動它，問：「你不是說他失蹤三天了嗎？他從醉酒狀態清醒過來，再吃點東西果腹，通常需要三到四天。難道他不會像以前一樣自己回來？你為什麼那麼著急找他？還是說，這一次的事情跟以前不太一樣？」

「馬羅先生，事情發生的間隔越來越短，任由他這麼下去，他會沒命的。我真的特別擔心，不，不只是擔心，還恐懼。這一切越來越反常。我跟羅傑結婚五年了，我知道他一直都愛喝酒，但絕對不是個酒鬼。肯定是出了什麼問題，他才會變成現在這樣。我必須要找到他。我昨天晚上只睡了不到一個小時。」

「他為什麼會酗酒，你知道嗎？」

那雙藍色的眼睛怔怔地看著我。這個早晨，她顯得特別脆弱，但還不至於不堪一擊。她咬著下嘴唇搖頭，過了片刻，終於用說悄悄話的音量說：「可能是因為我？男人對自己的妻子感到了厭煩？」

「韋德夫人，幹我們這一行的多少要學點心理學，我也算一個半吊子心理醫生。我覺得，他可能是對自己創造出來的作品感到厭惡了。」

她低聲說：「有這個可能。所有作家都會遇到這樣的瓶頸時期，這一點我能理解，他現在也確實沒辦法完成手頭上的稿子。如果感到厭惡了，他完全可以不去寫了，因為他沒有那種必須用稿費來支付房租的壓力，所以我覺得這個理由有點牽強。」

「在他沒喝酒的時候，是個什麼樣的人？」

她微笑著說：「我覺得他是一個特別溫文爾雅的人。當然，這只是我個人的眼光和看法，可能會有些偏頗。」

「喝醉之後呢？」

「思維跳躍、冷酷無情、讓人害怕。他覺得自己說的話是幽默，其實是刻薄。」

「你把他使用暴力這一點忘了。」

她挑挑淡棕色的眉毛，說：「馬羅先生，那樣的事只發生過一次。那件事被誇大了。是羅傑告訴霍華德・史賓塞的，我從沒有說過。」

我站了起來，在屋子裡走來走去。今天應該是個大熱天，空氣已經變得悶熱起來。我放下了一扇窗戶的百葉窗，將陽光擋著，然後開門見山地說：「我昨天下午在《名人錄》裡翻看了他的資料。四十二歲，第一次婚姻，沒有孩子。他是從新英格蘭來的，曾在安德列和普林斯頓求學。服過兵役，記錄很好。他寫了十二部長篇小說，都是關於性愛和擊劍的歷史性小說。他的書每本都在暢銷榜上，肯定賺了不少錢。我覺得，他這樣的人如果對老婆感到厭煩了，肯定會直接提出離婚。如果他有婚外情，你應該會有所察覺。不管怎麼說，他都沒必要用沉迷酒精來表示自己情緒不佳。他在五年前，也就是三十七歲的時候跟你結婚。我覺得他那個時候，對女人已經有了足夠的瞭解。我只能說足夠，因為沒有人能完全瞭解女人。」

我停頓一下，看著她，想判斷有沒有傷害到她的感情。她對著我微微笑了一下，我才放心繼續說。

「霍華德・史賓塞覺得羅傑・韋德會變成這樣，是因為多年前留下的禍患。這個禍患應該出現在你們結婚之前。現在這個禍患找上他了，開始折磨他。我不知道他是怎麼得出這個結論的。他覺得應該是勒索信之類的。你知道跟這有關的線索嗎？」

她緩緩地搖了搖頭，說：「你是想問我是否知道羅傑給過某人一大筆錢嗎？我不知道，因為他帳目上的事我從不過問。他完全可以在我不知情的情況下給別人一大筆錢。」

「好的，我不太瞭解韋德先生是個什麼樣的人，所以沒辦法判斷面對勒索他的人時會怎麼處理。如果他是個脾氣不太好的人，說不定會擰斷那個傢伙的脖子。不管那個禍患具體是什麼，如果會對他的社會地位或者行業地位帶來負面影響，甚至會把警察招來，那麼他可能會用錢買一陣子的太平。當然，招來警察這樣的例子有點極端了。不過這些對我們來說，並沒有什麼用處。你擔心他，甚至已經超越了擔心，希望能找到他。但我該怎麼去找？韋德夫人，我不願意收你的錢，至少目前不願意。」

她再次把手放進提包裡面，把幾張黃紙拿了出來。這些紙看起來像是複寫紙，折疊在一起，有一張皺巴巴的。她把這些紙打開，撫平了遞給我，說：「其中一張是淩晨時，在他書桌上發現的。我知道他喝了酒，沒有到樓上來。大概是淩晨兩點的時候，我下樓去看他，想確認他只是像平常一樣在地上、沙發或者別的地方醉倒了，而沒有發生別的意外。但是我沒有看見他。還有一張紙是在廢紙簍裡面撿的，其實那張紙沒有掉進簍子裡，而是卡在了邊緣處。」

我看了看第一張紙，上面是短短的一行打出來的字：

我不想這樣形影相弔，但再也找不到另一個可以愛上的人。

羅傑·（法蘭西斯·史考特·費茲傑羅）·韋德

另：為此，我永遠也無法完成《最後的大亨》。

「韋德夫人，你從這裡面看出了什麼端倪？」

「他非常推崇史考特·費茲傑羅，認為他是自柯勒律治以來最偉大的作家，不僅酗酒還吸毒。馬羅先生，你認真看他的筆跡，乾淨勻稱，沒有一點錯誤。」

「我發現了。很多人喝醉之後，連自己的名字都寫得亂七八糟。」

我打開皺的那一張，上面還是打的字，寫著：

V醫生，雖然我現在很需要你，但我並不喜歡你。

這張紙跟第一張一樣，字跡乾淨均勻。

我在看的時候，韋德夫人說道：「我認識的所有醫生裡面，都沒有姓名以V開頭的，所以我不知道這個V醫生到底是什麼人。我覺得他可能是上次羅傑去的那個療養院的經營者。」

「你是說牛仔送他回家那次？你丈夫有提到過什麼名字嗎？比如那個地方的名字。」

她搖頭道：「沒有。我在電話簿上查過，那上面有幾十個姓名以V開頭的醫生。治什麼病的都有。不過還有一種可能，V代表的不是他的姓名。」

我說：「他也可能是個假醫生。正牌醫生願意收支票，但是冒牌醫生為了避免留下證據，是不會收支票的。這就涉及到了現金問題。像他那樣的醫生，收費肯定很高。即使打針和藥物錢扣掉，只在他那兒吃住，都要收取高昂費用。」

她有些驚訝地問：「打針和藥物？」

「為了省事，這些冒牌的醫生，都會給病人注射麻藥。病人們一睡就睡十多個小時，醒來之後，身體也不會出現什麼問題。不過這麼做要付出很大的代價——無執照濫用麻醉藥品，警察可以抓你去吃牢飯。」

「我懂了。羅傑的身上應該帶了幾百塊錢。我不知道他出於什麼原因，大概是某種沒根據的念頭吧，總之他一直在書桌裡放幾百塊錢。現在那些錢不見了，應該是他拿走了。」

我說：「就這樣吧！現在我嘗試著去找這個V醫生。雖然我毫無頭緒，但我會竭盡全力的。韋德夫人，把你的支票拿回去。」

「為什麼？你難道不是……」

「到時候再說吧，謝謝你了。其實我更希望從韋德先生那裡要酬勞。我接下來要幹的事，肯定會讓他很反感。」

「但是萬一他生病了，需要幫助……」

「他可以自己或者讓你打電話給醫生，但是他沒有這麼做，所以可以看出來，是他自己不願意。」

她把支票放進了手提包裡，然後站起來，苦著臉說：「我們的醫生不肯為他提供治療。」

「韋德夫人，這個地方有好幾百名醫生。現在醫療行業的競爭特別激烈，沒有醫生會拒絕他的求診，至少第一次不會。而這些願意接待他的醫生裡，絕大多數都會替他治療一段時間。」

「你說得沒錯，這些我都懂。」她邊說邊慢慢走向門口。

我跟著她一起到了門口，打開門，問：「你為什麼不打電話給醫生？你也可以打。」

她面對著我，眼裡似乎含了淚光，讓眸子閃閃發亮，的確是難得一見的美人。

「馬羅先生，因為我太愛我丈夫了。只要能幫助他，讓我做什麼都可以。但他是個什麼樣的男人，我心知肚明。我不能像對待嗓子痛的孩子那樣對待他。如果他每次一喝醉，我就找醫生，那他恐怕很快就會離開我。」

「要是他真的醉了，你可以這麼對他，有時候你不得不這麼做。」

她就站在我身邊，離的很近。我甚至覺得自己聞到了她身上的香水味——可能真的只是我覺得。那是一種屬於夏天的芬芳，絕對不是香水瓶噴嘴能製造出來的。

她一字一頓地說：「我不在乎他以前犯下什麼過錯，甚至他犯過罪也無所謂。但我不願親手將這些真相揭開。」她的聲音裡充滿了艱澀感。

「你的意思是，換成霍華德・史賓塞請我揭開真相就可以了？」

她慢慢地微笑起來，「以前你說過，即使自己坐牢，也不會出賣朋友。我讓霍華德・史賓塞去找你，也只是為了能從你那兒得到這句話。」

「謝謝抬愛，但我並不是因為這個原因坐牢。」

她沉默了下來，然後點頭告辭。我看著她走下紅杉木台階，然後上了一輛嶄新的灰色捷豹。她把車開到街道盡頭，在那裡的停車場上調轉車頭。汽車從下坡道經過時，她對著我揮了揮手，算是向我告別。汽車開到轉彎處，拐了進去，消失不見了。

一叢紅色的夾竹桃長在大門旁的牆根下，一陣羽翼扇動的聲音從那裡傳出來，緊接著又傳出一隻仿聲鳥嘰喳的叫聲。我看見那隻仿聲鳥正站在最高處的一根樹枝上，牠好像站不穩一樣，一個勁拍打著翅膀。牆角處的柏樹裡傳來一陣尖銳的類似警告的鳥叫。胖胖的仿聲鳥不再嘰喳亂叫，安靜了下來。

我回到屋子裡，把門關上，留下小鳥獨自學習飛行。就算是一隻鳥，也需要學習。

15

想要進行調查，就必須掌握某些線索，比如名字、背景、地址、街區、環境、參考材料……不然你即使再聰明，也無能為力。可是現在我手上的線索只有一張皺巴巴的黃紙片，上面寫著「V醫生，雖然我現在很需要你，但我並不喜歡你」。我拿著這點線索展開調查，無疑是大海撈針。醫院協會包括了五六所縣醫院，我需要花一個月時間，才能將協會名單上的醫生們都拜訪一遍，而這樣做的結果可能只是一無所獲。在我們這個地方，江湖郎中的數量像天竺鼠的數量一樣，急速增長。市政廳周邊一百英里之內就有八個縣，每一個縣甚至縣下面的小鎮都有無數醫生。這其中有些是正規的醫護人員，有些是上過一點函授課取得了資格證，這種有資格證的醫生可以幫你割雞眼，或者踩踩背。真正的醫生有富得流油的，也有窮困潦倒的，有醫德高尚的，也有不顧醫德的。初期酒精中毒並且家庭富有的患者，正是那些不肯用維生素和抗生素的老頭們的搖錢樹。但是毫無線索，該怎麼下手查？我是真的沒有線索，而愛琳・韋德可能沒有線索，也可能有線索但不自知。退一步講，就算我找了名字以V開頭，符合條件的人，但也不一定對事情有任何幫助，因為V醫生很可能只是羅傑・韋德虛構出來的一個人物。可能在他喝得醉醺醺的時候，腦中靈光一閃，就隨手寫下那句話，就像他提到史考特・

費茲傑羅，很可能也只是他進行的一種奇特的告別。

在這種情況下，我這樣的小人物就必須向聰明厲害的前輩求助。我打了電話給一個熟人，他叫喬治・彼得斯，在位於比佛利山莊的凱恩機構工作。這是一個很前衛的機構，專門為有錢人提供保護，他們的保護幾乎包括了所有涉足法律禁地的事情。我的那位熟人說可以給我十分鐘，我必須迅速地把事情說清楚。

凱恩機構占據了一棟粉色四層建築二樓的一半。電梯外設有監視器，可以自動控制門的開關，走廊裡安靜清涼，停車場裡所有的車位都標註名字。前廳外面有一位忙著配安眠藥的藥劑師，累得手腕都腫起來了。

門的另一邊被漆成了淺灰色，牆上是幾個向外凸出的、像新匕首一般鋒利醒目的金屬字母：凱恩機構。傑拉爾德・C・凱恩，總裁。下面有一行小字，寫著：入口。

這個地方乍看過去，像是一家投資信託公司。

進了大門，就是一間很狹小的接待室。可以看出在裝修上他們花了很多心思和錢，但結果還是很難看。牆壁被塗成死氣沉沉的綠色，上面還掛了一副綠邊框的裝飾畫，不過邊框的顏色比牆壁暗了幾個色度。裝飾畫上是幾個穿著紅衣服的人，他們騎在馬上準備從高欄越過。此外，還有兩面沒有邊框的鏡子，鏡面被塗成淡粉色，看起來十分彆扭。傢俱都是深紅或者深綠色的。一張被打磨得發亮的白桃花心木桌上，放著幾本包著透明封套的新雜誌。裝修這個房間的人，在用色上肯定特別大膽，他可能穿著辣椒一樣火紅的襯衫，配上紫得像桑葚一樣的褲子、斑馬條紋的鞋子，說不定還穿著用亮橘色的絲線繡上名字首字母的大紅內褲。

這個房間不過是擺擺樣子。顧客們每天至少掏出一百給凱恩機構，他們才不願來這個接待室，他們要求的是上門服務。凱恩身體強壯，塊頭很大，像木板一樣結實，膚色白淨中透著紅潤的血色，他曾經是個憲兵上校。他以前邀請我加入他們，但是我還沒到自己混不下去的程度。如果說混蛋有一百九十種套路，凱恩就精通一百九十種。

磨砂玻璃門被打開，一個帶著職業微笑的小姐看了看我。她的那一雙眼睛，能看見你褲子口袋的錢包裡有多少錢。

「早安。請問有什麼需要幫助的？」

「我姓馬羅，想找喬治・彼得斯。」

她拿出了一本綠皮本子放在櫃檯上，問：「我在預約登記的本子上沒有找到你的名字。馬羅先生，你確定跟他約好了？」

「我剛才打過電話給他，有一些私事找他。」

「懂了。馬羅先生，你的姓氏怎麼拼寫？還有名字也需要告訴我。」

我跟她說了姓名。她將它記錄在一張細長的表格上，然後將計時鐘插進邊緣處。

我問：「這麼做是要讓誰看？」

她冷冷地回答：「我們這裡很重視細節，凱恩上校曾說過，你永遠都不會想到，那些要命的大事最初都是由小事引發的。」

我說：「反過來也可以說得通。」

她沒聽懂我是什麼意思，自己登記完，抬起頭說：「我會跟彼得斯先生說你來了。」

我說我很感謝她。

大概過了一分鐘，嵌板上打開了一扇門，彼得斯在裡面示意我進去。我走進了一條漆成灰色的走廊，兩邊有一間間小辦公室，像牢房一樣。他的辦公室天花板上裝了隔音設備，裡面有一張灰色的鐵製書桌，兩把成套的椅子，灰色的檯面上放著灰色的錄音機。電話、筆架、牆壁以及地板的顏色都是一樣的。牆上有幾幅帶框的照片，裡面的人物都是凱恩：一幅是他戴著雪花蓮式鋼盔的軍裝照；一幅是他穿著便裝，一臉高深的樣子坐在辦公桌後。除此之外，牆上還有一幅灰色網底的匾額，上面用硬挺的字體寫著機構的鐵律：

凱恩機構的偵探，無論何時何地都必須保持紳士的言談和儀表，沒有任何特例。

彼得斯大步走到房間另一端，將牆上的一幅照片挪開。照片後的牆壁上裝著的灰色收音器露了出來。他把收音器拿出來，將線拔掉，再放回原處，然後把照片挪了回去，擋住收音器。

他說：「那個婊子養的傢伙辦公室裡有所有收音器的開關，幸好他去處理一個演員酒駕的案子，不然我會馬上丟掉工作。這個該死的地方，到處都是看不見的線。有一天早上，我問他為什麼不直接在接待室的一面鏡子背後裝上紅外線顯微底片照相機。他看起來好像不感興趣，但說不定已經找人裝上了。」

他坐在一把灰色的硬椅子上，我細細打量著他。他有一雙略顯笨拙的大長腿，臉龐瘦削，髮際線正在往後退。大概是長年在外奔波，經受日曬雨淋，導致他皮膚很粗糙。他的雙眼非常深邃，上嘴唇的長度跟鼻子差不多，笑起來的時候，下半邊臉似乎消失了一樣，只剩下從鼻孔到大嘴巴的兩個嘴角間拉出的兩條深深的溝壑。

我問他：「你能受得了這些？」

「老兄，先坐下。說話的聲音別太大，就連喘氣也不能大聲。如果把凱恩這樣的偵探比作托斯卡尼尼，你這樣的私人偵探充其量就是一隻街頭手風琴藝人養的猴子，這一點你可要記好了。」他停了下來，笑了笑，「給的錢夠多，其他的我也無所謂，所以沒有什麼受不了的。不過如果那天凱恩發病了，覺得我是戰爭時期他所管轄的戒備森嚴的英國監獄裡的犯人，那我就自己拿了錢捲舖蓋滾蛋。聽說你之前遇到了不少麻煩，這次是因為什麼？」

「也沒什麼好不滿的。埃迪・道斯特離開這裡之後，跟我說你們這裡有一份資料，記錄的都是那些出格人士的檔案。我想借你們的這份資料看看。」

他點頭道：「埃迪確實不適合待在這裡，他過於敏感了。你說的那份資料是我們這裡的機密文件，絕對不可以傳出去。你等一下，我去拿。」

他出了辦公室。我打量著辦公室裡的灰色物件：紙簍、地氈、筆記本的四個角。沒多久，彼得斯就拿著一個灰色的紙質檔案夾回來了。他將檔案夾放下，然後打開。

「我的天，為什麼這裡所有東西都是灰色？」

「孩子，這是學習的顏色，也是我們機構的精神所在。」他說著話，將辦公桌的抽屜打開，拿出了一支八英寸左右的雪茄，說：「啊，這個不是灰色了，一位英格蘭來的老先生送的烏普曼30。他在加州住了四十年，可是還改不了把收音機叫成無線電的習慣。在他沒喝醉的時候，是個挺與時俱進的人，有一點淺薄的魅力。我覺得這樣就很不錯了，因為很多人連這點淺薄的魅力都沒有。凱恩就是這樣一個毫無魅力的人，就像煉鋼工人的短褲一樣無趣。這位老先生喝醉的時候有個奇怪的愛好——開支票，而且他開的都是他沒有帳戶的銀行支票。因為他捨得花錢解決事情，加上我的幫助，他至今沒有因為這些事坐牢。他給了我這些雪茄，我們可以像兩個謀劃大屠殺的印第安酋長一樣，一起抽這支雪茄。」

「我不喜歡雪茄。」

彼得斯看了看特大號雪茄，有些可惜地說：「我也一樣。我原本想把它送給凱恩。但是凱恩也抽不了，這可不是一個人抽的雪茄。」他的眉頭皺了起來，「你知道我為什麼總是提起凱恩？可能是我太過緊張了。」

他打開抽屜把雪茄放了回去，看著打開的檔案問：「你想查什麼東西？」

「我想找的是一個有錢的酒鬼，他格調很高雅，也有滿足他高雅格調的經濟實力，另外還有暴力傾向。目前為止我還沒聽說他有跳票的前科。他已經失蹤三天了。他老婆特別擔心他，猜他可能躲在某個醒酒機構裡。現在我們手上的線索就是一張紙條，上面提到一位醫生，但只有姓氏的第一個字母V。」

「這根本不值得擔心。」彼得斯看著我，像是在思考什麼，「三天不算很長。」

「要是在他自己回去前，我找到了他，他們就得給我酬勞。」

他又看了我一眼，搖頭道：「我不太懂，但是無所謂。讓我們來查查資料，」他開始翻閱檔案，「這個找起來難度有點大，只有一個字母當線索，資訊實在太少，而且這些人的流動性特別大。」他說著話，從檔案夾裡拿出來一張紙，接著又拿出兩張說，「找到了三個。骨科醫生阿莫斯・瓦利，在阿爾塔迪納開了家規模不小的診所，僱用了兩名註冊護士。夜間出診收費或者說曾經收費五十。幾年前州麻醉藥品管理局的人找過他麻煩，他因此失去了處方權。不過這些訊息都是很久以前的了。」

我記下了名字和地址。

「還有一個耳鼻喉醫生萊斯特・沃克尼基，在好萊塢大道上的斯托克韋爾大樓裡開了一家診所。這個人特別有意思，他基本只看門診，專攻慢性鼻竇炎，都是些特別常規的治療。如果你去他那裡看病，跟他說鼻竇炎引起了頭痛。如果他看你順眼，就先給你用一點普魯卡因麻醉，然後幫你清洗鼻腔。如果看你不順眼，就不一定會用普魯卡因，懂了嗎？」

「明白。」我也記下了這位。

彼得斯邊看邊說：「很顯然，我們的沃克尼基醫生最大的麻煩在於怎麼拿貨。很好，他有自己的私人飛機，經常坐飛機去恩森那達釣魚。」

「我覺得如果他是自己運送毒品的話，應該堅持不了太久。」

彼得斯沉思了一會兒，搖頭道：「我倒是覺得只要別太貪心，他可以一直自己運送毒品。他的風險在於某個貪心的顧客，不好意思，我是說某個患者。不過他既然能在這個地方幹十五年，那他肯定有辦法應付這樣的情況。」

「你們到底是從什麼地方搞到這些資料的？」

「老兄，我們可不像你一樣單打獨鬥，我們是一個機構。有些是內部消息，有些是客戶提供的。凱恩特別捨得花錢，而且十分擅長交際，當然，前提是他願意。」

「他聽到這些話，肯定會很高興。」

「他媽的！最後這個人姓韋林傑，他自稱是醫生，但從不看診，大概是個醫學博士之類的吧！他在塞普爾韋達峽谷有一個牧場，經營著一家藝術村，為那些作家之類的人物提供租金低廉的住所。這些人總是希望跟志同道合的人一起隱居。表面上看起來他似乎沒幹過出格的事，我真不明白他為什麼會被記錄在案。把他記錄進來的偵探已經不在這裡幹了。」他拿起一張貼在空白處的剪報，「哦，可能跟這起自殺事件有關。一個女詩人在那裡自殺了，死因是嗎啡使用過量。但是沒有證據表明韋林傑知道女詩人用嗎啡的事。」

我說：「我對這個韋林傑特別感興趣。」

彼得斯將檔案夾蓋上，拍了下，說：「這個東西，你從沒見到過。」說完，他起身走出了屋子。

他回來時，我站起來跟他告別，同時表示感謝。他擺手道：「聽好了，你想要找的人會去任何地方。」

我說我明白。

「我順便說一件你可能感興趣的事，跟你的朋友蘭諾斯有關。五六年前，我有個同事在紐約碰到了一個人，跟他的特徵十分符合。不過那個傢伙說他叫馬斯頓，而不是蘭諾斯。不過不能確定是蘭諾斯，因為我那個同事整天喝酒，也有可能是他認錯了。」

我說：「我覺得應該不是同一個人。戰爭記錄可以查到他的真名，他又何必改個名字呢？」

「這我就不太清楚。我這個同事姓阿斯特費爾特，現在在西雅圖。如果你覺得有需要的話，等他回來了，可以跟他聊聊。」

「喬治，謝謝你。現在遠超過十分鐘了。」

「說不定哪一天我也會有事求你。」

我說：「凱恩機構可從來不會向任何人求助！」

他對著我，用拇指做了一個很不禮貌的手勢。我從他那間灰色小牢房離開，再次從接待室穿過。有了灰色牢房作對比，再看接待室覺得浮誇的色彩搭配變得和諧了不少，整體看起來順眼多了。

16

從大馬路拐下來，就到了塞普爾韋達峽谷的谷底。眼前是兩根方形的黃色門柱，一扇五根木條釘的大門。門是開著的，上面用鐵絲掛了一塊牌子，寫著：私家重地，閒人免進。空氣溫暖而寧靜，飄蕩著尤加利樹的氣味。

我開車拐進大門，沿著一條石子路盤山而上，翻過山脊，往下駛進另一側較淺的山谷。山谷裡很熱，跟公路上的溫度比較，要高出十到十五度。我看見石子路延伸到了一片草地，然後繞了草地一圈，就沒路了。草地邊上用刷了白石灰的石頭圍了起來。我的左手邊是一個乾涸了的游泳池，沒有水的游泳池應該是這世上最讓人覺得落寞的東西了。游泳池上方的跳板懸吊著，顯出精疲力盡的樣子，上面鋪著的墊子破爛不堪，金屬部件全都生了鏽。泳池的一邊是鐵絲網圍著的網球場，另外三邊以前應該是草坪。那裡放了幾把紅杉木躺椅，上面有色彩繽紛的靠墊：藍色、黃色、橙色、綠色以及鐵銹色。不過現在這些靠墊都褪了色，邊緣處的線也斷了，有的崩掉了鈕扣，露出了裡面的填充物。

我把車開上了環道，在一棟杉木屋前停下。這棟房子有木製的屋頂和寬闊的前廊，大門處裝了兩扇紗門，上面趴了幾隻正在打瞌睡的大黑蒼蠅。一條彎曲的小路藏在了看起來灰濛濛的加州常綠橡樹林中。從樹幹的縫隙間可以看見一些散布在山坡上的鄉村小屋，還有些小屋則被樹林嚴嚴實實擋住了，根本看不見。我能看見的這幾間屋子，大門都是關著的，窗戶處垂著厚重的棉布窗簾，一看就是無人居住的模樣。你甚至能想像出窗台上積滿灰塵的樣子。

我關了引擎，但沒有下車，而是扶著方向盤，坐在車裡安靜聆聽。我什麼也沒聽見，這個地方就像法老墓一樣，一片死寂。透過紗門往屋裡看，可以看見房門開著，暗沉沉的房子裡似乎有什麼東西在晃動。突然，我聽見了口哨聲，聲音不大但卻十分真切。緊接著，紗門後面出現了一個男人。他將紗門打開，慢慢走下台階。

這是個引人注目的男人。他戴了一頂黑色的扁牛仔帽，帽繩繫在下巴下面，穿了一件乾淨的白色燈籠袖襯衫，衣服是絲質的，領口敞開著，手腕處緊緊束起來。他繫了一條黑色帶流蘇的圍巾，尾端一邊短一邊長，長的那邊幾乎垂到了腰部。他戴著一條很寬的黑色腰帶，一件緊裹著臀部的黑色褲子。褲子側邊縫著金線，延伸到了褲腿開叉處，開叉口兩側都用金扣子裝飾。他腳上穿了一雙舞會上才會穿的黑色漆皮鞋。

他走下台階，停住腳步，一邊吹口哨一邊打量我。他的動作像長鞭一樣靈巧。我第一次見到這麼大這麼空洞的眼睛，瞳孔是灰色的，睫毛纖長而柔軟。他的鼻樑高挺但不纖細，翹起來吹口哨的嘴顯得十分性感，下巴處凹出一個小窩，耳朵小巧玲瓏，服貼地靠在腦袋上。他的五官精緻但不過分陰柔。大概是不怎麼曬太陽，他的皮膚特別白皙。

他的左手放在屁股處，右手在空中劃了一道優美的圓弧，說道：「你好！今天的天氣真不錯，對吧？」

「太熱了。」

「我喜歡熱。」他說得斬釘截鐵，不容反駁，才不會管我喜不喜歡。他不知從哪兒掏出了一把長長的銼刀，然後坐在第一級台階上開始修指甲，頭也不抬地問我：「銀行派你來的？」

「我想見韋林傑醫生。」

他修指甲的動作停了下來，抬頭看向冒著熱氣的遠方，興致缺缺地問：「誰啊？」

「他是這裡的業主。你倒是挺爽快，說得好像你不知道一樣。」

他又開始修自己的指甲，「親愛的，你肯定聽錯了，這個地方屬於銀行。具體的細節我也不記得了，好像這塊地的贖回權還是協力廠商託管權之類的，都被銀行取消了。」他抬起頭，用一種事不關己的神情看著我。

我從車上下來，靠在車門上，但是車門被太陽曬得發燙，我只好挪到了一個通風的地方。

「你說的是哪家銀行？」

「你不知道是哪家銀行？不是銀行派來的，你來這裡幹什麼？趕緊離開，親愛的，滾蛋吧！」

「我要見韋林傑醫生。」

「親愛的，這個地方現在不是營業場所了。牌子上標的很清楚，是私人重地！哪個王八蛋忘了把大門鎖上？」

「你是這裡的管理員？」

「差不多吧！親愛的，別再問來問去了，我的脾氣可是很暴躁的。」

「你發脾氣的時候會怎麼樣？跟松鼠一起跳舞？」

他動作優雅地站了起來，冷笑道：「看來，我必須把你丟回你那輛又小又爛的敞篷車裡。」

「別著急，先說說我現在該去哪兒找韋林傑醫生。」

他把銼刀放進了襯衫口袋裡，然後右手拿出了一個東西。他動作迅速地將那個閃亮的黃銅指套戴上，整張臉繃了起來，灰色瞳孔裡似乎有一團火焰在竄動。

他慢慢走向我。我往後退幾步，拉開距離。他吹了一聲口哨，聲音十分尖銳。

我說：「我們非得打一架嗎？我覺得沒必要。而且你漂亮的褲子說不準會因此裂幾個洞。」

他穩穩地向前一躍，動作像閃電一般迅捷，同時左手快速向我揮過來。我以為他這記重拳的目標是我的腦袋，所以偏了一下頭，誰知道他對準的是我的右手臂。他成功了，死死地抓住了我。我被他猛然甩開，整個人失去平衡，他那隻戴了銅指套的手趁機對著我來了一記上勾拳。如果這一拳打中後腦勺，我肯定要進醫院。如果我往後躲避，臉和上臂就有一處要受他這一拳。這時，我能做的就是往後躲，然後借勢從後面將他的左腳踝勾住，隨即扯住他的襯衫。只聽「刺啦」一聲響，他的襯衫被撕壞了。緊接著，我感到後脖頸被什麼東西狠狠打了一下，但應該不是金屬。我從左邊閃過。他從側邊躍出落地，貓一般靈巧輕盈，還沒等我站穩，他就已經站在那裡了。他咧著嘴，露出一個志得意滿的笑容，似乎對自己幹的事情感到非常滿意。接著，他又快速撲向我。

「鄂爾，住手！聽見了嗎？趕緊給我停下來！」一道洪亮的聲音不知從什麼地方傳了出來。

這個牛仔不得不收手，他咧了咧嘴，很懊惱的樣子，然後飛快地把指套脫下來藏進寬腰帶裡。

我回過頭，看見石子路那端，一個穿著夏威夷襯衫的結實男人一邊揮手，一邊急匆匆朝我們跑過來。

他走到我們面前，一邊喘氣一邊說：「鄂爾，你是不是瘋了？」

鄂爾低聲說：「醫生，別說這樣的話。」說完，他笑了一下，然後走到房前的台階邊，自己坐下了。他將頭上的牛仔帽拿了下來，然後拿出梳子，有一下沒一下地梳理起那頭烏黑濃密的頭髮。沒過多久，他又開始吹起了口哨。

穿著夏威夷襯衫的壯漢站在那裡，我們相互打量對方。

他低吼著：「發生了什麼事？先生，你又是什麼人？」

「我姓馬羅，只是來找韋林傑醫生的。可是被你叫做鄂爾的這個年輕人，大概是天氣太熱讓他有點煩躁，想要跟我玩一下。」

他很有禮貌地回答：「我就是韋林傑醫生。」說著，又朝鄂爾甩了一下頭，「鄂爾，到屋裡去。」

鄂爾動作緩慢地站了起來，疑惑又關切地看了韋林傑一眼，那雙菸灰色的眼裡全是迷茫。他走上了台階，打開紗門。趴在紗門上的大黑蒼蠅們被驚動，嗡嗡亂飛起來。門被關上，牠們又趴在了上面。

韋林傑醫生把注意力收回，看著我說：「馬羅？好的，馬羅先生，你需要什麼幫助？」

「鄂爾說你這裡倒閉了？」

「是的。這裡只剩下我和鄂爾兩個人。還有些法律文件沒搞定，等辦完了我就要搬走了。」

我做出很失望的樣子，說：「真是太遺憾了，我還以為能在你這裡找到一個姓韋德的人。」

「韋德？」他的兩道眉毛揚了起來——如果富勒毛刷公司的那些人在這裡的話，肯定會對他的眉毛產生濃厚的興趣，「這個姓氏很常見，我可能聽說過。不過這個人為什麼會在我這裡？」

「為了治病。」

「治什麼病？先生，我確實是個醫生，但是已經不再看診了。」他的眉頭皺了起來。擁有這麼兩條眉毛的人，確實應該對你皺一下眉。

「他是個酒鬼，經常犯酒癮，然後就會失蹤幾天。他有時候可以依靠自己找到家門，有時候需要別人送他回去，甚至有時需要其他人費心機去找他。」我拿出自己的名片遞給他。

他看了名片，顯出很不高興的樣子。

我問：「鄂爾是什麼情況？難道他覺得自己是瓦倫鐵諾或是其他什麼？」

他的眉毛又揚了一下，彎曲程度能達到一寸半的樣子。我覺得這對眉毛真是值得讚嘆。他聳了一下肥肥的肩膀，說：「馬羅先生，鄂爾不會傷人的。他只是偶爾有點精神渙散。或者可以說他活在舞台上。」

「醫生，這可能只是你自己的看法。在我看來，他演的這齣戲特別粗暴。」

「哈！馬羅先生，你說得太誇張了。鄂爾比較熱衷打扮，他在這方面跟孩子有點像。」

我說：「你的意思是他精神上有點問題。你這個地方是個……以前是個療養院？」

「不是。在沒倒閉之前，這裡是個藝術村。你應該知道，藝術家們包括作家、音樂家，很多都是窮光蛋。我收取很低的費用，在這個遠離塵囂的地方為他們提供食宿、娛樂設施。在藝術村倒閉之前，我覺得自己從這份工作中能獲得不少東西。」

他在說這些的時候，顯得有些傷感，兩條眉毛垂了下來，跟嘴巴拉近了距離。如果他的眉毛再長一點，恐怕會掉進嘴裡。

我說：「這些我從檔案裡都得知了。還有，之前這裡發生過一起涉嫌毒品的自殺案，對不對？」

他立刻來了精神，憤怒地質問：「你說的檔案是什麼？」

「醫生，像那些治療酒鬼、癮君子、躁鬱病人的地方，或者說私人療養院，或者說讓病人發病時無法跳窗逃跑的地方，我們稱之為『鐵窗病房』。我們搜集了一點這些地方的資料。」

韋林傑醫生用刺耳的聲音喊道：「法律有明文規定，必須擁有執照，才可以經營你所謂的那種地方。」

「是的，按照法律規定確實是這樣，但是他們有時候會忘了這一點。」

他挺直了腰桿，勉強維持自己的尊嚴，道：「馬羅先生，這種說法非常無禮。我不明白你們為什麼要把我的名字列在那個所謂的名單上。請你馬上離開。」

「我們還是聊聊韋德吧！你說他在這裡的時候，會不會用了一個假名字？」

「這裡沒有別人，只有我和鄂爾。好了，非常抱歉，我不能跟你……」

「我想在這周圍參觀一下。」

你可以用語言將一些人激怒，然後他們就會胡言亂語。但韋林傑醫生不是這樣的人，他還是維持著自己的體面，就連眉毛也配合到位。我看向房子那邊，那裡傳來了舞蹈音樂，隱隱還有彈手指的聲音。

我說：「這傢伙真行。我敢跟你打賭，他在裡面自己一個人跳探戈。」

「馬羅先生，如果你不肯走的話，我就要叫鄂爾出來趕你走了。」

「好了，醫生，別發火，我立刻就走。韋德在離開前，在一張紙上提到『V醫生』。這是我們現在唯一的線索。我們查到三個醫生的名字以V開頭，而你是最符合條件的那一個。」

韋林傑醫生冷靜地說：「名字以V開頭的醫生，估計有幾十個。」

「你說得沒錯。但是在我們的『鐵窗病房』檔案裡，卻只有幾個。醫生，謝謝你。我突然覺得鄂爾有些可疑了。」

我轉身，走到自己的車子旁邊，然後坐了進去。就在我準備關門的時候，韋林傑醫生走到車邊，神色溫和地靠近我，說：「馬羅先生，我們沒必要進行那些無謂的爭執。幹你們這行的，有時候必須去打擾別人，這是你們的工作，我可以理解。我想問問，鄂爾什麼地方讓你覺得可疑？」

「很顯然，他在裝瘋賣傻。在裝傻的人身上，你能很輕易發現他真正的問題在哪裡。他得的是躁鬱症，現在正是發病期，對不對？」

他一言不發，嚴肅但不失禮地看著我，「馬羅先生，不是所有人都跟你一樣能時刻保持冷靜。我這裡住過很多才華橫溢並且幽默的人。這些有才華的人，通常都有點神經質。就算我真的有興趣收治精神病人和酒鬼，這裡的設施條件也不允許我這麼做。我只僱了鄂爾一個人，而他基本沒有護理病人的能力。」

「醫生，你跟我說說，除了會跳探戈之類的，鄂爾到底是個什麼樣的人？」

他倚靠在車門處，用說悄悄話般的聲音跟我說：「馬羅先生，鄂爾的父母是我的好友，他們去世了，所以我來照顧鄂爾。他的情緒不太穩定，但是也不會傷人，我必須帶他到這種遠離都市塵囂的地方，安安靜靜地生活。你剛才也看見了，我很容易就可以制止他。」

我說：「你真夠勇敢的。」

他的眉毛像是某種不明昆蟲的觸鬚，輕輕地顫動了一下，接著他嘆一口氣，說：「這對我來說，是巨大的犧牲。鄂爾網球打得很好，游泳和跳水也不在話下，跳舞能跳一整晚。絕大多數時候，他都非常友善，但偶爾也會有意外。我原以為鄂爾在這裡可以幫我做點事情……」他揮了一下手，好像要將那些讓人沮喪的回憶趕走，「沒想到，最後卻是在鄂爾和藝術村之間二選一，必須放棄一個。」

他把雙手攤開，手心朝上，然後又翻轉過來，任它們在身體兩側垂著。他的眼裡有淚水在滾動，含淚道：「我只能賣了這個地方。很快，開發商們就會在這個美麗的山谷裡建房子、修馬路、裝路燈。這裡會出現騎自行車的孩子、吵鬧的收音機、甚至……電視機。」他悲哀地嘆了一口氣，一揮手，「希望他們能把這些樹林留下，不過我覺得不可能，因為他們要將電視的天線架在山脊那裡。不過沒關係，到那時我跟鄂爾大概已經去了一個遙遠的地方了。」

「我為你感到痛心。醫生，再見了。」

他伸出潮濕的寬厚手掌，說：「馬羅先生，很感謝你的理解和同情。沒能力幫助你尋找斯萊德先生，我感到非常抱歉。」

我說：「是韋德。」

「哦，是韋德，很抱歉。再見了先生，祝你一切順利。」

我發動了汽車，順著進來的石子路往外開。我確實覺得有些痛心，不過程度上還沒達到韋林傑醫生所期望的那樣。我從大門開出去上了公路，過了一個彎道之後，又往前開了一段距離才把車停了下來。從出口的地方看不見我將車停在了這裡。我從車上下來，貼著公路邊反身往回走。我走到一棵樹下停住腳步，從這個地方透過鐵絲網，可以清楚地看見大門。

五分鐘之後，我看見一輛車從藝術村的路上開出來，捲起了一陣煙塵。車子停在了一個我看不見的死角處。我往後退了幾步，躲進灌木叢裡，然後我聽見一陣吱呀的聲音，接著是「咔噠」一聲門棒扣緊以及鏈條相撞的聲音。汽車再次啟動，開了回去。

等到汽車的聲音完全消失，我才回到自己的車上，開車拐了個彎，向市區駛去。汽車從韋林傑醫生的私家道路口經過時，我看見大門上掛了鏈條和鎖，看來今天是閉門謝客了。

17

二十多英里的車程後，我回到了市區。我一邊吃飯一邊想這件事情，越想越覺得離譜。像我這樣找人，大概永遠都沒辦法找到了。我會找到像鄂爾和韋林傑醫生那樣有意思的人，但真正想找的人卻沒找到。我跑了這一趟，不僅是無用功，還浪費了汽油、損耗了輪胎、耗費了心血和口舌。將全部家當押上，最後輸個徹底。僅憑有三個V醫生這點線索找出韋德的難度，跟我在擲骰子賭博中打敗希臘賭神尼克的難度一樣大。

不管怎麼說，第一個答案不對，這條路走不通。你對這條線索抱有巨大的期望，誰知道它就這麼在你面前悄無聲息地碎了。不過他把韋德叫成斯萊德有點不合常理，他是個聰明有文化的人，不可能記憶力這麼差。如果他真的記憶力很差，就不可能單單只忘了韋德的名字。

不過接觸的時間太短，一切都難以判定。我喝咖啡時，盤算著要不要去找萊斯特・沃克尼基醫生和阿莫斯・瓦利兩位醫生。如果去的話，我的整個下午就泡湯了。而且說不定等我給悠閒谷路的韋德家打電話的時候，他們又會跟我說主人已經自己回去了，現在雨過天晴了。

我現在跟沃克尼基醫生只隔了幾個街區，要找他倒是不費什麼精力。但是瓦利醫生在阿爾塔迪納山區，離這裡特別遠。漫長的車程，悶熱而無趣，真的要去一趟？

我思考了很久，最後還是決定要去一趟。原因有三點：第一，我應該多瞭解一些這樣的灰色行業以及這些行業的從業者；第二，我從彼得斯手上得到了這些資訊，如果我能將這些資訊更新或增加一些內容，也算表達了我對他的謝意，鞏固我們的友誼；第三，我現在很閒。

我結了帳，沒有取車，而是沿著街道北面步行到達斯托克韋爾大樓。這棟大樓十分老舊了，在入口的地方有一個雪茄櫃，一部人工作業的電梯。電梯搖搖晃晃上了六樓，出現在我眼前的是狹窄的走廊，和裝著毛玻璃的門。

這棟大樓比我的辦公大樓還要髒還要破舊，到處都是境況不怎麼樣的醫生、牙醫、基督教科學派醫師以及學藝不精的律師。就是打官司的時候，你希望你的對手能僱用的那種半吊子律師。牙醫和醫生的工作也只是在瞎混，專業技術不行，做不出準確判斷。醫療設備也不夠乾淨。必須先給護士三塊錢。那些無精打采的人知道自己什麼水準，也知道什麼樣的病人會去找他們，也能掂量出可以從病人身上得到多少錢。賒帳？不可能的。醫生在不在？卡金斯基太太，你的臼齒都快掉了。這裡有一種新型的塑膠，牢固性堪比黃金，如果你同意的話，我可以替你做，只需要十四塊。還需要加收兩塊，普魯卡因麻醉錢。醫生在不在？給護士三塊錢。

在這樣的辦公大樓裡，會有那種你無法察覺的悶聲發大財的傢伙。他們混跡於這種骯髒雜亂的地方，用這種環境來保護自己。比如跟人合夥詐騙保釋金的奸猾律師（被騙走的保釋金，一般只能討回百分之二）；還有做非法人流手術的醫生，他們為了掩人耳目，通常會有很多假身分；還有一些毒販，他們會冒充成泌尿、皮膚或者其他科醫生，總之就是假扮成那種經常要用麻醉藥而不會引起人懷疑的醫生。

萊斯特・沃克尼基醫生的候診室又小又難受，裡面的設備也破破爛爛。有十幾個病懨懨的患者坐在候診室裡，他們看起來與常人無異，沒有值得特別注意的地方。不過一般來說，你也很難憑肉眼區分誰是控制得當的癮君子，誰是吃素的公司職員。那些病人可以從兩扇門走到裡面去，只要裡面的空間夠大，一名熟練的耳鼻喉科醫生可以同時為四個病患看診。

等了四十五分鐘，才輪到我進去。我在一把褐色的皮椅上坐下，旁邊有一張桌子，上面蓋著一塊白布，擺放著一些用具。牆邊有一台咕嚕響的消毒器。穿著白袍，頭上戴著一枚圓鏡子的沃克尼基醫生步伐輕快地走了進來，坐在了我跟前的高凳上。

他看了看護士寫的病例，問：「是鼻竇炎引起的頭疼？嚴重嗎？」

我說很嚴重，尤其是早上剛起來的時候，簡直痛不欲生。

他點頭表示瞭解，然後說：「這是鼻竇炎最典型的症狀。」他一邊說著話，一邊在一支鋼筆似的東西上套了一個玻璃帽，然後把這個東西插進我嘴裡，「別咬牙，把嘴唇閉上。」

他把燈關了。房間裡有窗戶，在某個看不見的地方裝了排風扇，正嗡嗡響個不停。

沃克尼基醫生將玻璃筆帽從我嘴裡拿了出來，然後打開燈，盯著我說：「馬羅先生，你的鼻子並沒有堵住。我敢保證，你的鼻竇一直以來都沒出過毛病，所以並不是鼻竇炎引起的頭痛。不過，我看出來你以前做過鼻中膈手術。」

「醫生。你說對了。以前玩橄欖球的時候挨了一腳。」

他點頭道：「增生了一小塊骨頭，應該切掉，但是照理說不會阻礙呼吸。我能為你做點什麼？」

他坐在凳子上，手在膝蓋處撐著，身子後靠了一點。他看起來像是一隻得了肺結核的白老鼠，一張臉蒼白而瘦削。

「我想跟你諮詢一下我朋友的問題。他是個非常有錢的作家，但是現在情況很不好，大概是精神上出了狀況，需要幫助。他會連著好幾天喝酒度日。除了酒以外，他大概還想要點別的東西，不過他的醫生不願意再幫助他。」

「你說的幫助到底指什麼？」

「他為了讓自己鎮靜下來，有時候需要注射點東西。我想說的是，在這件事上我們應該能幫助他。錢方面完全不是問題。」

他站了起來，說：「馬羅先生，不好意思，我可幫不了這個忙。希望你別介意我這麼說，你的做法真的十分失禮。如果你的朋友想來看病，他完全可以自己來，當然，前提是他的病確實是可以治療的。馬羅先生，請付十元治療費。」

「醫生，別裝了，名單上已經記下了你的名字。」

沃克尼基醫生靠著牆站著，將一支菸點燃。他吐出一口煙霧，在煙霧後看著我，一邊抽菸一邊等我說下去。

我並沒有說話，只是將自己的名片遞了過去。

他看了看名片，試探性問：「你說的名單是什麼？」

「這份名單記錄著經營鐵窗病房的傢伙。我的朋友姓韋德，我覺得你很早之前就結識他了。現在他不見了，大概是你把他藏到哪個小白屋去了。」

沃克尼基醫生說道：「你簡直就是個蠢貨！治療一個連喝四天的醉鬼，掙不到三瓜兩棗，我為什麼要接這樣的活兒？而且他們根本無藥可醫。不管你那個朋友是真實的還是虛構的，我都不認識這麼一號人物，也沒有什麼小白屋。馬上交十塊錢治療費，要現金！或者你想讓我把警察叫來，告訴他們你想跟我買毒品？」

我說：「太好了，你叫吧！」

「該死的騙子，趕緊滾開！」

我從皮椅上站了起來，說：「醫生，大概是我弄錯了。上次我朋友酒癮犯了，沒忍住，又喝得酩酊大醉，跑到一個姓以V開頭的醫生那裡躲了起來。他在那裡秘密的接受治療。他們趁著夜色把他帶走，等他醒了酒，又用同樣的手法把他送回家。不等他進屋，送他回來的人就沒蹤影了。這次他估計又跑到那個該死的地方去了，到現在也沒出現，所以我們才查檔案希望找到點線索。我們從檔案裡找到了三個姓以V開頭的醫生。」

「真有意思。你們是根據什麼來做那份檔案的？」他冷笑了一下，等我繼續往下說。

我看著他說：「非常抱歉，醫生。我們也得保守秘密。」

他的臉上滲出薄汗，右手在左手臂內側上下滑動，「不好意思，稍等一下，我還有別的病人……」

他的話還沒說完，人就已經走到外面了。他出去後，走廊上有一名護士探出頭快速地看了我一眼，立刻又縮回去了。

沒多久，沃克尼基醫生就回來了，他滿臉微笑，神采奕奕，步伐輕快。他看見我的時候，顯出或者說裝出特別驚訝的樣子，問：「你怎麼還沒走？我還以為我們的談話已經結束了。」

「我以為你想讓我再等等，那我就告辭了。」

他輕笑了起來：「馬羅先生，你猜怎麼著？我只要花五百塊錢，就可以打斷你幾根骨頭，讓你去醫院待幾天。我們就是生活在這樣一個不可思議的時代，你說是不是特別好笑？」

我說：「太好笑了。醫生，你的情緒有些太亢奮，是不是往自己靜脈上注射了點東西？」說完，我往外走去。

他尖著嗓子道：「阿米哥[①]，再見！別忘了給護士十塊錢的診療費。」

我離開的時候，他正走到內線旁邊，拿著話筒說話。候診室裡還坐著十二個人，可能是剛開始的那十二個，也可能是新來的十二個，反正看起來都是一樣的，病懨懨在那裡坐著，有一名護士正在忙前忙後。

「馬羅先生，你需要付十塊錢診療費。只收現金。」

我從一堆腳上越了過去，然後走向門口。那名護士立刻從椅子裡站起來，從桌邊繞過走向我。

我把門打開，問她：「如果我不付錢，你會怎麼做？」

她憤怒道：「怎麼做？你就等著瞧吧！」

「算了吧，我們都是各盡其職。你去看看我的名片，就知道我為什麼會來了。」

這樣對待醫生，簡直太無禮了！

我走出去的時候，候診室裡的病人都用埋怨的眼神看著我。

18

跟沃克尼基醫生不一樣，阿莫斯・瓦利醫生有一棟屬於自己的老房子。房子高大寬敞，座落在一個橡樹環繞的古老大花園裡，走廊的遮陽頂上雕著漩渦紋路做裝飾，白色的欄杆如同老式鋼琴的琴腳那樣，刻著凹槽和圓形浮雕。迴廊上有幾張長椅，上面坐著幾位裹著毛毯的病弱老人。

入口處是一排裝著彩色玻璃的雙扇門。大廳裡寬敞明亮，清爽涼快，帶花紋的地板上沒有鋪地毯，地面被擦得發亮。阿爾塔迪納的夏天特別炎熱，這種房子背山而建，風剛好能從高處吹過來。為了適應這裡的氣候，當地居

1. 原文為西班牙語，意為「朋友、哥們兒」。——譯注

民早在八十年前就知道該怎麼修房子才合適。

我把名片遞給了一位穿著乾淨的白色制服的護士。沒過多久，阿莫斯・瓦利醫生就帶著滿臉的笑容出來見我了。他個子很高，頭上光禿禿的，身上的白袍很乾淨，穿了一雙膠底鞋，走起路來幾乎沒有聲音。

「馬羅先生，我能為你做點什麼？」他有一把低沉溫和的聲音，這樣的聲音足以安撫心靈，讓人減輕痛苦。有醫生在這裡，都會好起來的，不用再擔心了。他是個厲害的人物，用自己糖果般的臨床醫生氣質，將自己一層層包裹了起來，變得堅不可摧。

「醫生，我正在找一個失蹤了幾天的人，他姓韋德，非常有錢，喝酒成癮。他以前也這樣失蹤過，一般都是去某個可以幫他解酒的私密地方躲起來。我手裡唯一的線索就是這件事可能跟某個V醫生有關，你是我拜訪的第三位V醫生。說實話，我已經快不抱希望了。」

他溫和地笑了一下，道：「馬羅先生，只有三個嗎？在洛杉磯這個地方，我想姓氏以V開頭的醫生不下一百位。」

「對，但是擁有窗戶裝設鐵欄杆病房的V醫生可沒有那麼多。剛才我注意到，這棟房子樓上靠邊的地方就有幾間裝了鐵柵欄的房間。」

瓦利醫生傷感地說：「馬羅先生，那是老人住的。一些孤苦無依，鬱鬱寡歡的老人，時候一到，他們……」他做了一個表現力很強的手勢，手劃了一道弧線，在空中停頓一下，再度輕輕落下，就像一片枯黃的樹葉輕飄飄落在了地上。

他的傷感不是那種浮於表面的表演，而是一種立體的、情感充沛的傷感。接著，他補充道：「非常抱歉，我這裡不接收醉鬼。現在我想……」

「醫生，不好意思，可能是我弄錯了，但是你的名字剛好在我們的檔案裡。前幾年，你是不是跟麻醉藥品管理局的人鬧得有點不愉快？」

「有這樣的事嗎？」他剛開始滿臉困惑，接著一臉恍然大悟的神情，「哦，我想起來了，的確是有這麼一件事。是我一時糊塗僱了一個不稱職的助手。他利用我對他的信任做了些不好的事，我很快就把他辭退。」

我說：「跟我聽說的有很大出入，大概是我聽錯了。」

他依舊彬彬有禮，帶著滿臉微笑，語調沉穩地詢問：「馬羅先生，你聽到的是什麼樣的？」

「他們逼你把麻醉藥的處方箋交出來。」

這句話戳中了他的死穴，他那雙藍眼睛裡閃出了寒光，雖然沒有馬上動怒，但那裹住他的迷人氣質已經撕開了幾層。

「你從哪兒得到這麼荒謬的消息？」

「一家很大的偵探社，他們十分擅長搜羅資訊。」

「明白了，一群又窮又無賴的敲詐犯。」

「醫生，他們可不像你說的那樣又窮又無賴。這家機構的老闆是一名退伍憲兵上校，最低收費一天一百。他們口碑很好，可不是什麼賺小錢的廉價勞動力。」

瓦利醫生有些厭惡地冷聲道：「他叫什麼名字？我真想會會他。」

瓦利醫生的態度，就像逐漸下沉的夕陽，變得越來越冷。

「醫生，這是行業機密。都是些例行工作，你又何必那麼較真呢？你聽過韋德這個姓嗎？」

「馬羅先生，我覺得你應該不用我告訴你從哪兒出去。」

他背後有一架很小的電梯，這時電梯門打開了，護士推著一位坐在輪椅上的老人走了出來。老人身上緊緊裹著毛毯，雙目緊閉，露出的皮膚泛著青色，看起來時日無多了。輪椅悄無聲息地從地板上滑過，從邊門滑了出去。

瓦利醫生低聲道：「身患重病的孤獨老人。馬羅先生，你別再來招惹我了。我發火的時候，可不會像現在這麼溫和，或者說會變得特別不客氣。」

「醫生，沒關係的。打擾了你這麼久，真是抱歉。不過我覺得，在你這裡等死，可真不錯。」

他向我逼近一步，問：「你說什麼？」

他裹在身上的最後幾層迷人氣質也撕掉了，臉上柔和的線條變得像岩石般冷硬。

我問：「怎麼了？我現在已經相信這裡沒有我要找的人了，這裡不可能有還能自理的人。醫生，這可是你自己說的，身患重病孤苦無依的老人。

這些老人沒人管，但他們很富有，而且有等得不耐煩的遺產繼承人。這些老人，大概絕大多數已經被法院判定為無行為能力的人了。」

瓦利醫生說：「你已經惹怒我了。」

「給他們一點食物，一點鎮定劑，讓他們別放棄治療。帶他們出去曬曬太陽，再把他們帶回床上。必須在一些房間的窗戶上裝鐵欄杆，以免誰還有勇氣跑出去。他們所有人都很愛你，在臨終前握著你的手不放，看著你眼裡的悲傷。那是情真意切的悲傷。」

他握著拳，低吼道：「當然是情真意切！」

這時候我應該見好就收，不要再激怒他，但是我已經十分厭惡他了，所以接著說：「當然是真切的，誰也不願意失去這種有錢又不用刻意討好的客戶。」

他說：「馬羅先生，總得有人去照顧這些老人。有些事總要有人去做的。」

「瓦利醫生，盡可能把你的工作想像成一份高尚純潔的工作吧，就像告訴自己總得有人去清下水道一樣。如果哪一天，我感到自己的工作骯髒又齷齪的時候，我就會想想你，這樣我就不會嫌棄自己的工作骯髒了。再見了醫生。」

瓦利醫生從自己雪白牙齒的縫隙裡擠出幾句話，「你這個混蛋，別讓我把你的脊椎打斷。我這個行業是一個值得尊敬的行業的分支，同樣也值得尊敬。」

我厭惡地看了他一眼，說：「是的，我知道，只是充滿死亡的氣味。」

他沒有動手打我，我也不再理他，自己走了出去。我從那寬大的對開門走過時，回頭看了他一眼。他站在原地沒有動，他要將那被撕下的糖果般的氣質一層層裹回身上。

19

我開車回到好萊塢，感覺自己身體裡的所有力氣都被花光。還不到吃晚飯的時間，天氣依舊炎熱。我打開了辦公室的風扇，空氣因此流動，有了些風，但並沒有一點涼意。屋外馬路上汽車川流不息。我感覺自己的思維已經僵住，很難運轉了，就像被黏在捕蠅板上的蒼蠅一樣。

三次行動，都無功而返，我只是見到了形形色色的醫生。

我打了個電話到韋德家，接電話的人操著墨西哥口音告訴我，韋德夫人出去了，他是這家的男傭。我說要找韋德先生，他說韋德先生不在家。我把自己的名字留下了。他似乎很容易就能明白我的意思。

我想喬治・彼得斯或許還知道其他的醫生，所以打了個電話去凱恩機構找他，但是他不在。我留下了名字和電話號碼，名字是瞎編的。時間就像有氣無力慢慢爬行的蟑螂，一個小時慢得不可思議。我像是大沙漠裡被遺忘的一粒沙，又像連發三槍都沒有射中目標，打光了子彈的雙槍牛仔。我最討厭一件事重複做三遍。去找A先生，沒找對；再找B先生，還是沒找對；最後找C先生，居然還不對。你在一週之後，才發現D先生才是你的目標，可是在找到之前你根本不知道有這個人的存在。等你好不容易摸到線索，客戶已經改變心意，不想再查了。

可以將沃克尼基醫生和瓦利醫生排除掉了。瓦利很有錢，除非他傻了，不然是不會接收酒鬼的。沃克尼基是個沒腦子的蠢貨，他居然在自己的診所裡面給自己注射毒品，他這是在法律的邊緣走鋼絲。這些事，他的助理肯定知道，可能有一些病人也知道。誰要是看他不順眼了，一個電話就能讓他完蛋。韋德那樣的人，不管是清醒著還是喝醉了，都不會去他那裡。韋德是一個成功人士，雖然成功人士不一定都特別聰明，但絕對不會傻到去找沃克尼基這樣的蠢貨。

現在剩下的只有韋林傑醫生了。他有足夠的耐心，又有足夠隱秘的場地。但現在還有幾個問題，塞普爾韋達峽谷和悠閒谷區離得特別遠，他們在什麼地方接頭？他們當初怎麼認識的？如果那個場地真的屬於韋林傑，而他也變賣了地產，他就不再缺錢了。這一點讓我起了疑心，覺得應該查查這片地產。我立刻打電話給一個在產權公司上班的熟人，但是沒有人接聽，他們已經下班了。

我也關門下班，開車來到位於拉辛尼加大道的紅寶石烤肉店。我跟領班說了名字，然後坐在吧檯前，要了一杯威士忌酸酒，一邊聽著馬雷克・韋伯的華爾滋舞曲，一邊等著享受我的美食。片刻之後，我穿過絲絨繩圈走了進去，吃了一份紅寶石最負盛名的招牌菜——索爾茲伯里牛排，實際上就是把牛肉餅攤在熱木板上，在邊上放一圈烤焦的馬鈴薯泥，再用炸洋蔥圈和什錦沙拉做配菜。這種什錦沙拉如果出現在餐館裡，男人們會乖乖吃下去，但要是在家裡，妻子拿出這種東西給他們吃，他們就該怒吼起來了。

我吃完飯，開車回家。就在我打開門時，電話恰好響了。

「馬羅先生，我是愛琳・韋德，你讓我回電話給你對嗎？」

「我想問問你有沒有新的發現。我整天去見醫生，已經跟他們結下了不少仇。」

「很抱歉，我沒有新的發現。他還沒回來，我越來越焦慮。這樣看來，你好像也沒有消息要跟我說？」她的聲音越來越小，聽起來非常失落。

「韋德夫人，這裡地廣人多，人多複雜。」

「今晚就已經是第四天了。」

「是的，但也不算太久。」

「我覺得足夠久了。」她沉默了一會，繼續說，「我一直在努力回憶一些以前的事情，肯定會有一些線索，比如回憶或者暗示之類。羅傑特別喜歡聊天。」

「韋德夫人，你有沒有聽說過韋林傑這個姓？」

「好像沒有。這個人怎麼了？」

「你曾經說過，有一次一個穿著牛仔裝的大個子把韋德先生送了回來。

韋德夫人，如果你再見到那個人，能認出來嗎？」

她有些猶豫道：「如果在相同的情況下，我覺得應該能認出來。不過我那天並沒有看清，只是快速地掃了他一眼。這個人姓韋林傑？」

「韋德太太，你誤會了。姓韋林傑的人是個中年人，他自稱是個醫生，塊頭很大，在塞普爾韋達峽谷經營著一家農場旅館。其實準確的說，是曾經經營著旅館。有一個叫鄂爾的漂亮年輕人在他那裡幫忙，這個年輕人熱衷於打扮。」

她溫和道：「真是太好了，我覺得你調查的方向是對的。」

「現在事情還沒有理清，等有了新的進展我再通知你。我打電話只是想問一下羅傑有沒有回去，你有沒有想到什麼明確的線索。」

她有些沮喪道：「我大概幫不上你。如果有什麼事的話，請打電話給我，再晚都可以。」

我說可以，然後把電話掛斷了。

我拿了一把三節電池的手電筒，一把用平頭子彈的點三二口徑短筒手槍。韋林傑醫生的助手鄂爾除了銅指套以外，說不定還有別的武器。他可是個不知輕重的傢伙。

這是一個沒有月亮的夜晚。我在公路上瘋狂飆車，到達韋林傑醫生的那個旅館入口時，天已經完全黑了下來。我需要的正是這樣的黑暗。

大門上還掛著鐵鏈和鎖。我把車開過去，在離公路比較遠的地方停了下來。還有一些光亮從大樹的枝葉間漏下來，但很快就會徹底進入黑暗。我從大門翻過去，上了山坡，想找一條步行小路。鵪鶉的叫聲從我身後的山谷裡傳了過來，還有哀鴿像是傾訴生活不幸的淒厲叫聲。這裡沒有步行的小路，也許是我沒有找到，我只能折回去，繼續沿著石子路邊緣前行。尤加利樹逐漸稀少，橡樹隨之多了起來。我從山脊翻過，可以看見遠處有幾點燈光。我走了大概四十五分鐘，終於繞過游泳池和網球場。我走到石子路盡頭，一個可以將主屋收在眼底的地方，觀察那棟房子。屋裡亮著燈，有音樂聲傳出。遠處的樹林裡散布著很多小木屋，其中一間亮著燈，其他的都黑漆漆的。我正順著一條小路前行時，身後的主屋突然亮起了一盞探照燈。我立刻停住腳步，不敢再亂動。幸好探照燈並不是在搜索什麼人，而是直接照在了前後迴廊的空地上。緊接著，門被「刷」一下地打開了，我看見鄂爾從裡面走了出來。一見到他，我就知道自己這次沒白來。

鄂爾今天是牛仔打扮，而那天正是一個穿牛仔裝的人把羅傑・韋德送回家了。

鄂爾穿了一件用白色線縫製的深色襯衫，戴著一頂白色的寬簷帽，垂下一條像是銀絲編的、兩端沒扣的鏈子，鬆鬆地搭在襯衫上。一條圓點圍巾鬆鬆地圍在脖子上，一條滿是銀飾的寬皮帶繫在腰間。皮帶上有兩個鏤空的皮槍套，分別裝著一把象牙柄手槍。他下身穿了一件漂亮的馬褲，腳上蹬著一雙發亮的新馬靴。馬靴是用白線十字針法縫製的。

鄂爾獨自站在白亮的燈光之下，拿著一條繩子舞動。繩子在他周圍翻飛，他一會兒跳到繩圈內，一會兒跳到繩圈外。這個瘦高的漂亮男人，現在就是一個沒有觀眾的演員，演著自己編出來的戲，並陶醉不已。讓科奇斯縣眾人聞風喪膽的好漢——雙槍鄂爾。鄂爾天生屬於這種牧場旅館，這種極度熱愛馬的旅館，就連前檯小姐也穿著馬靴工作。

他突然將繩子放下，雙手從槍套裡將槍拔了出來。他的拇指摁在撞針上，將槍平舉起來，目不轉睛地盯著暗處。看模樣，他是聽見或者是假裝聽見了什麼動靜。那兩把槍裡可能真的有子彈，我站著不敢動，連呼吸都不敢大聲。探照燈的光線太強，晃得他看不清東西，他只好將槍放回槍套裡，將地上的繩子撿起來收好，然後回主屋去了。

探照燈熄滅了，黑暗再度降臨，我繼續在夜色中前行。我在林間穿行，向著那個亮著燈的小木屋靠近。屋子裡沒有一點聲音，我走到一扇窗戶邊，透過紗窗向屋內張望。

床頭櫃上的小檯燈亮著，一個穿著睡衣的大個子男人很放鬆地躺在床上，手放在被子外，雙眼看著天花板。雖然他的臉有一半隱藏在陰影裡，但我還是能看出他臉色蒼白，鬍子很長時間沒刮過。他沒刮鬍子的時間，大概跟韋德失蹤的時間一樣長。他手指舒張，手在床沿上懸著，木頭般一動不動，好像已經維持這個動作好幾個小時了。

似乎有腳步聲從木屋外的小路上傳來，接著紗門「吱呀」一聲被打開，我看見壯碩的韋林傑醫生出現在門口，他手裡拿了一杯東西，應該是番茄汁之類的。他將一盞落地燈打開，在燈光的照射下，他的夏威夷花襯衫泛出黃色。床上的人好像毫無知覺，根本沒看他一眼。

韋林傑醫生把杯子放在床頭櫃上，接著拿過一張凳子，坐下來抓住床上人的手腕，替他把脈，然後柔和關切地問：「韋德先生，你現在感覺如何？」

躺在床上的人看也不看他一眼，繼續一言不發地盯著天花板。

「韋德先生，夠了，我們別再鬧彆扭了。跟平常相比，你的脈搏稍快了一點，你還很虛弱，可是別的……」

床上的人突然說話：「緹姬，去跟那個傢伙說，如果他知道我現在的情況，就別讓這些狗娘養的來煩我。」他說的話很難聽，但是嗓音卻很好聽。

韋林傑醫生耐心地問：「緹姬是誰？」

「我的傳話筒，就在那個角落裡待著。」

韋林傑醫生抬頭看了一下，說：「那裡只有一隻小蜘蛛。韋德先生，你沒必要跟我玩這些，別再演戲了。」

「老兄，牠叫家隅蛛，是一種最常見的蜘蛛。他們從來不會穿什麼夏威夷花襯衫，所以挺討我喜歡的。」

韋林傑醫生舔了一下嘴唇，道：「韋德先生，我沒有時間跟你玩。」

韋德把頭轉了過來，他動作十分緩慢，就好像那顆腦袋有千斤重。他輕蔑地看著韋林格醫生，說：「緹姬可不是在跟你開玩笑，而是玩真的。她會趁你不注意，爬到你的身上去。就那麼無聲無息地一躍，很快湊到你跟前，最後再用力一跳。緹姬不會吃你，只會吸你的血。醫生，她會把你的每一滴血都吸乾，只留下一層皮給你。醫生，要是你執意穿這件花襯衫，這件事應該過不了多久就會發生。」

韋林傑醫生往椅背上靠了一下，平靜道：「我什麼時候能拿到五千美元？」

韋德惡狠狠道：「我已經給了你六百五十塊了，我現在只剩一點零錢。

住你這該死的妓院，到底要付多少錢才夠？」

韋林傑醫生說：「用不了多少錢，漲價的事我已經通知過你了。」

「但你沒通知我價格會漲到威爾遜峰那麼高。」

韋林傑醫生言簡意賅道：「韋德，別跟我繞圈子，現在可不是鬧著玩的時候，而且我的秘密被你洩露出去了。」

「你還能有什麼秘密？」

韋林傑醫生在椅子扶手上慢慢敲打著，說：「你大半夜打電話給我，說你那裡情況緊急，刻不容緩，以死當威脅，非要讓我過去。你知道的，我在加州沒有行醫執照，所以不想再幹這個了。我正想辦法把這塊地產賣出去，免得血本無歸。我還要照顧鄂爾，他很可能又要發病。所以我並不想去。我跟你說了我要收五千塊，你同意了，非讓我去，我才過去了。」

韋德說：「我已經醉糊塗了，你那是趁機坐地起價。你收的錢已經不少了。」

韋林傑醫生慢慢道：「還有一點，你把我的名字告訴了你老婆，跟她說我會去接你。」

韋德驚訝道：「我什麼都沒說過！那晚她在睡覺，我連見都沒見到她。」

「你有可能在其他時候提起過。有個私人偵探跑到這裡來找你，如果沒人跟他說過，他絕不可能找到這裡來。我跟他周旋幾句，把他騙走了，但說不定他還會再來。韋德先生，你必須離開這裡，不過前提是把那五千塊錢交了。」

「醫生，你是不是有點蠢？如果我老婆真的知道我在這裡，只要她夠在乎我，就會自己來了，為什麼還要找私人偵探？她過來的時候，可以讓我們那個叫小糖果的傭人陪著她。在你那位憂鬱少年想好扮演什麼角色之前，小糖果就能把他撕爛了。」

「韋德，你的嘴跟你的心一樣惡毒。」

「醫生，我的五千塊錢也很惡毒。你快想想辦法，怎樣才能弄到手。」

韋林傑醫生用不容拒絕的口吻道：「現在立刻給我寫一張支票。寫完之後，把你衣服穿好，我讓鄂爾把你送回去。」

韋德幾乎要笑出來，「支票嗎？當然可以，我馬上給你寫，不過你想怎麼兌現？」

韋林傑醫生輕笑著說：「韋德先生，你覺得你能停止支付支票？我敢打賭，你肯定會乖乖支付這張支票。」

韋德大吼了起來：「你這個混蛋！」

「是的，我有時候就是個混蛋。」韋林傑醫生搖了搖頭，「不過只是有時候。我跟多數人一樣，都有著幾重性格。鄂爾會把你送回去的。」

韋德說：「不行，他讓我覺得背脊發冷。」

「韋德先生，我覺得鄂爾不會傷人，」韋林傑醫生慢慢站了起來，在床上那人的肩膀上拍了拍，「我有辦法讓他乖乖聽話。」

「你說一種辦法讓我聽聽。」門外傳來了鄂爾的聲音。他一副羅伊・羅傑斯的打扮，從外面走了進去。韋林傑醫生回頭，對他笑了一下。

韋德第一次露出害怕的神情，大聲吼著：「別讓這個瘋子靠近我！」

鄂爾神色平靜，從牙縫裡吹出輕輕的口哨聲。他雙手放在腰間裝飾用的皮帶上，慢慢走了進來。

「你怎麼能說這樣的話？」韋林傑醫生立刻打圓場，然後轉向鄂爾，「鄂爾，這樣吧，我自己來幫韋德穿衣服，你去把車開過來。韋德先生現在非常虛弱，你盡可能把車開近點。」

鄂爾用一種口哨似的聲音說：「他馬上會變得更虛弱。肥仔，讓開點。」

「鄂爾，你聽好了……」他一邊說話，一邊抓了帥氣小哥的胳膊，「你難道想回卡馬里奧去嗎？只要我一句話，你……」

還沒等他說完，鄂爾就掙扎了出來，他右手一揮，一道閃光劃過。韋林傑醫生的下巴被他帶著指套的拳頭打中，他像是胸口被打了一槍似的，栽倒在地上，木屋被震得晃了晃。

我立刻從藏身處跑了出去，跑到門口處，用力將門打開。鄂爾回過頭，向前探了一下，他看見了我，但沒認出來是誰。他嘴裡嘟囔了幾句，立刻向我發動攻擊。

我將手槍拔出來，向他示意。但是完全沒有用，他繼續向我進攻。他的手槍沒有拿出來，不知道是忘了還是沒有子彈了，他只用那個銅指套。

我對著床後的窗戶開了一槍，槍聲在小屋裡簡直震耳欲聾。鄂爾停了下來，轉頭看一眼子彈在紗窗上留下的彈孔，然後又回頭看我。他的臉漸漸顯出一些生機，然後咧著嘴笑了笑。

他興致盎然地問：「發生什麼了？」

我盯著他的眼，說：「把銅指套摘下來。」

他好像很吃驚，低下頭看自己的食指，然後將指套摘下，朝屋子角落裡隨手一丟。

我說：「現在不准碰槍，直接解開扣子把槍套皮帶拿下來。」

他笑眯眯道：「裡面沒有子彈，該死的，它們只是道具，不是真正的槍。」

「立刻解下皮帶。」

「你那把槍是真的？」他看著我手裡的短筒槍，「哈，肯定是真傢伙，看看那紗窗。」

韋德已經從床上下來了，他站在鄂爾身後，動作迅速地將鄂爾的一把擦得發亮的槍抽了出來。從鄂爾的臉色能看出來，他很討厭韋德的做法。

我生氣地大喊：「別亂動，把槍放回去。」

韋德說：「是玩具手槍，他沒撒謊。」他向後退幾步，將那把槍放在桌上，「我的天，我虛弱得好像手腳都沒用了一樣。」

我第三次重複：「把皮帶解下來！」

對待鄂爾這樣的人，你必須直截了當，而且一旦提出了要求，就不要隨意放棄。

最後，他乖乖按照我的要求做了，拎著皮帶走到桌邊，把桌上的槍拿起來放進槍套裡，再把皮帶繫回去。我沒去管他。他忙完這些，才發現蜷成一團倒在牆邊的韋林傑醫生。他一邊擔憂地呼喊著，一邊快速從房間穿過，去廁所裡提了一罐水出來，直接澆在韋林傑醫生的頭上。韋林傑醫生嘴裡吐出白沫，一邊痛苦呻吟著一邊翻身，然後捂著下巴，想要站起身。

鄂爾趕緊扶他，道：「醫生，真的很抱歉。我剛才動手的時候肯定沒看清是你。」

「沒關係，沒受多大傷。鄂爾，把汽車開過來。」韋林傑一邊說著話，一邊揮手示意他離開，「記得拿掛鎖的鑰匙。」

「好的，醫生。我把車開過來。我知道了，掛鎖的鑰匙。醫生，我很快就來。」

他一邊吹著口哨，一邊走了出去。

韋德搖搖晃晃地坐在床邊，問：「你就是他提起的那個偵探？你怎麼會找到我？」

我說：「向知情人打聽一下就知道了。如果你想回去，就趕緊把衣服穿好。」

韋林傑醫生靠在牆邊，一個勁揉自己的下巴，他聲音低啞道：「我會幫他把衣服穿好。我做這些事都是為了幫助他們，可是最後我得到了什麼？被他們一腳踹在門牙上。」

我說：「我能理解你的感受。」

我從屋子裡走出來，將剩下的事情交給他們。

20

等他們從木屋走出來時，鄂爾早已經把車停在旁邊，自己走開了。他停了車，熄了火，理都沒理我，就自己走向大屋那邊了。他繼續吹著口哨，似乎試著回想一首記憶模糊的曲子。

韋德慢吞吞爬到後座坐下，接著我也上了車，在他旁邊坐著。韋林傑醫生開車，他沒有提起自己下巴的傷勢，沒人知道他傷得重不重，腦袋會不會疼。汽車從山脊開過，開到了石子路盡頭時，我看見鄂爾已經等在那裡。他打開了掛鎖，把門推開了。我把我停車的位置告訴了韋林傑醫生，他把車開到我的車旁邊。韋德坐在了我的車上，他一句話也沒說，眼神空洞。韋林傑醫生從車上下來，繞到了韋德那邊，語氣溫和道：「韋德先生，你答應過要給我開一張五千塊的支票。」

韋德把身子往下滑了一點，腦袋靠在椅背上，說：「我還得再想想。」

「你已經答應我了。我很需要那筆錢。」

「韋林傑醫生，威逼這個詞的意思等同於挾持傷害。可現在已經有人保護我了。」

韋林傑不放棄道：「我半夜去接你，保護你，給你餵飯，幫你擦洗，治好了你——起碼你暫時被治好了。」

韋德冷笑著說：「這些不值五千塊，而且你已經從我腰包裡拿走了不少錢。」

韋林傑醫生還在堅持，「韋德先生，我有一個朋友在古巴，他已經答應幫我一把了。這對我來說是一個很難得的機會，我不想錯過這個機會，我還要照顧鄂爾，急需這筆錢。你就當是借給我，以後我會還給你的。你這麼富有，難道不能幫助一下有需要的人？」

我覺得渾身不自在，想要抽一支菸，但是又擔心菸味會影響到韋德。

韋德厭惡道：「傻子才相信你會還錢。而且你活不活得了那麼長還不一定，你的那個憂鬱少年，說不定趁著夜晚你睡熟的時候把你殺了。」

韋林傑醫生退開了，說：「還有很多比這更慘的死法，」我雖然看不見他的神情，但能聽出來他的語氣明顯僵硬了起來，「其中一種就屬於你。」

他說完，回到了自己的汽車裡。汽車駛進大門，很快消失不見。我調轉車頭，向市區駛去。

沒多久，韋德自己嘟囔道：「我憑什麼給那種蠢豬五千塊？」

「沒有任何理由。」

「可是為什麼我覺得不給他，自己就是個混蛋？」

「完全沒有道理。」

他把頭側了側，看著我說：「他把我當成一個孩子來照顧，害怕鄂爾會進來揍我，幾乎寸步不離地守著我。不過他拿走了我口袋裡的所有錢。」

「可能是你叫他拿那些錢的。」

「你是他那邊的？」

我說：「得了吧，我不過是拿錢辦事。」

我們都沒有再說話，沉默地開過了兩三里路。汽車路過一片郊區邊界時，他開口道：「我可能會給他這筆錢。為了那個神經病，他破產了，地產的贖回權也被銀行取消了，現在一分錢都拿不回來。你說，他為什麼要這麼做？」

「誰知道！」

他說：「我是一個作家，我應該很明白哪些東西能打動人，可是實際上我看不透任何一個人。」

汽車從隘口轉過，上了一道山坡，我們眼前出現了谷地處連成一片的萬家燈火。車子順著坡道開下去，到了西北邊的公路上。這條路通向溫特拉。沒過多久，汽車從恩西諾經過。在等路燈的時候，我抬頭看著山上的燈光，那裡座落著很多豪宅。蘭諾斯夫婦以前就住在其中的一間豪宅裡。

汽車繼續往前開，韋德說：「你知道馬上要到岔路口了嗎？」

「知道。」

「順便問問你叫什麼名字。」

「菲力普・馬羅。」

「很棒的名字。」他的聲音突然變了，說，「等一下。跟蘭諾斯混在一起的那個人就是你？」

「是的。」

車內燈光昏暗，他在黑暗裡盯著我。汽車從恩西諾主街上最後幾棟建築旁開過。

韋德說：「我沒見過他。但我認識她，見過幾面，不算熟人。那件事疑點很多。那些執法的傢伙是不是故意整你？」

我沒有回答他。

他說：「你可能不願意說這件事吧！」

「可能是的。你對這件事為什麼有這麼大興趣？」

「天，我可是個作家。我覺得這件事一定精彩絕倫。」

「我覺得你的身子骨肯定很弱，今晚還是好好休息吧！」

「好的，馬羅。我已經明白了，你對我沒什麼好感。」

汽車開到岔路口，我把車拐進去，前面是一片小山丘和谷地，那裡就是悠閒谷了。

我說：「我根本不認識你，更加談不上有沒有好感。你妻子委託我找你，把你送回去。我把你安全送到家，這件事就結束了。我也不知道她為什麼會找上我。我剛才已經說過了，我只是拿錢辦事。」

汽車從一座小山的邊上繞過去，開上一條平坦寬闊的馬路。他告訴我再開一英里左右，右邊的房子就是他家了。他還把門牌號告訴我了，其實我早知道了。像他這樣虛弱的人，能有這麼多話，還真是少見。

「她給你多少酬勞？」

「還沒談好。」

「多少錢都無法表達我對你的感激之情，你幹得太好了，兄弟。其實我根本不值得你浪費這麼多精力。」

「你只是眼下這麼覺得。」

他笑著說：「馬羅，我開始對你有一些好感了。你知道為什麼嗎？因為你跟我一樣，有點混蛋。」

前面是一棟兩層樓的木瓦結構的小別墅，前面有一排柱狀的門廊，門廊上亮著一盞燈。門廊裡面是一塊長長的草坪，從入口的地方一直延伸到白色柵欄圍著的矮樹叢那裡。這裡就是韋德的家。

我把車開到車道上，停在車庫邊，問他：「能自己進去嗎？」

他下了車，說道：「沒問題。要進來喝一杯嗎？」

「今晚恐怕不行，謝謝了。我在這裡看你進去了再走。」

他站在那裡喘著粗氣，簡單地說了一句「可以」就轉身走了。他踩著石板路，慢慢走到大門口，扶住白色柱子休息了片刻，才開始敲門。門打開了，他進到屋裡。門沒有關上，燈光從屋內傾瀉出來，灑在草地上。突然，屋裡響起一陣歡呼。我發動了汽車，在倒車指示燈的幫助下，將車子從車道上倒出去。

我聽見有人在呼喊，抬頭一看，愛琳・韋德站在敞開的大門處。我沒有停，自顧倒車。可是她跑了過來，我只好停下車，熄了引擎，下車等她。

我對她說：「我事先應該打個電話，不過我不放心他自己待著。」

「明白。你是不是遇到了大麻煩？」

「是的，比按門鈴的麻煩要大點。」

「我們去屋裡慢慢說吧！」

「他現在必須上床好好睡一覺，明天一覺醒來，就能獲得新生了。」

她說：「小糖果會照顧他睡覺。你是不是怕他會喝酒？我覺得他今晚應該不會喝了。」

「我沒往這方面想，韋德太太，晚安。」

「你肯定也特別疲憊了。不來一杯嗎？」

我將一支香菸點燃，狠狠吸一口。我像有幾個星期沒抽過菸似的，煙霧讓我陶醉起來。

「能讓我抽一口嗎？」她靠近了一點。

我把香菸遞給她，她只抽了一口，立刻嗆咳起來。她把菸還給我，笑著說：「你看，我就是個菜鳥。」

我說：「看來你認識席薇雅・蘭諾斯，並且因為這個，才會僱我幫你找丈夫。」

她有些茫然地問：「你說誰？」

香菸又回到了我的手上，我猛吸幾口，說：「席薇雅・蘭諾斯。」

她驚訝道：「哦，你是說那個被殺的女孩。我知道她是誰，但我不認識她。我沒跟你說過這個嗎？」

「大概你跟我說過，我忘了，很抱歉。」

她在離我很近的地方靜靜站著，身材高䠷苗條，穿一件白色的衣服。燈光從開著的大門處灑出來，落在她的髮梢，讓髮梢泛出輕柔的光澤。

「你覺得我僱你是跟這個有關，你為什麼會有這樣的想法？」我還沒來得及回答，她又補充道，「是不是羅傑告訴你他認識那個女孩？」

「我跟他說名字的時候，他就跟我提了那個案子。不過他當時沒有把我跟那個案子連結起來，後來才反應過來。他的話可真多，我已經忘了一大半。」

「是這樣啊！馬羅先生，如果你不想進屋坐坐，我就得進去了，我得去看看我丈夫有什麼需要。」

「留下這個吧！」

我說著話，將她拉入懷中，緊緊摟住，讓她的頭往後仰，然後急不可耐地吻上了她的唇。她沒有抵抗，也沒有回應，只是無聲地推開我，站在那裡靜靜看著我。

她說：「這樣做不對。你是一個好人，不應該這麼做。」

我贊同她的說法，「是的，這一點也不對。但我大概是昏了頭，我一整天都像條忠心聽話的獵狗一樣，攪和進了我這輩子遇到的最蠢的一個案件裡。如果說整件事背後沒人操控，你覺得我會信嗎？你猜猜我是怎麼想的。我覺得從最開始，你就知道他在那裡。退一步講，你即使不知道地點，也肯定知道韋林傑醫生的名字。你這樣做，就是想讓我跟他產生交集，跟他熟識之後，我就會覺得自己有照顧他的義務。事情真的是這樣，還是我在說蠢話？」

她冷冷道：「很顯然是你在說蠢話，這是我聽過的最沒有根據的蠢話了。」她轉身準備走。

我說：「等一下。我親了你一下，你擔心會留下痕跡，其實根本不會。別再說我是個好人之類的話了，我情願當混蛋。」

她回過頭看我，問：「為什麼？」

「如果不是我在泰瑞・蘭諾斯面前當好人，他可能不會死。」

她低低道：「是這樣嗎？你能肯定？馬羅先生，晚安。我感謝你所做的一切。」

她從草地邊走過，向房子走去。我看著她走進屋子，關上大門。門廊上的燈被關掉了，我向那片黑暗揮了一下手，然後開車離去。

21

因為頭一晚賺了不少，第二天我賴床了。早上起來後，喝了雙倍的咖啡，抽了雙倍的菸，燻肉也比平時多吃了一片。在我第三百次發誓，以後再也不用電動刮鬍刀刮鬍子後，生活才回到了正軌上。十點，我到了辦公室，將那些亂七八糟的信拿來拆開，把信裡的東西放了滿桌。我把窗戶打開，好讓空氣中、屋角、百葉窗條板間積累了一晚的灰塵和濁氣全散出去。辦公桌的一個角上，有一隻張著雙翼，死掉的飛蛾。窗台上有一隻蜜蜂沿著窗框慢慢爬著，牠的翅膀斷了，似乎知道自己的死期到了，怎麼叫也沒用，所以只是低低的、毫無精神地發出嗡嗡的聲音。牠飛出來過無數次，這次怕是再也回不去了。

我知道，今天肯定是很不幸運的一天。誰都碰到過這樣的日子。進來的都是些沒固定好的輪子、沒腦子的野狗、丟了堅果的松鼠、總是少裝一個齒輪的機械師。

第一個進來的是個姓庫瑞斯南或某個類似的芬蘭姓的金髮粗俗男人。他肥大的屁股擠在顧客椅子裡，兩隻粗大的手往辦公桌上一放，跟我說他住在斑鳩市，是個挖土機司機，他惡毒的女鄰居想要毒死他的狗。每天早上，他都必須親自沿著籬笆搜索一圈，看鄰居有沒有從馬鈴薯藤後面把肉丸子扔過來。幹完這些事之後，他才能放他的狗出來溜達一下。他說迄今為止，他找到了九顆裹著綠色粉末的肉丸子。他敢肯定，這些粉末是除草用的砒霜。

他像看金魚一樣目不轉睛地看著我，問：「要多少錢，你才能監視她然後當場抓住她？」

「你可以自己去抓她。」

「先生，我還要賺錢養家。我跑到你這裡來，花費的時間，每小時可以賺四塊二。」

「你可以去找警察。」

「已經去了，不過他們現在正忙著拍米高梅的馬屁，沒有時間，應該要等到明年才能採取行動。」

「你可以去動物保護組織求助，比如『搖尾巴社團』。」

「什麼東西？」

我給他介紹了一下「搖尾巴社團」，但是他根本沒有興趣。他知道這些動物保護組織，他說這些見鬼的動物保護組織只看得見比馬大的動物。

他很無禮地說：「門上不是標著你是個偵探嗎？那你倒是去給我查探查探啊！抓住她，我給你五十塊錢的報酬。」

我說：「對不起，我現在沒時間。要在你家後院的老鼠洞裡待幾個星期，換來的是五十塊錢，這樣的活兒我是無論如何也不會接的。」

他倏地一下站了起來，怒視著我說：「有錢也不賺，真是個大人物了。呵，狗的命不值一提，根本就不會放在眼裡！呵，真是個不得了的大人物了。」

「庫瑞斯南先生，我也有自己的難處。」

他說：「就因為有汽車開過時，我的狗要叫喚，她就要毒死牠。我可以找別人抓那個整天板著臉的老蕩婦，如果讓我抓住她，我就把她的脖子扭斷。」

我一點也不懷疑他能幹出這種事，就連大象的後腿，他也能扭斷。

他朝門口走去的時候，我問他：「你確定她想毒死的是狗？」

「我當然能確定。」他已經走到門口，正準備轉動門把，突然反應了過來，轉身吼道，「你這個雜碎，有種再說一遍。」

我可不想跟他打架，他說不定能把辦公桌舉起來砸得我腦袋開花。所以我只是搖了搖頭，不再說話。他冷哼一聲，走了出去，差點沒把門扛走了。

第二個顧客是個女人。不算老，但也不年輕；不算乾淨，但也不太髒。她衣著寒酸，看起來又窮又蠢，一肚子怨氣。她說跟她一起住的女孩從她包裡拿錢。在她眼裡，所有外出謀生的女性都是女孩。這個女孩東拿一塊西拿半塊，積累起來就不少了，至少有二十塊。這個損失她承擔不起，又沒有能力搬家，更沒有能力請偵探。她的意思是，能不能請我在不透露她名字的前提下，打個電話嚇唬那個女孩。

她一邊捏著她的提包，一邊解釋。這麼一件事，她花了足足二十分鐘才講明白。

我說：「你隨便找個熟人打電話嚇唬她就行了。」

「沒錯，但他們不是偵探啊！」

「可是嚇唬陌生人的執照我還沒獲得。」

「我只跟她說我找過你了，你正在調查。我不會說我懷疑她。」

「我是你的話，絕不這麼幹。你跟她說起我的名字，她就可能打電話給我，我就會告訴她真相。」

她從椅子裡站了起來，在肚子前面把那只破包甩了一下，尖著嗓子道：「你真是個沒風度的人。」

「有誰規定我必須有風度？」

她嘴裡嘟嘟囔囔的，轉身走了。

吃過午飯之後，又來了一位先生，他遞了名片給我。名片上顯示他叫辛普森・埃德爾維斯，是縫紉機代理公司的經理。這是個四十八到五十歲之間的小個子男人，手和腳都很小，帶著滿臉的疲倦。他穿了一件袖子偏長的棕色西裝，帶黑鑽的紫色領帶繫在白襯衫硬挺的領子下。他坐在椅子邊緣看著我，神情平靜，一雙黑眼看起來很憂鬱。他有一頭又粗又密的黑髮，一根白髮都看不見，精心修剪過的鬍子是紅褐色的。如果你不仔細觀察他的手背，你會誤以為他才三十五歲。

他說：「您可以叫我辛普，大家都這樣叫我。我是一個猶太人，但是卻娶了一個二十四歲的漂亮異教徒。她已經離家出走好幾次了，我覺得這都是上天對我的懲罰。」

他將一張照片拿出來遞給我。我看了看，照片上是個長著一張小嘴的胖女人，大概也只有他覺得漂亮吧！

「埃德爾維斯先生，你遇到什麼困難了？不過先聲明，我不接離婚的案子。」我把照片還給他，但他用手擋了一下，沒有接。我繼續說：「顧客就是上帝，但前提是他沒對我撒謊。」

他笑了一下，說：「我為什麼要撒謊？這並不是離婚案子，我只是想找到馬貝爾。她可能把離家出走當成了一種遊戲，只有我找到她，她才肯回去。」

他在說起她的事情時，並沒有一絲埋怨，從頭到尾都顯得特別平靜。他說她酗酒、任意妄為，在他眼中其實算不上一個好妻子，但他又覺得大概是自己從小受到過於嚴苛的家教，所以才對她有這種太嚴厲的要求。她的心胸寬闊如大海，他深愛著她。他只是一個循規蹈矩的職員，按時把工資帶回家，他沒辦法改變自己的性格變成一個風度翩翩的情人。他們在銀行開了一個聯名帳戶，她把錢全都拿走了。不過他對此並不是一無所知，至少他知道跟她一起私奔的人是誰。他能想像，那個男人肯定會把她的錢花光，然後再撇下她一個人，讓她自生自滅。

他說：「男人姓克里根，叫門羅・克里根。我並不想說天主教徒的壞話，猶太人裡也有害蟲。克里根是個理髮師，這種人大部分居無定所，賭博賽馬，不是很可靠。我說這些並不是想指責理髮師。」

「等她的錢被人花光了，不是就會聯絡你了嗎？」

「不，她可能會因為羞愧而傷害自己。」

「埃德爾維斯先生，這樣的人口失蹤案，你應該去找警察。」

「不，我不願報警。並不是我對警察有偏見，只是怕報警會損害到馬貝爾的尊嚴。」

埃德爾維斯先生似乎對全世界的人都保持寬容不挑剔的態度。他將幾張鈔票放在桌上，說：「這是兩百美金預付款。我想按照自己的方式去找人。」

我說：「她以後還是會離家出走。」

他攤手聳肩道：「確實是這樣，我快五十了，她才二十四。但我覺得無所謂，時間長了，她的心肯定會安定下來。我們最大的問題在於她不能生育，而猶太人又特別喜歡孩子。她為此感到十分內疚。」

「埃德爾維斯先生，你是一個很寬容的人。」

他說：「是的，我跟基督徒不一樣。你知道，我並不是在批判基督徒。在我眼裡，事實就是這樣。我就是這樣的人，不是嘴上說說而已。哦，還有一件重要的事情我差點忘了。」

他將一張明信片掏了出來，挨著鈔票，一起推到我面前，說：「這是她從檀香山寄回來的。你知道，在檀香山那種地方，錢不經花。我有一個叔叔以前在那裡做珠寶買賣，退休後就搬去西雅圖了。」

我再次將照片拿起來，對他說：「我需要複印一下照片，才能把這件案子委託出去。」

他立刻拿出一個信封，說：「馬羅先生，我早有準備，在來之前我就知道你需要這些。」這個信封裡面是五六張影本。接著他從另一個口袋裡又拿出一個信封，說：「我還有克里根的快照。」

信封裡有三張克里根照片的影本，我拿出來看了看，跟我想的一樣，這傢伙看起來就是個油滑的小白臉。

辛普森・W・埃德爾維斯先生給了我另一張名片，他的名字、地址、電話號碼都在上面。他說他祈禱收費不會太貴，不過如果需要費用，他會毫不猶豫的掏出來，只希望能從我這裡得到好消息。

我說：「如果她沒離開檀香山，兩百塊應該夠了。你現在需要跟我詳細地描述一下他們的特徵，比如身高、體重、年齡、膚色、衣著打扮、明顯的疤痕或其他容易辨認的標記，還有她帶走了什麼樣的衣服，拿走了帳戶裡的多少錢。我需要將這些寫進電報裡。埃德爾維斯先生，如果你以前有過類似經驗，應該知道要告訴我什麼。」

「這個克里根給我一種很不舒服的感覺。」

我詳細地詢問了他半個小時，並將有用的資訊記下來。結束以後，他站起來跟我握手，並向我鞠躬，之後離開辦公室。他做這些時安安靜靜的，一句話也沒有說。

他一邊往外走一邊說：「你跟馬貝爾說，不會有什麼事發生的。」

接下來，我按照通常的套路，發了一份電報給檀香山那邊的代理機構，然後將照片和沒辦法寫進電報裡的資訊用航空信寄過去。他們很快就找到了她。她在一家高級酒店裡給客房女服務生幫忙，乾擦洗浴缸、浴室地板之類的活兒。事情就像埃德爾維斯先生猜想的那樣，克里根趁她睡著的時候，把她的錢拿走了，並且連酒店的費用都沒付清。因為酒店的帳單沒付，她沒辦法離開。克里根沒有拿走她的戒指，因為只有動武才能拿到它。她把戒指當了，付清了酒店的費用，但是剩下的錢卻不夠她回家。埃德爾維斯先生得到消息，立刻坐飛機去接她。

這個女人根本配不上他。我把那兩百美金給了檀香山的代理，自己則拿著二十塊的帳單和長途電報的花費找他報銷。我少賺一點也沒關係，因為我辦公室保險櫃裡還放著一張麥迪遜總統頭像的大鈔。

就這樣，私人偵探生命中的一天就過完了。這一天跟平常的日子比起來，不太一樣，但也差不了多少。你賺不了大錢，每天接觸的都是些無聊的事，很可能還會被打、中槍、去坐牢，甚至丟掉小命。每隔一段時間，當你不用操心案子，可以安安心心走路的時候，你都會生出改行的念頭，可天知道為什麼你又這麼混了下來。正在你胡思亂想的時候，門鈴響了起來，你打開會客室的門，一張帶著麻煩的陌生面孔出現在眼前。這對你來說，意味著一段新的擔憂，和一些微薄的收入。

「某先生，請進。我能為你做點什麼呢？」

這一切肯定都有其道理所在。

三天過去了，愛琳・韋德在下午的時候打了一個電話給我，說他們明天設宴邀請了幾個朋友一起喝雞尾酒，韋德想向我當面表示感謝，所以邀請我明晚去喝一杯。另外，讓我把帳單給他們。

「韋德夫人，我做的這點小事已經得到回報了，你不需要再付給我酬勞。」

她說：「對現在的人來說，接個吻根本不算什麼。我好像還活在維多利亞時代，那天的反應實在太可笑了。你會來的，對嗎？」

「也許吧！不過我覺得我不會去。」

「羅傑的身體沒問題了，已經開始工作了。」

「太好了。」

「你今天的語氣特別嚴肅，我覺得你把人生想的太古板了。」

「偶爾會這樣。你想說什麼？」

她輕輕笑了起來，跟我說了聲再見，之後掛了電話。我一動不動地在那裡坐著，很認真地思考了一下人生。我想讓自己開心起來，所以努力回想一些有趣的事情，但徒勞無功。我將保險箱打開，把泰瑞·蘭諾斯的訣別信拿出來，從頭到尾又讀了一遍。讀過信，我才想起自己還沒有替他去維克多酒吧喝一杯螺絲起子酒。這個時間點的酒吧最安靜，過去喝一杯再好不過了。如果他還沒有死，肯定特別樂意跟我一起去。一想起泰瑞·蘭諾斯，淺淺的悲傷和辛酸就湧上了我的心頭。在走到維克多酒吧門前時，我差點要改變主意，不過最終還是進去了。他給了我一大筆錢，付出極大的代價捉弄了我。

22

維克多酒吧裡特別安靜，進門的瞬間，你甚至能聽見溫度下降的聲音。有一個黑衣女人坐在吧檯前的高腳凳上，按照季節來看，她那身剪裁合身的衣服，應該是由腈綸這類合成纖維製成的。她的神情裡透出一些莫名的緊張，可能是她有些神經質，也可能是性飢渴造成的，甚至可能是過度減肥引起的。

我也坐在了吧檯前的高腳凳上，與她之間隔了兩張凳子。酒保沒有露出笑臉表示歡迎，只是向我點了一下頭。

我說：「來一杯不加苦料的螺絲起子。」

他在我面前放下一塊小餐巾，看了我好一會兒，才用快活的聲音說道：「你肯定猜不到，有一天晚上你跟你朋友談話的時候我聽見了，並且照你們說的，買了一瓶玫瑰牌萊姆汁。但是你們再也沒來過了，直到今晚我才有機會打開。」

我說：「我的朋友已經不在這裡了。如果可以的話，麻煩你給我來雙份，謝謝了。」

酒保走開了。旁邊的黑衣女人快速掃了我一眼，然後又低頭看向自己的杯子。

「這裡幾乎沒人喝這個。」她的聲音很低，甚至於最開始我都沒有意識到她是在跟我說話。她又抬頭，用一雙深色的大眼看著我，她指甲上的顏色是我所見過的最紅的顏色。她看起來不像那種放蕩的女人，說話的聲音裡也沒有一點引誘的味道，「我是說螺絲起子。」

「因為我的一個朋友，我才會喜歡這種飲料。」

「他肯定是個英國人。」

「為什麼這麼說？」

「因為萊姆汁這種東西，就跟用可怕的醬料煮魚一樣，都極具英國特色。那種醬料，好像加了廚師的血在裡面似的。怪不得別人叫他們苦橙佬。我不是說魚，說的是英國佬。」

「我原以為這是馬來半島這類熱帶地區的飲料，適合天氣熱的時候喝。」

「你說的可能是對的。」她把臉又轉了過去。

酒保把調好的酒拿過來，在我面前放下。螺絲起子裡加了萊姆汁，變成了淺淡的、渾濁的黃綠色。我喝了一口，酒很烈，但帶著一股甜味。黑衣女人轉過頭來，看著我舉起了自己的杯子。我們一起喝了一口酒。這時我才發現，她喝的是跟我一樣的酒。

接下來應該就是慣常的寒暄和客套，所以我坐在那裡沒動。過了一會兒，我說道：「他並不是英國人，但是我猜他戰爭時期待在英國。我們以前偶爾來喝酒，就像今天這樣，趁著酒吧還沒喧鬧起來，早點過來喝一杯。」

她說：「這個時間算是酒吧最好的時刻了，讓人覺得很愜意。」她將杯裡的酒一飲而盡，「你朋友叫什麼名字？說不定我認識他。」

我並沒有立刻回答她，而是拿出一支菸點上。我看見她從玉菸嘴裡將菸蒂磕了出來，然後裝上一支新的。我把打火機遞過去，說道：「藍諾斯。」

我給她點了菸。她表示感謝，然後快速地看了我一下，點頭道：「對的，我跟他很熟，可以說熟得不能再熟了。」

酒保走過來，目光停在我的杯子上。我說：「再來兩杯一樣的，送到沙發座去。」

我從高腳凳上站起來，在一旁等候。不知道她會不會讓我碰釘子，但我覺得無所謂。在這個國家，男女都過於強調性，但是偶爾一男一女在一起也可以只是單純的聊天，而不是非得扯上性。現在就是這種單純聊天的情況，不過她也可能誤以為我想跟她上床。如果是這樣，那就讓她見鬼去吧！

她稍微遲疑了一下，然後將一邊的黑手套和黑色鑲金邊金扣的小山羊皮手提包拿了起來，走到角落的沙發座裡，一言不發地坐下了。

我在桌子的對面坐下，說：「我姓馬羅。」

她平靜地說道：「馬羅先生，我叫琳達・洛林。我感覺你有點憂傷，對嗎？」

「所以我才會來這裡喝螺絲起子。你呢？」

「我可能只是喜歡這種酒而已。」

「我可能也是。這太巧了，對嗎？」

她對著我輕輕笑了一下。她戴的耳環墜子和領針都是由綠寶石做成的，這些寶石邊緣處的斜切口都特別平滑。從切割方式來判斷，這些寶石應該是真的。就算酒吧裡燈光昏暗，它們也能散發出柔和的光芒。

她說：「看來你就是那個人。」

服務生將酒拿了過來，放在桌面。等服務生離開，我才說：「我認識泰瑞・蘭諾斯，對他有點好感，有時候一起喝喝酒，我們之間只是這種不刻意的君子之交。我沒去過他家，不認識他的妻子，只是在停車場跟她有過一面之交。」

「你們的關係比這要深點，對嗎？」

她伸手去拿酒杯，手上戴著兩枚戒指，一枚是鑲了許多小鑽石的綠寶石戒指，一枚是細窄的白金戒指。由此可以看出，她已經結婚了。我猜她大概三十五六歲。

我說：「可能吧！他總是給我帶來麻煩，到現在這些麻煩都還沒停止。你呢？」

她單手撐著下巴，沒有一絲表情地看著我，說：「我剛才說了，我跟他特別熟，熟到他發生什麼事我都不會介意的地步。他娶了一個有錢的女人，有了享用不盡的富貴，唯一要做的就是不去干涉女人。」

我說：「看起來非常合情理。」

「馬羅先生，沒必要諷刺別人。有些女人確實沒辦法完全掌控自己的事情。這一點，他從最開始就知道。如果他覺得接受不了，完全可以離開，根本不用殺她。」

「我同意你的說法。」

她坐直了，含著恨意地看著我，抿著嘴說：「他逃跑了。如果我的消息沒錯的話，應該是你幫助他潛逃的。你是不是覺得自己做了一件值得驕傲的事？」

我說：「不，我只是拿錢辦事而已。」

「馬羅先生，這一點都沒意思。實話實說，我真不明白自己為什麼要在這裡跟你喝酒。」

我拿起酒杯，喝了一大口，說：「洛林夫人，換個話題並不是什麼難事。其實我是希望你可以跟我講講與泰瑞相關的事，那些我不知道的事。至於他為什麼要砸爛他妻子的臉，我一點探究的興趣都沒有。」

她有些生氣道：「你說這些話太冷血了。」

「跟你一樣，我也不喜歡自己這樣說話。另外，如果我認定他是凶手，那我現在怎麼可能坐在這裡喝螺絲起子？」

她一直看著我，過了好一會兒，才慢慢說：「他留下一份完整的自白書，然後畏罪自殺。你還需要問什麼呢？」

我說：「他有一把槍，因為這個墨西哥那些神經質的警察就會向他射擊。美國也有一些警察因為這些殺人，有時候僅僅因為別人開門慢了幾秒，就隔著門板開始掃射。還有，我並沒有看到過所謂的自白書。」

她刻薄地說道：「那不用想了，肯定是墨西哥警察造假了。」

「在歐塔托克蘭這種小地方的警察，應該沒腦子去作假，所以自白書說不定是真的。但是對我來說，這份自白書只能說明他被逼的走投無路了，並不能證明他是凶手。總之我是這麼認為的。有那麼一些人，當他們身處絕境的時候，可能會選擇不讓親友受到牽連，不讓他們暴露在公眾的目光之下。當然，你可以說他軟弱無能，意氣用事，只要你高興就好。」

她說：「你的想像力真是讓人大開眼界。馬羅先生，席薇雅已經死了，她的父親和姐姐肯定能自保，有錢人都特別擅長保護自己。而且我認為沒有男人會為了掩飾一個小小的醜聞而自殺，或者讓別人殺他。」

「好吧，可能我真的把動機猜錯了，或許所有事我都猜錯了。剛才我把你惹生氣了，你需要我馬上滾蛋，好讓你自己享受螺絲起子嗎？」

「對不起，」她突然笑了，「我現在好像覺得你是真誠的了。最開始我覺得你的辯解都是為了自己，而不是為了泰瑞。不過現在，不知道為什麼我改變了自己對你的看法。」

「我沒必要替自己辯解。從某種程度上看，我確實幹了些給自己惹麻煩的蠢事。我必須承認，是他的自白書幫了我。如果他被抓回來，上了法庭，那麼我肯定會被扣上一個罪名。他們最輕也要罰我一大筆錢，我根本負擔不起。」

她冷冷地說：「還可以吊銷你的執照。」

「可能吧！在以前，隨便一個喝醉的警察都能整死我。但是現在情況不一樣了，要先上法庭進行聽證，才能交給州執照機構處理。那些人並不用給警察面子。」

她喝著飲料，慢慢地說：「不管怎麼說，現在的結局難道不是最好的？不用上法庭，沒有煽動性的標題和流言蜚語。那些報社為了銷量，經常會不管事實真相和公正，不管無辜者的情緒，寫一些誹謗的文章。」

「我剛才就是那個意思，可是你覺得是我想像力太過豐富。」

她往後仰一下，把頭放在靠墊凹陷處，然後說：「讓人沒想到的是泰瑞・蘭諾斯會自殺，但可以料想到的是，不用上法庭是件皆大歡喜的好事。」

我向服務生招了招手，說：「我還想喝一杯。洛林夫人，我突然覺得背脊發冷，我能問問你跟波特家族有什麼關係嗎？」

她說：「我以為你知道，我是席薇雅・蘭諾斯的姐姐。」

服務生走了過來，我讓他動作快點。洛林夫人搖頭，說她不喝了。服務生離開以後，我說：「老傢伙……不好意思，我是說哈倫・波特先生將這件事壓了下來，我在這樣的情況下還能得知泰瑞的妻子有個姐姐，運氣真是太好了。」

「馬羅先生，你說得有些誇張了，我的父親沒有那麼大能耐也沒那麼冷血。我不否認，他在處理一些私事的時候，一點都不知道變通。他連自家報紙的採訪都不肯接受，不肯演說，不肯拍照，出門只坐僱有專門司機的汽車或私人飛機。但他絕不是個冷酷無情的人。他對泰瑞很有好感，說他不像一些人那樣，只有從客人進門到喝第一杯雞尾酒的十五分鐘內是個紳士，他二十四小時都是紳士。」

「可是泰瑞最後卻做了錯事。」

服務生快速走過來，將我的第三杯酒帶來了。我喝了一口，放下杯子，用手指觸著圓形杯底的邊緣處，一言不發地坐著。

「馬羅先生，你又開始說一些冷嘲熱諷的話了，我希望你別這樣。我父親知道，現在的事情在某些人看來巧合得難以置信。其實泰瑞的死讓他很難過，他寧願泰瑞跑掉。要是泰瑞請他幫忙，他肯定不會袖手旁觀的。」

「洛林夫人，這不可能。死者是他女兒。」

她有些煩躁起來，狠狠瞪了我一下。

「實話實說，很多年以前，父親就跟妹妹斷絕了父女關係。即使見面，他們幾乎也不說話了。我敢打賭，如果讓他說心裡話，他肯定跟你一樣，不相信泰瑞是凶手。不過他不會說出自己的想法，以前不會以後也不會。現在泰瑞已經死了，再糾纏這些還有什麼意義？她遲早都會死，他們可能會死於飛機墜落、失火、高速公路上的車禍，這時候死說不定是最好的。如果她沒死，十年之後，可能會成為一個被淫欲操控的老女人，就像那些你現在或者早些年在好萊塢碰見的某些國際垃圾一樣，成為讓人害怕的女人。」

我心中突然竄起一股無名之火。我站起來，掃了沙發座周圍一圈，隔壁空著，再過去一個沙發座，裡面有一個正在安靜看報紙的傢伙。我重重坐回去，推開面前的酒杯，俯身靠近她。

我用還未完全喪失的理智壓低自己的聲音，說：「我的天，洛林夫人，你打算跟我說什麼？跟我說哈倫・波特是一個心腸好討人喜歡的人？跟我說他從沒有向地方檢察官施壓，讓他們干涉這樁案子的調查，免得有人查出什麼？你說他跟我一樣，覺得泰瑞不是凶手，那他為什麼不讓人去查查真正的凶手是誰？你的意思是，他並沒有利用自己的報紙去影響政界，沒有動用自己的錢，沒有指使數百名想拍他馬屁的人？你是說整件事情他沒有進行一點干預，所以去墨西哥的只有一個傻兮兮的聽話律師，地方檢察官辦公室的人，市警局的人都沒有去。就憑這一個律師，就可以斷定不是哪個手賤的印第安人開槍殺了泰瑞，而是泰瑞自殺了？洛林夫人，你的父親可是個億萬富翁。我不知道他具體怎麼斂財的，但我很明白，想要積累這麼多財富，必須有一個強大的關係網。他絕不是個任人捏扁搓圓的角色，他是一個相當厲害的人。在這樣的一個時代裡，你必須這麼厲害才能賺錢。你需要跟形形色色的人來往，不過只需要遠遠地跟他們做買賣就行，不需要見面握手。」

她生氣地喊著：「你真是個蠢貨，我對你忍無可忍了。」

「我不會挑你喜歡的話說，所以你當然無法忍受我。我跟你說，在席薇雅被殺那晚，泰瑞給你老子打過電話。你覺得他們會說什麼？你老子會讓他幹什麼？『孩子，我知道我的女兒是個蕩婦，那些雜種喝了酒之後，誰都可能砸爛她漂亮的臉蛋。沒有人能預料到這件事。那個雜種酒醒之後，會後悔不迭。但是家醜不可外揚，孩子，去墨西哥自殺吧！你還自由自在的活著，該報恩了。我們波特家族的名譽，就像山中的紫丁香那般純潔，我們必須共同維護它。她之所以跟你結婚，就是想找個人遮醜。現在她死了，最需要遮醜的時候到了。到你發揮作用的時候了。如果你失蹤了，就再也不要出現。如果你被人找到了，就只有死路一條，到時候只能太平間見了。』」

黑衣女人冰冷道：「你真的覺得我父親會說這樣的話？」

我向後一靠，很不友善地笑道：「如果你覺得有必要的話，我們可以把這些話說得婉轉漂亮些。」

她拿起自己的東西，向沙發座外挪，同時慢慢地斟酌道：「我能不能給你一句簡單的忠告？如果你覺得我父親是那樣的人，並且把你剛才說的那些話四處傳播，那你無論是幹現在這行還是改行，都無法在這座城市立足。」

「洛林夫人，真是太好了。我聽過無數人說這樣的話，有鑽法律漏洞的人、有地痞流氓、有上流人士。雖然說法不太一樣，但意思是一樣的：別插手我的事。因為受某人囑託，我才來這裡喝一杯螺絲起子。看看，我來這裡根本是自找麻煩。」

她站起身，稍微點了一下頭，說道：「喝了三杯雙份的螺絲起子，你可能有些不清醒了。」

我向桌上扔了一些鈔票，遠超過我們的酒錢了，然後站起來，走到她身邊說：「洛林夫人，你也喝了一杯半。你為什麼喝這麼多酒？是你自己想喝，還是也受到了某人的囑託？看來你也說了些不該說的話啊！」

「馬羅先生，誰知道呢？誰又能對所有事情瞭若指掌？你認識吧檯那邊一直看著我們的人嗎？」

我轉頭看了一眼，在吧檯靠近門的凳子上，坐著一個黑瘦男人。沒想到她居然注意到這個人了。

我說：「賭徒曼寧德茲的保鏢，叫奇克・阿戈斯蒂諾。我們嚇嚇他，給他來個突襲。」

「你真是喝多了。」她說完，轉身就走。

我緊跟在她身後，坐在吧檯邊的那個傢伙轉了過來，看著前面。我可能真的有點醉了，從他身邊走過時，一步就繞到他背後，同時快速將他的胳膊架起來。

「臭小子，注意點！」他生氣地大吼，同時從高腳凳上滑下來。

我用餘光看見，她準備跨出門的腳步停了一下，回頭看了看。

「阿戈斯蒂諾先生，你沒有帶槍嗎？真是太粗心了。現在天快黑了，要是遇上不好對付的傢伙怎麼辦？」

他氣急敗壞地怒吼：「滾開！」

「噢，你這是盜用了《紐約客》上的話吧？」

他沒有動，只是嘴角抽動了一下。我不再管他，去追洛林太太。我跟著她出了門，站在遮雨棚下面。一個灰白頭髮的黑人司機跟一個停車場的年輕人站在那裡聊天。年輕人行了一個觸帽禮，然後走開了，不一會兒，他將一輛漂亮的凱迪拉克開了過來。黑人替洛林夫人開了車門，她坐了進去。黑人小心翼翼的，像關珠寶盒的蓋子那樣關上了車門，然後繞過汽車，走到駕駛座那邊。

她將車窗放下，坐在裡面看我，臉上帶著若有似無的笑，說：「馬羅先生，晚安了。剛才挺不錯，對嗎？」

「大吵一頓。」

「你指你自己嗎？大部分時候都是你在跟自己吵。」

「我經常會這麼幹。洛林夫人，晚安了。你住的地方挺遠吧？」

「是的，我住在悠閒谷區，在公路那端，離那片湖很遠。我的丈夫是一名醫生。」

「你會不會剛好認識一個姓韋德的人？那真是太巧了。」

她皺了皺眉，問：「我確實認識韋德夫婦，有什麼問題嗎？」

「你是不是想問我，為什麼提起他們？很簡單，因為在那一片我只認識這家人。」

「原來是這樣。好吧，馬羅先生，晚安吧！」她往後靠在了椅背上。

凱迪拉克發出輕輕的轟鳴，然後開上日落大道，匯入車流之中。

我一回身，差點就撞上身後的阿戈斯蒂諾。

他冷笑著說：「下次想出風頭，別拿我鬧事。那個瓷娃娃是什麼人？」

「一個對你沒興趣的人。」

「很好，真是個快言快語的傢伙。不過我已經將車牌號記下了。曼迪對這些小事情特別有興趣。」

一輛車開到我們面前，車門突然打開，一個七英尺高四英尺寬的壯漢從車上跳了出來。他看了阿戈斯蒂諾一眼，然後上前一步，一把將他的脖子勒住，接著怒吼：「要我說幾遍你才能聽懂？你這個小流氓，不准在我吃東西的地方晃悠。」

他勒住阿戈斯蒂諾晃了晃，然後一甩手，把他扔了出去。阿戈斯蒂諾從人行道飛過，撞在牆上，然後軟軟癱在地上，大聲咳嗽起來。

壯漢咆哮著：「還有下次，我他媽一定讓你吃子彈。你信不信，他們給你收屍的時候，會看見你手裡拿著一把槍。」

奇克・阿戈斯蒂諾沒有說話，只是搖了搖頭。壯漢將我上下打量了一番，咧嘴道：「晚安。」說完，就進了維克多酒吧。

我看著阿戈斯蒂諾爬起來，很快恢復了鎮定，才問：「這個傢伙是什麼人？」

他含糊地回答：「風紀糾察組的大個子威利・馬貢，自以為很厲害，其實是個外強中乾的傢伙。」

「你的意思是他一點也不厲害？」

他迷糊地看了我一眼，然後離開。我去停車場取車，然後回家。在好萊塢這種地方，會發生各種你意想不到的事情。

23

悠閒谷區前面半英里的石子路沒人修葺，路況極差。一輛低車身的捷豹放慢了車速，從我前面的山丘開過，以免弄得我一身塵沙。我覺得他們是故意不修路的，為的就是不讓那些剛會開車的傢伙開車過來兜風。一副太陽眼鏡和鮮豔圍巾的一個角落入了我的視野裡。有人像招呼鄰居那樣，向我悠閒地招手。接下來是一段滿是塵土的路，那些飛起的塵埃又降落在灌木叢和曬乾的枯草上。在這些樹和草上，早就積累了一層灰白色的塵土。從岩層繞過，路況好了起來，能看出來這裡被精心保養過。茂盛的橡樹像是想窺視每一個路過的人一般，把樹冠向路中傾斜。樹上有粉色小腦袋的麻雀在跳躍，去啄那些牠們覺得有必要啄一下的東西。

前面，一叢叢木棉取代了尤加利樹，接著走下去，茂密的白楊林出現在眼前。從樹木的間隙裡可以隱約看見，一棟白色房子立在林子深處。然後我看見一個女孩，她穿著牛仔褲和顏色亮麗的襯衫，嘴裡叼著一根小樹枝，正沿著路邊遛馬，她一邊走一邊輕聲給馬哼歌。馬看起來很熱，但沒有煩躁的跡象。接著我看見了一個園丁，他在石牆後面用電動割草機修剪那片如同波浪的草地。草地那頭，有一道門廊，通向一棟特別氣派的、威廉斯堡殖民時代建成的房子。不知從什麼地方傳來了鋼琴聲，是有人在用大三角鋼琴彈奏左手練習曲。

從這一片走過之後，波光粼粼的湖面就出現在了眼前，湖面反光，有些晃眼。我開始認真看那些門牌號，尋找韋德家。我只在晚上來過韋德家一次，白天看這棟房子，似乎矮小了一些。各種汽車將車道擠滿了，我只能把車停在路邊，然後步行進去。一位墨西哥管家幫我開了門，他身材修長，長相英俊，穿著一套合身的白色制服，顯得十分優雅。他看起來應該是那種不需要幹什麼重活，一個星期就能賺五十塊的墨西哥人。

「先生，下午好。」他用西班牙語向我問候，然後咧嘴笑了笑，很有幾分優越感，「請您報一下姓名。」

我說：「馬羅。你是小糖果嗎？我們在電話裡說過話，你忘了？你是想搶誰的風頭？」

他咧嘴笑了一下，將我請進屋裡。跟所有俗套的雞尾酒會一樣，每個人都在高談闊論，但沒有一個人在認真傾聽。每人都端著一杯美酒，有臉頰發紅的、臉頰發青的、還有臉上冒出汗水的，每個人的臉色都取決於他們的酒量和喝了多少酒。沒多久，愛琳・韋德就過來了。她穿了一件很適合她的淺藍色衣服，像拿道具一樣拿著一個酒杯。

她很鄭重地說：「你能來，我真的感到非常高興。羅傑不喜歡雞尾酒會，所以想在書房跟你見面，他現在正在工作。」

「這麼鬧哄哄的，他居然還能工作？」

「這種吵鬧好像不會影響到他。我讓小糖果跟你拿一杯酒過去，如果你想自己去吧檯拿……」

我說：「我自己去吧檯拿。那天晚上的事很抱歉。」

她笑著說：「沒什麼，我覺得你已經說過抱歉了。」

「真是沒什麼。」

她臉上還帶著笑容，點了一下頭，然後走了。我掃視了一圈，看見一個活動吧檯停在了法式的落地窗邊上。我儘量避開別人，免得撞上，在我走到屋子中間時，有個人叫我：「哦，馬羅先生。」

我回頭一看，是洛林太太。她坐在沙發上，一個帶著無邊框眼鏡、神情木訥的男人坐在她身邊。男人的下巴上好像留著點山羊鬍子，看起來黑黑的，他板著臉，一言不發地抱胸坐著。洛林夫人手裡端著杯子，顯出興趣缺缺的樣子。

我向著他們走了過去。洛林夫人笑著伸出手，道：「這位是洛林醫生，我的丈夫。愛德華，這位是菲力普・馬羅先生。」

留著山羊鬍子的男人動也沒動，只是快速看了我一眼，微微點頭示意。他大概是不願意把精力浪費在這種無聊的事情上。

洛林夫人說：「愛德華特別累，他總是很累。」

我說：「能理解，醫生都是這樣。洛林夫人，需要我給你端一杯酒嗎？醫生，你需要嗎？」

那個男人看都不看我們，直接說道：「她喝得不少了，而我從來不喝酒。我越看那些酒鬼們，我就越覺得自己不喝酒是一個正確的決定。」

洛林夫人夢游似地說：「小希芭，趕緊回來吧！」

他側過頭，掃洛林一眼。我轉身走向吧檯。琳達・洛林跟她丈夫在一起時，跟平常完全不一樣了。她滿臉鄙夷，說話尖酸刻薄。即使當初被我激怒，她也不曾用這樣的嘴臉對我。

小糖果站在吧檯的後面，詢問我想要來點什麼。

「謝了，現在什麼都不喝。韋德先生想跟我見面。」

「先生特別特別忙。」

我看著小糖果，我覺得我對他不會有任何好感。

他補充道：「不過先生，我可以幫你問問。請稍等。」他說完，快速從人群中穿過。

沒多久他就回來了，高興地說：「好了，先生，請跟我來。」

我跟著他從客廳穿過，走到一扇門前。他把門打開，我走進去之後，他在外面將門關上。頓時，大部分喧鬧的聲音被擋在了門外。這個房間在拐角處，空間很大，裡面涼快又安靜。房間裡有法式落地窗，能看見窗外種著的玫瑰，和遠處的湖水。空調裝在一扇側窗上。韋德在一張淺白色的長沙發上躺著，沙發是皮質的。屋裡有一張泛白的大木桌，上面有一台打字機，和一疊黃色的紙。

韋德懶懶地說：「馬羅，你能來真是太好了。請坐。你喝過酒了嗎？」

「沒有。」我坐了下來打量他，他的臉色蒼白，看起來很疲憊。我問，「工作怎麼樣？」

「沒大問題，就是很容易累。醉了四天，還是要時間才能恢復。一般來說，我喝一杯後才會進入最佳的寫作狀態。我這種工作，很容易讓自己變得遲鈍緊張，那樣就沒辦法寫出好東西了。一般來說，好的作品，寫的時候肯定是特別順暢的。而那些寫的時候很艱難的作品，通常都是狗屁不通。」

我說：「也不一定，關鍵在於作者是誰。福樓拜的寫作過程也是很艱難的，但是他的作品卻非常好。」

韋德坐了起來，說：「哈，原來你看過福樓拜的作品。所以你也算是知識份子、評論家、飽讀詩書的文學界人士了。」他揉了一下額頭，「我正在戒酒，這讓我感覺很糟糕。我一看見那些拿著酒杯的人，心裡就躥出一股火，但是我又不得不出去跟那些人客套一番。他們那群混蛋都知道我酗酒成癮，一個勁地猜測我借酒澆的是什麼愁。有個婊子樣的傢伙，特別推崇佛洛伊德那套理論，他到處去宣揚，搞得家喻戶曉，現在就連十歲的小孩也知道那些玩意兒了。如果我有一個十歲的孩子，那個搗蛋鬼肯定會這麼問我：『老爸，你喝酒是為了逃避什麼呢？』，不過我可不想要一個孩子。」

我說：「從我知道的情況來看，這些都是最近才出現的吧？」

「我酒量很不錯，只是情況越來越不好了。人在年輕的時候，碰上點困難，都能扛得住。可是年近四十了，恢復起來就有些困難了。」

我點燃一支香菸，靠向椅背，問：「你找我，到底想談什麼？」

「馬羅，你說我是在逃避什麼？」

「我沒有足夠的線索，沒辦法判斷你在逃避什麼。另外，每個人都會有想逃避的東西。」

「但不是每個人都酒精成癮。你想逃避的東西是什麼呢？年輕時犯下的錯？良心債？還是不肯面對你是偵探這個三流行業裡的三流人物？」

我說：「我懂了。你所需要的就是侮辱別人。沒問題，開始吧，如果說到了我的痛處，我會提醒你的。」

他笑了一下，在自己濃密的捲髮上揉了一把，然後用食指指著胸口，說：「馬羅，你現在正在面對的這個人，就是一個三流行業裡的三流人物。所有的作家都是垃圾，我是垃圾中的垃圾。我寫了十二本書，本本暢銷。看見桌上那堆亂七八糟的東西了嗎？如果我將它們完成，那就是寫了十三本書。然而它們沒有任何價值，連下地獄的價值都沒有。你看見這個地方了嗎？這裡是極少數擁有億萬資產的富豪們的聚集地，而我在這裡有一棟漂亮的房子。我有一個漂亮可愛的老婆，她深愛著我；還有很多優秀的出版商，他們對我趨之若鶩；還有我自己，我最愛我自己。我就是一個自我膨脹的混球，一個不折不扣的混蛋。你可以說我是個文學娼妓或者文學皮條客，隨你高興。你說你能為我做什麼？」

「什麼做什麼？」

「你難道不會覺得難過？」

「為什麼要難過？我只是在聽你抱怨而已。這些無聊的東西根本對我造不成任何傷害。」

他粗聲笑了起來，說：「我太喜歡你了，我們去喝一杯。」

「老兄，我們不能在這兒喝，不能關起門來我們兩人喝。看著你喝下第一杯酒，對我來說並沒有什麼影響。但是我不希望自己成為你喝下第一杯的原因。我覺得沒有人會不讓你喝酒，大概也沒人打算不讓你喝。」

他站了起來，說：「我們可以出去喝。我們去看看外面那些精英，等你賺了大錢之後，就會跟這些人成為鄰居。」

我說：「拉倒吧，快閉嘴。在我看來，他們跟其他人是一樣的。」

他立刻說：「你說得對。但是為了突顯他們的價值，他們總該有點跟別人不一樣的地方。他們是所謂上流社會，但是有時候連那些喝劣質威士忌的卡車司機都不如。」

我重複道：「快閉嘴。你想發瘋，沒人攔著你，但別當著大家的面。他們即使發瘋，也不會跑去找韋林傑醫生，也不會瘋到把自己的妻子從樓梯上推下去。」

他突然冷靜起來，像是在思考什麼，說道：「很好，朋友，你合格了。想不想來這裡小住一段？只要你在這裡住著，我就能得到很大的幫助。」

「你到底想幹什麼？」

「我很清楚自己在幹什麼，你只要住在這裡就夠了。我每個月給你一千塊當報酬，怎麼樣？我一喝多就發瘋，我可不想再喝多，也不想發瘋。」

「我沒辦法阻止你。」

「先嘗試三個月，讓我把那本該死的書寫完。之後我就去很遠的地方旅行，躲到瑞士的一個山區去，讓自己的心沉靜下來。」

「呵，你說那本小說？所以不賺這筆錢不行？」

「不是這樣的。只是這本書已經開始寫了，我必須有頭有尾，不然我就真的沒救了。我求求你了，就當幫朋友一把。你幫助蘭諾斯的，可不止這麼一點點。」

我站起身，靠近他，瞪著他說：「先生，我把蘭諾斯害死了，是我害他丟了性命。」

「馬羅，別跟我來這心軟的戲碼，我最討厭那種心軟的小可愛。」他把手橫在了脖子上。

我問：「是心軟嗎？可能只是善良。」

他往後一退，撞到了沙發，但沒有摔倒，然後溫和道：「去你的，不同意就算了。當然，你不同意，我也不會責怪你。我必須要弄清楚一些事情。你不知道是什麼事情，我自己也說不太清是什麼。但是我能肯定這裡面有問題，而且我必要查清楚。」

「跟你老婆有關？」

他咬了一下嘴唇，說：「我感覺是跟我自己有關。走吧，我們去喝一點。」他走到門口，將門打開，我們一起走了出去。

如果他說那些事只是為了讓我心裡難受，他確實成功了。

24

門被打開，客廳的喧鬧聲立刻湧了過來，聽起來比剛才鬧得更凶了。這群人大概又喝了兩杯，醉意更濃了。韋德碰見人就打招呼，所有人在看見他時，都顯出一副高興的神情。其實喝酒喝到了這種程度，就算見到拿著特製冰錐的「匹茲堡的殺人狂」，他們也會顯得很高興。人生就是一齣很長的戲，每個人都在表演。

我們朝吧檯走去時，遇上了洛林醫生和他的妻子。醫生站了起來，帶著一臉憎恨的神情走向韋德。

韋德友善道：「醫生，你好，見到你真高興。琳達，你好。你最近躲到什麼地方去了？哦天，我真是問了一個蠢問題，我……」

「聽好了，韋德先生，我有一些話跟你說。」洛林的聲音有些顫抖，「很簡單的一句話，希望你記住了，別靠近我老婆。」

韋德一臉驚奇地看著他，說：「啊，醫生，你是不是累了？你喝過了嗎？我去給你拿一杯。」

「韋德先生，我從不喝酒。你知道我為什麼到這兒來，剛才我已經說得很清楚了。」

韋德仍然保持著友善，說：「好的，我知道你想說什麼了。今天你是客人，我不能多說什麼，但是我還是要說一句，我覺得這件事是個誤會。」

周圍說話的聲音突然變低了，大家都豎起耳朵，靜等這齣大戲。洛林醫生從兜裡拿出一副手套，拽了一下，然後抓住其中一個指套，狠狠地在韋德臉上抽了一下。

韋德連眼都不眨，平靜地問：「明天早上來場決鬥？」

我看著琳達・洛林，她因為生氣，一張臉漲得通紅。她緩緩站起來，看著醫生說：「我的天，親愛的，你太過分了。能不能不要做蠢事？還是說你希望別人給你一耳光？」

洛林轉身面對她，把手套舉起來。韋德立刻走過去，擋在他面前，說：「醫生，注意點。大庭廣眾之下打老婆，在我們這個地方可是行不通的。」

洛林冷笑道：「你是在說你自己對嗎？你的那點事我一清二楚，你可沒資格教我禮儀。」

韋德說：「我可不收這麼沒前途的學生。不好意思，請你立刻離開。」他用西班牙語大聲喊道，「小糖果，送客！洛林醫生要走了！」他喊完，轉向洛林，「醫生，如果你聽不懂西班牙語，我可以給你解釋，我是說門在那邊，請便。」他說著，指向大門。

洛林沒有動，瞪著他，冷冷道：「大家都聽見我對你的警告了，希望不要讓我再警告你第二次。」

韋德毫不客氣道：「不必了。如果你非要再說一次，就選一個對大家都公平的地方，那樣我才能自由發揮。太遺憾了，琳達你怎麼嫁給他了？」他用手輕輕揉著剛才被手套打的地方。

琳達・洛林滿臉苦笑，很無奈地聳了一下肩。

洛林說：「琳達，過來，我們該走了。」

琳達・洛林卻坐了回去，將酒杯端起來，很輕蔑地看了自己的丈夫一眼，說：「你自己走吧，別忘了，你還有好多電話要打。」

他憤怒道：「馬上跟我一起離開。」

她轉過身，把背脊留給了他。他突然伸出手，將她的手臂抓住。韋德立刻扣住了他的肩膀，將他擰過來，道：「醫生，注意著點，你可不能什麼便宜都占了。」

「鬆開手！」

韋德說：「當然可以，放鬆點。醫生，我想給你提一個建議，你是不是應該找個醫術高明的醫生給你看看？」

有人大笑了起來。洛林的身體繃得緊緊的，像是一頭隨時要發動進攻的野獸。韋德有所察覺，立刻轉身退到一邊，讓洛林一人尷尬地留在那裡。如果現在去追韋德，也許會讓自己更難堪，離開才是最好的選擇。他目視前方，三步併兩步地從客廳穿過，走到門前。小糖果早就打開門等著了，洛林一出去，他就將門關上了，然後面無表情地回到了吧檯旁邊。我走過去，跟他要一杯蘇格蘭威士忌。我掃視一圈，沒有看見韋德，也沒有看見愛琳。我背對著客廳喝著威士忌，不去理會周圍那些人的議論。

一個小姑娘從我身邊走過，她有一頭黃褐色頭髮，戴著束髮帶。她走到吧檯邊，把酒杯放上去，跟小糖果低低說了一句話。小糖果點了點頭，又倒了一杯酒給她。

她轉過頭，問我：「你有興趣瞭解一下共產主義嗎？」她紅色的小舌頭不斷舔著嘴唇，好像在尋找黏在上面的巧克力殘渣，她雙眼無神地看著我，繼續說，「我以為大家應該都有興趣瞭解。但是如果你去問在場的這些男人們，他們感興趣的只是伸手摸你。」

我點了一下頭，從酒杯上方打量她。她有一個獅子鼻，皮膚被太陽曬得很粗糙。

她邊拿那杯剛倒滿的酒，邊跟我說：「其實我無所謂，只要他們的動作別太粗魯。」她一口氣將半杯酒喝掉，然後對著我笑了笑。

我說：「我也不是個正經的人。」

「能告訴我你的名字嗎？」

「馬羅。」

「帶『e』？」

「對。」

她像吟詩般感嘆道：「啊，馬羅，一個憂傷而又美麗的名字。」她將幾乎沒酒了的酒杯放下，閉上眼，脖子向後仰去，張開雙手，差點打到我的眼睛。她用因激動而顫抖的嗓音吟誦：

讓千條戰船出征，燒毀伊裡亞高大城塔的，

就是這樣一張傾城容顏？

親愛的海倫，請給我一吻，讓我永世沉淪。

她睜開了眼睛，將酒杯拿了起來，對著我眨了一下眼，說：「朋友，你的詩寫得太好了。最近有沒有寫？」

「很少寫了。」

她有些羞澀地說：「如果你想的話，可以吻我一下。」

這時，她身後出現了一個穿著繭綢外套、開領襯衫的男人。這是我這輩子見過的最醜的人——一頭紅色短髮，長了一張爛肺葉似的臉。他在她身後，對著我咧一下嘴，然後拍一下女孩的腦袋，說：「夠了，小貓咪，我們該回去了。」

她生氣地回擊他：「你是不是想說，又該去給那株見鬼的秋海棠澆水了？」

「哦，小貓咪，聽好了……」

「你這個讓人討厭的強姦犯，把你的手拿開！」她尖叫著，把杯裡的酒潑向男人的臉。其實那杯裡只剩下一點點酒和兩塊冰塊了。

他一邊掏出手巾擦臉，一邊喊道：「看在上帝的份上，親愛的，我是你丈夫！懂了嗎？你的丈夫！」

她猛烈地抽泣了起來，然後撲進他懷裡。每個雞尾酒會都有這樣的場景，就連對話都沒有什麼不同。我從他們身邊繞過，自己離開了。

客人們逐一離開，走入夜色之中。汽車轟鳴，告別的聲音像來回彈跳的皮球在人群中流轉，喧嘩漸漸消退。我走到法式落地窗旁，走了出去，站在石板露台上。地面傾斜著向湖面延伸，湖水靜得像是一隻沉睡的小貓。在湖邊有一個小小的木製碼頭，邊上停靠著一條小船，用白色繩子繫住了。這裡離對岸很近，湖面上有一隻懶懶的水鳥，像個溜冰的人一樣慢慢游弋，幾乎沒有帶起一點波瀾。我點燃菸斗，閒適地躺在一張鋪墊子的鋁合金躺椅上抽了起來。我有些不明白，自己跑到這裡來到底有什麼意義？剛才韋德在對付洛林的時候，分寸把握得恰到好處。我以為他會對著洛林的下巴來一拳，雖然這樣有點過分，但更過分的是洛林醫生。但韋德沒有這麼做，可以看出來，只要他願意，他完全可以控制住自己。

人們常說的情理如果有意義的話，大概在於讓你不要在眾人面前恐嚇威脅別人。你在自己的妻子面前拿手套打另一個男人的臉，其實是在控訴妻子有不忠行為。在這件事上，韋德表現的很不錯，不僅是不錯，而是相當好。當然，我是以酗酒還沒完全康復的標準來衡量他的。他喝醉後的德行我沒有見識過，我甚至懷疑他是不是真的喝酒成癮。這兩者可是有著巨大的差別。一個偶爾喝醉的人，他醉酒時跟自己清醒時都是同一個人，而一個喝酒成癮的人，他會完全變成另一個人。你沒辦法猜到他會變成什麼樣，但可以肯定的是，他不再是你認識的那個人。

身後傳來輕輕的腳步聲，愛琳・韋德走到我旁邊，坐在我隔壁的躺椅上，低聲問：「嗨，你感覺如何？」

「你是指用手套打人的那位先生？」

「不是。」她皺起了眉頭，隨後又笑了起來，「我不喜歡這種無聊的鬧劇。其實他醫術挺好的，但是太喜歡製造這些鬧劇了。在悠閒谷區，至少有一半的男人被他這麼對待過。我真是搞不懂，洛林為什麼總是這麼鬧，好像琳達真的特別放蕩似的。其實從琳達的行為舉止和談吐禮儀就能看出來，她不是一個放蕩的人。」

我說：「也許他是個戒酒成功的酒鬼。很多戒了酒的人都會這樣，變得像教徒一樣守清規。」

她看著湖面，說道：「大概吧！這個地方特別寧靜。大家都覺得，一個作家住在這種地方會感到很快樂。當然，前提是這個作家的人生中還有快樂這種東西。」她側過頭看著我，「所以你拒絕了羅傑的請求？」

「韋德夫人，他的請求沒有任何實際意義。我已經說過了，我做不了什麼。我必須二十四小時跟著他，才能保證事情發生的時候，我就在現場。但這是不可能的，即使我什麼也不做，也不可能做到這一點。舉個例子，他眨眼間就可能發瘋，而發瘋前一秒他看起來沒有一點異樣。他毫無徵兆的發瘋，我根本沒辦法察覺，怎麼幫他？」

「問題的關鍵是，他覺得你能，你就能。」她將手撐在躺椅邊，仰起頭，身體往前傾了一點，「你是不是覺得在我這裡做客，還要拿報酬，所以心裡有些不自在？」

「韋德夫人，我覺得他需要的是一個精神科醫生。你該想想，認不認識醫術好的醫生。」

她詫異道：「為什麼是精神科醫生？」

我磕磕菸斗，把菸灰倒出來，拿著菸斗坐著，等涼了再收起來。

「如果你想聽的話，我這個外行可以說說自己的看法。他覺得自己心裡埋藏著一個自己都沒辦法理清的秘密，這個罪惡的秘密可能是關於他的，也可能是關於別人的。他覺得自己酗酒的原因就是這件事。他並不知道到底是什麼事，但他應該覺得事情發生的時候，他是醉酒狀態，所以才想喝醉了去尋找答案。是喝成爛醉如泥那種狀態。如果說真的是這樣，那就比較容易解決，去向精神科醫生求助就行。如果不是我說的這樣，那就是他自己想喝酒，無法控制自己對酒的欲望，只是拿那個莫須有的秘密當喝酒的理由。他是因為喝酒，所以不能寫完那本書。其實換過來說也行，他沒辦法完成那本書，所以選擇酗酒。」

她說：「不可能，羅傑特別有才華。我敢打賭，他還能寫出更加優秀的作品。」

「我跟你說過了，我不過是個外行人。你那天早上說，他可能不再愛你了。這個說法也可以反過來。」

她向屋子那邊張望了一下，然後轉過來背對著房子。我也看了一眼，見韋德正站在門口看著我們。大概發現我在看他，他就走到吧檯後面去了，拿了一隻酒瓶出來。

她快速道：「我從不阻止他，因為我知道這些都是沒用的。馬羅先生，我覺得你說得很對，除了他自己克服以外，沒有更好的辦法了。」

我把涼了的菸斗收起來，說：「其實我們可以換一個角度看，我們現在一直是閉著眼摸索。」

她坦誠道：「我對他的愛，或許不是情竇初開的少女式的愛，但我是愛他的。年輕的歲月不可能再重來，我那時候深愛的人已經死在戰場了。真的很巧，他的姓名首字母跟你的一樣。現在那份感情已經淡下來了，不過因為他的遺體沒有找到，我有時候還是難以相信他已經死了。其實很多死在戰場上的人，都找不到遺體。」

她的目光在我臉上搜尋了很久，才接著說：「有時候我在清晨或是深夜去甲板上走走，或者是某個清冷時段去一家清冷的酒吧或者酒店大廳，都會產生一種感覺，覺得他正坐在某個角落裡等著我。當然，我只是偶爾會這樣。」她停了一下，眉眼低垂，「感覺自己特別傻。這讓我覺得無地自容。我們非常相愛，是那種一生只能有一次的，熱烈瘋狂、如夢如幻、刻骨銘心的愛。」

她沉默了下來，神色黯然地看著湖面。我向著屋子那邊又看了一眼，見韋德拿著酒杯站在法式落地窗前。我回過頭看愛琳，發現她陷入沉思，眼裡已經看不見我了。我站了起來，回到屋子裡。

韋德站在那裡，拿了一杯酒，應該度數不低。他的目光有些異樣，從扭曲的嘴唇裡擠出一句話：「馬羅，跟我老婆親熱到什麼程度了？」

「如果你說的是那種事的話，那你想多了。」

「我說的就是那種事。那天晚上你吻了她，所以覺得自己能很快搞定她？老兄，雖然你的風格挺招她喜歡，但你只是在浪費時間。」

我準備從他身邊繞過去，但是他用硬實的肩膀將我攔住了。他說：「兄弟，別急著離開，我們家缺一個私人偵探，我們想讓你留下來。」

我說：「我留下來完全沒有必要。」

他舉起酒杯灌了口酒，放低杯子時，很不友善地斜了我一眼。

我說：「大概我說了你也不會聽，但我還是要說一句，你該多給自己一點時間，這樣你對酒精的抵抗力才能增強。」

「夠了，老師。你是不是又想教育別人了？如果你不是一個蠢貨，你就不應該產生教育酒鬼的想法。好兄弟，酒鬼都是無藥可救的，他們只能墮落下去。當然，墮落的過程有時候很有趣。」他停了一下，幾乎一口喝光杯裡的酒，「但有時候特別嚇人。洛林醫生就是個拎著黑包的雜種，但我還是要引用他的一句特別精彩的言論：馬羅，別靠近我老婆。我知道，你喜歡她，想占有她。大家都喜歡她，想占有她。你想嗅一下她玫瑰般芳香的回憶，想分享一下她的夢境。可能我也想。但是老兄，什麼都不能讓你分享，什麼都不行，你只能一個人在黑暗裡待著。」他喝完了杯裡的酒，倒扣著杯子，說，「看見了嗎？就像這個一樣，什麼都沒有。這一點我很瞭解。」

他把酒杯放在吧檯邊緣，然後拖著沉重的腳步走向樓梯，抓住扶手往上爬。大概走了十幾節階梯，他突然停下來，靠在扶手上，帶著滿臉苦笑，居高臨下地看著我，說：「馬羅，請你忘了剛才那些無聊的諷刺，希望你能原諒我。你是個好人，我不想你遇上任何麻煩。」

「任何麻煩？什麼麻煩？」

「她大概還陷在初戀之中無法自拔。她的初戀情人在挪威失蹤了，你絕對不想失蹤，對嗎？你是我的私人偵探，是你把迷失在塞普爾韋達峽谷樹林裡的我救了回來。如果你消失了，我會傷心欲絕。那個具有英國風範的男人突然消失了，連影子都消失不見了，很多時候我們都忍不住懷疑是不是真的存在過這麼一個人。你覺得這個人會不會是她為了解悶，憑空想像出來的？」他說著話，用掌心一圈圈在光滑的扶手上摩挲著。

「不知道。」

他嘴巴歪向一邊，帶著一些憎恨，看著我時，雙眉狠狠皺起來，眉心出現深深的溝壑。

「沒人會知道。可能她自己都不清楚。這個舊玩具，寶貝玩得夠久了，膩了，要走了。」他接著往樓梯上爬。

小糖果走了進來，走到吧檯邊收拾東西，查看酒瓶裡還有沒有酒，把酒杯放到托盤裡。我一直站在那裡，他沒有注意到我，起碼我感覺他沒有注意到我。沒過多久，他舉起酒杯，跟我說：「先生，這裡還有一杯美酒。倒掉太浪費了。」

「你就喝了吧！」

「不，先生。我不能喝酒，我的酒量最多只有一杯啤酒。」

「聰明的做法。」

他看著我說：「屋裡有一個酒鬼就已經夠受的。我的英語說得好嗎？」

「很好。」

「不過我都是用西班牙思維想事情，有時候也會用刀子思維。老兄，主人不需要別的幫助了，有我照看就夠了，他是我的人。你懂了嗎？」

「混蛋，你幹得真好。」

他從牙縫間擠出一句西班牙語：「長笛之子[1]。」說完，他像跑堂的夥計一樣，一手托著裝滿東西的托盤舉到了肩上。

我一邊往門口走，一邊暗暗想，「長笛之子」在西班牙語裡面居然是罵人的話？不過我還有很多事情要思考，所以並沒有花太多時間在這件事上。

1. 西班牙語「長笛之子」跟英語中的son of bitch 類似。——譯注酗酒不是韋德家的問題所在，酗酒只是掩飾這些問題的遮羞布。

當晚，大概九點半到十點的時候，我打了一個電話去韋德家。鈴聲響過八聲，仍然沒有人接，我就掛斷了電話。不過我剛掛好，電話就響了起來。是愛琳・韋德打了過來。

她說：「我正準備去洗澡，聽見了電話鈴聲，我猜是你打的。」

「是我打的，韋德夫人。不過沒有什麼重要的事，只是我走的時候，韋德似乎有些醉了，所以我覺得自己有責任問一句。」

她說：「他沒什麼大問題，正在床上熟睡。我覺得在洛林醫生那件事上，他表面上沒有太生氣，但是心裡肯定特別氣憤。他肯定還跟你說了一些很無理的話。」

「他說他很累，想休息了，我覺得這不算無禮的話。」

「如果真的只說了這句話，確實不算無禮。馬羅先生，晚安吧，謝謝你打電話過來。」

「我說他說了這句話，但不是只說這句話。」

沉默了一會兒之後，她才說：「每個人都會冒出一些莫名其妙的想法。馬羅先生，羅傑是個想像力極其豐富的人，奇怪的念頭會更多，所以千萬別把他的話放在心上。上次喝酒還沒有完全恢復，他真不應該又喝酒。如果他還有其他無禮的舉動，希望你能忘了。」

「他並沒有什麼無禮的舉動。他說的都很對，他是一個不可多得的能進行嚴厲的自我反省的人。很多人為了維護自己那虛無的尊嚴，不惜耗費掉半輩子的精力。韋德夫人，晚安了。」

電話掛斷了，我將菸斗裝滿，拿出棋盤，把棋子擺好，檢查有沒有鬆動的棋鈕。忙完這一切，就展開了戈爾恰科夫與麥寧基的對弈，七十二步之後，打成平局。這是一場棋逢敵手的對壘，一場沒有硝煙、沒有流血、沒有兵器的戰爭。除了廣告代理機構以外，你可以在任何一個地方找到這樣的耗費腦力的對壘。

25

接下來的一週，我整天無事可幹，也就做了些稱不上生意的生意。凱恩機構的喬治・彼得斯在一個清晨給我打了一通電話，跟我說他剛好有事要去塞普爾韋達峽谷，因為好奇韋林傑醫生，所以就去那個藝術村看了一下，不過醫生已經不在那裡了，只見到五六個土地測量隊的人在那裡，為了劃分土地正在進行測量。他向那幾個人打聽韋林傑醫生，但他們說沒聽說過這個人。

彼得斯說：「我調查過了，這個醫生低價賣了那塊地方，就為了一張委託書。真是個可憐的傢伙。那些人為了節省時間和金錢，用一千塊錢讓他放棄產權。很明顯，這些人現在要把那裡打造成住宅區，然後再大撈一筆。有些時候我覺得，做生意和犯罪之間唯一的區別就是有沒有資金，哪怕你只投入了一點點資金，這也是在做生意不是犯罪了。」

我說：「真是一場精彩的、嫉惡如仇的演講。不過高級的犯罪，也需要投入資金。」

「老兄，他們投入的資金是從什麼地方來的？難道那些搶劫酒莊的土匪會自己掏腰包？再見吧！」

週四晚上十點五十分，我接到了韋德的電話。他的聲音含混不清，像是從嗓子裡發出的咕咕聲，偶爾夾雜著一些短而艱難的喘息，不過我還是聽清楚了他在說什麼。

「馬羅，你能不能過來一下？我的情況特別不好，我堅持不下去了。」

「可以，但是我想先跟你夫人說兩句話。」

那頭沒有傳來他的回答，只傳來一聲撞擊聲，接著就沒有任何聲音了。我等了片刻，聽見了一陣碰撞的響動。我拿著話筒，大喊幾聲，但沒有得到回應。時間一點點流逝，突然傳來一聲輕輕的喀噠聲，接著就是斷線的聲音。有人把電話掛斷了。

我只用了五分鐘就上路了，半個多小時後，就到了那裡。我到現在都還想不明白，怎麼能這麼快就到達了。我簡直是開著車從隘口飛過去的，在溫特拉大街的時候闖了紅燈，不允許左拐的時候向左拐了，在車流之間亂竄，總之像發了瘋似的不管不顧。我以每小時六十英里的車速開過恩西諾，為了避免行人突然闖到前面來，我一直開著大燈，照著停在路邊的汽車。一路上沒有碰上警察，沒有看到警燈，也沒有聽見警笛，看來人只有在豁出去時，才能得到幸運女神的垂憐。韋德家可能出現的各種場景在我眼前閃過：她跟那個醉鬼單獨待在一起；她鎖了房門躲在屋裡，門外的人想要破門而入，發出一陣陣嚇人的咆哮；她躺在樓梯下，脖子已經斷了；她光著腳，在月色籠罩的小路上狂奔，身後是舉著砍刀的強壯黑漢子在追她。

現實跟我的想像完全不一樣。當我將奧斯摩比開上車道時，我看見房子的燈都亮著，她穿著一件開領襯衫和一件長褲，銜著一支菸站在敞開的大門處。我從汽車裡跳下來，踏上石板路，向她走過去。她看著我，神情相當平靜。如果非要說這個地方有什麼讓人不安的事情發生，那大概也是因我的出現而造成的。

「原來你還抽菸啊？」我說了一句很傻的話，接下來又幹了一堆傻事。

「你說什麼？」她拿下香菸，看了一眼然後扔在地上，踩熄了，「不怎麼抽，只是偶爾。他打電話給韋林傑醫生了。」

她的聲音裡聽不出一絲情緒波動，冷漠而輕鬆，像是從夜晚的水底傳出來的。

我說：「不可能，韋林傑醫生已經離開了。他是打給我了。」

「原來是這樣。我聽見他打電話讓那邊的人趕緊過來，就理所當然的認為是韋林傑醫生。」

「他人呢？」

她說：「摔了一跤，腦袋好像撞在什麼東西上了，流了一點點血。大概是椅子往後仰得太過了，以前也出現過這種情況。」

我說：「行，別讓他流太多血。你還沒回答我，他現在在什麼地方。」

她板著臉，伸手指了一下，說：「那邊路邊或者是靠近籬笆的樹林裡面。」

我向她靠近了一點，看著她說：「我的天，你居然沒去看看他？」這時候，我還以為她是被嚇壞了。我往草坪那邊看了一會兒，什麼也沒看見，只看見有團黑影在籬笆那邊。

她淡漠地說：「我沒有去看他，我已經受夠了，不想再忍受。你去找他去吧！」

她轉身走進了屋裡，連大門也沒關上。她進屋沒多久，突然身子一軟，倒在了離門只有一碼左右的地方。我立刻跑過去，將她抱了起來。屋裡有一張淺色的茶几，兩邊面對面各放了一張長沙發。我將她放在其中一張沙發上，替她把把脈。脈搏平穩，也不虛弱，但她嘴唇發青，雙眼緊閉。我將她留在那裡，自己又出去了。

韋德的確像她說的那樣，在籬笆邊芙蓉花叢的陰影裡躺著。他後腦勺上有一片濕乎乎的東西，呼吸不正常，脈搏很急。我一邊搖晃他一邊叫他，甚至在他臉上拍了幾下。他還是沒有醒過來，只是「哼哧」了一聲。我扶他坐起來，將他的一隻手搭在我肩膀上，然後轉身讓他能趴在我背上，然後抓住他的腿，想將他背起來。但是他重得像塊水泥板，我的嘗試失敗了。我們一起摔倒在草叢裡，我稍微休息了一下，又試了一次。最終，我採用消防員救人的姿勢把他攙了起來，然後費盡全力將他從草地裡拖出來，慢慢拖向打開的大門。這麼幾步路，對我來說就像來回了一趟暹羅。門廊那裡有兩級台階，對我來說簡直有十英尺高。我踉蹌地把他拖到沙發處，一彎膝蓋，讓他順勢滾到沙發裡。等我做完這一切，直起身的時候，覺得自己的脊柱應該有三處都斷了。

那裡已經沒有了愛琳・韋德的身影，只有我一人。我幾乎累癱，完全無心去想別的人去什麼地方了。我一屁股坐下來，看著他，等他呼吸平穩了，又去查看他的傷勢。流出來的血黏住了頭髮，傷口看起來不是很嚴重，但畢竟傷在腦袋上，就不太好判定了。

這時，愛琳・韋德走了過來，站在我旁邊，神情冷漠地垂眼看了看他，說：「不好意思，剛才不知道怎麼回事，暈倒了。」

「為了安全起見，你最好打個電話給醫生。」

「洛林醫生是我的私人醫生，我打過電話給他了，但他不肯來。你應該能理解。」

「那就給別的醫生打。」

她說：「不用了。他雖然不願意來，但還是趕過來了，這時應該在路上了。」

「小糖果去哪兒了？」

「今天週四，他放假了。我們這裡的規矩，週四廚師和小糖果都放假休息。你可以把他扶到床上去嗎？」

「我一個人可做不到。最好找條毛毯給他蓋上。今晚不算冷，不過這樣的情況可能會引起肺炎。」

她主動攬下了拿毛毯的活兒。我覺得她這個人真不錯。不過剛才我一人把韋德拖進來，已經累得不行了，現在腦子有點不好使。

她找來了一條輪船上用的毛毯，我們把它蓋在韋德身上。大約十五分鐘後，戴著無框眼鏡、衣領筆挺的洛林醫生就來了。看他的神情，好像他是給一條病死的狗處理後事來了。

他檢查了一下韋德的後腦勺，說：「只是表皮傷，有點淤血，應該不會腦震盪。簡單來說吧，通過他的呼吸就能知道他現在的情況。」他說著，拿起了自己的帽子和手提包，「給他清洗一下頭上的血跡，別太用力。讓他睡一覺，起來就沒事了，注意別讓他受涼。」

我說：「醫生，我需要人幫忙，才能把他弄上樓。」

他冷冷地掃了我一眼，說：「那就別弄他上樓了。韋德夫人，晚安。你應該清楚，我是不治療酒鬼的。而且退一步講，即使治療酒鬼，也不包括你丈夫。你知道原因的。」

我說：「不需要你替他治療，不過是讓你幫個忙，一起把他弄回床上，才能幫他脫衣服。」

洛林醫生冷冰冰道：「你是什麼人？」

「上週我們見過，你妻子向你介紹過我，我姓馬羅。」

他說：「真是太有意思了，你跟我妻子是怎麼認識的？」

「我的天，這根本無關緊要。我不過是想……」

他直接打斷了我，說：「你的想法跟我沒有任何關係。」他說完，朝著愛琳點了一下頭，然後就向門口走去。

我立刻衝過去，背對著大門，將他攔住，說：「醫生，稍等一下。那篇名為《希波克拉底誓言》的短文，你應該很久沒讀過了吧？我的住所離這裡很遠，但這個人給我打了電話，聽起來情況很不好，所以我不惜違反加州所有交通法規，一路飛馳到這裡。我看見他躺在外面的地上，費了很大工夫才把他弄回來。不管你信不信，這個傢伙的體重可不是鬧著玩的。現在他們家的男傭放假了，我想將他抬上樓。醫生，你說該怎麼做才好？」

他從牙縫裡擠出幾個字：「滾開！否則我就給警局打電話，把警察叫來。以專業人士……」

我打斷他，說：「你就是專業人士裡的老鼠屎。」然後讓開了道路。

他氣得說不出話來，臉色緩慢而明顯地漲紅了起來。他開門走了出去，然後慢慢的關上門。他關門時，看了我一眼，他的目光和表情是我有生以來見過最惡毒的。

我站在門口，轉過身時看見愛琳正在笑。我忍不住喝斥：「有什麼好笑的？」

「我在笑你。你跟人說話時，是不是向來這麼口無遮攔？你難道不知道洛林醫生是個什麼人物？」

「我當然知道，我還知道他是個什麼德行。」

她看了手錶一眼，說：「我要出去看看，這個點小糖果應該回來了，他在車庫後面的房間住著。」說完，她從拱門走了出去。

我一屁股坐下來，看了韋德一眼。這位大作家睡得鼾聲四起，臉上冒出了汗珠，但是我並沒有幫他掀開毛毯。幾分鐘後，愛琳帶著小糖果回來了。

26

這個墨西哥人梳著大背頭，抹了髮油或是髮蠟之類的東西，發著亮光。他穿了一件黑白格子的運動衣，一條帶褶子的黑色長褲，腰上沒有繫腰帶，穿了一雙乾淨的黑白色鹿皮鞋。

他略帶諷刺地彎了一下腰，說：「先生。」

「小糖果，我丈夫摔倒了，受了點傷，麻煩你幫著馬羅先生把他抬上樓。」

小糖果笑著用西班牙語回道：「夫人，不用這麼客氣。」

韋德夫人跟我說：「對不起，我真的太累了，要先說晚安了。你有什麼需要，就告訴小糖果。」

我和小糖果看著她慢慢走上樓梯，小糖果壓低聲音說：「真是個美人兒。你要在這裡過夜嗎？」

「應該不會。」

「真是太遺憾了。那位美人很寂寞。」

「兄弟，把你那種眼神收起來，幫我把韋德弄上床去。」

「醉得像個古巴人似的，真是太可憐了。」他看著躺在沙發上打呼的韋德，一臉擔憂地說著，好像真的特別心疼一樣。

我說：「肯定醉得厲害，醉得像母豬一樣。你抬著他的腳。」

我們兩人抬著他，也像抬著一口鉛製棺材一樣重。我們把他抬上了樓梯，又抬進一個陽台。在從一道緊閉的門前走過時，小糖果揚了揚下巴，低聲說：「夫人在這間房。如果你偷偷敲門，她說不定會給你開門的。」

我沒理他，我現在還需要他的幫助。我們抬著韋德繼續往前走，從另一扇門進去，把醉醺醺的傢伙放在床上。然後，我一把抓住了小糖果肩窩的地方。用手按那個地方會特別疼。我按了一下，小糖果立刻變了臉色，下意識往後縮了一下。

「墨西哥佬，你全名叫什麼？」

他怒喝道：「鬆手！別叫我墨西哥佬。我是智利人，叫胡安・加西亞・德索托・約索托・馬約，可不是個偷渡客。」

「好吧，色鬼。別在這裡撒野，說到自己主人的時候，嘴裡別不乾不淨的。」

憤怒燒紅了他的雙眼，他一用力掙扎了出來，隨即退了一步，從襯衫裡拿出一柄又細又長的刀。他連看都沒看，只用手輕頂一下，長刀就直立在手腕之上。突然，他鬆開手，長刀掉了下去，但他在長刀落地之前，動作流利地握住了刀柄。這一串動作下來，他看起來就像在玩遊戲一樣輕鬆。他舉起了手臂，猛地一甩手。長刀從手中飛出，劃過半空，釘在了窗框的木頭上，刀柄兀自顫動不已。

他冷笑道：「先生，你可要多注意安全，少管閒事，敢耍我的人還沒出世。」

他步伐輕快地從房間穿過，走到窗邊，拔出長刀往空中一扔，隨即踮起腳一轉身，從背後接住了那把刀。隨著「啪」的一聲響動，那把刀消失在他的襯衫裡。

我說：「表演得不錯，可惜只是些花拳繡腿。」

他臉上帶著嘲諷的笑，向我走了過來。

我接著說：「還會讓你的胳膊被折斷，就像這樣。」我說著話，一把抓住他的右腕，用力一扯，讓他站立不穩，然後繞到他背後，架住他的肘關節，前臂一勾，往上提他的肘關節，然後利用前臂當支點，將他的肘關節壓制住。

我說：「只要我稍微用力，你的胳膊就廢了。只需要扭斷你一隻手，你就要休息好幾個月，再不能表演飛刀節目了。如果我力氣再大一點，你這輩子都不能表演了。把韋德先生的鞋脫掉！」我鬆開他。

他咧咧嘴，道：「有點本事，我記住了。」

他轉過身，正準備替韋德脫鞋，伸出的手卻停在了半空。他看著枕頭上的血跡，問：「誰把主人打傷了？」

「兄弟，這可不是我幹的。他自己摔了，腦袋撞了一下。傷口不深，醫生已經來看過了。」

小糖果慢慢鬆了一口氣，說：「你看見他摔了？」

「沒有，我來之前他就摔了。你很喜歡他？」

他沒吭聲，把韋德的鞋脫掉了。我們把韋德的衣服一件件脫下來。小糖果找了一套綠色配銀色的睡衣出來，我們幫韋德把衣服穿上，然後把他放在床上，替他蓋好被子。韋德打著呼，一個勁冒汗。小糖果滿臉擔憂地彎腰看他，不斷搖著那顆發亮的腦袋。

他說：「我去換一件衣服就來，他需要照顧。」

「我來照顧他，你去睡會兒。如果有必要，我會去叫你。」

他對著我，小聲說：「你一定要好好照顧他，一定要小心點。」

等小糖果走後，我去浴室拿了一條濕毛巾和一條厚浴巾。我稍稍翻動韋德的身體，讓他側躺著，然後在枕頭上墊上浴巾，再輕輕替他擦去頭上的血漬。為了避免他再出血，我的動作極其溫柔。我看見他後腦勺上有一道兩英寸左右，很淺的平滑傷口。就跟洛林醫生說的一樣，沒什麼大事。最多就是縫幾針，甚至根本不用縫。我找了一把剪刀，剪掉傷口附近的頭髮，然後在傷口上貼了膠布。我幹完這些，就翻動韋德，讓他平躺著，給他擦擦臉。我想我大概是自找麻煩。

他的眼睛睜開了，剛開始眼裡還有些茫然，後來目光慢慢的清明了起來，看見了站在床邊的我。他摸了摸頭，摸到滿手的黏糊，接著嘴唇就蠕動了起來。過了一會兒，我才能聽清他說了什麼。

他邊摸著那黏糊糊的東西，邊問：「我被誰打了？是你嗎？」

「誰也沒打你，你自己摔了。」

「摔了？在哪兒摔的？什麼時候的事？」

「你打電話給我時，我聽見了跌倒的聲音。我猜是打電話時在電話旁摔倒了。」

他慢慢地咧起嘴，笑道：「我打過電話給你？好兄弟，你總是能在我需要的時候伸出援手是嗎？現在幾點了？」

「凌晨一點多了。」

「愛琳呢？」

「她心裡應該很難受，去睡覺了。」

他眼裡滿是痛苦，一聲不發地想了一會兒，才說：「我是不是……」他沒說完，身子往後縮了一下。

「你是想問你有沒有碰她？據我所知沒有，你自己跑出去了，在籬笆那裡暈倒了。好了快睡覺，別再說話了。」

「睡覺？那是什麼東西？」他就像小孩在背誦課文那樣，聲音很小，語速很慢。

「你這裡有沒有安眠藥？吃一片大概對你有點幫助。」

「床頭櫃的抽屜裡。」

我把抽屜打開，裡面有一個塑膠瓶，裡面裝著紅色的膠囊，是一點五格令的司可巴比妥鈉。這藥是好心的洛林醫生給韋德夫人開的。

我拿了兩粒藥出來，把瓶子放回去，然後拿起床頭櫃上的熱水瓶倒了點溫水。他說只需要吃一粒。他把藥吃下去，喝了點水，然後躺在床上，盯著天花板發呆。我坐在椅子裡看著他，時間一分一秒地流逝，他沒有半點要睡著的樣子。

他突然慢慢地說：「馬羅，我需要你的幫助。我突然想起來我寫了一些混帳的話，不能讓愛琳看見，你幫我撕掉它，就在打字機蓋子下面。」

「可以。還想起別的了嗎？」

「你確定愛琳沒事？」

「確定，她只是太累了。我真不該多嘴問你那句話。韋德，別胡思亂想了，順其自然。」

他像在夢囈一樣，聲音沉沉道：「這個人說，別胡思亂想了。別亂想，別做夢，不管愛恨。親愛的王子殿下，晚安。我想我還需要一粒藥。」

我倒了一點水給他，他喝了之後，再次躺下來。他側過頭，看著我說：「馬羅，我寫了些不願讓愛琳看見的東西……」

「你已經說過了，別擔心，你睡著了，我就去處理。」

「你能在這裡，真是太好了，非常感謝你。」

沒過多久，他漸漸開始想要睡覺。

「馬羅，你殺過人嗎？」

「殺過。」

「是一種很噁心的感覺，對嗎？」

「有的人喜歡這種感覺。」

他閉上了眼，很快又睜開，不過目光已經有些呆滯，他問：「怎麼可能有人喜歡？」

我沒有出聲。他緩慢地閉上眼，像劇院落幕那樣，緩慢地闔上。沒多久，他的鼾聲響起。我又坐了片刻，然後將燈光調暗，才走出了房間。

27

我從愛琳房門經過時，停下了腳步，站在那裡聽了片刻，沒有聽到任何動靜，就沒有敲門去告訴她韋德的情況。那是她的丈夫，她想知道情況，完全可以自己去看。我走到樓下，客廳裡所有燈都亮著，但是卻沒有人。我關掉幾盞燈，走到前門處，站在那裡向二樓的陽台處張望。客廳上方沒有房間，直接是屋頂。支撐著陽台的橫梁露在外面。陽台特別寬大，兩邊是高約三英尺半的結實欄杆。和橫梁的風格一樣，扶手和豎著的柱子都是方形的。方形的拱門處裝了兩扇百葉門，從那裡穿過，就到了餐廳。餐廳的樓上被一道牆隔開，那裡大概是傭人的房間，我猜廚房邊肯定有一道樓梯可以上去。房子的拐角處，一樓是韋德的書房，二樓是他的臥室。我從這裡可以看見天花板上有光亮，因為他臥室的門沒關，從裡面透出的燈光反射了上去。我還能看見他臥室門框的上端。

我把其他的燈都關了，只讓一盞落地燈亮著。我從客廳走過，走到書房外。書房的門沒關，可以看見裡面亮著兩盞燈。一盞是落地燈，立在沙發邊上；一盞是帶著罩子的檯燈，放在書桌上。檯燈的燈光下，是放在結實底座上的打字機，打字機邊上有一堆亂放著的黃色的紙。我在一把軟軟的扶手椅裡坐下，認真打量這個房間。我起身，走到書桌前的那張椅子上，我坐下來，試圖想像他是怎麼摔破腦袋的。電話在左手邊。我發現椅背的彈簧很鬆，如果他真的向後仰得太厲害，那麼可能會翻倒，腦袋因此撞上桌角。我用濕手帕在桌角處擦了擦，一點血跡也沒有。書桌上堆滿了亂七八糟的東西，包括兩尊大象造型的青銅像，還有它們之間的一堆書和一個老式的方形墨水瓶。墨水瓶是玻璃的，我拿起來用濕手帕擦了一下，同樣沒有血跡。其實我做的這些並沒有什麼用，如果真的是有人打了他，不一定會用屋裡的東西當凶器。可是這個房間裡並沒有其他人。我站了起來，將天花板上的吊燈打開，昏暗的屋角立刻被照亮了，答案也隨之出現在我的面前。牆角處有一個方形的金屬廢紙簍倒在了那裡，廢紙散落在地上。紙簍不可能自己走過去，肯定是有人把它扔過去或者踢過去的。我用濕手帕在廢紙簍的幾個尖角處擦了一下，果然在其中一個角上擦到了褐紅色的血跡。這件事很簡單，沒有任何玄機。韋德自己摔倒了，腦袋撞上了廢紙簍，很可能在尖角處劃了一下。然後他自己站起來，一腳將那個見鬼的東西踢到了房間那端的角落裡。

他接著又喝了一杯。沙發前的茶几上還放著兩個酒瓶，一個空了，一個裡面還有四分之三的酒。除此之外，茶几上還有一個熱水瓶、一隻大號玻璃杯、一個盛冰塊的碗，不過現在冰塊已經化成水了。

他喝過一杯之後，感覺好了一些，朦朦朧朧想起電話沒掛好，不過他大概已經忘了剛才打電話的事。他走到桌邊，把話筒掛好了。這樣時間上也能對得上。在我們這個時代，有一些對小機器著迷的傢伙，他們對電話這種讓人著迷的東西愛恨交加。韋德肯定是迷戀著電話的，即使喝醉了，也不忘把電話掛好。

一般來說，為了確定電話那頭沒人，頭腦清醒的人都會先對著話筒說聲「嗨」才將電話掛上。但是一個喝得醉醺醺的、並且剛摔了一跤的人，就不包括在頭腦清醒的範疇內了。不過這不是什麼重要的事情，掛電話的也可能是他老婆。她也許聽見了摔倒的聲音或者廢紙簍撞牆的聲音，所以到書房來看看。可能在那個時候，他的酒勁上來了，自己搖搖晃晃地跑了出去，從草地穿過，暈倒在我發現他的那片地方。在他暈倒的時候，有人正為了他往這裡飛奔，不過他已經完全不記得是誰了，大概是那個好心腸的韋林傑醫生。

這麼看來，所有的事情都合情合理。那麼她的妻子呢？她沒辦法對付醉漢，也勸不了他，甚至是不敢去勸他。這時下人們都不在，那麼她只能打電話求助。是的，她確實打過電話，打給了那位善良的洛林醫生。她沒有說過自己是什麼時候打的電話，但我以為是在我到了之後才打的。

但是接下來的事情就有些不合情理了。照理說，她應該去找他，看看他傷勢如何。當然，夏季的夜晚挺溫暖，讓他在地上躺一會兒也沒什麼大不了的。我費了九牛二虎之力才把韋德拖回家，所以她搬不動他，讓他在那裡躺著也是情有可原的。但是她站在大門口抽菸，甚至連他倒在什麼地方都不知道，就讓人有些詫異了。我難以想像她在他那裡吃了多少苦頭，喝醉的他有多危險，能讓她恐懼到什麼程度。你能想像的到嗎？我到的時候，她說「我受夠了，你自己去找他吧」然後她就自己進屋了，剛進屋就暈倒了。

不過這件事還是有些說不通，但我只能暫時將這些念頭放在一邊。我可以假設一下，這樣的事情她遇到過很多次，所以已經知道自己根本做不了什麼，只能由著韋德去。因此她沒管他，就讓他自己躺在那裡，等著別人帶傢伙來對付他。這還是有些說不通。還有一件說不通的事，那就是我跟小糖果抬著韋德回房的時候，她自己回屋去了。她說他是她的丈夫，她愛他，他們已經結婚五年了，他清醒的時候是一個很好的人，這些都是她自己說的。當然，他喝醉之後就完全變了一個人，變得特別可怕，所以她要躲到一邊去。算了，別再想了，但這件事總是有些說不通的地方。如果她真的害怕他，又怎麼會一個人站在打開的門前抽菸？但是她如果恨他厭惡他，對他漠不關心，又怎麼會暈倒？這裡面大概還有隱情。或許還跟另外一個女人有關？比如琳達・洛林？她最近才發現這件事。這並不是不可能，畢竟洛林醫生在大庭廣眾之下就這麼說過。

我將自己的這些念頭壓住，把打字機的蓋子拿起來，看見韋德說的那幾張打了字的黃紙。為了不讓愛琳看見，我要按照韋德說的銷毀它們。在銷毀之前，我拿著這幾張紙走向沙發，準備先看一下。我拿了一個高腳玻璃杯去書房裡的廁所沖洗，我覺得在讀這些東西時，應該配上一點酒。我倒了酒，坐下來看這些東西。我所看到的東西確實很瘋狂，內容如下。

28

還有四天就到月圓之夜了。月亮在牆上投下了一塊光斑，像是一隻斜看著我的盲眼，巨大而渾濁。這個爛比喻真可笑，傻透了。作家們總是這樣，所有的東西都非要進行一番比喻才行。我的大腦像奶油那樣又軟又脹，不過它不像奶油那麼甜。該死的比喻又來了。一想到那些讓人厭惡的喧鬧，我就覺得噁心。總之我很想吐，可能我真的會吐。再給我點時間，不要再逼我了。有一條蟲子在我肚子裡不停蠕動。我現在應該去睡覺，但是我的床底下有一頭黑色的野獸不停走動，弄出很大的動靜。牠弓起了身體，床板被牠撞動，我大喝一聲，卻只有我自己能聽見。這聲吼叫是在夢裡發出的。我無所畏懼，因為沒有什麼可懼怕的。但是只要我在床上躺著，那頭黑色的野獸就來鬧事，撞擊床板以此折磨我。而我居然來了高潮。這件事讓我覺得無比噁心，比我做過的任何一件骯髒的事都要噁心。

我特別骯髒，我的鬍子要刮一下，但我不斷流汗，手抖個不停。我襯衫腋下全被汗水濡濕，前胸後背以及手肘彎處都是這樣。我能聞到自己身上臭氣薰天。桌上放著空酒杯，喝一杯大概能讓我感覺好點。我現在必須用兩隻手才能倒酒。酒的味道也讓人噁心，對我沒有一點幫助。最後，我還是難以入眠，精神飽受摧殘。迷糊中，我似乎聽見整個世界都在痛苦哀叫。韋德，這可真是好東西，再來一杯？

剛開始兩三天還沒那麼糟糕，但是後來就不受控制了。因為非常難受，所以喝了一杯，在短時間內能讓你感覺好點，但是效果會越來越微弱，而你也會為此付出越來越沉重的代價。到最後，帶給你的效果只有嘔吐，此外別無其他。這時候你就必須給韋林傑打電話了。很好，我來了，韋林傑。可是韋林傑已經不見了。他可能去古巴了，也可能被那個娘炮殺了。這都是命啊，可憐的老韋林傑，跟那種娘炮一起死在床上了。韋德，算了吧，出去走走，去一個我們從來沒去過，去了就不想回來的地方。這句話是不是有些多餘？並不是。算了吧，這句話就像是長篇商業文完成之後的一個短暫休息，我並不指望賣了它賺錢。

瞧，我站了起來，我還是可以做到的。我是頂天立地的男子漢。我走到沙發邊跪了下來，把臉埋在雙手裡，痛哭一場。我開始禱告，但又因為這樣的行為而瞧不起自己。一個三流酒鬼對自我的輕視。身體健康的人為了信仰而禱告，身患疾病的人因為恐懼而禱告。你這個蠢蛋，到底在向誰禱告？見鬼的禱告能起什麼作用？這個世界都是你自己一手造就的，別人無法給你提供太多幫助，這一點也是你自己造成的。蠢貨，站起來，別再禱告了。現在除了喝一杯，幹什麼都為時已晚。

我又將酒瓶拿了起來，用兩隻手倒酒。全倒進杯子裡，一滴都沒有灑出來。現在來試試，我端著酒杯的時候還會不會嘔吐。加一些水進去會更好。小心點，慢慢拿起來，一次喝一點點。杯子空了，我將它放回桌子。身體在發燙發熱，如果能不流汗就太好了。

我就像把玫瑰插進高高的花瓶裡一樣，小心翼翼地將酒杯放了下去。薄霧籠罩著月光，沾著露水的玫瑰花輕輕搖擺著。可能我就是一朵玫瑰花，兄弟，看看我沾上露水了嗎？好啦，該上樓了。不過在上去之前，或許可以再來一杯不兑水的。你說不行？好吧，我聽你的。我應該把它帶上樓，這樣我在樓上，心裡也不至於沒有指望。如果我真能爬到樓上，就應該得到獎勵，算是我給自己的獎賞和安慰。我是如此愛慕自己，而最令人開心的是不必擔心情敵。

樓上樓下是兩個空間。我上去了，又下來了。我不喜歡待在樓上，那樣的高度讓我恐慌。其實我還在打字機旁不斷地敲擊鍵盤。人的潛意識有著神奇的力量，如果在正常的時間裡它也能出現那就太好了。月光也灑在了樓上，大約這些光輝都來自同一個月亮。就像牛奶工會準時送奶一樣，月亮的出沒也是亙古不變的。月亮的乳白色是不變的，乳白色的月亮也是不變——夠了，老兄。你的二郎腿都翹起來了，是該談月亮的時候嗎？這個見鬼的悠閒谷裡有足夠的故事讓你去關心。

她睡著了，側身蜷腿躺在那兒，安靜得有些過分。你睡覺的時候不得弄出一丁點聲響？或許她還沒有睡著，只是努力想入睡。如果我靠近一點，就能搞清楚她睡著了沒有，當然我也可能會摔倒。她的一隻眼睛睜開了。睜開一隻眼睛？她是不是在看我？不對，她沒有。否則她現在應該坐起來，跟我說，親愛的，你生病了嗎？是的，親愛的，我生病了。但是沒關係，因為是我生病，你並沒有生病。你別胡思亂想，安靜地睡覺吧，甜甜地入夢吧！那些陰暗、恐怖、醜惡的東西都不會靠近你的，我身上黏糊糊的東西也不會沾到你身上。

韋德，你真是個垃圾。只有你這種垃圾寫手才會連用三個形容詞。你必須連用三個形容詞才能表現出自己的爛嗎？不會使用意識流的表現手法嗎？我再次扶著欄杆往樓下走。五臟六腑隨著我每走一步就折騰一下。我發了個誓，內臟才沒有裂開。我終於踩到客廳地板了，然後走到書房，一屁股在沙發裡坐下，等亂跳的心臟慢慢恢復正常。手邊就有一個酒瓶。談到韋德的日常生活，可以很肯定地說，他總是會將酒瓶放在身邊。沒有人會將酒瓶藏起來，鎖起來。沒有人會對他說，親愛的，你喝得已經夠多了，再喝會喝壞身體。沒有人會說這樣的話。只是側身躺著，像玫瑰一般恬靜溫柔。

我做錯了一件事，那就是給小糖果的錢太多了。最開始應該先給他一袋花生，然後提升為香蕉，再慢慢漲到一點零花錢。必須一點點循序漸進，才能將他的胃口吊住。如果最開始你就給了他足夠多的錢，他很快就能有一筆可觀的積蓄。他在這裡一天花的錢，夠他去墨西哥花一個月，無所顧忌，四處玩樂。他有了很多積蓄之後會做什麼？如果說一個人覺得自己有能力賺更多錢，那他會覺得已經賺夠了嗎？應該沒什麼問題。不過那個雜種的眼總是亮著賊光，或許我該殺了他。為什麼這個穿白制服的蟑螂不死？反而是一個好人為了我沒命了？

去他的，不想小糖果了。想要把針尖弄鈍，方法多的是。還有一個人就像是用幽幽的綠火烙在了我心上，絕對不會忘記。那些東西蹦蹦跳跳，快要控制不住了。我必須打電話，快點打，立刻打，快快快，不能等那些粉紅色的東西爬到臉上來。要打給蘇城之蘇。喂，接線員，幫我轉接長途。長途，幫我打給蘇城之蘇。你問她的號碼？總機，只有名字，沒有號碼。她會走在第十街陰涼的那一邊，會在高高的玉米桿下面，你可以去找找。好了好了，接線員，不用轉接蘇城之蘇了。我跟你說，我是說我問問你，如果你就把我的長途電話掐斷了，傑福德可就沒錢在倫敦舉行那些時尚的派對了。呵，你覺得自己的工作是鐵飯碗？那是你覺得。讓傑福德接電話，我現在想直接跟他說。不方便？他的僕人剛把茶水端進去？如果他實在不方便，我們就找一個方便的人去那裡。

我為什麼要寫這些？我想逃避的事情是什麼？最好馬上打一個電話，太糟糕了……

紙上的全部內容就是這些。我將這幾張紙疊好，放進上衣內袋一個筆記本的後面。我走到落地窗前，把窗戶打開，走到露台上。月光有些陰沉，不過悠閒谷區的夏季，月光不會太陰沉。我站在那裡，看著銀色的湖面開始思考，猜測。突然，槍響聲傳了過來。

29

陽台上有兩間房亮著燈，分別是愛琳和羅傑的，此時房間的門都開著。愛琳的房間裡空無一人，而羅傑的房間裡有打鬥的聲音傳出。我急忙跑進房間，看見羅傑坐在床上，而她站在床邊俯身跟他打鬥。羅傑身體往前傾，伸手推她。男人的大手和女人的小手同時握著一把亮閃閃的槍，但都沒有握在槍柄上。她穿了一件夾棉的淡藍色居家外套，披頭散髮的。她開始用雙手抓槍，然後又快又猛地一拉，把槍搶了過來。她的力氣讓我感到驚訝，雖然他現在在藥物的作用下還不太清醒。他向後倒了下去，喘著粗氣，瞪大眼看她。她後退想離開，卻一下撞在我懷裡了。

她站在那裡，背靠著我，雙手緊緊將槍抱在懷裡，發出痛苦的低吟。我伸手抱住她，然後去拿那把槍。

她好像才發現我一樣，猛然轉過身來，一雙眼瞪得大大的，隨即軟軟地倒在了我懷裡，拿槍的手也鬆開了。這是一把韋伯利雙彈簧無撞針手槍，槍身笨重，槍管餘熱未散。我用一隻手扶住她，另一隻手將槍放進衣服口袋裡。我的目光從她的頭頂越過，落在了韋德身上，一時間，三人都沉默了起來。

他睜開眼，將一絲疲憊的笑意掛在嘴角，低聲道：「我只是對著天花板瞎開了一槍，沒有傷到誰。」

我感覺她的身體不再是癱軟的狀態，逐漸恢復僵硬，然後拉開了我們之間的距離。我鬆開她，看見她的目光已經有了焦點。她虛弱道：「羅傑，你非要這樣做嗎？」

他沒有說話，舔了一下嘴唇，像貓頭鷹一樣瞪大眼睛。她走到梳妝檯邊，輕輕靠著，手像沒有意識的機器一樣，將臉上的頭髮撩到腦後。她渾身顫抖，搖著頭，輕聲道：「羅傑，可憐又不幸的羅傑。」

他抬頭看著天花板，慢慢說：「我做了一個噩夢。有個人站在我床前，他拿了一把刀，我看不清是誰。好像是小糖果，不，不可能是他。」

她溫柔地說：「親愛的，肯定不會是小糖果啊，他早就上床睡覺去了。而且他也不可能帶著刀啊！」她從梳妝檯離開，走到床邊坐下，伸手撫摸著他的額頭。

羅傑也用冷淡的口氣說：「他是個墨西哥人，他們墨西哥人都喜歡刀，總是帶著刀子。而小糖果不喜歡我。」

我嫌惡道：「誰會喜歡你？」

她快速回頭，看著我說：「不好意思，拜託你不要說這種話。他還不太清楚，他只是做了個夢……」

「槍從哪兒來的？」我瞪著她大吼，根本不去管他。

他轉過頭來，看著我說：「床頭櫃的抽屜裡。」

我知道抽屜裡沒有槍，只有安眠藥和一些雜七雜八的東西。他應該想起我知道抽屜裡沒搶，所以補充道：「也可能在枕頭下放著，我已經忘了。我朝著那兒開了一槍。」他緩緩抬起手臂，指了一下。

我順著他的手指看過去，果然在天花板的灰泥上有個洞。我走了過去，在能看清那個洞的地方停了下來。我看了一下，的確是個彈孔。那把槍裡打出的子彈，絕對能將天花板打穿，射進閣樓裡。

我轉身，走回床邊，低下頭惡狠狠瞪著他，吼道：「你是想自殺，瘋子！你說的噩夢，根本就是瞎說。你就是個自艾自憐的可憐蟲。槍不在枕頭下，也不在抽屜裡，是你起來拿了槍，然後再躺回去，想一了百了。但是你害怕了，所以胡亂開了一槍。如你所願，你的妻子跑了進來。老兄，你想要的就是一點點憐憫和同情。就連剛才的打鬥也是演戲。如果你真的想跟她搶槍，她肯定不是你的對手。」

他說：「或許你說的是對的，但是這又怎麼樣呢？我病了。」

「怎麼樣？他們會把你關進瘋人院。跟喬治亞州那些看管戴手銬犯人的獄警一樣，那些在精神病院看管的傢伙也一樣很有同情心，我敢保證。」

愛琳一下站了起來，說：「行了，你明知道他病了。」

「他發病都是故意的，我現在是提醒他這麼幹有什麼後果。」

「現在不是說這些的時候。」

「去你自己的房間！」

她的藍色眼珠裡閃爍著憤怒的光芒，說：「你竟然……」

「如果你不回去，我就報警了。這些事應該讓警察知道。」

他簡直要笑出來了，「趕緊打電話叫警察，哈哈哈哈，就像對待泰瑞·蘭諾斯那樣對待我。」

我沒搭理他，只是一直看著愛琳。她的怒氣已經消散，滿臉的疲倦，美麗又惹人憐愛。我輕輕地碰了一下她的手臂，說：「沒關係的，他不會再這麼做了，快回去休息。」

她又看了他片刻，才從房間裡走了出去。等她走後，我在她剛才坐的地方坐了下來。

「安眠藥再來點？」

「謝謝，不需要了。我已經感覺好多了，睡不睡都沒關係。」

「你開那一槍，不過是在演一齣瘋狂的戲，我說得對吧？」

他將頭轉過去，說：「差不多吧！我覺得我腦子有點糊塗了。」

「我們都明白，如果你真的想自殺，沒人能攔得了你。」

他的眼睛還是看著別的地方，說：「是的。我讓你做的事情，你做了嗎？就是打字機蓋子下面的那個東西。」

「呵，你居然沒忘記，真是讓我驚訝。都是些胡說八道的東西。不過你的字倒是打得很清晰，真是有意思。」

「即使是喝醉了，只要沒到極限，我都能做到這樣。」

我說：「你別操心小糖果的事了，你說他討厭你，這一點說錯了。還有，我說沒人會喜歡你，也是瞎說的。我只是想讓愛琳生氣。」

「為什麼？」

「今天晚上她暈倒了。」

他搖了搖頭，說：「她從沒有暈倒過。」

「所以她是假裝暈倒？」

他不置可否。

我問：「以前有一個好人，為你死了，這是什麼意思？」

他皺眉，想了一下，說：「都是些胡說八道，我跟你說過了，做了噩夢……」

「我是說你打在紙上的那些亂七八糟的東西。」

他那顆靠在枕頭上，重似千斤的腦袋終於緩緩轉了過來，看著我說：「其他的夢。」

「讓我猜猜，你大概有什麼把柄在小糖果手上？」

他閉著眼說：「老兄，快拉倒吧！」

我站了起來，將門關上，說：「韋德，一直躲避可不是個辦法。敲詐勒索，小糖果看起來就像會幹這種事的人。這可不難做到，而且能做得很漂亮，一邊勒索你，一邊喜歡你。是為了一個女人嗎？」

他仍然閉著眼，說：「洛林那個傻子說的話你也信？」

「半信半疑。那麼她死掉的妹妹呢？」其實這句話就像是棒球投手的一個不管不顧的投球，大膽而荒唐。

但是沒想到我卻猜中了。他的眼睛陡然睜大，一些唾沫從嘴角溢出。他慢慢地低聲問：「你……你來這裡是為了這個？」

「你心知肚明，我是被邀請來的，而請我的人正是你。」

即使吃了安眠藥，他也顯得特別緊張，滿臉的汗水，腦袋在枕頭上不停扭來扭去。

「這世上難道只有我一個會尋花問柳的好丈夫？你少管我的閒事！」

我從浴室裡拿了一塊毛巾出來，幫他把臉擦了，用輕蔑的目光看著他。沒錯，我就是這種乘人之危的人。等他倒下的時候，我就過去給他幾腳。他現在已經沒有任何還手的能力了。

我說：「下次我們一起解決這件事。」

他說：「你以為我瘋了？」

「大概你自己覺得自己沒瘋。」

「我活著就是煎熬。」

「是的，我很清楚。但是我比較感興趣的是，為什麼會這樣。給你，拿著。」我又從床頭櫃的抽屜裡拿出一粒安眠藥，然後倒了水給他。他伸出一隻手去拿玻璃杯，但卻差了四英尺。我只能把杯子放進了他手裡。他有些吃力地喝了水，把藥吃了，然後繼續半死不活地躺著。他臉上沒有一點表情，鼻子皺了起來。他今晚差點去見上帝。我覺得他今晚不能把任何人推下樓梯了。不過他可能從沒把誰推下去過。

他的眼皮變得越來越重，然後閉上了眼。我從他的房間裡出來，每走一下，臀部被口袋裡那把笨重的韋伯利手槍撞一下。愛琳房間的門開著，她站在門口。屋裡沒開燈，月光穿過，將她的身影映照出來。她低低喊了一個名字，不是我的。

我走過去，說：「他睡著了，小聲點。」

她溫柔地說：「即使已經過去了十年，但我一直堅信你會回來。」

我看著她，覺得我們兩人中有一個已經神志不清。

她含情脈脈道：「我這麼多年一直為你守身。」

我轉身將門關上，現在關上門是明智的做法。等我再轉過身時，她已經撲過來了。這時我不得不接住她。她的身體緊緊貼著我，頭髮在我臉上蹭著，她仰起頭，等待我去吻她。她整個人都在顫抖，微微張開唇，露出舌尖。她伸手抓住什麼東西拉了一下，接著袍子就敞開了。她就像《九月清晨》[1]裡的姑娘一樣，赤裸著身體，但少了那份羞澀。

她嬌滴滴道：「把我抱上床。」

我按照她說的做了，伸手抱住她。我的手觸到了她那柔軟嫩滑的肌膚，然後將她抱起，大步走到床邊再將她放下。她的手臂纏住我的脖子，扭動著身子，從喉嚨裡發出低低的呻吟。這種女人向你發出邀請，這是世間難求的好事。我的自制力正在一點點消失，像發情的公馬一般，欲火中燒，簡直要了我的命。

1. 繪畫作品，畫中是一個裸體的女子清晨站在河水中。——譯注幸好小糖果及時出現了。一聲短促的吱呀聲響起，我轉過頭，看見門把動了起來。我猛然掙開她的雙臂，一個箭步衝到門邊，打開門，立刻衝了出去。我出了門，看見那個墨西哥佬正順著走廊向樓下跑去。樓梯下了一半，他突然停了下來，回過頭頗有深意地看我一眼，然後走掉了。

我轉身走到房門口，從外面將房門關上。房間裡，躺在床上的女人發出一種怪異的聲音。現在那種魔力已經完全消失，有的只是那怪異的聲音。

我快步走下樓，從客廳穿過，直接去了書房。我找到一瓶蘇格蘭威士忌，直接仰頭就灌，直到再也喝不了為止。我靠在牆上，大口喘息，酒精在體內燃燒，連腦子也燒了起來。

現在距離晚餐時間似乎已經很久了，那些正常的事情好像離我越來越遠。很快，威士忌的酒勁就凶猛襲來，我又喝了幾口酒，躺倒在沙發上，傢俱變得搖搖晃晃，房間變得朦朦朧朧，燈光變成了閃電或是野火。酒瓶好像空了，我想把它放在胸口處，但它滾了下去，掉在地板上，發出「哐噹」的聲響。

之後的事情，我便記不清楚了。

30

腳踝上傳來癢癢的感覺，我睜開眼，原來是陽光照在了我的腳踝處。藍天朦朦朧朧的，一棵樹的樹冠在藍天下輕輕搖晃。我一翻身，臉撞在了皮革上，腦袋裡像是有斧頭亂砍，一陣陣疼起來。我坐直身子，看見身上蓋著一塊毛毯。我將毛毯掀開，腳踩上地板，皺眉看著鐘，差一分鐘到六點半。

我鼓起勇氣站了起來，這可耗了我不少意志力，幾乎用了我全部的力氣。這些年的苦日子損耗了我的身體，我的體力越來越差。

我吃力地走到小浴室，將領帶和襯衫脫下，然後接一捧冷水往臉上和頭上潑，之後用毛巾狠狠擦乾。做完這一切，我將襯衫穿上，繫好領帶。我伸手拿外套，口袋裡的槍撞在牆上，發出「咚」的一聲脆響。我將槍拿出來，將彈夾卸下來，把子彈倒在手裡。一共六顆，一顆是變黑的彈殼，其餘五顆完好。我想了一下，這種東西哪裡都能弄到，卸下子彈也無濟於事，所以我又把子彈裝了回去。我拿著槍從浴室出來，將它放在書房的某個抽屜裡了。

我一抬頭，看見穿著白制服，梳著油光大背頭的小糖果正站在門口，充滿敵意地看著我。

「來點咖啡嗎？」

「謝謝。」

「我把燈關了。主人還在睡覺，已經沒問題了。我幫他把房門關上了。你怎麼會喝醉了？」

「沒辦法。」

他輕蔑地看著我，說：「沒把她騙上床？大偵探，被趕出來了？」

「跟你沒關係。」

「探子，你今天早上可真孬，特別孬。」

我大聲吼道：「將那該死的咖啡端過來。」

「去你媽的！」

我猛地跳起來，將他的胳膊抓住了。他很鄙視地看著我，一動不動。我笑了，鬆開他的胳膊，說：「小糖果，你說得太對了，我特別慫。」

他轉身走開了。他過了一會兒又回來了，端著一個銀托盤，上面放著銀製小咖啡壺、糖、牛奶、一塊疊得好好的三角餐巾。他在茶几上放下托盤，然後把空酒瓶和其他的酒具收了起來，又將地上的另一隻酒瓶撿了起來。

他一邊往外走一邊說：「剛煮好的咖啡。」

我喝了兩杯什麼都不加的黑咖啡，然後又抽了一支菸。很好，我又有了點人的模樣。沒過多久，小糖果又走了進來，沉著臉問我：「需要吃早餐嗎？」

「謝謝，不需要。」

「好吧，我們並不想讓你留在這裡，所以你趕緊離開吧！」

「『我們』指的誰？」

他從香菸盒裡拿出一支菸點燃，抽一口，將煙霧吐向我，模樣極其傲慢。

他說：「我來照顧主人就行了。」

「你撈了不少錢吧？」

他皺眉，點了一下頭，說：「是的，不少。」

「額外收入有多少？我是指讓你保密的錢。」

他用西班牙語說道：「我不知道你說的是什麼。」

「你心知肚明，從他那裡勒索了多少？我覺得應該不到兩碼。」

「兩碼？」

「兩千。」

他咧著嘴，說：「大偵探，如果你不想讓我跟主人說你昨晚從她房間出來，那就給我兩碼當封口費。」

「兩千塊錢買你這種非法入境的苦力，能買一卡車。」

他聳了一下肩，說道：「大偵探，你最好給點封口費。主人生氣的時候可不是好惹的。」

我嗤笑一聲道：「墨西哥混混的爛把戲，你就是個貪小便宜的小人。她心裡一清二楚，很多男人喝醉了都會去鬼混。你所掌握的那點東西，根本不值一分錢。」

「混蛋，以後別出現在這裡。」他眼裡閃過一道光亮。

「再見。」我站了起來，從茶几邊繞過去。他稍微轉動了一下，以便能一直面對著我。

我看了他的手一眼，今天早上他沒帶著那把刀。我走到離他夠近的地方，扇了他一耳光。

「我可不允許一個墨西哥雜碎嘴裡對我不乾不淨的。我是為了辦事才到這裡來，我想來就來。如果不想吃子彈，毀了你那張漂亮的臉蛋，以後最好管住自己的嘴。」

被打了一耳光，又被罵成墨西哥雜碎，對他來說是一種極大的侮辱，但是他卻沒有反應，只是一動不動地站在那裡，滿臉的不滿。他站了一會兒，將咖啡的托盤端起來，走出了書房，一句話也不曾說過。

我對著他的背影說：「謝謝你的咖啡。」

他沒有停下來，走了出去。書房裡只剩我一個人了，我摸摸下巴上冒出的鬍渣，抖了抖手腳。我對韋德這家人的忍耐已經到了極限，我決定馬上就走。

我從客廳走過時，穿著白色長褲、淺藍色襯衫和露趾涼鞋的愛琳從樓梯上走了下來。她看見我，滿臉驚訝道：「馬羅先生，你昨晚在這裡嗎？」看她的樣子，似乎一個星期都沒見過我了，而我現在好像只是路過，順便進來喝一杯茶。

我說：「那把槍我放在書桌的抽屜裡了。」

「什麼槍？」她有些疑惑，隨即清醒了過來，「是的，昨晚上真是亂成一團，對嗎？我還以為你已經回去了。」

我靠近她，看見她脖子上戴著一根很細的金項鍊。項鍊上有個很精巧的琺瑯吊墜，像是軍徽之類的東西，白色的底上面是金藍雙色的圖案。藍色繪製的圖案是一對合著的翅膀，另外還繪有一柄白色琺瑯寬匕首，匕首鑲著金邊，刺進一幅卷軸裡。吊墜上有些字，但是我看不清寫的是什麼。

我說：「我喝醉了，有些失態。我是故意喝醉的，因為太寂寞了。」

她看著我，眼睛像水一般清澈，裡面沒有一絲絲的內疚，「你完全不用這樣。」

我說：「那要看你怎麼想了。我準備走了，會不會再來還說不定。剛才我跟你說的槍的事，你沒忘吧？」

「放在書桌抽屜裡了。不過我覺得放在別的地方會更好。其實他並不想自殺，對嗎？」

「我也不知道答案，或許他下次就想自殺了。」

她搖頭道：「不會，我覺得不會。馬羅先生，真不知該怎麼感謝你，你昨晚幫了我們一個大忙。」

「你已經盡力感謝了。」

她的臉瞬間紅了起來，笑了笑，目光從我的肩頭越過，看著遠方，慢慢說道：「我昨晚做了一個很奇怪的夢。一個十年前已經去世的故人昨晚出現在這裡了。」她說著話，用手指摸了摸那個琺瑯吊墜，「這個是他送給我的。因為做了那個夢，我今天戴上了這個。」

我說：「我也做了一個很奇怪的夢，但是我並不想說。把羅傑的情況告訴我，有需要我幫忙的地方儘管開口。」

她收回目光，垂眼看我說：「剛才你說不會來了。」

「我是說不確定。如果有需要，我還是會來，不過我希望沒有這樣的需要。在這所房子裡，有很多奇怪的事情，酒只是其中很小的一部分。」

她皺著眉，看著我，問：「什麼意思？」

「你應該知道我是什麼意思。」

她的手指還在摩挲那枚吊墜，她站在那裡想了片刻，突然嘆了一口氣，平靜道：「早晚都會有那麼一個女人出現的，就算不是現在，也會在以後。不過並不是太糟糕的事情。我們說的事情是不是有些對不上？大概我們所指的不是同一件事情。」

我說：「或許吧！」

她還站在從下往上數的第三級台階上，手指還在摩挲那枚墜子，看起來還像個女神般美麗動人。她的手垂了下來，不再摸那枚墜子，然後往下走了一階，漫不經心地說：「如果你以為另一個女人是琳達・洛林的話，那就更加是這樣了。洛林醫生應該是從什麼地方得到了消息，所以跟我有一樣的直覺。」

「你不是跟我說，悠閒谷區的男人，有一半被他那樣對待過嗎？」

她又走下來一階，疑惑道：「我說過這樣的話？哦，可能在當時那種情況下，自然而然就這麼說了。」

我說：「我還沒有刮鬍子。」

我的話讓她吃了一驚，然後她笑著說：「沒關係，我並不指望你跟我做愛。」

「韋德夫人，你到底有什麼企圖？從最開始你費盡心機說服我去找人開始，你到底想得到什麼？為什麼選中我？」

她很平靜地說：「那時候情況特別不好，而我覺得你是個可靠的人。」

「我感到很榮幸。但我覺得還有別的原因。」

「你覺得還能有什麼原因呢？」她從最後一階台階上走下來，抬頭看著我。

「如果真的只是因為我可靠的話，那這個理由真是太爛了，簡直是世界上最爛的理由。」

她皺起了眉，問：「為什麼？」

「你所說的顯得我可靠的那些行為，就算是個蠢貨，也不會去幹第二次。」

她從容地說：「瞧瞧，我們的對話變得越來越難以理解了。」

「韋德夫人，你真是個讓人看不懂的人。我要走了，祝你好運。韋德夫人，如果你真的為韋德著想，就該趕快給他找一個合適的醫生。」

她又笑了起來，說道：「哦，昨天他還只是小試牛刀。真正糟糕的情況你應該再見識一下。下午他就能恢復，就能工作了。」

「他不可能恢復。」

「相信我，我很瞭解他，他肯定能。」

我直接給了她很惡毒的一擊，說：「你只是在裝樣子，其實你一點都不想救他，對嗎？」

她緩緩道：「你對我說這種話，真是太過分了。」

她從我身邊繞過，從餐廳的大門走了出去。大廳裡面空蕩蕩的了，我也從前門出去了。這是一個美好的夏日清晨，山谷裡寂靜而明亮。這裡遠離塵囂，海上的濕氣也被矮丘擋下。溫度會一點點上升，會熱起來，但這裡的熱也是獨有的，不會像沙漠裡那樣灼熱粗魯，也不會像城市裡那樣悶熱發臭。這裡的熱，溫和而精緻，悠閒谷區真是一個特別理想的居住地。那些上流人物所擁有的一切都是上流的，房子是上流的、汽車是上流的、馬兒是上流的、小狗是上流的，甚至連孩子也是上流的。

但是有一個姓馬羅的傢伙，他只想趕緊從這個上流的地方逃走。

31

回到家後，我洗了澡，刮了鬍子，換上乾淨的衣服，才把那種骯髒的感覺趕走。我做了早餐吃，把鍋碗、廚房以及後門廊都收拾了一番。然後裝上菸斗，給代接電話的服務公司打了一個電話，問問有沒有人打電話給我。沒有人打電話給我，我也不必去辦公室了。那裡什麼都沒有，只有新積攢的灰塵和新死的飛蛾。當然，有一張麥迪遜總統像在我辦公室的保險櫃裡躺著，我可以去把它拿出來，還可以拿那五張嶄新的、留著咖啡香氣的百元大鈔出來玩，但是我並不想這麼做。在我心裡還有一個結，感覺這些錢並不是我的。我到底是出賣了什麼，才換來這些錢呢？對一個死人來說，忠誠還有什麼意義？哎，大概我宿醉未醒，還用醉眼來看待人生。

這個清晨特別漫長，好像沒有盡頭一樣。我整個人都懶洋洋的，特別消極，提不起一絲精神。流逝的時間就像往下墜落的火箭，帶著呼嘯聲掉進了空虛的黑洞中。小鳥在窗外的灌木叢裡鳴叫著，無數的汽車在月桂谷大街上飛馳。我今天暴躁易怒，而且鬱悶讓我的神經變得特別敏感，不然我是不會聽見這些聲音的。我決定要從這種宿醉的狀態中走出來。

南加州的氣候特別溫和，所以人的新陳代謝比較緩慢，不適宜早上喝酒，因此我早上是不會喝酒的。但是我現在卻調了一大杯冰鎮酒，敞著襯衫坐在安樂椅上，一邊看雜誌一邊喝酒。我看了一個特別荒誕的故事，說的是一個傢伙過著兩種完全不同的生活，一會兒是人，一會兒是某種昆蟲，他就在這兩種生活裡來回切換。他還請了兩個精神科醫生。這個故事特別荒誕不經，但是挺有新意，也很有意思。我時刻留意著自己喝了多少酒，一次喝一小口，注意控制自己的飲酒量。

中午時，有人打了一個電話給我，那頭的人說：「我是琳達・洛林，想見見你。我給你的辦公室打過電話了，代接電話公司讓我給你家裡打。」

「有什麼事嗎？」

「我想當面談會更好。我猜你有時候也會去一下辦公室，對嗎？」

「是的，有時候會去。有報酬嗎？」

「我還沒考慮到這一點。如果你要收費的話，我沒有異議。大概一個小時後，我去你辦公室找你。」

「太棒了。」

她厲聲問：「你怎麼了？」

「宿醉，不過還沒到走不動的程度。我馬上過去，如果你想來我家也可以。」

「我覺得還是在你辦公室裡比較合適。」

「我家在一條死胡同裡，沒有鄰居，非常安靜舒適。」

「如果我沒理解錯的話，我只想說這些暗示一點也勾不起我的興趣。」

「洛林夫人，我是個很難看懂的人，沒有人能理解我。好了，我知道了，我會盡快趕到辦公室。」

「謝謝。」她把電話掛了。

到辦公室的時候我遲了一點，因為在路上吃了個三明治，耽誤了一點時間。我把辦公室的窗戶打開，讓空氣流通，然後接通鈴聲。等我往會客室看的時候，見琳達・洛林已經坐在那裡看雜誌了。她坐的那個椅子正是曼迪・曼寧德茲坐過的，看的雜誌說不定也是他看過的那本。她今天看起來特別優雅，穿了一身棕色華達呢套裝。她看了我一眼，把雜誌放下，說：「你的波士頓蕨缺水了，而且氣根過多，應該換個花盆了。」

誰管那見鬼的波士頓蕨？我打開門讓她進來，她進來後，我鬆開手讓門關上。我拿了一把客用椅子，等她坐下後，才繞到了辦公桌後面。

她坐在椅子上，下意識打量了一圈，說道：「你沒有秘書嗎？而且這辦公室也太寒酸了點。」

「我已經習慣這種破破爛爛的日子了。」

她說：「大概也賺不了什麼錢吧？」

「這個說不定，也有特殊情況。我有一張麥迪遜總統頭像，要看看嗎？」

「什麼意思？」

「我保險櫃裡有一張五千塊的大鈔，預付款。」我站了起來，走過去轉動箱門上的把手，將裡面的抽屜櫃打開，把信封裡的大鈔拿了出來給她看。她看著那張大鈔，顯出一些詫異。

我說：「這間寒酸的辦公室只是假象，你可別被騙了。我在為一個身家千萬的老傢伙工作，就是你老子見了他，也得向他低個頭。他的辦公室跟我這個一樣破破爛爛的，不過天花板上裝了隔音設備，因為他的聽力不太好。他辦公室的地上鋪的是褐色油氈，連地毯都沒有。」

「泰瑞給你的，對嗎？」

「我的天，洛林夫人，你真是無所不知。」

她推開鈔票，皺著眉道：「他有一張這樣的大鈔，說是他的私房錢。跟席薇雅再婚後，他一直把這張鈔票放在身上。不過最後在他身上沒有找到這張鈔票。」

「我可能是從別的地方得到的。」

「我知道。但是這個世界上，隨身帶著五千大鈔的人能有幾個？那種有能力並且願意給你五千大鈔的人又有幾個？」

我只是點一下頭，並沒有回答，這個問題無需回答。

她繼續說道：「馬羅先生，你能不能告訴我，你是答應了為他做什麼，他才給你這張鈔票？他想要跟你說什麼的話，去提華納那一路的時間足夠了。那天下午，你很明確地表示對那份自白書有所懷疑。他有沒有跟你說過他妻子那些情人的名字，讓你查查誰是真凶？」

我也沒有回答這個問題，不過不是因為不用回答。

她聲音尖銳道：「他提的名字裡，會不會有羅傑・韋德？如果泰瑞不是凶手，那凶手肯定是一個既殘暴又沒有責任感的人，可能是個瘋子，也可能是一個酒鬼。只有這樣的人才會把她的臉砸得稀巴爛。稀巴爛這個可是你說的，這種說法真叫人反感。你也是因為這個，才願意幫助韋德家，幾乎成了一個隨叫隨到的保姆。他失蹤了，你去找他；他喝醉了，你去照顧他；當他無依無靠的時候，你是不是該把他帶回家了？」

「洛林夫人，我必須指出幾點：第一，這張鈔票到底是不是泰瑞給我的，你還不能下定論呢；第二，不管錢是不是泰瑞給的，他都沒向我提起過任何一個所謂情夫的名字；第三，除了那件你在心裡肯定是我幹的，送他去提華納這件事以外，他沒讓我為他做任何事；第四，我是受到一位來自紐約的出版商的委託，才去接觸韋德的。這位出版商想讓韋德趕緊完成他的新書。出版商給我的任務是讓韋德保持清醒，還有調查一下他酗酒的原因，是不是遇上什麼麻煩。如果真的有什麼麻煩，那就盡可能解決一下。我只同意試一試，因為我很可能沒辦法解決這件事。」

她很鄙視地說：「他喝酒的原因，我只要一句話就能解釋清楚了，那就是他娶了那個半死不活的金髮嬌妻。」

我說：「是嗎？這我就不知道了。我並不覺得她半死不活。」

她的眼光閃了閃，說：「這樣嗎？太有意思了。」

我將那張麥迪遜頭像收了起來，說：「洛林夫人，別在這件事上糾纏不清了。真是不好意思，讓你失望了，可是我真的沒跟她上床。」

我走到保險櫃前面，將鈔票放回去，然後把門關上，將密碼盤轉了幾圈。

她在我背後說：「我懷疑她肯定跟什麼人上過床，再認真想想。」

我走了回來，在辦公桌的桌角上坐下，說：「洛林夫人，難道說你愛著我們的酒鬼朋友，所以才會說出這樣刻薄的話？」

她冷冷道：「我非常反感你的說法。我一點也不喜歡他。可能看見我丈夫那場愚蠢的表演後，讓你覺得自己有侮辱我的資格。我從始至終都沒喜歡過羅傑・韋德，就算他沒喝酒風度翩翩的時候，我都不喜歡，更別說他喝醉後的鬼樣子。」

我一屁股坐進椅子裡，一邊伸手拿火柴盒一邊看她，她看了手錶一眼。

我說：「果然有錢人都是些自以為了不起的人。你總覺得不管自己說了多麼惡毒的話，都沒有關係。我們兩個還算不上熟人，你就能在我面前把韋德和他老婆說得一文不值，可反過來，我稍微說你兩句，你就覺得受到了冒犯。夠了，我們應該理智地聊一聊。所有的酒鬼，他們最後都會跟一個蕩婦勾搭在一起。韋德確實是個酒鬼，但你不是蕩婦。雞尾酒會上，你那位血統高貴的丈夫只是想逗大家開心，才隨意演了那齣戲。他只是為了讓大家發笑，心裡根本不覺得你是個蕩婦。所以我們不能把你看成那樣的女人，只能去別的地方找那個蕩婦。洛林夫人，我們尋找她的範圍應該多大？她肯定是一個不一般的女人，不然不會讓你這麼耿耿於懷，還要為此紆尊降貴跑到我這裡來跟我相互諷刺，對嗎？她肯定是個厲害角色，不然你不會這麼在乎。」

她看著我，一句話也不說。她的嘴角泛白，兩手僵硬地抓著那個跟她衣服配套的華達呢手提包。足足過了半分鐘，她才說：「那位出版商偏偏請你來查韋德的事，他是為了省事，對不對？而你也沒有白費時間，是嗎？這樣看來，泰瑞確實沒有向你提起任何人的名字。不過這無關緊要，你有自己很準確的直覺，對嗎，馬羅先生？那麼我能不能問一下，你接下來打算怎麼辦？」

「不怎麼辦。」

「為什麼？你這是白白浪費自己的才能。你這樣做，對得起那張麥迪遜總統像嗎？你總是能找到機會讓自己展現一下的。」

我說：「這些都只是我們之間的閒聊而已，你的那些話聽起來真沒什麼新意。不過我還得多謝你，從你的話裡，我才能猜出來，原來韋德認識你妹妹。雖然你不是直接告訴我的，而我早就猜出來了，但我還是要謝謝你。可是這又如何呢？你妹妹的藏品可不少，他不過是其中之一。好了，我們越說越遠，這件事到這裡為止。我們說一下正事，你為什麼來找我？」

她站起來，看一眼手錶，說：「我的車就在樓下，能不能請你喝一杯茶？」

我說：「當然可以，走吧！」

「其實是我的一個客人想跟你見面。我這話聽起來是不是有些讓人懷疑？」

「你家老爺子？」

她平靜地說：「我不能這麼稱呼他。」

我站起來，向著桌子那邊傾身，道：「寶貝，我說真的，你有時候可真讓人喜歡。我可以帶著槍嗎？」

她對著我撇嘴，道：「難道你還怕一個老頭？」

「當然怕，而且我敢打賭，你也很怕。」

「確實很怕。」她嘆了一口氣，「我一直都怕他，他有時候會特別可怕。」

我說：「我應該帶兩把槍。」說完，我又後悔了。

32

這是一棟三層高的房子，像個骨灰盒一樣，方方正正的。說實話，我這輩子第一次見到這麼難看的建築。房頂是雙層斜坡式的，很陡，上面有二三十個對開頂窗，窗戶之間和周圍雕著花紋當裝飾，花紋繁雜浮誇，就像結婚蛋糕上的花飾。兩根大石柱立在大門兩邊，最有意思的是一道有石扶手的螺旋樓梯裝在屋子外面，可以直達頂樓。我猜從那裡可以看見整個湖景。

停車場是用鵝卵石鋪成的，一堵同樣用鵝卵石裝飾的圍牆將占地十至十五畝的院落圈了起來。在我們這個擁擠的地方，能有這麼大的院落，真叫人驚嘆。兩排樹冠被修剪成球形的柏樹整整齊齊立在車道兩邊，一簇簇雜樹散落在院子各處當裝飾，這些樹應該是從別的地方移植來的，不像加州本地會有的樹木。可以看出來，修建這個院落的人，滿心想把大西洋海濱的風貌越過洛磯山脈搬到這裡來。雖然他竭盡全力去做，但還是失敗了。其實我覺得，這樣的地方，應該是靜謐而空靈的，有一個鹿園、一個任樹木自由成長的花園、半掩在楊樹林裡的車道，房子的每一層都配有陽台，從每扇窗戶處都能看見滿眼綠意，從屋外延伸到森林。書房的窗外，種著上千株玫瑰花。

凱迪拉克開到大門前，中年黑人司機阿莫斯從車上跳下來，繞過去幫洛林太太開門。我也下了車，替他扶著車門，再扶她下來。我們從我的辦公室出來，上了車之後，她就沒怎麼跟我說過話。大概這棟透著傻氣的建築讓她感到難過，她看起來有些累，還有點緊張。這樣的建築，即使是一隻笑翠鳥看見了，也會難過得忍不住哀鳴起來。

我說：「誰建的房子？他是跟誰有仇嗎？」

「你沒來過這個地方？」她總算笑了起來。

「是的，從來沒到過山谷這麼深的地方來。」

我們在車道的另一端走著。她說：「建這個房子的人叫拉圖雷勒，是個法國伯爵，但是他特別有錢，這一點跟一般的法國伯爵不一樣。他的妻子是拉蒙娜・德伯勒，也非常富有，在無聲電影時代，她一週的收入有三萬。這棟房子是拉圖雷勒按照布盧瓦城堡的樣式打造的愛巢。」她說著，抬手指了一下，「後來他從這個塔樓上跳了下來，墜落的地方差不多就在你現在站的位置吧！這些你應該都知道。」

我說：「是的，剛剛想起來，我對這件事特別瞭解。某個週日新聞報導過這件事。他的妻子拋棄了他，所以他自殺了，好像還留下了一份非常奇怪的遺囑，對嗎？」

她點頭道：「他分了幾百萬給前妻，算是路費，其他的財產都交給了一個信託基金。他在遺囑裡要求，這棟房子不能有任何改變，必須保持原樣。每天都要準備好豐盛的晚餐，只允許下人和律師進來。不過他的遺囑只被執行了一段時間。這塊地產最終還是被分割變賣了。這個宅子成為我父親送給我和洛林醫生的結婚禮物。我父親肯定花了很大一筆錢重新修葺這個宅子，不然根本沒法住人。不過我一直都不喜歡這個宅子。」

「你也可以不在這裡住。」

「洛林醫生喜歡這個地方，而且為了讓父親覺得至少有一個女兒讓他省心，我偶爾也要過來住一段時間。」她聳了一下肩，看起來很無奈的樣子。

「能在韋德家出那麼大一個洋相，他會喜歡這種地方也是很正常的，他是不是穿著睡衣的時候都要打綁腿？」

「為什麼這麼說？」她挑了一下眉，「馬羅先生，你好像對這件事特別感興趣，謝謝你的關心，不過我們已經說得太多了。我父親不喜歡等太久，我們進去吧？」

我們再次從車道穿過，走到石台階上面。對開式大門悄無聲息地打開了一扇，迎接我們的是一個一身華服、神情冷傲的人。我住的房子還沒有這裡的走廊大，走廊鋪著鑲花地板，後面似乎有窗戶，上面裝了彩色玻璃。因為光線黯淡，我看不清別的東西。我們沿著走廊往前走，從幾扇雕花對開門下穿過，走到一間長度不低於七十英尺、光線昏暗的房間。房間裡坐著一個人，冷眼看著我們，一言不發。

洛林夫人立刻說道：「父親，我們遲到了嗎？這位就是菲力普・馬羅先生。這位是哈倫・波特先生。」

對方看了我一眼，下巴稍微低了半寸，說道：「按鈴讓人端茶水上來。馬羅先生，坐下。」

我坐了下來。我們兩人看著對方，誰也沒有說話。他打量我的樣子，就好像昆蟲學家在研究甲殼蟲。茶水被放在一個很大的銀茶盤裡送了進來。茶盤放在一張中式茶几上，琳達坐在邊上倒茶。我們之間的沉默終於被打破。

哈倫・波特說：「倒兩杯就可以了。琳達，你應該去別的屋喝茶。」

「好的，父親。馬羅先生，你的茶裡需要加點什麼？」

「隨意。」我的聲音向遠處飄去，變得越來越弱。

她先倒了一杯給老頭，又倒了一杯遞給我，之後默默地走了出去。我看著她離開，才喝了一口茶，然後將香菸拿了出來。

「不好意思，我有氣喘。」

我把香菸放回去，仔細打量他。這是一個身材勻稱、身高很高的男人，看起來至少有六英尺五英寸。他穿著一件灰色粗花呢西裝，因為肩膀足夠寬闊，所以沒有用墊肩。西裝裡面是件白色襯衫，繫了條深色領帶，口袋裡沒有裝飾用的手帕。外套胸前的口袋裡，插著一個眼鏡盒，跟他的皮鞋一樣是黑色的。他頭上沒有一絲白髮，烏黑的頭髮梳成旁分，像麥克阿瑟那樣。不過我總覺得他應該已經禿頭了。他有兩道粗黑的眉毛，聲音顯得飄渺遙遠。他正在喝茶，但神情卻透出對這茶的厭惡。我不知道身家過億是什麼感覺，但我從他身上看不到快樂。

「馬羅先生，我們直接開誠布公地說，別浪費時間了。我覺得你正在干涉我的私事。如果我的感覺是對的，那我希望你馬上停下來。」

「波特先生，我對你的私事完全陌生，怎麼去干涉？」

「你說的話，我真沒辦法同意。」

他又喝了幾口茶，然後將杯子放下，身體後仰，靠在寬大的椅子裡，一雙灰色的眼嚴厲地審視著我，說道：「你到底是個什麼人物，我一清二楚。我還知道你以什麼為生，前提是你真能維持生活。你是怎麼捲入泰瑞的事情的，我也知道。有人向我彙報，當初協助泰瑞・蘭諾斯逃出國的人就是你，你懷疑他不是凶手，之後你又跟一個男人接觸頻繁，而這個男人是我已故女兒的舊友。我不知道你想幹什麼，所以想聽聽你的解釋。」

「你說的那個男人如果有姓名，還希望你說出來。」

他笑了笑，但那笑容裡並沒有對我的友善，「叫羅傑，羅傑・韋德。聽別人說好像是個作家還是寫手之類的，專門寫一些讓我鄙視的淫穢小說。我還聽人說，他是個特別危險的酒鬼。大概是因為這樣，你才產生了一些不切實際的想法吧！」

「波特先生，我覺得你應該聽一下我是怎麼想的。當然，我的想法無關緊要，但我什麼都沒有，只有這些想法。第一，我覺得泰瑞不是凶手，因為凶手的手法太過凶殘，泰瑞不會這樣幹；第二，不是我主動去接觸韋德，是有人要求我這麼幹。那人希望我住在韋德家，想辦法讓他別酗酒，保持清醒，完成手上的書稿；第三，你說他是一個危險的酒鬼，但到目前為止，我還沒發現任何這方面的跡象；第四，委託我去接觸韋德的，是紐約的一位出版商。那時候我根本不知道韋德是你女兒的舊友；第五，我並沒有接受委託。之後韋德喝多了，躲了起來。韋德夫人求我去找他，我才把他找回來。」

他硬邦邦道：「條理清晰。」

「波特先生，我在條理清晰這方面的能力還沒展現完。第六，有個叫希鄂爾・安迪科特的律師，想要把我弄到監獄裡去。這個人不知道是你本人還是你吩咐手下派去的，他不肯交代。不過還能有誰呢？知道這件事的人就那麼幾個；第七，我從牢房出來以後，有一個叫曼迪・曼寧德茲的地痞來鬧事，他威脅我，不讓我干涉這件事。另外他還囉囉嗦嗦說了自己跟泰瑞的舊事，說泰瑞救過他和拉斯維加斯一個叫蘭迪・斯泰爾的賭徒。就我所瞭解的情況來看，這件事應該是真的。泰瑞逃去墨西哥時，向我這個孬種求助，沒有向曼寧德茲求助。他因此對泰瑞頗有微詞。逃去墨西哥這種小事，他曼寧德茲只要動動手指頭，就能乾淨俐落地完成。」

哈倫・波特冷笑著說：「你難道覺得曼寧德茲先生和斯泰爾先生都認識我？」

「波特先生，這我就沒辦法知道了。我搞不清楚，一個人要怎麼做，才能積累下像你那麼多的財富。接下來，你的女兒洛林夫人也跑來警告我，讓我別管閒事。我跟她是在酒吧裡碰巧遇上的，當時因為我們都在喝螺絲起子酒，所以就一起聊天了。這裡沒什麼人喝這種酒，但它卻是泰瑞喜歡的酒。她威脅我，如果我把你惹毛了，我就要丟掉飯碗。波特先生，你很生氣嗎？」

他冷冰冰地說：「當我生氣的時候，你根本不用問，因為我會讓你看出來。」

「我也這麼覺得。所以我一直在等著打手們來找我，但是到了現在，包括警察在內都沒人來找我麻煩。他們想給我找點麻煩，簡直易如反掌。波特先生，我覺得你只是想要平靜的生活。可是我幹的事並沒有打擾你的平靜生活。」

他收起自己發黃的長手指，翹著腿，悠閒地靠在了椅背上，然後咧嘴陰笑了一下，道：「馬羅先生，你確實說得很好。我讓你把話說完了，現在該輪到我說了。你說得沒錯，我只想要平靜的生活。好吧，如你所說你跟韋德接觸只是偶然或者說巧合，總之是無意的，那麼就請保持這種無意的狀態。雖然現在這個年頭很多人對家庭根本不屑一顧了，但我卻是個很看重家庭的人。我有兩個女兒，一個嫁給了自認為高貴的波士頓人，一個有過幾次愚蠢婚姻，最後嫁給了一個溫順的窮小子。這個窮小子任由她放蕩折騰，完全不去干涉她，直到有一天突然無故發狂，殺了她。因為作案手法太凶殘，所以你覺得不可能是那個窮小子幹的。但是你錯了。他用那把後來帶去墨西哥的毛瑟自動槍殺了她，然後砸爛了她的臉，好掩蓋她臉上的槍傷。的確如你所說，手法極其凶殘，但是你不要忘了，他曾參加過戰爭，受過罪負過傷，同時也見識過別人怎麼受折磨。或許他不是有心殺她，因為那把槍是我女兒的，說不定是他們發生肢體衝突，槍走火了。那把槍的型號是P. P. K.，口徑為七點六五毫米，槍身很小，但威力不小。子彈將她的腦袋打穿，射進了她背後的牆壁裡。因為前面有印花棉布窗簾擋著，所以最開始沒被發現，報紙上也沒有關於這一點的報導。好了，現在我們可以好好琢磨一下。」他突然停下來，瞪著我，「一定要抽菸嗎？」

「不好意思，波特先生，我只是習慣了，下意識動作。」我說著話，又將香菸放了回去。

「警方從他們瞭解的有限的情況來下定論，認為泰瑞有足夠的動機殺害他妻子。但是泰瑞也有很充分的理由為自己辯護：槍是她的，在她手上，他只是想把槍搶過來，但是失敗了，然後槍走火射中了她自己。那些厲害的律師，會在這一點上下足功夫，甚至可以為他做無罪辯護。如果他當時打電話給我，我不會不管他。可是他卻把事情弄到了無法挽救的地步，為了掩蓋槍殺的事實，把她的臉砸得稀爛。事情弄成這樣，他只能逃跑。可就連逃跑這件事，都被他弄得一團糟。」

「波特先生，確實是這樣的。可是他跟我說，最開始他就給你打了電話，你當時在帕薩迪納，對嗎？」

這個上流人物點了點頭，說：「我讓他先躲起來，我給他想想辦法。我沒有問他在哪裡，我不能問，因為我不可以窩藏罪犯。」

「波特先生，你說得確實合情合理。」

「如果我沒聽錯的話，你在諷刺我？不過無所謂。等我知道事情的細節之後，知道做什麼都沒用了。而且那種血腥的案件上了法庭後，會帶來一些我不能忍受的審判。實話實說，當我得知他在墨西哥留下一份自白書後自殺了，心裡其實挺開心。」

「波特先生，我能體諒這種心情。」

他皺眉看著我，說：「年輕人，你最好注意點。我可不喜歡這種話裡帶刺的作風。我為什麼不允許別人繼續調查這個案子，為什麼用自己的影響力讓調查縮短並阻止媒體報導，你現在應該能明白了吧？」

「如果你堅持認為他是凶手，那我能理解你的做法。」

「凶手肯定是他。至於他為什麼這麼幹，已經無關緊要了。我不是也不想成為公眾人物，我竭盡全力避免被關注。我確實有一些影響力，但絕不會隨便使用。洛杉磯地方檢察官是個極有野心的人，他可不是個傻子，為了一件醜聞斷送自己的前程，這樣的事他絕不會幹。馬羅，我看見了你眼裡異樣的光芒，別這樣。我們所生活的這個社會，表面上是宣導民主，讓民眾自己做主。可事實上呢？落實民主，只是一個美好的願望而已。雖然選舉時，投票權在民眾手裡，但是候選人卻是政黨機構推出來的。而政黨機構想要很好運作這一切，就必須花很多錢。這筆錢必須有人拿出來。出錢的不管是個人、集團、公會或者什麼別的機構，都要得到一定的回報才肯出這筆錢。我擁有自己的報社，但是我特別不喜歡報紙。因為我自己或者像我這樣的人，希望有自己的隱私，能過平靜的日子。但在我看來，報紙會極大的威脅我們所剩不多的私人空間。除了極少幾家讓人尊敬的報社外，其他的都是拿新聞自由當幌子，報導著一些譁眾取寵、博人眼球的東西，比如罪惡、性、仇恨、醜聞，還有一些指桑罵槐，惡意炒作以達到政治或者經濟目的的報導。報紙是靠廣告盈利的，而有沒有廣告就看報紙的發行量多少。你應該知道，想要提高報紙發行量該怎麼做。」

我站了起來，繞著自己的凳子走了一圈。他一直冷冷看著我，我只好又坐回去。該死的，我需要一點運氣，要天大的好運氣才行。

「是的，波特先生，現在你準備怎麼做？」

他皺著眉，想自己的事情想出神了，根本沒有聽我說話，自己接著剛才的話說：「金錢就像一個怪物一樣，當金錢積累到一定程度後，它似乎就有了自己的生命和良心。人都是貪得無厭的動物，沒辦法駕馭金錢的力量，只能被金錢牽著鼻子走。在人口遽增、戰爭花費、稅收上漲等事情的逼迫下，人類對金錢的欲望變成了無底洞，永不知足。底層人民為了養家糊口，累得筋疲力盡，惶惶不可終日，根本沒有什麼精力去談理想。在這個時代，我們眼睜睜看著個人以及社會的道德水準以驚人速度下滑。在一個生活品質都沒法保證的人身上，你怎麼能指望看見所謂品質？這些都是工廠大量生產出來的東西，你怎麼能指望有品質？那些品質很好的東西，用很久也不會壞掉，所以你並不喜歡它們。商家們都會這樣，在款式上推陳出新，人為的將以前的款式變成古董。為了自己的商品能占據明年的市場，就必須讓今年買的東西變成落伍的古董。我們的廚房和浴室，都是世界上最潔白明亮的，但是普通的太太們卻沒辦法在這麼乾淨漂亮的廚房裡做出好吃的飯菜，而那漂亮明亮的浴室呢？那就是一個擺放東西的地方，裡面有除臭劑、瀉藥、安眠藥，還有那些所謂化妝品公司弄出來的包裹著虛無信心的產品。馬羅，我們製造出來的東西有著世上最精美的包裝，但內在只是劣質品。」

他將一塊白色的大方手帕拿了出來，在鬢角處擦了一下。我坐在那裡，驚訝地目瞪口呆，他似乎憎恨世間所有東西，那他活著的動力是什麼？

他說：「我在涼爽的地方生活習慣了，這裡對我來說有點太熱。我就像在發表演講，一說起來就沒完沒了了。」

「波特先生，我能理解你。世界現在的運轉方式讓你不滿，所以你用自己的能力為自己隔絕出一些私人空間，這樣你就可以過上你記憶中的五〇年代的生活。那時候大量生產還沒有出現。你腰纏萬貫，但是並沒有因此變得開心。」

他的兩隻手抓著手帕的兩個角，然後又把它揉成一團，放回口袋裡，簡潔地問：「還有呢？」

「沒了，就這些。波特先生，其實你一點也不在乎誰殺了你的女兒。就算泰瑞・蘭諾斯不是凶手，真凶還沒有被抓到，你也覺得無關緊要。因為在很早之前，你就將她視為一個汙點，不再管她了。但是你不想真凶被抓住，因為這樣的話這件案子就要接受庭審，那些醜聞就會被公布於眾，你的隱私會被辯護聽證會大肆宣揚，讓它們比帝國大廈還引人注意。如果凶手是個善於體諒別人的人，他就應該在庭審之前自殺。最好在那種縣政府捨不得花錢查清真相的地方自殺，比如大溪地、瓜地馬拉或撒哈拉大沙漠裡。」

他突然粗魯地笑了起來，不過這笑裡含了一些友好。他問道：「馬羅，你想從我這裡得到什麼？」

「你說錢嗎？一分我都不要。我是被帶過來的，不是自己主動來的。我為什麼會跟羅傑・韋德接觸，我也跟你解釋過了。不過他確實是你女兒的舊友，另外，即使我沒有親眼看見，但是他確實有過暴力行為。他現在心裡充滿罪惡感，經常焦躁不安，昨晚還想自殺。如果我真的剛好在尋找凶手，那我大概會把他列為嫌疑人。不過他只能算其中一個，我到目前為止，也只接觸了這一個所謂的你女兒的舊友。」

他站了起來，身形看起來硬朗魁梧。他走到我面前停住腳步，說：「馬羅先生，別跟我繞圈子。我可不會忍受你的這些作為，我只需要一個電話，你的執照就會被吊銷。」

「你只需要兩個電話，第二天早上我的後腦勺就不見了，屍體被扔在下水道裡。」

他放聲大笑了起來，說道：「我不會做這種事。我覺得你會有這種想法，是因為你從事的職業有些古怪。我按鈴讓管家送你出去吧，我們待在一起的時間有點太長了。」

我站了起來，說道：「不用了。非常感謝你把寶貴的時間浪費在我身上，讓我來這裡聆聽你的教誨。」

他將手伸了出來，說：「我也非常感謝你能來。你是一個很正直的人。

但是年輕人，聽我一句勸，別逞英雄，不然吃虧的是自己。」

我跟他握了握手。他正在對我微笑，讓人覺得親切又溫和，但他的手卻像老虎鉗子一樣有力地握著我的手。他是個富豪，所謂的人生贏家，他覺得自己百分百會贏。

他說：「馬羅先生，這段時間，我可能會給你一單生意。我完全沒必要去收買政客或執法官員，所以你也不必那麼去想。再次謝謝你能過來。」

我走出了房間，他一直站在那裡看著我。當我準備將前門推開時，琳達・洛林從一個角落裡走了出來，低聲問我：「你跟我父親談得怎麼樣？談攏了嗎？」

「還行。他跟我說了他對文明的見解。他不會讓文明現在就去見上帝，但是它最好小心點，一旦干涉到了他的私生活，他就會給上帝打電話，將訂單取消。」

「你已經無可救藥了。」

「我無可救藥？夫人，請看看你家老爺子。在他面前，我只是個還在玩撥浪鼓的藍眼睛孩子。」

我走了出去，凱迪拉克已經停在了外面。阿莫斯坐在車裡等我，他將我送回了好萊塢。我給他一塊錢表示感謝，但他不肯要。我又說送一本T. S. 艾略特的詩集給他，他說他有這本書。

33

從那之後，過了一週時間，我都沒有再收到韋德家的消息。悶熱潮濕的空氣中，一股刺激性的霧氣飄向了比佛利山莊。從穆荷蘭大道最高處看過去，你可以看見霧氣像是從地面蒸騰而起，將整個城市包裹在其中。如果你也被裹在這霧氣裡，你的眼睛就會感到刺痛，你還會聞到它刺鼻的氣味，嘗到它噁心的味道。所有人都叫苦不已，帕薩迪納的市政議員們也為此憤怒不已。比佛利山莊被那些電影明星們弄得一團糟，那些保守的富翁們只能跑到帕薩迪納躲起來。送牛奶的遲到了、金絲雀不再唱歌了、哈巴狗身上長滿了跳蚤、領子筆挺的老人在去教堂的路上心臟病發作了……這些都怪這煙霧，所有的過錯都由這些煙霧而起。但我居住的地方，不管是清晨還是傍晚，都會有一股清新的空氣飄來。有的時候，一整天空氣都很清新。但是沒人知道為什麼會這樣。

一個空氣清新的週四，羅傑・韋德打了電話過來，他說：「我是韋德。你最近好嗎？」

聽起來他的精神似乎不錯。

「還可以。你呢？」

「賺著點辛苦錢，腦子還沒糊塗。我覺得我們該聊聊，我還有酬勞沒給你。」

「你不需要給我酬勞。」

「行了。你一點左右能不能過來，我們一起吃午飯行嗎？」

「應該可以，小糖果怎麼樣了？」

他大概忘了那天晚上的事，有些疑惑道：「小糖果？」隨即恍然道，「是的，他那天晚上幫著你一起把我弄回床上。」

「對的。在某些事情上，這個傢伙確實挺願意幫助別人的。你太太怎麼樣了？」

「挺好的，她今天購物去了。」

掛斷電話後，我坐在轉椅裡扭動著。跟作家聊天的時候，你應當問一下他們書稿的進度。我忘了問問他的書稿完成得怎麼樣了。不過，我覺得他應該已經特別反感這個問題了。

沒過多久，又有一個電話打了進來，是個陌生人。

「馬羅先生，我叫羅伊・阿斯特費爾特，是喬治・彼得斯請我打電話給你的。」

「想起來了，謝謝你打電話給我。就是你在紐約碰到泰瑞・蘭諾斯吧？那時候他說自己姓馬斯頓。」

「是的，他是個酒鬼。但是我敢肯定，沒認錯人，他就是泰瑞・蘭諾斯。我到紐約之後，有一天晚上跟客戶去查森酒吧，剛好碰見了他和他妻子。我的客戶認識他們，不過請原諒，我不能透露客戶的名字。」

「能體諒。但是現在事情都這樣了，我覺得透不透露都沒有關係了。你的客戶叫什麼？」

「我想想，稍等一下。對了，想到了，保羅，保羅・馬斯頓。我猜你對這件事也會有點興趣，那就是他戴了一枚英軍的退伍紀念徽章。徽章的圖案是一個圓環，裡面有一隻鷹。」

「明白了。之後呢？」

「之後我去了西部，所以也不知道。我們再次遇見，已經是在西部，他跟哈倫・波特放蕩的女兒結婚了，不過這些你都清楚。」

「現在他們都死了。謝謝你告訴我這些。」

「不用這麼客氣。能幫到你，我感到很高興。這些消息對你有幫助嗎？」

我撒謊道：「幫助不大。我從來沒問過他以前的事情。有一次他跟我說他是在孤兒院長大的。你會不會認錯人了？」

「老兄，我不敢說自己見過的人就不會忘記，但他那樣的想忘都難。一頭白髮，臉上有疤痕，特徵這麼明顯，怎麼可能認錯？」

「那他看見你了嗎？」

「他大概已經忘了我了。而且在那種情況下，就算看見我了，他也不會表現出認識我的樣子。我跟你說過的，他在紐約時就是一個徹頭徹尾的酒鬼。」

我再次向他表示感謝。他說能幫到我，他感到很高興。通話就此結束。

之後，我一直在想這件事。但是大樓外面街道上車水馬龍，人來人往，吵得厲害。炎熱的夏日裡，這些格外吵鬧的聲音成為我思考時的突兀插曲。

我站了起來，關上下半扇窗戶，然後打了一個電話給重案組的格林警官。他說話的時候顯得挺友善。

客套幾句之後，我說：「是這樣的，我聽到一些跟泰瑞・蘭諾斯有關的事情，讓我覺得大惑不解。我有一個朋友說以前在紐約見過他，不過他那時用的不是泰瑞這個名字。他的參戰記錄你證實過嗎？」

格林警官不客氣道：「這個案子已經結案，綁上鉛塊沉到海底了，你不知道嗎？你們這些傢伙真是不上道，你就學不會少管閒事嗎？」

「上星期我在悠閒谷區，跟哈倫・波特在他女兒的住宅裡聊了一下午，你要去查一下嗎？」

他酸溜溜地說：「就當你說的是真的，你去幹什麼了？」

「他邀請我去的，跟我談了一些事情，似乎對我印象不錯。他還跟我說，他女兒是被一把七點六五毫米口徑的毛瑟槍打死的。這個消息你不知道吧？」

「然後呢？」

「老兄，那把槍是她自己的。是不是有些微妙了？你別瞎擔心，我只是為了一點私事，不會去揭露什麼秘密。能告訴我他是在哪兒受傷的嗎？」

格林沒有說話，片刻後我聽見電話那頭有關門的聲音響起，然後他用低低的聲音說：「可能是在邊境南部跟人鬥毆時被弄傷的。」

「格林，去你媽的。我只是想問一下他的參戰記錄而已。你有他的指紋，你只需要按流程把指紋送到華盛頓去，那邊就會給你答覆。」

「誰跟你說他打過仗？」

「曼迪・曼寧德茲跟我說的。說蘭諾斯救過他，還為此受傷了。之後蘭諾斯被德軍俘虜，臉上的傷也是那時候留下的。」

「什麼？你居然相信曼寧德茲那個狗娘養的傢伙。你腦子裡裝的是漿糊嗎？蘭諾斯根本沒有參戰記錄，不管是哪個名字，都查不到參戰記錄。行了嗎？」

我說：「好吧，如果你願意這麼說那就這麼說吧！不過我搞不懂，曼寧德茲為什麼要來找我麻煩，編一通瞎話讓我別插手蘭諾斯的事。因為蘭諾斯是他和拉斯維加斯的賭徒蘭迪・斯泰爾的朋友，現在他已經死了，他們不想他的亡靈受到打擾。」

格林刻薄道：「那個地痞想什麼，或者幹什麼，我怎麼知道？而且蘭諾斯在跟金錢結婚、鹹魚翻身之前，很可能跟他們就是一夥的。有一段時間蘭諾斯不是還在拉斯維加斯那個斯泰爾的場子裡當過一段時間的經理嗎？他應該很會幹這種活兒，穿著晚禮服一邊陪笑伺候客戶，一邊留意有沒有砸場子的。他就是在那裡碰到那個女人的。」

我說：「警官，非常感謝你，他確實是個有魅力的人，警察就沒有這種東西。對了，格雷葛瑞斯警監最近怎麼樣？」

「你不看報紙的嗎？他已經退休了。」

「警官，犯罪新聞版讓我覺得噁心，所以從來不讀。」

我正要跟他說再見，然後掛電話。他突然問我：「那個富豪找你幹什麼？」

「普通的社交而已，我們只是一起喝杯茶。他說要給我一單生意。對了，他向我暗示，如果哪個警察輕視我，他就讓那個警察混不下去。當然，他只是暗示而已，並沒有明著說。」

格林說：「警局又不是他家開的。」

「他也是這麼說的。不過他說，他完全沒必要去收買地方檢察官或警察局長這些人，在他小憩的時候，這些人就會自己爬過來抱他大腿。」

「見鬼的！」格林吼了一聲，然後將電話掛斷。

當警察可不是個好差事。他們自己都判斷不出來，可以隨意在誰的肚皮上亂踩。

34

正午時分，熱浪翻滾，我卻要開車行駛在從公路延伸到盤山路的一條路況極差的小道上。道路兩邊的土地都已經被曬乾，散落著一簇簇落滿灰塵的矮灌木。一陣若有似無的熱風吹過來，裹著雜草散發的令人噁心的刺鼻氣味。我脫了外套，將袖子挽起來，想把胳膊放在車窗上，但車門那裡被曬得滾燙。槲樹叢下栓著的一匹馬，正在懶洋洋的打瞌睡。空地上，一個皮膚很黑的墨西哥人正在全神貫注地看報紙。一團風滾草從地面上懶洋洋滾過去，停在了一塊凸出的岩石那裡。岩石下面本來有一隻蜥蜴，一動不動地趴在那裡，但轉瞬間就不知道去了哪兒。

我順著柏油馬路往前開，從一座小山繞過，到了另一個鄉野間。又過了五分鐘，我終於開到了韋德家的車道上。我停下車，從石板路走過，到了門前按響門鈴。韋德親自來開門，他穿了一件褐白兩色的短袖格子襯衫、淺藍色的牛仔褲、一雙拖鞋，看起來精神很好，曬黑了一點，鼻子邊沾了些菸灰，一隻手上沾了墨漬。

他把我帶進書房，自己在書桌後面坐下。我將外套放在一把椅子上，然後坐在沙發上。我看見他的書桌上有厚厚的一堆黃色書稿。

「馬羅，很感謝你能來。你喝什麼嗎？」

我能感覺到，自己肯定露出了一種聽到酒鬼讓你「來一杯」時的無奈神情。

他做了個鬼臉，說：「我喝的是可樂。」

我說：「你反應真敏捷。我跟你一樣喝可樂，現在不想喝酒。」

他踩了一下腳踏按鈕，小糖果很快就出現了。他今天沒穿白色制服外套，穿了一件藍色襯衫，脖子上繫了一條橙色圍巾，下身是一件做工精良的高腰華達呢褲子，腳上是一雙黑白雙色的皮鞋。

韋德讓他拿可樂去，他狠狠瞪了我一眼才離開。看起來，他對我有些敵意。

我指著那堆書稿，問：「寫作順利嗎？」

「哦，特別糟糕。」

「不可能。完成多少了？」

「就篇幅來說的話，完成了三分之二。但從內容來說，就是沒完成任何有價值的內容。你知道一個作家是怎麼發現自己已經江郎才盡的嗎？」

我邊往菸斗裡裝菸絲邊說：「我不瞭解作家。」

「他絕對會為了尋找靈感，而看自己以前的作品。我的書稿已經完成了五百頁，十多萬字了。很多愚蠢的傢伙都以為，篇幅越長好東西越多，所以大家都喜歡大部頭作品。因此我也會把文章寫得很長很長。但是我寫的這些東西裡面，有些什麼內容，我自己連一半都不記得了。我不敢去讀自己的作品，我沒有勇氣。」

我說：「真是讓人驚訝，你跟那天晚上比起來，氣色好了太多。你不像自己想像的那麼差勁。」

「只憑這些還不夠，我需要的不止這些，很多事情並不是有了願望就能做好。我還需要一些自信，作為一個作家，我已經被慣壞了，失去了相信的能力。我有漂亮的妻子，漂亮的房子，寫出來的作品全都是暢銷書。但是我卻一心想喝得酩酊大醉，將所有的事情忘得一乾二淨。」他雙手托著臉頰，從桌子那端看著我，「愛琳說我想開槍自殺，情況已經這麼糟糕了？」

「你忘了？」

他點點頭，說：「我只記得自己摔倒了，把腦袋撞破了。之後我就在床上躺著了，看見你在旁邊。是愛琳打電話叫你來的？我他媽什麼都忘了。」

「是的。她沒告訴你？」

「她這個星期幾乎沒跟我說話。我覺得她的忍耐已經要到極限了。」他把手放在脖子和下顎之間，「大概已經到這裡了。洛林在聚會上鬧了那一下，讓局面變得更糟糕。」

「你夫人說那件事無關緊要。」

「是嗎？她肯定會那樣說。事實上那件事真的無關緊要。不過她在說的時候，是言不由衷的。你只要跟他老婆在角落裡喝幾杯，或者說笑幾句，告別時請問一下，洛林就會懷疑你跟他老婆有姦情。他是個十足的醋罈子，當然，她不肯跟他上床也是一個原因。」

我說：「我覺得悠閒谷區真是個好地方，這裡的每個人都過著一種正常又享受的生活。」

他的眉頭皺了起來。這時，小糖果推開門走了進來，他端來了兩瓶可樂和兩個玻璃杯。他在杯中倒滿可樂，看都沒看我，直接將一杯放在我面前。

韋德說：「怎麼沒穿白制服？半小時後開飯吧！」

小糖果板著臉說：「主人，我今天休息，而且我也不是廚師。」

韋德說：「小糖果，今天廚師也休息，可是有朋友要跟我一起吃飯，你準備點啤酒、冷盤或者三明治就可以了。」

小糖果冷笑道：「朋友？主人，你最好先問問夫人，再判斷一下他是不是你的朋友。」

韋德對著他笑了笑，往後一仰，靠在椅背上，說：「小子，嘴巴裡別不乾不淨的。看來我對你太好，讓你舒服慣了，對嗎？」

小糖果盯著地板，過了片刻，抬起頭來，笑道：「好的，主人。我馬上去穿白制服，然後給你們做飯。」

他慢慢轉身走出書房，然後將門關上。

韋德看著他離開，才對著我聳聳肩，說：「以前我們管他們叫僕人，現在管他們叫家庭助手。我猜，用不了多久，我們就該做好早餐，端到他們床邊去了。他被慣壞了，我給他的錢太多。」

「你是指工資還是額外給的錢？」

他提高了音量問道：「你什麼意思？」

我站了起來，把幾張疊好的黃紙遞給他，說：「這個東西原本在你打字機蓋子下面，你曾經叫我把它們毀掉。不過你可能已經不記得了。你先讀一下再說。」

他把黃紙打開，往後靠在椅背上看了起來。桌上的可樂發出波波的響聲，他沒有去管它，只是皺著眉，慢慢讀著黃紙上的內容。他看完了紙上的內容，將它們再次疊起來，一根手指在黃紙的邊緣處來回摩挲。

他很謹慎地問：「愛琳看過這個東西嗎？」

「我不能確定，大概看過。」

「真是太瘋狂了，對嗎？」

「我覺得挺有意思。你提到有個好人為你喪命那段是最精彩的地方。」

他再次將那幾張紙打開，帶著懊惱將它們撕成一條一條的丟進廢紙簍裡，然後慢慢說：「我覺得一個喝醉的人，有可能寫出或者做出任何不合常理的事情，但這些都是沒有意義的，他們已經醉了。小糖果那麼喜歡我，他不會勒索我。」

「你想要回憶起自己為什麼寫下這些東西，最好再醉一次，說不定還能想起一些別的事情。槍走火這樣的事情我們已經經歷過一次了。我覺得在安眠藥的作用下，你可能什麼都不記得了。那時候你看起來一點也不糊塗，可是現在你卻說忘了自己寫過這種東西。韋德，你能活到現在也算是個奇蹟了，難怪你寫不出東西來了。」

他側過身子，將書桌的抽屜打開，在裡面摸了半天，然後將一本三聯支票本拿了出來。他拿了一支筆，打開支票本，在上面寫了些字，又在存根的地方寫了一些字，平靜地說：「一千美金，我欠你的。」他撕下支票，從書桌那端繞過來，把支票放在我面前，「可以了嗎？」

我沒有拿那張支票，也沒有說話，只是往後仰了一點，抬頭看著他。他看起來特別憔悴，一張臉繃得緊緊的，眼睛就像兩個無底洞。

他緩緩道：「我猜你現在肯定覺得是我殺了她，然後栽贓給蘭諾斯。沒錯，她確實是一個蕩婦。但你不可能因為她是蕩婦就要把她的臉砸得稀巴爛，對吧？我有時候會去她那裡，這一點小糖果是知道的。不過很奇怪的是，我莫名覺得小糖果會替我保密。可能是我錯了，不過我始終不相信他會出賣我。」

我說：「他沒有出賣你，哈倫・波特的朋友們才不會相信他說的話。另外，她是被自己的槍打死的，不是被青銅像砸死的。」

他夢囈般說道：「報紙上沒提到這一點。她好像是有把槍，但是我不知道她是被槍打死的。」

我說：「報紙上確實沒有提到這個。不過你是不知道，還是忘記了？」

「馬羅，你到底想拿我怎麼樣？向警察揭發我？告訴我妻子？這對你有什麼好處嗎？」他的聲音還是那麼溫和，甚至可以說有些溫柔。

「你說過，有個好人為你送了命。」

「其實我的意思是，當初如果展開調查，那麼就會查到我頭上，我很有可能成為嫌疑人之一。從某種意義上來說，成為嫌疑人就能完全毀了我。」

「韋德，我並沒有說你是凶手。現在你自己都沒辦法確定那件事是不是你幹的，所以才惶惶不可終日。你喝醉之後幹的事，你事後完全回憶不起來。有記錄證明，你曾對自己的妻子使用暴力。你說你不會因為一個女人是蕩婦，就將她砸得稀巴爛，但這明顯與事實不符。因為有人幹過這種事了。相比之下，你比那個被認定為凶手的人，更有可能幹這種事。」

他沒有說話，走到打開的法式落地窗邊，站在那裡遠眺湖面。他一動不動地站了好幾分鐘，一句話也沒說。

敲門聲響了起來，小糖果推著一輛餐車進來了，車上放著一壺咖啡、兩瓶啤酒、蓋著銀蓋子的餐盤、雪白的餐巾。他對著韋德的背影，問：「主人，把啤酒打開嗎？」

韋德沒有回頭，直接說道：「拿一瓶威士忌給我吧！」

「主人，對不起，沒有。」

韋德回過身，對著小糖果又吼又叫，但是小糖果始終沒有妥協。他低下頭，看見了放在茶几上的支票，他歪著頭看上面的內容，之後抬起頭盯著我，咬牙切齒地說了幾個字。之後，他看著韋德說：「我今天放假，我先走了。」說完，轉身走了出去。

韋德笑了起來，大聲說：「我可以自己拿。」說完，也走了出去。

我將一個銀蓋子打開，裡面放著幾塊三明治，都切得特別整齊。我倒了一杯啤酒，拿起一塊三明治，站著吃完了。

韋德回來了，帶來了一瓶威士忌和一個酒杯。他一屁股坐在沙發上，往杯子裡倒了點酒，然後一飲而盡。外面傳來汽車漸行漸遠的聲音，應該是小糖果開著車走了。我又拿起一塊三明治吃。

韋德的臉色已經開始泛紅，說話時嗓門很高，透著一陣興奮，「坐下吧，不用客氣。我們還得聊一下午。馬羅，你是不是不喜歡我？」

「關於這一點，你已經問過我了，而我也給你答案了。」

「你覺得我怎麼看你的？你就是個背信棄義的雜種，為了得到自己想要的東西可以不擇手段。當我醉得不省人事的時候，你居然在隔壁房間哄我妻子上床。」

「那個玩刀子的混蛋說的話，你也相信？」

「不會全部都信。」他往杯子裡又倒了些酒，對著陽光舉起杯子，「威士忌的顏色真好看，就算溺死在這種金色裡也值了，對嗎？『午夜離去，煩惱消除』接下來是什麼？真是抱歉，這太文藝了，你不會知道，對嗎？你是個偵探，那你能不能告訴我你來這裡的目的？」

他連著喝了幾口酒，然後對著我笑。茶几上那張支票引起了他的注意，他將支票拿過來，舉起來看上面的內容，念叨著：「看來這張支票是開給一個姓馬羅的人的。我為什麼要開這張支票呢？目的是什麼？我已經忘了。我真是太愚蠢了，三兩句話就能騙倒我，我居然還簽了名。」

我粗暴地吼著：「別跟我裝蒜了，你妻子去哪兒了？」

他很有風度地看著我，說：「時間到了，她自然會回來的。不用說，那時候我肯定已經醉得不省人事了，這個宅子就由你做主了，她可以慢慢地伺候你了。」

我突然問他：「槍在什麼地方？」

他迷茫地看著我。我跟他說，他的槍被我放在書桌抽屜裡。他說：「我敢保證這裡面沒有槍，如果你願意的話，可以檢查一下，不過別把我的橡皮筋拿走。」

我走到書桌邊，在抽屜裡搜了一番，確實沒有那把槍了。這可不是一件小事。當然，也可能是愛琳把它藏了起來。

「韋德，你老婆到底在哪裡？老兄，我覺得應該讓她回來了，不是為了我，是為了你，你需要照顧。如果讓我來照顧你，那我就得受罪了。」

他手裡還拿著那張支票，瞪大了眼，一臉的迷茫。他將酒杯放下，將支票撕成兩半，接著又捏了幾下，最後把碎紙扔在地上。他說：「顯而易見，你覺得報酬太少了。一千美金加上我老婆都不夠，你要天價酬勞。這可怎麼是好，除了這個寶貝……」他拍了酒瓶一下，「我出不起再高的價錢了。」

我說：「我該走了。」

「朋友，別走啊！你不是想讓我回憶嗎？沒問題，我的回憶都泡在了酒裡。等我喝到了那個程度，就會把我殺過的所有女人都告訴你。」

「可以，韋德，我可以等一會兒再走，但我不會跟你待在一起。如果你想叫我的話，用椅子砸牆壁就行了。」

我從書房走了出來，沒有把門關上。我從客廳穿過，走到露台上，拿了一把躺椅放在陰涼處，然後放鬆地躺在上面。湖對面的山巒上繚繞著淡藍的霧氣，溫暖的海風從低矮的山丘上掠過，一路向西吹去，將空氣中的燥熱和汙濁都帶走了。悠閒谷區的夏天有一種人為的完美。這是個天堂股份有限公司精心創造出來的、閒人勿進的地方。這裡只允許上流高雅人士進來，比如洛林、韋德這樣的純金一般的人物。這裡只接受精英、最優秀的人，以及最受矚目的階級，中歐族裔非請勿入。

35

我在躺椅上躺了半個小時，一直在想該怎麼處理這件事。一方面，我希望他喝得爛醉如泥，然後趁機問點東西出來。我覺得他待在自家書房裡，應該不會出什麼大問題。可能會像上次那樣再摔一跤，但他酒量不錯，應該沒那麼快醉到那種程度。而且酗酒的人，一般都不會把自己傷得太厲害。這次他可能又會產生罪惡感，不過不一定有過激行為，也許只是去睡一覺。

另一方面，我實在不想摻和進這些事裡，所以想立刻離開。但我從來不會在意這方面的想法，如果真的在意這種想法，我就是那種守在自己老家，在某個五金行打工的人。我會跟老闆的女兒結婚，然後生五個孩子，每個週末的清晨，讀報紙上有趣的新聞給他們聽，如果他們不聽話，我就在他們後腦勺上狠狠來一巴掌。我每天都會跟老婆爭論孩子零花錢的多少、該讓他們聽什麼電台、看什麼樣的節目……說不定我還會成為小鎮人眼裡的有錢人：住的房子有八個房間、家裡擁有兩輛車、客廳的茶几上永遠放著《讀者文摘》、每週日都可以吃上雞肉、老婆燙一頭捲髮、我的腦袋像水泥一樣堅硬。朋友，跟這樣的小鎮生活比起來，我覺得大都市的骯髒和怪異都是可以接受的了。

我站了起來，回到書房，那瓶蘇格蘭威士忌已經少了一大半。韋德一臉茫然地坐在那裡，他的眉頭微微皺著，雙眼沒有一點神采，看著我的時候，就像小馬看著馬廄外面。

「你想做什麼？」

「什麼也不做。你還好嗎？」

「別打擾我，有一個小人在我的肩膀上給我講故事。」

我從餐車上取了一瓶啤酒和一個三明治，然後靠在書桌邊，吃喝了起來。

「你知道嗎？」他冷不防開口道，聲音比剛才清楚了很多，「我以前僱用了一個男秘書，我口述，他幫我打字。可是我覺得他坐在那裡等我創作，干擾到我了，所以解僱了他。這真是個錯誤的決定，我不應該解僱他的。我將他留下，外面那些寫不出好作品只會寫書評的所謂聰明人肯定會捕風捉影，覺得我是個同性戀，然後就會大力幫我宣傳。你應該能理解，他們要照顧自己圈子裡的人。他們每一個都是同性戀。朋友，同性戀在我們這個時代已經成為藝術的掌控者。那些性變態就是領軍人物。」

「是嗎？一直以來就有這樣的人吧！」

他聽見了我的話，不過沒有看我，只是接著說自己的，「是的，數千年來從未改變，特別是在藝術興盛時期，這樣的同性戀最多。比如：雅典時代、羅馬時代、文藝復興時期、伊莉莎白女王時代，法國浪漫主義運動時期。你看過《金枝》嗎？這是很值得讀的書。對你來說可能有些長，可以去讀縮寫本。書裡闡述了我們大眾的性取向只不過是一種習慣而已，就像晚禮服要配黑領帶，沒什麼道理，就是習慣。我寫情色作品，但我不是同性戀，我喜歡女人。」他抬頭看著我冷笑，「其實我是個謊話連篇的人。在我的書裡，我把男主角塑造成八尺硬漢，女主角翹著雙腿躺在床上，屁股都要磨出繭子。蕾絲、花邊、馬車、長劍、風雅浪漫、浴血奮戰、慷慨赴死……全都是扯淡。實際上他們從不刷牙，滿嘴爛牙，也不用肥皂，只能噴香水掩蓋氣味，指甲裡面散發出肉湯餿掉的味道。法國的貴族們尿在凡爾賽宮走廊的大理石牆壁上。當你費盡力氣，將迷人的侯爵夫人的數層內衣脫掉，就會發現她應該很久沒洗過澡了。我覺得這樣寫才是正確的。」

「你可以這樣寫。」

他笑了起來：「是可以，不過這樣寫以後，如果我運氣好的話，或許能在康普頓擁有一個只有五間房的破宅子。」他伸手拍了一下威士忌酒瓶，「老兄，你需要找一個伴侶，你太寂寞了。」

他站起來走出書房，步伐很穩健。我放空思緒，靜靜地等了片刻。我的視野裡出現了一艘汽艇，它轟鳴著從湖面上駛過。汽艇的桅座高出水面一截，船尾拽著一個站在衝浪板上，曬得黝黑的壯碩小伙子。我走到法式落地窗邊，看著那艘汽艇。它又猛又急地轉了一個彎，差點翻了。衝浪板上的人為了保持平衡，提起了一隻腳，但最後還是跳進水裡了。汽艇慢慢停了下來，小伙子不慌不忙地爬上來，順著那根拽著衝浪板的繩子，又回到了衝浪板上。

汽艇啟動，越來越快，最後從我的視野裡消失。

韋德拿了一瓶新的威士忌回來，把它放在原來那瓶旁邊，然後坐下來開始沉思。

「我的天，你難道想把這些都喝了？」

「討厭鬼，你擋著我的光了，趕緊滾蛋。」他瞇起眼看我，聲音已經沒那麼清晰了，「回家拖拖廚房地板什麼的。」

我猜他肯定又像以前一樣，在廚房裡已經喝了幾杯了。

「需要我幫忙的時候，喊我一聲就可以了。」

「我還沒落魄到要向你求助。」

「是嗎？那太好了。我會等你太太回來之後再走。你聽說過保羅・馬斯頓這個人嗎？」

他慢慢抬起頭，費了很大勁才讓眼神有了焦點。我能看出來，他正努力想要找回自己的意識。這次，他得到了短暫的勝利。

他板著臉，很慢很謹慎地說：「那是誰？我從沒聽過。」

過了片刻，我再回去的時候，看見他已經睡著了。他滿頭大汗，大張著嘴，身上散發著蘇格蘭威士忌的氣味，嘴唇間露出了牙齒，舌苔看起來很乾，臉有些變形。

兩瓶威士忌，一瓶空了，一瓶還剩四分之三，旁邊杯子裡還有點酒，大概兩英寸高。我把空酒瓶拿起來，放在餐車上，然後把餐車推出去。我擔心汽艇再過來，會把他吵醒，所以又回去將法式落地窗關上，百葉窗拉好。

我把餐車推回廚房。廚房的裝修以藍白色調為主，寬敞明亮，空氣流通，但是沒有一個人。我還沒吃飽，所以又吃了一塊三明治，然後將剩下的啤酒全喝了。啤酒已經沒氣了，不過咖啡還沒涼透，所以我又喝了一杯咖啡。

吃完東西，我又回到了露台。過了很久，大概四點的樣子，汽艇又從湖面上駛了過來。遠處的轟鳴聲越來越近，變得震耳欲聾。對於這樣的噪音汙染，應該要立法管制，可能已經有這樣的法律了，只是汽艇上的人根本不在乎。他就像我認識的很多人一樣，很享受被人厭惡的感覺。

我向下走到湖邊。汽艇又在嘗試急轉彎，這一次成功了。汽艇的速度控制得當，衝浪板上的黝黑小伙子對抗著離心力，身體努力外傾。衝浪板的一邊已經翹起來，離開了水面。隨後，轉彎完成，汽艇直線行駛，沿著原路回去了。衝浪板上的人沒有掉下去。這個過程就這樣結束了。汽艇掀起的浪潮，湧向我腳下的湖岸、拍打著木碼頭、撞擊著繫在那裡的小船，小船隨著波浪晃動著。我轉身走回屋子，這時波浪還在不斷拍打著小船。

我剛走到陽台，廚房那邊就傳來了門鈴聲。等門鈴第二次響起，我才反應過來，門鈴肯定是在大門處，然後從客廳穿過，去開門。

來人是愛琳・韋德，她眼睛看著一邊，說：「不好意思，忘了帶鑰匙。哦——」她轉了過來，才看見我，「我以為是小糖果或者羅傑。」

「今天週四，小糖果休息。」

等她進了屋，我才關上門。她看起來很平靜，走到兩張長沙發中間的茶几邊將手提包放下，然後脫下了白色豬皮手套。

「怎麼了？」

「沒什麼大事，他喝了點酒，在書房的沙發上睡著了。」

「他打電話給你了？」

「是的，不過不是因為這個。他邀我一起吃午飯，不過他可能一口都沒吃。」

她慢慢地在一張沙發上坐下，說：「你看看，我真是太蠢了，都忘了今天是週四，廚師也休息了。」

我說：「小糖果走之前做了午飯。我該走了，希望我的車沒有妨礙你停車。」

她微笑道：「怎麼會，地方很大。我想喝點茶，你來點嗎？」

我不知道為什麼，其實一點也不想喝茶，但是嘴上卻說：「好的。」

她今天沒有戴帽子，一邊脫亞麻外套一邊說：「我先去看看羅傑。」

她從客廳穿過，走到書房門前，將門打開，站在那裡看了片刻，然後將門關上，轉身走回來。我站在那裡一直看著她。

她說：「他睡得很香。你稍等一下，我要上樓一趟，很快下來。」

我繼續站在那裡看著她。她將自己的外套、手套、包包拿了起來，然後走上樓。她進了房間，把門關上了。

既然韋德已經睡著了，他就不再需要那些酒瓶了。我這麼想著，就走去了書房，打算收拾那個酒瓶。

36

法式落地窗和百葉窗都關著，屋子裡又暗又悶，空氣裡充斥著一股難聞的氣味，寂靜壓得人喘不過氣來。從門口到沙發，只有短短的十六英尺距離，我剛走了幾步，就察覺沙發上躺著的人已經沒了氣息。

他面對沙發靠背側躺著，一隻手擋著眼睛，一隻手彎曲地壓在身下，臉上沾滿了血。沙發背和他的胸口之間有一灘血漬，血水中躺著一把韋伯利雙彈簧無撞針手槍。

我彎腰查看，見他的眼睛大睜著，赤裸的手臂泛出紅色。可以看見他頭部被手肘圈起來的地方有一個彈孔，傷口處的肉鼓了起來，泛出黑色，還有血在往外冒。

雖然他的手腕還有溫度，但可以確定他已經死了。我沒有動他的身體，四處尋找他有沒有留下字條或者塗鴉之類的東西。但除了桌上那一堆稿子以外，什麼也沒發現。並不是所有自殺的人都會留下遺書。我將打字機蓋子拿開，裡面同樣什麼也沒有。除了這一點，其他的都特別自然正常。通常來說，人在自殺前，都會用各自的方式來告別，有人會痛快喝幾杯，有人會安排一頓精緻的香檳晚餐，有人會一絲不掛，有人會穿上禮服。自殺的地方也各種各樣，水上、水下、空中、樓頂、水渠、浴室都有可能。有人會在倉庫裡上吊，還有人會在車庫裡開煤氣自殺。這位倒是個乾淨俐落的。不過我一直都沒有聽見槍響，所以他應該是在我看那個衝浪的人轉彎時開槍的。那時汽艇轟鳴，剛好將槍聲蓋住了。我不明白，韋德既然要自殺，又何必刻意掩飾槍聲？或許他並沒有打算掩飾，只是有自殺的衝動時汽艇剛好過來了，兩者因此撞在了一起。這個結局讓我覺得很不滿意，但是誰在乎我的想法呢？

地板上，還留著撕碎的支票，我沒去撿，只是將他那天亂寫的然後剛才撕碎了扔進廢紙簍的黃稿紙撿了起來。廢紙簍裡幾乎沒有別的紙張，我很輕易就將那些紙片全撿了起來，放進自己口袋裡。我沒有費精力去想他從哪裡來的槍，因為能藏槍的地方太多了。沙發墊下、椅背、地板上、書堆後，哪裡都可以藏。

我從書房走出去，將門關上，仔細聽了一下，廚房那邊有聲音，是水壺發出的哨音。我走到廚房，見愛琳圍著藍色圍裙站在裡面。她冷冷地看了我一眼，然後把火關小，問：「馬羅先生，你想在茶裡加點什麼？」

「從壺裡倒出來直接喝就行。」

為了讓手指有點事幹，我拿了一支菸出來，靠牆壁站著，不停揉捏那支菸。最後我把菸擰成了兩段，一段掉在地板上了。她的目光跟著那段香菸一起，落在了地上。我彎腰把它撿起來，將兩段菸揉在一起。

她泡好茶，轉過頭說：「我在英國期間學會了喝茶，喜歡加糖和奶。他們喜歡用糖精替代糖。當然戰爭時期，沒有牛奶可以加。特別有意思的是，我喝咖啡什麼都不加。」

「你以前在英國生活過？」

「大規模空襲期間，我一直在那裡工作。我應該跟你講過，我遇到了一位男士，就是在那裡。」

「你是在什麼地方遇到了羅傑？」

「紐約。」

「你們是在紐約結婚的？」

他轉了過來，眉頭皺著，說：「不是，我們不是在紐約結婚。有什麼問題嗎？」

「等茶的間隙閒聊而已。」

水池上方有一個窗戶，從那裡可以看到湖面。她在滴水板邊靠著，從窗戶望出去，手指漫不經心地摩挲著一塊疊好的方巾，說：「必須要制止這樣的情況，但是我不知道該怎麼辦才好。或許可以把他送到某個機構去，但我狠不下心來這麼做。我是不是要簽署一些文件？」她說完最後一句話，轉了過來。

我說：「他可以自己簽名。我的意思是，他以前可以自己簽字。」

這時，茶壺的計時器響了起來。她轉過身，把茶水倒進另一個壺裡，然後把新茶壺放在托盤上。托盤裡已經擺好了茶具。我走過去把托盤拿起來，端到客廳的茶几上放好。我們分別在茶几兩邊的沙發上面對面坐好。她倒了兩杯茶，我將自己的那杯端過來，等它涼下來。她在自己的那杯茶裡放了一些牛奶和兩塊糖，然後嘗了一下。

突然，她問道：「能解釋一下你最後那句話是什麼意思嗎？你的意思是他可以自己簽名，把自己送到某個機構去？」

我說：「只是順口那麼說一下而已。那天他在樓上演完自殺的戲碼後，我跟你提到過一把槍，你藏起來了嗎？」

她皺起了眉頭，重複我的話：「藏起來。我為什麼要藏起來？藏起來根本沒用，所以我不會去做這種事。你怎麼會問這個？」

「你今天出門忘記帶家裡鑰匙？」

「是的，我跟你說過了。」

「可是卻帶了車庫的鑰匙。一般來說，像這樣的房子，所有的門都可以用大門鑰匙打開。」

她嗓門大了起來，說：「車庫門是由開關控制的，不用鑰匙就能開門。門前內牆上有一個開關，想要出去，把開關扳上去就行了。控制車庫門開關的按鈕就在車庫邊。而且我們基本不會關車門，即使要關，也是小糖果去辦。」

「懂了。」

她有些尖刻地說：「你說的話讓人覺得莫名其妙，那天早上你也是這樣。」

「因為我在這房子裡遇到了很多匪夷所思的事情。某人喝醉了，躺在外面的草地上，醫生來了卻袖手旁觀；手槍大半夜裡突然走火；性感漂亮的女人摟著我的脖子，把我當成另一個人，說著甜言蜜語；那個墨西哥傭人卻是個玩飛刀的好手。其實，你根本不愛你的丈夫，對吧？我覺得我以前也說過這樣的話。另外關於那把槍，那真的是遺憾透頂啊！」

她慢慢地站了起來，像冰塊一樣的冷淡，紫羅蘭色的眼睛開始變色，不再像以前那般溫和。她的嘴唇哆哆嗦嗦，一字一頓地問：「是不是……是不是發生什麼事了？」她說著話，眼睛朝著書房的方向看去。

我還沒來得及回答，她就衝了出去，直接跑到書房門口，一把推開門跑了進去。我在等待意料中的尖叫，但出乎意料的是，我什麼都沒聽見。我覺得情況不妙，我應該將她攔下來，按照傳達噩耗的一般步驟，慢慢將這件事告訴她。你先坐下來，做好心理準備，可能發生了一件遺憾的事……等你絮絮叨叨，挖空心思將事情說完，卻不一定能減輕當事人的痛苦，甚至會適得其反。

我站起來，走進書房。她在沙發邊跪著，緊緊摟著他的頭，身上被鮮血沾滿。她閉著眼，一言不發，抱緊他，前後搖晃著。

我從書房裡走出來，找到一架電話，打開電話簿，準備給離這裡最近的警察分局打電話。其實根本無所謂，他們用無線電相互聯絡。我走到廚房，打開水龍頭，將口袋裡的黃色紙條以及另一把茶壺裡的茶葉渣扔進垃圾粉碎機裡。短短的幾秒鐘後，所有的東西都化為了渣滓。我把水龍頭和粉碎機關上，然後回客廳將前門打開，走到外面。

過了大概六分鐘警察就到了，他們大概本來就在這片巡邏，所以來得這麼快。我帶著警察去了書房。韋德太太還在沙發前跪著。他馬上走過去，說：「女士，我能理解你的心情，但是你不應該碰任何東西。真的很抱歉。」

「他是我的丈夫。」她轉過頭，一下子癱軟在地，「他被槍殺了。」

警察脫了帽子放在書桌上，將電話拿了起來。

她尖聲說道：「他是個很有名的小說家，叫羅傑・韋德。」

警察邊撥號邊說：「女士，我知道他是哪位。」

她低頭看了看自己衣服胸前的地方，說：「我想上樓換一件衣服，可以嗎？」

他對她點點頭，說：「可以。」然後繼續打電話。

等他打完電話，轉過身來，問：「你說他被槍殺，你覺得是有人殺了他？」

「我覺得這個男人就是凶手。」她說話時根本沒有抬眼看我，說完直接從書房走了出去。

警察拿出記錄本，一邊在上面寫東西，一邊漫不經心地說：「我要把你的名字、住址記下來。打電話報警的人是你？」

「對的。」我告訴他我的名字和住址。

「稍等會兒，奧爾斯警官馬上就要到了。等他到了再說。」

「伯尼・奧爾斯？」

「是的。你認識他？」

「算是老相識，他以前是地方檢察官辦公室的人。」

警察說：「現在不是了，他現在隸屬洛杉磯警察局長辦公室，是重案組的二當家。馬羅先生，你跟這家主人是朋友？」

「聽韋德夫人說話的語氣，應該不算。」

他聳肩，曖昧不明地笑了一下，說：「馬羅先生，別緊張。你帶槍了嗎？」

「今天沒有。」

「我還是要確認一下才行。」他說著話，動手搜我的身，接著又把目光投向了沙發處，「發生了這樣的事，你不能要求他妻子保持理智。我們最好出去等著。」

37

奧爾斯不高不矮，身材微胖，淺金色的短髮亂糟糟頂在頭上，眼睛是淺藍色的，兩條白色眉毛又粗又硬。他還沒被摘掉帽子時，每一次脫帽都會讓你大吃一驚，因為他的腦袋比你所預料的大得多。他是個忠厚的人，但作為警察是個很厲害的角色，對人生抱有一種嚴厲的態度。五六次資格考試他都名列前茅，好幾年前就該升為警監，但是他不會討好局長，所以局長也不喜歡他。

他一邊從樓梯上走下來，一邊摸著下巴。我在客廳裡等著，有一個便衣警察跟我坐在一起。書房裡不斷有人進出，剛開始裡面閃爍著閃光燈，現在已經停止了。

奧爾斯在一把椅子邊緣坐著，晃動著雙手，嘴裡咬著一支沒點著的菸，認真地看著我，似乎在思索什麼。

「還記得以前嗎？那會兒悠閒谷區還設有看門人和私人警察。」

我點頭道：「是的，還有賭場。」

「是的，你沒辦法阻止。這個地方跟以前的箭頭湖和翠玉灣一樣，都是私人地盤。在我辦案子的時候，旁邊沒有記者來打擾真的是很久遠的事了。肯定有人跟彼得森局長打過招呼，電報上一點都沒有提及這件事。」

我說：「他們倒是安排的挺周到。韋德夫人情況怎麼樣？」

「特別放鬆。她肯定是吃了藥了，我在那兒發現了十多種藥，裡面還有杜冷丁，那可不是什麼好東西。你的朋友最近一個接一個的死掉，他們真是有點倒楣，對嗎？」

我無言以對。

奧爾斯漫不經心道：「用槍自殺特別容易造假，所以我對這種案件很有興趣。他老婆說你是凶手。你知道她這麼說有什麼根據嗎？」

「我覺得她想說的並不是字面意思那麼簡單。」

「這裡沒有外人。她說你知道他喝醉了，而且也知道他有天晚上想要開槍自殺，她跟他撕扯了一番才把槍搶過來。你當時在那裡，但並沒有怎麼幫忙。還有，你知道那把槍放在哪裡。這些說的對嗎？」

「那天我跟她說過槍在哪裡，並且讓她把槍藏起來。今天下午我在他書桌的抽屜裡找過，那把槍已經不在了。可是現在她卻說，她覺得把槍藏起來並沒有什麼用。」

奧爾斯厲聲問我：「『現在』是指什麼時候。」

「她回到家之後，打電話報警之前。」

「你為什麼去翻他書桌抽屜？」他的雙手在膝蓋上撐著，很冷漠地看著我，好像不管我說什麼，他都不在意似的。

「因為他喝醉了，我覺得保險起見還是把槍藏起來。不過那天晚上他只是在演戲而已，並不打算真的自殺。」

奧爾斯點了一下頭，將嘴裡嚼爛的香菸拿了下來丟在托盤裡，然後將一支新的拿了出來，說：「咳嗽得太厲害，我開始戒菸了。但是這菸癮可不是說戒就能戒的。嘴裡不咬著一支，就覺得渾身難受。當這個傢伙一個人時，是你負責看著他？」

「不，我只是應邀來跟他吃午飯的。我們閒聊了幾句，他因為寫作不順利感到苦惱，想要喝兩杯。你覺得我應該攔著他別讓他喝酒？」

「我現在只是問問情況，還沒想那麼多。你喝了多少酒？」

「一點點啤酒。」

「馬羅，你在這裡算是惹上麻煩了。他給你開了一張支票，並且簽了名，可是最後又撕掉了。這是怎麼回事？」

「他們想讓我在這裡住下來，幫助他戒酒。我說的他們是指他的妻子、他自己、還有他的出版商霍華德・史賓塞。我想這個出版商現在應該在紐約。不過我拒絕了他們的請求，這一點你可以去找出版商證實。但是過了不久，她跑來找我，說她的丈夫喝多了，然後跑走了。她非常的擔心，希望我能幫她把她的丈夫找回來。我答應了她的要求，把她的丈夫找了回來。不久之後，我又費了九牛二虎之力，把他從家門口的草地上弄回屋裡，扶到床上。看來我惹上麻煩了。伯尼，其實我一點都不想攪和進這件事裡。」

「跟蘭諾斯的案子沒關係嗎？」

「我的天。跟蘭諾斯的案子沒有一毛錢的關係。」

奧爾斯揉了一下膝蓋，硬邦邦說道：「真的嗎？」

這時有人從前門走了進來，他先跟另一位警探說了幾句話，然後走到奧爾斯這裡，說道：「長官，外面有位叫洛林的醫生，自稱是那位女士的私人醫生。他說有人打電話讓他過來。」

「讓他進來吧！」

那個警探出去了。沒過多久，穿一身夏季精紡毛料西裝，拿著乾淨的黑色皮包的洛林走了進來。他看起來平靜而優雅，看都沒看我一眼，就直接從我身邊走過去了。

他問奧爾斯：「她在樓上嗎？」

奧爾斯站了起來，說道：「是的，在她自己的房間裡。醫生，你為什麼給她開杜冷丁？」

洛林皺著眉看他，冷冰冰地說：「我都是對症下藥，不需要向任何人解釋。另外，誰說我給韋德太太開了杜冷丁？」

「是我。她的浴室放滿了藥，那些藥瓶上寫著你的名字。你可能不知道吧，醫生，我們市中心有個小藥丸大全展覽。紅鳥、藍鳥、小黃蜂、鎮定丸……應有盡有。這裡面最糟糕的，就是杜冷丁。據說戈林每天就靠吃這種東西過活，他被俘虜的時候，食用量達到了每天十八粒之多。為了控制住他的食用量，軍醫花了整整三個月的時間。」

洛林冷冷地說：「我根本不知道你說的這些詞是什麼意思。」

「真是太遺憾了，你居然會不知道！紅鳥是指安眠藥，藍鳥是指阿米妥鈉，小黃蜂是指戊巴比妥鈉，而鎮靜丸是指巴比妥酸鹽，裡面加了一些苯丙胺。而杜冷丁則是一種特別容易上癮的合成麻醉劑。你以為開了藥之後就不用管後續了嗎？那位太太得了什麼嚴重的病，需要用這樣的藥？」

洛林醫生說：「有一個酗酒成癮的丈夫，對敏感的女人來說，就是一種很嚴重的病。」

「你難道就抽不出一點時間也幫他瞧瞧病？那真是太遺憾了。好了，醫生，韋德夫人在樓上。謝謝你的合作，耽誤你的時間了。」

「先生，我要舉報你，你太野蠻無禮了。」

奧爾斯說：「是嗎？隨意。不過你得先幹點活，再去舉報我。我要做筆錄，所以你要先讓那位女士的頭腦清醒起來。」

「你知道我是什麼人嗎？我做事只有一個原則，那就是有利於她的病情。另外說一點，韋德先生不是我的病人，因為我不接收酒鬼。」

奧爾斯對著他吼起來：「你只接收他們的夫人，對嗎？對呀，我當然知道你是誰，醫生。你可把我嚇得五臟都要滴血了。記住了，我叫奧爾斯，是個警官。」

洛林醫生上樓去了。奧爾斯回到座位上坐下，對我咧嘴笑了笑，說：「對付這樣的人，必須有些策略才行。」

一個瘦子從書房裡走了出來，他帶著一副眼鏡，額頭透著一股精明勁兒，看起來一本正經的樣子。他走過來找奧爾斯。

「警官。」

「直接說。」

「槍傷是近距離射擊造成的。氣壓導致傷口腫脹以及眼球突出，很明顯是自殺。槍上沾滿了血跡，我覺得很難從上面找到指紋。」

奧爾斯問：「如果說他喝得爛醉如泥，或者是睡著了，有沒有可能是他殺？」

「有這種可能，但是找不到任何跡象證明是他殺。那把槍是雙彈簧無撞針的韋伯利手槍。這種槍，通常來說，在發射之前需要用力的扣動板機，但之後發射時，只需要輕輕扣一下就可以了。至於槍的位置，可以用反衝力來解釋。到目前為止，我找不到任何跡象表明有他殺的可能。我猜測酒精的濃度會特別的高，可是如果太高了的話……」他停了一下，頗有深意地聳聳肩，「是不是自殺就需要再討論了。」

「謝謝你。有人通知法醫了嗎？」

那人點了一下頭，然後離開了。奧爾斯張開嘴打了個哈欠，往手錶上看了一眼，然後又看著我，說：「你準備走了嗎？」

「只要你肯放我走，我當然想走。不過我覺得自己已經被你列為嫌疑人了。」

「當然可以走，不過別讓我們找不到你，因為之後我們可能需要你的協助，其他就沒什麼了。這些辦案流程你應該很熟悉，畢竟你以前也當過警察。對於有些案件，你必須盡快辦理，以免證據消失。但是這件案子卻不一樣。如果他不是自殺的，誰有殺死他的動機呢？當然是他老婆，可是她卻有不在場的證據。然後就剩下你，當時整個屋子裡只有你一個人，並且你知道槍放在什麼地方。這一切都設計得完美又合理，但是缺少動機。另外，我們還應該考慮的一點是，你是一個經驗相當豐富的人，殺人的時候不至於把自己暴露得這麼明顯。」

「很好。伯尼，謝謝你。」

「當時下人都出去了，不在這裡。如果是他殺的話，只有可能是某個剛好來做客的人幹的。那個人必須知道韋德睡著了或者是喝得不省人事了，然後他還需要知道韋德的槍藏在哪裡，並且他還要算好時機，開槍的時候能夠利用遊艇的噪音來掩蓋聲音，之後還要在你回屋之前悄悄的離開。從我目前所得到的情況來看，我覺得沒有哪一個剛好來做客的人能做到這種地步。唯一有能力並且有機會做到這些的人，他絕對不會去做。理由顯而易見。因為他是唯一的一個。」

我站起來，準備離開這裡，「好的，伯尼。晚上我都會在家裡待著。」

他想了一會兒，說道：「但是還有一個問題。說實話，我對韋德寫的小說完全不感興趣，你在妓院裡大概就能發現比他所創造的角色更有意思的人。不過這是個人的品味而已，跟我的警察身分沒有關係，也絲毫不影響韋德現在是個炙手可熱的作家這件事。他現在名利雙收，有漂亮的老婆，在這個國家最好的地方擁有一棟漂亮的房子，朋友對他趨之若鶩，可以說沒有任何的煩惱。他到底為什麼要開槍自殺呢？我想知道他到底有什麼過不去的難關？如果你知道，就坦白的告訴我吧！再見。」

我走到門口，在門口守著的警員回頭看了奧爾斯一眼，得到示意之後才放我通行。車道被各種警車堵住了，我上了自己的車之後，只能繞開它們，從草坪上開過。開到大門口，另一個警察將我仔細打量了一番，不過他並沒有說什麼，就讓我走了。我拿出墨鏡戴上，開車上了大道。午後的陽光灑在剛修好的草地上，草地後是豪華的住宅。路上空蕩蕩的，顯得十分寧靜。

在悠閒谷區的一個豪宅裡，一個小有名氣的人，倒在了自己的鮮血裡。但這並不能破壞悠閒谷區的寧靜和慵懶。從新聞界的角度來看，這件事就像發生在中國的西藏一樣。

道路的拐彎處停了一輛深綠色的警車，路肩上建著圍牆，將兩處住宅圍了起來。一名警察從車上下來，抬手示意。我將車停下來。警察走到窗戶邊說：「駕照。」

我將錢包拿出來，遞出去給他。

他說：「按規定，我不能碰你的錢包，請把駕照拿出來。」

我從包裡拿出駕照遞過去，問：「發生什麼事了嗎？」

他往我的車裡看了幾眼，然後把駕照遞還給我，說：「不好意思，耽誤你的時間了，只是例行公事而已，並沒有什麼特殊。」

他揮手，示意我開走，自己走回了停著的警車那裡。警察永遠都是這樣的，他們從不會告訴你原因。因為一旦告訴你，你就會發現他們自己也不知道原因是什麼。

我買了兩杯冰鎮的酒帶回家，之後出去吃了晚餐，然後才回去。我把窗戶打開，衣服扣子解開，等待著那個即將落在我身上的麻煩。我等了很久，一直到九點，伯尼·奧爾斯才打電話過來。他讓我過去，中途不用停車去買花。

38

小糖果被帶到了警察局，他們讓他在局長辦公室靠牆的一張椅子上坐著。我從他身邊走過，他狠狠地瞪了我一眼。我走到彼得森局長審犯人用的方形辦公室裡。辦公室很大，裡面放滿了獎盃錦旗之類的東西，這些代表著人們對他二十年來兢兢業業工作的感激和敬仰。牆上掛著很多馬的照片，每張照片裡面都會出現彼得森本人。他的雕花書桌的四個角，都雕成馬頭的樣子。硯台被固定在了桌上，是馬蹄的形狀，筆筒和硯台是成套的，裡面用白沙填滿了。這兩件東西上各釘了一塊金色的牌子，上面寫著日期和事件。桌子的吸墨板被擦得很乾淨，一袋特勒姆公牛牌菸草以及一疊棕色的捲菸紙放在中間。彼得森給自己捲了一支菸，他經常騎在馬背上單手捲菸，如果他騎的是一匹高大的白馬，馬鞍上裝有漂亮的墨西哥銀飾，行走在隊伍的最前端時，他就肯定要單手捲菸。騎在馬背上時，他總是戴一頂平頂的墨西哥寬簷帽。他的騎術肯定特別精湛，騎在馬背上，帶著高深莫測的笑，只需要一隻手拉一下，就可以讓馬兒知道，什麼時候該安靜了，什麼時候該活躍了，什麼時候該回頭了。局長的一舉一動都恰到好處，他像老鷹一樣英俊，雖然現在有了一點點的雙下巴，但是沒有關係，他知道將頭仰成什麼角度能掩飾這個缺陷。他應該花了很多心思在拍照姿勢上。局長的父親是個丹麥人，給他留下了很多錢。但局長看起來不像擁有丹麥血統的樣子，他擁有一頭黑色的頭髮和深棕色的皮膚，樣子看起來像是雪茄店門口的印第安木頭人那樣呆愣，頭腦大概也跟這些木頭人不相上下。他的手底下養著的都是些騙子，這些騙子不僅欺騙群眾也欺騙他，但是這並沒有影響到彼得森局長的形象。從來沒有人管他叫騙子。當初彼得森很容易就當選了，僅僅是因為騎馬走在最前端引領隊伍，在攝影機前審問犯人。照片上配有文字說明。事實上，他並沒有真正審問過犯人，甚至連怎麼審問都不知道。他只會坐在辦公桌後，把臉對著攝影機，用犀利的目光盯著嫌疑人。關了閃光燈之後，犯人一句話都沒說過，就被帶下去了，而攝影師們都畢恭畢敬地過來向局長表示感謝，之後局長就會回到位於聖費爾南多山谷的牧場裡。你去那個牧場，肯定能找到他，即使找不到他本人，也能找到他的馬閒聊上兩句。

到了換屆時，總有那麼一兩個不自量力的政客想把彼得森局長的寶座搶過來。他們把他說成極度虛榮、虛有其表的人，但這並沒有用，彼得森局長會繼續連任。在我們國家，即使你沒有相應的能力，也可以永久地占有某一個公職，前提是你要閉緊嘴巴，鼻子不要四處亂聞，模樣上相。如果你的馬術還特別精湛，那你基本就立於不敗之地了。彼得森局長的當選，就是活生生的例子。

我跟奧爾斯進去時，一隊攝影師正從另一扇門有序地走出去。彼得森局長帶著白色寬簷帽，站在辦公桌後面，正在捲菸，看起來已經做好了回家的準備。

他目光嚴厲地看著我，用媲美男中音的雄渾聲音問：「這是什麼人？」

奧爾斯說：「長官，這是菲力普・馬羅。韋德自殺的時候，那棟房子裡只有他一個人。您準備拍照嗎？」

局長上下掃視了我一番，說：「不用了。」說完，轉身看向一個滿臉疲憊的灰頭髮大塊頭，說，「赫爾南德茲警監，如果有需要的話可以去牧場找我。」

「好的，長官。」

彼得森在拇指指甲蓋上劃燃一根廚房用的火柴，將香菸點著。他是真正的「一隻手可捲菸點菸」的那種人，從不用打火機。

他說了一聲晚安，就出去了。他身後跟著私人保鑣——一個眼神凶悍，面無表情的傢伙。門被關上了，局長已經離開。赫爾南德茲警監走到辦公室，一屁股坐在局長那寬大的辦公椅裡。待在角落裡的速記員為了能伸展胳膊，從牆角將自己的小桌子推了出來。奧爾斯一臉玩味地坐在了辦公桌的另一邊。

赫爾南德茲語速很快地說：「好了，馬羅，我們開始吧！」

「不給我拍個照嗎？」

「局長說的話，你難道沒聽見？」

「聽見了，但不明白。」

奧爾斯笑道：「你他媽的少裝傻。」

「你的意思是，我長得又高又帥，皮膚黑，很容易得到關注？」

赫爾南德茲硬邦邦道：「少囉嗦了。從頭開始說你的證詞。」

所以我從頭開始說。怎麼和霍華德・史賓塞見面交談的，怎麼跟愛琳・韋德相遇，然後如何按照她的請求找到羅傑，接著她又邀請我去他們家，韋德對我提出了什麼請求，後來我又如何在芙蓉花叢邊找到爛醉如泥的他，諸如此類的事情。沒有人打斷我的話，速記員將我說的全都記了下來。我說的全都是實情，沒有一點歪曲和誇大。當然，說實情並不代表和盤托出，我自己的事情我沒說。

最後，赫爾南德茲說：「非常好，但是有所隱瞞。韋德在自己房間開槍的那晚，你在韋德夫人的房間裡待了一段時間，並且關上了門。你那時在幹什麼？」

這個赫爾南德茲是個冷靜而有本事的人，這樣的人才配留在局長辦公室，他讓我感覺到一絲危險。

「她讓我進去，詢問韋德的情況。」

「那為什麼要關門？」

「因為我不想吵醒韋德，他睡得不算踏實。另外，男僕一直走來走去，豎著耳朵不知道想偷聽什麼。是她讓我把門關上的，這一點很重要嗎？」

「你在裡面待了多長時間？」

「大概三分鐘，我記不清了。」

赫爾南德茲冷冷道：「我猜你在裡面待了幾個小時。我覺得你應該懂我的意思。」

我看了奧爾斯一眼，他像往常一樣將一支沒點燃的菸咬在嘴裡，目不斜視。

「警監，你聽到的是假的。」

「我們會查清楚的。你從她房間出來後，去了樓下的書房，在沙發上過夜。其實我覺得不應該是過夜，是過那晚剩下的幾個小時。」

「如果你樂意的話，確實可以把那點時間稱為『那晚剩下的幾個小時』。因為他是十點五十分打電話給我，我最後去書房的時候已經兩點多了。」

赫爾南德茲說：「帶那個男僕進來。」

奧爾斯出去將小糖果帶了進來，給他一把椅子讓他坐下。赫爾南德茲先問了幾個確認他身分和其他資訊的問題，之後說：「行了，為了方便起見，我們就叫你小糖果吧！那晚你幫著馬羅把羅傑扶上床，接下來發生了什麼？」

接下來的事，我大概能猜出了。小糖果會用那種略帶口音的卑鄙嗓音低聲述說他的故事。他好像可以根據需要變換自己的聲音。他說他擔心主人會需要他，所以就一直在樓下等著。期間抽空去廚房弄了點東西吃，然後回客廳坐在靠前門的凳子上等著。他剛好看見了愛琳・韋德。她站在自己的房間門口將衣服脫了，然後披上一件睡袍，裡面沒穿別的衣服。接著他就看見我進去了，並且關了門，在裡面很久都沒出來。他認為有好幾個小時。他走上樓聽動靜，聽見了有人低聲說話的聲音，還有彈簧床嘎吱作響的聲音。他說完後，用一種尖酸的眼神看了我一眼，然後緊抿起嘴。他的意思表達得清清楚楚。

赫爾南德茲說：「把他帶走。」

我說：「等一下，我想問他幾個問題。」

赫爾南德茲提高嗓門，道：「在這個地方，只有我才有資格發問。」

「警監，當時你不在現場，所以你不知道問什麼。我和他都心知肚明，他在撒謊。」

赫爾南德茲往後仰著身子，將局長的一支筆拿了起來。這支筆是硬化的馬鬃做的，又長又尖。他把筆桿掰彎了，然後鬆開筆頭，筆頭就彈了回來。最終，他鬆口了，說：「你問吧！」

我看著小糖果，問：「你說你看見了韋德夫人脫衣服，你當時在什麼地方？」

他很肯定地回答：「我在靠近前門的椅子上坐著。」

「是在前門和那兩張沙發之間嗎？」

「我已經說了。」

「那時韋德夫人在什麼地方？」

「在她房間，不過她開著房門，站在靠近門口的地方。」

「客廳裡亮著燈嗎？」

「亮著一盞高腳檯燈，他們一般把這種燈稱為橋燈。」

「陽台上亮著燈嗎？」

「沒有。只有她的房間裡有光線照出來。」

「她房間裡亮著什麼樣的燈？」

「應該是床頭燈，光線比較黯淡。」

「會是頂燈嗎？」

「不會。」

「按照你說的，她站在靠近門口的地方脫掉了衣服，然後披上睡袍。那是一件什麼樣的睡袍？」

「很長的藍色睡袍，有點像家常便袍，外面繫了腰帶。」

「也就是說，你必須親眼看見她脫衣服，才能知道她的睡袍下有沒有其他衣服，對嗎？」

「是的。」他聳一下肩，臉上閃過一絲擔憂，「我親眼看見她脫衣服了。」

「你瞎說。即使她站在門道裡脫衣服，你在客廳的任何一個地方都沒辦法看到，更別說她站在自己房間裡了。只有走到屋外，站在走廊那裡，你才能看見她。但她站在那個位置也會看見你。」

他一言不發，狠狠瞪著我。我回頭看著奧爾斯，說：「你去過那棟房子。赫爾南德茲警監應該沒去過吧？」

奧爾斯輕輕搖了一下頭。赫爾南德茲沒說話，只是皺起了眉頭。

「赫爾南德茲警監，如果韋德夫人在門道或者房間裡，我敢保證，站在客廳裡任何一個地方都看不見她，就連她的頭頂都沒法看見。站著都看不見，更何況小糖果說他坐著呢？如果我站在前門旁邊，頂多能看見她房間的上門框邊緣，而我比小糖果高了四英尺。他說他看見韋德夫人脫衣服，那麼只有韋德夫人站在走廊邊時才能看見。但是她為什麼要在走廊上脫衣服？別說走廊，就算站在門道處脫衣服也夠讓人覺得不可思議了。」

赫爾南德茲看了我一會兒，然後看了小糖果一眼，才轉過來輕聲問我：「時間方面你怎麼解釋？」

「他在陷害我，我說的話都能得到證明。」

赫爾南德茲用西班牙語跟小糖果說了幾句話，他說得特別快，我沒有聽懂，小糖果一臉不高興地看著他。

赫爾南德茲說：「帶他下去吧！」

奧爾斯動了動拇指，將門打開了，小糖果走出房間。赫爾南德茲從菸盒裡拿出一支菸叼著，然後拿出一隻金色打火機點菸。

奧爾斯回來了。赫爾南德茲波瀾不驚道：「剛才我跟他說，作偽證是犯罪，如果庭審時他站在證人席上說這些話，就會被抓到聖昆丁監獄關一到三年。他好像並不是很在意，似乎在為什麼事煩心。應該是很老套的欲求不滿。如果我們發現了他殺的跡象，而他又剛好在場，那我們肯定會將他列為嫌疑人之一。不過我覺得，他應該更喜歡用刀子。剛開始，我覺得他似乎為韋德的死感到痛心。奧爾斯，你有問題要問嗎？」

奧爾斯搖了搖頭。赫爾南德茲看著我說：「你明天一早過來在證詞上簽字，然後我們才能列印出來。十點之前，必須將粗略的調查報告遞上去。馬羅，這樣的安排你還有哪裡不滿意嗎？」

「你應該換個措辭。聽你的說法，好像我對其他地方很滿意似的。」

他不耐煩道：「好了，你趕緊離開吧！我要回去了。」

我站起來時，他又補充道：「當然，小糖果拿來哄我們的話，我從來沒當真，只是拿來當個引子，希望你別介意。」

「警監，不會的，一點都不介意。」

我走出了辦公室。他在身後看著我，連晚安都沒說。我走過長長的走廊，來到希爾路街口，開車回家。

我心裡空蕩蕩的，就像星辰和星辰之間的虛空，確實沒有一點點介意。我回到家，調了一杯度數很高的酒，站在客廳打開的窗戶前，邊喝邊聆聽月桂谷大街上洪水般的車流聲，望著山坡上都市巨大和憤怒的夜景。長時間的絕對安靜是不可能出現的，遠處傳來了忽高忽低的警笛或火警聲。一天二十四小時，總有人在不停躲避，也總有人在後面努力追捕。在黑暗的掩護下，出現了萬般的罪行，有人成了殘疾，有人奄奄一息，有人被無端飛來的玻璃割破，有人成為巨輪下的亡魂，有人在方向盤上撞破了頭。被搶劫、被勒死、被打、被謀殺、被強姦。有人食不果腹，有人滿身病痛，有人無所事事，有人悲傷痛哭。絕望、孤獨、內疚、自責、恐懼、憤怒、冷酷、忐忑。這個充滿生機的城市比其他城市更富有更驕傲，但也更糟糕。這是一個疲憊、空虛、彷徨的城市。

喝完酒，我就去床上睡覺了。

39

這是一場非常糟糕的庭審。法醫擔心失去群眾的關注，所以連完整的醫學證據都沒掌握，就急不可耐地跑到了法庭上。事實上，他的擔心完全是多餘的。不過是死了一個作家，新聞的熱度很快就會下去，哪怕他小有名氣也不能維持多久的熱度。那個夏天，有太多精彩的新聞了。某個國王退位了、某個國王被暗殺了、一週之內墜毀了三架大型客機、監獄大火燒死了二十四名囚犯、某家通訊公司的總裁在芝加哥自己的車裡被槍殺。洛杉磯縣的法醫運勢不佳，人生中沒有出現最華麗的那一筆。

我從證人席出來時，看見了小糖果。他臉上帶著慣常的惡毒笑意，我真搞不懂這是為什麼。他穿一件可哥色華達呢西裝，裡面是白色的尼龍襯衫，還繫上了藍色的領結，有些講究得過分了。他站在證人席上，沒有說什麼廢話，給大家留下了很好的印象。對，這段時間主人經常喝醉；對，槍走火的那天，他幫忙把主人扶到床上；對，事發當天，在他（小糖果）離開之前，他拒絕了主人讓他拿威士忌的要求；不是的，韋德先生的小說寫作他一點也搞不懂，但他知道主人經常把寫的東西扔進廢紙簍，之後又撿出來，看起來很消沉。沒有，他沒聽說過主人跟誰吵架之類的。應該有人指點過小糖果，法醫想套他話，但一點都沒套出來。

愛琳・韋德穿了一件黑白搭配的衣服，臉色慘白，聲音很輕，但十分清晰，即使從擴音器裡傳出來，也沒有變音。法醫在問她話時，十分溫柔體貼，聲音裡似乎還帶了一種不由自主的哭音。她從證人席走出來，法醫立刻起立向她鞠躬，她回以一個輕輕的微笑，讓他差點被自己的口水嗆死。

她出去時，從我身邊經過，甚至沒有抬眼看我。直到最後一秒，她才稍微把頭轉過來一點，難以察覺地點了一下頭。好像對她來說，我是某人面熟，但是又想不起名字的人。

庭審完了之後，我在法庭外面的樓梯上遇到了奧爾斯。他站在那裡看路上來來往往的汽車，不過他很可能只是假裝在看。他背對著我，說：「恭喜你，幹得真好。」

「你知道怎麼治小糖果。」

「兄弟，這可不是我幹的。地方檢察官覺得，偷情之類的跟這個案子無關。」

「偷情是什麼意思？」

他看著我，笑道：「哈哈，我可沒說是你。」他的表情變得冷漠起來，「這麼多年，我已經看慣了這種事，看得太多，都有些反胃了。這瓶酒是珍藏的陳年佳釀，專為上流人士而釀造，跟普通的酒可不一樣。兄弟，再見了。等你有錢穿上二十塊一件的襯衫時，記得跟我說一聲，我會立刻跑來幫你拿包，伺候你穿大衣。」

我們站在樓梯處，人們從我們身邊繞過，走下樓梯。奧爾斯將一支菸從口袋裡拿了出來，但是只看了一眼，就扔在水泥樓梯上，然後用腳後跟把它踩爛。

我說：「多可惜啊！」

「兄弟，又不是人命，只是一支菸而已。過一段時間，你就會跟那個女人結婚對嗎？」

「別瞎扯。」

他苦笑了一下，酸溜溜道：「我沒找錯人，但卻說錯了話，對嗎？」

「對的，警官。」我舉步走下樓梯。他站在我身後，還在說話，可是我沒有管他。

弗勞爾街有一家鹹牛肉鋪子，我很喜歡他們家的食物。我走到店外，門口掛了一塊很粗魯的牌子，上面寫著：「只限男士入內。狗和女人止步。」跟這個牌子一樣粗魯的還有他們家的服務。長著鬍渣的服務生直接把食物往你面前一扔就走了，也不管你的意見，先扣一部分錢當小費。食物並不精緻，但是味道很好。這裡還有一種棕色的瑞典啤酒，跟馬丁尼一樣烈。

我回辦公室時，剛好聽見電話響，打來的是奧爾斯。

他說：「我有話要說，我去找你。」

不到二十分鐘，他就出現在我的辦公室裡，我猜他肯定是好萊塢分局的，或者是周圍分局的。他一屁股坐在訪客椅子上，翹著二郎腿，低聲說：「非常抱歉，我剛才的話說的有些過分了，把那些話都忘了吧！」

「忘掉它幹什麼？我們還可以把傷疤揭開看一看。」

「跟我脾氣相合，但是應該低調一點。在很多人眼裡，你可不是什麼好東西。不過，從我所知道的情況來看，你並沒有幹過什麼壞事。」

「能解釋一下什麼是二十塊錢的襯衫嗎？」

奧爾斯說：「天哪，該死的，我不過是發洩而已。我想到波特那個老東西了。赫爾南德茲警監從地方檢察官那裡得到指示，說你是波特的朋友。這件事是波特讓他的秘書吩咐一個律師告訴地方檢察官的，讓他轉告赫爾南德茲。」

「我不值得他花費那麼多心思吧！」

「你跟他見過面。他擠了時間，單獨見你。」

「我確實見過他，就這麼簡單。他讓人把我叫過去，給我一些忠告。他特別厲害，是個大富豪，除此之外，我對他一無所知。我並不覺得他是個壞人，但大概嫉妒心作祟，我不是很喜歡他。」

奧爾斯說：「能賺下一個億，絕對不會那麼乾淨。但是老傢伙大概覺得自己沒做過什麼傷天害理的事，可是在他積累財富的過程中，肯定有一些人被逼得無法生存。生意興隆的小公司遇到打壓沒辦法存活，只能低價轉賣給別人；正人君子找不到糊口的工作；股票市場被幕後黑手控制；幾個子兒就能買到代理權。抽取百分之五利潤的投機客和大律師事務所，為了得到幾十萬的報酬，踐踏對大眾有利的法律，由此捍衛富人的權益。有了金錢就有權力，有了權力就可以隨心所欲，這就是我們口中所說的制度。這樣的制度真是讓人敬而遠之，但這很可能已經是我們擁有的最好的制度了。」

我故意譏諷他，說：「你這個論調有點像共產黨啊！」

他無所謂地說：「我也不太清楚，目前我還沒被調查過。你也覺得自殺的判決沒問題，對嗎？」

「不然還能是什麼？」

他把一雙粗糙的大手放在辦公桌上，盯著手背上褐色斑點，說：「我想不會有別的可能了。五十歲以上才會長這種褐色的斑點，人們管它叫做老人斑。老警察都是老流氓，而我正好是個老警察。我總覺得韋德的死還有很多疑點。」

我向後靠了靠，看著他眼睛周圍縱橫交錯的魚尾紋，問：「什麼疑點？」

「你能感覺到這裡面有古怪，但是即使你感覺到了，你也不能幹什麼，只能坐在這裡泛泛而談。我覺得最不對勁的地方就是他沒有留下遺書。」

「他可能只是一時衝動，畢竟他當時爛醉如泥。」

「我認真搜過他的辦公桌。」奧爾斯把手從桌上拿開，抬起了淺藍色的眼睛，「他經常給自己寫信，一直寫一直寫，喝醉的時候寫，清醒的時候也寫，不斷在打字機上敲字。這些文字有些看起來很憂傷，有些看起來很滑稽，有些看起來十分瘋狂。可以看出來，他心裡藏了一個秘密，但他不敢去碰觸，只能圍著這件事繞圈子寫。如果他真的自殺了，至少該留下兩頁遺書。」

我重複道：「他當時喝醉了。」

奧爾斯有些煩躁地說：「對他來說，這沒有多大的影響。第二個我覺得不對勁的就是他自殺的地方，他選擇那個地方自殺，是故意想讓他老婆發現嗎？是的，他喝醉了，但我還是覺得有古怪。還有一個疑點就是，他開槍的時候，汽艇剛好轟鳴著開過，將他的槍聲遮掩住了。對一個要自殺的人來說，有沒有人聽見槍聲有什麼關係呢？另外，那天正是下人放假的日子，他老婆剛好忘了帶鑰匙，需要按門鈴才能進來。這難道都是巧合嗎？」

我說：「她可以從後門繞進去。」

「我當然知道這一點。現在假設韋德沒有死，也只有你才能給她開門。當天是週四，傭人放假，可是她就像忘了帶鑰匙一樣，忘了這一點。韋德在書房工作，書房的門是隔音的，所以聽不見她按門鈴。只有你能給她開門，但她卻在證人席上說不知道你在她家。」

「伯尼，你忘了一點，車道上停著我的車。所以在按門鈴之前，她就知道家裡有外人。」

他咧嘴笑了一下，說：「是嗎？我倒是把這一點給忘了。好的，那麼情況就是這樣子的：你當時在湖邊，看那艘發出轟隆聲響的汽艇，而韋德躺在書房裡睡著了，或者說醉得不省人事了。另外補充一點，那艘汽艇是幾個人用拖車從箭頭湖那邊拖過來的。你上次在他家把他的槍藏在了書桌抽屜裡，並且告訴了韋德太太，所以她知道那把槍在哪兒。可是這一次，已經有人把槍從抽屜裡拿走了。我們假設一下，如果她帶了鑰匙，回到房子裡，到處看了看，看見你在湖邊站著，看見韋德在書房裡睡著了。她知道槍在什麼地方，所以拿了出來，等到恰當的時機，朝韋德開了一槍，然後把槍放在我們找到它的那個位置，之後從房子裡離開。她在外面等了片刻，等汽艇開走之後，按下門鈴，等著你來給她開門。對這種假設，你有不同意的地方嗎？」

「她的動機呢？」

他鬱悶地說：「對呀，這一點就讓所有的事情都變得不合理了。她想要踢開他，簡直易如反掌。韋德酗酒，並且有家暴的先例。她占據了絕對的上風，離婚的話，她能得到一筆可觀的贍養費，並且在分割財產時也占了很大的優勢。她確實沒有理由殺他。但是時間上也太過巧合，只要早五分鐘，這件事就會敗露。除了一種情況，那就是你也參與其中。」我正準備說話，他擺了擺手，將我的話塞了回去，「別著急，我只是在推測，並沒有指控誰。如果晚了五分鐘，她也沒辦法得手。她能得手的時間，只有短短十分鐘。」

我不耐煩地說：「短短十分鐘，她如何預料得到？更不可能事先計畫好。」

「我知道。」他向後靠在椅背上，嘆一口氣說，「這個答案我們兩個都知道，但我總覺得有古怪。你為什麼要跟那些人攪和在一起呢？他給你開了一張一千塊的支票，但又撕碎了。你說他在跟你賭氣，你說自己無論如何都不會拿那張支票。可能是這樣的吧！難道他覺得你跟他老婆有姦情？」

「伯尼，你給我閉嘴。」

「我只是問他是不是有這種想法，並沒問這件事是不是真的。」

「我的回答還是一樣。」

「可以，我們換一個問題。他有什麼把柄落在了墨西哥佬手上？」

「從我所知道的情況來看，並沒有。」

「這個墨西哥佬，銀行裡有一千五百塊的存款，還有一輛新的雪佛蘭，以及各種款式的衣服。他太過富有，讓人起疑。」

我說：「他有可能在販賣毒品。」

奧爾斯撐著扶手，猛地從凳子裡站起身，居高臨下，生氣地看著我，說：「馬羅，你這個傢伙的運氣真是太好了，好得有些嚇人。你兩次牽涉進重罪裡，但最後都安然無恙。你是不是太過自信了？你替那些人忙前忙後，最後能賺到幾個錢？聽說你幫助了那個叫蘭諾斯的傢伙，最後一分錢也沒撈到。兄弟，你的開銷從哪兒來的？還是說你已經有了足夠的存款，不用賺錢了？」

我站了起來，從辦公桌邊繞過，面對著他說：「伯尼，我是個生性浪漫的人，大半夜裡聽見哭聲，我都會過去瞧瞧。幹這種事確實賺不到一分錢。你是個聰明的人，你知道不要介入別人的麻煩，不要管別人的閒事，免得給自己惹來一堆的麻煩。所以你會把窗戶緊緊的關上，把電視的音量開到最大，假裝聽不見；或者是狂踩油門，遠遠的躲到一邊去。最後一次見蘭諾斯，我們在我家喝了咖啡，是我親手煮的，我們還一起抽菸。後來當我得知他的死訊之後，我去廚房，又給我們兩人各煮了一杯咖啡，同時還給他點了一支菸。等到菸滅了，咖啡涼了，我就跟他說了再見。你不會做這樣的事，因為這樣的事一分錢也賺不著。我們之間有這樣的差別，所以你成為高尚的警察，而我成為私人偵探。愛琳・韋德因為丈夫失蹤而擔憂不已，所以我就跑出去找他，最後把他送回去。還有一次，他碰到了麻煩，打電話讓我過去，我去了之後，把他從草地上扶到床上。我同樣沒賺一分錢。這些是沒錢可賺的活兒，我能得到的只有臉上偶爾吃一拳，被抓去蹲監獄，被發橫財的曼迪・曼寧德茲之流放狠話警告。我一分錢也沒有賺到，不過有一張五千塊的大鈔躺在我的保險櫃裡，但我絕對不會去碰它，因為這錢來得有些不明不白。最開始的時候我會拿出來把玩一下，現在偶爾拿出來瞧一眼。但我只是看看而已，絕對不會花這個錢。」

奧爾斯冷冰冰地說：「肯定是假鈔，但是他們通常不會做這麼大面額的假鈔。不過，你跟我說了這麼一大堆，到底想要證明什麼呢？」

「我只想告訴你我是個浪漫主義者，其他的什麼也不想證明。」

「我知道了，我也知道了你一分錢都賺不到。」

「是的。但我至少還有能力讓一個警察滾蛋。伯尼，趕緊滾吧！」

「兄弟，如果我把你關進監獄裡，用強光照著你，你應該就不會讓我滾蛋。」

「我們走著瞧。」

他走到門口，用力把門打開，說：「聽清楚了，小子。你覺得自己很聰明，其實你是個蠢蛋，你一直在胡說八道。我當了二十年的警察，從來沒有不良記錄，我能察覺出來誰在隱瞞事實誰在說謊，我心裡明明白白。老兄，聽我一句勸，自作聰明的人其實是在耍自己。」

他的頭從門口處消失，門隨之自動關上了。我靜靜地聽著，走廊裡，他的腳步聲越來越遠。他的腳步聲還沒有完全消失，桌上的電話卻響了起來。

電話裡傳來一個吐字清晰、職業化的聲音：「這裡是紐約，找菲力普・馬羅先生。」

「我就是。」

「謝謝，請您等一下。馬羅先生，對方接通電話了。」

接著，一個熟悉的聲音傳了過來，「馬羅先生，我是霍華德・史賓賽。羅傑・韋德的事我們已經聽說了，這對我們來說真是個晴天霹靂。我們還不知道具體是怎麼回事，不過聽說你好像被牽扯進去了。」

「是的。他喝多了，開槍自殺，而我當時剛好在場。那天是週四，下人們都放假了。韋德太太也是在之後才回來的」

「也就是說你單獨跟他在一起？」

「我在屋子外面閒晃，並沒有守在他身邊。因為要等他的妻子回來，所以我沒有離開。」

「我知道了。應該會有一次庭審吧！」

「史賓塞先生，庭審已經過了，判定為自殺，報紙上沒什麼報導。」

「是嗎？這倒有些奇怪了，不管怎麼說他也是小有名氣，我覺得……」他的聲音裡只有驚訝和困惑，並沒有失落的感覺，「算了，不用在乎我的想法。我覺得我應該立刻飛過去，但是要到下週末我才有時間。我會發一封電報給韋德太太，看看有沒有能幫忙的地方。還要說一下那本書的事，我的意思是應該快寫完了吧！我們可以找人代筆把結尾寫完。我覺得那個委託你最後還是接受了，對嗎？」

「沒有，即使他自己過來讓我幫忙，我也拒絕了。我直接跟他說，如果他想喝酒，我不可能阻止得了。」

「你連嘗試一下都不願意，對嗎？」

「史賓塞先生，請等一下。你想要下結論，為什麼不先弄清楚情況呢？我心裡不會沒有一點自責，畢竟發生了這樣的事，而我又在現場。」

他說：「當然是這樣。對不起，剛才是我說錯話了，那樣說確實有些過分。你知道這個時間點愛琳・韋德會在家嗎？」

「史賓塞先生，我不知道。你可以打個電話問問她。」

他慢慢地說：「我覺得她現在可能不想跟別人說話。」

「這可不一定。她跟法醫說話的時候，顯得特別鎮定。」

他清了一下嗓子，說：「你怎麼沒有一點同情心呢？」

「史賓塞，羅傑・韋德確實小有才氣，但同時他也是個混蛋，現在他死了。這並不是我能判定的。他是一個任意妄為的酒鬼，懷有深深的罪惡感。他把一堆的麻煩帶給我，最後死了還要讓我難過。他媽的，我憑什麼要有同情心？」

他立刻糾正：「我是說韋德夫人。」

「我說的也是。」

他很突兀地說：「等我到了，再打電話給你吧，再見。」

那頭掛斷了電話。我也把電話掛斷，然後呆呆地看了它好幾分鐘。之後我在辦公桌上把電話簿打開，開始尋找一個號碼。

40

我想找希鄂爾・安迪科特。我打了個電話去他的辦公室，接電話的人跟我說他在法庭上，傍晚以後才能見到他。對方問我要不要把名字留下，我說不用了。

我又打了一個電話去曼迪・曼寧德茲開的會所，叫阿爾塔帕多。在拉丁美洲西班牙語中，這個名字的意思是被掩埋的寶貝，是個不錯的名字。會所的這個名字是今年剛改的，以前有過很多亂七八糟的名字，曾經它只是霓虹燈牌上的一串數字，掛在日落大道上一堵向南的空白高牆上面。這個地方背對著山坡，山坡的另一邊有車道，從大街上看不出來。一般人不能進去，只有犯罪集團、掃黃掃毒的警察以及那些願意花三十美元吃一頓晚飯，甚至花五十美元進包廂吃飯的人才能進會所，才知道裡面是個什麼樣的情況。

有一個女人接了電話，但是問什麼她都不知道。之後換了一個領班接電話，說話時帶著墨西哥口音。

「請問你是誰？是你找曼寧德茲先生嗎？」

「老兄，有點私事。名字就算了。」

「請等一下。」

等了挺長一段時間，又來了一個強硬的傢伙接電話，說話的聲音就像從裝甲車的缺口裡擠出來的一樣。也可能他臉上本來就有一個缺口。

「說吧，你是什麼人？」

「馬羅。」

「不認識。」

「你是奇克·阿戈斯蒂諾嗎？」

「不是，趕緊對暗號。」

「炸飛你的大臉。」

那人輕笑了一聲，說道：「等著。」

又換了一個人接電話，那頭說道：「嗨，孬種，最近好嗎？」

「邊上有沒有其他人？」

「孬種，有話快說，我還要去檢查幾個歌舞節目。」

「你也可以表演一個節目，把自己的脖子割開。」

「要是觀眾叫好，讓我再表演一次呢？」

我們倆人都笑了起來。

他問：「你還在多管閒事嗎？」

「我新交的一個朋友也自殺了，你的消息也太不靈通了。大概人們以後得叫我『衰神』了。」

「很有意思，是嗎？」

「並不是。另外，波特前幾天的一個下午請我跟他一起喝茶。」

「混得不錯，不過我不喜歡喝茶。」

「他說請你對我客氣一點。」

「我跟他沒什麼交集，也不打算跟他產生交集。」

「曼迪，他的手段可厲害了。我只想從你這裡得到一點無關緊要的小道消息，跟保羅·馬斯頓相關的消息。」

「這個名字我從來沒有聽說過。」

「你別這麼快回答我。泰瑞·蘭諾斯來西部之前，在紐約住過一陣子，用的就是保羅・馬斯頓這個名字。」

「這能說明什麼呢？」

「有人拿著他的指紋去聯邦調查局調查過，但是沒有查到任何資訊。這也就是說，他並沒有參軍。」

「所以呢？」

「一定要我說的明明白白才行嗎？你跟我說的那個戰壕裡的故事，如果不是胡說八道那就是在其他地方發生的。」

「孬種，我從沒說過發生的地點是哪裡。你最好聽我一句勸，別再想這件事了。長點記性吧！」

「那當然。我做了一些讓你厭惡的事，我是在自尋死路，對嗎？曼迪，我曾經跟職業高手對抗過，你是嚇不了我的。我猜你以前在英國待過一段時間。」

「孬種，你最好放機靈點。在這個城市裡，誰知道天上掉下來的會是餡餅還是刀子？你應該找一份晚報去看看，連威利・馬貢那種凶狠的大塊頭都會碰到意外。」

「謝謝你的提醒，我真的應該去看看，說不定我的照片也在報紙上。馬貢怎麼回事？」

「我不是說了嗎，天上會掉下來什麼，沒人能預測到。我也只是從新聞裡面看見的，也搞不懂具體是怎麼回事。好像是一輛坐著四個年輕人的汽車停在了馬貢家門口，汽車上掛著內華達的車牌號，號碼特別大，看起來像是假的。馬貢想對這輛車進行搜查。年輕人掛著這樣的車牌，說不定只是為了好玩。但對馬貢來說，就不是什麼好玩的事。他的下巴有三處縫了針，兩條胳膊都打上了石膏，一條腿被吊了起來，這下子再也狠不起來了，說不定你也會碰上這樣的事。」

「他跟你不對盤嗎？那天在維克多酒吧門口，我親眼看見你的手下奇克・阿戈斯蒂諾被他甩到牆上。我有一個朋友在局長辦公室裡工作，要我打個電話給他說說嗎？」

他慢慢地說：「孬種，有種你就試試。」

「那天我正好跟哈倫・波特的女兒在維克多酒吧喝酒。我應該把這個也告訴我的朋友，因為從某個方面來說，她也算是一個旁證。難道你打算把她也暴打一頓？」

「孬種，你給我聽清楚了……」

「你、蘭迪・斯泰爾，還有保羅・馬斯頓或者泰瑞・蘭諾斯，隨便他用了什麼名字，總之你們三個是不是在英國待過？你們是不是在蘇活區惹了麻煩，然後為了躲避風聲，跑到英國軍隊裡當了幾天兵。」

「稍等一下。」

於是我就乾巴巴的等著他，什麼也沒做。我舉著聽筒，手臂都發酸了，只能換一隻手。

他總算是回來了，說道：「馬羅，你給我聽好了，如果你要管泰瑞・蘭諾斯這件事，那麼你會吃不了兜著走。你跟泰瑞有交情，我也一樣，我跟他是好哥們。那是一支英國的突擊隊。事情發生在一九四二年十一月，地點是挪威的某個近海島。那樣的島，在挪威有上百萬個。我能跟你說的只有這些了。好了，你可以省省了，讓你胡思亂想的大腦休息一下吧！」

「曼迪，我會的，謝謝你。放心，我會替你保守秘密的。除了熟人，我不會向外人說這件事。」

「孬種，快去買一張報紙看看吧！記清楚了，威利・馬貢那個凶狠的大塊頭在自家門口發生了意外。等他麻藥勁兒過了，醒的時候就會嚇一大跳。」他說完，掛斷了電話。

我去樓下買了一份報紙，事情果然就像他說的那樣。大個子威利・馬貢在醫院病床上躺著的照片被登在了報紙上，他渾身裹滿了繃帶，只露出一隻眼和半張臉，看起來非常嚴重，但沒有性命之憂。他畢竟是個警察，他們不能真把他打死了，那些混蛋幹得恰到好處。在這座城市裡，打死警察這樣的活兒，地痞流氓是不會幹的，通常都是少年犯來幹。流過血，受過傷的警察，具有最好的宣傳效果。等他康復以後，他還會回到原來的位置工作，只是從此以後他丟掉了一些東西，那就是他身上最後一點英雄氣概。警察跟一般人不一樣，正是因為他們有這一點點氣概。他是一個鮮活的例子，告訴警察們，千萬不要把小流氓逼到絕處。如果你是風紀糾察組的人，開著凱迪拉克去高級的地方吃東西，對此會有更深的體會。

我坐在那裡思考了半天，之後打了一個電話去凱恩機構，想找喬治·彼得斯。但是他不在，五點半左右才會回來。我跟接電話的人說找他有急事，並把自己的姓名留了下來。

我需要找一些資料，先去了好萊塢公共圖書館，在參考資料室問了好久，但是一無所獲，接著我又開著奧斯摩比去了總圖書館。在那裡，我找到了一本英國出版的小冊子，封面是紅色的。我將自己需要的資料抄了下來，然後帶著回家了。到家後，我又打了一個電話去凱恩機構，但彼得斯還沒有回來，我就讓女秘書轉告他，讓他給我家裡打電話。

我拿出棋盤，放在茶几上，擺了一個「人面獅身」的棋局。這個棋局印在一本棋譜的最後，棋譜是英國象棋大師布萊克編寫的。雖然在現在流行的冷戰棋型中，他可能不會一開始就取勝，但他大概是象棋史上思維最活躍的人。「獅身人面」是名副其實的十一步棋，棋局走到四五步，已經很難了，接下來的難度呈幾何級數上升。棋局走到第十一步，簡直就是一種活生生的煎熬。

當我情緒很糟糕的時候，就會擺出這個棋局，希望找到新的破局招術。事實上，這也是一種瘋狂，一種很文靜的瘋狂。你不用大吼大叫，但效果沒什麼差別。

五點四十分，我接到了喬治·彼得斯的電話。

相互問候了一番之後，他幸災樂禍道：「聽說又有麻煩找上你了，你應該找一個太平的工作，比如為屍體做防腐這樣的。」

「要花很多的時間才能學會。聽好了，如果不那麼貴的話，我想成為你們機構的客戶。」

「老兄，這要看你想要什麼樣的服務，而且這件事你要跟凱恩談。」

「不。」

「好，你說說看吧！」

「大家把我這樣的人稱為私家調查員，倫敦應該滿街都是，但是我分不出好壞。你們機構肯定跟這些人有往來。如果我自己挑一個人，說不定就會成為冤大頭。我需要一些挺容易搞到手的情報，關鍵是要快，下週末之前一定要交到我手上。」

「說說是什麼情報。」

「我想知道一個人的服役情況，他叫泰瑞・蘭諾斯或者保羅・馬斯頓，也可能還有別的名字。他在英國某個突擊隊裡待過，一九四二年在挪威突襲某個小島時被敵軍抓獲。跟戰爭有關的資料，英國陸軍部肯定都保存了下來，幫我查查他所屬的部隊叫什麼名字，之後發生了什麼事。我覺得這應該算不上機密資料。我們可以找個理由，說是牽涉到遺產繼承問題。」

「你寫封信給他們，自己就可以聯絡他們，根本不需要什麼私人調查員。」

「喬治，拉倒吧！五天我就要得到情報。等他們給我回覆，至少要三個月。」

「哥們兒，你說得對。還有其他的事嗎？」

「有。有一個地方叫薩默塞特宮，他們所有人的檔案都被保存在那裡了。我想知道那裡有沒有跟他相關的記錄，比如生日、國籍、婚姻狀況，只要跟他相關都可以。」

「你想幹什麼？」

「幹什麼？你什麼意思？我可是出錢的客戶。」

「如果找不到你說的這些名字呢？」

「那我就進了死巷子了。如果有跟他相關的資訊，我要你們那邊的人把所有資料複印下來給我，重點是真實可靠。好了，你準備要我多少錢？」

「我得跟凱恩談談，或許他根本就不會接這個活兒。我們可不想把自己的名聲弄得跟你一樣。如果他把這件事交給我，而你也保證不會將我們的私下關係說出來，那麼我會跟你要三百美元。凱恩至少要抽二百五十塊才肯接活兒。那邊要價很低，大概會要十個畿尼，不到三十美元，再加上別的一些費用，五十美元夠了。」

「非常專業的收費制度。」

「哈哈，他大概沒聽過這個詞。」

「好了，喬治，到時候打電話給我。一起吃晚飯怎麼樣？」

「羅曼諾夫？」

我嘟囔道：「當然可以，不過我懷疑根本訂不到位置。」

「可以用凱恩的名義訂位，他在城裡也算得上一號人物，是羅曼諾夫的常客。在高級圈子裡做生意，這麼幹沒壞處。」

「確實是這樣。跟我有些私交的一個人，他用小指甲蓋就能把凱恩蓋住。」

「老兄，真不錯。我早就知道了，在重要的關頭，你總是能逢凶化吉。羅曼諾夫吧檯前見面吧，七點。跟領班的說你在等凱恩上校，他就會幫你把人群趕開，你就不會被那些寫劇本演電影的渣滓擠來擠去了。」

我說：「七點見。」

掛了電話之後，我又去看那個棋局，但是我對「人面獅身」已經完全失去了興趣。沒過多久，彼得斯就打電話給我。他說凱恩已經同意接下這個活兒，不過前提是我的麻煩不能跟他們機構的名字放在一起。彼得斯說，他會立刻給倫敦那邊發一封夜間電報。

41

霍華德・史賓塞在第二週的週五早上打電話給我，他跟我說他住在里茲・比佛利酒店，並提議讓我去那裡的酒吧一起喝一杯。

我說：「我更願意去你的房間裡喝。」

「如果你願意的話，沒問題，八二八號房間。我剛才給愛琳・韋德打了一個電話，跟她聊了聊，她好像覺得自己命該如此。她說她讀過了羅傑未完成的小說稿，覺得很容易寫出結尾。只是跟他其他的作品比起來，這一本的篇幅太短。不過沒關係，它的轟動效應會彌補這個缺陷。你大概會覺得我們這些出版商太過冷酷無情。愛琳整個下午都不會出門，我想去見見她。當然，她也想見我。」

「史賓塞先生，半個小時內我就能到。」

他的房間是一個寬敞舒適的套房，位於酒店西邊，客廳裡裝著高窗，外面是帶著鐵欄杆的小陽台。所有的傢俱都用一種白底條紋花布包裹著，地板上鋪著大花圖案的地毯，讓整個房間有一種老氣沉沉的感覺。只要是能放酒杯的平面，都鋪上了玻璃板。房間裡到處都是菸灰缸，數了一下，居然有十九個之多。從酒店房間就能看出客人的素質。很顯然里茲・比佛利酒店並不指望他們的顧客能有多高的素質。

史賓塞跟我握了手，然後說：「請坐，喝點什麼？」

「無所謂，不喝也可以。我並不是特別熱衷於飲料。」

「加州的夏天確實不適合喝酒。如果你在紐約的話，酒量會是這裡的四倍，喝醉的情況卻不到這裡的一半。我要來一杯白葡萄酒。」

「我來一杯檸檬黑麥威士忌吧！」

他撥通電話，把我們要的酒告訴對方，然後在一把裹著條紋花布的椅子裡坐下。他將無框眼鏡拿下，用手帕擦了擦，然後戴回去，仔仔細細地扶正了。

他看著我說：「你不願在酒吧見面，而跑到房間見面，是不是心裡有什麼事？」

「我也想見見愛琳・韋德，剛好順路帶你一起去悠閒谷區。」

他顯得侷促起來，說：「我不敢確定她願不願意見你。」

「我知道她不肯見我，所以才跟你一起去。」

「我覺得這樣有些失禮，你覺得呢？」

「她跟你說過，她不願意見我嗎？」

他清了一下嗓子，說：「沒有，她沒有親口說過。但是我覺得她可能會認為羅傑的死跟你有關。」

「確實是這樣。在羅傑死的那個下午，她對第一個趕來的警察就是這樣說的，或許跟警察局長手下重案組負責調查這樁案子的警察，也是這麼說的。可是在跟法醫談話的時候，她就沒說過這樣的話。」

他的身體往後仰了仰，一根手指在手心處撓來撓去，一副漫不經心的模樣。

「馬羅，你為什麼要去見她？這對你有什麼好處呢？這對她來說可不是什麼好的記憶。我猜她肯定有一段時間活在了黑暗之中，你為什麼要讓她再回憶一遍呢？你是不是想向她證明，這件事的確不是因為你的疏忽造成的。」

「她跟警察說我是凶手。」

「她的意思並不是說你是真的凶手，不然……」

門鈴在這時響了起來，他站起身，把門打開。酒店服務生端著我們要的酒走了進來，像在伺候一頓有七道菜的大餐一樣，動作浮誇地把酒放了下來。史賓塞在帳單上簽個字，拿出半塊錢當小費。服務生走後，史賓塞將自己的雪莉酒拿了起來，然後走到一邊去了，看樣子不太願意幫我把酒遞過來。我索性也沒去碰那杯酒。

我追問：「不然會怎麼樣？」

他皺眉看著我，說：「不然她就會把那些話說給法醫聽，對嗎？我覺得我們現在說的都是些沒有意義的東西。你為什麼想見我？」

「不對，是你要見我。」

他冷冰冰地說：「確實是這樣。但那是因為我在紐約的時候打電話給你，你說讓我瞭解清楚了再下結論。按照我的理解來看，你這就是在暗示要解釋什麼。好吧，說說你的解釋。」

「我必須要在韋德夫人的面前解釋才行。」

「我覺得這不是一個好主意。我非常的尊重韋德夫人，所以你還是自己再找機會吧！我作為一個生意人，只希望盡最大的能力，讓韋德的遺作發揮價值。我希望你不要這麼不講理。如果像你說的那樣，韋德夫人覺得你跟韋德的死有關，我就更不能帶你去了。」

我說：「好吧，無所謂。對我來說，要見她是一件很容易的事。不過我需要見證，所以希望有人跟我在一起。」

他幾乎吼了起來：「什麼見證？」

「想知道的話，就帶我去她那裡，不然我什麼都不會說。」

「那我就什麼都不想知道。」

我站了起來，說道：「史賓塞，你做的可能是對的。如果韋德的書稿能用的話，你就會竭盡全力去挽救那部作品。另外，你還想做一個好人。這兩個想法都是值得讚揚的，而我並沒有這樣的想法。再見，祝你成功。」

「馬羅，等一等。」他猛地跳了起來，朝我走過來，「我不知道你腦子裡在想什麼，不過能看出來有什麼事讓你放不下。難道說韋德的死有古怪？」

「並沒有什麼古怪。跟聽證會相關的報導裡面已經寫得很清楚了，一把韋伯利無撞針手槍近距離射穿了他的頭部。你難道沒看？」

他站在離我很近的地方，滿臉疑惑地說：「我當然看了，在東部的報紙上看見的。兩天之後，洛杉磯的報紙上刊登了一篇很詳細的報導。那天廚師和小糖果都放假了，愛琳去城裡買東西，屋子裡只有他一個人。而你在房子附近。他開槍的時候，剛好有一艘汽艇從湖面開過，發出了很大的轟鳴聲，將槍聲掩蓋了，所以就連你也沒有聽見槍聲。事發之後，愛琳才從外面回來。」

我說：「是的。然後汽艇開走了，我從湖邊回到屋子裡，門鈴剛好響起來。打開門看見愛琳・韋德，她說忘了帶鑰匙。之後她站在書房門口，把頭伸進去看羅傑，那時羅傑已經死了，但她以為他躺在沙發上睡覺。然後她上樓回了自己的臥室，下來之後去廚房泡茶。這期間我去書房查看了一下，發現羅傑已經沒了呼吸聲，這才察覺他已經死了。然後我便報警。」

「我不覺得這其中有什麼古怪。」史賓塞很平靜地說，語氣中的激動已經消失，「槍是羅傑自己的，一週前他在房間裡開過槍，愛琳拼命將他的槍搶了過來，這個是你親眼看見的。他的行為舉止，精神狀態，以及對自己創作能力的失望，這些都能說明問題。」

「他為什麼會對自己的創作能力感到失望呢？她不是跟你說他寫的東西很好嗎？」

「你要明白，這只是她的看法。可能作品本身真的不怎麼樣，也可能只是他自我感覺很不好。我不是個傻子，我覺得還有一些別的事情，接著說下去吧！」

「我跟負責這個案子的重案組的警察是老相識，他是一個精明有能力的老警察，是鬥牛犬和警犬的結合體。他跟我說，他覺得這件事裡面有古怪。羅傑是一個特別愛寫東西的人，可是為什麼沒有留下遺書？他自殺的時候，為什麼要費盡心機去掩蓋槍聲？他為什麼要用這種方式自殺，故意把這一幕留給他的妻子看見，難道不怕她受到驚嚇？她聲稱不知道我在那裡，那她出門為什麼不帶鑰匙，必須等別人給她開門？還有，如果她不知道我在那裡，為什麼會在下人都放假的時候，將他一個人留在家裡？當然，如果她知道我在那裡，最後兩個問題就能說得通了。」

史賓塞輕呼道：「你難道是想說，那個愚蠢的警察懷疑愛琳？我的天！」

「如果他能找到愛琳這麼做的原因，他會懷疑的。」

「這也太荒謬了，你一個下午都在那裡，你更值得懷疑吧！如果愛琳想要作案，只有幾分鐘的時間，而且她連鑰匙都忘了帶。」

「我為什麼要這麼做？」

他轉過身，把我的檸檬威士忌拿了起來一飲而盡，然後慢慢的將杯子放下，掏出手帕，擦了擦嘴，又擦了一下被冰涼玻璃杯沾濕的手指。他將手帕收了起來，看著我，說：「還在繼續調查嗎？」

「我也不知道。但是可以肯定一件事，現在他們已經搞清楚了羅傑是不是真的喝了太多，醉得不省人事。如果他真的醉得不省人事，這件事就會變得相當麻煩。」

他慢吞吞地說：「現在你想在有外人見證的情況下，當面跟她談一下，對嗎？」

「對。」

「馬羅，在我看來，這意味著兩種可能。一是你怕得要命，二是你認為她怕得要命」

我點頭表示認同。

他追問道：「是哪一種呢？」

「我一點也不覺得怕。」

他看了手錶一眼，說：「上帝呀，希望是你瘋了。」

我們看著對方，沉默不語。

42

汽車一路向北，從冰水峽谷穿過，天氣變得越來越熱。汽車爬到山坡頂端，沿著彎曲的道路向下開往聖費爾南多峽谷。太陽明晃晃地照著眼睛，空氣更加悶熱起來。史賓塞坐在我旁邊，我側頭看了他一眼，炎熱的天氣好像沒有影響到他，他居然還穿著西裝背心。跟他的心事相比，炎熱已經不值一提了。他一句話也沒有說，目光穿過擋風玻璃，直勾勾地望著前面。濃濃的煙霧將整個山谷籠罩了起來，從高處俯瞰，好像那霧氣是從地面升騰而起的。我們的車子開進了濃霧之中，史賓塞終於說話了。他說：「我的上帝，我還以為南加州的空氣會很好，他們這是在燒廢舊輪胎嗎？」

我安慰他道：「悠閒谷區有海風，到了那裡就好了。」

他說：「原來那裡除了酒鬼之外，還有別的東西，這個消息讓我感到很高興。我觀察過城郊那些有錢人家，我覺得羅傑搬到這裡來是一個特別錯誤的決定。這裡除了熱情的陽光和醉醺醺的酒鬼，什麼都沒有。當然，我是指那些所謂的上流人物。作家需要一些東西來激發靈感，但這個東西絕對不是裝在瓶子裡的酒。」

悠閒谷區入口處有一段滿是灰塵的道路，我放慢車速，開了上去。過了這一段，汽車重新開上平整的道路。沒過多久，就感覺到湖那邊的山口處有海風吹過來。平坦的草坪上，有高桿灑水器正在澆水，水滴落在葉子上，沙沙作響。很多房子都拉著窗簾，外面的車道上停著園丁的卡車，可以看出，屋子的主人已經去了別的地方。沒多久，我們到了韋德家，我從院門處開車拐了進去，在愛琳的捷豹後面停下。史賓塞從車上跳下來，穿過石板路，走到門廊上面，看起來十分平靜。他按下門鈴，大門立刻就被打開了。皮膚黝黑模樣英俊的小糖果站在門口，他穿著白色的制服，明亮的黑色眼睛裡透著機警的光芒。所有的事情都有條不紊。小糖果把史賓塞讓進了屋裡，等我準備進去時，他「砰」地一下關上了門。我等了片刻，但什麼都沒有等來，我只能重新按門鈴。門鈴聲響起，門突然被打開，小糖果咆哮著走出來。

「你是不是找死，肚子上想挨刀子嗎？趕緊滾開！」

「我是來見韋德夫人的。」

「她不願意見你。」

「我有事要跟她說。你這個鄉巴佬，趕緊滾開！」

「小糖果！」是韋德夫人威嚴的聲音。

他惡狠狠地瞪我一眼，然後走開了。我走進屋裡，把門關上。她在一張沙發旁邊站著，史賓塞在旁邊陪著她。她穿了一件白色的半袖運動衣，左胸口袋裡露出淺紫色手帕的一角，下身穿了一件白色的高腰便褲，看起來高貴優雅。

她對史賓塞說：「最近小糖果有些不講理。史賓塞，見到你真開心，這麼大老遠的趕來，費心了。不過我沒想到，還帶了其他的人過來。」

史賓塞回答：「是馬羅開車帶我過來的，他說他也想跟你見個面。」

她冷冷地說：「是嗎？不過我實在想不出我們有什麼見面的必要。」說完，她掃了我一眼。看她的樣子，一週沒見，對她的生活並沒有造成任何的影響。

我說：「解釋起來就需要費一番口舌了。」

她慢慢地在一張沙發上坐下，而我坐在了另一張沙發上。史賓塞的眉頭皺了起來，可能是為了讓皺眉的動作顯得更自然，他將眼鏡拿下來，擦拭起來。之後，他坐在了我這張沙發的另外一端。

她面帶微笑地對史賓塞說：「我覺得你會在這裡吃午飯。」

「謝謝，不過今天還是算了吧！」

「不行嗎？如果你很忙的話，那就算了吧！你過來就是為了看手稿的，對嗎？現在看嗎？」

「如果能看的話，當然好。」

「沒問題。小糖果！噢，出去了。我去拿吧，手稿在羅傑書房的辦公桌上。」

「還是我去吧，行嗎？」

史賓塞起身說完，沒等她回答，就從客廳穿了過去。他走到她身後，十英尺左右的地方，停了下來，用很不友好的目光看了我一下，然後才繼續走向書房。我坐在沙發上，靜靜的等著。她回過頭來，很冷漠地看著我，直接又緩慢地說：「你找我有什麼事？」

「是有點事。你又把那個墜子戴上了？」

「我經常會戴，是一個關係特別好的朋友送給我的。很多年前的事了。」

「對的，你跟我說過這件事。這是英國某個軍隊的徽章吧？」

她把項鍊上的墜子捏在手中，說：「是請珠寶商用黃金和琺瑯製作的仿製品，真的徽章比這個要大一點。」

史賓塞拿了一大落黃色的稿紙回到了客廳。他坐下以後，將手裡的東西放在面前的茶几上，很隨意地掃了稿紙一眼，然後看向愛琳。

我問：「我可以靠近點，仔細看看嗎？」

她將項鍊轉動了一下，轉到能解開扣子的地方，然後把墜子拿下來遞給我，準確來說是扔給我，之後她雙手交疊放在膝蓋上，滿臉好奇地看著我，問：「你怎麼會對這個東西感興趣？這個是一支地方部隊的隊徽，部隊的名字叫『藝術家步槍隊』。那人在挪威的安道爾尼斯把這個東西送給了我，但不久之後他就消失了。是在一九四零年的春天，那一年特別可怕。」她微笑了起來，一隻手稍微比劃了一下，「他愛上我了。」

史賓塞有些落寞道：「大規模空襲時期，愛琳被困在了倫敦，不能離開。」

我跟愛琳都沒有理他，我說：「你也愛上他了。」

「那都是些陳年舊事了。」她垂下眼，然後又抬了起來，直視我的眼睛，「戰爭期間，總是會發生一些莫名其妙的事。」

「韋德夫人，只是這樣而已嗎？你上次毫無保留地向我傾訴對他的情感的事，你可能已經忘了吧？『是那種一生只能有一次的，熱烈瘋狂、如夢如幻、刻骨銘心的愛』這可都是你自己說的。所以從某方面來看，你還是深深的愛著他。特別幸運的是，我跟他有一樣的姓名首字母。我覺得你會選中我，大概也有這個原因。」

她冷冰冰道：「你的名字跟他的名字沒有一點相同的地方。而且最重要的是他已經死了，死了，死了。」

我把那個小墜子遞到史賓塞手中。他有些不情願地接過去，嘟囔道：「以前我就見過了。」

我說：「我現在要描述這個墜子的外形設計，你幫我核對一下。墜子上有一個刀尖朝下的寬匕首，是用白色琺瑯做成的，鑲著金邊。墜子上還有一對淺藍色琺瑯的翅膀，翅膀向上翹著。匕首從翅膀前穿過，然後插入一幅卷軸後面。卷軸上寫著幾個字，是『勇者常勝』。」

他說：「應該是對的。但這有什麼用呢？」

「她說這是地方部隊『藝術家步槍隊』的軍徽，是部隊裡的一個人送給她的。一九四零年春天，那個人參加了挪威和英國在安道爾尼斯的戰役，然後消失了。」

我的話吸引了他們的目光，史賓塞目不轉睛地看著我，他知道我肯定不是在瞎說。愛琳也知道，她的兩道淺棕色眉毛皺了起來，大惑不解的樣子。她不是裝的，是真的很疑惑而且充滿了敵意。

我說：「這是一枚袖章。『藝術家步槍隊』以前歸屬地方陸軍部隊，後來改編，被歸入或者說劃入特種空軍部隊，才有了這樣的徽章。但這件事發生在一九四七年。也就是說，一九四零年的時候，韋德夫人不可能從任何人手上得到這個徽章。還有一點，一九四零年在挪威安道爾尼斯登陸的是『舍伍德森林人隊』和『萊斯特郡隊』兩支地方部隊，並不是『藝術家步槍隊』。我是不是讓人覺得很討厭？」

史賓塞沒有說話，在茶几上放下墜子，慢慢的將它推到愛琳跟前。

愛琳嘲諷道：「你說的這些，難道我不知道嗎？」

我回敬她：「你覺得英國陸軍部，沒有關於這些事的記錄嗎？」

史賓塞和氣地說：「這裡面肯定有誤會。」

我轉過頭，瞪著他，說：「這也算是一種說法。」

愛琳冷冷地說：「還有一種說法就是我在騙人。我根本不知道一個叫保羅・馬斯頓的人，他從來沒愛過我，我也從來沒愛過他。他沒有送過我自己部隊的徽章仿製品，也沒有從戰爭中消失，因為這個人從來就不存在。這枚徽章是我在紐約一家專營英國進口奢侈品的店裡買的，除了徽章以外，那裡還賣板球運動服、軍隊制服、學校領帶、皮貨、手工靴、印章圖文等東西。馬羅先生，這樣的解釋你可滿意？」

「後半部分讓我挺滿意的，但是前半部分就不夠滿意。很顯然，你之所以說這個是『藝術家步槍隊』的軍徽，是因為有人這麼跟你說過，但他並沒有跟你說它的種類，或許連他自己都不清楚。關於保羅・馬斯頓，他的確在那個部隊服役過，而且也真的在挪威行動中消失了，而你們之間也是認識的。韋德夫人，這些都是確切無疑的。不過他消失的時間不是一九四零年而是一九四二年，消失的地點也不是安道爾尼斯，而是當時攻擊的一個近陸小島。」

史賓塞以下論斷的口氣說：「我覺得沒必要為這樣的事針鋒相對。」他說完，開始擺弄面前的黃色稿紙，將一疊紙拿了起來，在手上掂量了一下。

我不明白他是感到痛心，還是為了側面幫助我。

我問他：「你準備秤重買稿子？」

他好像有些驚訝，然後尷尬的笑了一下，說：「愛琳在倫敦的那段日子很難熬，記錯了一些事情，也是情有可原的。」

我將一張疊好的紙從口袋裡拿了出來，說道：「是的，比如記錯了跟誰結過婚這樣的事。這張影本印的是一張經過認證的結婚證，原件在卡克斯頓大廳登記處存放著。結婚雙方的名字是保羅・愛德華・馬斯頓和愛琳・維多利亞・桑普塞爾，日期是一九四二年八月。剛才韋德太太說的，也不算撒謊，確實沒有保羅・愛德華・馬斯頓這麼一個人，因為這是一個假名。在軍隊服役的人，必須要得到許可才能結婚，所以他造了一個假的身分，在軍隊的時候他有其他的名字。他的所有服役記錄都在我手上。只要稍微打聽一下，就能知道所有事情。但是大家好像都沒有意識到這一點似的，這讓我特別納悶。」

史賓塞往後靠著，一句話也沒有說。他瞪著眼睛，不是在看我，而是在看愛琳。她回頭看著他，臉上帶著那種女人們最拿手的內疚和誘惑參半的微笑。

「霍華德，在我遇到羅傑之前，那個人就已經死了。這難道有什麼問題嗎？我從來也沒有瞞著羅傑，我的姓名也沒有改過，還是婚前的那個。護照上寫的就是那個名字，在當時的那種情況之下，我沒有別的選擇。他在一次戰役中死去……」她頓一下，深深吸一口氣，兩手輕輕的在膝蓋上放好，「什麼都結束了，消失了，沒有了。」

他慢慢地問：「你確定羅傑知道這些事情嗎？」

我說：「他應該知道一點，有一次我問到了保羅・馬斯頓這個名字，他的神情變得很奇怪，不過沒跟我說為什麼。我覺得在他的心裡，這個名字應該有某種含義。」

她沒有管我，只是對史賓塞說：「羅傑肯定知道所有的事情，你為什麼要這麼問？」

她微笑的看著史賓塞，很有耐心的樣子，就像史賓塞反應很慢一樣。她們經常用這樣的小計謀。

史賓塞乾巴巴地問：「你為什麼要說一個假的日期呢？你說他是一九四

零年失蹤的，但他是一九四二年失蹤的。而且你還撒謊說你戴的這個徽章是他給你的，事實上卻不是。」

她低聲說道：「大概是夢境讓我有些糊塗。準確地說，應該是噩夢。在大規模空襲期間，我的很多朋友都離開了人世。在那段時間裡，當我們說晚安時，都盡可能讓它聽起來不像是道別，而事實上那就是道別。特別是跟軍人說再見時，那樣的情形會讓你心裡更加難過。死去的都是一些溫柔善良的人。」

我和史賓塞都沉默著。她盯著茶几上的吊墜，之後把它拿起來掛回項鍊上，再往後一靠，自然的神態跟平時沒什麼差別。

史賓塞慢慢地說：「愛琳，我知道，我沒有審問你的權利。馬羅拿著一枚軍徽和一張結婚證書就在這裡借題發揮，把我也搞得疑神疑鬼的了。讓我們把這件事忘了吧！」

她輕聲的跟他說：「現在，馬羅先生抓到一點小事就借題發揮，但真正遇到了人命關天的大事時，他卻跑到湖邊看快艇去了。」

我問：「在那之後你還見過保羅・馬斯頓嗎？」

「他已經死了，怎麼可能再見他？」

「你不能確定他到底死沒死，紅十字會的死亡報告裡也沒有他的名字。他有可能只是被敵軍抓了起來。」

她猛然哆嗦了一下，然後慢慢說：「希特勒在一九四二年十月下達了一個命令，讓蓋世太保處置所有被關的英軍突擊隊員。這個命令帶來的後果，我想我們都能預測——在蓋世太保的某個地牢裡受盡折磨，然後不聲不響地死去。」說著，她又哆嗦了一下，然後憎恨地看著我，「你這個傢伙，真的非常惡毒。就因為我說了一個無關痛癢的謊，為了懲罰我，就要讓我再經受一次這種傷痛。如果那些人把你的愛人抓走了，你知道會發生什麼。但你願意去想像落在她或者他身上命運的會是什麼嗎？即使是不真實的，我也想要建立起另外一份回憶，這有那麼難以理解嗎？」

史賓塞說：「我急需喝點東西，行嗎？」

她拍了一下手，小糖果就像往常一樣，不知從什麼地方竄了出來。他對著史賓塞鞠了一個躬，說：「史賓塞先生，你想來點什麼？」

史賓塞回答：「蘇格蘭威士忌，要純的，多倒一點。」

小糖果走到一邊，從客廳角落的牆裡將吧檯拉了出來。取出一瓶酒，倒了一些在杯子裡，然後拿著杯子走了回來。他在史賓塞面前放下杯子，然後打算離開。

愛琳淡淡地說：「小糖果，馬羅先生可能也想來一杯。」

他停下來，看著她，一張臉緊繃著，臉色很不好。

我說：「謝謝，不過不用了，我不想喝東西。」

小糖果從鼻子裡發出「哼」的一聲，抬腿就離開了。接下來，誰也沒有說話。史賓塞將喝了一半的酒放下，拿出一支菸點燃。

「你要說的話應該都說完了吧！」他對著我說話，但眼睛卻沒有看我，「我覺得韋德夫人或者小糖果都可以送我回比佛利山莊。當然，我也可以坐計程車回去。」

我將那份認證過的結婚證影本疊起來，放進口袋裡，問他：「你確定要這麼做？」

「大家都想這麼做。」

我站了起來，說：「好吧，看來只有我這樣的傻瓜才會費心費力做這些事。如果出版行業需要用腦子的話，你作為一個頂級的出版商，就應該有頂級的腦子，你應該能想明白，我專程跑到這裡來，不可能只是為了嚇唬人。我挖出陳年舊事，自己掏錢買消息，並不是為了給誰找麻煩。我去查保羅・馬斯頓，不是因為韋德夫人帶了假的軍徽、弄錯了日期、在戰爭時期匆匆嫁給了他，也不是因為他被蓋世太保殺害了。我剛著手調查時，除了他的姓名一無所知。你猜猜我是怎麼得知這個名字的？」

史賓塞脫口而出：「很顯然，有人告訴你了。」

「史賓塞先生，你說對了。那人在紐約跟他結識，那時戰爭已經結束了。回來之後，又在查森酒吧看見他跟他的妻子。」

「很多人都姓馬斯頓。」史賓塞喝了一小口威士忌，轉動了一下腦袋，右眼皮微微垂下一點。等我按照他的示意，坐下來之後，他才繼續說，「叫保羅・馬斯頓的也不止那一個人，舉一個簡單的例子，光紐約地區的電話簿上，就有十九個霍華德・史賓塞。其中四個，沒有中間的縮寫字母，直接就是霍華德・史賓塞。」

「你說得對。不過半張臉被迫擊炮的延時爆炸炸毀容，因此留下了疤痕和整容手術刀疤的保羅・馬斯頓會有幾個呢？」

史賓塞張大嘴巴，呼吸變得沉重起來。他將一方手帕掏出來，在腦門上擦了擦。

「在迫擊炮爆炸事件中，救了曼迪・曼寧德茲和蘭迪・斯泰爾那兩個強悍賭棍的保羅・馬斯頓又會有幾個呢？這兩個人都還活著，而且沒有忘記當年的事，等到恰當的時機，他們應該會說出來。史賓塞，憤怒不起來了嗎？鐵證如山，泰瑞・蘭諾斯就是保羅・馬斯頓。」

我很清楚，我的話不會讓誰驚訝地尖叫，一蹦六英尺高，事實也是這樣，沒有人這麼做。但是出現了一陣沉默，像尖叫一樣響亮的沉默。我能感覺到這種沉默，將我密實地包裹了起來，沉甸甸地壓在我身上。我能聽見廚房的流水聲，門外折疊著的報紙被扔在地上的聲響，還有自行車遠去的聲音，以及報童跑了調的輕緩口哨聲。

脖子後面有輕微的刺痛感傳來，我趕緊閃開，轉頭看見拿著刀的小糖果站在那裡。他深色的臉上沒有什麼表情，但眼裡閃著某種我從未見過的光芒。他用輕柔的聲音說：「阿米哥，你很累了吧！我去給你拿一杯酒過來，好嗎？」

我說：「給我來一杯波本威士忌，多放點冰塊，謝謝了。」

「先生，稍等片刻。」他把刀子收了起來，放進白制服的側邊口袋，然後動作輕緩的離開了。

小糖果走後，我才去看愛琳。她坐在那裡，身體微微前傾，雙手緊緊地握在一起。她的頭垂得很低，我沒辦法看到她臉上的表情。

「霍華德，我確實見過他一次，就那一次。但我們沒有跟彼此說話。我是在洛林家遇見他……還有她的。」她終於開口了，聲音就像電話報時的機械聲，吐字清楚，但非常空洞。一般人不會一直去聽那種報時聲的，但如果你願意那麼幹的話，你會發現，它可以保持這樣的音調一直說下去，「他跟以前判若兩人，臉已經面目全非，頭髮也全白了。但我一眼就能認出他，他也能認出我。我們只是看著對方，別的什麼也沒有發生。然後他從房間裡走了出去，第二天就從她家離開了。那天，霍華德你也在那裡，羅傑也在，大概是傍晚。我覺得你應該也看見他了。」

史賓塞說：「是的，我知道他的太太是誰，而且有人單獨替我們做了介紹。」

「琳達・洛林跟我說，他沒有說原因，也沒有跟那個女人吵架，突然就消失不見了。過了一段時間，他跟那個女人就離婚了。之後我又聽說那個女人去找他了，找到他的時候，他已經窮困潦倒。接著，不知道為什麼，他們突然又再婚了。我猜他可能是因為沒錢了，對他來說再婚也無所謂。因為他知道我嫁給了羅傑，我們再也不可能回到以前。」

史賓塞問：「為什麼呢？」

小糖果走了過來，默默的把酒放在我面前。他看了史賓塞一眼，見史賓塞搖頭，便獨自離開了。他沒有引起任何人的注意，就像中國京劇裡管道具的人員一樣，在台上把道具搬來抬去，但看戲的和演戲的都不會注意到他。

她重複了一遍：「為什麼呢？你是無法理解的，這曾經屬於我們的東西已經消失了，永遠不可能再回來。他很幸運，活著回來了，沒有落到蓋世太保的手中。可能是哪個正直的納粹瘋子沒有按照希特勒的吩咐處置英國突擊隊。我曾經自欺欺人的以為我能找回他，找回曾經那個熱情、青春、血性的人。但是後來我得知他娶了那個紅頭髮的蕩婦，這簡直令人作嘔。我知道羅傑跟她有姦情，而且我敢打賭保羅也清楚這件事。琳達・洛林也知道這個事，她自己也是個婊子，只是稍微收斂點而已。他們都是一個德性。你可能想問我為什麼不離開羅傑，跟保羅重歸於好？在他和羅傑都拜倒在那個蕩婦的石榴裙下以後，我還能跟他重歸於好？拜託，真是謝謝了。我要有更多的動力才能這麼幹。我可以原諒羅傑，他喝酒成癮，那是因為他擔憂自己的作品。他痛恨自己，因為他覺得自己是出版商花錢買來的寫手。他是一個很懦弱的人，灰心喪氣，但是又不肯服輸。他為此迷失了自己，我完全可以體諒。他對我來說，只是一個丈夫。但對我來說，保羅是不一樣的，他要嘛成為我的全世界，要嘛就什麼也不算。最終，他什麼也不算。」

我灌了一大口威士忌下去。史賓塞已經將自己的那杯喝光了，他撓著沙發上的布，面前放著過世作家的未完成稿，但他顯然已經忘了那一疊稿子。

我說：「我可不會說『他什麼都不算』這樣的話。」

她抬起眼，迷茫地掃了我一下，接著又垂下了眼皮，用從未有過的刻薄語氣說：「他比什麼都算不上還差勁。他明知道那個蕩婦是什麼人，還要娶她，最後因為又無法忍受而殺了她。自己畏罪潛逃，最後自殺。」

我說：「你很清楚，他並不是凶手。」

她慢慢挺直了腰，茫然地看著我。史賓塞弄出了一點聲響。

我說：「你明知道羅傑才是凶手。」

她很冷靜地問：「他都跟你說了？」

「給了一點暗示，沒有明說。那個秘密正在折磨著他，他總有一天會告訴我或別人。」

「馬羅先生，並不是這樣的。」她輕輕搖了一下頭，說，「折磨著他的並不是這件事，因為他已經完全忘了他殺了人。他能感覺到有些不對勁，所以拼命想從記憶裡挖出這些東西來，但他根本做不到。那件事對他的衝擊實在是太大了，導致他的記憶缺失。當然，他可能會在某一天想起來，也可能在他生命的最後一刻想起了這件事。但在這之前，他從來沒有想起過。一次也沒有。」

史賓塞低聲吼了起來：「愛琳，這樣的事情太荒謬了。」

我說：「這種情況很可能出現。我知道的，已經得到證實的案例就有兩個。有個案例是一個酒鬼，在酒吧裡勾搭了一個女人，然後用圍巾把她勒死了。但是酒鬼醒後，什麼都不記得了。圍巾是那個女人的，用一枚精巧的別針固定著。她跟著酒鬼回了家，接下來發生的事誰也不知道，只知道女人被勒死了。酒鬼被抓住的時候，那枚用來固定圍巾的別針，正別在他的領子上，可是他完全想不起來是從哪兒得到的別針。」

史賓塞問：「他是當時想不起來，還是一直都想不起來？」

「再也沒有人會去審問他，因為他已經被用毒氣處決了，但是他到死都沒有承認自己殺過人。還有一個案子是跟一個腦子不太清楚的人有關，他跟一個有錢的性變態同居。那個變態喜歡收集初版書籍、做精緻的菜肴、在牆板裡暗藏秘密奢華書庫之類。兩人有一次動手打了起來，從這個房間打到那個房間，把一個屋子弄的亂七八糟，雞飛狗跳。最終，有錢的變態倒下了。凶手被抓時，斷了一根手指，身上還有幾十處瘀傷。他什麼都不記得了，只記得自己頭疼，而且不知道走哪條路可以回到帕薩迪納。他開車不斷地繞來繞去，卻總是回到原地，停在同一個加油站，向服務人員問路。加油站的工作人員覺得他有些不正常，所以報警了。等他再繞一圈回來時，警察已經在加油站那裡等著了。」

史賓塞說：「我覺得羅傑不會這樣。如果說他腦子不正常，我也算不正常了。」

我說：「他喝醉酒之後會忘了所有事情。」

愛琳很平靜地說：「的確是他幹的，我就在現場，親眼看見了。」

我對著史賓塞咧咧嘴，很努力地在臉上擠出一個笑容。說不上這是一個什麼樣的笑容，但絕對不是開心的笑。

我對他說：「她會將所有的事情都告訴我們，你只要聽著就好了。她已經憋不住了，很快就會告訴我們。」

她很嚴肅地說：「是的，確實是這樣。他畢竟是我的丈夫，他的一些事我不想過多地談論，有時候就連仇人的某些事，我們都不願意談得太多。霍華德，你肯定不希望看見我站在證人席上當著所有人的面，把這些事情說出來。如果我說出來這些事，你手下的這位彬彬有禮、才華橫溢、帶來極大利益的作家，就會變成一個下賤胚子。他在紙上所表現出來的魅力相當吸引人，對嗎？他只是個愚蠢又可憐的人，用盡全力想要活得人如其文。在他眼裡，那個女人不過是個戰利品。我偷偷地監視過他們，我應該為自己的行為感到羞恥，但總是要有人把真相說出來，所以我並不覺得有什麼好羞恥。我親眼看見了那齣讓人反胃的鬧劇。她通常在那棟隱蔽的客宅裡偷情，那地方有獨立的車庫，入口在一條樹木掩蓋的死巷子裡。像羅傑這樣的人，總會有那麼一天無法當滿足她的情夫。這一天來臨了。他喝了很多，想要離開，她赤裸著身子，邊叫罵邊追出來，手裡拿著一個小雕像揮舞著想砸他。她罵人的字眼太過淫穢骯髒，我沒有辦法形容出來。你們都是男人，應該能體會。當那些淫穢骯髒的詞語，從你所以為的淑女嘴裡吐出來時，你會多麼震驚。他有過使用暴力的先例，此時喝醉的他，突然有了施暴的衝動。她從他手裡把雕像搶過來。接下來發生的事，你們應該能想像得到。」

我說：「肯定流了很多血。」

她苦笑著說：「血？你真應該瞧瞧他回家時是什麼模樣。在他低頭查看那個女人的時候，我跑回了汽車裡，準備離開。然後我看見他彎腰將她抱了起來，走回屋子裡。我覺得他應該是被嚇得清醒了。他在一個小時之後回來了，躡手躡腳地走進屋。我在那裡等他，把他嚇了一大跳。我知道他應該已經醒酒了，不過還有些頭暈。血跡沾滿了他的臉、頭髮、還有胸前衣襟。我帶著他去了書房的小浴室，幫他把衣服脫下來，稍微洗了洗，之後帶著他上二樓，讓他洗澡上床休息。我找了一個舊皮箱出來，把它拿到樓下，將沾了血的衣服和毛巾之類裝了進去。我把臉盆和地板都清洗乾淨了，之後拿著濕毛巾把他的車擦得很乾淨，再開進車庫裡。我把自己的車開出來，帶著那個裝滿血衣物的箱子，開車去了查茲沃斯水庫。你們應該能猜出來我去那裡想幹什麼。」

她說到這裡，停了下來，看了史賓塞一眼，史賓塞正在抓撓自己的左手掌。她接著往下說：「我出去之後，他又爬起來喝了好多的威士忌。第二天早上醒來，他把所有的事情忘得一乾二淨。我的意思是，跟那件事相關的一個字他都沒有提起過，看他的樣子似乎除了宿醉，什麼都忘了。」

我說：「他肯定會發現自己的衣服少了吧！」

她點頭說道：「我覺得他後來應該發現了，但是他什麼也沒說。好像所有的事情都擠在那一段時間，鋪天蓋地的新聞報導，保羅潛逃，然後在墨西哥自殺。我哪裡能預料到事情會變成這樣？羅傑做了一件可怕的事，但那個婊子本身就是個糟糕的人。況且羅傑是我的丈夫，而且他是在無意識的情況下才幹出那些事的。羅傑當然從報紙上看到過關於那件事的報導，他在討論這件事時就像一個看熱鬧的沒事人一樣，頂多就是恰好認識案件的當事人而已。然後這個消息就像最開始突然湧出來那樣，又突然的被壓了下去，報紙上再也沒有刊登，肯定是琳達的父親插手了。」

史賓塞低低地問：「你難道不害怕？」

「霍華德，我非常害怕，並因此有了心理陰影。如果他突然想起來了，有可能會殺我滅口。也許他已經想起來了，只是一直在演戲，想等一個合適的時機。很多作家都擅長演戲。但是我也不敢確定。反正保羅已經死了。羅傑可能一輩子都不會記起這件事了，也只是可能吧！」

我說：「如果他從來沒有提起過被你扔進水庫裡的那些衣服，那就可以證明他已經有所察覺。還有，他在樓上房間開槍走火，你拼命搶下槍，我在旁邊看著的那次。他寫了一些東西，藏在了打字機裡面。他寫了有一個好人因為他而死掉了。」

她的眼睛很恰當地瞪了起來，說：「他說過這樣的話？」

「是他寫下的，放在打字機上了。他讓我把它們毀了，我照他說的做了。不過我猜你肯定看過了。」

「他在書房裡寫的東西，我從來不會去讀。」

「但是上次他跟韋林傑走的時候，你不是看過他寫的那些字條了嗎？而且還是從廢紙簍裡面翻出來的。」

她冷冰冰地說：「那不一樣，我是想知道他的去向，所以在尋找線索。」

我身子往後仰了仰，說：「可以，還有其他的嗎？」

她緩慢地搖了一下頭，用一種帶著濃烈悲哀的聲音說：「我想沒有了，或許在那個下午，他準備開槍自殺的時候，想起了這件事情。但我們永遠不知道是不是這樣了，我們也不想知道了。」

史賓塞輕咳了一聲，說：「你應該沒有忘記，是你說服我把馬羅先生請來的，這是你的主意。馬羅先生在這中間扮演的又是一個怎樣的角色呢？」

「因為我太害怕了，我怕羅傑同時也擔心他。因為馬羅先生跟保羅是朋友，而且在保羅的所有朋友裡面，馬羅先生是最後一個見到他的，所以我想搞清楚保羅會不會跟他透露了些什麼東西。另外，如果羅傑真的會對我構成威脅，我也希望可以得到馬羅先生的幫助。如果他知道了事實的真相，說不定能想到救羅傑的辦法。」

不知道為什麼，史賓塞突然變得特別強硬，他身體前傾，揚起了下巴，說：「愛琳，讓我好好理一下。眼前的這個私人偵探，他曾經被警察抓進了牢裡，跟警察發生了一些摩擦。而起因是警察覺得他協助保羅逃去墨西哥。因為你叫他保羅，我就跟著你這麼叫吧！如果那個人真的是保羅殺的，協助凶手潛逃就是很嚴重的罪行。所以就算他真的調查出真相，能洗脫罪名，他也什麼都幹不了，只能眼睜睜地看著。這就是你的如意算盤，對嗎？」

「霍華德，你難道不能體諒我當時是多麼的害怕嗎？我跟殺人犯同在一個屋簷下，很多時候只有我們兩個人，而他說不準什麼時候就會發瘋。」

史賓塞並不退讓：「我當然能體諒。但是馬羅先生並沒有答應你們的請求，所以你還是只能跟羅傑單獨相處。後來發生了羅傑手槍走火的事，接下來的一個星期，你還是只能跟他單獨相處。後來，那天只有馬羅先生和羅傑在家，羅傑恰好就選在那天自殺了。」

她說：「是這樣的，但那又如何呢？我能做什麼呢？」

史賓塞說：「得了吧！你應該覺得馬羅先生很有可能會查出事實真相，而且上次羅傑已經開過一槍，他很有可能把槍遞給羅傑，然後說：『嘿，老東西，我跟你老婆都知道你殺人了。他是一個很好的女人，為了你已經吃了很多的苦，更別說還有席薇雅・蘭諾斯的丈夫。你應該做做好事，扣一下板機，就此了結。大家只會覺得你是喝醉了才這麼幹的。來，這把槍給你，已經裝上子彈了。我現在要去湖邊走走，順便抽一支菸。永別了老東西，祝你好運！』」

「霍華德，我從來沒這麼想過，你真是越來越討厭了。」

「那你要怎麼解釋，你跟警察說馬羅是凶手？」

她很快地掃了我一眼，眼神裡似乎透著點不好意思，說：「我只是在瞎說，我確實不應該那樣說。」

史賓塞很冷靜地說：「你可能真的以為馬羅是凶手吧！」

她眯起了眼睛，說：「霍華德，不是這樣的。你為什麼要這樣說？真是太惡毒了。他為什麼要那麼幹，理由呢？」

史賓塞咬著不放，說：「為什麼這麼說？這有什麼惡毒的。就連警察都是這麼想的。至於理由嘛，小糖果已經說了。他說在羅傑對著天花板開了一槍的那個晚上，羅傑吃了安眠藥睡著了，然後馬羅就跑到你的房間裡待了兩個小時。」

她一下子面紅耳赤，看著他一句話也說不出來。

史賓塞毫不留情面地說：「並且小糖果還跟警察說，你一件衣服也沒穿。」

她用一種疲憊的聲音說：「可是庭審時……」

史賓塞將她的話打斷，說：「因為警察不相信他的話，所以他在庭審上就沒有再說了。」

「哦。」她似乎鬆了一口氣。

史賓塞繼續冷冷地說：「另外，你也是警方的懷疑對象，現在他們還在懷疑你，只是沒有找到動機。不過現在我看，應該能找到動機了。」

她猛然站了起來，生氣道：「我希望你們兩位趕緊從我家離開。」

史賓塞並沒有動，他伸出手去拿酒杯，但是發現已經沒有酒了。他很冷靜地問：「到底是不是你？」

「是我什麼？」

「殺了羅傑。」

她臉上的紅暈已經消失，緊繃的皮膚蒼白無比，站在那裡憤怒地瞪著史賓塞。

「我問的這些問題，在法庭上別人也會問。」

「我當時並不在家，回來的時候他已經死了。而且我出門忘了帶鑰匙，必須按門鈴讓人開門才行。你們明明知道這些情況。我的天，你是不是瘋了？」

「愛琳。」他掏出一方手帕，擦了一下嘴，「我在這棟房子裡，待過至少二十次，但我從來不知道你們白天會鎖大門。而且我沒說你是凶手，只是問一問而已。你別跟我說這不可能。因為從現在的情況來看，做到這件事一點也不難。」

她滿臉的震驚，一字一頓地問：「你覺得是我殺了我的丈夫？」

史賓塞依舊用冷漠的聲音說：「如果你覺得他是你的丈夫，那麼你是在還有一個丈夫的情況下跟他結婚的。」

「霍華德，真的很謝謝你。在你面前擺著的，是羅傑最後的書，他的絕筆。帶上那些東西，趕緊離開。我覺得你最好把你的想法告訴警察。這肯定會成為我們友誼的最詭異的結局。我特別的疲憊，而且頭很疼，我想上樓去自己的房間裡躺著休息。好了，霍華德，請慢走。我猜你是被馬羅先生蠱惑了。而至於他本人，就算羅傑不是被他殺死的，也是被他逼死的。」說完，她轉身準備離開。

我突然開口：「等一下，韋德夫人，還沒有結束。我們只是在盡自己的能力去做正確的事情，所以不需要對誰心懷怨恨。我想問一下，你扔進查茲沃斯水庫的箱子重嗎？」

她回過頭，看著我，說：「我已經說過了，那是一個舊箱子。是的，它確實有些重。」

「水庫邊圍著很高的鐵絲網，你是怎麼把箱子扔過去的？」

「什麼？鐵絲網？人在生死攸關的時候，總是會爆發出驚人的潛力。我能把箱子扔下去也不足為奇，事情就是這樣的。」她顯出一副無可奈何的樣子。

我說：「其實水庫邊沒有鐵絲網。」

「什麼沒有鐵絲網？」她有些迷茫地重複了一遍，好像這些對她來說並不是什麼關鍵的東西。

「還有，席薇雅・蘭諾斯是死在了客宅的床上，而不是在客宅外被打死。那時候她已經被手槍打死了。韋德夫人，死人是不會流多少血的。那個小雕像，只是將一個死了的女人的臉打爛而已。另外，羅傑的衣服上也不可能有血跡。」

她不以為然地撇了一下嘴，輕蔑地說：「可能事發時你就在現場吧！」

說完轉身離開了。

我們看著她慢慢走上樓梯，像往常一樣，優雅而鎮定。她走進了自己的房間裡，輕緩但堅決地關上了門。

史賓塞有些糊塗，問：「鐵絲網是什麼情況？」

他搖晃著自己的腦袋，一張臉漲得通紅，上面布滿汗珠。對他來說，能夠勇敢的面對這些東西，已經是一件很難的事。

我說：「隨口那麼一說而已。我沒去過查茲沃斯水庫，也不知道那裡具體是什麼樣的。或許周圍有鐵絲網，但也可能沒有。」

他有些鬱悶地說：「我懂了。問題的關鍵在於，她也不知道那裡有沒有鐵絲網。」

「她當然不會知道，那兩個人是她殺的。」

43

沙發邊，有什麼東西在無聲無息地移動。小糖果拿著彈簧小刀站在那裡，雙眼亮晶晶地看著我。他按一下彈簧，刀刃就彈了出來，再按一下彈簧，刀刃又縮了回去。

他說：「先生，很對不起，是我冤枉你了。主人是她殺的，我覺得我……」他停了下來，又將刀刃按出來。

我站了起來，向他伸出手，「小糖果，別這樣，把刀給我。你只是一個讓人喜歡的墨西哥僕人而已，他們會讓你背這個黑鍋，然後就能得到一個讓大家都高興的結局。如果你把事情攪亂了，他們大概會高興得笑出聲來。你可能不太理解我說的話，但我自己心裡很明白。他們把事情弄得烏煙瘴氣，並且壓根兒不想去澄清。即使有澄清的想法，事到如今他們也無能為力了。他們只想盡快從你身上得到一份自白書，甚至不會等你把名字說完。從週二開始算，不出三個星期，你就會被判無期徒刑，然後一輩子被關在聖昆丁州立監獄裡。」

「我跟你說過了，我是智利人，不是墨西哥人。我家住在比涅德爾瑪，就在瓦爾帕萊索市附近。」

「這些我都知道，你是個自由人，而且還有一筆存款，老家大概還有七八個兄弟姐妹。小糖果，你應該學聰明點，別幹傻事，把刀給我，從哪兒來就回哪去。這裡的飯碗已經沒有了。」

他輕聲地說：「到處都能找到飯碗。看在你的份上，給你吧！」他說著話，把刀遞給了我，然後看著二樓走廊，「夫人那邊……我們接下來該怎麼做？」

我把刀放進口袋裡，說：「我們什麼也不做。夫人已經特別疲憊了，她耗盡了所有的精力，她想要休息一下。」

史賓塞堅持道：「我們應該報警。」

「為什麼呢？」

「天啊，馬羅，我們必須這麼幹。」

「明天再說吧！先把你那一堆沒完成的書稿收拾好，我們走吧！」

「這世上還有法律這種東西，我們必須報警。」

「我們手上沒有足夠的證據，還是別去做這樣的事情了。這種費心的事情，還是讓執法者去幹吧！關於法律的問題，律師會去幹的。法律被一批律師創造了出來，另外一批律師就會在一幫被稱為法官的律師面前，一條一條去肢解這些法律。這樣，別的法官可以說是初審法官出現了錯誤，最高法院又可以說是中級法院出現了錯誤。當然，法律肯定是存在的，而且多如牛毛，但它存在的意義就是給律師們提供財路。你試想，那些黑幫老大們能夠長久的存在，難道不是律師在給他們出謀劃策？」

史賓塞憤怒道：「你說的這些跟這件事有什麼關係？有個作家，在這個房子裡被槍殺了。他是一個非常成功的重量級作家。當然，這也跟這件事沒有關係。但他怎麼說都是一個人，他被槍殺了，而我們都知道誰是凶手。難道完全沒有公正可言了嗎？」

「明天再說吧！」

「如果你放任她不管，那麼你跟她就是蛇鼠一窩。馬羅，現在我已經開始覺得你居心叵測了。如果當時你能夠警惕一些，他可能就不會死了。從某種意義上來說，正是因為你的縱容，她才能殺了他。在我看來，今天下午發生的一切，說不定都是你們在演戲」

「確實是這樣，藏在這些事情背後的就是一齣愛情劇。原來你已經看出來了，愛琳已經瘋狂的愛上了我。等一切風平浪靜之後，說不定她就要嫁給我了。當然，我要好好的教育她一下。我從韋德家一分錢都沒有撈到。說起來，我都有些迫不及待了。」

他把眼鏡拿了下來，擦拭一下之後，又將眼窩下滲出的汗水擦掉，然後將眼鏡戴好，低頭看著地板發呆，說：「非常抱歉。今天下午的事對我來說是一個非常沉重的打擊。得知羅傑的死訊，已經是一個打擊了，而現在我又聽到了這樣的一個事實。我光是聽著就覺得很羞恥。」他抬起頭來，看了我一眼，說，「我可以信任你嗎？」

「你指什麼事？」

「無論是什麼事，只要是正確的就行。」他彎腰，把那一疊黃色的文稿拿起來，放在腋下夾好，「好吧，就這樣吧！我覺得你應該清楚自己在做什麼。我是一個出色的出版商人，但在這種事情上，我完全手足無措，充其量只是一個狂妄自大，討人厭的傢伙。」

他從我前面走過去。小糖果立刻給他讓路，並且快速走到門口，替他把門打開。他朝著小糖果輕輕點了一下頭，然後走了出去。我在他後面跟著，從小糖果身邊走過時，我停了下來，看著他那雙黑色的、亮晶晶的眼睛，說：「阿米哥，千萬別耍花樣。」

他輕聲地說：「先生，我只是他們家的下人，什麼都不知道也不記得。我只知道夫人非常的疲憊，然後回自己的房間了，她不希望被人打擾。」

我將刀子從口袋裡拿出來，還給他。他笑了起來。

「小糖果，沒有人相信我，但是我相信你。」

「先生，我也相信你，是絕對的相信。」

史賓塞已經在車上等著我了。我上車發動引擎，把汽車從車道上倒出去，將他送回比佛利山莊。到了酒店門口，我把車靠邊停好等他下車。他下車時跟我說：「回來的時候我想了一路，我覺得她的精神可能有點不正常了，他們說不定會判她無罪。」

我說：「他們壓根兒就不會開庭審理，但是她不知道罷了。」

他折騰了半天，終於把腋下夾著的書稿理整齊了，然後才向我點一下頭。我目送他拉開大門，走進酒店。我將剎車鬆開，開著奧斯摩比，慢慢地從白色的人行道邊緣離開。這是我跟霍華德・史賓塞最後一次見面。

回到家時，天色已經很晚了，我感到又疲倦又灰心。那個夜晚，月光朦朧而冷漠，空氣十分沉悶，噪音似乎被什麼東西捂住，好像從很遙遠的地方傳過來一樣。我放了幾首曲子，在屋子裡來回走動，但耳朵裡好像根本沒有聽見音樂聲。某個地方有連續不斷的滴答聲，隱隱約約傳入了我的耳中，事實上這個屋子裡根本就沒有能發出滴答聲的東西。那個滴答聲是從我的腦海裡發出的。此時我是報喪隊的成員，這個報喪隊只有我一人。

我的腦海裡浮現第一次跟愛琳見面的情形，接著還有第二次、第三次、第四次。從那之後，她身上的一些東西就變得難以琢磨了，好像變成了一個幻影。當你發現某個人是殺人凶手時，那麼他就會變得虛幻起來。在這個世界上有人殺人是為了仇恨、有人是為了恐懼、有人是為了貪婪。有些狡猾的凶手，在殺人之前會計畫好一切，企圖瞞過所有人；但也有激情殺人的凶手，他們完全是因為血氣上湧才會犯下罪行；也有單純喜歡死亡的凶手，在他們眼裡，殺人是自殺的一種投影。從某種層面來看，他們都屬於精神不正常，不過跟史賓塞所說的那種不一樣。

直到天將破曉，我才睡了過去。

尖銳的電話鈴聲把我從沉沉的睡眠中驚醒。我翻身，起來找拖鞋，這才發現自己睡了不到兩個小時。我感覺自己就像一塊在路邊餐廳被吃下去的還沒被完全消化的肉。我的眼皮非常沉重抬不起來，嘴裡像被塞滿了沙子。

我費了很大的勁才站起來，搖搖晃晃地走到客廳，把電話筒拿起來，說道：「稍等一下。」

我把電話放下，走到廁所，撩起涼水洗臉。窗外傳來哢嚓哢嚓的聲音，我茫然的往外看去，見到了一張黃色的、面無表情的臉。我管他叫硬心腸哈利，是個日本籍園丁，每週都會來一次。他正在按照日本園丁修剪金鐘花的典型方法來修剪外面的金鐘花。你連著叫了他四次，他總會推遲說「下週吧」，之後在某個早晨，剛剛六點鐘就跑到你臥室的窗外，哢嚓哢嚓幹活兒。

我把臉擦乾，走回電話機前。

「喂？」

「我是小糖果，先生。」

「早安，小糖果。」

他用西班牙語，說：「夫人死了。」

死了，夫人死了。不管用任何語言說，都會讓人覺得黑暗、冰冷、寂靜。

「但願你什麼都沒做過。」

「我覺得應該是那個叫杜冷丁的藥物。瓶子裡原本應該有四五十片，但是現在一片也沒有了。她昨天沒有吃晚飯。今天早上，我爬梯子，朝窗戶裡面看了一眼，她還穿著昨天下午的那身衣服。我把玻璃砸破，進了屋，發現她已經死了，屍體像冰水一樣冷。」

像冰水一樣的冷。

「你打電話通知別人了嗎？」

「洛林醫生打電話給警察了，但是還沒有來。」

「洛林醫生？那個總是晚出場的人。」

小糖果說：「那封信我沒讓他看。」

「寫給誰的？」

「史賓塞先生。」

「小糖果，那封信別給洛林醫生，要給警察。另外，小糖果，千萬別說謊，不要有任何隱瞞。我們昨天去過那裡的事，全都如實告訴警察。這次一定不要撒謊，每一句話都要照實說。」

他沉默了一會兒，然後說：「好的，我知道了。阿米哥，再見。」他把電話掛斷了。

我打了一個電話到里茲・比佛利酒店，想找史賓塞。

「稍等，我轉到前檯。」

接著，那頭傳來了一個男人的聲音：「這裡是前檯，請問您需要什麼幫助？」

「請幫我找霍華德・史賓塞先生。我知道時間太早，但是事情很緊急。」

「昨天晚上史賓塞先生已經退房了，說是要坐八點飛往紐約的航班。」

「好吧，不好意思，我不知道他退房了。」

我走到廚房，準備用幾大勺咖啡粉來煮咖啡。這樣煮出來的咖啡，就像疲憊的男人身體裡的血液——滾燙、濃稠、苦澀、濃烈、薄情、消沉。

幾個小時之後，我接到了伯尼・奧爾斯的電話。

他說：「好的，聰明人，過來吃點苦頭吧！」

44

除了時間變成白天以外，所有的情形都跟上次一樣。局長去聖塔巴巴拉參加宗教狂歡週開幕式了，我們只能待在赫爾南德茲警監的辦公室。在場的人除了我，還有赫爾南德茲警監、伯尼・奧爾斯、法醫辦公室的人以及洛林醫生。洛林醫生的樣子看起來好像做人工流產手術時被現場抓住了似的。另外，還有一個姓勞福德的、板著臉的瘦高個兒。他是代表地方檢察官辦公室過來的。聽傳言，在中央大道區玩數字彩票的一個幫派老大是他的親兄弟。

赫爾南德茲面前的桌上放著幾張毛邊紙，是粉膚色的，紙上用綠色墨水寫了一些字。

等到大家在硬椅子上，找到舒服的姿勢坐好之後，赫爾南德茲才說：「這不是正式審理，不會錄音，不會記錄，大家可以暢所欲言。韋斯醫生代表法醫，他有權利決定是否需要開庭審理。韋斯醫生，請吧！」

韋斯醫生是個樂呵呵的胖子，看著挺精明的樣子。他說：「所有跡象都證明是麻醉藥中毒，我覺得沒有開庭審理的必要。救護車趕到時，這位女士已經處於深度昏迷狀態，雖然還有微弱的呼吸，但對任何刺激都沒有反應了。到了那種地步，一百個人裡也救不回一個。她的皮膚已經變得冰冷，如果不仔細檢查的話，根本不會發現她還有呼吸。所以下人以為她已經死了。事實上，是過了大概一個小時之後，她才真正死亡。據我所知，這位女士患有支氣管哮喘，偶爾會發病。所以洛林醫生才會給他開杜冷丁，讓她在緊急情況下使用。」

「韋斯醫生，關於她到底吃了多少杜冷丁，有沒有準確的資料或者是推論？」

他微微地笑了一下，說：「她服用的劑量足夠致死。因為沒有她的藥物服用歷史，不知道她對藥物先天的承受能力，以及後天養成的抗藥性，所以很難立刻判斷出她到底吃了多少。但是她在自白裡說，服用了兩千三百毫克。這個劑量已經超出非吸毒者最低致命劑量的四五倍了。」他向洛林醫生投去了詢問的目光。

洛林醫生冷冷地說：「韋德夫人並不吸毒。我給她開的是五十毫克的藥片，藥單上寫著吃一到兩片，我也跟她強調過，二十四小時內最多只能吃三到四片。」

赫爾南德茲說：「可是你一次性給她開了五十片，難道你不覺得，將這麼多藥交給她，本身就是一種危險嗎？醫生，她的支氣管哮喘到底有多嚴重？」

他嘲諷地笑了一下，說：「跟其他的哮喘一樣，是間歇性發作的。還沒發展成我們說的那種持續性哮喘，那種哮喘非常的嚴重，發作起來病人有窒息的危險。」

「韋斯醫生，你怎麼看呢？」

韋斯醫生慢吞吞地說：「如果她沒有寫那份自白，我們也找不到其他的證據證明她吃了多少藥，那麼就可以當成是藥物用量過多造成的意外。這種藥物的危險性本身就很大。具體的情況，還要等明天再說。看在上帝的面子上，你不會想把那封信壓下來吧？」

赫爾南德茲皺起了眉頭，有些不高興的樣子，他低頭看向辦公桌，說：「我只是覺得有點驚訝，因為我從來不知道用麻醉藥治療哮喘是一種標準方法。人啊，真是活到老學到老。」

洛林漲紅了臉，說：「警監，我已經說過了，只是為了應對緊急情況。哮喘病說發作就發作，醫生不可能隨叫隨到。」

赫爾南德茲掃了他一眼，然後看向勞福德，說：「如果我把這封信交給新聞界，你們地方檢察官辦公室會怎麼應對？」

地方檢察官辦公室的代表，很冷漠地掃了我一眼，問：「赫爾南德茲，這個人來這裡幹什麼？」

「是我請他過來的。」

「他在這裡聽著我們談話，誰能保證他不會跟某個記者說呢？」

「確實是的，他就是個口風不嚴的人。上次你們抓他的時候應該已經發現了吧！」

勞福德撇了一下嘴，輕咳一聲，小心地說：「那份自白書我看過了，但我覺得上面寫的都是假的。這件事的背景你應該很清楚：感情無依，痛失愛人，在英國艱難的熬過炮火連天的戰爭時期，偷偷結婚，愛人回歸……很顯然，她的心裡產生了罪惡感，為了消除這種感覺，所以產生了移情心理。」他停了一下，掃了大家一眼，所有人都板著臉，「我所說的話並不能代表地方檢察官，但就我個人的意見而言，即使她沒有死，憑著你手上的自白書，也沒有辦法起訴她。」

赫爾南德茲諷刺道：「因為你對第一份自白書堅信不疑，現在出現了與它相矛盾的第二份自白書，所以你才不願意相信吧！」

「赫爾南德茲，稍安勿躁。不管是哪個執法機關，都必須將公共關係考慮進去。毫無疑問，如果把這份自白書交給新聞界，我們都會吃不了兜著走。那些心急改革的人，埋伏在我們四周，就是在等這種能踩我們一腳的機會。上週你的副手已經得到了批准，讓此案的調查時間延長十天左右。為此，我們的大陪審團已經高度緊張了起來。」

赫爾南德茲說：「好吧，這些東西現在是你的了。麻煩在收條上簽個名。」他說著將那幾張粉色毛邊紙對齊。

勞福德彎腰簽了名字，然後將那幾張紙拿起來折疊好，放進胸前的口袋裡，離開了辦公室。

結實、和善、其貌不揚的韋斯醫生站了起來，說：「上次我們對韋德家人的庭審太著急了，這次我覺得我們根本不用費心準備庭審。」

他對著奧爾斯和赫爾南德茲點了一下頭，又禮貌性地跟洛林醫生握了一下手，然後就走了出去。洛林醫生也站了起來，準備離開，但又猶豫了一下，生硬地說：「有一個人非常關注這件案子的發展，我能不能跟他彙報一下，你們不會繼續調查這件案子？」

「耽誤你的時間了，醫生，非常不好意思。」

洛林提高了音調說：「你還沒有給我答覆，我最好給你一個忠告……」

赫爾南德茲說：「老兄，趕緊滾吧！」

洛林吃驚的差點要摔倒，他連忙轉身，慌慌張張地走了出去。門被關上了，剩下的人足足沉默了半分鐘。赫爾南德茲搖了一下頭，將一支菸點燃，之後看著我，說：「如何？」

「什麼如何？」

「你還在等什麼呢？」

「就這麼完了？結案了？塵埃落定了？」

「伯尼，你跟他說。」

奧爾斯說：「是的，就這樣結案了。韋德腦子裡的酒精太多了，他不可能自己開槍自殺。原本我已經打算把她叫過來談話了。但是就像我跟你說過的那樣，我找不到她的動機。她的自白書，在細節上可能會有些出入，但可以看出來，她一直暗中監視著他。恩西諾那棟客宅的格局，她瞭若指掌。她的兩個男人，都被姓蘭諾斯的那個女人搶走了。發生在客宅裡面的事，跟你想像的是一樣的。不過你漏了一點，忘了問一下史賓塞，韋德是不是有一把毛瑟手槍，型號為P. P. K.。今天我們打電話跟史賓塞聊過了，證實韋德確實有這樣一把槍。韋德是個可憐的酒鬼，這個倒楣蛋喝醉之後什麼都不記得了，他要嘛以為自己殺了席薇雅・蘭諾斯，或者說他真的殺了她，再或者他發現了什麼證據推斷出是他老婆幹的。無論是哪種情況，他都不可能一輩子守著這個秘密。他確實從很早之前就開始酗酒了，他娶的漂亮老婆，是個沒心的女人。這一點，墨西哥佬心知肚明，這個小混蛋好像什麼都知道似的。這個女人整天都心不在焉的，她的人在這裡，心卻不在這裡。即使她曾經有過性衝動，那也絕對不是她的丈夫帶給她的。你能懂我的意思吧？」

我沒有說話。

「差一點點你就要把她弄到手了，對嗎？」

我還是沒有說話。

奧爾斯和赫爾南德茲壞笑了起來。奧爾斯說：「我們可不是蠢貨。關於她脫衣服那件事，背後肯定有古怪。不過他的口才沒你好，只能作罷。他很難過又很迷惑，可是他很喜歡韋德，所以想要弄清真相。一旦他弄清真相，他就會用刀子來說話。在他眼裡，這是他的私事。他一直替韋德保守秘密，從來沒有洩露過他的隱私。真正洩露的人是韋德的老婆，她故意混淆視聽，把韋德搞得糊裡糊塗。這個解釋完全合理。到了最後，我覺得她可能有點害怕他了。還有一件事，她說韋德把她從樓上推下去的事，其實只是意外。她自己絆倒了，韋德只是伸手去拉她。小糖果看見了這一切。」

「可是這些都沒有辦法解釋，她為什麼要讓我牽扯到這裡面來。」

「我們猜到幾個可能。其中一個特別狗血，但是所有當警察的都遇到過，那就是你這裡有某種她想搞清楚的東西。你跟泰瑞・蘭諾斯是朋友，並且協助他潛逃，從某種意義上來說可以算是推心置腹的朋友了。關於那件案子他知道多少，又向你透露了多少？她很有可能認為蘭諾斯把打死席薇雅的那把槍帶走是為了替她掩飾，因為他知道那把槍用過。她沿著這個思路往下想，覺得蘭諾斯知道了是她開槍殺死那個女人。在他開槍自殺以後，她就更加的肯定了自己的想法。但是她還不敢確定你這裡是什麼情況。她想要探探你的口風，眼下正好有時機接近你，而且她還有足夠的魅力。另外，如果她要找代罪羔羊的話，你是一個不二的人選。可以說她是在找代罪羔羊人選。

我說：「你把她想得太過聰明了。」

奧爾斯把一根香菸折斷，把其中一截夾在耳朵後面，另外一截放進嘴裡咬著。

「還有一個可能性，她需要一個可以把她摟在懷中的高大強壯的男人，讓她可以舊夢重溫。」

我說：「這個可能性太荒謬了，她恨死我了。」

赫爾南德茲冷冰冰地插嘴說：「這是肯定的，誰讓你拒絕了她呢？或許她根本不在乎這件事，可誰讓你又當著她和史賓塞的面把這件事說出來呢？」

「你們這兩個厲害的角色，最近是不是該去找精神科醫生看看？」

奧爾斯說：「我的天，你居然沒有得到消息嗎？現在我們就被這些精神科醫生弄得頭疼欲裂，我的同事裡就有兩個精神科醫生。現在這裡看起來就像一個醫學分支，而不像警察幹活的地方了。牢房、審訊室甚至法庭，都有他們跑來跑去的身影。分析小混混為什麼搶劫酒館、強姦女生、給畢業班的學生賣毒品這樣的事情，隨隨便便就能寫出十五張報告來。像我跟赫爾南德茲這樣的人，十年之後就不用做引體向上和射擊練習了，應該去學習羅爾沙赫氏墨蹟測驗和詞語聯想測驗。我們出去辦案，只需要拿著一個裝有手提測謊儀和吐真劑的公事包就行了。頗為遺憾的是，揍大個子威利・馬貢的那四個傢伙，我們沒有抓住。不然我們大概可以把他們調教到心理不正常，讓他們學會熱愛自己的母親。」

「我可以滾了嗎？」

赫爾南德茲一邊扯著橡皮筋，一邊問：「你還有什麼疑問嗎？」

「沒有了，這個案子已經結案了，她也完蛋了，他們都完蛋了。一個簡單的案子，就這樣順利的完結了。現在我什麼也不用幹，只要回家把它忘得一乾二淨，就好像從來沒有發生過一樣。我會服從命令的。」

奧爾斯把那半截香菸從耳朵後面拿下來看著，好像不明白它怎麼會出現在那裡，之後順手把它往後背一丟。

赫爾南德茲說：「你有什麼好抱怨的？當時如果她手裡有槍的話，說不定能完成一次完美的犯罪。」

奧爾斯嚴厲地說：「另外，昨天我們的電話沒有任何問題。」

我說：「是的，你們接到電話就會飛快的趕過去，然後會聽見一個真假混合的故事，而她在這個故事裡，只是撒了一些小謊而已。你們今天早上拿到的那份自白書，我猜是完整的。但你們沒有讓我看一眼，不過我敢肯定，那不是關於愛情的絕筆信，不然你們不會給地方檢察官辦公室打電話。當初在對待蘭諾斯的案子時，如果你們能認真一點的話，肯定能從他的參戰記錄裡面找出來，他是在什麼地方受的傷，以及其他的一些消息。這樣一來，你就會發現這件事情跟韋德一家有關。羅傑・韋德知道保羅・馬斯頓是什麼人，這件事不僅我知道，跟我有聯絡的一個私家偵探也知道。」

赫爾南德茲認同道：「可能吧，不過警察調查案子的方式並不是這樣的。即使沒有外界的壓力讓大家盡快結案，把這件事忘掉，大家也不會在一件明顯的案子上糾纏太久。我調查過的凶殺案有幾百件，有些俐落乾淨，有頭有尾，完整得像是在按照某種程式做出來的一樣；可是絕大多數的案子都會有一些莫名其妙的地方。但是，當殺人動機、手段以及時機都被查出來了，嫌疑人卻潛逃了，不久寫下自白書，然後畏罪自殺這樣的案子，你就不必再去過多糾纏。像這樣顯而易見的案子，全世界所有的警察局都不會再花費人力和財力去質疑。只有一個人還在質疑蘭諾斯殺人這件事，因為他覺得蘭諾斯是個心軟的人，不可能會這麼做，而且別人也可能是凶手，不過別人沒有潛逃，沒有寫自白，沒有對著自己的腦袋開一槍。但是蘭諾斯卻這麼幹了。再說說心軟這一點，在我看來，那些進毒氣室，坐電椅或者被判絞刑的殺人凶手，百分之六七十的人在他們鄰居的眼中，就像富勒牙刷公司的推銷員一樣沒有任何的危險性。這些人就像羅傑・韋德的太太一樣，安靜、有教養、沒有危險性。你想看一下她那封信裡的內容嗎？好的，隨便。我必須出去一下。」

他站起身，把抽屜打開，拿出了一個資料夾，在桌上放好，說：「馬羅，這裡有五份影本，別讓我抓到你偷看就行。」他說完向門口走去，然後又回頭，對著奧爾斯說：「要不要跟我一起找比肖瑞聊聊？」

奧爾斯點了點頭，跟著他一起走出了辦公室。這時屋裡只剩下我一人了，我將資料夾打開，看見幾張黑底白字的影本，被迴紋針別在一起。我捏著紙邊數了一下，有六份。我把其中一份拿出來，捲好，放進口袋裡，然後讀下面的那一份。我看完之後，坐著等了大概十分鐘，赫爾南德茲回來了，只有他一個人。他又繞到辦公桌後面的椅子裡坐下，數了一下資料夾裡的影本，然後把它放回了抽屜裡。

他抬起頭，板著臉看我，問：「現在沒有怨言了吧？」

「你留著這個東西，勞福德知道嗎？」

「我肯定不會跟他說。這些東西是伯尼印的，他肯定也不會說出去。有什麼問題嗎？」

「要是有一份流出去了呢？」

他露出一種讓人覺得很不開心的笑容，說：「不會發生這種事。地方檢察官辦公室裡也有影印機。即使真的洩漏了出去，也不是局長辦公室的人洩露的。」

「警監，你是不是不太喜歡地方檢察官斯普林格？」

他滿臉驚詫地說：「你說我嗎？我喜歡所有人，就連你這樣的我都喜歡。趕緊滾蛋吧，我要工作了。」

我站起來，準備離開。他突然問：「你最近還帶槍嗎？」

「偶爾。」

「大個子威利・馬貢帶了兩把槍，可是他卻沒用，我真是想不明白。」

「我覺得，他可能以為自己的樣子能將所有人都唬住。」

「大概是的。」赫爾南德茲隨意地回答。他將一根橡皮筋拿了起來，套在兩個大拇指上，然後一個勁往兩邊拽，橡皮筋越繃越緊，最後發出「啪」的一聲，被拽斷了。他揉了揉拇指上被橡皮筋彈到的地方，說，「一個人不管他看起來多麼厲害，他都可能被逼得太緊。再見。」

我走了出去，飛快地從大樓離開。一個人，一旦被選做代罪羔羊，那麼接下來就有第二次第三次以及無數次。

45

回到位於卡文克大樓六樓的辦公室裡，我開始像平常一樣，處理早晨送來的郵件，把它們從信箱拿到辦公桌，再從辦公桌扔到垃圾桶，就像玩雙殺遊戲裡面的「汀克傳給艾佛斯再傳給奇斯」。我將辦公桌清出一塊地方，然後把影本打開。剛開始我之所以把它們捲起來，是怕弄出了印痕。

我又讀了一遍文件，寫得特別詳細，而且合情合理，一個不帶偏見的讀者看完之後絕對會解除所有疑惑。愛琳・韋德因為嫉妒，將泰瑞的妻子殺了，因為她覺得韋德已經知道了實情，所以為了滅口，她等待時機，精心策劃，得把韋德也殺了。包括那天晚上，韋德的槍走火，打穿了天花板，也都是精心策劃好的。至於羅傑・韋德為什麼由著她讓她得手而不採取任何行動，已經成了永遠找不到答案的謎團了。或許他已經預見結局了，所以已經不在乎自己被損毀了。他是靠文字來吃飯的，他的文字幾乎可以表達任何事情，唯獨在這件事上，沒有寫下一個字。

房門已經鎖了。最後一次開的杜冷丁還有四十六片，我打算把它們一次性都吃掉，然後在床上躺著。用不了多長時間，我就能死掉。霍華德，在面對死亡時，我寫下的這些文字，它們每一個必然都是真實的，這一點我希望你能夠明白。除了沒能趁他們在一起時把他們一起殺了之外，我已經了無遺憾。對於保羅，就是那個被別人叫做泰瑞・蘭諾斯的人，我也沒有遺憾。雖然我曾經深深的愛著他，並且嫁給了他，但他現在只剩下一具軀殼。他居然從戰場上回來了，那天下午是我唯一一次見到他。剛開始我並沒有認出他來，後來才認出來，可是他一眼就認出我了。我那位被獻給死神的愛人，他應該年輕時就埋葬在了挪威的白雪之中。可是他回來了，成為賭棍的朋友，成為一個有錢蕩婦的丈夫。他受到寵愛，卻已經墮落到谷底，說不定以前還有過詐騙的前科。時間流逝，所有的東西都變得平庸低俗，破爛殘缺，不堪入目。霍華德，英年早逝不是人生的悲劇，日益變得腐朽和骯髒才是人生的悲劇。我不希望這樣的事發生在我的身上。霍華德，永別了。

我把影本放在辦公桌的抽屜裡，並將抽屜鎖好。到了午飯時間，可是我一點胃口都沒有。我以前特地在抽屜裡放了一瓶酒，我現在把它拿出來，狠狠灌了一口，之後把電話簿從桌邊的掛鉤上拿了下來，翻找《新聞報》的電話號碼。我打通電話，跟接電話的女孩說，我想找朗尼・摩根。

「下午四點左右，摩根先生才會回來。你可以給市政廳新聞發布室打個電話問問。」

於是我打了過去，果然在那裡找到他了。

他還清楚地記得我這個人，他說：「據說你最近可是很忙碌。」

「我這裡有些東西，如果你感興趣的話我可以給你。我猜你肯定會感興趣。」

「哦？說說看。」

「兩件謀殺案的自白書影本。」

「我去什麼地方找你？」

我跟他說了地址。他還想從我這裡探聽一些消息，不過在電話裡，我不想跟他說太多。他說犯罪新聞不歸他負責。我說無論如何他都是一個記者，而且他們報社是城裡唯一一家獨立的報社。

他還想爭取一下，說：「我不能確定它值不值得我浪費時間，這些東西你是從什麼地方得到的？」

「原件在地方檢察官手中。這個消息他們肯定會捂住，因為這牽扯到兩個已經結案的案子。」

「我先請示一下上級，然後再給你打過去。」

掛斷電話之後，我去了便利店，要了一份雞肉沙拉三明治和一些咖啡。咖啡有些太濃了，三明治也油膩得過分，就像從舊襯衫上扯下來的一塊爛布。對於美國人來說，只要是烤的、用兩根牙籤穿著的、邊緣露著萵苣的玩意兒，他們都能吃，如果萵苣葉子再萎一點，那就更棒了。

朗尼・摩根大約三點半的時候來見我了。他看起來和那晚，我從監獄裡出來，他送我回家時一模一樣，又瘦又高，電線桿似的，滿身疲憊，板著臉孔。就連跟我握手的時候，也是無精打采的樣子。

他將一包皺巴巴的香菸拿了出來，說：「我們的總編輯舍曼先生，同意讓我先跟你聊一下，看看你手上掌握了些什麼資訊。」

我把辦公桌抽屜打開，拿出影本遞給他，說：「你只有答應了我的條件，才可以公開發表。」

他快速地掃了一下那四頁紙，然後認真地看了起來。他看起來特別的興奮，就好像出席寒酸葬禮的殯葬承辦人那樣。

「把電話給我。」

我把電話推給他。他撥通一個號碼，稍等片刻說：「請找一下舍曼先生，我是摩根。」又等了片刻之後，另一個女人接通了電話，最後才轉接到總編。他說讓總編用另外一部電話給他撥回來。

他掛斷電話後，坐在那裡把電話放在大腿上，食指放在接聽按鈕上等著。電話鈴再次響起來，他立刻拿起話筒，貼在耳邊。

「舍曼先生，是我。」

他一字一句地念著紙上的內容，念完之後停了一下，說：「先生，請稍等。」他將聽筒放下，從桌子那邊看著我，「他想知道這個東西你是怎麼弄來的。」

我把手伸過去，將那份影本拿了回來，說：「你告訴他，不用管我是怎麼弄來的。至於我是從什麼地方弄來的，讓他自己看看影本背後的章就可以了。」

「舍曼先生，這份文件看著應該是洛杉磯警察局局長辦公室裡的東西。它的可信度我們很容易就能辨別出來。另外，要拿這份東西是有償的。」

他聽了片刻，然後說：「對的，先生，他就在這裡。」他把電話推到了我的面前，「他想跟你談談。」

「馬羅先生，先說說你的條件吧！」一個高高在上而且無禮的聲音說，「不過你要記住一點，洛杉磯只有我們這家報社還敢碰這件事。」

「舍曼先生，可是你們的報紙也沒有報導多少蘭諾斯的案子。」

「確實是這樣。但是當時大家都不關心凶手是誰，只將它當一件性醜聞來看待。假如你這份資料是可靠的，那麼現在我們所面臨的問題就不一樣了。好了，說說你的條件吧！」

「我的條件就是，要嘛一個字也別登，要嘛就把這份自白書影本完整的照片登出來。」

「你要明白，所有消息我們都要證實才行。」

「舍曼先生，我不明白你們要怎麼去證實。如果你向地方檢察官求證，他要嘛矢口否認，要嘛把影本公開給所有新聞媒體。他只能這麼做。如果你向警察局長辦公室求證，那麼他們會把這件事推給地方檢察官辦公室。」

「馬羅先生，我們自然有自己的辦法，這就不是你需要操心的了。你只需要說說你的條件。」

「條件我已經說過了。」

「不需要報酬嗎？」

「不用。」

「好的，我覺得你應該清楚自己在幹什麼。我想跟摩根說兩句，可以嗎？」

我把電話遞給朗尼．摩根。

他只簡單的說了幾句，就把電話掛斷了，然後說：「他答應了，他會按照你說的做，版面的話縮小一半，占半個頭版版面。把這份影本交給我，他會去查證的。」

我將影本交給了他。他一手拿著影本，一手在自己的長鼻子尖上摸了一下，說：「你他媽可真是個蠢蛋，你根本不在乎是嗎？」

「應該是的。」

「你現在還可以改變主意。」

「不用了。那天晚上我從監獄出來，你送我回家時，你說我還應該跟一個朋友告別，你還記得嗎？其實我還沒有真正的跟他告別過。如果你把這份影本刊登在報紙上，那就可以當作是我的真正告別了。這件事好像發生在很久很久之前了。」

他撇了撇嘴，說：「好吧，哥們兒。但我還是覺得你是個蠢蛋，想要聽一下我的理由嗎？」

「說吧！」

「其實我對你的瞭解，比你所以為的要深得多，這也是幹記者這一行最讓人沮喪的地方。你總是能得到很多資訊，但是卻無法報導出來，所以越來越憎恨這個世界。等《新聞報》刊登了這份自白書之後，肯定會惹怒很多人。一個有權有勢姓波特的百姓、法醫、地方檢察官、警察局長的手下以及兩個混混，分別姓曼寧德茲和斯泰爾。而你可能再進一次監獄，或者是進醫院。」

「我不這麼認為。」

「老兄，我只是在跟你說我的想法，所以你的想法並不重要。地方檢察官肯定是會生氣的，因為當初是他將蘭諾斯的案子壓了下來。即使蘭諾斯自殺，並且留下了一份自白書，讓檢察官的做法看起來合情合理。但是很多人都想搞清楚，無辜的蘭諾斯怎麼會被逼得寫自白書？他到底是怎麼死的？真的是自殺？還是有人幫了他自殺？還有，警察為什麼沒有調查？案件發生之後為什麼很快就風平浪靜了？而且這份自白書的原件在他手裡，那麼他肯定會覺得是警察局長手下的人把消息洩露了出去。」

「你們沒有必要刊登背面的印戳。」

「我們不會這麼做。我們跟警察局長有交情，在我們心目中，他是一個很正直的人。雖然他拿曼寧德茲這樣的人沒有辦法，但我們也不會去責怪他。誰都沒有辦法完全制止賭博，因為在某些地方賭博是半合法的，而在另外一些地方是完全合法的。你把這份自白從局長辦公室裡偷了出來，你能不能告訴我你是怎麼做到的？」

「不可能。」

「好吧！我們再說說法醫，他肯定也會生氣，因為韋德的案子被他判得亂七八糟，而地方檢察官跟他狼狽為奸。哈倫・波特肯定也會生氣，他利用自己的影響力，好不容易將這個案子壓了下來，現在卻被翻出來看，登在了報紙上。曼寧德茲和斯泰爾也會生氣，雖然我不確定他們為什麼會這樣，但我知道你被他們警告過。你應該很明白，誰惹這些傢伙不高興，肯定沒有什麼好下場。看看大個子威利・馬貢，你可別步他的後塵。」

「大概是馬貢做事下手太狠。」

摩根拖長了聲音說：「原因呢？僅僅是因為那些人說到做到。如果他們不嫌麻煩地跑來告訴你別多管閒事，那你最好別多管閒事。如果你不把他們的話當回事，他們能不管不問嗎？這樣不就顯得他們很孬了。這些黑道上的鐵血硬漢、掌權人以及集團首腦，誰都看不起孬種。他們可不是吃閒飯的。還有一位，克裡斯・馬迪。」

「傳言他幾乎控制了整個內華達。」

「是的，朋友。馬迪是一個很不錯的人，但是他很清楚怎麼做對內華達最好。那些在里諾和拉斯維加斯做買賣的有錢流氓，都不敢得罪他。一旦得罪了他，警察的合作程度就會下降，但所交的稅卻會飛速上升。然後東部的大佬，就會讓人來接替他們的位置。這些幫著辦事跑腿的人，如果得罪了克裡斯・馬迪，那就是搞砸了，就要找人替代他，讓他立刻滾蛋。對他們來說，『讓他滾蛋』就是裝進木箱子裡弄走的意思。」

我說：「他們肯定沒聽說過我的名字。」

摩根無意義地上下擺了一下手臂，皺著眉說：「是不是聽說過你的名字，根本無所謂。馬迪在靠近內達華的太浩湖那裡有一片地產，剛好就在哈倫・波特的地產旁邊，說不定他們經常會打個招呼。或許波特手下的某個人會向馬迪手下的某個人提起一個叫馬羅的混混，說他十分多嘴多舌，好管閒事。這些閒聊的話可能通過電話傳到了洛杉磯的某一間公寓裡，然後一個五大三粗的漢子就得到了暗示，之後帶著兩三個朋友一起出來活動一下筋骨。壯漢一點也不想知道為什麼有人想要幹掉你，這對他們來說已經習以為常了，心裡不會因此起一點的波瀾。乖乖坐著，等我們來擰斷你的胳膊，不要掙扎。想要把東西收回去嗎？」他說著話，把影本遞了過來。

我說：「你應該很清楚我想要的是什麼。」

摩根慢慢地站了起來，然後把影本放進了衣服的內袋裡，說：「我猜測的可能是錯的。像哈倫・波特這樣的人物，對這件事會有什麼反應，我沒辦法猜測。你應該比我更瞭解。」

我說：「我見過他，喜歡皺眉頭。從他的生活觀念來看，他應該不是個喜歡使用暴力的人。」

摩根尖銳地說：「在我看來，不管是殺掉證人阻止案件調查，還是打電話阻止案件調查，都是一樣的，只不過是方法不同。再見吧——希望還有機會再見。」

他像是在風中飄蕩似的，晃晃悠悠從我的辦公室裡走出去。

46

接著，我只需要等著《新聞報》的晚報上市了。我突然想喝一杯螺絲起子，所以開車去了維克多酒吧。但是酒吧裡擁擠不堪，讓我失去了興致。一個熟悉的酒保走了過來，他叫了我的名字，說：「你喜歡在酒裡加一點苦料，對嗎？」

「只是有時候加。但是今天晚上我想要加雙份苦料。」

「你那位喜歡加綠冰的朋友呢？我已經很長一段時間沒有看見他了。」

「我也有很長一段時間沒有看見他了。」

他離開了，回來時把我的飲料端了過來。我並不想喝個半醉，只想消磨時間，所以慢慢喝著飲料。如果不能真正的喝醉，那就乾脆別醉。過了沒多久，我又點了一份一樣的。六點剛過，一個報童就拿著報紙走到酒吧裡。一個服務生大喊著讓他滾出去，不過在服務生抓住他，把他丟出去之前，他已經在酒客中間飛快得兜售了一圈。我就是其中一個買報紙的人。我把《新聞報》打開，翻到頭版掃了一下。他們果然把它全都登了出來。他們把影本尺寸縮小了，刊登在頭版的上半部分，樣式變成了白底黑字。另一個版面上登了一篇社論，措辭簡潔，但是十分強硬。另一個版面上，有半個專欄都刊登著朗尼・摩根的文章。

喝完酒，我離開酒吧，找了一個地方吃飯，之後開車回去。

朗尼・摩根的文章，針對當初報紙上的報導，將蘭諾斯的案子和羅傑・韋德「自殺」的內情，清楚而明白地重述了一遍。這篇文章非常客觀，沒有虛假誇張，也沒有刻意隱瞞，也不去指責誰，俐落而乾淨。社論就與之相反。文章中提出了質問，是那種公職人員被抓住小辮子之後，經常會面對的質問。

晚上九點半左右，伯尼・奧爾斯打了電話過來，說他在回家之前會順便來我這裡。

他支支吾吾地問：「你看了《新聞報》嗎？」

還沒等我回答，他就已經把電話掛了。

他到了之後，不斷地抱怨外面的台階過長，然後說，如果我有咖啡的話，他想要喝一點。我說我去煮。我在廚房煮咖啡的時候，他就在房間裡自由自在地溜達，就好像在他家一樣。

他說：「像你這種愛惹麻煩的人，住在這樣的地方，不嫌太冷清了？山那頭是什麼地方？」

「一條街。有什麼問題嗎？」

「隨口問問。該修剪一下你這裡的灌木叢了。」

我把煮好的咖啡端到了客廳。他坐了下來，悠閒地喝著，然後把我的一支香菸拿過去點燃，抽了一兩分鐘之後又按滅了，說：「可能是因為電視廣告，我現在對這種東西越來越冷淡了。任何東西被那些廣告賣力推銷之後，就會讓人失去好感。我的天，他們大概覺得消費者都是傻子。每當那些穿著白制服，脖子上掛著聽診器的混蛋，拿著漱口水、洗髮水、牙膏、香菸盒、啤酒瓶或者能讓肥胖捧跤手擁有丁香氣味的小盒子時，我都會暗暗記住，絕對不會去買。他媽的，就算我看上這個東西了，我也不買。對了，你看過《新聞報》了嗎？」

「一個記者朋友，事先給我透露了一點。」

他做出驚訝的樣子說：「你居然會有朋友？他有沒有告訴你，這份材料是怎麼弄到手的？」

「沒有。他可沒必要把這些事告訴你。」

「地方檢察官的副手勞福德是今天早上才拿到自白書，他說他一拿到就立刻送給上司了。可是報紙上刊登的影本能看出來，應該是拿原件直接複印的。所以他的話讓人起疑。斯普林格被氣壞了。」

我小口地喝著咖啡，一言不發。

奧爾斯接著說：「斯普林格這次得自己出馬了，他就是活該。不過我覺得勞福德就是個政客，他不可能會洩露這個秘密。」他說完，直勾勾地看著我。

「伯尼，你到我家來到底想幹什麼呢？我知道你對我沒有好感。雖然我們以前算得上是朋友，可是那樣的友誼已經變味了。而且從某種程度上來說，我們的朋友關係是任何一個老百姓和硬漢警察都可以出現的關係。」

他的身體微微前傾，同時露出一種讓人害怕的笑容，說：「所有的警察都不會喜歡一個愛搶著幹警察活兒的老百姓。韋德死的時候，如果你跟我說了韋德和蘭諾斯老婆的姦情，我肯定會去調查的。你如果把泰瑞・蘭諾斯和韋德夫人的關係挑明，我就能把她活捉。如果從最開始，你就把自己知道的事情都說出來，那麼韋德可能不會死。更不用說蘭諾斯了。你是不是覺得自己特別聰明？」

「你想讓我說什麼？」

「現在說什麼都晚了。我跟你說過，聰明反被聰明誤。我當初很清楚的跟你說過，但是你根本就聽不進去。現在如果你真的聰明的話，就應該從洛杉磯消失。所有人都討厭你。在這些人裡，有幾個人一旦覺得誰討厭，就肯定會採取一些手段。我從一個線人那裡得到了些情報。」

「伯尼，我們沒必要為這件事爭執，我只是一個無足輕重的人物。至於你所說的調查，在韋德死之前，你們根本沒有進行過。而他死後，你、法醫、地方檢察官，或者任何人都覺得這個案子無關緊要。我必須承認在這件事裡我肯定也存在錯誤，但至少我讓事實的真相浮出了水面。你說你可能在昨天下午就抓住她，我想聽聽你的依據是什麼。」

「我的依據是，你把跟他相關的事情告訴我們。」

「是嗎？原來我背著你們幹的警察的活兒，是你辦案的依據嗎？」

他猛然站了起來，一張臉漲得通紅，說道：「行啊，自作聰明的人。我們可以把她列為嫌疑人，她原本是可以活下來的。你心知肚明，是你這個混蛋想讓她死。」

「我要幫一個無辜受冤的人找回清白，至於用什麼樣的手段，我根本無所謂。她想要那麼做跟我沒有關係，我只是希望她有時間靜靜，反省一下自己的行為。我不會離開洛杉磯，你想怎麼對付我，放馬過來吧！」

「老兄，這件事不用我來費心，地痞們會來收拾你。你覺得自己是一個無足輕重的小人物，不會引起他們的注意。作為一個姓馬羅的私人偵探，確實是這樣。但是你不一樣。他們已經警告過你，讓你不要多管閒事，但你卻在報紙上公然往他們臉上吐口水。這讓他們顏面無存，所以要另當別論。」

我說：「太可憐了。套用你的一句話，只要想到這些，我就被嚇得內臟都要出血了。」

他走到門口處，把門拉開，俯視外面的紅杉木台階，又看了路對面的山坡以及斜坡上長的樹，說：「這裡真是舒適又安靜。足夠的安靜。」

他從台階上走下去，上車離開。警察從來不跟你說再見，他們總希望在自己的名單裡再看見你的名字。

47

第二天，事情有了一個短暫的小高潮。地方檢察官斯普林格邀請了記者，召開一場記者會，發表了一份聲明。這個壯漢眉毛又濃又黑、紅光滿面、過早長了白髮。這種人十分會玩弄權術。

那份據說是一位剛剛自殺的、可憐女士的自白書，我已經讀過了。可是到目前為止，這份文件的真假還不能判定。如果這份自白書是真的，那位女士在寫下它時，心情肯定是極度混亂的。我非常樂意相信，《新聞報》將這份自白刊登出來，是出於某種好意。雖然其中有很多自相矛盾以及不合邏輯的地方，我在這裡就不列舉出來了。我辦公室的工作人員以及警察局長彼得森的手下會聯合調查，以確認這封信是不是愛琳・韋德所寫。如果真的是她寫的，我可以很負責任地說，她在寫的時候頭腦肯定相當的混亂，並且手也在抖個不停。這位不幸的女士，她的丈夫在幾週之前自殺身亡，渾身是血的倒下。試想一下，這突如其來的噩耗會讓她多麼無助、震驚、絕望。現在她已經跟隨他的腳步，離開了人世。我們把死者的骨灰再翻出來有什麼好處？我的朋友，這麼做除了讓賣不出去的報紙多銷售幾份，對我們還有別的益處嗎？朋友們，這麼做毫無益處。停下吧，讓這件事塵埃落定吧！愛琳・韋德就像不朽的文豪威廉莎士比亞的偉大悲劇作品《哈姆雷特》裡的奧菲莉婭那樣，「帶著不同尋常的悲傷的芬芳」。現在這份「不同尋常」，正被我的政敵拿來大做文章，不過我的盟友還有選民們是不會被蠱惑的。大家都很清楚，一直以來我的辦公室都是明智謹慎、公平仁慈、傳統可靠的代表。我不清楚《新聞報》代表著什麼，我也不關心它代表什麼，或者說一點也不關心。有識之士自然會判別是非公道。

這段毫無意義的廢話被刊登在《新聞報》的晨報上（這家報紙二十四小時不間斷地出刊）。針對這份聲明，總編亨利・舍曼先生立刻發表了一篇評論，並署上了名字。

可以看出來地方檢察官斯普林格先生今天早上的狀態很好。他相貌堂堂，聲音低沉有力，非常好聽。他沒有拿出任何實質性的東西來打擾我們。如果斯普林格先生想要調查自白書的真假，我們《新聞報》必將鼎力相助。我們從來不指望斯普林格先生會採取行動，重審他親自批准或授意宣布完結的案子，就像我們從來不敢指望他會在市政府塔樓上倒立一樣。暫時借用一下斯普林格先生的精闢言論：我們把死者的骨灰再翻出來有什麼好處？或者用新聞報導比較通俗的說法來說：人已經死了，查到凶手又有什麼好處呢？確實沒有什麼好處，最多只能得到正義和真相。

斯普林格先生提到《哈姆雷特》以及奧菲莉婭，雖然他說的不是很準確，但《新聞報》還是代表已故的威廉・莎士比亞先生向他致謝。「帶著不同尋常的悲傷的芬芳」這句話並不是在形容奧菲莉婭，而是她說過的一句話。她那句話的意思，我們這些學識淺薄的人實在理解不了。不過不用去深究，只要這句話能把事情攪亂，並且聽上去很好聽就可以了。那部叫《哈姆雷特》的悲劇既然已經得到了官方的承認，我希望我們能夠得到允許，引用裡面一個惡人的經典台詞：「讓大刀落在罪惡之人的頭上。」

朗尼・摩根在中午時，打了一個電話給我，問我現在做何感想。我說我覺得這件事並不會影響到斯普林格。

朗尼・摩根說：「只有沒經歷過世事的書呆子才會那麼看，並且他的招數他們早就了然於心，我是在問你怎麼樣了。」

「我還好，正等著別人用鞋底往我臉上招呼。」

「我指的不是那個。」

「你別嚇我，我想要做的都做到了，而且我還沒死。如果蘭諾斯沒死，他可以大步走到斯普林格面前，給他吐一口口水。」

「你已經幫他吐了斯普林格。現在斯普林格應該想通了事情的原委。如果他們看誰不順眼，他們有成百上千的手段來整他。我非常想不明白，蘭諾斯又不是什麼了不起的大人物，你為什麼願意花這麼多時間在這件事上？」

「跟他沒有什麼關係。」

他沉默了一會兒，然後說：「馬羅，不好意思，我不會再多事了。希望你一切順利。」

我們像平常一樣說了再見，然後把電話掛斷。

琳達・洛林在下午兩點左右，打了一個電話給我。她說：「我剛從北方那個大湖邊飛回來。昨天晚上《新聞報》上登出的東西，讓某個人暴跳如雷。不好意思，別問我他是誰。我的準前夫，為了報告這件事飛過去，然後眉心挨了一拳。我離開的那會兒，那個可憐鬼還在抹眼淚。」

「什麼叫準前夫？」

「你傻嗎？只要等我父親一點頭，我們就去巴黎悄悄離婚。那裡可是離婚的最佳地點。所以用不了多久我就要飛到巴黎去。如果你還不傻的話，那就把那張給我看過的精緻版畫揮霍掉一些，然後有多遠躲多遠。」

「這關我什麼事？」

「這是你問的第二個蠢問題。馬羅，你只能愚弄你自己。你知道他們是用什麼方法殺老虎的嗎？」

「不知道。」

「他們在柱子上拴住一隻羊，然後藏起來。你應該想像得到，羊的下場會有多慘。雖然我找不到理由，但我確實很喜歡你，我不希望你成為那隻羊。你只做自己認為正確的事，並且為之全力以赴。」

我說：「非常感謝你的提醒，但橫豎都要挨一刀。」

她嚴厲道：「你這個蠢貨，別逞強了。因為我們共同認識的一個人，心甘情願成為代罪羔羊，你就要步他的後塵嗎？」

「如果你在這裡留的時間比較久的話，我可以請你喝一杯酒。」

「去巴黎吧，巴黎的秋天特別漂亮，你可以在那裡請我喝一杯酒。」

「我聽說春天會更漂亮，但是我不清楚，因為我也沒去過。說實話，我特別想去一次。」

「看你的態度，應該一輩子都不會去。」

「琳達，再見。我希望你可以找到自己心目中的東西。」

她冷冰冰地說：「我想要的東西我總是能得到，只是在我得到手之後就不想要了。再見。」她把電話掛斷了。

這天剩下的時間我沒有什麼事可以做，吃了晚飯之後，把奧斯摩比留在一家二十四小時營業的車行裡檢查剎車，然後自己坐計程車回家。跟平常一樣，街道上空空蕩蕩的。一張免費的肥皂優惠券躺在信箱裡。這個夜晚溫暖而舒適，空氣裡有淡淡的霧氣在繚繞，沒有風，山上的樹幾乎紋絲不動。我慢慢地從台階走上去，把門鎖打開，將門推開了一點點，手立刻頓住了。門和門框之間大概有十英寸左右的縫隙，我能看見屋裡黑漆漆的，沒有一點響動。可是我有一種直覺，有什麼東西在屋子裡。可能是聽見了彈簧發出的微不可聞的聲音；可能是看見了房間裡一閃而過的白色夾克；可能是聞到了空氣裡有一股屬於男人的氣味；可能是在這樣一個溫暖而寧靜的夜晚，門後的房間卻讓人感覺不到溫暖和寧靜；也可能只是我過於敏感。

我靠著台階的一邊從門廊上走下來，走到地面後，將身子伏低，緊挨著灌木叢。屋子裡沒有亮燈，靜悄悄的，我連一絲動靜都沒有聽見。在我身體左邊別著槍套，裡面有一把警用的點三八短筒手槍，槍托朝著前面。我把槍拔了出來，但毫無用處，因為周圍還是靜悄悄的，沒有動靜。我覺得自己在幹蠢事。我站起身來，正準備抬步走回屋裡。一輛車突然從街角拐了出來，快速地爬上了斜坡，在台階下無聲無息的停了下來。這是一輛黑色的凱迪拉克轎車，大概是琳達・洛林的車。但是卻有兩個疑點：第一，車門緊閉，沒有人下來；第二，靠著我這邊的車窗也都關的嚴嚴實實的。我蹲在灌木叢後，屏息靜氣地等待著，聽著外面的動靜，但是我什麼也沒有等到，什麼也沒有聽到。只有一輛車窗緊閉的黑色轎車，在紅杉木台階下停著。我沒有聽見引擎聲，不敢確定馬達是否正在工作。這時，車上的紅色大燈突然亮了起來，光線打在了離屋角有二十英尺的地方。然後轎車緩慢的退後了一點，讓燈光能照在房子的正面，引擎蓋也被照亮了。

來的不是警察，他們不開凱迪拉克。只有市長、警察局長、地痞流氓或者地方檢察官這樣的大人物，才會坐配有紅色聚光燈的凱迪拉克。

我伏趴在地上。聚光燈掃來掃去，最終照到了我。除了燈光停在我身上之外，並沒有其他的事發生。車門仍然緊閉著，屋子裡還是黑漆漆的，沒有一點動靜。

警報器忽然響了起來，不過一兩秒之後就停了。房子裡終於亮起了燈，門口出現了一個穿著白色晚禮服的傢伙，是曼寧德茲。他站在台階頂端，側著身子盯著灌木叢和牆壁之間，輕笑著說：「家裡來客人了，孬種，趕緊進來吧！」

原本我可以很容易給他來上一槍，但是沒有機會了，因為他往後退了一步。車子後座的窗戶搖了下來，我能聽見窗子打開時發出的「砰」的聲音，之後就聽見了機關槍的聲音。子彈不斷地射到離我大約三十英尺的斜坡上。

站在門口的曼寧德茲，再次開口，說：「你已經無路可逃了。趕緊進來吧，孬種。」

我只好把槍放回槍套裡，然後站起身往上走。聚光燈跟著我一步步往上走。我沿著台階走上去，走到紅杉木台階最頂端，然後進了屋，在門邊停了下來。屋子的另一端，有個傢伙正翹著二郎腿坐在那裡，一把槍放在他的大腿上。這個傢伙的四肢又瘦又長，皮膚特別乾燥，應該是經常待在烈日暴曬的地方，面相看起來十分的凶悍。他穿了一件拉鍊拉開到腰部的華達呢防風夾克。他看著我，眼睛一眨都不眨，就像那把槍一樣。他就像月光下的一堵土牆似的，萬分鎮定。

48

我看著他一會兒，突然察覺，側面有東西一閃而過，緊接著肩胛骨疼得發麻，從手臂到指尖都沒有辦法動彈了。我扭過頭去看，見到一個凶狠的墨西哥大塊頭。他面無表情地看著我，棕色的手握著一把點四五口徑的槍，垂在身體一側。他留著一點點鬍子，油乎乎的黑色頭髮往上梳著，然後向後將整個腦袋包住，再梳到下面去。一頂髒兮兮的寬邊帽扣在了他的腦袋上，兩根皮帶在下巴下面打上結，然後垂在手工襯衫的前胸那兒，襯衫散發著一股濃重的汗臭味。這世上最凶狠的人是墨西哥人，最溫柔的人是墨西哥人，最坦誠的人是墨西哥人，特別是最悲傷的人也是墨西哥人。這傢伙明顯屬於凶狠的那種人，我猜這世上找不到第二個跟他一樣凶狠的人了。

我揉了一下手臂，只是有點刺痛，可是疼痛和酸麻的感覺一直沒有消失。要是我現在強行拿槍，肯定拿不穩，多半會讓它掉在地上。

曼寧德茲的手伸向那個打手，那個傢伙連眼皮都沒抬一下，就把槍拋了過去。曼寧德茲接住槍，站在我的面前，一臉意氣風發，黑眼亮晶晶地看著我，說：「孬種，喜歡我打你哪？」

我看著他，沒有說話。這樣的問題並不需要答案。

「我在問你，孬種。」

我舔了嘴唇一下，反問道：「我以為阿戈斯蒂諾才是你的槍手，他人呢？」

他的聲音柔和了起來，說：「奇克現在變成了一個孬種。」

「他一直就是個孬種，跟他的老闆一樣。」

坐在椅子裡的那個傢伙眨了一下眼睛，強忍著笑。那個弄傷了我的手臂，讓它動不了的凶狠傢伙，一句話也不說，一動也不動，不過我能聞到他呼出來的氣味。

「孬種，你的胳膊被什麼人撞到了？」

「被一個辣椒肉餡玉米捲絆了一下。」

他抬起手，朝我臉上來了一槍托，看都沒看我一眼。

「孬種，少在我面前放肆。想跟我要把戲，你可沒這個時間。我曾經不怕麻煩，親自上門，好聲好氣的警告過一個傢伙，讓他不要多管閒事，那麼他就應該別多管閒事。如果他不聽勸告，那麼他就會倒下，並且永遠也不會站起來。」

我感到顴骨處疼到發麻，並且那種疼痛侵襲了整個頭部，我能感到鮮血正順著我的臉頰往下流。其實他下手沒那麼狠，不過打我的東西太硬了。我還可以說話，誰都不能阻止我。

「曼迪，你怎麼親自動手了？我還以為這樣的活兒應該是收拾大個子威利・馬貢的那些苦力來幹。」

他溫和地說：「收拾威利・馬貢屬於公事，所以公事公辦。而我收拾你，是出於私人恩怨，這是你才特有的私人對待。馬貢覺得自己可以騎在我的頭上了。我用自己的錢填滿了他的保險箱、幫他從信託公司裡贖回房子、給他孩子交學費、給他買衣服、買汽車。你以為這個婊子養的會感恩？你猜他是怎麼做的？他跑到我的辦公室裡來，在我手下面前讓我下不了台。風紀糾察組的混蛋們全都是這個德行。」

「為什麼呢？」我問道，我甚至有些期望他的火氣撒到別人頭上去。

「跟他上過床的一個濃妝豔抹的婊子，說我們的骰子裡面灌了鉛。我把她帶進來的每一毛錢都還給她，然後請她從夜總會裡滾出去。」

我說：「可以理解。職業賭徒是不會使詐的，他們沒必要這麼幹。馬貢應該知道這一點。可是我什麼地方得罪你了呢？」

他想了一會兒，又給我來了一下，說：「因為你讓我顏面無存。幹我們這一行的話只能說一遍，哪怕對方是很厲害的人物也一樣。要嘛他按照你說的話去做，如果他不按照你說的做，你就沒有辦法控制他。既然你不能控制，在這一行你就混不下去。」

我說：「我有一種直覺，事情不會這麼簡單。不好意思，我需要拿一下手帕。」

我掏出手帕，擦了一下臉上的血跡。這個過程中，槍口一直對著我。

曼寧德茲慢條斯理地說：「你這個下賤的探子，你覺得自己能把我曼迪・曼寧德茲當猴似的耍著玩？讓別人看我的笑話。孬種，我只能用刀子說話，將你大卸八塊了。」

我看著他的眼睛，說：「你說你跟蘭諾斯是好兄弟，可是現在他死了，被埋在那裡，墳墓上連名字也沒有，就像一條狗一樣。而我做的這些事，只是為了給他洗刷冤屈，這樣就掃了你的顏面了，是嗎？他是你的救命恩人，現在他死了，這些對你來說都無關緊要，對嗎？對你來說，緊要的事是當一個大人物，你他媽只在乎你自己，根本不在乎其他人。你充其量就是一個嗓門大的混蛋，根本不是一個大人物。」

他氣得臉色發青，抬起手給了我第三下，這一次他下了狠手。趁著他還沒來得及收回手，我猛然跨了半步出去，一腳踢在他肚子上。

我沒有準備、沒有考慮、也沒有等待時機、也沒有考慮過自己能不能得手。我只是不想再聽他叫喊。我還在流血，疼得厲害，大概這幾下把我的腦袋給打暈了吧！

他彎下腰，大口的吸著冷氣，手裡的槍也掉了下來。他立刻伸手去撿，喉頭裡發出緊張的聲音。我抬起了膝蓋，在他臉上撞了一下。他疼得尖叫了起來。

坐在椅子裡的男人突然笑了起來，讓我覺得很莫名其妙。男人站起身，同時將槍舉了起來，溫和地說：「不能把他打死，只有他活著，才能當誘餌。」

這時，客廳的陰影處有聲音傳來。有人從外面走了進來，是奧爾斯。他看起來相當平靜，臉上沒有一絲的表情，雙眼空洞無神。他居高臨下的看著曼寧德茲。曼寧德茲跪在那裡，腦袋靠在地板上。

奧爾斯說：「孬種，就像馬鈴薯泥一樣軟。」

我說：「他可不是孬種，他只是被打傷了。所有人都會受傷。難道說大個子威利・馬貢也是孬種？」

奧爾斯看著我，另外那個人也看著我。那個凶狠的墨西哥人悄無聲息地站在門邊。

我朝著奧爾斯大吼：「把那根見鬼的香菸從嘴上拿下來扔掉。我看著你就生氣，你要抽就好好抽，不抽就別碰它。你讓我覺得噁心，所有警察都讓我覺得噁心。好了，就這樣吧！」

他咧了一下嘴，好像很吃驚的樣子，然後笑著說：「孩子，這只是我們演的一齣戲。你的傷要緊嗎？那些混混打你的臉了嗎？其實在我看來，挨幾下子對你有好處，你都是活該。」他低下頭看曼迪。

曼迪在地上跪坐著，大口喘著氣，他像要從深井裡爬出來一樣，一次挪動幾英尺，費力地想爬起來。

奧爾斯說：「沒有那三個律師在身邊跟著，讓他閉嘴，他說起來就沒完沒了。」他把曼寧德茲拉了起來。

曼迪一聲不吭，搖搖晃晃地將一條手帕從白色晚禮服的口袋裡拿了出來，捂住正在流血的鼻子。

奧爾斯用滿是擔憂的口吻對他說道：「親愛的，你被揭發了。其實馬貢是活該，我並不怎麼替他感到難過。但他是個警察，你們這些地痞混混千萬別在警察面前放肆，永遠別在警察面前放肆。」

曼寧德茲把手帕放下，看了看奧爾斯，又看了看我，然後看向坐在凳子上的那個男人。然後他慢慢轉過身，看向那個站在門口的凶悍墨西哥人。大家都在面無表情的看著他。曼迪突然掏出了一把刀，向著奧爾斯刺了過去。奧爾斯往邊上退了一步，一手掐住他的咽喉，很輕易就把他手裡的刀打落在地，連臉色都沒變一下。之後他跨開一步，挺直了腰，腿稍微彎曲一下，就揪住曼寧德茲的衣領，一把將他拎了起來。奧爾斯拎著他從屋子穿過去，將他放下，按在牆上，一隻手仍掐著他的喉嚨。

奧爾斯說：「動我一根手指頭試試。敢動我一根手指頭，我就殺了你。」說完，他把手鬆開了。

曼寧德茲很輕蔑地朝他笑了一下，然後瞧了瞧手裡的手帕，把沾了血跡的部分疊在裡面，又捂到鼻子上。剛才用來揍我的那把槍掉在地上，他低頭看了一眼。坐在椅子裡的男人毫不在意地說：「即使你撿到了也沒用，裡面沒裝子彈。」

曼迪對著奧爾斯說：「我還是第一次聽到你說揭發這個詞。」

奧爾斯說：「你的自作主張，讓拉斯維加斯的某人感到不痛快，他想跟你好好談談。你找的那三個打手，其實都是從內華達來的警察。你可以選擇跟著三個警察走，也可以讓我把你銬回市中心，在門後吊著。如果你完蛋了，那裡會有幾個人感到非常高興。」

「希望上帝能夠挽救內華達。」曼迪低聲說了一句，轉頭看了看站在門口的那個墨西哥人，然後在胸前俐落地畫了一個十字，從前門走了出去。那幾個人跟在他身後。緊接著，另外那個像是從沙漠來的男人，把槍和刀子撿了起來，也跟著走了出去。他順手把門關上了。奧爾斯站著不動，耐心地等待著。車門被拉上，發出「砰」的聲音，然後車子啟動，駛進了黑夜之中。

我問奧爾斯：「那些惡徒都是警察？你能肯定嗎？」

他回過頭看我，表情有些驚訝，好像不明白為什麼我還在這兒。他有些煩躁地說：「他們都有警徽。」

「伯尼，你幹得真棒，真的是太棒了。你這個婊子養的冷酷無情的玩意兒。你覺得他能活著到達拉斯維加斯呢？」

我走到浴室，把冷水打開，用毛巾沾了水，捂在滾燙的臉頰上。我看著鏡子裡的那張臉，成了青紫色的，已經腫脹變形。左眼眶下面有一片烏青。顴骨處還有一些不規則的傷口，是槍托砸出來的。看來我要好好的「美」幾天才行了。

奧爾斯出現在了鏡子裡。他站在我的背後，拿著一支沒有點燃的菸，在嘴唇上滾來滾去，就像貓在逗弄一隻奄奄一息的老鼠，希望牠能再逃一次。

他甕聲甕氣地說：「下次別再跟警察耍小聰明了。你覺得我們讓你偷走一份影本，是為了玩遊戲嗎？我們猜到曼迪會來找你麻煩，所以提前跟斯泰爾說了一下。我們跟他說，雖然在縣裡，我們沒有辦法禁賭，但我們卻有能力讓他的生意不再那麼順風順水，讓他一毛也撈不著。我們絕不會讓打了警察的地痞在我們的地盤平安無事的混下去，即使他打的是混蛋警察也不行。

斯泰爾跟我們說，這件事跟他沒有一點關係。而且他們的集團也不贊成曼寧德茲的做法，所以該給他點懲罰了。因此當曼迪想要找三個外地混混修理你的時候，斯泰爾就花了些錢，請了三個他認識的人，開著他的車過來了。在拉斯維加斯，斯泰爾是某個警局的老大。」

我回過身，看著奧爾斯說：「恭喜你，伯尼。今天晚上，沙漠裡的野狼可以打牙祭了。警察真是一個積極向上，又非常理想的職業。這一行裡只有警察有點不太對勁。」

他突然惡狠狠地說：「大英雄，我真替你感到惋惜。我看著你走進自己的屋子，被人毒打一頓，差點要笑死了。兄弟，我因為這件事，漲了工資了。這是一個骯髒的工作，只能用骯髒對付骯髒，只能黑吃黑。你必須讓那些人看看你的本事，他們才會開口。所以我們必須讓你犧牲一下，你傷的也不算嚴重。」

我說：「讓你這麼難過，我真是感到很抱歉，十分的抱歉。」

他板著臉看我，聲音低啞地說：「我非常的討厭賭徒，賭徒和毒販一樣，都讓我恨之入骨。賭博引發的惡果完全不亞於吸毒引發的惡果。你難道覺得里諾和拉斯維加斯那些賭場，只是讓大家玩一下消磨時光的地方？蠢貨，那些口袋裡裝著幾個工資，做著一夜暴富的美夢輸光整個星期生活費的傢伙，才是那種地方專門等候的人。有錢的賭棍輸掉四萬美金，笑一下就過去了，下次會賭得更大。兄弟，那個黑窩可不是有錢的賭棍撐起來的。不斷的流進那個黑窩的錢都是十分、二十五分、半塊的，偶爾有一塊、五塊的。大量的黑錢，穩定而且源源不斷地流進去，就像你家洗手間水管裡的水一樣。無論什麼時候，有人想把任何一個賭場幹掉，我都會舉雙手贊成。這就是我所希望的。無論什麼時候，任何一個州政府以徵稅為藉口從賭場收錢，在我看來，那個政府就是跟這些賭棍們狼狽為奸。美容院的小姐或者是理髮師，拿著兩塊錢去賭博，這錢就是送給賭博集團的。這才是他們真正的金錢來源。所有人都希望警察機關清廉公正，對嗎？為什麼呢？為了替那些有特權的人保駕護航嗎？我們州有跑馬場，一年到頭從不歇業，他們是合法的，是正經生意。跑馬場每投入一塊錢，參與賭馬的人就要相應的投入五十塊錢，而州政府也能從中抽成。一張卡上有八九場比賽，其中有一半是沒人注意的小賭局，只要某人說一句話，隨時可以暗箱操作。騎手想要贏得一場比賽，只有一種方法，但要輸的話卻有二十種。只要騎手知道怎麼耍花樣，誰都拿他沒辦法，即使每隔七根柱子就安排一個管理員看著也無濟於事。老兄，這就是所謂的合法賭博。是州政府允許的，正經八百、光明正大的生意。所以它就是對的了，是嗎？但是在我眼裡並不是這樣，只要是賭博，就會養出一大批賭棍。我認為世界上所有的賭博，只有一種，那就是不合法勾當。」

我一邊往傷口上擦碘酒，一邊問：「感覺好點了嗎？」

「我是一個滿身怨氣、疲憊不堪的老警察。」

「伯尼，你他媽確實算一個不錯的警察了。」我轉身看著他，「但是從某種意義上來說，全世界的警察都是一個德性。你跟他們一樣，你也完全錯了，你們都怪錯了對象。因為在賭桌上將工資輸掉了，那就不允許賭博；有人酗酒，那就不准再造酒；有人開車把人撞死了，那就不准再製造汽車；有人在旅館裡招妓女，結果卻被勒索了，那就要禁止做愛；有人從樓梯上摔了下去，那就禁止建房子。」

「閉嘴！」

「可以，把我的嘴巴堵住好了。反正我只是個平民。伯尼，拉倒吧！流氓地痞、黑社會以及打手們所以會出現，並不是因為上面奸佞的政客，也不是因為政府以及立法機構裡面的那些幫凶。犯罪本身並不是病根所在，而是病根所表現出來的症狀。醫生給患腦瘤的病人開阿斯匹林，根本沒有用。警察就像這樣的醫生，不過不一樣的是，警察更喜歡用大棒來治療病症。我們突然暴富，野蠻無禮，為此付出的代價就是犯罪；我們的集團化所付出的代價就是集團犯罪。在很長的一段時間裡，犯罪都會跟在我們後面。一夜暴富所代表的骯髒面就是集團犯罪。」

「乾淨的一面呢？」

「你大概可以問問哈倫・波特，他可能會跟你說，反正我從來沒見過。喝點東西嗎？」

奧爾斯說：「你剛進門的時候，看起來臉色很好。」

「曼迪拿刀捅你的時候，你的臉色更好。」

他把手伸了出來，說：「握個手吧！」

我們喝了一杯，之後他從後門走了。剛才，他就是從後門撬門進來的。前天晚上他說順道來看我，其實是來踩點。後面那扇門已經有了些年頭，木料乾燥緊縮，並且門是往外開的，想要撬開簡直易如反掌，只需要把固定鉸鏈的釘子拔出來，其他的迎刃而解。奧爾斯臨走的時候，指著門框讓我看，上面有一條凹痕。之後，他從山坡上翻過，向另一條街走去，他的車停在了那裡。其實他想要撬開前門，也同樣的易如反掌，不過那樣的話，會把鎖弄壞，很容易被發現。

我看著他從樹叢穿過，一道手電筒光照在他的身前。他從坡頂翻過去，然後就不見了。我將門鎖好，給自己調了一杯不是很烈的酒，然後回到客廳坐下。從我進家門到現在，感覺過了很長的一段時間。我看了時間一眼，其實並不是太晚。

我走到電話邊，打了一個電話給電話代接公司，告訴接線員小姐洛林的號碼。接電話的是管家，他問過我的姓名，然後去看看洛林夫人在不在家。她在家。

我說：「我真的當了那隻羊，臉上青一塊紫一塊的了。不過幸好，他們活捉了那隻老虎。」

「那你可要抽個時間好好給我講一下。」她說話的口氣讓人覺得十分疏遠，好像她已經在巴黎了一樣。

「如果你不忙的話，我們可以邊喝邊說。」

「今天晚上嗎？噢，對不起，可能不行。我正在收拾東西，準備搬走。」

「好吧，那就算了，我能聽得出來。我只是覺得你可能會對這件事感興趣。謝謝你好心的提醒我，不過這件事跟你家老爺子沒有任何關係。」

「你確定？」

「當然。」

「哦，你稍等一下。」她離開了片刻，再次接電話時聲音變得溫和了不少，「去喝一杯吧，我大概可以抽一點時間出來。什麼地方？」

「地點你定。今晚我沒開車，叫計程車。」

「少瞎說。把地址給我，我去接你，不過可能要等上一小時或者更長的時間。」

我把地址給她，她掛斷了電話。我把門打開，把走廊上的燈也打開，然後在屋裡站了片刻，享受夜晚的空氣，這會兒感覺清涼了很多。

回到屋裡，我又給朗尼・摩根打了一個電話，可是沒聯絡上。我腦子裡突然蹦出一個奇怪的主意，給拉斯維加斯的泥龜俱樂部打了一個電話，說要找蘭迪・斯泰爾。我覺得他應該不會接，但是我想錯了。

「馬羅，接到你的電話我感到非常的榮幸。泰瑞的朋友就是我的朋友。我可以為你做點什麼？」他的聲音聽上去就給人一種這個人見過大場面的感覺，果斷又鎮定。

「曼迪已經在路上了。」

「什麼路上？」

「去拉斯維加斯的路上。他坐在一輛裝有紅色聚光燈和警報器的黑色凱迪拉克大轎車裡，跟他同行的還有你派來的三個打手。我猜，那輛車是你的吧？」

他笑了起來，說道：「就像有些報紙上所說，我們在拉斯維加斯，把凱迪拉克當拖車用。到底發生了什麼事呢？」

「因為報紙上刊登了一篇報導，曼迪以為是我的錯，所以帶來幾個打手上門找我麻煩。說難聽點，就是想收拾我。」

「那是你的錯嗎？」

「斯泰爾先生，報社又不是我開的。」

「馬羅先生，坐在凱迪拉克裡的打手也不是我養的。」

「但他們可能是警察。」

「這我可就沒辦法確定了。除了這個，還有其他事嗎？」

「他用槍托打我，我給了他肚子一腳，還用膝蓋把他的鼻樑給撞歪了。

他看起來好像不是太高興。雖然這樣，我依然希望他能活著到達拉斯維加斯。」

「如果他真的是要到這邊來，我覺得他應該會活著到達。不好意思，我可能要掛電話了。」

「斯泰爾先生，稍等一下。歐塔托克蘭那件事是曼迪一個人幹的，還是你也參加了？」

「你再說一次？」

「斯泰爾，別想耍我。曼迪不至於因為他說的那個原因，就上門找我麻煩，像收拾大個子威利・馬貢那樣收拾我。就他說的那個理由，太不充分了。他警告我，讓我別去追查蘭諾斯的案子，少管閒事。但是我去追查了，因為事情剛好走到那個地步。我覺得一定有一個更充分的理由，他才會像我剛才跟你說的那樣，想要收拾我。」

他聲音鎮定溫和，慢慢地說：「我懂了。你的意思是覺得泰瑞的死有古怪。比如他是被別人殺了，而不是自殺，對嗎？」

「我只是覺得，細節可以幫助釐清事情的真相。那份他寫的自白書，根本就是假的。他藏在旅館無法逃脫時，寫了一封信給我。雖然他當時被監視了，非常的不方便，但還是透過旅館的服務生或是雜工，偷偷地把信寄了出來。有一張大面額的鈔票隨信一起寄了過來，而且他剛寫完信，就有人敲門了，我想知道當時敲門進去的人是誰。」

「為什麼要知道這個？」

「如果進去的是雜工或者服務生，泰瑞肯定會在信的後面進行說明。如果進去的是警察，那麼這封信不可能寄到我手上來。所以到底是誰進去了呢？另外，泰瑞寫下這份自白，到底是出於什麼原因？」

「馬羅，我不知道，一點都不知道。」

「不好意思，斯泰爾先生，耽誤你的時間了。」

「沒關係的，能跟你聊天，我感到十分高興。我會去問問曼迪，看他知不知情。」

「好的，如果他能活著見到你的話。如果你沒有見到他，請你一定要調查一下。不然有人很樂意去調查。」

「你嗎？」他的聲音依舊鎮定，但是口氣卻變得強硬了起來。

「不，斯泰爾先生，怎麼可能是我。斯泰爾先生，你要相信我，有個人輕輕吹一口氣，就能把你吹出拉斯維加斯。別懷疑，我說的全是真話。」

「馬羅，你不用擔心，曼迪肯定會活著見到我。」

「斯泰爾先生，我猜你對所有事情都瞭若指掌。好吧，晚安。」

49

一輛汽車在前門處停了下來，車門被打開。我從屋裡走出來，站在台階上，朝下面打招呼。中年黑人司機將車門拉住，讓她下車，然後拎著她過夜用的小包，跟在她身後上了台階。我站在台階頂端等著。

她走到台階最頂端，轉過身對司機說：「謝謝你，阿莫斯。馬羅先生會送我回酒店。明天早上我再打電話給你。」

「好的，洛林太太。我想問馬羅先生一個問題，可以嗎？」

「可以，阿莫斯。」

他把小行李包放在門後面，洛林太太從我身邊繞過進了屋，將我們兩人留下。

「馬羅先生，我想問一下『我垂垂老矣……我垂垂老矣……我將挽起我的褲管』這句話是什麼意思？」

「除了聽上去好聽以外，沒有任何意義。」

「這是《J・阿爾弗瑞德・普魯弗洛克的情歌》裡的一句話，」他微微地笑了起來，「還有一句，『女人們談論著米開朗基羅，在房間裡來回走動。』先生，您覺得這句怎麼樣呢？」

「好吧，聽了這句，我覺得那個傢伙根本不懂女人。」

「先生，我跟你有一樣的想法。雖然這樣，但我還是十分崇拜T. S. 艾略特。」

「你說『雖然這樣』？」

「是的，我是這樣說了，馬羅先生，這有什麼問題嗎？」

「沒有任何問題，不過在億萬富翁面前可別說。他會覺得你在嘲諷。」

他有些難過地笑了一下說：「即使在夢裡，我也沒想過要這麼幹。先生，您遇上麻煩了？」

「不是麻煩，是早就計畫好的事。阿莫斯，晚安！」

「先生，晚安。」

他轉過身向台階下走去，我則回了屋子。客廳裡，琳達・洛林正站在中間的位置，四處打量。

她說：「阿莫斯是霍華德大學畢業的。對你這種愛惹麻煩的人來說，住在這樣的地方不太安全吧？」

「什麼地方是安全的呢？」

「看看你的臉，真可憐。誰打的？」

「曼迪・曼寧德茲。」

「對付他了嗎？」

「沒怎麼對付。只是踹了他一兩下。那是他們布的一個局，他中計了。現在他由三四個凶悍的內華達警察陪著去拉斯維加斯了。說點別的吧，不說他了。」

她坐在了沙發上。

「喝點什麼？」

她說喝什麼都行。我把香菸盒拿過來，遞到她面前，她說她不想抽。

我說：「我想來一杯香檳。我這兒有兩瓶紅帶香檳，存了好幾年了，應該很不錯。不過我不是專業的品酒師。我這裡沒有冰桶，但是酒本身很涼。」

她問：「存著幹什麼？」

「等你來喝。」

她笑了，然後認真地看著我的臉，並伸出手指輕輕碰了一下，說：「破相了。我們認識才幾個月，不可能是留著等我喝吧！」

「那就是存著，等我們相遇了再喝。我去拿酒。」我把她的小行李包拎了起來，然後走向房間。

她大喊了起來：「你打算把它拿到什麼地方去？」

「你拎著它，不是想要在這裡過夜嗎？」

「過來，把它放下。」

我按她說的走了回去，把東西放下。

她慢吞吞地說：「真是新鮮，特別新鮮。」她的眼睛亮晶晶的，同時又有一些朦朧的睡意。

「哪兒新鮮？」

「沒有暗示、沒有親熱、沒有追求，什麼都沒有。你從沒碰過我，連一根手指頭都沒有。我還以為你是一個喜歡嘲諷別人、冷酷蠻橫的刻薄鬼。」

「我覺得我有時候就是那樣的。」

「現在我自己送上門來了，我覺得不需要什麼暗示說明，等我們都喝多了之後，你就準備把我弄上床去，對嗎？」

我說：「實話實說，確實有這麼想過。」

「我真是太榮幸了，但是如果我不願意呢？我確實喜歡你，十分喜歡。但這不代表我願意跟你上床。就因為我剛好隨身帶了一個過夜用的小包，你就理所當然的得出了這樣的結論嗎？」

我說：「大概是我誤會了。」我走過去把她的小小行李拿起來，放回門口處，「我去拿香檳吧！」

「或許你更樂意把香檳留在某個更幸運的日子來喝。我並不想傷害你的感情。」

我說：「我只存了兩瓶，而慶祝真正幸運的日子需要一打。」

她突然生氣了起來。說：「哦，我懂了。你是在等一個更漂亮更迷人的女人出現，但是在此之前你可以拿我先湊個數。非常謝謝你的好意。我被你傷害了，但是我覺得我在這裡還不會出現危險。我可以明確的告訴你，如果你覺得一瓶香檳就可以讓我成為蕩婦，那你就錯了，而且錯得十分離譜。」

「我已經認識到自己的錯誤了。」

她還是非常生氣地說：「我告訴你我準備跟我丈夫離婚，讓阿莫斯送我到這裡來，並且隨身帶了一個過夜的行李包。但這並不表示我有那麼下賤。」

我吼了起來：「該死的過夜包，去他媽的過夜包！你再提一個字，我就把這該死的東西，扔到台階下。我請你出來，僅僅只是想請你喝一杯酒，完全沒有想要灌醉你。現在我就去廚房倒酒。我完全明白，你沒有要跟我上床的想法。你不可能有那樣的想法。但是我覺得，我們還是可以喝一兩杯香檳，對嗎？沒必要去爭論誰在什麼地方、什麼時間、喝多少香檳被誘惑這樣的事情。」

她紅著臉說：「你也不用這麼生氣啊！」

我大吼著：「又是一種新的招數。像這樣的招數，我知道超過五十種，每一種都讓人討厭至極。扭扭捏捏，其實暗含的全是挑逗。」

她站了起來，走到我面前，抬起手，手指在我臉上的傷口和瘀青處溫柔地撫摸，說：「很抱歉，請你對我友善一些。我只是一個喪氣而且十分疲憊的女人，並不是那種蕩婦。」

「你不比別人喪氣，也不會比別人更疲憊。按照普通的情況來看，你應該跟你的妹妹一樣，成為一個被慣壞了的膚淺而淫蕩的女人。可是你沒有成為那樣的人，這還真是一個奇蹟。你們家族的所有坦誠和絕大部分的勇氣，都體現在你的身上。你完全可以無視別人對你是否友好。」

我轉身，從屋子裡走出去，穿過走廊，進了廚房。我把香檳從冰箱裡拿出來，打開瓶蓋，快速地將兩隻高腳杯倒滿，然後灌了一大口，眼淚都被嗆出來了。不過我還是把這一杯喝完了，再重新倒滿，之後將兩杯酒放在托盤上。

當我端著托盤走到客廳時，她連同過夜的小行李包都不見了。我把托盤放下，將前門打開。我沒有聽見任何聲音，也沒有聽見開門的聲音，更何況她沒有汽車。

這時，她的聲音在我身後響起：「傻瓜，你以為我逃了？」

我把門關上，回過身，發現她把頭髮放了下來，身上穿了一件夕照色的絲綢睡衣，上面印有日式圖案，下面光著腳穿了一雙植絨拖鞋。她慢慢地向我靠近，臉上居然露出了一些害羞的笑容。我將一杯酒遞給她。她拿過去喝了兩小口，然後還給我，說：「非常好喝。」

她默默地、毫不扭捏地靠進了我的懷裡，嘴唇也緊緊的貼在了我的嘴唇上。她輕輕地張開嘴唇，貝齒微啟，用舌尖觸碰著我的舌尖。過了很長一段時間，她才向後揚起頭，她的眼裡閃爍著光芒，雙臂依然環在我的脖子上。

她說：「我一直都在期待這一刻，只是我必須表現得矜持一些。我也不清楚自己為什麼要這樣做，可能是太緊張了。但我肯定不是水性楊花的女人。覺得很遺憾嗎？」

「如果我認為你是那種女人，那麼在維克多酒吧初次見面時，就會去勾搭你了。」

她微笑著搖了搖頭，說：「我覺得你不會那麼想，這也是我來這裡的原因。」

我說：「那晚可能不會。因為那天晚上我有些心事。」

「你可能從來沒有在酒吧裡勾搭過女人吧！」

「確實很少，那裡光線太暗了。」

「事實上，很多女人去酒吧，就是為了讓男人勾搭她們。」

「很多女人早上一睜開眼，就在想這種事。」

「不過從某種程度上來說，酒是性的媒人。」

「可是醫生卻推薦使用。」

「提醫生幹什麼？我想喝點香檳。」

我又吻了她一次。這種工作可真是輕鬆又甜蜜。

「我想吻一下你可憐兮兮的臉蛋。」她說著，在臉頰那裡吻了一下，「很燙。」

「可是我身體的其他地方都是冰冷的。」

「瞎說。我想喝香檳。」

「為什麼？」

「因為再不喝的話就要沒氣了，而且我喜歡那酒的味道。」

「好的。」

「你特別愛我嗎？或者說跟我上了床之後，你會特別愛我嗎？」

「有這種可能。」

「你要明白，你並不是非得跟我上床，你不需要勉強。」

「謝謝。」

「我想喝香檳。」

「你有多少錢？」

「你說全部？大概八百萬吧，我也不是很清楚。」

「我決定了，我要跟你上床。」

「認錢不認人。」

「香檳是我花錢買的。」

她說：「去他的香檳吧！」

50

一個小時後，她問我：「你考慮跟我結婚嗎？」她伸出裸露的手臂，在我耳朵上撓了撓。

「最多只能維持六個月。」

她說：「看在上帝的份上，就算維持的時間很短也值得了，不是嗎？你難道指望可以規避生活中的所有風險嗎？」

「我已經四十二歲了，一直單身，自在習慣了。即使你的情況沒那麼嚴重，但你也已經被金錢寵壞了。」

「我今年三十六歲。富有並不是羞恥的事，跟錢結婚也不是羞恥的事。很多有錢人都配不上他們的財富，而且他們也不知道怎樣當一個有錢人才是對的。但是這樣的現象只是短暫的。會有別的戰爭爆發，戰後除了騙子和惡棍，所有人的口袋裡都空空如也，所有人的錢都會被稅收榨得一乾二淨。」

我撫摸她的頭髮，手指輕輕的纏繞著一縷髮絲，「你說的應該是對的。」

「我們應該飛到巴黎去，在那裡好好享受一番。」她支起手肘，低頭看我，「結婚讓你感到恐懼？」

我看不清她的表情，只能看見她的眼睛亮晶晶的。

「一百樁婚姻裡面美滿的只有兩樁，其他的都是瞎過日子。再過二十年，車庫裡的一條工作板凳就是男人剩下的全部東西。美國的女人都很厲害，美國妻子就更厲害了。而且……」

「我想喝香檳。」

我說：「而且對你來說，也只是一個小插曲。在離婚這件事上，只有第一次覺得為難，以後的就只剩下財產方面的問題了。但是這個問題對你來說也不是問題。可能十年之後，你我二人在街上擦肩而過，你如果注意到我的話，可能會想想是不是在什麼地方見過這個人？」

「你這個過分自信、自我滿足、冥頑不化的混蛋。我想要香檳。」

「這樣你才不會把我忘了。」

「並且自以為是，從裡到外都相當的自以為是。現在多了點傷痕。你覺得我不會忘了你？你覺得我不管結過多少次婚，跟多少男人上過床後，都還會記得你？我憑什麼要記得你？」

「是我太過自信了，不好意思。我去拿香檳給你。」

「我們現在是既能保持甜蜜，又不會迷失自己，對嗎？」她諷刺道，「親愛的，我很富有，而且會越來越富有。只要你值得我花錢，我可以替你把全世界都買下。你看看你現在有什麼？白天待在一個巴掌大的辦公室裡，乾等著生意上門；晚上有一個空蕩蕩的房子可以暫時住一下，連個阿貓阿狗都沒有。即使我們離婚了，我也不會讓你落到現在這種境地。」

「我可不是泰瑞・蘭諾斯，你覺得你能阻止我？」

「拜託，請你不要再提到他，也不要提韋德家那個閃著金光的冰塊美人，也不要提她那個悲慘的醉鬼丈夫。即使你真的成為唯一一個拒絕我的男人，又有什麼值得炫耀的？我讓你娶我，這是我能給的最高榮譽了。」

「比這更高的榮譽你也給了我。」

「你就是傻瓜，徹頭徹尾的傻瓜。」她哭了起來，淚水沾濕了臉頰。我幾乎可以感受到她臉頰上的淚。「即使我們的婚姻只能維持兩年、一年甚至六個月，你會損失什麼呢？你現在所擁有的，也只是孤獨寂寞的日子，辦公桌上的灰塵，百葉窗簾上的塵土。除此之外，你還有什麼呢？」

「還想喝香檳嗎？」

「想。」

我把她攬過來，她靠在我的肩頭哭。我們倆人都心知肚明，她不是為我而哭，她根本不愛我。她只是急需痛快地哭一場而已。

她從我的肩頭離開。我走下床，將香檳拿了過來。她去浴室補妝，回來時臉上已經帶上了笑容。

她說：「不好意思，我居然哭了。六個月後，我大概會連你的名字都忘了。把酒拿到客廳去吧，我想要看著燈光。」

我按她說的，把酒拿到了客廳。她在沙發上坐了下來，就像剛開始一樣。我倒了一杯酒，放到她面前。她沒有去拿，只是看著那個杯子。

我說：「到時候我就再自我介紹一次，然後我們可以一起喝一杯。」

「像今天晚上這樣嗎？」

「絕對不會再像今晚這樣。」

她端起香檳，很慢地抿了一小口，然後轉過身子，將剩下的酒潑在我的臉上，之後又哭了起來。

我掏出手帕，在自己臉上擦了擦，然後又替她擦。

她說：「我不明白自己為什麼要這麼做。但是看在上帝的份上，千萬別拿我是個女人來說事，千萬不要說女人做某件事時，從來搞不清楚原因。」

我又倒了些香檳在她的杯子，然後嘲笑她一番。她很慢地喝著，之後轉過身子，趴在了我的腿上。

她說：「我想睡覺了，這次你要把我抱過去。」

很快她就睡著了。

第二天早上，她還沒醒來時，我就起來煮咖啡了。她醒來時，我已經洗完澡，刮完鬍子，穿戴整齊了。我們一起吃完早餐，我叫了一輛計程車，拎著她的小行李包，走到台階下面。

道別之後，我看著計程車漸行漸遠，最後消失在我的視野裡。我爬上台階，回到了臥室，把床鋪徹底弄亂，然後又再整理好。一根很長的深色頭髮落在了枕頭上。我的心裡好像壓了一塊沉沉的鉛塊。

這種感覺，用法國人的說法來說就是：每一次道別，生命就消逝一點。這些王八蛋好像對什麼事都能總結出說法，而且說得還挺對。

51

晚上七點半左右，我去了希鄂爾・安迪科特的辦公室，他說他今天會工作到比較晚。

他的辦公室在大樓的角落裡，地上鋪著藍色的地毯，有一張古老的紅木辦公桌，四個角雕刻著花紋，一看就特別值錢。辦公室裡有幾個很普通的玻璃門書櫃，裡面塞滿了黃色的法律書籍，牆上掛著幾幅諷刺英國著名法官的漫畫，作者是「密探」[1]，南邊的牆上孤零零的掛著一副大法官奧利弗・溫德爾・霍姆斯的巨大肖像畫。安迪科特坐在一張包了黑色皮革的椅子上，身邊有一張掀蓋書桌，蓋子敞開著，裡面滿是文件。我想，室內設計師在這間辦公室上大概沒有花過任何心思。

他看起來特別沒有精神，不過他的臉原本就長成那樣。他穿著一件襯衫，領帶被鬆開了，手臂以及手背上長了一層捲曲的黑色汗毛。他正在抽一支沒有菸味的香菸，菸灰掉在了領帶上面。

我坐下來之後，他只是一直看著我，過了片刻才說：「你這個狗娘養的傢伙是我見過的最執迷不悟的人。你可別跟我說，你還打算追根究底。」

「有些事情讓我覺得擔心。現在我可不可以說，你當初是代表哈倫・波特先生去牢房見我的？」

他點了一下頭。我用手指輕輕揉了一下臉頰，臉已經消了腫，傷口也癒合了，但是有塊地方還是麻木沒有感覺，大概是傷到神經了。我沒辦法放任不管。也許過一段時間就會好起來。

「你那次是以什麼身分去歐塔托克蘭的？是地方檢察官臨時授命的工作人員？」

「是的，不過馬羅，能不能別老揪著一點不放。曾經那是一層很有價值的關係，不過我可能把它看的太重了。」

「我希望它現在還有價值。」

他搖頭道：「不可能的，這個關係已經完了。現在哈倫・波特先生的法律事務都由舊金山、紐約和華盛頓的律師事務所來處理。」

「我猜，當他想到這件事的時候，肯定會因為我的膽大妄為而恨得咬牙切齒。」

安迪科特笑了起來，說：「最有意思的是，把所有的錯都算到他的女婿洛林醫生身上。哈倫・波特這樣的人物，從來不會覺得自己有錯，他們必須

1. 是指英國畫家萊斯利・沃德，「密探」是他的筆名。——譯注

把錯誤算到別人的身上才行。他覺得如果不是洛林醫生給那個女人開了那些致命的藥，事情不會像現在這樣。」

「他確實錯了。你親眼看見了泰瑞・蘭諾斯的屍體了嗎？」

「是的。我在一家製作櫥櫃的店子後面看見的，這家店也做棺材。那裡沒有正經八百的太平間。屍體已經冰涼，我清楚得看見了他腦門上的傷口。如果你懷疑死者的身分，我可以告訴你沒有任何問題。」

「安迪科特先生，我並不懷疑這個，因為他的特徵太明顯，很難偽造。他化妝了嗎？」

「頭髮染成了黑色，臉上和手上的皮膚也深了一點，但是臉上的疤一眼就能看見。另外，他在家裡碰過的東西上都留下了指紋，所以也很容易進行指紋核對。

「那裡的警方怎麼樣？」

「非常落後，也只有警官才勉強認識些字。不過驗證指紋這方面倒是沒什麼問題。你應該知道，那裡的天氣很熱，特別特別熱。他們必須去旅館弄些冰塊過去，」他皺著眉，將嘴裡的香菸拿了下來，隨手丟進一個大大的黑色容器裡。容器看起來像是玄武岩做成的。接著，他補充道，「必須要很多冰塊才行。」他再次看我一眼，「那裡沒有防腐技術，不得不快速處理。」

「安迪科特先生，你的西班牙語講得好嗎？」

他微笑了一下，說：「只會幾句，不過酒店的經理給我當翻譯。他長的一副小白臉的模樣，穿著很考究，從表面上看似乎很粗魯，其實彬彬有禮，給了我很大的幫助。很快就結束了工作。」

「我收到了一封信，是泰瑞給我的。信裡面有一張麥迪遜總統像。這件事我跟波特先生的女兒洛林夫人說過，還讓她看了一下。所以我覺得波特先生應該也知道了這件事。」

「一張什麼東西？」

「一張面額五千的大鈔。」

他挑著眉，問：「真的假的？也對，他確實很有錢。他們再婚時，可是給了他二十五萬。我覺得他應該是想逃離這個是非之地，然後去墨西哥開始新的生活。我沒有參與調查那些錢的事，所以也不知道它們最後的去向。」

「那封信我帶來了，安迪科特先生，你想要看一看嗎？」

我把信拿出來遞給他。他讀得十分認真，律師們在讀任何東西時都是這樣。他看完後，把信紙放在桌上，向後仰著，瞪大雙眼，非常迷茫的樣子。

他低聲地說：「有點咬文嚼字，你覺得呢？不過我想不通他為什麼要這麼幹。」

「你是指給我寫信，還是自殺，還是自白書？」

他的聲音提高了一些：「當然是指自殺和自白書。你為他做了那麼多，後來又遇到了那樣的事情，你應該得到一些補償。他給你寫這封信完全合情合理。」

我說：「但是我搞不清楚郵箱的事情。泰瑞提到，窗外的街邊有一個郵箱，他讓服務生寄信之前先把信舉起來，讓他看見。」

「那又怎麼樣？」安迪科特很漠然地問，他眼裡出現了一種模糊不清的東西。他將一支帶著過濾嘴的香菸，從方盒子裡面拿了出來。我點燃打火機，湊到他那裡。

我說：「歐塔托克蘭的街上根本沒有郵箱。」

「然後呢？」

「剛開始我也不知道，後來我查了一下，發現那只是一個只有一萬到一萬兩千人的小村莊。那裡有一條街道只鋪了半截。警察局長的公務車是一輛A型福特車。郵局建在了肉鋪的一側。那裡只有一家旅館，兩家小酒吧，連一條像樣的路都沒有。不過因為那裡經常有人去山裡打獵，所以才建了一個小小的飛機場。去那個地方，最舒適的辦法就是坐飛機。」

「我知道那個地方可以打獵。接著說。」

「那條街上有郵箱的可能性，跟那個地方有賽馬場、賽狗場、高爾夫球場、回力球場或配音樂的彩色噴泉公園的可能性一樣大。」

安迪科特很冷淡地說：「也有可能他看錯了。或許那裡有一個垃圾桶，看起來很像郵箱，所以他搞錯了。」

我站起身，把信拿過來，疊好放進口袋裡，說：「對，說的對，就是垃圾箱。塗著紅白綠三種顏色，像墨西哥國旗那樣，上面還印了醒目的大字：愛護市區衛生。不用說，那些字肯定是用西班牙文寫的，邊上還有七隻癩皮狗躺在那裡。」

「馬羅，別貧嘴。」

「不好意思，我不過是說出自己的看法。還有一個問題，這封信是怎麼寄出來的？這個我跟蘭迪・斯泰爾已經說過了。按照信上所說，事先就已經計畫好了寄信的方法，也就是說有人把郵箱的事情跟他說了。而且跟他說的人撒了謊。那麼有人把這封夾著大鈔的信寄出來的事，就變得很可疑了。你不覺得太奇怪了嗎？」

他噴出一口菸，看著煙霧飄飄蕩蕩的散開。

「你推斷出了什麼？還有，跟蘭迪・斯泰爾有什麼關係？」

「斯泰爾以及一個已經從我們之中消失的混蛋曼寧德茲，都是泰瑞・蘭諾斯在英軍部隊裡的戰友。從某些方面來說，應該是說，從所有方面來說，他們都不是一類人，不過他們都尊重著彼此。因為某個明擺著的原因，他們將彼此的關係隱藏了起來。在歐塔托克蘭他們又隱藏了另一個事實，不過是出於不同的原因。」

「所以你推斷出了什麼？」他語氣尖銳的又問了一次。

「你的推斷呢？」

他沒回答，所以我向他道謝，感謝他抽出寶貴的時間見我，然後告辭離開。

打開門時，我發現他緊皺的眉頭，我覺得那是因為他覺得疑惑而露出的真實神情。或許他正在努力的回想，旅館外面到底有沒有郵箱。

這只是另外一個輪子開始轉動了而已。它轉了整整的一個月，才有了一些結果。

那是一個週五的清晨，我在辦公室裡發現一個陌生人，他正在等我，看起來應該是個講究穿著的墨西哥人或是南美人。他抽著一支咖啡色香菸，坐在打開的窗前，菸的味道特別濃重。他的身材纖瘦高挑，看起來文質彬彬，黑色的鬍子和頭髮都梳得很整齊，看起來比一般人留的長一點。他戴著一副綠色太陽眼鏡，穿了一件帶著稀疏紋路的淺褐色西裝。

他站了起來，很有禮貌地說：「您是馬羅先生？」

「請問有什麼可以為你效勞的？」

他將一張疊起來的紙遞給我，說：「這是拉斯維加斯的斯泰爾先生讓我給你的。你會西班牙語嗎？」

「會，但是不擅長。還是說英語更好。」

他說：「那就說英語吧，對我來說差不多。」

我將那張紙打開看了看。

給你推薦一個人，西斯科・麥奧拉諾斯。他是我的朋友，應該能給你提供一些幫助。

「麥奧拉諾斯先生，我們進屋談吧！」

我把門打開，讓他先進去。他從我面前走過時，我聞到了一陣香水的味道。他的眉毛也十足精緻。不過，他應該不像外表看起來那麼柔弱，因為他的雙頰上都有刀疤。

52

他坐在顧客椅上，將腿翹了起來，說：「聽說你想打聽蘭諾斯先生的情況，對嗎？」

「只想打聽最後那幾天的情況。」

「先生，我在那個旅館工作，當時就在現場。」他聳了一下肩，「我現在還在那裡值日班，不過只是一個微不足道的臨時工。」

他的英語說得特別流暢，但是帶著西班牙語的節奏感。西班牙語，我是指美洲西班牙語，帶著十分明顯的、波浪般的起伏。不過在美國人聽來，這並不影響它表達語義。

我說：「看你的樣子，並不像幹那種工作的人。」

「人生在世，誰都會碰上點難事。」

「那封信是誰寄給我的？」

他將一盒香菸拿出來，問：「要抽一支嗎？」

我搖頭道：「我比較喜歡哥倫比亞的香菸，古巴的香菸太烈，受不了。」

他很輕地笑了一下，自顧點上一支菸，吐出一口煙霧。這傢伙真是太過斯文了，幾乎要讓我暴躁起來。

「先生，我知道信的事情。守衛的人出現了之後，服務生們都特別害怕，誰也不敢再進蘭諾斯先生的房間。你應該能明白吧，那些守衛的人不是警察就是偵探。所以我只好在槍案發生之後，親自拿了信交給郵差。這個你應該也能理解。」

「信裡面可夾著一張大額鈔票，你真應該打開看看。」

他冷冷地說：「信是封著的。El honor no se mueve de lado como los congrejos.[1]這句話的意思是，信用可不會像螃蟹那樣橫行。」

「不好意思，你接著說。」

「那些人就在門外守著，我當著他們的面進了房間，然後把門關上。我看見了蘭諾斯先生，右手拿著一把槍，左手拿著一張一百披索的鈔票。他身前的桌上放了一封信，還有一張紙條，但是我沒去看上面寫的是什麼。我沒有要他的錢。」

我說：「太多了吧！」

1. 西班牙語。——譯注

他沒有理會我的挖苦，繼續往下說：「但他一定要給我，所以我還是收下了，後來把這錢給了雜工。我把信放在剛才端咖啡用的托盤上，然後用餐巾蓋著。出來時，守門的人狠狠地瞪了我一眼，但是並沒有說什麼。我從樓梯上走下去，剛走一半，槍聲就響了起來。我立刻把信藏好，然後跑到樓上去，看見守衛正在踹門。我用隨身帶著的鑰匙把門打開，發現蘭諾斯先生已經死了。」他嘆了一口氣，手指在辦公桌邊緣輕輕的摩挲著，「剩下的事情你應該都知道了。」

「旅館住滿了嗎？」

「沒有，只有六個客人，其他房間都空著。」

「全是美國人。」

「只有兩個北美人，是去打獵的。」

「是真正的美國人，還是墨西哥人移民到美國的？」

「我覺得其中一個可能是西班牙裔，說一口邊境西班牙語，顯得很粗魯。」他的指尖輕輕從膝蓋上的淺褐色布料上劃過。

「他們接近過蘭諾斯的房間嗎？」

「先生，他們為什麼要接近那裡？」他猛然將頭抬起來。但我沒辦法看清他的眼神，因為他戴著綠色的太陽眼鏡。

我點頭說：「哦，麥奧拉諾斯先生，很感謝你可以到我的辦公室來跟我說這些。你能幫我轉告斯泰爾，說我非常感謝他嗎？」

「當然可以，先生。」

「以後如果他還有時間派人過來的話，希望他可以找一個知道自己在說什麼的人。」

「先生，你覺得我說的話不可信？」他的聲音依然很柔和，但語氣卻冷冰冰的。

「你們這些人動不動就把信用這兩個字拿出來說。有些時候，信用只是竊賊的偽裝。好了別生氣，安安靜靜地坐著，我換個說法說給你聽。」

他往後靠了一下，很輕蔑的樣子。

「記好了，我只是在推測，可能是對的，也可能是錯的。那兩個美國人坐飛機過去，假稱自己打獵，其實是懷有別的目的。其中一個是個賭棍，姓曼寧德茲。當然，他登記的時候用的是哪個名字我就不能確定了。蘭諾斯知道他們在那裡，而且也知道他們去那裡的原因。他因為覺得過意不去，才給我寫的那封信。他是一個很善良的人，但卻把我當猴似的耍了一次，所以心裡覺得很不安。他很有錢，而且知道我很窮，所以在那封信裡夾了五千塊錢。他還在心裡給了我一些很微妙的、不易察覺的暗示。他這個人總是希望不要把事情搞砸了，但他往往就搞砸了。你說你親手把信交給郵差，為什麼不直接放進旅館前面的箱子裡？」

「先生，什麼箱子？」

「我是指郵箱。用西班牙語說，是cajón cartero。」

他微笑了一下，說：「歐塔托克蘭街上有郵箱？先生，那裡的人誰也不知道這個東西是幹什麼用的，也從來不會從那裡面收信。歐塔托克蘭跟墨西哥城不一樣，那是一個極其落後的地方。」

我說：「行，那我們不說這個。麥奧拉諾斯先生，你從來沒有端著托盤給蘭諾斯先生送過咖啡。你也根本沒有從偵探面前經過，進入那個房間。但是那兩個美國人進去過。當然，在這之前，偵探還有其他的看守都被拿下了。其中一個美國人從背後偷襲了蘭諾斯，把他打暈了。之後，把毛瑟手槍拿起來，將其中的一個彈殼打開，取出裡面的子彈，再把空彈殼裝回去。然後他用這把槍，頂住蘭諾斯的腦門開了一槍，在他腦袋上製造出了一個觸目驚心的傷口。事實上，蘭諾斯並沒有被打死。然後他被嚴嚴實實的包了起來，仔仔細細的偽裝好，再被人用擔架抬出去。美國律師到的時候，蘭諾斯是處於昏迷狀態，他躺在兼職製作棺材的櫥櫃店角落裡，周身放滿了冰塊。美國律師看到他時，他正處於昏迷中，一動不動、渾身冰冷、並且頭上的傷口已經發黑。看起來跟死人一樣。第二天下葬的棺材，裡面裝的其實是石頭。律師拿了指紋和一份偽造的文件回國了。這個故事精彩嗎，麥奧拉諾斯先生？」

他聳了一下肩，說：「先生，確實有這樣的可能性。但前提是要有足夠的財力和人力。可能這位曼寧德茲先生跟歐塔托克蘭當地的鎮長、旅館老闆之類的大人物有很密切的關係。」

「對，有這樣的可能性。這可真是個特別好的想法。他們之所以挑了歐塔托克蘭這個偏僻的小地方，也是因為這個吧！」

他的笑容飛快閃過，說：「你的意思是，蘭諾斯先生可能還沒死，對嗎？」

「對。想讓那份自白書合情合理，必須演一場假自殺的戲碼。來查看的人可是一個當過地方檢察官的律師，必須演得足夠真，才能騙過他。但如果出了問題的話，那麼現在的地方檢察官可就顏面掃地了。這位曼寧德茲覺得自己特別厲害，其實並不是這樣。不過他嫌我多管閒事，用槍托砸我臉的時候倒是挺厲害的。當然，他對我下狠手肯定不止這一個原因。如果假自殺的事情被揭發，曼寧德茲就會成為國際醜聞的焦點。墨西哥人跟我們一樣，也特別討厭警察弄虛作假。」

「我能明白，先生，你說的這些都有可能。但是你說我撒謊，說我根本沒有進蘭諾斯先生的房間，沒有拿他的信。」

「兄弟，因為你已經在房間裡了——你正在寫信。」

他伸手，把太陽眼鏡摘了下來。一個人眼睛的顏色是沒有辦法改變的。

他說：「現在去喝一杯螺絲起子，是不是早了一點？」

53

他們在墨西哥城，給他做了整容手術，手術非常的成功。他們的醫院、醫生、畫家、工程師以及建築師完全不比我們這裡的差，甚至有時候會更好，有什麼做不到呢？用石蠟測試鈉硝石粉末的方法不就是一個墨西哥警察發明的嗎？雖然他們不可能將泰瑞的臉整得毫無瑕疵，但是現在所達到的效果已經非常好了。他們為了讓他看起來不那麼像北歐人，甚至在他鼻子上動了手術，把一段鼻樑骨拿掉，讓鼻子變的扁平一點。他一側臉頰上的疤痕沒有辦法完全消除，他們乾脆在他另一邊臉上留下兩道疤痕。在拉丁美洲，刀疤這種東西滿街都能看到。

「他們還給我這裡做了神經移植的手術。」他用手摸著原來有疤的半邊臉說。

「我猜得挺準的。」

「很準了。一些小細節不太對，不過無所謂。這件事幹得特別迅速，時間很緊迫，好多主意都是臨時才想到，連我自己都不確定以後會怎麼樣。他們囑咐我，讓我做幾件能留下明顯痕跡的事情。我給你寫信的事，讓曼迪有些不痛快，但我還是堅持這麼做了。他有些瞧不起你。郵箱的問題他根本就沒有注意到。」

「你知道殺席薇雅的凶手是誰嗎？」

他沒有直接回答，而是說：「即使一個女人在你的心裡沒有什麼地位，但讓你把她當成凶手交給警察，還是有些為難的。」

「世上為難的事太多了。這些內情哈倫・波特都知道嗎？」

他又微笑了一下，說：「我覺得他應該不知道，他大概覺得我已經死了。除非你去跟他說，不然誰會跟他說這個事？而且即使他知道了，你覺得他會讓別人看出來嗎？」

「我跟他之間沒有什麼可以聊的。曼迪最近怎麼樣了——我是說他還活著嗎？」

「他還過得去，現在在阿卡普爾科。他這次能撿回一條命，全靠蘭迪。那些人對警察一般不敢下狠手。曼迪其實也是長了心的人，沒有你想的那麼壞。」

「蛇也長了心。」

「好吧，喝一杯螺絲起子嗎？」

我起身走向保險櫃，沒有回答他的問題。我轉動把手，打開櫃門，將一個信封拿了出來，裡面裝著一張麥迪遜總統像和五張帶著咖啡味的百元鈔票。我把信封裡面的東西都倒在桌子上，將那五百元鈔票拿了起來，說：「調查還有其他的開銷大概花了這麼多，所以這幾張我就收下了。這張麥迪遜總統像我把玩了一段時間，已經過足了癮，現在該退回去了。」

我把那張鈔票推到他的面前。他碰也沒碰，只看了一眼，說：「這是你的了，你留下吧，我多的是。其實你完全可以不用管那些事的。」

「我明白。她把自己的丈夫殺了，如果能逃脫，她應該能變成一個更好的人。他就是一個有血有肉有情感的作家罷了，沒有什麼了不起的。你應該聽說過他吧？他知道真相，然後盡自己所有的努力，守住這個秘密，痛苦的活著。」

他慢條斯理地說著：「聽好了，我不想看到任何人受到傷害，我也是迫不得已。我留在這裡，看不到一絲的希望。我太害怕了，所以逃跑了。在那麼緊迫的時間裡，人不可能做到面面俱到。我有什麼辦法？」

「我不知道。」

「她遲早會殺了他，她的性格有些瘋狂。」

「說得對，她會那樣做。」

「好了，別弄得那麼緊張。找個安靜的地方喝一杯，怎麼樣？」

「麥奧拉諾斯先生，我現在沒空。」

他有些不高興地說：「我們以前不是好朋友嗎？」

「我們嗎？我不記得了。我覺得另外兩個傢伙才是你的好朋友。你會在墨西哥定居？」

「是的。我一直很喜歡墨西哥，很快就要入墨西哥籍了。只要有一個厲害的律師，這種事很容易就能辦到。我以前跟你說我在鹽湖城出生，其實我是在蒙特利爾出生的。我在這個地方，從最開始就是非法居住。去維克多喝一杯螺絲起子，應該不會有什麼危險。」

「麥奧拉諾斯先生，把你的錢收起來吧，這上面沾了太多血跡。」

「你需要錢。」

「你從什麼地方看出來的？」

他將鈔票拿了起來，用纖細的手指把它撫平，之後裝進了衣服的內兜裡。他咬著嘴唇，露出潔白的牙。只有在褐色皮膚的襯托下，牙齒才會顯得這麼白。

「你送我去提華納的那天早上，我把自己做的事情都告訴你了。我給過你機會，讓你揭發我，把我交給警察。」

「我並沒有因此而生氣，我明白你本性如此。在很長的一段時間裡，我一直都感到很困惑。你文質彬彬，很有教養，可是總有點彆扭的地方。你是一個原則性很強的人，不過你的原則跟倫理道德沒有任何關係，只跟你自己有關。其實你本性不壞。但是，無論是地痞流氓還是正人君子，你都願意與他們來往。前提是這些地痞流氓，吃相斯文，英語講得流利。我覺得可能是戰爭的緣故，也有可能你本性如此，你的腦中根本就沒有道德這個東西。」

他說：「我聽不明白，真的不明白。我只是想報答你，可是你不接受。我做過的事情，我都跟你說過了，你也沒必要替我隱瞞。」

「這真是我聽到的最動聽的話。」

「我感到很榮幸，至少還有一些讓你喜歡的地方。我曾經遇到了很大的困難，剛好我認識的人知道怎麼解決這種困難。因為很久之前，我在一場戰爭中救了他們。當時我的動作快得像閃電，這大概是我這輩子做過的唯一正確的事情。當我需要幫助時，他們就會無條件的為我提供幫助。馬羅，你並不是這個世界上唯一不看重錢的人。」

他的手從辦公桌對面伸了過來，把我的一支香菸拿了起來。他臉上曬得很黑，皮膚顯出了不均勻的潮紅，疤痕變得明顯起來。我看著他將一隻精美的氣體打火機從兜裡拿出來，將香菸點燃。我聞到了一股香水味，是從他身上飄過來的。

「泰瑞，我曾經確實被你打動過。在這裡或那裡的某個安靜的酒吧裡清清靜靜的喝上幾杯酒，點一點頭，揮一下手，露出一個微笑。那是一段很美好的時光，但已經一去不復返。阿米哥，有機會再見。我就不跟你道別了，因為之前我已經向你道過別。那一次的道別，包含著悲傷、孤獨以及一去不復返，還算是一次有意義的道別。」

他說：「花了很長時間做整容手術，所以我回來得太晚了。」

「你是被我拿菸薰出來的，不然你不會現身。」

他的眼睛裡突然閃現了一點淚光，他急忙將太陽眼鏡戴上。

他說：「我還沒有拿定主意，所以也不敢確定。他們不願意讓我把真相告訴你。我只不過是還沒有拿定主意而已。」

「泰瑞，這件事就讓它過去吧！總是會有人為你提供幫助的。」

「兄弟，我以前是突擊隊員，如果你是一個廢物，他們根本不會收留你。我受過很重的傷，而那些納粹醫生的德性，不用說你也知道。那些事情對我的影響特別大。」

「泰瑞，我能體諒。我並沒有指責你，從來都沒有。在很多方面，你是個很有魅力的人，但你已經走得太遠了，完全不屬於這裡了。你享受著鮮衣美食，身上散發著香氣，就像要價五十的妓女那樣風度翩翩。」

他有些急切地爭辯：「我只是逢場作戲而已。」

「但你也樂此不彼，不是嗎？」

他歪起嘴，露出苦笑，然後聳聳肩，動作裡透著拉丁美州人特有的誇張。

「沒錯，只是逢場作戲而已，別的什麼也沒有。」他用打火機在胸口上敲了一下說，「這裡是空的。馬羅，曾經它不是空的，很久以前它不是。我想還是算了吧，就這樣吧！」

他站起身，我也跟著站了起來。他將瘦長的手伸向我。我握了一下，說：「麥奧拉諾斯先生，再見。雖然時間很短，但還是很高興認識你。」

「再見。」

他轉身，走出去，門是自己關上的。我聽見人造大理石走廊上他的腳步聲越來越輕，然後微不可聞，最終消失。我還在傾聽著。我在期盼什麼？難道我在指望，他為了讓我覺得安慰，會突然停下腳步，返身回來跟我聊一會兒？算了，他沒有這麼做。這是我跟他最後一次見面。

從那以後，除了警察，其他的那些人我再也沒有見過。我還沒有想出跟警察道別的方法。

探偵事務所 04

錢德勒的
馬羅探長

海鴿文化出版圖書有限公司
Seadove Publishing Company Ltd.

作者　雷蒙・錢德勒
譯者　葉盈如
美術構成　騾賴耙工作室
封面設計　斐類設計工作室
發行人　羅清維
企畫執行　張緯倫、林義傑
責任行政　陳淑貞

出版　海鴿文化出版圖書有限公司
出版登記　行政院新聞局局版北市業字第780號
發行部　台北市信義區林口街54-4號1樓
電話　02-27273008
傳真　02-27270603
e - mail　seadove.book@msa.hinet.net

總經銷　創智文化有限公司
住址　新北市土城區忠承路89號6樓
電話　02-22683489
傳真　02-22696560
網址　www.booknews.com.tw

香港總經銷　和平圖書有限公司
住址　香港柴灣嘉業街12號百樂門大廈17樓
電話　（852）2804-6687
傳真　（852）2804-6409

出版日期　2019年09月01日　一版一刷
特價　399元
郵政劃撥　18989626　戶名：海鴿文化出版圖書有限公司

國家圖書館出版品預行編目資料

錢德勒的馬羅探長 ／ 雷蒙・錢德勒作；葉盈如譯.
-- 一版. -- 臺北市 ： 海鴿文化，2019.09
面 ；　公分. -- （探偵事務所；4）
ISBN 978-986-392-284-1（平裝）

874.57　　108010313

Seadove

Seadove